W0356847

CONVOI
POUR SAMARCANDE

DE LA MÊME AUTEURE
CHEZ LE MÊME ÉDITEUR

Zouleikha ouvre les yeux (Noir sur Blanc, 2017 / Libretto, 2021)
Les Enfants de la Volga (Noir sur Blanc, 2021 / Libretto, 2023)

Gouzel Iakhina

CONVOI POUR SAMARCANDE

roman

Traduit du russe
par Maud Mabillard

LES ÉDITIONS NOIR SUR BLANC

Avec le soutien de Pro Helvetia, Fondation suisse pour la culture

Published by arrangement with ELKOST Intl. Literary Agency

Titre original : *Echelon na Samarkand*

© Guzel Yakhina, all rights reserved

© 2023, Les Éditions Noir sur Blanc,
CH-1003 Lausanne, pour la traduction française

ISBN : 978-2-88250-860-7

À mon père,
Chamil Zagreïevitch Iakhine

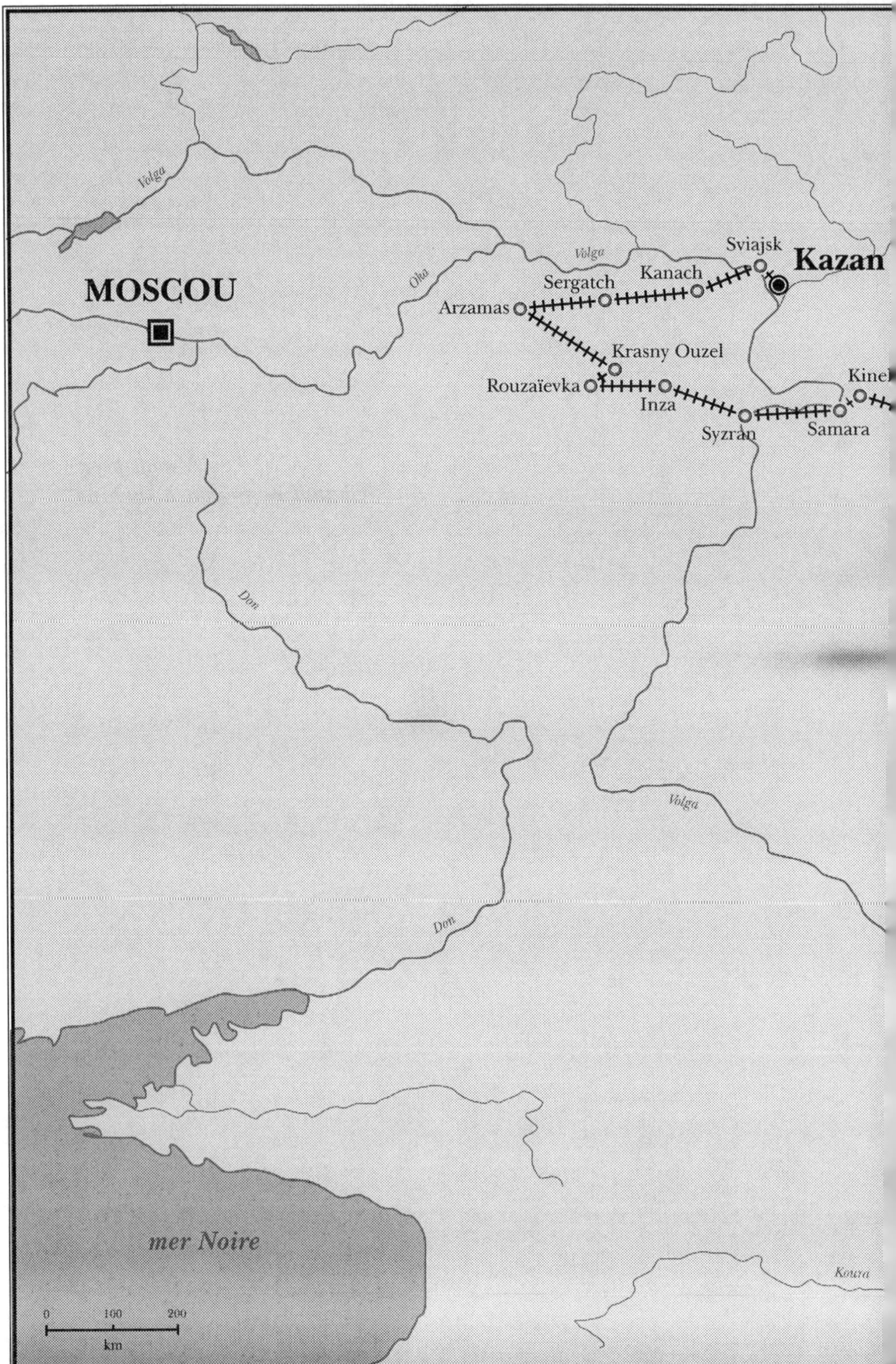

MOSCOU
Volga
Oka
Volga
Kazan
Sviajsk
Kanach
Sergatch
Arzamas
Krasny Ouzel
Rouzaïevka
Inza
Syzran
Samara
Don
Volga
Don
mer Noire
Koura
0
100
200
km

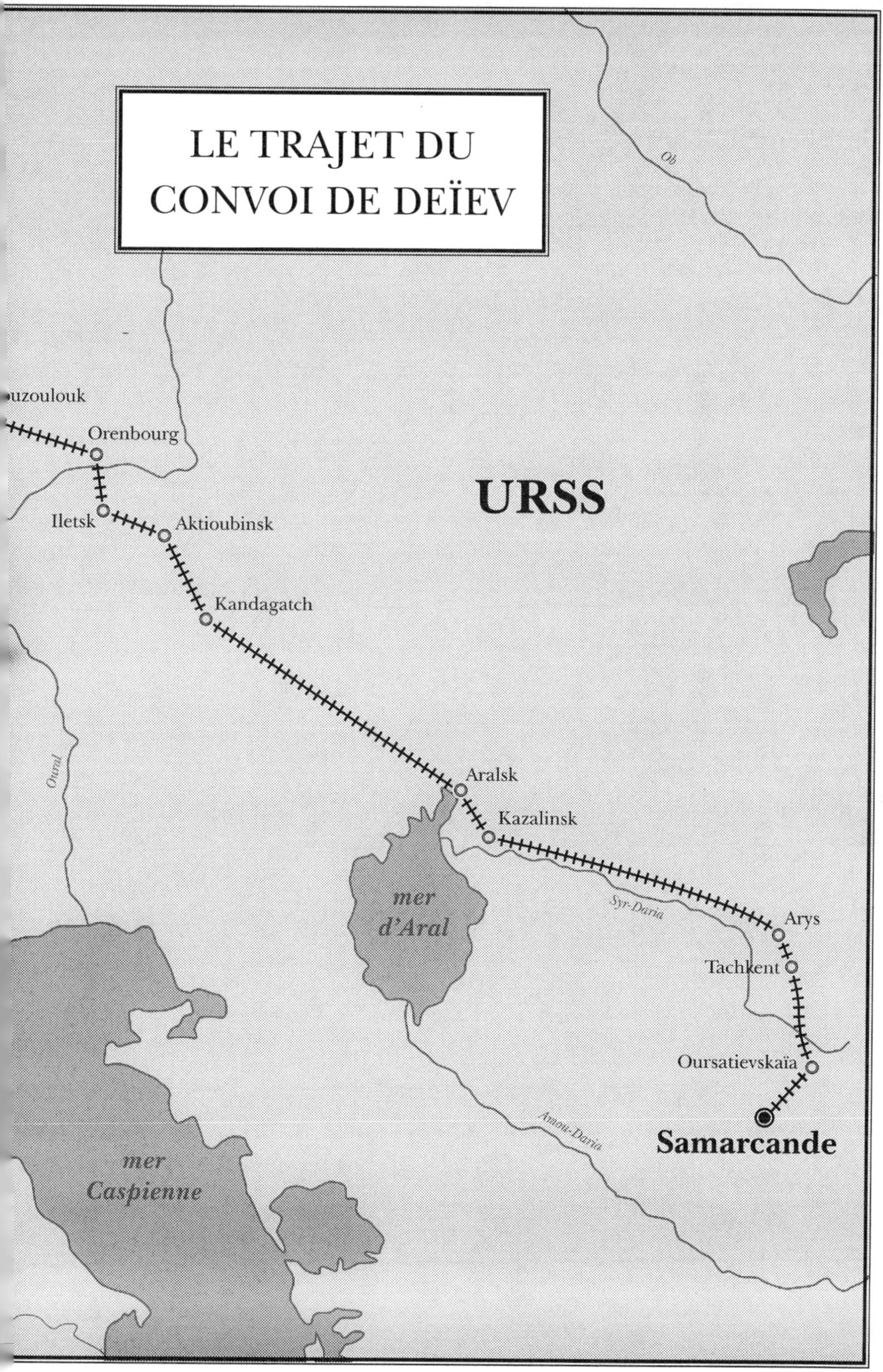
LE TRAJET DU CONVOI DE DEÏEV
URSS
uzoulouk
Orenbourg
Iletsk
Aktioubinsk
Kandagatch
Aralsk
Kazalinsk
Arys
Tachkent
Oursatievskaïa
Samarcande
mer d'Aral
mer Caspienne
Ob
Oural
Syr-Daria
Amou-Daria

1. CINQ CENTS

Kazan

Quatre mille kilomètres, c'était exactement la distance qu'allait devoir franchir le train sanitaire de Kazan au Turkestan. Le train lui-même n'existait pas encore : l'ordre de sa formation avait été signé la veille, le 9 octobre 1923. Il n'avait pas non plus de passagers, qu'il faudrait récupérer dans les foyers d'enfants et les centres d'accueil, filles et garçons entre deux et douze ans, les plus faibles et les plus épuisés par la faim. En revanche, ce convoi était déjà pourvu d'un chef : Deïev, un vétéran de la guerre civile, un jeune. Il venait tout juste d'être nommé.

– Des enfants, lui avait dit Tchaïanov, le commandant du département des transports, en guise de salutations. Cinq cents. Il faut les convoyer de Kazan à Samarcande. Tu prendras ton mandat et les instructions chez le secrétaire.

Depuis des années qu'il était dans le transport, Deïev avait convoyé tout ce qui pouvait passer par des rails, du blé et du bétail réquisitionnés jusqu'à la graisse de baleine, que la Norvège, pays ami, envoyait par citernes aux habitants de la Volga en proie à la famine. Mais jamais des enfants.

– Je dois partir quand ?

– Demain si tu peux. Dès que ton convoi sera prêt, Deïev, il faudra filer, aussi vite que possible ! Les enfants n'aiment pas les longs voyages, tu pourras bientôt t'en convaincre par toi-même.

La conversation n'avait duré que quelques minutes. Le seul point obscur, c'était cet étrange « tu pourras bientôt t'en convaincre par toi-même ». Mais il n'avait pas le loisir d'y réfléchir. Les longues réflexions, c'était bon pour les vieillards, eux avaient tout le temps du monde.

Il commença par se rendre à la direction de la gare. Là-bas, on lui promit de fouiller dans les coins, pour finalement n'exhumer qu'un seul wagon, mais rien de moins qu'un ancien première classe, jadis d'un bleu noble, désormais d'une teinte gris pâle, au compartiment capitonné d'une tapisserie déchirée seulement par endroits, avec des miroirs presque entiers et un immense hall d'entrée où l'on aurait pu danser la valse. Autrefois pourvu d'une bibliothèque de voyage et même d'un piano, le wagon avait récemment hérité d'une baignoire de fonte ébréchée (elle avait dû être ramenée du compartiment de blanchisserie, puis oubliée sur place). Elle formait un tableau ridicule, sur fond d'étagères vides et de candélabres noircis. Deïev fronça les sourcils, mais accepta le wagon. Il fit arracher la fichue tapisserie, enlever les candélabres. Il remplaça les élégants filets à bagages par des deuxièmes et troisièmes étages de couchettes. Garda la baignoire. Il tenta d'exiger en sus un poêle en fer destiné à chauffer l'eau du bain pour les enfants, mais se fit traiter de bourgeois et remit la question de l'eau chaude à plus tard.

Pour le deuxième wagon, il fallut attendre un jour entier : on le ramena des Monts Rouges, où il était resté quatre ans dans l'arrière-cour du dépôt des locomotives. En examinant sa prise, Deïev sursauta : ce n'était pas un simple wagon, mais bien une église itinérante. Ce qui expliquait sans doute qu'il soit resté si longtemps à prendre la poussière, tant on voyait mal comment l'adapter aux besoins soviétiques. On pouvait bien sûr enlever le bronze verdâtre de la coupole, démonter l'autel. Mais les fenêtres en arc sous une arête rouge, qu'en faire ? Et le toit en forme de *kokochnik*[1] d'église ?...

Deïev accepta le wagon. Il n'avait qu'un avantage : sa vaste dimension. « On fait des châlits sur combien de niveaux ? »,

1. Élément décoratif du toit de certaines églises russes, finissant en pointe comme les coiffes traditionnelles des femmes, dites *kokochniks. (Toutes les notes sont de la traductrice.)*

demanda le chef de l'équipe de menuiserie en examinant avec respect le très haut plafond. « Sur trois ! », décida Deïev. Ils auraient pu en mettre quatre, mais les enfants auraient sans doute eu peur de monter si haut.

Le wagon-cuisine arriva quelques jours plus tard de la région de Simbirsk : une grosse boîte sur roues, bricolée à la hâte avec des planches rabotées, puis réparée avec des planches brutes, ravaudée avec du contreplaqué, la virgule de la cheminée du poêle dépassant de la lucarne. On disait que, depuis 1919, beaucoup de vieilleries étaient dispersées sur les voies de service de Simbirsk, Deïev aurait pu y trouver quelque chose d'utile, mais il n'avait pas le temps d'aller voir.

Enfin, on prit cinq wagons d'un train de passagers arrivé de Moscou pour les joindre au convoi de Deïev, que les travailleurs des chemins de fer appelaient déjà entre eux « la guirlande », à cause de la diversité de ses couleurs et de ses formes. Les cinq derniers, des wagons-lits de troisième classe, n'avaient pas besoin de travaux de menuiserie, mais puaient la cigarette et étaient dans un tel état de saleté qu'un lavage à fond s'imposait. Or, Deïev avait déjà tellement bassiné la direction de la gare avec ses exigences (et tout « immédiatement ! », « maintenant ! », « sans faute ! ») qu'ils ne lui fournirent pas de nettoyeurs. Il n'insista pas, prit deux seaux d'eau et se mit au travail lui-même.

Elle arriva juste à ce moment. Deïev était en train se démener sur le sol mouillé, poussant au moyen d'un chiffon un tas d'écales de graines de tournesol fourrées sous une couchette, quand deux bottes de soldat d'infanterie à bout plat surgirent devant son nez. Il leva les yeux : des mollets fins, pas dans des chaussettes de soldat, mais dans de doux bas de laine.

– Assassin, fit-elle de but en blanc. De quel droit vous lambinez ?

Deïev était stupéfait. Il leva les yeux encore plus haut : une jupe noire, étroite, des genoux aigus se devinant sous le tissu.

– Pendant que vous vous traînez sur le sol, des enfants meurent.

Il tenta de sortir de sous la couchette, se tapa la nuque contre le bord.

– T'es qui ?

Deïev était timide devant les femmes, c'est pourquoi il les tutoyait toujours et leur parlait d'un ton fier, plein de défi.

– La commissaire à l'enfance. Je vous accompagnerai jusqu'à Samarcande, si vous voulez bien vous lever de votre flaque et commencer à exécuter les ordres.

– Et t'as un nom, commissaire ?

– Blanche.

Deïev ne comprit pas si c'était son prénom ou son nom de famille. Il n'osa pas demander.

Elle était plus âgée que lui, même si elle n'aurait pas pu être sa mère. Plutôt une grande sœur. Son visage était beau et austère, comme ceux des affiches soviétiques. Ses cheveux châtains, coupés court, bouclaient dans tous les sens. Son regard était autoritaire, comme celui d'un commandant d'armée. Sous un tel regard, on avait envie de se redresser immédiatement, mais Deïev se retint : sans se presser, il rejeta une mèche de cheveux (et en profita pour enlever les écales de tournesol collées sur son front), lança négligemment le chiffon dans le seau (de l'eau en jaillit, atteignant les bottes de la commissaire), et resta assis sur le sol, un peu indolent.

– Peut-être que tu vas m'aider à nettoyer, camarade Blanche ? Ou tu veux qu'on les mette dans cette porcherie ?

– Je t'aiderai, répondit-elle sérieusement. Mais cette nuit, quand les enfants dormiront.

– Et nous deux, on dormira pas ? ricana Deïev.

Il n'avait aucune envie d'être insolent, mais sa langue avait été plus rapide que lui. Il eut immédiatement honte de cette grivoiserie ridicule. Il se leva, frotta la saleté sur son pantalon reprisé et ses genoux nus. Quand il fut redressé, il comprit qu'il regardait la visiteuse de bas en haut : la commissaire Blanche le dépassait d'une bonne demi-tête.

– Je crains, Deïev, qu'on n'ait pas l'occasion de dormir, dit-elle en le regardant franchement, permettant à Deïev d'examiner ses yeux : gris et froids, ourlés de cils droits. Et je pense que ce sera le cas jusqu'à Samarcande.

Quelques minutes plus tard, il marchait déjà aux côtés de Blanche. Enfin, il ne marchait pas : il trottinait hâtivement sur les rails mouillés par une pluie fine, essayant de toutes ses forces de ne pas glisser et de ne pas courir.

Elle avançait à larges enjambées entre les traverses, avec tout l'élan de ses jambes fines de jeune fille, de sa silhouette légère, qu'on devinait à peine sous les plis de sa vareuse serrée à la taille par une ceinture. Deïev observait le pas rapide de ses bottes carrées et pensait qu'elles devaient renfermer des petits pieds étroits. Il trébucha, jura, et chassa cette pensée inconvenante.

– Ils vont tenter d'augmenter le quota, surtout n'acceptez pas ! Blanche parlait vite, sans se donner la peine de tourner la tête vers son interlocuteur, envoyant ses phrases comme des flèches, et il dut accélérer le pas pour entendre ses instructions. Ils essaieront de rajouter des malades en les faisant passer pour des convalescents : refusez !

Deïev ne comprenait pas à qui il était censé refuser. Autrement dit, qui était la cible des paroles impitoyables de la commissaire ?

– Ils vont en appeler à votre pitié, mais vous n'avez qu'à tout mettre sur mon compte. Vous leur direz que cette Blanche est inflexible et sans cœur, que vous ne parvenez pas à me faire entendre raison, que je suis inhumaine, de pierre...

– Mais le chef du convoi, c'est moi, lui rappela Deïev à tout hasard.

– Le chef, c'est vous, convint Blanche. Mais vous pouvez tout mettre sur mon dos. Ou alors vous taire, je leur répondrai moi-même.

Par l'arrière de la gare, ils entrèrent dans la ville et furent bientôt en plein centre, sur la place principale, où s'élevait un palais de granit et de marbre, aux colonnes si larges qu'il aurait fallu trois paires de bras pour les entourer, et aux fenêtres dépassant de beaucoup une taille humaine : l'ancien siège de l'Assemblée de la noblesse, aujourd'hui centre d'évacuation n° 1 de Kazan. On y rassemblait, de tous les coins proches et lointains de la Tatarie rouge, des enfants que leurs parents ne voulaient pas ou ne pouvaient pas nourrir ; ces enfants représentaient la majorité des passagers prévus dans le convoi de Deïev.

De près, cependant, le centre ne ressemblait pas à un palais mais à une forteresse en état de siège. Les fenêtres du sous-sol étaient entièrement fermées par des planches, parfois même par deux couches de planches, et les fenêtres en ogive du rez-de-chaussée garnies de feuilles de fer et de contreplaqué. Les colonnes de marbre blanc se couvraient d'un quadrillage épais de fissures. Les murs étaient parcourus d'une telle abondance d'anfractuosités qu'ils semblaient faits d'une pierre inhabituellement poreuse et friable (Deïev reconnut immédiatement ces trous : les petits étaient faits par des balles, les gros, par des obus). Le bâtiment avait un aspect sévère et imprenable, comme si la guerre civile faisait encore rage autour de lui. De qui se cachaient ainsi les habitants du palais ? Se pouvait-il qu'ils se protègent des enfants assiégeant l'établissement ?

Car des enfants s'entassaient partout : sur l'escalier d'apparat en granit, sur des journaux déployés le long des murs, par douzaines ou quinzaines de petits corps sales, emmitouflés dans des guenilles jusqu'aux sourcils, paresseusement immobiles sous la pluie. Deïev avait déjà contemplé ce genre de tableaux plus d'une fois, sans jamais se poser la question : pourquoi les enfants étaient-ils à l'extérieur du centre de tri, et non dedans ?

Suivant la pente destinée aux voitures à cheval, Blanche monta jusqu'à l'entrée principale et frappa à la porte. Pas de réponse. Elle frappa encore une fois, plus fort, secoua la porte bien verrouillée, toujours sans résultat. Se mettant sur la pointe des pieds, elle asséna quelques vigoureux coups de paume sur le contreplaqué qui fermait la fenêtre, manquant de se blesser à un clou.

La forteresse restait silencieuse. Tout comme les enfants couchés devant.

Aucun n'avait même remué. Quelques paires d'yeux suivaient avec une curiosité molle les gestes de la femme, et seul un garçonnet – malingre, avec un visage bruni par le soleil, ressemblant à une pomme de terre sale – s'assit plus commodément pour ne pas manquer le spectacle. Blanche s'adressa à lui.

– Pourquoi n'ouvrent-ils pas ? demanda-t-elle avec simplicité, d'un ton amical.

Fini, le ton de commandement, le regard autoritaire, s'étonna Deïev. La commissaire savait donc parler humainement ?

Le garçon resta silencieux un moment, regardant tomber les gouttes de pluie fine à côté et au-dessus de lui.

– V'z'êtes arrivés trop tard, dit-il entre ses dents, à contre-cœur. Revenez demain, ils sont mieux disposés le matin.

– On doit entrer maintenant, soupira Blanche. Peut-être qu'il y a un moyen… Aide-nous.

L'autre laissa à nouveau passer un moment avant de répondre, comme si les mots lui parvenaient de loin.

– Et ça me rapportera quoi ?

– Je te dirai comment te faire accepter au centre. Pour ne pas jouer les mendiants devant la porte, en essuyant le seuil avec ton pantalon. Les sœurs du service social te prendront elles-mêmes sous le bras et te feront entrer, te laveront, te nourriront et te donneront une ration.

– N'importe quoi, ricana le garçon, découvrant des dents noires.

– Aujourd'hui, à minuit, il y aura une rafle à l'embouchure de la Kazanka : la commission à l'enfance et la police font ratisser la rive. Ceux qu'on trouvera seront répartis dans les centres. Donc, tous ceux qui veulent un toit et une ration n'ont qu'à être à l'embouchure avant le coucher du soleil. Et ceux qui ne veulent pas ont intérêt à se tirer et à ne pas gêner les autres. Tu piges ? Dis-le à tes copains.

Le visage-pomme de terre se plissa, fronçant les sourcils avec méfiance et gonflant les narines.

– Un coup en plein cœur si je mens ! Blanche se frappa du poing sur la poitrine, comme si elle enfonçait un poignard entre ses côtes, son visage se détendit, elle sourit d'un air complice. Maintenant, aide-moi, répéta Blanche.

Le garçon se leva – lentement, bougeant à peine ses membres, comme s'il se déplaçait au fond d'une rivière, et non sur la terre ferme –, s'approcha de la porte d'entrée. Leur tournant le dos, perdant d'un coup sa nonchalance, il se mit à taper furieusement la porte des pieds et des poings ; il tambourinait avec une telle rage que le bois épais, recouvert de laque, en trembla, et que les gonds grincèrent.

– Il fallait frapper plus fort, expliqua-t-il sans cesser de tambouriner, un peu haletant sous son effort bruyant. On les a à l'usure !

– On t'a dit qu'il n'y avait plus de place ! cria bientôt quelqu'un d'en haut, de la fenêtre.

Mais le gamin continuait sa charge sans faiblir, et bientôt une clé tourna dans la porte. Le garçon s'écarta immédiatement : le balai qui surgit de l'embrasure n'atteignit que le vide.

– Va-t'en, garnement ! Va au diable !

Une énorme silhouette de femme apparut dans l'entrée, agitant le balai comme une épée.

– Qu'est-ce que c'est que cette citadelle ? Blanche parlait d'une voix basse, mais si menaçante que Deïev en eut le ventre noué. La guerre est finie depuis longtemps.

– Pour certains elle est peut-être finie, pour les autres on est en plein dedans, répondit la gardienne sans se démonter. Ils vont nous casser la maison ! C'est pas ma faute, s'ils sont une armée entière chaque jour ! Où on les mettra tous ?

Sans dire un mot, Blanche fit un pas en avant, et l'énorme femme recula, baissant son balai. Deïev suivit furtivement, pénétrant dans les ténèbres épaisses du bâtiment aux fenêtres condamnées.

☆

– Camarades, vous venez voir qui ? La gardienne s'agitait toujours devant la porte, dont elle fermait les nombreux verrous, peinant à trouver la serrure dans l'obscurité. Où allez-vous, camarades ? Hé !

Blanche grimpait déjà les marches de l'escalier d'apparat, vers la lumière du premier étage. Deïev voulait suivre la commissaire, mais trébucha sur quelque chose de mou et faillit tomber. Puis il trébucha à nouveau. Et manqua à nouveau de tomber. L'obscurité s'exclama d'une voix perçante, puis ricana :

– Camarades !

Il était impossible de distinguer quoi que ce soit dans le noir. Deïev s'arrêta, lançant ses bras devant lui, et ses doigts palpèrent deux crânes rasés.

– Camarades ! s'esclaffèrent des voix de l'autre côté. Où allez-vous ?

– Au Mont-des-gueuletons ! répondit-on ailleurs. Par la rue du Mouton !

– Regarder les gloutons !

– Ou vider un litron !

– Manger du pâté d'thon !

L'obscurité se remplit de voix, de rires, de soupirs.

– Et cogner un souteneur !

– Ou bien un procureur !

– Ou même juste un cireur !

– Parole de voleur !

– Taisez-vous ! gronda la gardienne du bas de l'escalier.

Écarquillant les yeux et tâtonnant autour de lui, Deïev courut derrière Blanche, à travers une foule de garçonnets qui s'étaient réunis sur les marches. Ses paumes effleuraient des têtes rasées, des genoux, des épaules et des dos. Il craignait surtout de piétiner quelqu'un, mais les corps enfantins étaient bien plus rapides, s'écartaient sur son passage, lui ouvrant la route, comme un banc d'alevins se dispersant à l'approche d'un gros poisson.

Plus Deïev progressait sur l'escalier, plus il y voyait clair, et plus dense était la foule. Bientôt, l'escalier se sépara en deux bras, dont chacun effectuait un virage abrupt, l'un vers la gauche, l'autre vers la droite, menant au premier étage. Là, il distingua déjà des yeux : noisette, roux, noirs, bleus, couleur de l'herbe, qui le dévisageaient avec curiosité de tous les côtés. Les enfants étaient tous petits et rasés. Il manquait semblait-il une oreille à l'un d'eux, mais c'était peut-être une illusion, dans cette pénombre.

Le premier étage s'ouvrait des deux côtés sur un vaste couloir. De larges portes menaient aux espaces intérieurs – elles avaient été très blanches autrefois, avec des monogrammes en or, mais s'étaient écaillées, découvrant un bois sombre. Du fond du couloir, une minuscule dame à lunettes trottinait à la rencontre des visiteurs, sans doute une collaboratrice du centre. Sans attendre la femme, et même comme pour contrer la hâte dont celle-ci faisait preuve, Blanche ouvrit tout grand la porte centrale et pénétra dans la pièce d'un pas résolu. Deïev la suivit, rouge d'embarras. Il ne pouvait tout de même pas rester seul pour expliquer cette irruption insolente ?

Il entra et resta figé d'étonnement : c'était une salle de bal. À travers les immenses fenêtres, dont presque toutes les vitres étaient entières – seules quelques fenêtres étaient fermées par des chiffons –, la lumière du soleil pénétrait généreusement. Le plafond était inhabituellement haut : il fallait renverser la tête pour regarder le lustre énorme, sur plusieurs niveaux, qui prenait autant de place qu'une locomotive (la totalité des ampoules en forme de bougies étaient brisées, alors que les supports de bronze se dressaient, intacts). Partant du lustre par vagues, des fleurs de plâtre et des fissures couraient sur tout le plafond. Tout au fond, dans les hauteurs, s'avançait un balcon d'orchestre protégé par des balustrades blanches, surplombant des colonnes défraîchies, mais encore élégantes.

Cet espace sublime était rempli de gamins au point qu'il ressemblait à la salle d'attente d'une gare. Les larges appuis des fenêtres, garnis de hardes, étaient transformés en couchettes ; chacun d'eux accueillait trois ou quatre garçonnets en rangs serrés, parfois pêle-mêle. On avait également transformé en couchages toutes les caisses, valises, sacs remplis de Dieu sait quoi, ainsi que des tas de livres couverts de paille, qui s'amassaient en longues rangées sur le parquet (c'étaient des livres de prix, aux couvertures de cuir ou en carton épais, visiblement des œuvres complètes). Ceux qui n'avaient pas de place assise ou de paillasse étaient allongés à même le sol, qu'ils recouvraient d'une épaisse couche mouvante de membres pâles et sales et de visages maigres.

Personne ne fit attention aux nouveaux venus : les habitants du lieu regardaient par la fenêtre, jouaient aux cartes, bavardaient, somnolaient, s'épouillaient, ou fixaient le plafond. Deïev n'avait encore jamais vu autant d'enfants réunis dans une même pièce. Il cillait devant cette abondance de talons nus et de nuques identiques, rasées de frais. Le bourdonnement des voix emplissait ses oreilles :

– C'était pas la première fois qu'on mangeait du chien – la belle affaire ! On s'est rempli la panse, et on en est pas morts…

– Ma mère était en train de mourir, la terre lui avait déjà montré ses griffes noires…

– Laisse tomber ton prêchi-prêcha. Je f'rai c'que j'veux. On a déjà créché chez les cognes, si on veut décamper, on leur filera entre les pognes…

– Sainte Marie, mère de Dieu, Reine des cieux et de la terre, reçois la prière de ton humble serviteur…

– La bouffe est nulle ici : on mange de l'eau, on boit de l'eau, comment tu veux qu'on chie quelque chose…

– Ton Mosjoukine contre mon Douglas Fairbanks, c'est une souris contre un éléphant !…

– Quand j'me ferai taper, j'oublierai pas d'jurer…

– Hé, je lui dis, citoyenne, tu manges d'un air bien important, on dirait Lénine…

– Camarades ! Vous venez du Narkompros[1] ?

Une femme à lunettes apparut, hors d'haleine (de près, Deïev s'aperçut que ses cheveux rassemblés en queue de rat étaient gris, et que sa maigreur indiquait un organisme non pas jeune, mais tout à fait vieux). Blanche ne s'arrêta même pas : elle continuait à avancer d'un pas rapide entre les corps des garçons étalés sur le sol, tournant la tête dans tous les sens.

– Mon nom est Shapiro.

La femme dépassa Deïev, arriva à la hauteur de Blanche et se mit à trotter à côté d'elle, tentant de croiser le regard de cette étrange visiteuse.

– Mme Shapiro, la directrice.

– Vous avez combien d'enfants dans le centre ? Blanche parlait d'un ton très sévère, comme si elle l'accusait d'avance pour toute réponse.

– Quatre cent cinquante. La directrice, toujours trottinant, enleva ses lunettes et les essuya contre le revers de sa jaquette, espérant visiblement que des verres propres l'aideraient à mieux distinguer l'arrivante. Mais après le repas il y en aura plus, on attend un arrivage d'Elabouga.

– Combien sont en bonne santé ?

– Ça dépend de ce qu'on appelle bonne santé. Quarante-sept enfants sont à l'infirmerie et en quarantaine… Le visage de la directrice était de plus en plus troublé, et sa respiration de plus en plus hachée à force de marcher vite. Ou est-ce que vous venez du Narkomzdrav[2] ?

Ce n'était pas bien, d'obliger une femme âgée à avancer aussi vite. Est-ce que Blanche le comprenait ? Il semblait que non. Ou, au contraire, le comprenait-elle parfaitement ?

– Combien d'enfants en bonne santé de plus de cinq ans ?

1. Commissariat du peuple (ministère) à l'Éducation.

2. Commissariat du peuple (ministère) à la Santé.

– Environ les deux tiers… Mais attendez… dites-moi… Mme Shapiro peinait à reprendre son souffle. Camarade ?…

Deïev eut honte.

– Blanche, dit-il en présentant sa collègue. Commissaire Blanche de la commission à l'enfance.

– La commission à l'enfance ! s'exclama Mme Shapiro d'un air ravi, oubliant même son essoufflement. Vous vous souvenez enfin de nous ! Nous périssons sans vous, nous périssons… Pourquoi n'avez-vous pas prévenu ? Je vous aurais préparé tous les chiffres, et une liste de questions, pour ne pas être prise de court…

– Eh bien, prenez votre temps. Blanche examinait les fenêtres et les portions de mur entre elles. À l'extérieur, la pluie avait redoublé ; l'eau passait par le crépi troué, gouttant sur le parquet.

Elle ne les examinait pas par désœuvrement : elle laissait entendre qu'elle voyait et condamnait. Elle avait une manière étonnante de transformer non seulement ses mots, mais même ses regards muets en rcproches ! Elle n'avait rien d'une femme, et tout du serpent.

– Premièrement, bien sûr, il y a le bâtiment, commença Mme Shapiro d'un ton inspiré. Vous voyez vous-mêmes dans quelles conditions nous subsistons ! Au Narkompros, ils pensent qu'ils nous ont donné un palais, et que tout va bien ! Mais comment vivre dans ce palais ? Ils y ont pensé ? Comment faire la classe ? Dormir ? Soigner ? Ce ne sont pas des conditions pour les enfants.

– C'est vrai, approuva Deïev (il avait très envie d'aider la pauvre directrice). Où sont les lits ?

– Camarade, l'Assemblée de la noblesse n'était pas un dortoir. Mme Shapiro hocha la tête d'un air sentencieux. On y dansait, on y banquetait. Voici notre meilleur lit.

Elle tapota un banc municipal qu'on avait visiblement apporté d'un parc : un tas de petits enfants s'y pressaient, couverts d'une nappe en soie avec des franges, horriblement sale, et qui avait déjà perdu depuis longtemps ses couleurs.

– Sans compter que chaque jour apporte un nouvel arrivage ! Où est-ce que je dois les mettre, tous les évacués ? Shapiro écarta ses bras malingres d'un geste tragique, ressemblant immédiatement à une araignée effrayée. Plus les bébés qu'on nous laisse chaque jour. Nous avons déjà mis une annonce sur la porte : « Prière de déposer les bébés à la Maison des nouveau-nés ! » Et nous avons indiqué l'adresse. Mais les mamans ne savent pas lire, ou alors sont trop obstinées : nous trouvons chaque jour sur nos marches un ou deux bébés emmaillotés, parfois trois…

Deïev sentit un regard posé sur lui. Il se retourna et vit, à travers les grandes vitres du balcon, des statues en plâtre qui le contemplaient ; elles avaient sans doute été déplacées sur le balcon pour libérer de la place. Certaines avaient le nez cassé. L'eau de pluie ruisselait sur leurs visages immobiles.

– … En plus, chaque jour, nous avons dix à vingt pensionnaires qui viennent d'eux-mêmes. Il en arrive encore et encore. Et pas seulement de Tatarie – de Tchouvachie, de Mordovie, des Allemands de Saratov… Il y a quelques jours, nous avons eu un arrivage de Kalmoukie. Mettons que je refuse un adolescent. Mais un petit de trois ans ? Je n'aurais pas le cœur à le renvoyer.

– C'est votre grand cœur qui vous a fait fermer les fenêtres avec des plaques de fer ?

Ayant fait le tour de la salle, Blanche se retourna et avança d'un pas énergique vers la sortie, comme si elle était la propriétaire du lieu et guidait des visiteurs.

Le ton acerbe et la brutalité de sa camarade étaient désagréables – Deïev en avait les mâchoires qui grinçaient. Elle ressemblait plus à un sous-officier en pleine parade qu'à un commissaire à l'enfance !

– Mais pourquoi dites-vous ça ? Mme Shapiro peinait à suivre Blanche. Le rez et les sous-sols ne sont pas habitables, on ne peut même pas y loger du bétail : en hiver, les murs sont couverts d'une couche de givre plus grosse que mon doigt, et on a de l'eau jusqu'aux genoux au printemps et en automne. Les fenêtres n'ont plus de vitres depuis la guerre. Et les cheminées ne fonctionnent pas, les canalisations sont bouchées. Mais si la commission à l'enfance aidait…

Un étrange son traînant interrompit cette conversation : il venait d'en haut, vers le plafond – Deïev se dit un instant que c'était une sirène. Non, c'étaient des cris d'enfant : pas des pleurs, mais des hurlements désespérés, qui retentirent longtemps, parfois brièvement interrompus par un soupir ou un gémissement. Même Blanche se figea et se retourna en direction du bruit. La directrice, elle, se contenta d'un geste fatigué de la main.

– Ne faites pas attention, c'est Senia Le Tchouvache. Il se calmera bientôt.

Le cri ne cessa pas – ni quand les visiteurs quittèrent la salle de bal, ni quand ils avancèrent dans le couloir, ni quand ils entrèrent dans la pièce voisine. Mme Shapiro ferma les portes pour que le bruit ne les dérange pas, mais la voix traversait les murs.

Pourtant, dès qu'il eut pénétré dans la nouvelle pièce, Deïev en oublia Senia. C'était sans doute la salle à manger d'apparat autrefois. On y avait logé les fillettes. Les conditions étaient les mêmes : les lits bricolés à partir de livres, de débris de meubles, de boîtes en carton ; les enfants étaient toujours entassés dans un espace insuffisant, les corps aussi osseux et les pieds nus, même s'il s'agissait cette fois de corps et de pieds de fillettes. Mais toute cette scène se déroulait sous une débauche de nourriture.

Le plafond était peint de couleurs vives et généreuses, d'un trait excessivement naturaliste. Le pourtour s'ornait de feuilles de vigne, sur lesquelles s'exhibaient des grappes énormes, encore soulignées par des rayons de soleil. À côté, on voyait une profusion de pommes roses et de poires jaunes presque translucides. Des papillons passaient entre des tas d'abricots et de pêches, de juteux citrons à demi pelés brillaient d'un éclat humide.

Des tableaux gigantesques couvraient les murs. Du gibier grillé, des tranches de jambon rose pâle, des huîtres, du pain rompu et des verres de vin entamés, étaient représentés dans des proportions inconcevables, et dans un état parfait : pas la moindre fissure, la moindre moisissure n'entamaient cette puissante abondance. Les fresques rutilaient comme si elles avaient été peintes la veille.

Le calme régnait dans la salle : écrasées par cet espace extraordinaire, les fillettes étaient couchées, résignées, et ne se parlaient qu'à voix basse (d'ailleurs, même Senia Le

Tchouvache avait cessé de crier). Deïev remarqua une gamine qui essayait d'arracher du mur un morceau de viande peinte, en pure perte : la couche de peinture était épaisse et solide, et les doigts de la fillette, trop faibles.

Il aurait voulu poser une question, mais se contenta d'émettre un grognement contrarié en examinant la nuée de fruits qui s'étendait au-dessus de sa tête.

– Je vous ai bien dit que nous n'avions pas de locaux, soupira Mme Shapiro.

– Et il n'y avait pas moyen de masquer ces... Deïev fronça les sourcils, cherchant le mot... ces barbouillages ?

– Comment ? Au charbon ? Je n'en ai pas non plus.

– Pour les locaux, c'est clair, les interrompit Blanche. Quoi d'autre ?

Deïev ne vit pas la moindre trace d'émotion sur son beau visage lisse : la commissaire contemplait avec un calme olympien le délire culinaire qui les entourait et les enfants pelotonnés dessous. Elle était quand même drôlement faite : une fois, elle se mettait hors d'elle sans raison, l'autre, elle était si sèche qu'on pourrait croire qu'au lieu d'un cœur elle avait un morceau de poisson congelé dans la poitrine. Donc, les murs rongés par l'humidité et les fenêtres fermées par du contreplaqué la dérangeaient, tandis que les souffrances des enfants vivant sous la nourriture peinte, non ?

– Deuxièmement, bien sûr, la nourriture, répondit volontiers Mme Shapiro en indiquant de ses doigts maigres les mets dessinés. Je comprends que nous connaissons la dévastation, la famine, une période difficile. Mais à quoi bon les évacuer, si nous ne pouvons pas les nourrir ? Un rouble par enfant et par semaine, qu'est-ce que ça veut dire ? Que vais-je pouvoir leur donner pour un rouble ? De la poussière de moulin ? Du son d'avoine ? Et je ne dois pas seulement les nourrir, mais aussi les soigner et les réchauffer. C'est déjà le troisième point.

Elle fit un geste de la tête en direction de la cheminée d'angle : une large cheminée de fonte et de marbre, au pied de laquelle on apercevait un peu de bois sec et des journaux déchirés. Un seau en fer-blanc était posé dans l'âtre, des gouttes d'eau y tombaient du conduit de la cheminée – sans doute des gouttes de pluie.

– Un palais… Les joues ridées de Mme Shapiro rougirent d'indignation, et elle semblait tout entière échauffée par cette discussion ; sa veste s'était ouverte, ses mouvements devenaient véhéments. Est-ce qu'ils ont pensé, au Narkompros, à la quantité de bois nécessaire pour chauffer ce palais ? En hiver, la neige vole sur le sol de la salle de bal !

Deïev sentit soudain qu'il était frigorifié par cette demi-heure passée dans le foyer : il ne faisait sans doute pas plus chaud que dans la rue. Les rayons de soleil dessinés sur le plafond ne réchauffaient pas la pièce.

– C'est plus facile d'exiger du bois de chauffe que de l'argent ou un local. Blanche avait repris sa voix de procureur.

– J'ai déjà essayé ! J'ai gâché tout mon papier à le demander !

– Alors il ne fallait pas écrire de lettres, mais aller en personne au *sotsvos*[1], trouver le chef du département et le retenir dans son bureau jusqu'à ce qu'il donne deux chargements de bois. Prendre un crayon bien taillé, le pointer sur le cou de ce salaud – Blanche montra sur son cou l'endroit où, chez les hommes, on voit généralement saillir la pomme d'Adam – et lui fourrer un deuxième crayon dans la main, pour qu'il signe. Et le menacer, en cas de refus, de se plaindre à la Tchéka de son incurie coupable et son attitude hostile envers les enfants !

Deïev comprit, à une intonation particulière, que la commissaire avait déjà agi exactement comme cela, et peut-être plus d'une fois. Mme Shapiro se contenta de battre des cils sur ses yeux myopes, sans répliquer à cette proposition osée, puis après un silence reprit son discours, comme si elle espérait toujours provoquer la compassion :

– Après, bien sûr, il y a le problème de l'hygiène, qui est tout simplement inexistante. Nous n'avons ni bania ni salle de désinfection. Nous n'avons qu'une baignoire – une pour dix. Et un bout de savon pour dix. Et si des enfants nous viennent avec la gale ? Ou la teigne ? Je tremble rien que d'y penser…

– Mais arrêtez, enfin, de trembler et de vous plaindre ! Blanche avait parlé si fort que Mme Shapiro en sursauta, et que les fillettes regardèrent avec angoisse ces adultes en colère. Allez au Narkomzdrav, tapez du poing sur la table !

1. Abréviation de « éducation sociale », acronyme typiquement soviétique : branche du ministère soviétique de l'Éducation, ou Narkompros.

Et renversez devant eux un bol de poux aussi gros que possible, comme souvenir des enfants sales. Ils vous fourniront rapidement toutes les salles de désinfection et les savons et le dentifrice nécessaires !

Pleine d'indignation, elle tourna sur ses talons et se dirigea vers la porte.

Elle a fait tout ça, se dit Deïev. Blanche a fait tout ça : et tapé du poing, et renversé les poux sur la table. Et peut-être pas sur la table, mais dans le col de ce malheureux chef de département. Elle en est capable : ce n'est pas une femme, mais un fléau en jupons. Et lui, l'imbécile, qui fixait ses cils et ses jolis genoux. Et qui se retrouve dans le même convoi qu'elle !

– C'est votre conseil en tant que membre de la commission à l'enfance ? répondit Mme Shapiro, estomaquée.

– Plus qu'un conseil, une recommandation impérieuse ! En sortant de la pièce, la commissaire ne crut pas bon de tenir la porte, laquelle faillit heurter Mme Shapiro au front. Deïev n'eut que le temps d'accourir pour protéger la vieille femme du choc. S'il l'avait pu, il aurait volontiers rabattu cette même porte sur le dos de Blanche, ou même sur son beau visage hautain.

Cette dernière courait déjà dans l'escalier en direction du deuxième étage, manquant de renverser un gamin au passage.

– Mer, écarte-toi : la merde avance ![1], grogna-t-il.

– Toutes les merdes ne se valent pas[2], répliqua immédiatement Blanche.

– Il n'y a rien à voir là-haut, s'inquiéta Mme Shapiro, et une pointe d'angoisse parut dans sa voix. C'est l'infirmerie et les salles de quarantaine !

Trop tard : la commissaire avait franchi la volée de marches, ses talons résonnaient sur le sol, quelque part à l'étage.

☆

Le garçon était vêtu d'une camisole framboise, avec des fleurs dorées et des boutons de cristal : debout dans le couloir, il

1. Expression russe.
2. Expression russe.

pissait dans un seau. La camisole était si grande que le bas, tout froissé, formait des plis sur le parquet, et le cou maigre du gamin dépassait du col comme un bâton d'un tonneau. Sous le velours rouge, le garçon était nu comme un ver : il n'avait ni pantalon ni sous-vêtements. Quand il eut soulagé sa vessie, il rassembla d'un air sérieux les pans de sa défroque pour ne pas trébucher dessus et, traînant des pieds, retourna à sa place. Les pieds nus qui dépassaient de la camisole faisaient penser à des pattes d'éléphant : ils étaient anormalement gros, informes, et avançaient lentement, avec effort, ne se détachant presque pas du sol.

– Nous avons trouvé ces habits sur le balcon d'orchestre, avec des perruques et de la poudre, expliqua Mme Shapiro, essoufflée par la montée (Deïev eut l'impression qu'elle vacillait déjà d'épuisement et de l'émotion de ces dernières minutes). Enfin, les musiciens nous ont laissé une douzaine de costumes de mascarade, mais pas une seule paire de chaussures. J'aurais préféré le contraire. Mais on n'allait pas tout jeter, on a distribué aux enfants... Ce sont ses pieds que vous regardez ? Je vous avais bien dit que c'était l'infirmerie.

L'espace du deuxième étage était plus exigu, plus prosaïque aussi : par les petites fenêtres, on apercevait une corniche en haut, sur la façade ; Deïev aurait pu toucher le plafond en levant le bras. De toute évidence, c'étaient des locaux de service. Une porte basse menait à chacun d'eux.

Mme Shapiro et Deïev inspectèrent plusieurs salles (il fallait se pencher pour entrer, pour ne pas heurter le linteau avec la tête), et retrouvèrent Blanche dans l'une d'elles : elle ne déambulait pas dans la pièce, mais restait immobile non loin de la porte, examinant attentivement les occupants. D'ailleurs, elle n'aurait pas pu avancer : les paillasses étaient très proches les unes des autres, les corps enfantins recouvraient presque entièrement le sol.

Ces corps étaient curieux. Une partie – les mains, les épaules, les côtes, les clavicules, les cous – était inhabituellement maigre, les os saillants, tandis que d'autres parties – pieds, genoux, cuisses et ventres – semblaient incroyablement enflés, comme des oreillers de plume. La même chose était vraie pour les visages : les uns avaient des masques osseux, les autres ressemblaient à des crapauds gonflés par une paille, on voyait à peine leurs yeux sous les plis. Deïev avait, bien entendu, déjà vu des corps gonflés (qui, sur la Volga, n'en avait pas vu !), mais autant à la fois, et uniquement des enfants… Certains étaient nus, d'autres cachés derrière des camisoles de velours comme celle du garçon dans le couloir. La tête de quelques-uns était couronnée de tricornes brodés de fils dorés avec des plumes et des perruques bouclées. Les enfants gisaient sur des grabats et sur le sol, échangeant mollement quelques mots, beaucoup dormaient.

– Les instructions sont, bien sûr, de ne pas prendre les enfants gonflés ou mutilés, grommela Mme Shapiro d'un ton coupable, et Deïev comprit enfin la raison de son trouble. Mais les évacuateurs… Ma foi, ce sont aussi des êtres humains. Ils peuvent se tromper. Il vient de tout : une fois, c'est un bébé qui tète encore sa mère, une autre, de la région de Mamadych, une fillette enceinte – d'à peine treize ans, mais enceinte…

– Vous n'avez qu'à retenir l'argent sur le salaire des évacuateurs pour entretenir ces enfants « hors instructions », proposa Blanche. Ils cesseront immédiatement de se tromper.

Mme Shapiro se tassa d'un air coupable et ne répondit rien.

– Tais-toi, dit Deïev avec haine. Il n'en pouvait plus.

C'était dit à voix basse, dans le dos des deux femmes, qui ne l'avaient sans doute pas entendu. Il avait envie de le répéter plus fort, et d'y ajouter quelques mots approuvant la responsable, et aussi de prendre Blanche par le bras (en le serrant pour qu'elle ait mal), de l'empêcher d'ouvrir encore la bouche… mais à ce moment, quelqu'un toucha l'arrière de sa jambe, avec douceur, comme si un chat l'effleurait avec sa queue.

Il se retourna : c'était une fillette qui pouvait avoir quatre ou huit ans, si maigre qu'il était impossible de déterminer son âge. Assise sur un tas de paille dans un coin, elle tendait la main vers les arrivants. Ses yeux grands ouverts, blancs comme deux œufs durs, fixaient Deïev. Sa paume ouverte oscillait légèrement de droite à gauche. Une aveugle, comprit-il. Elle mendiait en s'orientant à l'oreille.

– Tu n'as plus besoin de faire ça. Deïev s'accroupit à côté d'elle, caressant l'épaule de la fillette, et baissant gentiment sa main tendue. Ici, on te nourrira de toute façon.

– Ne perdez pas votre temps, dit Mme Shapiro en se retournant. Markhoum ne comprend ni le russe ni le tatare. Elle a l'impression de mériter sa nourriture de cette façon.

– Voilà notre palais, dit Mme Shapiro dans le couloir, les invitant d'un geste à descendre les escaliers. Vous avez tout vu. Descendons, camarades, je vous offrirai le thé.

Mais ils n'eurent pas le temps de descendre : ils entendirent à nouveau le cri déchirant, tout près d'eux – on aurait pu le prendre pour un cri animal, s'il n'avait pas été entrecoupé de sanglots et de grommellements.

– Senia Le Tchouvache ? devina Deïev.

La directrice – pâle, le visage figé – acquiesça brièvement de la tête, et détourna les yeux.

– Il est poursuivi par un troupeau de poux, expliqua-t-elle. En rêve. Il essaie de s'enfuir, mais il n'y arrive pas. Ses jambes ont terriblement souffert du gel, et depuis les piqûres de vermine sont très douloureuses. Quand il se réveille, Senia cherche les poux sur son corps, encore et encore... Et quand il s'endort, ils le piquent... Allons-y, camarades ! Une intonation résignée apparut dans la voix de la directrice. J'ai un bon thé de carotte.

Blanche observa les yeux anxieux de Mme Shapiro.

– Nous n'avons pas besoin de thé, dit-elle.

Elle passa le long de portes fermées, écoutant, à la recherche de celle derrière laquelle Senia s'époumonait.

Elle la trouva, l'ouvrit.

Cette porte ne menait pas à une pièce, mais au balcon d'orchestre. Et elle était occupée non par des enfants, mais par des squelettes d'enfants : c'est l'impression qu'eut Deïev en entrant. Des chiffons étaient posés sur des chaises rassemblées en bancs. Dessus, reposaient des os – des os fins, recouverts d'une peau grise et flasque. La même peau recouvrait les crânes, les visages, qui ne semblaient composés que d'une immense bouche et de deux orbites. Parfois, les os remuaient : les yeux vides s'ouvraient, les corps oscillaient mollement sur leur couchette. Le reste du temps, ils gisaient immobiles, les paupières baissées. Quelques enfants étaient installés sur de grandes caisses plates (aux poignées de bois sculpté dépassant sur les côtés, Deïev devina qu'il s'agissait des tiroirs d'une commode). Un petit était pelotonné dans l'étui en contreplaqué d'une contrebasse.

C'étaient les grabataires, ceux que la famine avait déjà fait passer par des évanouissements, la fièvre et les œdèmes, et qui avaient été sous-alimentés si longtemps – pas des mois, mais des années – que leur organisme, sans être mort de la faim, s'était épuisé et rétréci à la suite du manque constant de nourriture. C'étaient les enfants qu'on ne pouvait sans doute déjà plus sauver. Au plafond, des amours en plâtre les contemplaient en souriant.

C'est là que se trouvait Senia. Il ne criait plus, mais fixait le vide de ses yeux endormis de hibou, respirant comme un chiot, la gueule largement ouverte. Il avait un crâne bosselé, sur lequel poussait un fin duvet roux, et des oreilles démesurément grandes. Dans sa bouche presque édentée, les deux canines du haut brillaient de chaque côté de la langue.

– Vos évacuateurs vous amènent même des grabataires ? Blanche parlait à voix basse, gonflant ses narines brusquement pâlies. Et vous les acceptez ? Rien à dire, vous êtes tous des anges de miséricorde !

Mme Shapiro enleva ses lunettes embuées de son nez et, sans répondre, alla arranger la couverture de Senia, un morceau de tapisserie sur lequel on devinait encore le motif de perdrix et de chiens de chasse.

D'en bas, de la salle de bal débordante d'enfants sains, montaient des cris et des rires.

– Pourquoi les avoir mis dans un tel lieu ? Deïev jeta un œil par le balcon, et vit que les garçons jouaient à saute-mouton sur le parquet.

– Je vous ai dit qu'on n'avait pas de locaux. La directrice caressait la tête rasée de Senia ; sans lunettes, son fin visage rose semblait enfantin, tout en étant ridé.

– Les grabataires ne voient pas la différence, conclut Blanche d'un air moqueur.

– Ne dites pas ça ! Deïev sentit la nausée monter dans son ventre – soit à cause de la hauteur du balcon, soit à cause de ce qu'il venait de voir.

– Je comprends que j'ai enfreint toutes les instructions. Mme Shapiro se redressa et remit lentement ses lunettes sur son nez. Je suis prête à en assumer les conséquences. Mais comprenez, vous aussi : vous êtes tout de même de la commission à l'enfance, pas de la Tchéka. Qu'aurais-je dû en faire ? Je n'allais pas les renvoyer à Elabouga ou à Laïchevo ! Dans votre rapport d'inspection, je vous prie d'indiquer que tout cela s'est fait sous ma seule responsabilité et…

– Nous ne sommes pas en inspection, l'interrompit Blanche, regardant la directrice bien en face. Nous rassemblons des enfants pour les convoyer au Turkestan.

– Ah, oui, j'ai reçu une lettre… grommela Mme Shapiro d'un air de doute, puis elle eut un petit cri de jeune fille et posa sa main ridée sur sa poitrine – elle avait saisi. Pourquoi m'avoir fait tout ce cirque ? Cet interrogatoire, cette inspection des lieux ? Toute cette mise au pas… Pourquoi ne l'avez-vous pas dit tout de suite ?

Sous les verres épais des lunettes, ses yeux étaient devenus énormes, sans doute sous l'effet de l'indignation, mais Deïev eut l'impression qu'ils s'étaient simplement remplis de larmes.

– Je devais voir tous les enfants du foyer par moi-même.

– Vous voulez dire que vous ne vouliez pas vous contenter de mes conclusions ? La directrice serra sa seconde main contre sa poitrine, avança ses épaules maigres, comme si elle se contractait, se recroquevillait un peu plus à chaque instant.

– Oui. Blanche parlait d'une voix calme et affirmée, sans intonations accusatrices. Vous avez fait une liste des enfants à évacuer ?

– Oui. Avec un petit surplus. Je voulais justement demander au Narkompros…

– Il n'y aura pas d'augmentation du quota, rayez tout de suite votre surplus. Blanche parcourut le balcon du regard. Rayez tous ceux du deuxième étage, ainsi que les bébés de moins de deux ans et les filles enceintes. Ne laissez que les enfants sains. Et pas trop petits.

– Et si je refuse ? Si je vous amène au train, non pas quatre cents enfants comme indiqué dans le quota, mais quatre cent dix ? Vous n'allez tout de même pas les abandonner sur le quai ?

La commissaire ne dit rien, mais la réponse se lisait clairement dans son regard.

– Je vous en prie ! Je n'ai inscrit que les enfants qui avaient une chance d'arriver, de mon point de vue…

Blanche se taisait toujours.

– Comment pourrais-je les rayer de ma propre main ? Mme Shapiro serrait ses poings maigres contre le bas de son cou, comme si elle voulait s'étrangler elle-même. C'est un choix impossible…

– Il ne faut rayer personne, intervint Deïev. On les prend tous. Le garçon en camisole, Markhoum l'aveugle, Senia Le Tchouvache. Et la fille enceinte. Et ceux-là aussi. Il désigna les corps qui les entouraient.

– Non ! Blanche se tourna vers lui avec force, comme si elle s'apprêtait à le frapper.

– Si ! répliqua Deïev. Je suis le chef du convoi. Préparez les papiers, dit-il à la directrice. Je les signerai.

Mme Shapiro battit des cils, regardant d'un air indécis tantôt l'un, tantôt l'autre de ses visiteurs.

– Ils n'ont pas de chaussures. Pas du tout, murmura-t-elle d'une voix soudain découragée, et ses mains faibles retombèrent mollement le long de son corps. Il faudrait qu'ils puissent arriver au wagon, après en train ça ira…

– On leur trouvera des chaussures, dit Deïev. Certainement !

☆

– Vous voulez être gentil ? Blanche le lui avait dit sur le perron, ou plutôt, l'avait sifflé entre ses dents. Compréhensif ? Un type bien ?

– Bien sûr, avait répondu Deïev. Pas toi ?

– Non ! Elle se tenait à l'entrée du centre, ses bottes carrées bien enfoncées dans le granit, comme si elle espérait encore faire machine arrière et résoudre autrement la question. Je veux convoyer autant d'enfants que possible au Turkestan, mais qu'ils arrivent vivants ! Les grabataires n'arriveront jamais jusque-là, et ne feront qu'encombrer inutilement le wagon.

– Donc, ils n'ont qu'à mourir ici ?

Deïev avait déjà descendu les marches, mais la commissaire ne bougea pas d'un centimètre, et il hésita, se demandant s'il devait poursuivre sa route ou l'attendre. Il n'avait pas envie d'avoir l'air de fuir, comme un lièvre devant un renard.

– C'est la logique de la survie, Deïev ! Une logique cruelle, mais juste : il faut d'abord aider ceux qu'on peut sauver.

– On peut tous les sauver ! Deïev remonta vers elle, sans parvenir à la regarder bien en face : il était toujours en contrebas. On peut les aider, ou au moins essayer.

– Au prix de la vie des enfants sains ?

Il n'avait encore jamais vu de tels yeux chez un être humain : à la fois froids et rageurs. Les loups pouvaient avoir cette expression quand ils se jetaient sur des chasseurs, mais les hommes, jamais.

– Comment a-t-on pu te donner la charge d'enfants ?! Agitant désespérément les bras, Deïev redescendit les escaliers et s'éloigna ; mais, incapable de se retenir, il se retourna tout en avançant et cria en guise d'au revoir : Tu n'es pas simplement inflexible et sans cœur, non ! Tu n'es pas juste de pierre ! Tu es un ennemi, Blanche !

La commissaire était toujours immobile sur le perron.

– Jusqu'à Samarcande, Deïev, je suis votre unique et plus fidèle amie, répondit-elle à voix basse.

☆

Mais où les prendre, ces chaussures ? Cinq cents paires, autant dire : cinq millions. Il ne trouverait nulle part une telle abondance, ni dans les boutiques, ni chez les fripiers, ni sur les étals du bazar. La ville se déplaçait en souliers grossiers aux semelles déchirées, en bottes de feutre rapiécées, en sandales de tille et en pantoufles de chanvre. Quand il pleuvait, on mettait des « sabots » de bois – des morceaux de planche avec des sangles – pour marcher dans les flaques. Les chaussures dignes de ce nom étaient rares, avaient sans doute été achetées à des spéculateurs, ou avaient été distribuées aux soldats (certains malins s'inscrivaient à l'armée juste pour recevoir de bonnes bottes). Deïev venait d'en recevoir – à peine usées, à peine d'une pointure supérieure à la sienne, certes sans lacets, mais bref, des bottes de rêve ! – auprès du service de l'équipement. Mais même dans les dépôts militaires, on ne pouvait trouver une réserve de chaussures pour tout un régiment.

Cinq cents paires de bonnes chaussures, on pouvait seulement les emprunter – et seulement à des militaires.

Deïev arriva rapidement au kremlin de Kazan, comme s'il n'avait pas couru dans la boue automnale, mais galopé des quatre fers : la récente dispute lui avait donné des forces. Derrière les murs blancs de l'antique forteresse se trouvait l'académie militaire – derrière ces murs, cinq cents paires de bottes si nécessaires à Deïev foulaient la terre, éperonnaient des chevaux et défilaient sur la place d'armes.

Mais on ne le laissa pas entrer dans le kremlin. La sentinelle, devant la porte – un gros niais à baïonnette ! –, y tenait mordicus : pas de laissez-passer, pas de passage.

– Assassin ! enrageait Deïev. Pendant qu'on s'amuse à couper les cheveux en quatre, des enfants meurent. Et il comprit soudain qu'il parlait avec les mots de Blanche, ce qui le rendit encore plus furieux. Va au moins avertir ton commandant de ma présence !

À quoi la sentinelle répondit : je n'ai pas le droit de quitter mon poste.

– Je vais me mettre à crier, le menaça Deïev. À hurler comme un porc qu'on égorge, et j'appellerai ton commandant jusqu'à ce qu'il arrive.

À quoi la sentinelle répondit : je peux appeler la police.

Deïev, crachant par terre, se résigna à attendre. Se voûtant sous la pluie, il transperçait du regard la sentinelle douillettement réfugiée sous sa guérite, espérant la troubler. Mais ses yeux glissaient involontairement plus bas, vers les bottes propres, frottées avec zèle et amour, de son vis-à-vis.

Il pensait aux enfants. Si c'était vrai ? S'ils se mettaient à mourir en chemin ?

Ils ne mourraient pas. Il fallait seulement trouver les chaussures, et les enfants pourraient courir du palais de pierre glacé aux wagons chauffés. Deïev les enfermerait sous sept scellés dans ces wagons, comme une marchandise précieuse, chaufferait les poêles à blanc, pour que l'été commence dans le convoi, et filerait comme une flèche vers Samarcande. En deux semaines, ils arriveraient au Turkestan.

Là-bas, ce serait l'éternel été. Un soleil brûlant, des pluies caressantes. Du pain et du riz. Ces merveilleux grains de raisin, qui fouettaient les sangs et faisaient venir le rouge aux joues (il n'en avait jamais goûté lui-même, mais on lui avait raconté). Des montagnes de noix et de pruneaux secs, grands comme un poing d'enfant. Et du mouton en veux-tu en voilà, assez pour tous. Il fallait seulement trouver les chaussures…

Il surveilla le portail avec la sentinelle jusqu'à la nuit tombée. Des gens entraient et sortaient dans la forteresse, mais on devinait, à leur hâte et leur empressement, que ce n'était pas le commandant. Une automobile se présenta, on tendit un laissez-passer avec un degré de zèle qui indiquait clairement que ce n'était pas le commandant.

Celui-ci ne fit son apparition qu'au soir. Un galop de cheval s'éleva du fond du kremlin, et la sentinelle se redressa soudainement, écarquillant les yeux. Le voilà, il arrive, comprit Deïev.

Un cheval jaillit par le portail. Il portait un homme grand et puissant, en uniforme. Incapable de distinguer, dans l'obscurité, les galons sur sa manche, Deïev se jeta sous les sabots :

– Camarade commandant !

La sentinelle allait se précipiter pour écarter l'insolent, mais le cavalier avait déjà arrêté son cheval, qui caracolait sur place, se cabrant et menaçant d'écraser le crâne de tous ceux qui étaient à sa portée.

– Camarade commandant ! Deïev tourna autour du cheval dansant, cherchant à convaincre le cavalier tout en échappant à la sentinelle qui s'agitait maladroitement à sa suite, gênée par sa baïonnette. Cinq cents enfants ! Ils périront, si vous ne les aidez pas !

La sentinelle finit par atteindre Deïev et, ne sachant comment le mettre hors d'état de nuire, l'attrapa par-derrière – comme un malotru attraperait une fille, l'imbécile ! Ses coudes furent pressés contre son corps, l'idiot se pendit de tout son poids dans son dos, l'empêchant de bouger.

– Cinq cents enfants ! hurla Deïev pour se faire entendre malgré le piétinement des sabots, et tentant d'échapper à l'étreinte de la sentinelle. Il leur faut absolument des chaussures !

– Et pourquoi vous adresser à moi ? Le cavalier parlait tranquillement, sans élever la voix, sûr d'être entendu. D'où tiendrais-je autant de chaussures ?

– Pas vous, vos soldats ! Ils n'ont qu'à me prêter leurs bottes – pas pour longtemps, juste pour faire le trajet de la gare !

Sinon, les enfants risquent de prendre froid ! Ils sont tous pieds nus...

– Et vous me proposez de laisser tout le corps d'académie pieds nus ? Le cavalier se tenait droit sur son cheval cabré, les rênes rassemblés dans une seule main, tandis que l'autre reposait le long de son corps (Deïev avait déjà vu cette pose élégante, chez d'anciens officiers de l'armée tsariste).

– Oui, mais juste pour une heure !

– Vous avez perdu la tête... répondit le cavalier, comme s'il constatait une évidence. Et si, pendant cette petite heure, nous devions passer à l'attaque ?

– Et s'ils mouraient tous à cause du froid – les cinq cents enfants ? Ils auraient survécu à trois ans de famine pour mourir ici ? Deïev cria, puis s'effraya de ses propres paroles. Ils vont à Samarcande, pour trouver la chaleur et la nourriture. Je devrais déjà être sur la route, à toute vapeur ! Mais non, je dois discuter avec vous, perdre mon temps... Il jeta un regard furibond à la sentinelle qui le tenait toujours d'une poigne de fer. Mon ordre de mission est dans ma poche de poitrine. Je vous l'aurais montré, mais j'ai les mains occupées.

Le cavalier fit un geste impérieux du menton, et la sentinelle desserra son étreinte avec un grognement de regret.

– Regardez vos soldats : ils sont bien nourris et forts ! ne put s'empêcher de commenter Deïev, frottant ses épaules douloureuses. Et ils seraient incapables de passer une heure pieds nus dans leur caserne chauffée ?

Il fourra la main dans la poche de sa vareuse et en sortit son ordre de mission, qu'il tendit à bout de bras.

Il était peu probable que le cavalier puisse déchiffrer les lignes dans la pénombre, mais il ne se pencha pas vers la feuille et ne la prit pas dans sa main : il sautilla encore un peu sur son cheval, regardant le solliciteur sous tous les angles, puis commanda sans élever la voix :

– Venez dimanche, à six heures du matin, avec un chariot. Vous attendrez ici, à l'entrée. On vous donnera cinq cents paires de bottes, sous quittance. Vous aurez deux heures pour les ramener. Un détachement de cavalerie escortera le chariot et surveillera le transport. Au moindre soupçon de vol de biens publics, ce sera « sabres au clair » !

Deïev n'eut pas l'occasion de répondre : le cavalier tira sur ses rênes et le cheval s'immobilisa puis fila en avant, faisant résonner bruyamment ses sabots sur la route pavée qui descendait du kremlin.

Dimanche, c'était le surlendemain. Qui devint le jour du départ.

☆

Deïev courut à sa chambre chercher ses affaires : il déménagerait dans le convoi le soir même, pour ne pas perdre de temps inutilement le lendemain. Il avait aussi très envie de passer voir Tchaïanov. Envie – sa poitrine le brûlait ! – de faire irruption dans le bureau du chef, de regarder Tchaïanov dans les yeux, d'homme à homme. Et de lui dire : elle n'est pas des nôtres. Blanche. Nous ne pouvons pas voyager ensemble. Le problème, ce n'est pas d'avoir une bonne femme dans le convoi, mais celle-ci est pire qu'un vampire. Elle boira le sang – pas le mien, celui des enfants. On ne devrait pas la laisser approcher d'eux. Et son titre de commissaire, c'est une erreur. Je vous l'affirme en tout état de cause, camarade Tchaïanov. Je ne me plains pas, j'affirme.

Mais, en fin de compte, Deïev se plaignait.

Il avait honte de se plaindre d'une bonne femme.

Et c'est pourquoi il n'entra pas dans le bureau de Tchaïanov. Il regarda la fenêtre éclairée de son bureau dans la gare et continua son chemin, marchant entre les rails sous la lumière de la lune et faisant crisser le gravillon, jusqu'à l'arrière du dépôt, où l'attendait le convoi vide prêt au départ.

Vide, vraiment ? Les fenêtres d'un wagon brillaient de la lueur jaune pâle d'une lampe à pétrole.

Les charpentiers auraient travaillé si tard ? Mais tous les travaux avaient été terminés avant midi : Deïev avait inspecté le convoi, vérifiant la solidité des couchettes, puis avait signé au chef d'équipe le document attestant que les travaux avaient été exécutés. Des miséreux cherchant où dormir ? Des voleurs attendant l'arrivée d'un train ?

Il palpa son revolver dans les plis de sa vareuse : il n'avait encore reçu ni ceinturon ni uniforme des employés des transports de Kazan, ce qui l'obligeait à porter son arme dans une poche. Essayant de marcher aussi silencieusement que possible sur le gravier, il s'approcha du convoi.

Impossible de regarder dans le wagon de l'extérieur : les fenêtres étaient trop hautes. Deïev ne voyait, du dehors, qu'un morceau de plafond. Une ombre s'agitait sur ce plafond, d'un mouvement régulier et ample de balancier.

Il sortit son revolver. Lentement, retenant son souffle, il grimpa les marches de fer menant à la porte du wagon. Il attrapa la poignée et ouvrit la porte avec la même lenteur, la tirant vers lui. L'arme en avant, il se glissa dans l'ouverture.

Au milieu du wagon éclairé par une lampe à pétrole, des cuisses de femme s'agitaient : la commissaire Blanche lavait le sol en linge de corps, les genoux légèrement pliés, ses fesses fermes levées vers le plafond. Ses sous-vêtements, masculins, formaient comme un court caleçon qui laissait voir presque toute la longueur des jambes, fines comme celles d'un garçon, avec des mollets à peine arrondis.

– Où étiez-vous passé, Deïev ? Ayant senti une présence, Blanche se redressa et essuya son visage avec le dos de sa main. Nous étions pourtant d'accord de nettoyer pendant la nuit.

La lampe était posée sur le sol – pour un meilleur éclairage de l'aire de travail –, illuminant par en dessous la silhouette féminine d'une lueur fantastique, théâtrale. Ses jambes nues, dans cette lumière dorée, révélaient leurs moindres détails : les creux et les bosses des genoux, pareils à deux visages enfantins ; les chevilles sèches et fines, qu'on aurait pu entourer d'une main ; les pieds étroits, pas petits comme l'avait pensé Deïev, mais longs. Il eut même l'impression de distinguer de minuscules poils sur le bord extérieur des mollets. Le torse de Blanche était plongé dans l'obscurité, tandis que sa tête se distinguait à peine dans la pénombre du wagon.

– Je cherchais les chaussures. Deïev ne savait plus où mettre les yeux. Et je les ai trouvées ! On part après-demain.

– C'est rapide, dit-elle avec approbation, puis elle s'approcha de lui. Mes conseils ont aidé ? Vous avez coincé le chef de l'intendance municipale, en le menaçant de vous plaindre à la Tchéka ?

Elle respirait bruyamment après l'effort. Elle sentait le sel. La serpillière qu'elle tenait à la main sans l'avoir essorée gouttait, de l'eau tombait sur le sol.

– Vous détournez les yeux. J'ai deviné ?

– Tu n'as qu'à t'habiller ! s'énerva Deïev. Je n'aurais pas à détourner les yeux.

Il s'obligea à fixer sa poitrine, pour lui apprendre. Il zyeutait d'un air éhonté l'ouverture de sa chemise de corps – pour lui apprendre ! – sans ciller, écarquillant même volontairement les yeux et sentant ses joues rougir. Il examina tout : son cou, les bosses de ses clavicules, une goutte de sueur dans le creux qu'elles formaient. Il ne savait pas lui-même comment il y parvenait dans une telle obscurité, mais le fait est qu'il distingua tout.

– Pour vous, je suis la commissaire, et non une femme, Deïev. Blanche s'avança tout près de lui.

Son corps se ramassa, puis elle se redressa, comme si on l'avait tirée par les cheveux vers le plafond pour gagner au moins quelques centimètres.

– Alors qu'est-ce que ça vous fait, la façon dont je suis habillée ? Ou dont vous êtes habillé ? Hein ?

Il n'arrivait pas à paraître plus grand qu'elle.

Blanche déchira la serpillière en deux et jeta une moitié aux pieds de Deïev. Elle revint à sa parcelle lavée et continua à nettoyer.

Elle travaillait vite et bien. Ses bras dessinaient un geste ample sur le sol, son dos tanguait avec souplesse. Ses cheveux se balançaient au rythme du mouvement, tel un nuage doré dans la lueur trouble de la lampe à pétrole… Deïev se reprit, se détourna.

Il comprit soudain qu'il avait toujours son revolver à la main. Il tenta de le remettre dans sa vareuse, mais ne réussit pas à trouver la poche. Il y parvint finalement. Que lui arrivait-il ? Par-dessus le marché, il manqua de renverser le seau d'eau avec le pied.

Il fourra la besace contenant ses affaires sur une étagère, enleva sa vareuse et ses bottes. Il aurait bien voulu s'enfuir dans le wagon voisin pour le nettoyer, mais ils n'avaient qu'une lampe. Il ne pouvait même pas se réfugier à l'autre bout de ce wagon : le halo de lumière était étroit, ils allaient devoir se heurter les fesses sur ce coin éclairé. Bon, tant pis ! La belle affaire, passer quelques heures à nettoyer le sol avec une fille effrontée. Il remonta son pantalon jusqu'aux genoux, les manches de sa chemise sur ses coudes. Au travail !

– Moi, j'ai subi un échec, continua Blanche. Votre chef, Tchaïanov, a refusé de vous retirer du convoi. Nous avons bien bataillé. Je lui ai dit : votre Deïev n'est pas à la hauteur, trop nerveux, impressionnable comme une demoiselle. Il n'y arrivera pas…

Deïev, qui était en train de mouiller sa serpillière dans le seau, se figea – plié en deux, le chiffon mouillé dans les mains. Il voyait, non loin de lui, les jambes nues de la commissaire, qui reculaient peu à peu, laissant devant elles des planches propres.

– … Tchaïanov m'a répondu : « Si quelqu'un peut y arriver, c'est Deïev. »

Les jambes se rapprochaient.

– « Il peut remplacer le mécanicien, le chauffeur. Il connaît les locomotives comme un père connaît ses enfants. » C'est rare que je cède, mais là, j'ai bien été obligée.

Les jambes étaient presque à la hauteur du visage de Deïev, il aurait suffi de tendre la main pour les toucher.

– C'est vrai, que vous êtes le meilleur ?

Deïev lança la serpillière mouillée sur le sol ; de grosses gouttes jaillirent de tous les côtés.

Il enleva sa chemise par la tête, retira son pantalon militaire et le jeta sur le côté, restant à son tour en sous-vêtements.

Il attrapa le lourd seau et, d'un geste large, vida toute l'eau sur la partie propre. Et sur les jambes lisses et effrontées. Dommage qu'il n'ait eu qu'un seau !

L'eau se répandit dans le wagon, entourant la base de la lampe à pétrole – la flamme ne s'éteignit pas, mais trembla un peu. Deïev se mit à quatre pattes dans l'eau et commença à frotter le sol avec énergie – nettoyant après la commissaire.

Il ne lui répondit rien.

Blanche resta un moment immobile, regardant Deïev, puis vint l'aider…

La lampe à pétrole continuait d'éclairer, ils continuaient de travailler, sans plus s'interrompre pour discuter. Pendant qu'ils nettoyaient le sol, leur différence de taille ne se voyait plus. Leurs chemises de corps étaient parfaitement identiques, et les caleçons se distinguaient seulement par leur longueur.

Le wagon était silencieux. Les ombres des nettoyeurs bougeaient sur le plafond, se rejoignant puis s'éloignant. Les couchettes récemment fabriquées sentaient la résine. D'un châlit du haut pendait le bas d'une jupe soigneusement pliée, sur laquelle s'était perché un tas sombre : une chemise d'homme roulée en boule.

☆

La veille du départ fut un jour d'incessants combats. Deïev, qui venait de s'endormir après le nettoyage nocturne, fut réveillé à l'aube par une forte tape sur l'épaule. Il ouvrit les yeux, vit un homme. Pas un homme : une montagne. Ses épaules passaient à peine dans le couloir, le haut de sa tête touchait le plafond. La montagne tenait dans sa main une valise en contreplaqué avec une croix rouge peinte au milieu.

– Le docteur, se réjouit Deïev à moitié endormi.

– Non, dit l'homme-montagne en hochant la tête. L'infirmier.

Le mot « non » était le plus courant dans la bouche de l'infirmier Boug. « Non, je ne prendrai pas de wagon de troisième classe comme infirmerie, les fenêtres sont trop petites. Le wagon-église, lui, fait parfaitement l'affaire. » « Non, l'infirmerie ne doit pas être au milieu du convoi. Il faut la mettre en queue de train. » « Non, les malades tomberont de ces couchettes. Il faut les équiper de ceintures. »

Deïev n'arrêtait pas de courir du convoi à la gare, et retour : il exigea une locomotive pour déplacer les wagons (et l'obtint !), des ceintures pour les couchettes (qu'il trouva ! Certes pas des ceintures, des cordes de charroi), un poêle en fonte pour faire chauffer l'eau (également déniché !), une table d'opération (en fait une table de cuisine réquisitionnée dans la cantine), des couvertures pour les fiévreux (ce fut le plus dur, il ne put trouver qu'une dizaine de sacs de toile aux bagages)... Il courait sur les rails, exécutant les ordres de l'infirmier, se demandant quel âge avait ce dernier.

L'homme-montagne était vieux et puissant. Ses cheveux coupés en brosse grisonnaient, tout comme ses sourcils et les poils durs de ses oreilles, sa moustache en broussaille sous un nez en patate. Ses joues glabres et son cou portaient de nombreuses rides. Son dos, large comme deux Deïev, s'était un peu voûté avec les années, sans perdre son aspect imposant – au contraire. Ses bras forts, terminés par des mains énormes couvertes de taches de vieillesse, ne pendaient pas le long du corps, mais étaient légèrement écartés, comme si une force intérieure soulevait Boug. Son passé militaire se lisait dans l'aspect de l'infirmier aussi bien que sa puissance incroyable. Mais son âge restait indéchiffrable : les mouvements du vieillard étaient impétueux, ses yeux, d'une grande jeunesse.

– Vous êtes à la retraite depuis longtemps ? demanda Deïev alors qu'ils étaient occupés à traîner le poêle massif dans le wagon, à la recherche de la bonne place.

Deïev était déjà rouge et suant, tandis que l'infirmier semblait toujours aussi frais.

– Depuis longtemps, répondit celui-ci, affirmatif depuis la première fois de la journée. Depuis le siècle passé.

Donc, il n'avait pas moins de soixante ans : les infirmiers militaires quittaient l'armée après vingt ans de service.

– J'ai soixante et onze ans, dit Boug en souriant, voyant Deïev perdu dans ses calculs ; puis il prit le poêle entre ses énormes mains, le souleva et le déposa près de la fenêtre la plus proche – tout seul. Ne crains rien, fiston. Je ne mourrai pas avant d'arriver à Samarcande.

– Je ne suis pas un fiston, mais le chef du convoi !

Le vieillard donna une tape sur le flanc de fonte du poêle (il restera là !) et se contenta de sourire, découvrant des dents jaunes – solides, sans la moindre tache ou irrégularité.

☆

À l'extérieur, le cuistot du convoi attendait déjà. Lui, il en avait à revendre, de la jeunesse ! Dégingandé, maigre comme un clou noirci : la peau foncée, les yeux et les sourcils comme dessinés au charbon, des cheveux noir corbeau en bataille. Un Votiak ou un Tchérémisse, ou va savoir quoi encore. Il aurait été incapable de le dire lui-même, parce qu'il ne parlait pas un mot de russe, le comprenait seulement, et encore, très approximativement. Il s'appelait Memelia.

– Tu sais cuisiner ? l'interrogea Deïev, regardant avec mélancolie la tête hirsute du marmiton et ses ongles sales. Tu peux fricoter une bouillie pour cinq cents bouches ? Et une soupe de farine de seigle ? Et du *kavardak*[1] de sarrasin ?

Memelia faisait oui de la tête, avec zèle, en battant des cils sur ses yeux exorbités. Mais comprenait-il seulement ce qu'on lui demandait ?

Impossible de laisser un tel gâte-sauce aller chercher seul les provisions : ils se rendirent ensemble au sous-département de ravitaillement. Heureusement. Il n'y avait ni sarrasin, ni farine de seigle, ni autres provisions de la liste.

– Et je dois nourrir comment les enfants ? demanda Deïev, soufflant d'un air menaçant sur le fonctionnaire derrière le comptoir. Si tu n'as pas les provisions de la liste – donne ce que tu as !

– J'ai rien, répondit l'autre paresseusement, faisant une grimace ennuyée. Tu crois que tu es le seul dans la ville avec des enfants affamés ?

Deïev ne sut pas lui-même comment il était soudain passé derrière le comptoir. L'instant d'après, il tenait ce rat d'épicerie au col, le nez presque contre sa face grimaçante.

– Donne, je te dis, lui murmura-t-il à l'oreille, avant que j'envoie une plainte à la Tchéka…

Ils se mirent d'accord. Au lieu de sarrasin, Deïev reçut du millet brut ; au lieu de farine, du son d'avoine ; au lieu de pain, du millet décortiqué et des pois. Il hérita encore d'un peu de maïs et de gruau de seigle, ainsi que d'une abondance de sel et de tourteaux de tournesol. Deïev fourragea lui-même dans les étagères à la recherche de trésors cachés, huile, café ou poisson salé, mais n'eut pas la chance d'en trouver.

Il n'y avait pas non plus de couteaux, de gamelles et de cuillères. Il dut se contenter de tasses de garnison en étain, avec des baïonnettes croisées gravées dessus, et la phrase : « Prix de tir » – il y en avait des quantités incroyables. On pouvait non pas manger, mais boire de la bouillie dedans, sans compter les soupes de *kissel*[2] ; c'était tout de même mieux que de plonger sa paume dans la marmite commune ! Les tasses dataient de l'époque tsariste, mais l'aigle à deux têtes n'était

1. De l'ouzbek *qovurdoq*, plat mijoté.

2. Gelée traditionnelle à base d'amidon (de maïs, de pomme de terre) ou de bouillie liquide de céréales légèrement fermentées.

présent que sur le fond, et si petit qu'il faisait penser à une minuscule tache d'encre – on pouvait très bien l'ignorer.

Pendant tout ce temps, Memelia était resté pressé contre le mur, hochant timidement la tête devant Deïev, devant ce salaud de fonctionnaire, devant les caisses pleines de tasses tintinnabulantes. Le marmiton semblait de mœurs particulièrement timorées, et légèrement idiot. Deïev n'avait pas de chance avec son personnel !

– Si tu fais brûler la bouillie ne serait-ce qu'une fois, je t'abandonne à la première gare ! menaça Deïev avec résignation, tandis qu'ils portaient leur butin dans la charrette qui les attendait.

Tout en menaçant, il savait qu'il ne chasserait personne et n'abandonnerait personne, parce qu'il était trop pauvre en assistants.

Memelia hochait toujours la tête avec zèle, approuvant. Puis il monta sur la charrette et se mit à caresser amoureusement les sacs de grains, leur murmurant quelque chose d'apaisant dans sa langue.

☆

Ils n'avaient pas fini de décharger leurs provisions dans le wagon-cuisine que les nurses arrivèrent. Elles n'apparurent pas l'une après l'autre, mais d'un coup, en troupeau : onze employées, trois fois moins qu'il en fallait pour un tel convoi. Comme il n'y en avait pas plus au Narkompros, Deïev était censé se montrer reconnaissant de ce nombre.

Des fronts ridés, des bouches tordues, des doigts noueux : les nurses étaient silencieuses et austères. Deïev aurait voulu considérer leur sévérité et leur âge avancé comme un signe d'expérience et s'en réjouir, mais il ne le put pas. Toutes les nurses étaient débutantes.

Une ancienne femme de chambre. L'épouse d'un fonctionnaire qui avait disparu pendant les mois troublés de 1917. La veuve d'un pope. Une couturière ruinée. Une paysanne bachkire qui avait perdu sa famille et sa maison pendant la guerre civile. Une bibliothécaire de district qui était venue en ville après le début de la famine, parce que la moitié des habitants du district étaient morts, et que les livres avaient été emportés pour chauffer les poêles…

– Il y a des travailleuses sociales parmi vous ? demanda Deïev sans grand espoir, marchant le long des nouvelles arrivées qui s'étaient mises en rang devant le convoi, et examinant leurs fichus décolorés et leurs chapeaux usés.

Pas de réponse.

– Des institutrices ?

Toujours rien.

– Des infirmières ? Des gardes-malades ? Des nourrices ?

L'une des femmes fit un pas en avant, et Deïev resta bouche bée. Comment avait-il fait pour ne pas remarquer une telle splendeur plus tôt ? Elle semblait plus jeune que les autres – encore loin de la quarantaine – et si belle qu'en la voyant, on n'avait pas envie de lui parler, mais de l'admirer. Des yeux et des sourcils sombres sur un visage d'un blanc délicat, un somptueux corps pulpeux ; tout en elle était d'une parfaite harmonie. Deïev se souvint d'une expression venue d'il ne savait où : « la princesse perse ».

– J'ai une bonne notion de l'organisme humain, dit-elle. Je suis capable d'apporter les premiers soins à un enfant ou un adulte.

À sa prononciation douce, on comprenait qu'elle était tatare. La princesse n'était pas perse, mais tatare. Deïev avala péniblement sa salive dans sa gorge sèche, et tenta de prendre un ton impérieux :

– Tu es médecin ?

– Ichtyologue.

– Quoi ? ahana-t-il, complètement désorienté.

– Spécialiste des poissons.

Deïev comprit qu'il battait des cils comme Memelia. Il détourna le regard, toussota, fronça les sourcils et regarda le reste de la troupe d'un air maussade. Les femmes le regardèrent à leur tour, tout aussi maussades.

– J'ai étudié à l'université de Zurich, à la faculté des sciences naturelles, continua la princesse. Des études de biologie.

Deïev ne savait pas où était ce Zurich, en Allemagne ou en Hollande. Ni quelles sciences étaient naturelles.

– Tu as soigné des blessés ?

– Non. Je travaillais au jardin botanique de Kazan. Ma tâche était de constituer une collection exotique pour l'aquarium.

– Quelle collection ? demanda Deïev, à nouveau abasourdi. Il était énervé de se retrouver à poser des questions comme un idiot. Cette femme parlait par énigmes, ridiculisant les autres !

– Exotique. En d'autres termes, de poissons rares. Des hippocampes, des poissons-clowns, des poissons-papillons… Les yeux bruns prirent une expression tendre et rêveuse. Des porte-enseignes cornus, des anges de mer impériaux…

– Et pourquoi tu n'es pas restée dans ton jardin botanique avec tes enseignes cornus et tes anges impériaux ? s'énerva Deïev. Pourquoi tu es venue dans mon convoi ? Peut-être qu'on m'aurait envoyé une infirmière à ta place, ou une pharmacienne, ou une garde-malade ! Ça aurait toujours été mieux qu'une pêcheuse…

– Il n'y a plus de jardin botanique, répondit-elle calmement. Les chevaux l'ont mangé.

– Quels chevaux ? balbutia Deïev.

– On nous a mis un régiment de cavalerie, en 1918. Les chevaux ont mangé toutes les plantes exotiques, à la place du foin. Et ce qu'ils n'avaient pas mangé a été brûlé pour chauffer les poêles en 1919.

– Mon Dieu, et tes pauvres poissons, qu'est-ce qui leur est arrivé ? s'écria une des femmes.

– Ses pauvres poissons ? éclata Deïev. Bon, écoutez les ordres, camarades nurses ! Vous vous mettez par deux, et vous occupez tous les wagons ! Préparez les lieux pour l'arrivée des enfants. Séparez vos lits avec des rideaux. Vous viendrez chercher le pétrole pour vos lampes et le charbon pour les poêles. Et vous arrêtez vos bavardages. En avant !

Les femmes sursautèrent, s'agitèrent, échangèrent quelques mots et se répartirent par deux. La minute d'après, elles avaient sauté dans les wagons. Voilà comment il fallait leur parler : sans faire de subtilités, avec sévérité !

Seule, la princesse était restée à sa place, comme si elle n'avait pas entendu les ordres. Elle attendit que les autres aient disparu, et s'approcha de Deïev.

Dans ses cheveux noirs brillants, séparés au milieu par une raie nette et rangés derrière la tête en boucles et tresses, il remarqua des mèches grises.

– Ne vous inquiétez pas tant, dit-elle doucement, en le regardant droit dans les yeux. Les femmes s'en sortiront avec les enfants, elles ne sont pas femmes pour rien. J'ai eu un fils, je saurai bercer et nourrir un enfant.

Elle prononça le « j'ai eu » d'une drôle de façon, et Deïev décida de ne pas lui reprocher d'avoir ignoré ses ordres.

– Tu t'appelles ?

– Fatima Souleïmanova.

C'était bien une Tatare.

– À part le tatare, tu parles quelles langues, Fatima ?

Il y aurait des enfants de toutes sortes dans le convoi, et la connaissance du tchouvache ou du tchérémisse aurait aidé.

– L'arabe, le français, énuméra-t-elle. Et l'allemand, bien sûr. À l'université, j'ai suivi des cours de grec ancien, mais facultatifs, et pendant une année seulement…

– C'est bon, dit Deïev d'un ton déçu. Va t'installer, Fatima. Il faudra se lever tôt demain.

Elle fit demi-tour et marcha le long du convoi, le dos si droit qu'on aurait cru qu'elle portait sa valise étriquée non pas à la main, mais sur la tête. Elle posait avec délicatesse ses pieds chaussés de bottines usées sur le sol, comme les ballerines dans les films.

Deïev regarda son vieux manteau, qu'elle avait récupéré quelque part, ses bas de fil qui faisaient des plis à ses chevilles, et se dit qu'elle avait l'âge d'être sa mère.

☆

Un vieillard de soixante-dix ans, une volée de vieilles pies et un cuisinier muet et idiot : c'était là toute la troupe de Deïev. C'était elle qui allait devoir le soutenir, l'aider pendant des jours et des jours de route, veiller à la propreté de la guirlande et de ses passagers, les nourrir, les soigner et les protéger. Voilà à qui Deïev allait confier les vies des enfants, sans l'avoir désiré. Dont il devait répondre comme de lui-même.

Il y avait encore cette vipère de commissaire, mais elle avait disparu au matin. Deïev soupçonnait qu'elle ne s'était pas volatilisée par hasard – elle avait dû aller dans le foyer de la rue Voskressenskaïa, d'où partiraient d'autres enfants du convoi.

Deïev aurait aussi dû s'y rendre, mais comment échapper aux préparatifs du départ ?

Blanche arriva à midi. Deïev l'aperçut par la fenêtre du wagon – calme, compétente, avançant entre les rails avec son baluchon à l'épaule – et il sentit soudain la joie monter en lui : la commissaire était certes aussi austère qu'une tombe, mais on pouvait lui faire confiance.

– Vous avez obtenu un wagon supplémentaire ? demanda-t-elle en guise de salutation, ouvrant tout grand la porte du wagon. Où comptez-vous loger les enfants que vous avez si miséricordieusement décidé de prendre hier, en promettant qu'ils atteindraient Samarcande coûte que coûte ?

Sa joie retomba aussitôt.

– Ils dormiront par deux ou trois, ils ne sont pas en sucre.

Deïev achevait les papiers exigés par le chef de gare, prenant sous sa responsabilité le train sanitaire formé de huit wagons, dont une église ferroviaire et une cuisine de campagne.

– Ils dormiront, c'est sûr, acquiesça Blanche. Et ils tomberont des couchettes du haut et se casseront un bras ou une jambe, voire le dos.

Le crayon de Deïev s'immobilisa sur la page, sans arriver à la fin de la ligne. La commissaire avait raison : c'était une possibilité, et très probable.

– À quoi pensiez-vous quand vous avez distribué vos promesses ? continua-t-elle à voix basse, du ton de procureur que Deïev connaissait déjà.

Trouver encore des ceintures et attacher les dormeurs des couchettes du haut comme on attachait les malades inconscients de l'infirmerie ? Il n'y avait ni cordes ni sangles dans les entrepôts de la gare, Deïev en avait déjà retiré au matin toutes les réserves sur les indications de l'infirmier.

– Être bon, ce n'est pas promettre à droite et à gauche. Ce n'est pas soupirer et écraser une larme sur les pauvres grabataires. Ce n'est pas faire étalage de son cœur compatissant ! Elle parlait toujours doucement, mais il aurait mieux valu qu'elle crie. Être bon, c'est penser à tout. Se méfier de tout. Et tout prévoir. Être bon, c'est savoir quoi faire. Savoir refuser. Serrer la vis. Punir…

Coucher les enfants sur le sol ? Ils prendraient froid dès la première nuit. Leur donner les deux compartiments de fonction, ceux de Deïev et de Blanche, et dormir par terre ? Deux compartiments n'étaient pas suffisants pour installer plusieurs dizaines de passagers.

– … Quant à votre cœur compatissant, vous devez le cacher au fond de votre poche, pour qu'il ne dépasse pas. Parfois, être bon, c'est avoir l'air méchant !

Il y eut un petit craquement : le crayon, dans la main de Deïev, s'était brisé en deux.

Blanche était toujours dans l'encadrement de la porte, et toisait la figure raidie du commandant.

– Ne cassez pas le matériel, dit-elle après l'avoir observé à son aise. Le foyer des garçons a accepté de baisser les quotas. Nous emportons bien cinq cents enfants comme planifié, sans dépasser le nombre.

Une cinquantaine d'orphelins restaient dans la pluvieuse Kazan, à attendre l'hiver, laissant leur place à une cinquantaine d'handicapés du centre d'évacuation.

Deïev posa bruyamment les restes du crayon sur le document inachevé, et lança un regard lourd à Blanche.

– D'ici à demain, essayez de ne plus rien promettre à personne ! La commissaire claqua la porte du compartiment derrière elle. Dans le grand miroir collé sur le vantail, le propre visage de Deïev le fixait à présent – les muscles de la mâchoire saillants, les lèvres pincées…

Il n'avait pas le temps de s'énerver au milieu de toutes ses tâches. Et il n'aurait rien eu à dire. Il s'affaira jusqu'à la nuit, dans le train et autour de lui ; dans le bureau de Tchaïanov et dans les magasins de la gare ; dans le dépôt, où la locomotive du convoi était préparée au départ ; à l'atelier, où les mécaniciens fumaient. Il s'affairait, et pensait aux garçons inconnus du foyer de la rue Voskressenskaïa. Il ne connaissait pas leurs visages et leurs noms – c'était pour le mieux.

Il ne pouvait pas se justifier devant eux, et personne n'exigeait de justifications. Il ne pouvait rien promettre – qu'auraient valu ses promesses, face à l'arrivée de l'hiver ? Deïev ne pouvait que s'efforcer de conduire comme une flèche le convoi à Samarcande, puis de revenir aussi vite, tandis que les garçons attendraient la fin des grands froids dans des pièces où la neige volait au sol. Puis, si l'hiver n'était pas terminé, que le convoi continuait, que Deïev n'était pas démis, et que les garçons n'étaient pas envoyés dans des familles adoptives, alors il les prendrait en premier lieu. L'argument était faible, mais il n'en avait pas d'autre.

Il pensait aussi aux enfants qu'il avait rencontrés la veille, le garçon avec une oreille, Markhoum l'aveugle aux yeux blancs, le gamin en camisole de velours, Senia Le Tchouvache. Il comprenait qu'il n'aurait jamais pu les laisser dans le foyer. Il comprenait qu'il avait peur, qu'il était glacé de peur à l'idée que Blanche avait raison. Bref, il manquait de nerfs...

Accaparé par les tâches et les pensées, Deïev ne s'aperçut pas qu'il faisait déjà sombre. Cette folle journée, ce combat incessant pour les poêles, le charbon, le pétrole, l'approvisionnement, les bassines et les louches, les pelles et les seaux, les bandages et les cordes, les sacs, les marmites, la meilleure locomotive du dépôt et le conducteur le moins soûl, tout cela avait été fait et restait derrière lui. La nuit était tombée, la dernière avant le départ.

Mais Deïev ne pouvait pas rester dans son compartiment, et encore moins dormir. Il fit plusieurs fois le tour du convoi, rappelant à chacun qu'il faudrait se lever tôt. Il s'agita encore un peu, piétina dans l'obscurité devant le wagon d'état-major. Il attrapa les barres contre la paroi – l'une, puis l'autre –, et après, les suspensions pour les lampes. Il appuya les pieds contre le wagon voisin, s'étira, atteignit le toit.

La tôle était humide, glissante et froide, mais Deïev avait l'habitude de se promener sur les hauteurs. Il s'approcha du centre du wagon et s'assit, appuyant son dos contre la cheminée du chauffage.

La nuit était déjà noire. À la droite de Deïev, deux lignes de rails s'étendaient, légèrement brillantes. Plus loin, il apercevait les lumières de la gare, et plus loin encore, des lumières tout à fait minuscules, celles de la ville. À gauche, derrière les saules et les buttes des hangars, on devinait la largeur infinie de la Volga. Au-dessus de sa tête, il sentait le vent et l'humidité du ciel d'octobre.

L'air humide se déposa sur le visage et les épaules de Deïev, et menaça de se transformer en bruine. Il entoura ses genoux de ses bras, décida de s'obstiner à rester assis là tant qu'il n'aurait pas vu au moins une étoile dans le ciel couvert.

Au-dessous de lui, le convoi ne dormait pas : des carrés blêmes de lumière tombaient sur le sol à droite et à gauche de chaque wagon. De légers tintements s'élevaient de la cuisine : visiblement, Memelia était toujours occupé à nettoyer la vaisselle qu'on lui avait confiée. L'infirmier Boug, les mains dans le dos, faisant crisser le gravier, était parti se promener sur les rails et avait disparu dans le noir. Deux nurses descendirent prudemment du wagon, pas du côté spacieux, avec la terre battue, mais de l'autre, envahi par les mauvaises herbes et par les déchets. Discutant à voix basse, riant, elles fumaient en cachette.

Puis, ayant fini de fumer et de rire, l'une d'elles chanta à mi-voix. C'était une chanson lente, tendre, et Deïev aurait voulu que la femme chante plus fort, mais il ne se décida pas à crier dans la nuit ou à lui faire peur. Le vent emportait la moitié des paroles, et Deïev ne connaissait pas celles qui parvenaient jusqu'à lui – elles étaient en tatare –, mais, étonnamment, il les comprenait.

Dors, mon garçon,
Dors, et sois un homme à ton réveil.
Le cheval est déjà sellé, la corde est tendue,
Les temps t'appellent, les peuples t'attendent.

Deïev désirait ardemment que la femme qui chantait soit Fatima, mais il ne distinguait pas son visage dans l'obscurité.

Que les routes soient foulées par toi,
Que les ennemis soient détruits par toi,
Dors vite, et sois un homme à ton réveil.
Ô mon garçon !
Cœur de mon cœur, mon fils aimé !

Dans le ciel, on ne distinguait rien non plus : ni nuages, ni astres, ni le moindre rayon de lune. Allait-il rester longtemps encore à attendre cette étoile ? Deïev remuait, scrutant les hauteurs, la ouate noire du ciel. Il attendait.

Les bottes – au nombre d'un millier, cinq cents gauches et cinq cents droites – bruissaient sur les pavés. Dans la ville sombre et matinale, ce bruissement retentissait, emplissait toute la rue Rybnoriadskaïa, tous les passages et ruelles contigus. Il couvrait les voix hautes des muezzins sur les minarets, les pas des rares passants. Cinq centaines de paires de pieds traînaient sur les cailloux de la chaussée, incapables de détacher leurs semelles du sol.

Les bottes des cavaliers étaient si grandes que certains enfants auraient pu entrer entièrement dedans, la tête cachée dans la tige géante. C'est pourquoi ils marchaient lentement, tenant de la main les bottes qui leur arrivaient presque sous les aisselles, et la procession avançait à peine, s'étendant en un interminable ruban sur la rue. Parfois, un enfant tombait au sol, ayant trébuché sur un pavé, et tout le ruban se figeait, attendant patiemment que des adultes l'aident à se relever – avec cet équipement, les enfants étaient incapables de se mettre debout tout seuls.

Or, les adultes pouvant aider étaient rares : Deïev menait la procession, elle était fermée par Mme Shapiro, et quelques employées du centre s'agitaient sur les côtés. Il y avait aussi des cavaliers, mais ils pouvaient difficilement mettre pied à terre. Ils étaient assis sur leur selle, silencieux, sévères, le menton caché dans le col de leur capote. Chacun avait un fusil dans le dos, un sabre dans son fourreau à la taille. Des pieds nus dépassaient des capotes.

Deïev avait l'impression que les cavaliers avaient honte d'être habillés aussi chaudement face aux enfants vêtus de hardes vieilles et déchirées, emmitouflés dans des morceaux de tapisserie et de rideaux. Quant à lui, il était heureux de ne pas être à cheval, mais de marcher avec les autres. Il regrettait seulement de ne pas avoir pu céder ses bottes à quelqu'un.

En bout de procession, une charrette conduisait les grabataires : les malades avaient été alignés en travers, serrés les uns contre les autres comme des bûches, et tous avaient pu entrer, laissant encore de la place pour quelques bébés. La voiture qui avait apporté les bottes servait également à transporter les tout-petits, de un à deux ans.

Le chemin jusqu'à la gare fut insupportablement long. À mesure que la matinée avançait, les rues s'étaient remplies de piétons et de tramways, les usines avaient déjà fait entendre leurs sirènes (d'abord un, puis deux, puis trois appels), et le ruban d'enfants continuait de marcher péniblement. Des enfants des rues s'agglutinèrent en queue de procession ; il fallut les chasser, pour qu'ils ne se glissent pas dans les rangs ; les adultes ainsi distraits, le ruban ralentissait encore son allure de tortue. Les deux heures accordées à Deïev étaient passées depuis longtemps. Il ne cessait de regarder vers les cavaliers – et s'ils ordonnaient brusquement aux enfants d'enlever les bottes en pleine rue, pour récupérer le matériel militaire ? –, mais ceux-ci restaient imperturbables. Il essaya de presser les enfants, de les faire accélérer : les plus âgés le rabrouèrent (« On sue déjà à force d'allonger les guibolles ! »), tandis que les petits obéissaient et accéléraient le pas, mais trébuchaient et tombaient aussitôt. Deïev suait aussi, malgré le froid perçant du matin, à force de s'affairer, ou peut-être parce qu'il s'inquiétait de son retard malgré la parole donnée.

Ils se traînèrent enfin jusqu'à la gare. Il ne restait plus qu'à traverser les rails pour rejoindre l'arrière du dépôt où les attendait le convoi (ceux qui marchaient le feraient seuls, les malades et les tout-petits dans les bras des adultes), puis à répartir en vitesse tout le monde dans les wagons, et – merci pour votre aide, camarades de la cavalerie, bonne suite à vous !… Mais là non plus, les choses ne se passèrent pas comme prévu.

Les enfants étaient incapables de faire un pas par-dessus les rails. Dans leurs énormes bottes, ils trébuchaient sur les traverses et s'enfonçaient dans le gravier. Le groupe mené par Deïev réussit tant bien que mal à franchir quelques rails, puis se mit à patiner, pile au milieu de la toile faite de myriades de lignes d'acier et de planches transversales. Les plus grands arrivaient encore à franchir les obstacles, en jurant, mais les petits tombèrent à droite et à gauche, culbutant les uns par-dessus les autres et perdant leurs bottes trop grandes pour eux. Deïev et Mme Shapiro ne savaient plus où donner de la tête, comme une poule quand ses poussins sortent tous de l'œuf en même temps ; ils relevaient les enfants allongés, les bottes perdues, rassemblaient les brebis égarées, pour les voir à nouveau s'étaler quelques mètres plus loin. Les rangs arrière, fatigués par la longue route, ne voulaient pas attendre, montaient sur le réseau de rails et s'effondraient à leur tour. On ne pouvait plus arrêter la colonne ni l'obliger à faire demi-tour : elle s'étendait le long des rails et entre eux, du quai principal aux voies les plus éloignées.

Arrivant sur la droite, une locomotive de manœuvre donna un coup de sirène. Sur la gauche, une autre locomotive fit entendre sa voix de basse : les freins sifflèrent, l'acier grinça contre l'acier, et le châssis noir s'immobilisa au-dessus d'eux, tout proche. Deïev n'avait eu que le temps de sauter dans sa direction, levant les bras et protégeant les enfants de son corps, tandis que la locomotive continuait de crier, de s'approcher en exhalant des nuages de chaleur et d'humidité.

– Imbécile ! hurla le mécanicien, rouge de colère, en se penchant par la fenêtre. Enlève ces gamins !

Mais la locomotive s'était déjà arrêtée, et Deïev, qui répondit d'un signe de main, retourna s'occuper des siens...

La locomotive à vapeur dut patienter. Tout comme la locomotive de manœuvre, et deux draisines avec des ouvriers du chemin de fer. Tous les engins et les mécanismes étaient immobilisés sur les rails, laissant passer les enfants.

La guirlande était toujours à la même place, mais difficile d'accès : un train de marchandises, qui n'était pas là au matin, occupait la voie d'à côté. Entre les deux convois, il y avait un long passage que les enfants devaient emprunter pour atteindre les wagons.

À l'entrée du passage, Blanche attendait les futurs voyageurs. Elle n'était pas seule : elle s'était dotée d'une table venue d'on ne sait où, aux pieds arqués autrefois laqués (sans doute réquisitionnée dans le troquet de la gare). Sur la table, on voyait un tas de feuilles retenues par un morceau de brique. L'infirmier Boug, en blouse blanche sur sa tunique, était assis sur une caisse retournée, et les nurses se tenaient immobiles, alignées, le visage tendu – une seule était appuyée contre la table, un crayon à la main.

– Qu'est-ce que c'est que ce comptoir de scribe ?! Deïev, couvert de sueur après sa course sur les rails, atteignit la guirlande en premier.

Derrière lui, les grands – les plus résistants, et dotés des plus longues jambes – arrivaient en haletant, suivis à pas hésitants par leurs cadets, tandis que les petits avançaient péniblement en queue de procession, rabattus par Mme Shapiro et ses collègues. Les cavaliers de l'escorte fermaient la marche.

La commissaire jeta à peine un œil à Deïev. Elle cria soudain d'une voix si perçante que l'espace entre les wagons vibra, et qu'un écho revint à eux :

– Camarades enfants, petits et grands ! Je suis la commissaire Blanche…

Deïev sursauta sous le volume de cette voix. Pas les petits et grands.

– Blanche, Blanche, faut voir comme elle roule des hanches ! répliqua immédiatement un gamin – celui à une oreille que Deïev avait déjà remarqué au foyer.

La commissaire se contenta de regarder fixement l'insolent, comme si elle le marquait de son œil.

– Tout le monde en file indienne ! ordonna-t-elle. L'un après l'autre, sans se pousser et sans s'injurier, on s'approche du docteur. Et on lève sa chemise !

– Comment ça, « l'un après l'autre » ? Mais je dois rendre les bottes ! s'indigna Deïev. J'ai promis au commandant de l'académie !

Le soleil surplombait déjà les peupliers de la gare, et avançait sur la voûte céleste encore blême. Il devait être plus de neuf heures, peut-être neuf heures et quart. Mais Blanche se contenta de poser sa main sur l'épaule de Deïev, la serrant comme pour lui dire : attends, ce n'est pas le moment. Sentant la chaleur envahir son épaule comme si on y avait appliqué un cataplasme de moutarde, Deïev regarda les doigts féminins, longs, aux ongles roses et réguliers, qui entouraient sa manche.

– Et toi, tu vas la lever, ta chemise ? continua le garçon à une oreille. Je zyeuterais bien c'que tu caches dessous !

D'autres plaisantins réagirent et se lancèrent à leur tour, poussant des cris et des sifflements :

– Faut pas un toubib, faut remplir mon bide !

– J'veux pas être soigné, j'veux aller pisser !

– Laissez-moi pisser, ou ça va barder !

– Je ne vais supplier personne. La voix de la commissaire était dure comme celle d'un homme. Ceux qui ne veulent pas obéir n'ont qu'à se mettre de côté. Tous les tire-au-flanc, râleurs et gueulards, tous les fauteurs de troubles, par là ! Elle retira sa main de l'épaule de Deïev (mais l'épaule était toujours aussi brûlante), et indiqua du doigt le début de la guirlande, près du wagon-cuisine. Même chose pour les frondeurs et les regimbeurs. Vous resterez à Kazan.

Elle semblait s'adresser à tous à la fois, mais elle regardait seulement le garçon à une oreille. Elle le regardait sans détourner les yeux, la tête un peu relevée, comme pour paraître encore plus grande.

Le gamin la fixait à son tour, d'un œil impudent et parfaitement adulte, d'un bleu intense sur son visage bruni. Son corps d'adolescent était osseux et petit, ses jambes si tordues qu'elles semblaient presque plus courtes que son tronc. Il pouvait avoir aussi bien dix ans que quatorze.

– Les autres iront dans les wagons et recevront un repas. Camarade cuistot, qu'est-ce qu'il y a pour déjeuner ?

Blanche donna un coup de poing contre la porte de la cuisine, laquelle s'ouvrit docilement, découvrant Memelia, sous une toque d'un blanc douteux, une casserole à la main, qui grommela quelque chose d'incompréhensible.

– Vous avez entendu ? dit Blanche en levant les sourcils. Rien que ça !

À la vue du cuistot et de la casserole, les gamins s'agitèrent, se mirent à parler avec excitation.

– Le cuisinier est trop maigrichon, on va bouffer des briques ! continuèrent les grands, mais on entendait au son de leur voix qu'ils étaient heureux.

– Qu'il nous fasse une bouillie bien épaisse ! demandèrent les rangs de derrière. La bouillie, c'est toute notre vie !

– Y aura du tabac après le repas ? s'obstinaient les premiers rangs.

Mais on voyait bien qu'ils se retenaient de toutes leurs forces pour ne pas se précipiter vers la table pour l'examen médical, puis se ruer dans les wagons.

– Et de la came ? continua Une Oreille, parlant plus fort que les autres. Sans came, on cane… Alors qu'avec d'la came – il fit une pause, en acteur consommé, et lança un regard de triomphe à ses camarades –, avec d'la came, commissaire, on pourrait croire qu't'es une femme !

Les premiers rangs s'esclaffèrent. La blague se répandit dans la foule, passée de bouche à oreille et accompagnée de rires et de cris.

– Griga, tu n'as pas honte ! Mme Shapiro accourut vers Une Oreille, agitant les mains comme si elle voulait fermer la bouche insolente, mais Griga grimaça un sourire satisfait.

– Mais non, répliqua Blanche, levant la main pour calmer la foule hilare. La question vaut la peine d'être posée. Elle marcha le long des gamins, regardant dans les yeux rapidement et avec attention tous ceux qui pouffaient. Et je réponds : il n'y aura ni came, ni coco, ni coke, ni non plus de poudre, de neige, de respirette ou de bigornette. Si on en trouve – le propriétaire volera hors du wagon. Et on ne freinera même pas, on jettera le renifleur du train en marche !

– Et si on ne veut pas sauter du train en marche ? Griga Une Oreille souriait toujours autant.

– Alors, vas-y le premier, lui suggéra Blanche devant tout le monde. Elle ajouta, avant qu'il ait pu réagir : Ou t'as les grolles ?

Griga, toujours souriant, cracha par terre – il cracha avec art, sans fermer les lèvres et sans desserrer les dents. Il réfléchit un instant, levant théâtralement les yeux au ciel, puis, lentement, paresseusement, il se dirigea vers l'infirmier Boug.

Celui-ci, même assis, semblait une montagne face au gamin maigre. Griga, l'air blasé, leva sa chemise et poussa sa pauvre panse en avant, se laissant tourner de tous les côtés, montrant ses flancs rachitiques, tachetés de blessures et bleus d'âges divers. Quand Boug posa ses énormes pattes sur la minuscule tête d'Une Oreille pour examiner les orbites et le gosier, le gamin sembla disparaître derrière lui. Mais il réapparut bientôt – de l'autre côté de la table. L'examen était terminé.

– Et maintenant, aboule ta contrebande, ordonna Blanche. Et vous, nurse (à l'une des femmes), aidez-nous.

Prenant l'air étonné et écarquillant ses billes déjà assez grandes sans cela, Une Oreille retourna les poches de son antique veste et les agita comme des ailes : vides. Sous les rires approbateurs des spectateurs, il tenta de faire sortir quelque chose de son unique oreille : vide. Puis – personne n'eut le temps de dire ouf – il baissa son pantalon et, tenant dans ses mains ses maigres fesses nues, les écarta et montra avec zèle : admirez, là non plus, il n'y a rien ! Les premiers rangs piaillaient d'enthousiasme, tandis que ceux de derrière s'énervaient, lançaient des cris interrogatifs : ils ne voyaient pas bien.

La nurse – qui avait visiblement reçu des instructions de Blanche – tenta de fouiller l'impudent, mais il hurla comme un goret :

– Ça chatouille ! Je préfère être arsonné par la commissaire, elle s'y connaît mieux !

– Qu'est-ce que tu as dans tes bottes ?

Blanche s'approcha de la table, mais de côté, pour que la foule puisse tout voir.

– Tu nous arrives tout droit des Solovki ? ricana Griga. Ou est-ce que tu rapiotais ailleurs ?

Il sortit de la botte un pied nu noir de saleté et le posa sur la table, par-dessus les feuilles de papier et juste sous le nez de la nurse stupéfaite. Il bougea les orteils : voilà ce que j'ai dans mes chaussures, rien d'autre ! Un pou bien gras tomba de son pied, rampa sur le papier.

– Il y a toute une académie militaire qui nous attend pieds nus ! s'énerva Deïev. Il faut leur rendre les bottes immédiatement ! On va jouer longtemps à les déshabiller ?

Sans rien répondre, Blanche se pencha rapidement et attrapa la botte vide. Le visage altéré, le gamin voulut reprendre la botte, mais il n'avait pas compté avec son pied sur la table : il tomba par terre. Blanche sortait déjà des profondeurs de la botte une pochette en chiffon : un couteau artisanal était emballé dans des lambeaux de hardes et de journaux. Elle le leva au-dessus de la foule silencieuse et le laissa là un moment, pour que tout le monde puisse le voir. Puis elle le jeta sur la table. Ensuite seulement, elle regarda Deïev d'un air entendu, répondant ainsi à sa dernière question.

– Une seule personne, dans notre convoi, possède une arme, dit-elle d'un ton appuyé. Deïev, montrez-leur.

Il sortit son revolver de sa poche et le brandit au-dessus de sa tête – haut, comme Blanche venait de le faire. Comme elle, il le garda un moment en l'air. Des sifflements admiratifs retentirent dans la foule.

Griga Une Oreille se releva, mais ce n'était plus le même Griga : ses yeux brillants étaient devenus ternes et se cachaient sous ses cils, sa tête s'était enfoncée dans ses épaules voûtées, son corps chétif, déjà petit, était devenu minuscule. Sans même secouer la saleté de ses habits, il fit un geste de son pied chaussé, et la seconde botte s'envola en tournoyant vers Blanche, mais ne l'atteignit pas et tomba à ses pieds.

– Le couteau ou le convoi, dit Blanche d'une voix ferme.

– Ce n'est pas juste un couteau. Griga grommelait doucement, aspirant l'air. C'est Zeks. Nous ne nous sommes pas quittés depuis trois ans.

Ses sourcils et ses lèvres tremblaient, son menton se fripait plaintivement : il n'avait absolument pas quatorze ans, et peut-être même pas dix.

– Le deuxième wagon, conclut Blanche. Nurse, accompagnez-le.

Et elle tourna le dos à Griga.

– Tu n'as pas le droit de nous confisquer nos affaires. Il continuait de danser d'un pied sur l'autre derrière elle, petit, pitoyable, le regard braqué sur le couteau abandonné sur la table, incapable de quitter son cher Zeks. T'as pas le droit, commissaire.

– Ici et partout où tu veux – prononça Blanche sans même tourner la tête, d'une voix autoritaire et forte pour que tout le monde l'entende –, çui qu'a l'droit, mon vieux, c'est çui qu'a la plus grosse queue.

– Tu veux dire toi ? demanda Une Oreille, avec amertume, au dos indifférent de la commissaire.

– Moi, répondit-elle.

Elle ne répondait pas à Griga, mais aux spectateurs qui retenaient leur souffle.

– Gentille directrice ! s'écria soudain Une Oreille d'une voix aiguë, et son visage exprima une souffrance sincère. Chère Shapirka ! Je vous demande, comme à une mère, de prendre mon couteau et de le garder ! Vous êtes bonne, vous sauvez des enfants, sauvez aussi mon Zeks ! Quand je reviendrai du Turkestan, j'irai chez vous, et je retrouverai mon Zeks !

Blanche autorisa d'un hochement de tête, et Mme Shapiro, blême d'émotion, prit le couteau, maladroitement, par la lame, manquant de se blesser, et le fourra dans son sac usé...

Puis tout alla vite. La file s'avança vers la chaise de l'infirmier, chemises levées, langues tirées. Couteaux, clous et lames de rasoir s'entassèrent sur la table. Les nurses couraient le long du convoi, répartissant les enfants : les petits garçons dans un wagon, les grands dans un autre, les filles dans le troisième. De temps en temps, l'infirmier soupirait avec préoccupation et faisait un signe de tête à Mme Shapiro, qui mettait de côté les enfants dont l'aspect n'avait pas plu à Boug : ces malheureux restaient à Kazan, ils iraient tout droit à l'hôpital.

Blanche s'affairait dans le passage étroit entre les deux trains, faisant avancer les petits, encourageant les fatigués, répondant aux blagues des gamins et en faisant elle-même, donnant des ordres, criant, agitant les bras – elle volait comme un grand oiseau. Son visage était inspiré et heureux.

Deïev portait les tout-petits de la charrette arrêtée devant la gare jusqu'à la guirlande. Les cavaliers l'aidaient : sans descendre de leur selle, ils prenaient les bébés des mains de Deïev, maladroitement, les coudes écartés, comme s'ils portaient une baïonnette, et pressaient doucement les flancs de leur cheval avec leurs talons nus. Les montures, qui peinaient à franchir les rails, avançaient leurs sabots lentement et sans heurts – ils ne marchaient pas, mais se glissaient sur les rails, portant les cavaliers et leur étrange fardeau.

L'épaule de Deïev touchée par Blanche continuait de répandre sa chaleur. Il s'efforçait de ne pas regarder le soleil, qui approchait du zénith.

☆

Quand tous les enfants de un et deux ans furent dans le convoi – ils avaient décidé de les prendre dans le wagon d'état-major, le plus confortable, près de la salle de bain –, ce fut au tour des grabataires. L'idée était de les faire entrer dans le train sans les montrer à Boug : il ne savait pas qu'on embarquait des grabataires. Deïev n'avait pas osé le lui dire, s'attendant à un « non » médical ferme. Et Boug ne savait pas non plus que le commandant avait décidé de mettre les malades à l'infirmerie.

Deïev les portait donc lui-même, sans oser les confier aux cavaliers. Il les portait en contrebande : sur le chemin de la guirlande, il descendait sur le bas-côté, se cachant derrière les osiers et les tas de gravier pour s'approcher du convoi par l'arrière. Il le contournait de dos, courant vite et sans bruit – pour éviter qu'on le remarque de la table – et montait à l'arrière du wagon-infirmerie. Il étendait doucement l'enfant sur une couchette, les fillettes à gauche, les garçons à droite, et se hâtait d'aller chercher le suivant.

Ils étaient légers comme du papier. Et froids comme des lézards au toucher. Dans leurs corps presque aériens, il n'y avait pas de force : ils étaient à peine capables de soulever un bras ou une jambe pendante, de tourner la tête dans une pose plus confortable. On aurait pu les porter par deux ou trois, mais Deïev avait l'impression que c'était mal. Il les prenait un à un, leur murmurant sans relâche : « Tu auras bientôt de la bouillie. De la bouillie bientôt. Bientôt, bientôt, bientôt, la bouillie sera prête. » Les enfants ne répondaient rien. Il s'efforçait de ne pas regarder leurs visages : il ne supportait pas leur regard, identique chez tous les grabataires : d'une sagesse de vieillard et parfaitement indifférent. Des enfants ne devraient pas avoir un tel regard. Personne ne devrait.

À la vue de chacun d'eux, il avait envie de fermer les yeux, et il en avait honte : il ne portait pourtant pas des monstres ! Il s'obligeait à les regarder de temps en temps, droit dans leurs yeux épuisés et impassibles, et de leur adresser un sourire encourageant. En fait de sourire, c'était une grimace : ses lèvres refusaient de lui obéir.

Son corps tout entier était couvert de sueur, comme s'il avait porté des sacs de grains, mais ce n'était pas la sueur brûlante et nette du matin, quand il avait couru d'enfant en enfant. C'était une sueur froide et collante, qui ne séchait pas. Et quelque chose de froid et collant lui retournait le ventre. Il avait les mains glacées, comme s'il avait été infecté par le froid.

Ce n'est qu'à ce moment, en portant ces organismes trop légers, que Deïev avait compris combien ils étaient fragiles. Les os des enfants semblaient cassants comme du bois mort, leur peau aussi délicate qu'une toile d'araignée. Il craignait un geste maladroit : de casser leur colonne vertébrale si fine, de percer leurs côtes. Tout l'effrayait : quand les enfants ouvraient les yeux (il s'était passé quelque chose ?), ou les fermaient (était-ce pour la dernière fois ?), s'ils respiraient fort (ils se sentent mal ?) ou doucement (est-ce qu'ils respirent seulement ?), quand ils gisaient immobiles, quand ils remuaient…

Certains lui parlaient. Au début, Deïev était heureux de ce signe certain de vie, puis il déchanta vite.

– J'ai mangé du miel aujourd'hui, lui raconta une fillette d'une voix fluette et précise.

– Oh, magnifique, se réjouit Deïev. Qui t'en a donné ?

– J'en ai mangé un kilo, continua la fillette, comme si elle n'avait pas entendu sa question. Hier, j'en ai mangé deux. Et il y a trois jours, j'ai mangé deux kilos et demi de miel. J'en aurais mangé plus, mais la cire colle aux dents.

Deïev regarda ses bras-brindilles, tordus et serrés contre sa poitrine, ses grands yeux noirs sous des sourcils incroyablement épais, sa petite bouche pincée, et il se dit que la fillette ressemblait à une abeille. Elle ne devait pas peser plus de quatorze kilos.

– Et j'ai bu tout un tonneau de mélasse.

Deïev, la portant dans ses bras, approuvait de la tête ; il craignait, s'il parlait, que sa voix tremble.

– Tu es le chef ? La fillette lui jeta un regard incroyablement clair.

Il fit à nouveau oui de la tête.

– Tu vas nous nourrir ?

Hochement de tête.

– Tu me donneras du miel ?

– D'abord de la bouillie, dit Deïev. Bientôt, mon Abeille, tu auras bientôt de la bouillie…

Les surnoms venaient d'eux-mêmes. La maudite tête de Deïev, après deux jours sans sommeil, était légèrement dans le cirage, et produisait ces surnoms absurdes dès qu'il prenait un enfant dans ses bras : Long Nez, un petit garçon à la grande truffe, qui seule dépassait d'un minuscule visage osseux ; Acrobate, une fillette dont la peau pendait tant qu'elle faisait penser à un justaucorps trop grand pour elle ; Fer à Repasser, un gamin à la mâchoire inférieure épaisse et aux yeux enfoncés, toujours clos… Il avait honte de ces surnoms méchants et humiliants, mais sa tête y allait sans lui !

Il décida de porter Senia Le Tchouvache en dernier : il aurait pu crier et trahir Deïev avant l'heure. Pourtant, ce jour-là le garçon était étonnamment calme ; pendant tout le chemin du foyer à la gare, il était resté silencieux, sans dormir, sursautant seulement de temps en temps ; il écrasait de la vermine – réelle et imaginaire – sur son corps. Puis il la mangeait.

Deïev le comprit quand il porta Senia vers le train : il continuait à chercher les insectes dans ses bras. Faible comme l'était le garçon, ses mouvements étaient parcimonieux et précis. Seules ses mains bougeaient, se déplaçant par à-coups sur son corps, en haut, en bas, attrapant une proie, tandis que son visage restait indifférent, il ne tournait même pas la tête. Quand il avait attrapé un parasite, Senia mettait ses doigts dans sa bouche, les entourant de ses lèvres. L'instant d'après, il déglutissait, envoyant sa proie dans son œsophage, et ses mains reprenaient leur place le long du corps.

– Il ne faut pas, ne put se retenir de dire Deïev. Ne les mange pas.

Senia répliqua tristement :

– Alors, c'est eux qui me mangeront.

– Tu mangeras de la bouillie. Deïev grommela sa phrase rituelle. La bouillie sera bientôt prête, il y aura bientôt de la bouillie…

Quand tous les grabataires furent installés dans l'infirmerie, Deïev entra sans frapper dans la cuisine et se retrouva dans une pénombre de caisses, sacs et casseroles.

Memelia s'affairait sur la table à découper : il hachait les feuilles de mûrier cueillies à l'arrière de la gare pour remplacer le thé.

– Fais-nous une bouillie pour le repas, ordonna Deïev. Ne commence pas encore. Fais bouillir l'eau et attends, sinon tout Kazan sera attiré par l'odeur, on ne pourra plus partir. Mais dès qu'on aura démarré, lance les grains dans l'eau chaude. Et fais-moi une de ces bouillies, camarade Memelia… une de ces bouillies… une bouillie qui…

Deïev ne trouva pas de mot approprié, et se contenta d'agiter son poing serré devant le cuistot : les veines sur son poing gonflèrent, les articulations blanchirent.

– Une bouillie comme ça !

Ayant sauté à terre du wagon-cuisine, Deïev constata que la moitié des enfants avaient été placés dans le convoi.

L'infirmier Boug n'avait cessé de regarder dans les gosiers, les nurses de courir le long du train comme des navettes de métier à tisser, et la masse insoumise et piailleuse d'enfants s'était répartie dans les wagons. Sur les marchepieds, les enfants lançaient leurs bottes (qui étaient entassées et régulièrement apportées sur la place de la gare, dans le chariot qui attendait) et les habits du centre d'évacuation : les tapisseries-couvre-lits, les nappes-châles, les rideaux-couvertures, les camisoles et les tricornes de mascarade. Tout cela appartenait à l'institution, et devait rester sur place. Les enfants étaient confiés à Deïev pieds nus et presque nus.

Mais il y avait toujours autant de monde autour du train : de tous côtés, des enfants des rues, des adultes étaient accourus, citadins ou villageois. Ils espéraient qu'on débarquait des provisions (et qu'il serait possible d'attraper une pomme qui aurait roulé d'une caisse, ou une galette tombée d'un tas), ou qu'on chargeait du charbon (et qu'on pourrait s'emparer d'une précieuse poignée) ; les uns demandaient à faire un bout de chemin (jusqu'à Sergatch, sur la plateforme de freinage s'il le fallait) ; les autres voulaient mettre un enfant dans le convoi. Tous s'amassaient devant les wagons, le cou étiré, discutant avec animation. Les hommes de la cavalerie étaient eux aussi toujours là – ils avaient l'ordre de surveiller le convoi jusqu'au retour de la dernière paire de bottes.

On avait amené la locomotive du dépôt depuis belle lurette – elle haletait et exhalait désespérément sa fumée, plongeant régulièrement toute la scène dans des volutes blanches et grises : elles flottaient dans le passage étroit entre les wagons, recouvrant parfois les spectateurs, et l'on ne voyait plus que les nez des chevaux et les épaules des cavaliers.

Dans un tel nuage, on aperçut soudain un cavalier, non pas avec une simple coiffe à étoile rouge et une capote grise comme le détachement d'escorte, mais coiffé d'un bonnet d'astrakan et vêtu d'une élégante tunique noire. Le commandant de l'académie, en personne.

Deïev, quand il le reconnut, en perdit la faculté de respirer. Il regarda le ciel : le soleil était au zénith.

Il se pencha comme pour refaire son lacet, et en un instant – d'un bond, en trois pas – se cacha sous le wagon, de l'autre côté. Le temps que la vapeur de la locomotive ait disparu, il avait lui aussi disparu.

Le commandant ne l'avait pas vu ; il avançait lentement le long du convoi, observant l'agitation devant les wagons. Il ne parlait à personne, mais on voyait qu'il cherchait quelqu'un. Pas quelqu'un : Deïev.

Deïev détaillait le commandant, ou plutôt, les jambes de son cheval : accroupi, il progressait le long du wagon, de l'autre côté, surveillant de derrière les roues l'avancée tranquille des sabots et ne comprenant pas ce qu'il devait faire.

Jouer à cache-cache ? C'était stupide et irresponsable. Et combien de temps pouvait-il sautiller derrière le train ?... Se montrer ? Le commandant confisquerait sûrement toutes les bottes en retard, et la moitié des enfants se retrouverait à attendre pieds nus devant le convoi...

Ils continuèrent ainsi à avancer le long du train – le commandant d'un côté, Deïev de l'autre –, dépassant le tender avec le charbon et le minuscule wagon-cuisine ; le wagon d'état-major avec des signes à peine visibles de première classe ; cinq wagons de passagers et une église (l'infirmerie). Le convoi se terminait ici, et Deïev n'avait pas eu d'idée. Les jambes du cheval s'arrêtèrent.

Elles restèrent immobiles une minute, une autre, obéissantes, les sabots bougeant à peine : peut-être que le cavalier, de sa selle, discutait avec quelqu'un. Ou réfléchissait à ce qu'il allait faire. Ou...

– Ah, vous voilà, dit une voix tranquille au-dessus de lui, tout près.

Deïev leva les yeux : le commandant d'académie le regardait depuis la plateforme ouverte du wagon.

– Bonjour, camarade, dit stupidement Deïev ; il était toujours accroupi, entre les tas de gravier et de détritus, les mains appuyées sur le sol, comme un singe au zoo.

Il se releva, essuya ses mains sales. Rectifia sa ceinture, tapa des pieds pour enlever la poussière de ses bottes. Puis il attrapa la rampe et sauta sur la plateforme, vers son visiteur. Debout, il se figea, prêt à écouter les reproches ou les sanctions.

La honte était telle que non seulement son visage était insupportablement brûlant, mais aussi la racine de ses cheveux, sa nuque, et même son cou tendu, couvert de sueur. Il aurait voulu fermer les yeux, mais il s'en empêchait : il regardait le commandant dans les yeux, sans ciller.

Le visage de ce dernier était racé, hautain. Des moustaches régulières, comme dessinées au pinceau, un peu frisées aux extrémités... Il se tenait aussi droit que s'il avait porté un corset. C'était un ci-devant, de la noblesse. *Ceux-là* tenaient toujours parole.

– Camarade comm... commença Deïev, mais il se tut, ne sachant comment se justifier.

Le commandant n'écoutait pas.

– C'est pour vous, dit-il sèchement, sortant de sa poche un petit objet enroulé dans un tissu. Je n'en aurai sans doute plus besoin. Mais vous, ça vous sera très probablement utile sur le chemin.

Deïev déplia le tissu : dans un mouchoir plié en quatre, il y avait deux croix en argent – deux croix de Saint-Georges, de troisième et quatrième classes.

– Utilisez-les pour des médicaments ou de la nourriture, continua le commandant, qui ne regardait plus Deïev, mais quelque part au loin, vers la foule d'enfants qui s'approchait de l'infirmier.

Il ajouta à voix basse, après une pause :

– Essayez de ne pas les vendre trop bon marché.

Pour toute réponse, Deïev hocha la tête. Les mots lui semblaient vides et superflus.

Le commandant resta encore un moment immobile, silencieux. Puis il eut un léger claquement de langue, et une croupe sombre apparut en bas des marches du wagon : le cheval était venu à l'appel de son maître. Celui-ci sauta en selle – directement de la plateforme du wagon, sans toucher terre.

– Encore une chose, dit-il, comme s'il s'en souvenait en passant. Devant la gare, il y a une charrette avec cinq cents chemises de corps. Pour vos passagers. Faites-les décharger.

Cinq cents chemises, c'était une richesse incroyable, inimaginable. Deïev en eut le souffle coupé.

– Je vais les prendre moi-même ! s'écria-t-il ; il criait, et son sourire s'agrandissait, le gênant pour parler. Merci, camarade commandant d'académie ! Toute ma reconnaissance prolétaire !

– Ne me remerciez pas, répondit l'autre brusquement, prêt à tirer sur les rênes. C'est la décision des soldats. J'étais contre l'idée de priver l'académie de linge.

Pour toute réponse, Deïev eut un rire heureux, un rire d'idiot. Il ne riait pas à l'idée que les enfants allaient être habillés (même si c'était merveilleux !), mais à l'idée qu'il y avait une vraie fraternité sur terre, une fraternité de gens inconnus, mais pourtant proches.

– Elles ne sont pas lavées, prévint le cavalier. Ils les ont enlevées de leur corps, juste maintenant.

Il serra les flancs du cheval entre ses jambes et s'éloigna.

– Hé, les bottes ! se rappela soudain Deïev. Nous en avons besoin encore une heure ou deux, après on les rend !

Mais le dos droit du commandant s'éloignait déjà en tanguant légèrement...

Plus tard, Deïev porterait les chemises par brassées – fripées, d'un blanc sale, reprisées et recousues, des chemises absolument merveilleuses – et chaque fois, portant une nouvelle brassée, il y fourrait son visage souriant. Elles sentaient le tabac à priser, la sueur masculine, la vodka, le pain, le chou aigre. Elles sentaient le poisson, le savon goudronneux, le pétrole, la fumée. Deïev avait aussi l'impression que ces chemises étaient chaudes. Non, ce n'était pas une impression : elles réchauffaient réellement.

À deux heures de l'après-midi, l'examen médical et la répartition des enfants par wagons étaient terminés. Les frimousses excitées des voyageurs s'agglutinaient par grappes aux fenêtres des wagons, les physionomies moroses de ceux qu'on n'avait pas laissés monter dans le train – une douzaine – se découpaient toujours devant le convoi : ils attendaient Mme Shapiro, occupée à courir dans le convoi pour distribuer des recommandations aux nurses et à ses anciens protégés. Les cavaliers attendaient également la directrice, pour escorter ceux qui restaient jusqu'à la place de la gare, les mettre dans le chariot, puis finalement récupérer les bottes.

La foule de curieux attendait aussi quelque chose, ne se dispersait pas, mais se resserrait toujours plus. Les enfants des rues passaient des deux côtés du train, tentant régulièrement de se glisser à l'intérieur ; le mécanicien en avait déjà expulsé deux du tender – ils avaient fait un trou dans le tas de charbon pour s'y cacher jusqu'au départ – et Blanche en sortit deux autres du wagon d'état-major. Quant à ceux que chassait Deïev – des plateformes d'accès et de freinage, des toits –, ils étaient innombrables. Des mamans avec leurs bébés tournaient autour du convoi, cherchant une nurse au visage compatissant, et lui fourguant son enfant :

– Prends mon petit ! Il est léger, il mange très peu !

– Non, prends le mien ! Il ne crie jamais !

– Le mien ! Le mien !...

Les paysans se massaient devant le convoi, observant et commentant :

– Y sauvent ces enfants pour de l'argent ? Ou juste comme ça ?

– On fait jamais rien juste comme ça...

– Mais y les emmènent où ? En Chine, à l'océan où y a du poisson ?

– Aux Amériques, à c'qu'on dit ! Y a aussi l'océan...

– On évacue les enfants. C'est la guerre ?

– Ce s'rait mieux ! On crevait pas d'faim, quand y avait la guerre.

– Rendez-nous la guerre, citoyens !

Il y avait autant de bruit qu'avant le départ du train pour Moscou sur le quai principal.

– Ouuuuuuuuuh ! s'écriait la locomotive, donnant de la voix et couvrant celles de tous les autres de sa sirène assourdissante.

Deïev allait et venait dans les wagons, distribuant les chemises. Il avait décidé d'habiller tous ses protégés immédiatement, sans attendre le départ : le chauffage à vapeur fonctionnait, mais ne donnait qu'une chaleur faible. Sans habits et couvertures, les enfants avaient froid. De plus, les enfants vêtus de blanc se distinguaient facilement des passagers clandestins, les enfants des rues, qui continuaient à tenter de se cacher dans les compartiments.

Deux dizaines de chemises – pour les plus petits et les invalides – étaient dans le wagon d'état-major, où Fatima avait le commandement. Près d'une centaine se distribuait dans chaque wagon de troisième classe. Les restantes, deux douzaines, allaient à l'infirmerie, pour les grabataires.

Deïev s'y rendit vers la fin de la distribution. Il n'eut pas le temps d'entrer dans le wagon : l'infirmier Boug était sur le marchepied, le visage figé, les lèvres pincées.

– Ça veut dire quoi ? demanda-t-il.

Il avait les narines frémissantes, comme un cheval effrayé.

– Ça veut dire ce que ça veut dire ! se renfrogna Deïev.

– Non ! Boug se dressait sur le marchepied, énorme, large, bloquant entièrement le passage et surplombant Deïev de toute sa masse. Non ! On ne prend pas les grabataires.

– Eh bien, ne les prends pas ! répliqua Deïev.

Il ne restait que quelques minutes avant le départ : il n'aurait pas le temps de débarquer les passagers. Et où les mettrait-il ? Pas par terre, aux pieds de la foule de curieux ?

Il poussa la brassée de chemises sur le ventre de l'infirmier – prends ça ! Boug fit celui qui ne voyait rien.

– En un demi-siècle, j'ai vu plus de morts que tu as vu de vivants, continua-t-il. Et je vois bien que ceux-ci ne vivront pas.

– Dis-moi de quoi tu as besoin ! Deïev continua de presser les chemises contre la panse de l'infirmier, toujours sans résultat. Quels médicaments, du lait, des œufs, de la graisse de poisson... Du miel ! Je chercherai ce qu'il faut. Et je trouverai ! C'est quand je dois faire quelque chose pour moi, que je suis incapable. Mais pour les autres, je suis un lion !

L'infirmier se taisait, se contentant de respirer bruyamment.

– Et j'ai de l'argent ! ajouta Deïev, se souvenant des croix d'argent cachées dans sa poche.

Il mit encore une fois les chemises contre le ventre de l'infirmier – hop ! –, mais comment faire bouger une telle montagne...

– Un jour, ils vont simplement cesser de se réveiller, prononça Boug d'une voix éteinte. Il n'y aura ni cris, ni soubresauts, ni souffrances visibles. Tout se passera doucement, imperceptiblement. D'abord, un premier enfant ne se réveillera pas, puis un deuxième, un troisième... Les premiers mourront avant Arzamas. Certains, vers Samara ou Orenbourg. Pas un n'arrivera à Samarcande.

Deïev regarda le visage gris de fatigue de l'infirmier, ses rides soudain plus marquées, et put croire pour la première fois qu'il avait plus de soixante-dix ans.

– Nous les enterrerons à côté de la voie de chemin de fer, continua Boug.

La locomotive fit à nouveau retentir sa sirène, recouvrant tous les bruits, mais Deïev entendait clairement les mots de l'infirmier, comme s'il parlait dans sa tête.

– Nous les recouvrirons de terre, pour qu'ils ne soient pas mangés par les chiens, la nuit, nous cachant des autres enfants. Tu creuseras les tombes, et j'apporterai les morts.

La sirène hurlait.

– Tu dois absolument les sauver, dit Deïev, sans attendre que la locomotive se taise, certain que Boug comprendrait. C'est un ordre.

Il posa le tas de chemises aux pieds de l'infirmier, sur les marches, dans la poussière et la saleté, et partit.

☆

La locomotive continuait de crier, comme si elle était devenue folle. Une épaisse colonne de fumée sortait de sa cheminée en direction du ciel, avec des gerbes d'étincelles, des nuages blancs jaillissaient de ses flancs dans un sifflement.

Les mères serraient leurs bébés contre elles mais, effrayés par ces hurlements mécaniques, ils éclataient en sanglots bruyants. Certaines femmes tentaient encore de fourrer leur bébé en pleurs à quelqu'un du train – les nurses postées sur les plateformes des wagons leur répondaient par des cris sévères, agitant les bras. Les gamins des rues, en colère de n'avoir pas pu pénétrer dans le convoi, leur répondaient par des sifflets. Énervés par le bruit, les chevaux de la cavalerie se cabraient et hennissaient mélancoliquement.

Deïev se frayait un chemin dans toute cette agitation, cris et pleurs et sirène, jusqu'à la tête du convoi, au wagon d'état-major, où apparaissait déjà la casquette vive du chef de gare, qui s'apprêtait à donner le signal de départ.

– Fils ! dit quelqu'un en le retenant par la manche. Aide-moi !

Une femme, au regard épuisé de vieillarde. Sur sa poitrine, un bébé emmailloté dans un linge rouge vif. Elle agrippait le coude de Deïev avec l'énergie du désespoir, lui tendant son bébé.

– Prends mon bébé ! Sinon il va mourir ! Prends-le où tu vas – en Chine, dans cette maudite Amérique ! Sauve-le !

Deïev tenta de se libérer des doigts de la femme, mais ils semblaient de fer, ils le retenaient comme un piège à loup.

– Fschchchch ! siffla un nouveau nuage de vapeur lâché sur le quai, qui enveloppa Deïev et la femme.

Le convoi sursauta légèrement, et un cliquetis bruyant passa du premier au dernier wagon : on attelait la locomotive.

– Ça y est, le train part ! hurla-t-on à l'avant. Il part, il part !

Deïev ne parvenait pas à desserrer les griffes de la femme. Il était heurté de tous côtés par des épaules et des dos durs, qu'il repoussait à son tour, se frayant un chemin vers l'avant. La femme pesait sur son coude comme un poids de fonte : elle se rapprochait de plus en plus, déjà il sentait son haleine brûlante et insupportablement amère sur sa joue. Elle fourrait le petit corps du bébé contre Deïev, elle allait se pendre à son cou et le faire tomber dans la foule.

– Mais aide-moi donc, camarade ! s'emporta Deïev, s'adressant à un cavalier tout proche. Tu ne vois pas ? C'est insupportable !

Le cavalier – pas un cavalier, un âne sur une selle ! –, au lieu d'éloigner cette bonne femme têtue, sortit son sabre.

L'acier siffla dans l'air – la femme sauta en arrière.

– T'es fou, ou quoi ? Deïev saisit les rênes du cheval, et le cavalier se figea, le sabre en l'air, ne sachant que faire.

Mais les roues tournaient déjà sur les rails, et Deïev, faisant un geste énervé de la main, courut au wagon d'état-major.

– Prends mon bébé, fils ! hurlait la femme derrière lui. Prends-le ! Prends-le ! Prends-le !…

Il courait le long de la foule agitée, des bouches ouvertes et des bras levés, sous la clameur interminable et assourdissante. Il ne savait même pas si le bruit venait de la locomotive ou si les gosiers de tous ces gens laissaient sortir un hurlement unique, fracassant.

Une main sortit du wagon d'état-major – longue et forte. Deïev s'y accrocha, et la main l'arracha à la foule, le tira vers le marchepied. Hop ! Déjà, il était sur la plateforme, à côté de Blanche, et leurs mains étaient entremêlées, serrées comme pour se saluer.

– Vous savez combien d'enfants sont dans le convoi ? demanda-t-elle, ses lèvres contre l'oreille de Deïev, pour se faire entendre dans tout ce tapage. Cinq cents – pas un de plus ni de moins ! Parfois, on a beau essayer, on n'y arrive pas, mais là…

Et elle lui sourit, pour la première fois depuis qu'il la connaissait. Mais lui était incapable de répondre à ce sourire. Il aurait voulu, mais impossible !

Le wagon tremblait sous leurs pieds. Les rails grinçaient. Le bâtiment de la gare, les arbres, les trains – tout s'éloignait lentement. D'épais nuages de vapeur volaient sur le sol, dissimulant de plus en plus la foule massée sur le quai aux yeux de Deïev.

Soudain, une silhouette surgit de cette ouate blanche : quelqu'un courait derrière la locomotive, à toutes jambes, de toutes ses forces. La bonne femme ! Sa longue jupe se retournait dans la course, remontait au-dessus de ses genoux, dénudant des jambes maigres dans d'énormes chaussures. Sa tresse grisonnante volait au vent. Elle tenait toujours, dans ses bras, le bébé emmailloté dans un tissu rouge vif.

Le train prenait de la vitesse. En le suivant, la femme courait elle aussi de plus en plus vite. Tout en courant, elle tendait le bébé vers le train. Pas au hasard : à Deïev.

Elle le regardait, courait derrière lui. Deïev, agrippé à la barre, ne parvenait pas à détacher ses yeux de la femme. Elle courait désespérément, comme un animal blessé, comme si elle tentait d'échapper à la mort. Son visage, épuisé et blême, était si déformé qu'on avait l'impression que son cœur était sur le point d'éclater.

Vite, encore plus vite, toujours plus vite : son visage était déjà près de la plateforme, presque aux pieds de Deïev. Ses yeux, exorbités. Sa bouche ouverte. Elle lui tendait le bébé, ses bras osseux allongés vers lui : prends mon enfant !

Deïev serra les dents, s'accrocha des deux mains à la barre, manquant de la briser, et fit non de la tête : non, non, je ne peux pas, pardonne-moi !

Alors la femme déposa le bébé sur le marchepied.

Le cocon écarlate était aux pieds de Deïev, sur une grille tremblotante sous laquelle le sol courait follement. Deïev n'eut pas le temps de comprendre : sa main attrapa toute seule le cocon. Déjà, il tenait la barre d'une main, et de l'autre serrait le bébé contre lui.

Et la femme ? Elle avait disparu. Du coin de l'œil, Deïev avait vu ou cru la voir trébucher et rouler sur le bas-côté. Mais on ne la voyait plus nulle part. D'ailleurs, on ne voyait plus rien du tout : tout était noyé dans la vapeur blanche, qui enveloppait les wagons sous son aile échevelée.

Deïev déroula le lange. Il découvrit un minuscule bébé tordu par un sanglot à peine audible, le corps rouge et ridé : un nouveau-né.

La porte du wagon claqua : c'était Blanche qui, sans mot dire, était partie à l'intérieur.

Le bébé, dans les bras de Deïev, plissait ses yeux encore aveugles et tournait la tête d'un côté puis de l'autre. Il poussa en avant ses lèvres ouvertes, cherchant le sein maternel.

2. À DEUX

Sviajsk-Ourmary

Deïev était un homme simple qui aimait les choses simples. Il aimait quand on disait la vérité. Quand le soleil se levait. Quand un enfant inconnu souriait d'un sourire rassasié et insouciant. Quand les femmes chantaient, et les hommes aussi. Il aimait les vieux et les enfants : il aimait les gens. Il aimait se sentir appartenir à quelque chose de grand : l'armée, le pays, toute l'humanité. Il aimait poser la main sur le flanc d'une locomotive et sentir battre le cœur mécanique contre sa peau.

Il n'aimait pas les blessures et le sang. Il n'aimait pas qu'on tue, les siens, les autres, peu importe. Il n'aimait pas souffrir de la faim et voir les autres souffrir de la faim. Et le mot « ersatz ». Les gens enflés, gisant. Les cimetières de bétail et les cimetières humains.

En d'autres termes, il aimait la vie et n'aimait pas la mort.

Mais les circonstances avaient fait que d'aussi loin qu'il se souvienne, il s'était retrouvé plongé dans cette mort comme une mouche dans le lait, sans pouvoir en sortir ; et tous ses camarades se débattaient pareillement, et tout le jeune État soviétique. Petit, orphelin du dépôt des locomotives, il survivait à peine, dormant dans le hangar des traverses, et détachant, au matin, ses cheveux collés au bois par le givre. Adolescent, employé dans l'atelier de réparation, il se démenait pour une assiette de soupe, travaillant, s'évanouissant régulièrement à cause de la faim. Dans sa jeunesse, soldat de l'Armée rouge, il avait tué, beaucoup. Plus tard, soldat de l'Armée de ravitaillement, il avait encore tué.

Depuis quelque temps, sur toute l'immensité de leur terre, la mort était omniprésente, au point qu'elle semblait devenue la maîtresse du pays, supplantant le pouvoir soviétique. La mort prenait des formes diverses : épidémies, famines, hivers féroces, pauvreté féroce, criminalité féroce. Férocité de l'Armée blanche, repoussée dans les confins de la république, jusqu'à sa destruction. Férocité de sa propre armée, la rouge. Férocité des soulèvements de paysans qui ne voulaient pas livrer leurs récoltes à l'État. Férocité des détachements de réquisition des récoltes, qui récupéraient « du sang au lieu du blé » dans les campagnes. Les maladies faisaient également des ravages : le typhus avait englouti trois millions de citoyens, la grippe espagnole, trois millions de plus. La famine faisait des ravages dans trente-cinq provinces : quatre-vingt-dix millions de gens gémissaient sans cesse « du pain ! » depuis plusieurs années. Et les journaux avaient beau rapporter timidement que la famine était vaincue, les habitants de la Volga savaient que c'était encore tôt ; ainsi que ceux de l'Ukraine, de l'Oural, de la Crimée.

Deïev ne savait pas pourquoi les choses allaient ainsi. Pourquoi il y avait toujours tant de mort et de souffrance, et si peu de vie.

Quand il y réfléchissait, il s'imaginait une immense balance – comme celles qui sont sur les ports, pour peser la marchandise – et il répartissait mentalement ses souvenirs sur les énormes plateaux : sur l'un, les souvenirs tristes et douloureux, sur l'autre, les images pleines de lumière.

Le premier plateau se remplissait immédiatement. Par exemple lui, tout jeune, effrayé : il passait la nuit à porter ses camarades de régiment tués, les mettant en tas ; puis il enlevait leur équipement, leurs bottes et même leurs sous-vêtements (chaussures et habits étaient un bien précieux à l'armée !) ; tout seul, il creusait une fosse et y mettait les corps nus, ne s'inquiétant que d'une chose – s'ils n'allaient pas avoir froid dans la terre, sans habits. Le soleil de l'aube colorait les corps raidis de jaune et de rose, tentant de leur redonner vie... Ou alors, dans un hangar de réquisition, un tas de grains imbibé d'essence, auquel on avait mis le feu : pas un ou deux kilos, mais beaucoup plus, de grains dorés, qui se retrouvaient carbonisés en un instant, disparaissaient dans les flammes et montaient au ciel en fumée noire… Des vedettes militaires sur la Volga, et des soldats flottant dans l'eau, cervelle et sang mêlés dans les vagues, l'eau prenait une teinte rouge vif, les rives s'empourpraient…

Le deuxième plateau se remplissait également, mais lentement, avec parcimonie. Des sourires, des mots tendres, la beauté d'un coucher de soleil sur la rivière – est-ce que ça pouvait faire pencher la balance, face à un incendie de grains et au grondement des vedettes qui déchiraient de la chair humaine ? Le plateau du bien et de la joie était toujours incroyablement plus léger.

Bon, la joie, on pouvait l'oublier. Les gens n'avaient pas été conçus pour la joie ou la satisfaction. Mais pas non plus pour mourir. Les gens étaient faits pour vivre, tout simplement. Ils naissaient pour gagner leur pain à la sueur de leur front, pour croquer dans une pomme, marcher pieds nus dans l'herbe, se fâcher, faire la paix, aimer quelqu'un ou aider quelqu'un à construire, à réparer. Pas pour se retrouver gisant, nus, dans une fosse commune, avec un trou dans le crâne. Pas pour être mis en miettes par les hélices d'une vedette militaire. Les gens naissaient pour exister.

Deïev n'aurait pas pu dire d'où il tenait cette foi têtue. Mais elle était son bien essentiel. Et il pouvait être dérouté par beaucoup de choses, avoir souvent peur, être doté d'un caractère faible, la balance imaginaire pouvait osciller sans jamais trouver l'équilibre : cette foi persistait. Elle le sauvait.

À cause de tout cela, il aimait passionnément son travail actuel. Sur le papier, il était au département des transports, expédiait des convois et des marchandises ; en réalité, il se battait contre la famine. C'était la première fois qu'il se battait sans avoir à tuer. Ce n'étaient pas des grains qu'il livrait dans les provinces affamées, ni du beurre, ni du bétail, mais la vie. Il n'accompagnait pas des expéditions de médecins dans les villages reculés, mais la vie elle-même. Et à présent, assis dans le compartiment d'état-major d'un convoi sanitaire, Deïev ne déplaçait pas cinq centaines de passagers d'un point à un autre, mais emportait des enfants loin d'une mort probable vers un lieu où, peut-être, la vie les attendait.

Deïev n'avait dit à personne qu'il n'y avait des provisions que pour trois jours dans le convoi. Pour quatre, en réduisant les portions. En les réduisant encore, pour cinq.

À qui en aurait-il parlé ? Si Blanche l'avait appris, elle aurait débarqué sans ciller tous les mutilés et les grabataires sur le quai de Kazan. L'infirmier semblait prêt à rester lui-même sur le quai. Deïev n'avait pas de camarades dans le convoi, que des adversaires. Comme s'ils n'étaient pas unis par une même cause, mais combattaient les uns contre les autres.

Il avait quitté Kazan avec l'impression de filer droit dans l'abîme. Avec cinq cents enfants sur les bras, quatre cents garçons et cent filles ; parmi eux, deux dizaines de tout-petits, et autant de grabataires, plus deux douzaines d'invalides et d'enfants enflés par la famine. Sans compter un nourrisson de quelques jours (Deïev n'avait pas regardé, dans le lange rouge vif, s'il s'agissait d'un enfant de sexe masculin ou féminin). Soit Deïev serait assez malin pour les nourrir, soit non. Soit il atterrirait au fond de l'abîme avec son chargement intact sur les bras, soit non.

Il devait conduire ce chargement vers l'ouest, par les forêts de la Volga, jusqu'à Arzamas. Puis vers le sud et l'est, jusqu'à la mer d'Aral. Puis à nouveau vers le sud : traversant les déserts de Kyzyl-Koum et de la steppe de la Faim, jusqu'à Tachkent. Puis en repartir vers l'ouest, passer les chaînes du Tchimgan et de Zeravchan, jusqu'à Samarcande.

Deux semaines. Quatre mille kilomètres.

Deïev avait tout : un convoi, un tender avec du charbon, et même sa propre infirmerie. Et un ordre de mission bardé de sceaux officiels, et un revolver dans sa poche. Il ne manquait qu'une chose : la nourriture.

Si Deïev n'en trouvait pas, les enfants mourraient. On peut rester quelques jours sans manger, mais les enfants sains ne tiendraient pas deux semaines sans manger, sans même parler des malades et des grabataires. Et s'il se produisait un incident ? Un problème de locomotive, ou autre chose ? Les deux semaines se transformeraient facilement en trois…

Or, Deïev serait coupable de tout. D'avoir pris des invalides au lieu d'enfants sains. De s'être mis en chemin avant d'avoir réuni la nourriture nécessaire. Et même d'avoir embarqué le bébé aux langes rouge vif. Aurait-il vraiment dû laisser Senia, Abeille, Long Nez et Fer à Repasser sur le balcon d'orchestre, voués à mourir ? Ou retarder le départ du train dans l'attente de nourriture, un jour, deux, une semaine, un mois ? Ou pousser le nourrisson du marchepied, le jeter à terre ? Mais à qui pouvait-il expliquer, devant qui se justifier ? À personne, devant personne.

Quelqu'un devait évacuer les enfants de la ville en proie à la famine. Accepter d'avoir sur les bras, sur la conscience, ces cinq cents âmes, tout le long du voyage. Deïev avait accepté. Et ce n'est qu'à ce moment, assis dans le compartiment d'état-major du convoi sanitaire, qu'il comprit à quel point il avait peur, serrant la mâchoire à s'en faire mal. Et il n'avait plus le choix. Il devait nourrir ces enfants, se traîner à terre, se traîner dans la boue, mais trouver le moyen.

☆

Ce n'était pas un compartiment, mais un boudoir dans une maison de tolérance ! Imaginez : des fleurs sur les papiers peints, des fleurs sur la garniture du canapé. Un pré entier se déployait sur le plafond. Des candélabres ouvrés aux murs. Une table laquée. Des rideaux de velours, avec une épaisse frange de soie. Devant la table, un pouf sur des pieds de lion, recouvert d'un tissu – à fleurs, évidemment – et solidement vissé au sol.

Avant le départ du train, Deïev et Blanche n'avaient pas eu le temps d'étudier les pièces : ils avaient jeté leurs affaires dans des compartiments voisins, puis étaient repartis régler les problèmes. À présent, Deïev regardait tous ces boutons, ces pétales, et étouffait presque sous leur abondance et leurs frisures. Il ouvrit un vantail caché sous la table et découvrit, dans le creux, quelque chose de brillant et de délicat. Un vase ? Un pot de chambre. Celui-ci n'était pas décoré de fleurs, mais d'oiseaux du paradis. Deïev claqua la porte avec irritation, mais il ne pouvait rien faire : tel serait son logement pour les deux semaines de voyage.

Les deux compartiments – l'un pour le chef du convoi, l'autre pour la commissaire – n'avaient pas été touchés par les menuisiers lors des transformations. C'étaient d'anciens appartements familiaux : chaque pièce avait sa porte sur le couloir, et elles n'étaient séparées que par une porte de bois en accordéon. À l'idée de l'ancienne fonction de cette porte, les joues de Deïev rougissaient. Il se dit qu'il ne l'utiliserait pas pour aller chez Blanche, et n'entrerait que par la porte du couloir, comme tous les autres, s'il devait y entrer. Le mieux était qu'elle vienne, elle, chez lui : après tout, il était le chef du convoi. Elle n'aurait qu'à frapper – doucement, avec respect –, comme il convenait avant d'entrer dans le bureau du chef...

Il sauta une ou deux fois sur le siège à ressorts, vérifiant l'élasticité du canapé. Essuya de la paume la buée sur la fenêtre : de l'autre côté, à travers les volutes de vapeur de la locomotive, on apercevait des bois de pins assombris par la pluie. Il passa la main sur le tissu lisse des tapisseries. Et, sans s'en apercevoir, se retrouva devant la porte en accordéon.

Aucun son ne venait de l'autre côté. Quelque part dans le couloir, perçant le fracas des roues et les bruits de ferraille, s'élevaient les gémissements du nourrisson (Deïev l'avait confié à Fatima, chargée de le bercer et de le calmer). On entendait aussi le wagon grincer, le chuintement des jets de vapeur loin devant. Mais on n'entendait pas la commissaire. Elle se demandait comment se débarrasser du commandant trop sentimental ? Elle écrivait déjà une plainte ?

Pssch ! La porte en accordéon se replia brusquement, manquant de heurter l'oreille de Deïev collée à elle. Blanche apparut dans l'encadrement.

– Mettons-nous d'accord, Deïev, sur comment nous allons cohabiter, dit-elle. La route est longue, deux semaines. Sans accord, nous ne nous en sortirons pas.

Gêné, il recula, laissant la commissaire entrer sans hésiter, comme si elle était chez elle.

– Vous êtes un homme doux, et même trop sensible. Elle s'assit avec décision au milieu du canapé, s'appuyant contre le dossier d'un air de propriétaire, croisant les jambes. On ne doit pas vous confronter aux enfants.

Peu désireux d'occuper un coin du canapé ou de rester debout devant la commissaire comme un élève coupable devant son professeur, Deïev dansa un moment d'un pied sur l'autre, choisissant finalement de s'asseoir sur le pouf devant la table. Le pouf était bas, ses ressorts menaçaient de le faire sauter en l'air : il dut écarter les jambes, appuyer les mains sur les genoux, et faire face, dans cette position incommode, à Blanche, installée confortablement.

La commissaire examinait l'abondante végétation sur les murs et le plafond, sans curiosité, mais avec un étonnement indifférent, comme si elle voyait un tel mauvais goût pour la première fois. Elle frotta les doigts sur la frange des rideaux qui se balançait au rythme du train, leva avec un peu de mépris ses sourcils épais et longs. Se pouvait-il que son compartiment soit différent ?

– Toi par contre, tu as une poigne de fer, répliqua Deïev, se tortillant sur son siège pour trouver une position plus confortable.

– C'est pourquoi je me charge des enfants. Les disputes, les querelles, les plaintes, les bêtises – laissez-moi toute cette agitation. Ne vous en mêlez pas. Le reste est pour vous : conduisez-nous, nourrissez-nous, soignez-nous…

Continuant d'étudier l'ameublement, Blanche ouvrit sans cérémonie la porte sous la table : les oiseaux de paradis brillèrent sur le flanc de faïence blanche.

– … commandez, enfin ! Nous sommes d'accord ?

Ah, pourquoi Deïev n'avait-il pas pensé à apporter le pot de chambre aux enfants !

– Je croyais que tu savais seulement agiter ton sabre… S'étant habitué tant bien que mal aux mouvements de son siège à ressorts, il se redressa, et tenta de ramener sur son visage son air important. Voilà que tu te mets à la diplomatie. Pourquoi as-tu changé d'attitude ?

– Vous êtes un homme sincère et passionné, répondit-elle simplement, sans hésiter.

Cet aveu était si inattendu sur les lèvres de la commissaire que Deïev faillit à nouveau perdre l'équilibre.

– C'est mieux qu'un hypocrite ou un profiteur. De plus, vous n'êtes pas le plus idiot de ceux que j'ai vus. Et j'en ai vu, des idiots.

Les lèvres de Deïev, qui avaient commencé à former un sourire gêné, se figèrent. Le sourire se changea en grimace.

– Les bottes, c'était une bonne idée…

Un compliment ? Il aurait voulu répondre en félicitant Blanche pour avoir si bien réparti les enfants dans les wagons, mais il n'en eut pas le temps.

– Bref, vous n'êtes pas très fute-fute, mais assez débrouillard, conclut la commissaire. Vous me convenez. On peut s'entendre.

Quelle conversation ! Tantôt elle approuvait, tantôt critiquait… C'était aussi instable que Deïev sur son stupide pouf, ne sachant pas s'il était assis ou s'il tombait, ou simplement s'il souffrait le martyre.

– Je n'arrive pas à comprendre, dit-il en secouant la tête. Tu me complimentes, ou pas ?

– Vous avez tant besoin qu'on vous complimente ?

– J'ai besoin qu'on me traite humainement ! s'énerva Deïev, se levant de l'impossible siège. Ce ne sont pas des mots, mais du venin qui sort de ta bouche. Je suis le chef du convoi. Parle-moi comme à un chef.

Il avait été bête de se lever aussi brusquement, s'énervant comme un adolescent. Mais il n'avait pas la force de se rasseoir sur ce maudit pouf, et resta debout devant Blanche, une main posée sur la table pour faire plus sérieux, ouvrant largement les épaules.

– Notre accord sera différent, annonça-t-il. Tu es habile avec les enfants, je le reconnais. Continue à t'occuper d'eux, et régente-les autant que tu veux, mais devant moi. On fera tout à deux : distribuer la bouillie, régler les différends. Là où tu iras, j'irai ! À deux ! Il tapa la main sur la table, comme s'il appliquait un sceau, pour donner plus de poids à ses mots. Voilà.

Ils étaient à l'étroit dans le compartiment, et Deïev, debout, surplombait Blanche, touchant presque des genoux ses jambes croisées. Le wagon tressautait, et le corps de Deïev tressautait avec lui, se rapprochant, puis s'éloignant de la femme sur le canapé. La commissaire, pourtant, n'était pas troublée par la configuration de leur discussion. Elle le regardait depuis en dessous, mais avec sa hauteur coutumière.

– Vous voulez tenir tout votre monde ? Tout savoir, sur chaque enfant, chaque nurse et jusqu'au dernier pou du train ? Vous n'avez pas le temps pour ça. Elle parlait tranquillement, d'une voix froide, énumérant les possibilités sans estimer nécessaire de cacher le cours de ses pensées à son interlocuteur. Ou vous rêvez de m'attraper et de vous plaindre, pour me renvoyer du convoi ? Vous n'êtes pas assez intelligent pour ça… Ou vous voulez me faire la cour, Deïev ? Vous n'avez pas assez de caractère pour ça.

Deïev tentait de rester imperturbable, mais il sentait que son visage, le traître, changeait à chaque phrase. Il ne pouvait pas se détourner, montrer par là sa faiblesse. Il faisait face à Blanche, s'exhibant comme un acteur médiocre sur une scène de province.

La commissaire n'avait pas deviné. Il ne voulait ni courir le guilledou, ni se venger, ni montrer son pouvoir de commandant sur les autres : il voulait apprendre à parler à ces garnements aussi bien que Blanche, à les dompter et à les diriger, à les engueuler, à plaisanter avec eux. Il voulait apprendre aussi vite que possible. Parce que son secret serait forcément découvert : Blanche apprendrait que le convoi était parti avec des réserves de nourriture pour trois malheureux jours. Alors, une vraie lutte commencerait : ou la commissaire sauterait du train, ou elle éjecterait Deïev. D'une manière ou d'une autre, ils ne voyageraient pas longtemps ensemble.

– Je suis d'accord.

Blanche se leva d'un coup, manquant d'appuyer sa poitrine contre la poitrine gonflée de son interlocuteur, et tendit sa main pour toper.

– On fera tout à deux. Vous commanderez le convoi, moi, les enfants.

Il posa sa main dans la main chaude de la commissaire. Blanche avait une poigne solide, virile. Mais sa peau était douce comme celle d'un enfant.

– Et voici mon premier ordre. Elle serrait sa main de plus en plus fort, comme si elle voulait écraser les doigts de Deïev, ou les arracher. Nous ne prenons personne de plus dans le train

– plus de nourrissons, grabataires ou autres. L'embarquement est terminé, jusqu'à Samarcande.

Deïev la regardait dans les yeux, sans ciller et sans trahir sa douleur. Il n'agita même pas ses doigts blanchis quand la commissaire lâcha enfin sa main.

Il se contenta de ricaner.

– Le gamin à une oreille avait raison de te traiter de mec, ce matin.

Elle ricana en retour.

– Il en faut bien un dans le convoi…

Et elle ajouta après une pause, presque tendrement :

– … camarade commandant.

Ils partirent immédiatement faire une inspection, sans attendre que la bouillie soit prête et occupe toutes les pensées des enfants.

Blanche marchait la première, Deïev parvenait tout juste à la suivre ; ils entraient rapidement dans un wagon, sans dire un mot aux nurses affairées, et se frayaient un chemin à travers les cris d'enfants et les bousculades du milieu – pour rester là, dans le passage, où on les voyait de tous les côtés. Ils attendaient. Après une minute, le tapage cessait, une centaine de frimousses se tournaient vers les arrivants : les petits se rapprochaient des chefs et se massaient autour d'eux, les plus grands s'asseyaient sur les châlits ou laissaient pendre leurs jambes depuis le troisième étage, sous le plafond.

Deïev aurait été incapable d'expliquer pourquoi, mais par sa seule présence – la vivacité de ses mouvements, sa haute taille, la sévérité de ses traits – Blanche attirait les regards des enfants. Quant à ceux qui jouaient les caïds et se détournaient volontairement vers la fenêtre pour ne pas regarder la commissaire, ils ne pouvaient pas échapper à sa voix : elle était forte et nette, couvrait le bruit du train, comme si elle enfonçait ses phrases dans les têtes enfantines.

– Vous êtes dans un train sanitaire de la République soviétique, retentissait la voix dans le wagon. Vous vous rendez dans le Turkestan fertile et chaud. Non pas parce que vous êtes particulièrement merveilleux. Mais parce que le pouvoir soviétique prend soin de tous ses enfants, même les plus médiocres et les plus désespérés.

Les visages des passagers brillaient dans la pénombre du wagon non éclairé, comme illuminés par leurs chemises blanches ; les yeux fixaient avec anxiété les nouveaux venus, leurs fronts se ridaient.

– Seuls ceux qui obéissent aux règles resteront dans ce convoi. Ces règles sont au nombre de cinq. Je vais vous les énoncer maintenant, une seule fois. Écoutez bien et retenez. Je ne les répéterai pas. Mais je débarquerai ceux qui n'ont pas obéi. Et je serai impitoyable.

Dans les pauses entre les phrases de la commissaire, on n'entendait que la rumeur du train – ta-da !... ta-da ! ta-da !... comme s'il scandait des exclamations triomphantes.

– Règle n° 1. Ici, Blanche faisait généralement une pause, et Deïev avait l'impression qu'à ce moment l'auditoire retenait son souffle, craignant de manquer un mot. La règle de la maison. Ce convoi est votre maison. À la maison, on ne vole pas, on ne chie pas sous les bancs, on ne casse pas les fenêtres et on ne dessine pas au charbon sur le plafond. On n'abîme pas les meubles, on ne détruit pas les murs, on ne brûle pas les portes. On soigne sa maison, elle reste propre et confortable, belle, on la garde au chaud. C'est clair ?

Excellente règle, approuvait Deïev en son for intérieur. Les couchettes étaient solides, on aurait pu y mettre des hommes grands et lourds (et tant pis s'ils n'avaient pas eu le temps d'y ajouter de la paille pour les rendre plus douces, on dort mieux sur un lit dur). Les toilettes étaient spacieuses, séparées par des parois, avec un grand trou dans le sol : impossible de le manquer. Les fenêtres étaient parfaitement isolées. Et ce miracle de la technique, le chauffage, réchauffait le wagon le long des parois. On était vraiment comme dans une maison.

– Règle n° 2 : la règle du frère. Tous ceux qui voyagent avec vous dans le convoi, pendant la durée du trajet, sont vos frères. Comme si vous aviez les mêmes parents ! On ne fait pas de mal à son frère, on ne répand pas des bouts de verre dans son lit, on ne lui met pas des aiguilles dans les chaussures, on ne brûle pas son matelas pendant qu'il dort. On n'humilie pas son frère, on ne l'oblige pas à boire de la boue ou de la pisse, à lécher les pieds des autres. On ne le bizute pas. Bien sûr, on peut se disputer avec son frère, se bagarrer, mais pas jusqu'au sang. On peut jouer aux cartes, mais pas pour de la nourriture. On n'emprunte pas à son frère de l'argent ou du pain. On aide son frère, en tout. On prend soin de son frère, on le protège et on le soutient. On l'aime comme soi-même. C'est clair ?

Personne ne répondit, personne ne hocha la tête, mais dans les regards attentifs, figés par l'effort d'écoute, on comprenait que c'était parfaitement clair.

Et Deïev se disait que, dans leurs chemises identiques, qui leur arrivaient parfois aux genoux, parfois aux pieds, les garçons ressemblaient vraiment à des frères d'âges divers. Les larges chemises cachaient leurs corps d'enfants osseux ou enflés, leurs jambes tordues, les bleus et les cicatrices, les marques de maladies. Les cous dépassant des cols étaient tous maigrissimes. Et les têtes posées sur ces cous, toutes les têtes étaient rasées.

– Règle n° 3, la plus courte. La règle de la nurse : celui qui s'en prend à une nurse, qui la touche ne serait-ce que du petit doigt, ou par un mot méchant, sera immédiatement débarqué.

Les regards des garçons se tournèrent vers les nurses qui, tout comme les enfants, écoutaient la commissaire avec étonnement. Gênées par l'attention des enfants, elles prirent un air sévère et levèrent le menton. Blanche ne se pressait pas de continuer : elle attendait que les garçons aient regardé les femmes à loisir, réfléchissant à ce qu'elle avait dit.

Chaque wagon était sous la surveillance de deux nurses, sauf dans le wagon d'état-major, celui des tout-petits, où Fatima régnait seule. Les duos étaient amusants : la bibliothécaire avec la paysanne, la couturière avec la femme de pope. Elles s'étaient réparties non au hasard, mais intelligemment : pour qu'elles parlent au moins deux langues à elles deux – russe et tatare, russe et bachkire, tchouvache. Deïev regardait les nurses, pris de doute : elles allaient devoir apprendre à s'entendre, avant de s'occuper des enfants...

– La règle suivante est la règle du chef du convoi...

Deïev avait entendu cinq fois cette phrase dans la journée – dans tous les wagons de passagers – et chaque fois, à ce moment, il avait la gorge sèche : des centaines de regards enfantins le transperçaient en même temps, agités, et avec une question muette. Heureusement, il ne devait rien dire : la seule à parler était Blanche.

– … La règle est la suivante : tous les ordres des adultes doivent être exécutés, immédiatement et sans bavardage. Si l'infirmier vous dit de boire un médicament, vous ouvrez le bec et vous buvez. Si une nurse vous dit de nettoyer les latrines, vous prenez un chiffon et vous courez frotter le trou à merde. Si Deïev vous dit de marcher à quatre pattes et d'aboyer comme un chien, vous vous couchez et vous commencez à japper. À l'instant même ! Et pas autrement.

Les regards tournés vers Deïev s'emplissaient de reproches, comme si cet ordre absurde venait d'être donné. Le commandant restait immobile, la poitrine en avant, les mâchoires serrées, attendant impatiemment la règle suivante.

– Et maintenant, la règle la plus importante, la dernière. Ici, la commissaire se taisait longuement, passant son regard appuyé d'une bouille à l'autre, cherchant les yeux pleins de défi et laissant la tension monter. La règle de la commissaire Blanche : moins il y a de passagers dans le convoi, mieux on se porte. Nous n'avons pas beaucoup de nourriture, pas beaucoup de charbon, presque pas de médicaments et d'habits. C'est pourquoi je ne retiens personne. Plus encore, j'ai très envie, je n'attends qu'une chose : que vous enfreigniez une règle. J'attends avec impatience. Ayant trouvé les yeux les plus impudents, elle les fixait avec intensité et ne regardait plus ailleurs. Si vous enfreignez ne serait-ce qu'une règle, je vous débarque du train. Je ne vous enverrai pas dans un centre d'évacuation ou à la commission à l'enfance, je vous débarquerai simplement à la première gare, nu, sans nourriture. La chemise que vous avez reçue au début du voyage restera dans le convoi. Votre ration de nourriture ne sera pas perdue, les autres en auront plus.

La commissaire regardait à nouveau tour à tour chaque enfant, réunissant leurs regards en un seul, et terminait son discours :

– C'est tout.

Sans perdre de temps, elle partait vers le wagon suivant. Des questions fusaient derrière elle, mais elles étaient peu nombreuses : les passagers, ébahis, reprenaient leurs esprits. Elle répondait tout en marchant, sans presque tourner la tête :

– Non, il n'y a pas de bains dans le train. Vous vous baignerez dans la mer, la mer d'Aral, quand nous y serons arrivés…

– Oui, nous avons bien assez d'eau, vous pouvez en boire autant que vous voulez…

– Non, le cuistot n'a pas besoin d'aide. Si j'attrape quelqu'un en cuisine, je le mets à la diète…

Pendant qu'ils faisaient la tournée des wagons, le repas arriva : Memelia trottait dans le convoi, distribuant des baquets de bouillie fumante. Chaque wagon avait droit à deux baquets pleins et quelques chapelets bruyants de tasses en étain qui remplaçaient les assiettes.

Ça ne pouvait tomber mieux : Deïev se dit avec soulagement qu'ils iraient plus tard inspecter l'infirmerie, pour ne pas gêner les passagers pendant le repas. Il préférait retarder le moment où il serait devant Boug, avec la discussion épineuse qui suivrait forcément. Mieux valait être le plus loin possible de Kazan.

La vue du millet et son odeur très appétissante (tout de même, le marmiton avait su le cuire !) plongèrent les enfants dans un état d'excitation joyeuse : ils poussaient des cris, sautaient sur les couchettes, s'envoyaient des beignes – mais bientôt, sans avoir reçu la moindre instruction, ils se mirent en file indienne devant la distribution, s'approchant d'un air sérieux, strictement l'un après l'autre. Ils recevaient avec révérence la nourriture des mains des nurses ; les chemises pliées plusieurs fois leur permettaient de tenir les tasses affreusement chaudes, qu'ils entouraient de leur paume, posaient contre leur ventre, avant de monter sur leurs couchettes. Ils s'y asseyaient, les jambes en tailleur, presque pliés en deux, comme s'ils voulaient entourer leur tasse de tout leur corps. D'abord, ils se réchauffaient à elle, se brûlant et souriant, puis, par petites bouchées, ils enfournaient la nourriture dans leur bouche.

Mangez, pensait Deïev, mangez à votre faim. Il n'y aura pas d'autre bouillie. Il y aura du brouet, de la farine diluée, de la soupe claire de fanes et de grains, mais une bouillie aussi riche, une telle prodigalité, vous n'en verrez plus…

Il n'eut pas l'occasion de contempler la scène à loisir : une nurse accourut du wagon des filles, hors d'haleine, les yeux écarquillés, ahurie.

– Camarades, nous sommes en pleine révolte !

Deïev et Blanche accoururent dans le wagon révolté : il n'y avait pas un bruit, comme s'il était vide. La rumeur des roues, le grincement des attelages, et pas un soupir, pas un mot de prononcé. Comme si une centaine de filles n'étaient pas assises sur leurs couchettes, sur trois niveaux jusqu'au plafond, vêtues d'une seule chemise de corps de soldat. Elles s'étaient réfugiées dans les coins, pelotonnées sur elles-mêmes, tenant leurs genoux entre leurs mains osseuses. Elles dévisageaient les adultes de sous leurs sourcils froncés et se taisaient. Une tasse de bouillie épaisse, exhalant une douce odeur de millet, était posée à côté de chacune d'elles. Intacte.

Les fillettes refusaient toutes de manger.

– Camarades enfants, qu'est-ce que ça veut dire ?

Pour toute réponse, le silence.

– Vous avez peur de quelque chose ? Quelqu'un vous a fait du mal ? Blanche passait à travers le wagon, dévisageant les occupantes des couchettes du haut, se penchant vers celles du bas pour croiser le regard des fillettes, sans y parvenir : les frimousses grimaçaient de frayeur, les gamines fermaient les paupières ou se cachaient la tête dans les genoux, refusant de regarder la commissaire. C'est un caprice ou une grève idéologique ? Vous êtes indignées contre quelque chose, vous protestez ? Et si vous protestez, contre quoi ?

Elle passa dans tout le wagon sans parvenir à croiser un regard. Seules les nurses – toutes deux grandes, solides, comme des géantes au milieu des mouflettes – écarquillaient leurs yeux en suivant du regard la commissaire, pleines d'espoir.

– Qui a commencé ?

Les nurses haussèrent les épaules : personne.

– Qui est la plus audacieuse, la plus vive ici ?

Elles haussèrent à nouveau les épaules : elles ne l'avaient pas encore repérée.

Deïev regardait les grévistes et ne voyait parmi elles ni d'audacieuses, ni de vives, ni même d'un peu joyeuses : les gamines étaient toutes abattues et chétives, plus blêmes les unes que les autres. Beaucoup avaient les cheveux coupés à cause du typhus : des crânes hérissés de poils courts. L'une avait la peau mangée par la variole, comme si on lui avait tiré dessus au petit plomb. Une autre avait des cernes violets sous les yeux. Une troisième semblait sourire, mais c'était un bec-de-lièvre.

Deïev s'assit sur une couchette, à côté de la fillette aux cernes violacés. Elle eut peur de lui, se pressa contre le mur ; d'un geste maladroit de la jambe, elle renversa sa tasse. Deux tas de millet jaune vif se déversèrent sur la couchette, comme deux poignées d'or. Une odeur chaude et appétissante s'éleva, Deïev en eut l'eau à la bouche.

La fillette, elle, ne bougea pas : elle fixait les grumeaux renversés, une grosse larme montant dans chaque œil.

Or, ces yeux n'étaient pas révoltés, mais pitoyables et affamés.

– Comment t'appelles-tu ? demanda-t-il à voix basse, pour ne pas l'effrayer.

Elle ne réagit pas, comme si elle n'avait pas entendu.

– Zozoulia, répondit une nurse à sa place. Impossible de comprendre si c'est son prénom ou un surnom de chèvre. Il n'y avait pas de nom de famille dans ses papiers… Pour un tas de millet comme ça, dit-elle en indiquant la bouillie renversée, il y a un an, chez nous, au village, on aurait été prêts à s'entretuer.

– On ne touche pas la nourriture, ordonna Blanche d'une voix forte. Elle reste ici jusqu'à notre retour. Si les garçons du wagon d'à côté essaient de s'en emparer, qu'on les chasse.

Elle fit un signe de tête sévère à l'une des fillettes : suis-moi ! Et un autre à Deïev et Zozoulia : vous aussi ! Elle se dirigea vers le wagon d'état-major. Elle veut lui parler seule à seule, devina Deïev, interroger les révoltées une par une. Zozoulia, quand elle comprit qu'on l'emmenait chez les commandants, se recroquevilla encore plus, fit la grimace. Mais elle n'opposa pas de résistance : elle sortit sans un mot de son refuge, évitant soigneusement la bouillie renversée, sans toucher le moindre grain, et suivit la commissaire d'un pas traînant. Deïev fermait la marche.

Les couloirs des wagons avaient été autrefois couverts de tapis, dont il ne restait que des lambeaux. Deïev avait eu l'intelligence de ne pas toucher à ces lambeaux : quand ils avaient équipé le convoi, il avait ordonné de clouer soigneusement ces restes de tapis, et les enfants pouvaient désormais sauter sur ces îlots de tissu, ce qui permettait d'éviter le sol froid à leurs pieds nus. Mais Zozoulia ne sautait pas, elle marchait sur le sol de bois d'un pas lent, indifférent, voûtée, le menton contre la poitrine. Son ample chemise traînait sur le plancher. Les os de sa colonne vertébrale étaient saillants, semblaient prêts à percer sa peau. Sa tête aux cheveux coupés court, qui faisait penser à un hérisson noir aux piquants emmêlés, semblait trop grande pour son cou maigre, qu'elle menaçait de briser sous son poids.

– Discutez avec elle tout votre soûl, murmura Blanche à l'oreille de Deïev. Avec sincérité, comme vous savez le faire.

– Moi ? s'étonna-t-il.

Mais Blanche était déjà entrée dans son compartiment, avec l'autre fillette.

Zozoulia était toujours dans le couloir. Petite, elle atteignait à peine la poignée de la porte, mais à son visage sérieux, Deïev lui donnait huit ou neuf ans. D'autant plus qu'elle était très voûtée : si elle se redressait, elle gagnerait une demi-tête.

Il ouvrit grand la porte, l'invitant à entrer – elle fila à l'intérieur du compartiment. Elle s'assit tout au bord du canapé, comme un oiseau sur son perchoir, les mains posées sur ses genoux, la tête pendant sur sa poitrine, et elle se figea. Deïev ne voyait pas son visage, seulement le haut de sa tête aux mèches folles et ses menottes brunes de saleté, aux ongles noirs et courts. Sur l'une, il y avait un tatouage : une colombe.

Deïev se retrouvait dans son logement provisoire, ne sachant à nouveau où se mettre. Il ne s'était pas assis sur le canapé pour ne pas effrayer sa visiteuse, et n'avait aucune envie de se mettre sur le pouf : il resta debout, appuyé contre le coin de la table et les bras croisés.

Il ne comprenait pas de quoi il pourrait parler avec une gamine obstinément muette. Elle avait besoin d'être emmitouflée dans une couverture chaude, nourrie de provisions bien grasses et abreuvée d'eau bouillie, et non de subir un interrogatoire.

– Tu sais parler, au moins ?

La tête fit un signe presque imperceptible : oui.

– Alors, dis quelque chose.

À travers le bruit des roues, Deïev entendit à peine un son bref, comme un bruit d'eau ou un miaulement de chat.

– Quoi ? demanda-t-il en se penchant vers la tête hirsute. Parle plus fort !

Zozoulia répéta docilement, et Deïev entendit enfin les quatre mots : « Ne me frappe pas ! »

Il avait envie de jurer, mais il ne fallait pas ! Il avait envie de crier – « Mais qui te frappe, petite idiote ?! On te donne de la bonne bouillie, de celle pour laquelle on s'entretuerait, à la campagne ! » –, mais il ne fallait pas non plus. Il patienta, sans mot dire. Et décida de commencer autrement.

– Ça fait longtemps que tu vagabondes ? demanda-t-il, avant de continuer sans attendre la réponse. Tu peux ne rien dire, je vois bien que ça fait longtemps. Je vois tout. Tes talons durs – ça fait un moment que tu marches pieds nus. Tes doigts de pieds tordus : écrasés par un sabot ou par une roue de chariot. Je vois que tu as eu le typhus. Que tu as fait ami-ami avec les canailles de la gare. Que tu fumes du haschich et bois du vin. Que tu as faim à en tourner de l'œil, ça aussi, je le vois. Tu mangeais des yeux cette bouillie de millet, tant tu avais envie de l'avaler. Mais tu ne l'as pas mise à la bouche. Pourquoi ?

La petite fille était assise comme si on l'avait changée en pierre. Ou grommelait-elle quelque chose ? Il écouta. Elle répéta encore : « Ne me frappe pas. » « Si, je vais te frapper ! aurait voulu rétorquer Deïev. Si tu t'obstines encore à jouer les grévistes de la faim, je te battrai de mes propres mains ! » Et agiter ses paumes ouvertes devant sa tête ébouriffée, pour l'intimider. Mais il eut immédiatement honte de se maîtriser aussi peu – si honte, qu'il se sentait prêt à se battre lui-même.

Il n'était pas fâché contre Zozoulia. Mais contre qui ? Contre lui, qui ne venait pas à bout d'une petite comme elle ? Il se tourna vers la fenêtre, appuyant ses côtes contre la table. « Tais-toi, s'ordonna-t-il. Enquêteur à la manque. »

Sur la vitre, des gouttes de pluie tremblotaient, et plus loin, des arbres noirs défilaient, agités. Le convoi avançait lentement, ne franchissant pas plus de dix kilomètres en une heure ; on pouvait examiner chaque sentier, chaque fourré. La forêt autour de Kazan – translucide à l'automne, à peine teintée du jaune des bouleaux et du vert des pins – s'étendait à l'infini. Au-dessus d'elle, touchant presque les cimes, s'étendaient également des nuages blancs, descendus du ciel ou sortis de la cheminée de la locomotive.

Zozoulia n'émettait pas un son. Deïev eut soudain l'impression qu'elle avait disparu, qu'elle s'était glissée sans bruit sur le sol et avait passé sous la porte. Il se retourna pour vérifier si sa visiteuse était toujours là, et se figea d'étonnement.

La gamine était étendue sur le canapé, entièrement nue. Son visage immobile avait une expression absente ; elle fixait le plafond. Sa poitrine creuse, pas plus large qu'une poitrine de poulet, était traversée par les bosses de ses côtes étroites, avec deux bosses sombres indiquant les tétons. Ses bras osseux pendaient docilement le long du corps. Ses jambes, qui n'étaient même pas des jambes, mais de longs os couverts de peau, étaient écartées, découvrant les petits plis de son organe féminin. La chemise, enlevée, était à l'autre bout du canapé, soigneusement coincée dans l'interstice entre le siège et le mur, pour ne pas risquer de la faire tomber et la salir.

Elle jeta un regard en coin à Deïev, un regard timide : avait-elle tout fait comme il fallait ?

– Ça veut dire quoi ? s'étonna d'abord Deïev.

Puis il comprit peu à peu, par vagues brûlantes. Il sentit d'abord ses entrailles le brûler, puis son cou et sa nuque, et continua tout ce temps à fixer le corps blême de la fillette, qui avait la chair de poule, tout en essayant de comprendre la signification de cet étrange tableau. Et ce n'est que lorsque la vague brûlante atteignit sa tête qu'il comprit soudain, et en eut le souffle coupé.

Il aurait voulu pousser une gueulante, mais il ne le put pas : sa gorge était nouée. Il attrapa la chemise de la fillette et la lança sur sa panse creuse : habille-toi, plus vite que ça ! Et il s'enfuit dans le couloir.

Le visage en feu, il pensa mettre sa tête à l'air – au vent et à la pluie. Il attrapa le cadre de la fenêtre du couloir et se mit à le tirer furieusement, mais il ne cédait pas. À lutter ainsi, il avait de plus en plus chaud. Il tirait la vitre vers le bas, persuadé qu'il allait l'ouvrir, il ne pouvait pas manquer de l'ouvrir, ou il briserait cette vitre idiote avec son poing…

– La fenêtre est clouée.

Il se retourna : Blanche était derrière lui.

C'était vrai, le cadre était solidement cloué, sur tout le tour.

La commissaire observait Deïev d'un regard étrange, mais sans s'étonner de sa conduite insensée : elle était frappée par une autre idée.

– Vous savez pourquoi les fillettes ne mangent pas ? demanda-t-elle. Elles croient que la bouillie est empoisonnée.

– Hein ? s'exclama Deïev, toujours incapable de reprendre ses esprits.

– Elles croient que nous tuons des enfants pour vendre leurs corps aux Américains.

– Comment…

Sa voix ne lui obéissait toujours pas, il dut toussoter, puis répéter :

– Comment ça, on les vend ?

– Pas très cher. Blanche parlait d'une voix calme, prononçant nettement chaque mot. Les enfants russes rapportent vingt roubles. Les tatares, quinze. Les tchouvaches ou mordves, dix. Et les filles rapportent toutes dix roubles, quelle que soit leur origine.

La porte de la commissaire était entrouverte. La fillette interrogée par Blanche regarda un instant par l'ouverture, dardant sur les adultes ses yeux rougis de larmes, puis disparut dans le compartiment.

– Qui a inventé cette rumeur ?

– Elles ne vous le diront pas. Blanche regardait fixement la fenêtre clouée, la vitre mouillée par la pluie. Jamais.

Deïev ne comprit pas lui-même comment cela s'était passé, mais l'instant d'après, il était déjà dans le wagon des filles, courant entre les couchettes et criant si fort que les machinistes devaient l'entendre dans la locomotive.

– … Mais quels Américains, bon sang ?! tempêtait-il. Mais comment vos cerveaux de poule ont pu avoir une idée pareille ?! Comment est-ce que vos langues ont pu dire des choses pareilles ?! Les sons sortaient facilement de son gosier, comme s'il ne s'énervait pas, mais chantait une chanson. J'ordonne à toutes d'arrêter ces inepties et de manger le repas ! Règle n° 4 : la règle du chef du convoi ! Exécution !

Les révoltées ouvraient tout grand les yeux de peur, aspiraient l'air par la bouche comme des poissons sur le rivage. Des larmes et de la morve couraient sur le visage de certaines, mais elles n'osaient pas sangloter ni même renifler, elles restaient immobiles, les visages mouillés. Que dire ? Même les nurses s'étaient réfugiées dans les coins, comme balayées par le vent.

Seule Blanche ne perdit pas contenance : elle attrapa la première tasse de bouillie à sa portée et – hop ! – renversa le contenu dans la main, et se mit à manger tranquillement dans sa paume, attrapant les grains avec les lèvres, se léchant les doigts. Elle attrapa une deuxième tasse, et : hop !

Deïev la vit faire, et s'empara à son tour d'une tasse : hop ! La nourriture passait mal, tant il était furieux, mais il se forçait, avalait sans mâcher, bougeant à peine les mâchoires, les yeux fous. Le millet non mâché lui arrachait la gorge, se coinçait dans son œsophage. Mais il prit avec obstination une deuxième tasse, et hop !

Les fillettes, qui avaient commencé par observer, un peu perdues, les adultes en train de manger leurs rations, se mirent soudain – comme sur un signal – à manger elles-mêmes. Certaines vidaient la tasse directement dans leur bouche, d'autres plongeaient leur visage dans la tasse et attrapaient la bouillie avec les lèvres, d'autres encore, comme la commissaire, renversaient la nourriture dans leur main et mangeaient le tas…

Une minute plus tard, le repas était terminé. Les cinq wagons de passagers étaient nourris.

Des rumeurs se propageraient pendant tout le voyage. Pas une seule fois, Deïev ne saurait qui avait fait courir tel bruit, ni où il était né. La rumeur la plus persistante, celle du « convoi américain », enflerait puis s'éteindrait plusieurs fois. Elle disait qu'un convoi se déplaçait sur les rails de Russie, fait de centaines de wagons remplis à ras bord de maïs, de chocolat et de viande en conserve. Il avait tant de provisions qu'il en distribuait à chaque gare, sans se vider pour autant. Mais il n'en distribuait pas à tout le monde : seulement à ceux qui acceptaient d'apprendre un petit discours en américain, et qui étaient capables de le répéter trois fois de suite sans hésiter, debout sur une jambe, sans ciller. Or le discours n'était pas une comptine, mais rien de moins qu'un serment de loyauté au roi américain. Il fallait admettre que, pour une généreuse boustifaille, on était prêt à promettre tout ce qu'on voulait. D'autant plus qu'il était loin, ce roi inconnu !

Une rumeur funèbre, annonçant la mort de Lénine, fit couler beaucoup de larmes, surtout chez les filles. Elle disait que le guide du prolétariat international n'était plus de ce monde depuis longtemps. Et que tous les bulletins sur sa santé n'étaient que des bêtises, des mensonges. Grand-papa Lénine reposait déjà dans un cercueil de cristal, pendu par des chaînes d'or sur la plus haute tour du Kremlin, à Moscou. Et ce cercueil était gardé tour à tour par Trotski, Kalinine et Dzerjinski, tandis que la fidèle Kroupskaïa mettait personnellement des cotons imbibés de cire dans les oreilles de chaque sentinelle, pour qu'elle ne soit pas assourdie par le carillon du Kremlin.

La rumeur sur une attaque menée contre la Russie par le tsar de Chine ne remuerait pas beaucoup les enfants : ils en discuteraient un peu, puis n'y penseraient plus. Les Chinois avaient peu de chances de parvenir jusqu'au Turkestan, où se dirigeait la guirlande de Deïev, et personne n'avait laissé en Russie de parents ou d'êtres chers pour lesquels il faudrait se faire du souci.

Certains racontars étaient si absurdes qu'ils prêtaient à rire – mais il allait falloir les démentir. Que Deïev était un véritable vampire, comme au cinéma : la nuit, de longues canines lui poussaient, il passait dans les wagons et buvait le sang des passagers désobéissants. Ou qu'il était un espion anglais. Ou encore, qu'il était Fridtjof Nansen en personne, venu apporter des millions de kilos de nourriture pour soulager la famine dans le pays, qu'il avait appris le russe, et qu'en échange de son aide il convoyait un million d'enfants à l'étranger, pour nourrir les ours blancs, qui souffraient aussi de disette dans leur pôle Nord.

Bizarrement, il n'y avait aucun on-dit de ce genre sur Blanche : ils concernaient tous Deïev.

Comment naissaient ces légendes, Deïev ne le comprendrait jamais. Peut-être que ces fantaisies étranges et effrayantes étaient nécessaires aux enfants, pour remplacer les contes auxquels ils ne croyaient pas.

– Le bébé a besoin de lait, dit Fatima.

Le petit coucou, après avoir dormi quelques heures dans ses bras, était réveillé depuis longtemps et hurlait dans tout le wagon d'état-major, ouvrant largement sa bouche édentée et faisant d'énormes bulles de salive. Le nourrisson, minuscule et faible, avait une bouche immense.

Aux pieds de Fatima se bousculaient encore cinq tout-petits : les habitants du wagon-crèche rampaient dans le compartiment et dans le couloir comme des fourmis, leurs frimousses curieuses reniflaient et léchaient tout ce qu'elles trouvaient ; les plus timides restaient dans les jupes de leur nounou et s'y accrochaient solidement, formant une sorte de traîne vivante et lourde. À cause de cela, Fatima se déplaçait désormais lentement, adaptant la longueur de son pas à la dizaine de petites jambes hésitantes qui la suivaient maladroitement, et berçait le bébé en faisant attention de ne pas heurter du coude un membre de sa suite. Sur son beau visage rond, Deïev ne remarqua pas une trace d'irritation ou de fatigue – au contraire, il avait rajeuni depuis quelques heures. Comme si cette femme avait toujours été ainsi, couverte d'enfants, certains dans ses bras et d'autres autour d'elle. Tout était resté comme avant dans son maintien, la souplesse de ses mouvements, son regard chaleureux, mais en même temps, tout avait changé. C'était une autre Fatima, terrestre, forte, infatigable. Elle réussissait à tout faire : tapoter le nourrisson, sourire aux tout-petits collés à elle, surveiller les autres, discuter avec les commandants.

– N'importe quel lait, continua-t-elle tranquillement, comme si un nourrisson hurlant n'était pas en train de s'agiter dans ses bras. De vache, de chèvre, de femme.

– Le millet ne suffira pas ? demanda stupidement Deïev.

– Il n'a pas besoin de lait, mais d'une pouponnière, répliqua Blanche. Or, la plus proche est à deux jours de train. D'ici là, soit son cri le rendra fou, soit il nous rendra fous. Et on ne l'acceptera pas là-bas : les convois d'évacuation retirent les enfants des centres et ne peuvent pas les redistribuer. Où fourguer cet enfant, camarade commandant ?

Elle avait raison, bien sûr : le nourrisson n'avait pas sa place dans le convoi. Mais où était sa place ? Dans un orphelinat de province, où la pluie tombait par les cheminées en automne, où le givre recouvrait les murs en hiver, et où chaque matin, on trouvait un nouveau bambin abandonné sur les marches, à l'entrée ? Dans le bas-côté où était tombée sa mère, tournoyant et se brisant les jambes ?

Fatima, passant habilement le bébé d'un bras à l'autre, lui retira son lange trempé. C'était un garçon. Sans laisser l'enfant nu prendre froid, elle le serra contre son corps plantureux, et le nouveau-né l'attrapa immédiatement avec ses petits bras ridés, s'enfonçant dans la poitrine et le ventre de la femme comme dans un duvet. Il y avait tant de désespoir et de désir de vivre dans ce mouvement, que Deïev sentit ses entrailles brûler.

Gêné par ce tableau d'intimité, voulant occuper ses yeux et ses mains, il attrapa le lange rouge tombé au sol, l'ouvrit. Ce n'était pas un lange, mais une bannière : le tissu bordé de cordelette jaune affichait, brodé en grosses lettres : « Mort à la bourgeoisie et à ses larbins ! »

– Il faut laver l'agit-prop et la pendre au mur, commanda-t-il, posant soigneusement le drapeau dans la baignoire vide. Il y aura du lait. En attendant, fais ce que tu veux avec lui, Fatima, danse avec lui, chante-lui des berceuses en grec ancien, mais ne le laisse pas devenir fou.

– Et vous comptez traire qui en chemin ? ricana Blanche. Les mécanos ?

Il ne lui répondit pas. Il déboutonna sa vareuse et l'enleva par la tête ; puis retira son maillot de corps, qu'il lança à Fatima, pour le bébé nu : Petit Coucou aurait un habit blanc, comme les autres enfants. Il y avait là quelque chose de vrai et de juste, comme si, par son maillot blanc, Deïev acceptait définitivement le bébé dans son convoi. Il était encore plus juste qu'il reste lui-même sans maillot de corps, comme ses cinq cents frères inconnus, les soldats du kremlin, à Kazan.

Il comprit soudain qu'il était à demi nu, et que les femmes le regardaient attentivement. Pas dans les yeux : elles observaient ses bras et ses épaules nues. Blanche, en connaisseuse, comme un docteur en consultation, et Fatima, avec une tristesse tendre, maternelle. Oh, ces femmes ! Alors que l'une était universitaire, et l'autre, commissaire…

Il sentit ses joues le brûler, comme si ce n'étaient pas ses collègues éhontées qui fixaient son corps masculin, mais lui qui épiait les femmes. Bon, il n'avait pas de temps pour ces bêtises : il devait aller à l'infirmerie, affronter le regard sévère de Boug.

Il remit sa vareuse, passa sa main dans ses cheveux hirsutes ; il rassemblait son courage. Mais à ce moment, l'infirmier entra dans le wagon, les yeux terriblement sombres, un demi-seau de bouillie à la main.

– Pourquoi tu me fuis, fiston ? Il y a tout un régiment à nourrir. Les grabataires ne peuvent pas manger du millet, leur gosier est déjà suffisamment déchiré par les ersatz. Où sont le beurre et les œufs promis ?

Les lèvres des grabataires étaient sèches et pâles, gercées et parsemées d'aphtes. On osait à peine introduire une cuillère dans ces bouches, de peur de les déchirer (cela dit, il n'y avait pas de cuillères dans le convoi). Les nez étaient tous aigus, avec des croûtes autour des narines. Les yeux, à demi fermés.

Les enfants étaient couchés sur les châlits, emmitouflés dans leurs couvertures, les sacs à bagages. À côté de la toile sombre, leurs petits visages semblaient blancs comme du papier. Sur certains sacs, on voyait de grands aigles à deux têtes bleus et un tampon violet : « Télégraphe de Moscou », « Administration des postes de Saint-Pétersbourg », « Chemin de fer de Tiflis ». Le sac de Senia Le Tchouvache était étranger, couvert de lettres et de mots inconnus : « *Coffee from Costa Rica* ». Deïev n'aimait pas voir ces blasons impériaux et ces inscriptions étrangères sur les corps d'enfants soviétiques, mais que faire ?

L'espace de l'ancienne église était généreusement pourvu de torsades de bois couvertes de peinture dorée, et la lumière qui pénétrait par les fenêtres en voûte jouait sur cet or, envoyant des étincelles jaunes de tous les côtés : sur les corps et les visages des enfants, sur les couchettes neuves, sur la table autrefois de cuisine, désormais d'opération, sur la blouse blanche de l'infirmier et sur le paravent de tissu sur l'autel, derrière lequel se dissimulait le châlit de Boug.

– Entre nous soit dit, j'ai parfaitement le droit de quitter le convoi, annonça l'infirmier, maussade, dès qu'ils eurent pénétré dans l'infirmerie.

Effectivement, opina du chef Deïev, avec lassitude.

– Et je ne renonce pas à ce droit ! Je n'ai pas accepté de remplacer à moi seul tout un sanatorium. La place des grabataires est dans un sanatorium, et nulle part ailleurs ! Avec des cuisinières, des diététiciennes, des nurses et des médecins diplômés.

Deïev approuva une nouvelle fois : c'est vrai, c'est noté.

– C'est pourquoi je mets une condition : toutes mes exigences doivent être exécutées sans discuter. Les malades ne sont pas sous ma responsabilité, mais sur ta conscience, fiston. Pourtant, je vais essayer de t'aider.

Deïev approuva encore une fois.

– D'abord, tu vas me donner du lait. Et des œufs, beaucoup d'œufs. Le beurre, je n'en ai pas encore besoin, on verra d'abord comment réagissent leurs estomacs. Si tu as de l'huile de foie de morue, donne-m'en, je commencerai par une goutte. Et de la viande non grasse – les protéines, c'est essentiel, pour un organisme épuisé. Il me faudrait aussi du savon et de la paraffine, pour les escarres.

Deïev grimaça, mais que faire : il hocha la tête pour dire, bien sûr, je te donnerai tout ça. Bientôt.

– J'en ai besoin tout de suite ! Je dois les nourrir huit fois par jour, ou encore plus souvent. Si tu n'as pas de lait et d'œufs, donne-moi ce que tu as, les rations spéciales.

Deïev se taisait, ne hochant même plus la tête. Il ne pouvait pas avouer qu'il n'avait aucune ration spéciale, et qu'on ne trouverait, dans ses réserves, que du son et du tourteau de tournesol. Sans même parler de paraffine et de savon.

– Quoi, tu n'as pas de viande ? demanda l'infirmier, incrédule. Pas de farine, de crème ? De poisson ? Ni de cacao ou de chocolat ? De sucre, au moins ? Tu n'as pas de nourriture spéciale ?

« Mais quand as-tu vu pour la dernière fois du chocolat ou de la crème ?! », aurait voulu crier Deïev. Les gens ordinaires ne se souvenaient même pas de ces mots, sans parler du goût ! « Où étais-tu avant le convoi, sur la lune ?! » Pourtant il ne cria pas, se retint.

– Mais comment as-tu pu les prendre, fiston ? Boug regardait Deïev comme s'il le voyait pour la première fois. Qu'espérais-tu ? Tu pensais les nourrir comment, avec le Saint-Esprit ?

– Commençons par leur prémâcher le millet, proposa Deïev.

– Mais quel imbécile ! Tu peux déjà considérer que tu les as tués. Tout seul.

Cela voulait-il dire qu'il aurait dû les laisser mourir au centre d'évacuation ?! Où l'on n'avait qu'un rouble par semaine et par enfant ?! Où toute la nourriture était spéciale : de la poussière de moulin et du tourteau d'avoine ?!

– À la campagne, on nourrit les bébés comme ça, insista Deïev. Il faut mâcher jusqu'à ce que la bouillie soit toute fine, et la cracher dans la bouche du petit.

– Tu veux faire de moi un fossoyeur ? Boug commença à déboutonner sa blouse blanche, mais ses doigts ne lui obéissaient pas, il s'en sortait difficilement. Tu ne pourras pas. J'ai l'habitude de soigner, pas d'enterrer. Je descends à la prochaine gare.

– Non, dit Deïev en hochant la tête. Tu ne descendras pas. Parce que je vais tout te trouver. Je ne promets pas du chocolat, mais tu peux compter sur du beurre et des œufs.

– Vantard, en plus !

Boug, ayant enfin triomphé de ses boutons, sortit sa valise de sous la table d'opération et commença à y plier sa blouse ; il la pliait soigneusement, mais les manches blanches ne rentraient pas dans les profondeurs en contreplaqué, en dépassaient obstinément, l'empêchant de refermer la valise.

À ce moment, il y eut un petit rire étouffé : c'était un garçonnet, qui avait passé tout ce temps à contempler le plafond ; il continuait à le fixer, sans que l'expression de son visage ait changé, sans même ouvrir les lèvres, mais des sons bas sortaient de ses entrailles. Il ne riait pas des adultes, mais d'une chose que lui seul savait. Pour cette particularité, Deïev lui avait donné au matin le surnom de Rire de Cafard. Le garçon ne savait déjà plus parler, mais il avait pour le moment conservé la faculté de rire.

– Si je trouve ces provisions, tu resteras dans le convoi ?

– Non.

– Alors je te traînerai devant les tribunaux ! Je t'ordonne de considérer la mission de sauvetage des enfants victimes de la famine comme une mission militaire. Si tu t'enfuis du convoi, ce sera une désertion.

– Fiston, je suis à la retraite de l'armée depuis avant ta naissance. Et je n'obéis à aucun ordre depuis un quart de siècle.

– Tant pis pour toi ! se vexa Deïev. Tu peux sauter du train en marche, si tu es si pressé. Allez, cherche un convoi plus riche ! Où on sert du cacao dans des tasses en argent et où on mélange le sucre avec des cuillères en or. Il veut me mettre des conditions, cet impérialiste... Je les nourrirai tout seul, les enfants ! Il ne parlait plus, mais criait à tue-tête, sans égard pour l'âge respectable de son interlocuteur ni pour ses cheveux gris. Et je les conduirai moi-même à destination ! Et ils arriveront tous à Samarcande, tous, sans exception !

Il s'empara du seau de bouillie, en sortit une demi-tasse et commença à nourrir les enfants.

Au début, il pensait cracher le millet prémâché dans la tasse et verser le liquide dans la bouche des enfants, mais il n'y parvint pas : ils semblaient ne plus savoir boire. Ils n'arrivaient pas à desserrer leurs mâchoires, ou, au contraire, ne savaient plus les refermer. La tasse tintait contre leurs dents, la bouillie coulait sur leur visage sans tomber dans leur gosier.

Il décida de les alimenter autrement, comme les nourrissons.

Il commença par Abeille. Il mâcha longuement le millet bouilli, faisant rouler la masse farineuse avec sa langue sur son palais ; puis il prit avec précaution le visage osseux d'Abeille entre ses mains et se pencha vers lui. Avec ses lèvres, il ouvrit la bouche gercée de la petite fille, lentement, retenant son souffle, sentant la bouillie contre ses joues. De sa langue, il écarta les dents d'Abeille, et attendit que la bouillie molle passe de sa bouche à celle de la gamine. Les lèvres froides de la petite se serrèrent imperceptiblement – elle avalait. « Bien », se dit-il. Il se détacha de la bouche enfantine, remâcha une portion puis se colla à nouveau aux lèvres d'Abeille. « Bien. »

Il pensa qu'il n'avait jamais embrassé quelqu'un sur les lèvres, ni une fille ni une femme. Maintenant, si. Et Abeille avait aussi été embrassée. Bien. Il se dit aussi que de trouver du lait pour le bébé serait une tâche complexe, et trouver du beurre et des œufs, une tâche presque impossible. Mais quelque part, dans ce monde vaste et mauvais, il devait bien y avoir du lait, du beurre et des œufs – au moins deux kilos, deux douzaines. C'était impossible qu'il n'y en ait pas. Bien.

Il se disait aussi que si Boug avait assez de jugeote, il descendrait non à la prochaine gare, où ils allaient s'arrêter pour se ravitailler en eau et en sable, mais attendrait une grande gare, d'où il repartirait facilement. Cela voulait dire que l'infirmier passerait un peu de temps avec les enfants, sa conscience se réveillerait peut-être…

Il nourrit ensuite Acrobate et Long Nez.

Les roues tapaient sur les rails. Rire de Cafard riait dans sa barbe. De temps en temps, Senia Le Tchouvache se mettait à crier, puis se réveillait, puis se rendormait. L'infirmier Boug, assis sur un tabouret, surveillait Deïev. Quand Acrobate se mit à vomir la bouillie non digérée, il lui lava le visage, et veilla à ce qu'elle ne s'étouffe pas.

Les estomacs des autres enfants acceptèrent la nourriture. Deïev nourrit encore Souslik, Morille et Charlie Chaplin. Il n'eut pas le temps de s'occuper des autres : le convoi roula en grondant sur le pont de la Volga, se rapprochant de la gare, et Deïev avait trouvé où obtenir la nourriture spéciale. C'était une idée désespérée, même folle, mais il n'en avait pas d'autre. Il fourra dans les mains de l'infirmier le seau avec les restes de bouillie et, sans dire un mot, s'éloigna d'un pas vif.

☆

La minuscule gare s'appelait Sviajsk. Une petite ville du même nom s'étendait non loin, à quelques kilomètres, sur les rives de la Volga et de la Sviaga qui se jetait dans le fleuve. La gare était flanquée de deux maisons, un local avec de l'eau bouillante pour les passagers et une prise d'eau.

– On passera la nuit ici, annonça Deïev au mécanicien, quand le long tube de la prise d'eau s'enfonça dans l'avant de la locomotive et se mit à tressauter sous la pression.

– J'ai encore quarante kilomètres sur ma feuille de route ! s'indigna celui-ci. Tu m'as bien hurlé ce matin que nous devions filer comme le vent.

– Ce matin, oui, acquiesça Deïev. Mais j'ai changé d'avis.

Il ne perdit pas de temps à écouter le mécanicien l'engueuler. Il sauta à terre et marcha sur un sentier qui menait à la ville.

– Tu as toute une armée d'enfants affamés ! s'énervait le mécanicien dans son dos. Pourquoi tu les fais mariner, abruti ?

C'était le bon mot : abruti. Ou même : crétin fini. Parce que les gens normaux n'allaient pas où Deïev se rendait à présent. Et ce qu'il s'apprêtait à faire pouvait être appelé une folie absolue. Il n'en avait rien dit à Blanche, qui ne savait pas encore que Deïev avait pris l'initiative d'arrêter le convoi à mi-chemin de son trajet du jour.

La prudence était désormais inutile : aucune personne dotée de bon sens n'aurait décidé de chercher des œufs et du beurre, de la crème ou du sucre sur les bords de la Volga. Depuis quelques années déjà, ces mots ne servaient pas à désigner de la nourriture, mais à se souvenir du passé. On ne mangeait pas de beurre, on en rêvait. On ne mangeait pas de chocolat, on en parlait aux enfants. On ne mangeait que des ersatz.

Le meilleur ersatz de pain était fait de mil, d'avoine et de son. On pouvait aussi le faire avec des tourteaux de toutes sortes. Il était nettement moins réussi avec des mousses et des herbes : ortie, arroche, racines de pissenlit, roseau, jonc, nénuphar. Les ersatz à base d'oseille, d'acacia, de copeaux de tilleul et de paille étaient considérés comme nocifs – même les cochons répugnaient à manger de la farine de paille. On écrasait aussi des glands et du bois mou – tilleul, bouleau, pin –, mais tout le monde ne réussissait pas à manger du pain de bois. Et tout le monde ne savait pas non plus cuire du pain avec du sang. Dans les bazars, on vendait du tourteau, de la poussière de farine, des fanes et des corbeaux morts. Plus rarement, du lait ou du poisson, des pommes de terre, des graines de tournesol, des baies. Les spéculateurs produisaient des délicatesses : de l'huile de lin et de la farine de maïs.

Deïev ne se souvenait pas de quand il avait mangé du beurre pour la dernière fois. Peut-être dans cette région, près de Sviajsk, pendant la première année de guerre : à cette époque, les réserves des paysans étaient encore pleines et à peine cachées, dans des caves ou des puits derrière un champ de patates, un enfant aurait été capable de les trouver.

Pendant qu'il marchait sur le sentier, le soir était tombé ; il arriva à la ville dans la pénombre. Sviajsk était petite comme une ville-jouet, posée sur les hauteurs d'une puissante colline et s'étendant légèrement sur la pente qui descendait vers la Volga. Deïev avait décidé d'aller au cœur même de la ville, tout en haut. Il ne savait pas où se trouvait le but de sa démarche, mais il était certain de le trouver, et la nuit l'aiderait : là où se rendait Deïev, on ne dormait pas la nuit. Il ne s'était pas trompé. De loin déjà, il distingua, tout en haut de la colline, un hôtel particulier d'un étage, qui avait dû appartenir à un marchand, avec une vaste mezzanine et un balcon sur toute la largeur. Une lumière vive illuminait les fenêtres. Les rues, autour, étaient noires et silencieuses. L'hôtel particulier surplombait la ville comme un astre sur la voûte céleste.

En montant par la chaussée, Deïev repéra, dans l'obscurité, des bruits très légers, hoquets et pleurs. Il ne pouvait pas distinguer ceux qui pleuraient : des femmes, des vieillards, ou de simples ombres. Il ne comprit qu'une chose : ils étaient nombreux, se serraient contre les arbres et les palissades, se taisaient quand Deïev approchait, puis se remettaient à gémir quand il était passé. Plus il approchait de l'hôtel particulier, moins ils étaient nombreux. Devant le bâtiment illuminé, il n'y avait personne. Les sanglots restés derrière lui s'étaient presque fondus dans le silence, mais pas tout à fait : ils tremblaient dans l'air comme le bourdonnement éloigné d'un moustique.

Dans les profondeurs de la maison, un coup de feu claqua, puis un autre. Au loin, un chien réveillé par le bruit aboya en réponse, avant de se taire à nouveau. Le bourdonnement de moustique se tut à son tour, brusquement.

Deïev monta sur le perron, tira la lourde porte et entra. Il ne devait pas sortir son revolver, ni même mettre la main contre la poche le contenant. Il leva les mains, tenant les doigts écartés – les paumes humides, comme sortant de l'eau – et regarda autour de lui, prêt à crier à tout instant la phrase préparée : « Je suis des vôtres ! Ne tirez pas ! »

Il se tint un moment dans l'entrée étroite, aux murs vétustes, avec le revêtement de bois à nu sur lequel on avait peint en énormes lettres : « Mort aux ennemis du peuple, suppôts de Kornilov et de Kappel ». La fin de l'inscription se perdait dans la pénombre du sous-sol, où menaient des marches pentues, et d'où montaient des voix. Une autre volée de marches conduisait au premier étage, où, semblait-il, se trouvait aussi quelqu'un. Il n'y avait pas de gardes. Deïev réfléchit un instant et se mit à gravir lentement l'escalier menant à l'étage.

Il se retrouva bientôt devant une porte à deux battants ; l'un des battants était légèrement entrouvert, et l'ouverture laissait passer de la lumière et une odeur de poudre brûlée. Les battants étaient solides, en chêne, on n'aurait pas pu les transpercer avec une balle de revolver, seulement avec une mitrailleuse. Deïev s'installa derrière le battant entrouvert, de façon que ni ses mains levées ni ses épaules ne dépassent, rassembla sa main couverte de sueur froide en un poing et frappa quelques coups prudents.

Pas de réponse.

Il frappa à nouveau. Sans attendre de réaction, il poussa doucement le battant, qui s'ouvrit en grinçant, découvrant une vaste pièce : beaucoup de lumière électrique, beaucoup de fumée de revolver. À travers cette lumière et cette fumée, deux trous noirs fixaient Deïev, deux canons de revolver.

– Fermez la porte, s'il vous plaît, demanda une voix polie du fond de la pièce. Vous nous dérangez.

Les jambes tremblantes, Deïev franchit le seuil. Il tenait toujours ses paumes ouvertes au-dessus de sa tête.

L'ancien salon du marchand semblait avoir été secoué de fond en comble par un géant : les nombreux objets qui peuplaient autrefois la pièce – tableaux, miroirs, jardinières – s'accumulaient en désordre dans les coins, renversés ou simplement posés sur le côté. Les meubles avaient été écartés, s'entassaient en masses étranges : la table à manger touchait le piano ouvert, des causeuses s'encastraient dans un buffet sans portes. Tous les objets et toutes les surfaces étaient recouverts de papiers : des piles de dossiers, de cahiers et de feuilles volantes recouvraient tout d'une couche épaisse qui remuait et tremblait au moindre mouvement de l'air.

Ils étaient trois dans la pièce. Le premier, noiraud, bouclé comme un flanc de mouton, était affalé sur une banquette, les pieds confortablement posés sur une horloge d'où sortait le balancier à demi arraché. Le deuxième, aux fines moustaches rousses flamboyantes dépassant largement de chaque joue, était assis dans un fauteuil avancé au milieu du salon, son revolver pointé sur Deïev. À côté de lui, dans un fauteuil identique, mais trop petit pour lui, s'élevait le troisième – énorme, chauve –, qui visait également Deïev.

– Bonsoir, camarades, dit Deïev à voix basse (ses lèvres étaient sèches d'inquiétude, mais sa voix ne tremblait pas). Je suis commandant d'un convoi, je conduis des enfants victimes de la famine à Samarcande. Il y a beaucoup de grabataires. Ils ont besoin d'œufs, de beurre et de lait.

– Vous avez fait erreur, camarade, répondit Mouton Noir, toujours aussi poli. Ce n'est pas un centre de ravitaillement, ici. Vous êtes à la Tchéka de Sviajsk.

– Je sais où je suis. Il avait très envie de déglutir et d'humidifier sa gorge, mais elle était sèche et râpeuse comme du papier d'émeri. Et vous, vous savez qui, dans la ville, a caché des provisions.

Un coup de feu claqua. Tout près de Deïev, sur sa droite, il y eut un bruit aigu puis un tremblement : la balle s'était logée dans l'encadrement de la porte. Et immédiatement, ou presque – un deuxième coup de feu – de l'autre côté de la porte, sur la gauche.

Quelques feuilles s'envolèrent du buffet et tournoyèrent sur le parquet fendillé. Deïev était resté immobile. Son cœur battait follement dans son estomac, dans sa gorge, et même au bout des doigts de ses mains levées. Il avait des picotements dans les yeux et le nez, mais il n'osait pas abaisser ne serait-ce qu'une main pour s'essuyer le visage.

Les deux hommes, dans leurs fauteuils, sans attendre que la fumée se soit dispersée, réarmèrent leur pistolet : Moustaches Flamboyantes, ouvertement diverti par la situation, détaillait le visiteur de ses yeux malins, tandis que le Chauve, indifférent, avec une paresse aristocratique dans ses mouvements, ne fixait pas Deïev, mais un point derrière lui. C'était lui, le chef, comprit Deïev. Lui qui décidait.

– Oui, nous savons qui, dans cette ville, a des réserves. Mouton Noir semblait ne pas avoir remarqué les tirs. Vous voulez quoi, vous charger de les dékoulakiser ? Il n'y avait pas une once de méchanceté dans sa voix, seulement un intérêt sincère. Immédiatement, ou vous comptez attendre le matin ?

– Au matin, le train repart. Deïev tendit désespérément les doigts pour les empêcher de trembler. Je n'ai pas de soldat d'escorte. Je vous demande de m'aider à exproprier aux couches aisées de la population une ration spéciale pour les enfants souffrant de la faim. Maintenant.

Moustaches Flamboyantes s'esclaffa bruyamment, gonflant ses joues et crachant de la salive – ses yeux, déjà étroits, devinrent minuscules, et ses moustaches se hérissèrent, cachant la moitié de son visage. Il étouffait de rire, les épaules tressautantes, son crâne rasé pris de petits tremblements ; enfin, il cacha son visage grimaçant dans son poing tenant le revolver, et se figea, gémissant un peu de toutes ces émotions. Le Chauve, au contraire, semblait ne pas avoir entendu le discours de Deïev. Il était affalé dans son fauteuil, son puissant menton posé sur sa puissante poitrine, les yeux fermés avec lassitude ; son cou immense reposait comme un collier au-dessus de sa tunique.

Ils semblaient tous deux ivres.

Entre les fauteuils, Deïev remarqua une table d'échecs. À la place des pièces, sur l'échiquier, on avait mis des verres en cristal, dont certains étaient pleins.

– Oui, oui, maintenant, dit Mouton Noir en hochant la tête avec compréhension. C'est-à-dire que nous devons immédiatement interrompre les affaires en cours, réveiller les soldats endormis, faire irruption dans la maison d'un quelconque exploiteur et lui réquisitionner pour vous une douzaine d'œufs et un kilo de beurre ?

– Une douzaine ne suffira pas, répondit Deïev. Il faudrait au moins une centaine d'œufs, et dix kilos de beurre.

Incapable de se retenir plus longtemps, Moustaches Flamboyantes éclata de rire, renversant la tête et découvrant des dents brunes jusqu'à la gencive. De sa main qui tenait le revolver, il tentait d'essuyer les larmes de rire qui lui coulaient – l'arme pointait dans tous les sens.

– Mes félicitations ! gémit-il, vaincu par le fou rire. Quelle belle impudence…

– Et vous ne devez réveiller personne. Deïev s'efforçait de ne pas regarder le revolver, dont le canon dansait tout près de lui, pointant tantôt vers son visage, tantôt vers son ventre. Ni dékoulakiser qui que ce soit. Vous devez juste aller à la maison – vous savez de qui –, y aller maintenant, la nuit, quand tout le monde est endormi et ne se rend compte de rien. Y entrer et ordonner qu'on vous donne les réserves de nourriture. Leur dire qu'il y a urgence. Ils vous croiront et vous obéiront, et vous donneront tout.

Un nouveau coup de feu éclata. Dans un coin, il y eut un gémissement et des sons plaintifs graves et aigus. Moustaches Flamboyantes regarda son arme fumante avec étonnement : la balle avait blessé le piano.

Le fracas réveilla le Chauve, qui releva à son tour la main et : bang ! À nouveau, il y eut un claquement non loin de Deïev : une autre balle était venue se ficher dans l'encadrement.

À chaque coup de feu, l'estomac de Deïev se contractait, comme serré par une main glacée, et Deïev semblait lui-même se crisper, se voûtant et se tassant. Il remarqua qu'il tenait ses mains levées non plus à largeur d'épaules, mais presque devant son visage, comme pour se protéger des tirs.

– Quelle urgence ? demanda imperturbablement Mouton Noir. L'urgence, ce sera en décembre, quand la campagne de stockage commencera. Qu'est-ce que les koulaks nous donneront en décembre, si nous les dévalisons maintenant ?

– Bah, vous les connaissez ! Deïev mettait toute sa volonté à redresser son dos pour ne pas se courber devant ses hôtes, et sa voix était un peu étouffée, comme enrhumée. Dans deux mois, leurs cachettes et leurs hangars seront à nouveau pleins à craquer. Les koulaks, c'est une race vivace, la nourriture leur pousse autour comme la laine sur un animal : on a beau les tondre, ils restent poilus.

– Dites-moi, mais d'où venez-vous ? Mouton Noir, intéressé par cette conversation, se leva même légèrement de sa banquette pour mieux distinguer le visiteur dans les nuages de fumée. Impudent, insistant, et vous savez tout sur tout !

– Je viens d'ici, de Sviajsk. J'ai combattu ici pendant la guerre.

Deïev eut l'impression que les canons des revolvers le regardaient à nouveau de leurs deux trous noirs, mais non : c'était le Chauve qui avait soulevé ses lourdes paupières et fixait intensément Deïev, sans ciller. L'épais visage du Chauve était figé comme un galet, et tout aussi lisse : il n'avait pas un poil sur sa peau poreuse, pas même de sourcils ou de cils. Des gouttes de sueur brillaient sur son crâne rebondi. Très lentement, il rangea son arme dans son étui (il n'y réussit pas immédiatement, mais à la deuxième ou troisième tentative) ; puis, s'appuyant sur ses coudes, il redressa son corps immense en faisant couiner le fauteuil, et reporta son poids sur ses jambes écartées. Il se figea dans cette pose, un peu chancelant, au milieu de la pièce. Il ne détachait pas son regard de Deïev.

Les autres se mirent à s'agiter.

– Fin de partie ! cria Mouton Noir, sibyllin, en ouvrant la porte du balcon pour faire entrer de l'air frais dans la pièce. Puis, à Deïev : Camarade, comptez, s'il vous plaît ! Vous êtes plus près.

Deïev, ne comprenant pas ce qu'on voulait de lui, se retourna avec hésitation, et découvrit un étrange tableau : sur l'encadrement de la porte percé de balles, de tout en haut jusqu'en bas, des mouches avaient été clouées avec des épingles de nourrice. Des mouches grises ordinaires. Certaines étaient écrasées contre le bois. D'autres, bien que transpercées par les aiguilles, étaient toujours vivantes et bougeaient même les pattes. C'était visiblement un concours de tir.

– Six balles dans le mille, compta Deïev en effleurant le côté gauche. Et ici, trois – en effleurant le côté droit.

Mouton Noir applaudit, soit pour honorer le vainqueur, soit pour donner le signal de la fin. Moustaches Flamboyantes, en gémissant avec résignation, attrapa un verre plein sur l'échiquier, et le vida dans son gosier : visiblement, il avait perdu. Il fut incapable de remettre le verre sur la table : il tomba de sa main mal assurée et s'écrasa au sol, où les feuilles mises en branle par le courant d'air dansaient des sarabandes.

Dehors, on entendit des voix excitées, le hennissement de chevaux. Des pas se firent entendre dans l'escalier, derrière la porte.

– Camarade chef de section ! dit une voix insistante dans l'ouverture de la porte. On vous l'a amené.

Le Chauve, opinant légèrement du chef et continuant à fixer le visage de Deïev, se dirigea vers la sortie. Ses mouvements étaient lents et lourds, comme ceux d'une locomotive avant le départ ; le parquet gémissait sous ses grosses bottes.

S'approchant, il entoura la tête de Deïev de ses mains énormes, et la tira vers sa tête : front contre front. Son haleine était brûlante et humide, sentait le tord-boyaux : Deïev avait l'impression d'avoir été plongé dans un tonneau de vodka. Les lèvres épaisses du Chauve s'ouvrirent pour dire quelque chose, remuèrent longuement, comme deux escargots sortis de leur coquille, puis finirent par articuler :

– Quand... as-tu... combattu... ici ?

– À l'été 1918. Deïev étouffait dans cette étreinte, mais il s'efforça de parler vite et avec clarté. La défense de Sviajsk et la libération de Kazan des troupes du général Kappel.

– Quelle troupe ?

– Deuxième troupe des fantassins.

– Qui commandait... l'armée ?

– Les troupes de la rive droite étaient sous le commandement de Slavine. Celles de la rive gauche, de Ioudine.

Il n'avait plus d'air dans ses poumons envahis par les vapeurs d'alcool. Sa tête était prise en étau dans des mains de fer, et l'étau se refermait...

– Lequel a pris... Kazan ?

– Aucun des deux. La prise de Kazan s'est faite sous le commandement de Trotski, venu spécialement de Moscou.

L'étau tirait la tête de Deïev vers le haut – il se retrouva suspendu en l'air, ses yeux ne voyaient plus rien, ses lèvres furent bouchées par quelque chose de brûlant et de visqueux. Cette chose visqueuse lui remplit la bouche, remua contre son palais et arriva à sa gorge, déchirant Deïev de l'intérieur, pénétrant toujours plus loin et l'empêchant de respirer. C'était la fin ? Vraiment ? Elle ressemblait à ça, la mort ?

Et soudain, ce fut fini : ses pieds touchèrent le sol, ses yeux revirent. Après avoir offert à son compagnon de combat un long baiser d'amitié, le Chauve avait desserré son étreinte.

– Tu te souviens... des vedettes ?

– J'aimerais oublier, mais je ne peux pas. Deïev reprenait difficilement son souffle. J'en rêve parfois.

Les vedettes avaient écrabouillé, en 1918, quarante soldats de l'Armée rouge qui avaient tenté de s'enfuir de Sviajsk au moment du combat. Sur ordre du camarade Trotski, ils avaient été fusillés devant les troupes – par leurs propres compagnons de régiment –, puis on les avait jetés dans la Volga, et on avait navigué dessus jusqu'à ce qu'il n'en reste plus que de la bouillie.

– Moi, j'en rêve toutes les nuits. Le Chauve parla même plus vite, soit qu'il ait détendu ses lèvres dans l'interrogatoire, soit que les souvenirs l'aient réveillé. Tu as beaucoup d'enfants dans ton convoi ?

– Cinq cents.

– Et pourquoi tu demandes si peu ?! Le Chauve attrapa son camarade de combat par les épaules, et le secoua légèrement : la tête de Deïev faillit se briser contre le chambranle. Et tu ne demandes pas ce qu'il faut ! Il ne faut pas demander des œufs, mais des poules. Pas du lait, mais une vache.

Sa main gigantesque attrapa légèrement les cheveux de Deïev et les ébouriffa, comme pour le sermonner – la tête de Deïev faillit à nouveau s'écraser contre le mur.

– Il faut tout donner aux enfants ! Tout !

En guise d'au revoir, il envoya une tape sur l'épaule de son ancien compagnon de combat et se mit à descendre les marches. L'escalier gémit comme s'il avait mal. Mouton Noir, après avoir lancé à Deïev un regard attentif, sortit à sa suite.

– Et des médicaments, tu en as ? dit le Chauve en se retournant dans l'escalier. Pourquoi tu n'as rien dit ? Je te trouverai des médicaments. Je trouverai tout !... Demain matin, on t'apportera tout au train, continua-t-il d'en bas. Attends là-bas.

Deïev aurait voulu sortir à leur suite, quitter les lieux aussi vite que possible. Mais, dans la pièce, il restait un troisième hôte. Moustaches Flamboyantes, souriant largement, tendit deux verres pleins à son invité. Puis, comprenant que celui-ci n'était pas preneur, il les vida tous les deux, les faisant tomber à terre et, écrasant le cristal avec ses godillots, se traîna sur le balcon. Il tenait à peine sur ses jambes, risquait de tomber et de se casser le cou.

Deïev, pour empêcher l'ivrogne de chuter, sortit à sa suite sur le balcon et voulut l'attraper par la chemise. Mais l'homme avait déjà coincé Deïev, lui enfonçant son revolver sous les côtes, profondément, jusqu'au foie.

– D'où saviez-vous que le chef de la Tchéka était un camarade de combat ? lui murmura-t-il à l'oreille. Vous venez juste d'arriver.

Deïev ne parvenait pas à se souvenir si Moustaches Flamboyantes avait rechargé son revolver. Peut-être que oui – et peut-être qu'il l'avait aussi armé.

– Je n'en savais rien, répondit-il honnêtement.

Le canon du revolver semblait avoir écarté ses viscères et s'être appuyé contre sa colonne vertébrale, prêt à la transpercer. Il avait si mal qu'il ne pouvait plus respirer.

– Ça veut dire que vous êtes tout simplement venu à la Tchéka, dans une ville inconnue, pour exiger du beurre et des œufs ?

Oh, les yeux de l'enquêteur étaient absolument sobres.

– Oui, exactement.

– Attendez, attendez... Et si vous n'étiez pas tombé sur votre camarade de front ? Ou s'il ne vous avait pas cru ? Ou s'il n'avait pas été ému et qu'il n'avait pas accepté de donner ce dont vous aviez besoin ? Vous auriez fait quoi ?

– Je ne serais pas sorti tant qu'on ne me l'aurait pas donné, reconnut à nouveau honnêtement Deïev.

Le canon dur s'éloigna de lui – il pouvait à nouveau respirer.

– Ha, vous êtes fort ! s'esclaffa Moustaches Flamboyantes avec enthousiasme ; les traits de son visage s'adoucirent immédiatement et se brouillèrent, son regard se noya à nouveau dans une brume d'ivresse. Étonnant que vous ne commandiez qu'un convoi, avec votre caractère !

– Mais c'est pour les autres seulement que je suis fort.

– Et pour vous-même ? se moqua Moustaches Flamboyantes qui, chancelant, faillit tout de même tomber du balcon.

– Pour moi, je n'ai besoin de rien ! Deïev réussit à attraper l'ivrogne, mais celui-ci ne tenait déjà plus debout ; il fléchissait les jambes, glissait au sol et, appuyant les épaules contre la barrière du balcon, fit basculer en arrière son crâne rasé.

– Dites, venez travailler pour nous à la Tchéka, dit sa voix pâteuse de l'extérieur du balcon. Nous avons besoin de gens comme vous...

En bas, attendant devant le bâtiment, se trouvait un chariot avec des gens déshabillés jusqu'à leur chemise de corps, les mains liées. Les soldats d'escorte avaient des baïonnettes. Dans la pénombre, le bourdonnement aigu du moustique avait repris : les sanglots et les soupirs des femmes, qu'on ne voyait pas. Par contre, le crâne lisse du Chauve était bien visible : il brillait sous la lumière de la lune comme s'il était oint. Le Chauve était sur le perron, surveillant le déchargement du chariot.

– Il y a tant de travail ! se plaignit Moustaches Flamboyantes, hochant sa tête qui dépassait du balcon. Tant et tant...

Puis il se mit à vomir, longtemps et abondamment.

Ayant soulagé son estomac, il trouva à tâtons, à côté de lui, son revolver qu'il avait lâché, mit le canon entre ses dents et appuya sur la détente. Un cliquetis sec : le barillet était vide.

– J'ai tout vidé sur les mouches... murmura-t-il avec désappointement, relevant la tête et se mettant sur ses pieds. Sur les mouches, hein ?! Il ne murmurait déjà plus, mais criait avec une joie mauvaise. Sur les mouches !

Il mit l'arme à son ceinturon. Tapota pour enlever la poussière de son pantalon, enleva la boue de ses genoux et de ses mains, passa sa paume sur son crâne rasé. Il conclut, maussade :

– Rien n'a d'effet sur moi, ni la vodka ni les balles.

Et, ayant définitivement oublié Deïev, il s'en alla d'un pas pressé et régulier.

Deïev rentra au convoi après minuit. Il avait la tête lourde, comme remplie de pierres. Pris d'une envie irrépressible de s'asseoir ou de s'appuyer contre quelque chose, il comprenait qu'il ne devait pas, que s'il s'arrêtait ne serait-ce qu'un instant, il sombrerait dans le sommeil.

La guirlande était sur les rails, silencieuse et sombre, les fenêtres éteintes, et seul Petit Coucou, dans le wagon d'état-major, hurlait d'une voix cassée. Fatima le berçait, lui fredonnait une chanson douce, celle qu'elle avait chantée à Kazan, et, faisant des pauses entre les couplets, le raisonnait et lui susurrait des mots tendres. Elle l'appelait, pour une raison inconnue, Iskander.

Deïev frappa à la porte de la commissaire – doucement, craignant de réveiller Blanche, tout en espérant la trouver éveillée. Personne ne répondit. Il passa dans tout le convoi, de la tête à la queue, regardant dans toutes les sections avec les enfants endormis, et finit par trouver la commissaire au fond du train : Blanche et Boug étaient assis sur la plateforme du wagon et buvaient de l'eau bouillie, conversant à peu de mots, voire se taisant simplement.

L'infirmerie était détachée du convoi : les chaînes et les câbles qui la reliaient au wagon précédent reposaient sur le sol.

– Vous avez fait alliance ? Écrasé de fatigue, Deïev parvenait à peine à remuer les lèvres, et sa voix était rauque comme celle d'un malade.

– Vous êtes démis du commandement, prononça sèchement Blanche, sans s'étonner de son apparition dans la pénombre nocturne. Je me charge de diriger le convoi. L'infirmerie, avec les grabataires, reste à la gare avec l'infirmier, et attendra un train pour retourner à Kazan. Je vous ordonne de rentrer également à Kazan. En chemin, vous écrirez une explication, en décrivant les raisons de votre crime en tant que détenteur de l'autorité.

Des mots, des mots – ils se fondaient en un nuage bourdonnant et consistant qui se dirigeait sur Deïev et rentrait par ses oreilles, enveloppait son cerveau.

– Partir dans un voyage de plusieurs jours sans réserves de nourriture, je n'avais encore jamais vu ça, continuait à bourdonner le nuage avec la voix de Blanche. Je vous promets que je vais personnellement demander une peine d'une sévérité maximale pour vous.

– Tu ne demanderas rien, eut-il encore la force de répondre. Demain matin, nous aurons nos rations spéciales.

– Une manne divine ?

Ni les menaces ni le ton sarcastique ne pouvaient percer l'épuisement qui submergeait Deïev – il n'avait pas de forces pour se justifier ou protester. Il se contenta de prendre les chaînes sur le sol et de les remettre sur le crochet. Voilà, l'infirmerie était rattachée au convoi.

Et quand Boug et Blanche se levèrent dans l'intention de le contredire, il sortit son revolver de sa poche – son unique et dernier argument. Voilà.

– Bonne nuit, parvint-il encore à dire.

– Vous aggravez votre situation avec cette résistance armée.

– Bonne nuit, dit-il d'une voix basse, appuyant son dos contre le crochet, montrant de tout son être : je ne partirai pas d'ici.

Et il ne partit pas. La commissaire et l'infirmier s'éloignèrent bientôt, ayant décidé de remettre les comptes au lendemain matin. Deïev, lui, resta pour garder l'attelage.

Il aurait pu s'asseoir sur les traverses et somnoler, ou faire un somme sur le marchepied du wagon, ou même revenir dans son compartiment et dormir deux heures avant l'aube – elle n'aurait disparu nulle part pendant la nuit, cette infirmerie. Mais Deïev resta debout, obstinément appuyé contre le crochet, sentant, sur son échine, les chaînes et les câbles qui l'entouraient, comme s'il était changé en pierre.

Il s'endormit plusieurs fois, sembla-t-il. Mais son sommeil était lourd, visqueux, ne soulageait pas, décuplait au contraire la fatigue. Chaque fois, il s'extirpait du sommeil comme s'il se tirait par les cheveux. Il avait sans cesse l'impression que le train partait, laissant derrière lui Deïev et l'infirmerie, les malades endormis. Ou qu'on tractait le wagon d'infirmerie en sens inverse, vers Kazan, Deïev accroché à lui – et que les maisons, les poteaux, les arbres passaient devant eux, ramenant les voyageurs à leur point de départ...

Était-ce vraiment une impression ? Mais non, cela avait lieu dans la réalité : un arbre immense, aux feuilles jaune-vert, passait le long du convoi. Et de la manière la plus étrange : pas le tronc droit, comme il sied à un arbre, mais couché, semblant flotter sur les vagues de la brume du petit matin ; ses branches larges griffaient le sol et grinçaient désagréablement contre les vitres du wagon. Quel délire ! Deïev secoua sa tête troublée par l'insomnie, mais l'arbre ne disparut pas, devint de plus en plus net. Une longue branche arriva jusqu'au commandant et lui caressa le visage. Des fruits verts tressautaient sur elle : des pommes.

Stupéfait par une vision aussi précise, il courut sur le quai. Un pommier, coupé tout au bas du tronc, était installé sur une automobile : à l'intérieur, des soldats tenaient le tronc, et sa couronne traînait sur le sol. L'aube pointait à peine dans le ciel, mais on voyait déjà, dans la lueur terne du matin, que l'arbre croulait sous les pommes.

– On n'a pas eu le temps de les cueillir, alors on les a apportées comme ça, s'excusa Mouton Noir en sautant de la voiture. Où est-ce qu'on doit mettre les réserves ?

L'ébahissement lui ayant coupé la parole, Deïev montra du doigt le wagon-cuisine. Les soldats hissèrent gaillardement le pommier sur le toit et l'attachèrent : la cuisine disparut presque sous l'immense végétal.

Les enfants ensommeillés surveillaient l'opération, le nez collé aux fenêtres. Tous, sans exception, avaient la bouche ouverte. Les adultes jaillirent des wagons, entourèrent la voiture, mais n'osèrent pas parler aux tchékistes : ils se contentèrent d'assister silencieusement au déchargement des présents.

Outre les pommes, ils avaient apporté plusieurs gros sacs, si remplis que leur contenu s'était mélangé : des pommes de terre et des morceaux de lard gras, de l'avoine et des œufs cassés, des baies séchées et du poisson séché. Tout cela fut lancé dans le wagon de Memelia. Un autre sac tout aussi pesant produisait des drôles de tintements ; jetant un œil à l'intérieur, Deïev découvrit un monceau de débris de faïence : des bouts de tasses et de soucoupes peintes ; on avait jeté un service à thé, voire deux, dans le sac. Bon, Memelia le prendrait aussi, on trierait après. Il y avait aussi des paniers avec des poules : on en avait mis un si grand nombre dans chaque claie, qu'elles ne pouvaient plus bouger, et certaines avaient failli s'étouffer pendant le trajet et respiraient à peine. Elles aussi, chez Memelia ! Et la bonbonne de lait, aussi ! Et les pots de crème...

– Comment est-ce que vous arrivez à faire ça ? lui demanda Blanche quand la voiture des tchékistes eut quitté la gare, disparaissant dans la brume.

– Je ne sais pas, dit Deïev en haussant les épaules. J'ai eu de la chance.

– Camarade chef de convoi ! s'écria le mécanicien, qui avait observé de loin puis était accouru. Tu me donnes l'ordre de chauffer la loco ?

– Oui, approuva Deïev. Et n'économise pas le charbon. Qu'on file comme une flèche !

Et ils filèrent – deux heures plus tard, quand la locomotive fut chauffée, et que les enfants eurent mangé un *kissel* de son et de pommes. Les grabataires eurent droit à un *gogol-mogol* : quelques gorgées de lait mélangé à de l'œuf et une pincée de farine pour chacun d'eux.

Deïev ne le vit pas : il dormait déjà dans son compartiment, le nez dans le couvre-lit à fleurs, sans avoir enlevé sa vareuse ni ses chaussures. Son bras et sa jambe dépassaient du lit, son revolver touchait sa cuisse, les ressorts du canapé tapaient sa poitrine – il était bien. Son sommeil était doux, léger, même s'il s'interrompait parfois à une pensée, un son : il était désolé que, parmi les présents, il n'y ait pas eu de miel pour Abeille, et inquiet en se disant que le lait allait bientôt tourner…

Tout était calme dans le wagon : les petits avaient le ventre plein, même Petit Coucou s'était tu, enfin nourri. Mais Fatima n'en continuait pas moins de chanter, et Deïev en était heureux, comme si elle chantait pour lui. Sa voix s'élevait du couloir, étouffée, mais Deïev n'avait pas la force de se relever pour entrouvrir la porte de son compartiment. Il voguait sur des vagues indolentes, conduit par des sons doux, tantôt plongeant dans le sommeil, tantôt refaisant surface.

Les noms des hommes sont de la cendre, sauf le tien.
Les visages des hommes sont des rides sur l'eau.
Les voix des hommes, du vent dans les montagnes
Sauf une, la tienne, Iskander.

Qui était cet Iskander ? Son fils ? Son mari ? Son amoureux ? C'était une berceuse de mère, mais dans la voix douce de la chanteuse, il y avait une telle passion que Deïev aurait accepté n'importe quelle explication.

Il avait l'impression que les roues du train tapaient différemment les rails : is-kan-der… is-kan-der… Et la vapeur qui sortait des clapets sifflait de cette façon : isss !… Et la sirène hurlait : iskandeeeer !

Je ne veux pas de filles – ni une, ni dix,
Ni d'autre fils, aucun.
Il n'y a pas de place pour eux ni dans mon cœur ni dans ma tête,
Tu emplis tout l'espace
Comme les fonds marins sont remplis d'eau.

Le convoi filait à travers un bois noir, écartant les nuages de brume et en produisant à son tour. L'humidité matinale se déposait sur les flancs de fer des wagons, des gouttes glissaient sur les vitres, lavant les fenêtres et les visages radieux des enfants derrière elles.

Sur le toit du wagon-cuisine, Memelia était assis entre les puissantes branches du pommier et cueillait les fruits. Il avait déjà rempli tous les sacs et paniers vacants, mais il restait encore des pommes. Cette abondance inattendue le faisait régulièrement éclater de rire, clignant des yeux et attrapant le vent avec ses lèvres. Dans les intervalles entre les rires, la compassion pour l'arbre abattu provoquait ses larmes, et il caressait l'écorce rugueuse en lui murmurant des excuses.

Je pourrais picorer les étoiles et avaler le soleil
Pour que le matin de ton départ n'arrive pas.
Mais je ne peux pas t'obliger à dormir éternellement
Alors, dors puis réveille-toi,
Sois un homme à ton réveil.

Tout à la fin du convoi, sur la plateforme du wagon, l'infirmier Boug regardait les rails et les traverses filer au loin. Les pins aussi s'enfuyaient, et les bouleaux, et les buissons de framboisiers sur les bords du chemin de fer, les sentiers, les ravins, les morceaux de ciel gris dans les flaques d'eau – tout s'en allait. Derrière lui, dans les profondeurs de l'infirmerie, les enfants l'attendaient. Sa blouse blanche l'attendait aussi, à nouveau sortie de la valise, soigneusement posée sur le châlit. Il fallait y aller, bien sûr, mettre la blouse et être auprès des enfants. Mais ce matin était si frais et si doux, le monde enveloppé de brume, si fragile, que Boug ne bougeait pas.

Je suis un oiseau noyé dans la mer,
Je suis une étoile tombée dans un puits,
Je suis un poisson rampant sur le sable.
Voilà ce que je suis sans toi, mon fils aimé.

Dans le wagon d'état-major, tout au fond, sur une couchette, derrière un rideau d'indienne, se trouvait Fatima. Elle n'était pas seule : sur sa poitrine, le nourrisson endormi étalait son petit corps. Par sa bouche entrouverte, qui semblait sourire, un filet clair coulait sur sa joue : une régurgitation de bébé bien nourri. La femme s'était pelotonnée autour du bébé, l'enveloppant comme une couverture, comme un cocon. Elle chantait son interminable berceuse. Dans les pauses entre les strophes, elle se serrait contre la petite tête, couvrait le haut du crâne, les tempes, le front du bébé, d'une pluie de baisers brûlants.

« Dors, mon garçon », l'assurait Fatima, « Dors et sois un homme à ton réveil… »

Deïev dormait docilement.

Le soleil terne d'octobre n'avait pas encore atteint son zénith que Deïev était déjà debout. Son corps était douloureux après la nuit sans sommeil, il avait la tête lourde, mais il savait que bientôt, son organisme se mettrait en branle et qu'il oublierait la fatigue. Il n'avait pas le temps de dormir : il avait promis à Blanche de tout faire à deux, il devait tenir sa promesse.

La commissaire n'était pas dans son compartiment. Il allait partir la chercher dans le convoi, mais quelque chose, dans le logement de Blanche, le poussa à entrer et à l'observer attentivement. C'était la première fois que Deïev inspectait le compartiment voisin à la lumière du jour. Il n'y trouva rien de particulier : un canapé large, une table polie devant la fenêtre, des rideaux de velours. Ce n'est qu'après quelques instants qu'il comprit pourquoi il s'était figé d'étonnement : il n'y avait pas de fleurs, nulle part. La pièce était meublée de chêne fumé et de tissu bordeaux, sans les moindres franges aux rideaux ni fresques au plafond ni candélabres sculptés. De toute évidence, Deïev avait hérité du compartiment féminin, et la commissaire, du masculin. Il poussa une exclamation de dépit, mais que faire : il n'allait pas entamer une dispute sur un sujet aussi peu important.

Il trouva Blanche dans le wagon-cuisine. Elle examinait les équipements. Il ne dit rien, se joignit silencieusement à l'inspection, prenant néanmoins un air sévère, pour qu'on comprenne au premier coup d'œil qui était le chef. Les poules, qui s'étaient dispersées dans tout le wagon, fixaient Deïev de leurs yeux ronds et s'écartaient en caquetant sur son passage.

– Il faut déplacer les poules, commandait Blanche. Les mettre dans le wagon d'état-major, dans les sections de chauffage. Faire des perchoirs avec les branches du pommier. Remplir les paniers de paille, ils tiendront lieu de nids. Frotter les sols souillés par les oiseaux avec du sable.

Elle répétait chaque phrase plusieurs fois. Pour plus de clarté, elle indiquait du doigt tous les objets nommés, et entre chaque ordre, envoyait des regards expressifs à Memelia. Celui-ci, le menton tremblant de zèle, se précipitait pour exécuter l'ordre, mais n'avait pas le temps d'achever son travail : les directives s'abattaient l'une après l'autre sur la tête hirsute du cuisinier, qui tournoyait dans l'espace exigu de la cuisine, trébuchant presque dans son empressement.

– Laver la toque et le tablier, qu'ils soient blancs. Et laver le cou du cuisinier ! Et la saleté sous les ongles !

Cet idiot ne s'en sortira pas, se disait Deïev. Il oubliera, confondra : à la place du tablier, il lavera les poules, il remplira sa toque de paille… Mais il avait tort de douter : avant le milieu de l'après-midi, les réduits à poêle du wagon d'état-major – deux coins servant à ranger les bûches et les chaudières – s'étaient transformés en poulaillers. Les pondeuses étaient dispersées sur les branches du pommier, réparties du sol au plafond, sur les poêles tièdes et sur les bûchers ; certaines avaient essayé de monter plus haut pour regarder par les fenêtres, trébuchaient et retombaient au sol ; le wagon s'emplissait de caquètements et de cris d'oiseaux. Les petits, curieux, auraient voulu s'amuser avec les oiseaux, mais on ferma les poulaillers à clé – pour les protéger moins des petits que des plus grands, qui allaient sans doute vouloir s'emparer des œufs frais.

L'uniforme du cuisinier fut également rapidement lavé, ainsi que les sols de la cuisine. Le tronc du pommier fut débité en bûches. Tous les cadeaux des tchékistes de Sviajsk furent dûment inventoriés : Memelia ne savait ni écrire ni compter, mais, sur le conseil de la commissaire, il dessina à la craie, sur les murs de planches, des images des provisions : œufs, pots de crème, tasses de grains. Devant chaque dessin, il mettait un bâton par objet. La cuisine faisait désormais penser à une grotte peinte par un homme préhistorique.

Il fallait reconnaître que Blanche avait trouvé la bonne façon de s'adresser au cuisinier maladroit : bien mieux que le chef du convoi. Quand la commissaire et Memelia se mirent à discuter du dîner (étant donné l'abondance de provisions, ils avaient décidé de nourrir généreusement les passagers, deux fois par jour, le matin et le soir), Deïev aurait voulu se mêler à la conversation, mais il se retint : il pouvait les laisser décider de la tambouille. La commissaire s'en sortait bien, tant mieux.

Elle s'en sortait même très bien. Elle ordonna de n'apporter la ration spéciale aux grabataires qu'après avoir nourri tous les autres enfants, et dans un seau soigneusement fermé, pour que les odeurs ne provoquent pas des discussions et des jalousies inutiles. Memelia devait rapporter toute incursion faite dans la cuisine en dépit de l'interdiction de la commissaire : le coupable serait mis à la diète. La fille enceinte aurait droit à une double portion.

Une fois les affaires culinaires réglées, ils firent la tournée des wagons. Contrairement à la veille, Blanche se déplaça discrètement, s'efforçant de ne pas déranger la vie du convoi : elle ne parlait qu'aux nurses, les faisant venir dans le tambour quand c'était possible, ou s'isolant avec elles dans la section de chauffage. Elle donnait beaucoup de directives, mais les interrogeait aussi, les écoutait. Deïev écoutait également, il en prenait de la graine.

Elles déterminèrent un horaire de nettoyage à l'eau des compartiments habités et des latrines, pas moins d'une fois par jour. Il n'y avait qu'un seau de nettoyage dans tout le convoi – il fut convenu de l'utiliser à la chaîne, en le passant d'un wagon à l'autre.

Il n'y avait pas de seau à ordures dans le convoi, et pour des raisons d'hygiène, ils décidèrent d'utiliser, pour laver les toilettes, une petite cuve de fonts baptismaux, trouvée dans les réserves de l'infirmerie. Elle avait verdi avec le temps, n'avait plus de pied, était fortement bosselée, mais sans trous.

Ils n'avaient aucun espoir de pouvoir organiser des bains sur la route (même les institutions de l'enfance fixes ne pouvaient pas toujours se permettre un tel luxe), mais Deïev comptait bien faire laver et désinfecter le linge vers Arzamas ou Orenbourg. Il fallait donc préparer les chemises – coudre un numéro à chacune. Et il serait bon de raccourcir celles des enfants les plus petits, pour qu'elles ne traînent pas au sol et ne s'effilochent pas. Ces tâches furent confiées à la couturière, qui avait plusieurs bobines de fil et une aiguille – la seule de tout le convoi. Étant donné sa valeur et son importance pour la collectivité, on décida de conserver l'aiguille en la fichant dans un morceau de tissu, lequel tissu fut déposé dans une douille de laiton vide, et la douille, à son tour, rangée dans une boîte à poudre pour fusil.

La bibliothécaire, qui avait pris avec elle un volume de Lermontov, fut chargée d'organiser une heure de lecture du soir dans chaque wagon. Deïev feuilleta le livre usé, et n'y trouva rien d'intéressant – que des embrassades et des soupirs –, mais il n'y découvrit pas non plus de matériel contre-révolutionnaire. D'ailleurs, le choix était restreint : c'était le seul livre dans le convoi. Deïev autorisa la lecture. Les enfants dormiraient mieux.

La veuve du fonctionnaire proposa fort à propos d'organiser un chœur : l'idée fut acceptée. Il aurait été bon d'occuper les enfants avec autre chose – des travaux manuels ou des cours de politique – pour qu'ils ne tournent pas en rond, mais par manque de pédagogues dans le train, il fallut se contenter de poésie et de musique.

La paysanne, désireuse de se rendre utile elle aussi, proposa de réciter à chaque enfant des incantations pour leur conserver la santé, mais Deïev et la commissaire coupèrent court à cette initiative.

– Les malades n'ont pas besoin de formules magiques, mais de viande, soupira Boug, quand ils lui parlèrent de cette proposition. Les enfants ont besoin de protéines pour reconstituer leurs forces.

– C'est une question pour le chef de convoi, ricana Blanche. C'est lui qui est responsable des miracles.

– Dites à la guérisseuse de nous faire apparaître de la viande ! s'énerva Deïev. Et un tonneau de miel. Et des métiers à tisser. Et de nous transporter à Samarcande dès demain – bien nourris, habillés et en bonne santé !

Mais il comprenait qu'il avait tort de répliquer. En un jour de voyage, les grabataires, déjà silencieux, étaient devenus parfaitement immobiles : pas un son, pas un soupir ne s'élevait des couchettes, pas le moindre mouvement. Le wagon tremblait et tressautait sur les rails, et les corps plats des enfants sous leurs couvertures de sacs tremblaient et tressautaient aussi légèrement, comme si ce n'étaient pas des organismes humains qui étaient couchés sous les sacs, mais des morceaux de carton. Deïev s'approcha d'un oreiller : on n'entendait pas la moindre respiration.

– Les enfants sont fatigués après le petit-déjeuner, ils dorment, expliqua l'infirmier. Pour eux, digérer une tasse de *gogol-mogol*, c'est comme pour nous de labourer un champ.

La commissaire, elle, promenait tranquillement son regard sur les couchettes, sans l'arrêter sur personne, et à la façon dont elle passa très vite à une conversation sur les problèmes des enfants sains, Deïev comprit que pour elle, les grabataires étaient déjà des cadavres.

Ils discutèrent des cadeaux des tchékistes qui étaient arrivés à l'infirmerie : parmi les paniers et les ballots de provisions, ils avaient découvert une grosse musette de médicaments. L'infirmier détaillait le contenu, alternativement fronçant les sourcils et ne pouvant retenir un sourire : l'inventaire faisait trop penser à une rapine hâtive commise par un voleur ignare. Des comprimés, baumes et instruments de toutes sortes avaient été mélangés ; des fioles s'étaient brisées, la délicate balance de pharmacie était pliée, les herbes étaient sorties des cornets en papier, formant un étrange mélange. Et si certains remèdes pouvaient être utilisés (par exemple, les suppositoires contre les hémorroïdes pouvaient servir à lubrifier les escarres), d'autres s'avéraient parfaitement inutiles, comme un baume pour les soins des moustaches ou un vaccin contre la rage. Il semblait que les tchékistes avaient fourré dans la musette tout ce qu'ils avaient trouvé dans la pharmacie, sans trier ni se préoccuper de la conservation du contenu. Y compris des lunettes ayant appartenu à quelqu'un, quelques étiquettes de médicaments vierges et des brassards de pharmaciens. L'objet le plus incongru était un crâne humain – solide, blanc-jaune, avec une étiquette étrangère « Broeninger-Apotheke. Hamburg » sur l'intérieur du crâne. Deïev ordonna de jeter le crâne, mais de garder l'étiquette – cela faisait toujours du papier.

Ils discutèrent de comment protéger ces richesses des incursions des curieux : Blanche avait prévenu que très vite – peut-être déjà le jour même, pendant l'examen médical –, les garçons des wagons de passagers allaient échapper à la surveillance des nurses et pénétrer dans l'infirmerie pour y fureter et voler ce qu'ils pourraient. Il fut décidé que, pendant la ronde de Boug, l'une des nurses viendrait monter la garde à l'infirmerie.

Blanche les prévint aussi qu'il y aurait forcément des simulateurs : certains enfants se mettraient à se tordre de douleur, inventant toutes sortes de maux, avec pour seul but de se retrouver à l'infirmerie et d'y manger la ration des malades, et c'est pourquoi il valait mieux se méfier des convulsions et des coliques, et ne croire que les manifestations irréfutables de maladies : boutons, fièvres et autres signes évidents…

Comme un général avant la bataille, Blanche s'efforçait de prévoir toutes les manœuvres de l'adversaire et préparait patiemment ses soldats. L'infirmier aux cheveux gris, les nurses et ce bêta de Memelia, tous la reconnaissaient comme chef. Que dire ! Même Deïev, après ce temps passé avec elle, était prêt à l'avouer : en soi, cette bonne femme était une sorcière, un serpent et une garce, mais elle faisait une commissaire idéale.

Elle n'avait qu'un défaut, que Deïev ne voulait ni ne pouvait accepter : toute son énergie, son habileté et ses facultés intellectuelles étaient dirigées vers les enfants sains. Ceux qui avaient les plus grandes chances d'arriver à destination, ce qui voulait dire que les efforts investis ne seraient pas vains, tout comme un capitaliste veille à ce que son argent investi dans une banque ne se perde pas. La commissaire n'avait en revanche ni un regard ni une pensée pour les grabataires – rien. Deïev ne pouvait pas nommer cela indifférence ou avarice de cœur – il n'avait sans doute jamais vu de personne plus passionnément dévouée à son travail. Mais alors, comment le nommer ?

– Je trouverai de la viande, dit-il en sortant de l'infirmerie.

Il ne s'adressait ni à l'infirmier ni à la commissaire, mais à lui-même.

– Après ce qui s'est passé ce matin, je suis presque encline à vous croire, répondit Blanche.

Il n'y avait pas de sarcasme dans sa voix.

☆

À Tiourlema, juste devant la prise d'eau, la locomotive se grippa, et le mécanicien s'affaira autour du mastodonte immobile sur les rails, le visage grimaçant, en proie à un mauvais pressentiment. C'était le clapet anti-retour qui avait sauté, il fallait le réinstaller. La tâche n'était pas difficile, mais fastidieuse et demandait beaucoup de temps.

Le mécanicien se glissa sous la cabine en grommelant des jurons, et Deïev, de dépit, donna un coup de poing sur le flanc de la locomotive : ce retard était malvenu, ils auraient pu encore parcourir cinquante kilomètres jusqu'à la nuit ! Mais il en fut immédiatement honteux et adressa un regard conciliant à la machine. Frapper une locomotive, c'était pire que de donner un coup de pied à un chien : si l'animal pouvait montrer les crocs et mordre en retour, la machine ne pouvait rien.

Bientôt, des gens apparurent devant la guirlande : des vendeurs à la sauvette aux gueules brunes de poussière, des réfugiés avec des malles, toutes sortes d'enfants des rues. Ils ne demandaient rien, n'étaient pas impudents, mais se postaient à une certaine distance, avançant le cou, écarquillant leurs yeux implorants : vous n'auriez pas une miette pour moi ? Vous ne me prendriez pas à bord, au moins jusqu'à la prochaine gare ? La même scène se reproduisait à toutes les gares où le convoi s'arrêtait plus d'un quart d'heure. Il y avait peu de locomotives sur les rails, et des myriades de nomades dans le pays.

Memelia avait reçu l'ordre strict de ne pas s'éloigner de la cuisine pendant les arrêts ; il ne devait même pas ouvrir son wagon rempli de sacs et sentant bon les pommes. Pour éviter tout malentendu, il y avait toujours, à la porte de la cuisine, une hache et un pieu que le cuisinier avait taillé lui-même, et dans la poche de Memelia, un sifflet de train délivré par Deïev (il produisait un sifflement si perçant que les enfants en avaient les oreilles bouchées). Dans les situations dangereuses, le marmiton avait l'ordre de se battre à mort avec l'adversaire et de siffler pour appeler le chef de convoi et l'infirmier à la rescousse.

Deïev, après avoir examiné la foule devant le convoi, et s'être convaincu qu'il n'y avait pas de bandits invétérés, partit flâner dans la gare. La pensée de la viande était fichée comme un clou dans son esprit. Il pensait aussi au lait : les demi-seaux de liquide bouilli étaient stockés dans le coin le plus frais de la cuisine et ne devaient servir qu'à nourrir Petit Coucou, mais il était clair qu'il allait bientôt tourner, d'ici deux ou trois jours. Que faire, alors ?

Retourner demander de l'aide à la Tchéka ? Il pouvait avoir moins de chance la deuxième fois. Et il n'avait aucune envie de se représenter ce qui se passerait en cas de vraie déveine.

Tiourlema était remplie de monde, comme si ce n'était pas une gare de campagne, mais toute une ville : où que l'on regardât, on tombait sur des cafetans tatares, des touloupes russes, des *tchapans* kirghizes, tous déchirés, noirs de pluie et de boue, presque impossibles à distinguer les uns des autres. Et les visages non plus ne se distinguaient presque pas les uns des autres : gris, affamés, mauvais. Les uns dormaient, les autres non, certains priaient tristement, leur tapis de prière déroulé sur le sol. Des femmes maries[1] étaient assises sur des ballots qu'elles recouvraient de leurs larges jupes, comme une poupée chauffe-théière en haut d'un samovar, et écartaient les gamins des rues – ces moutards noirs de soleil et affreusement sales qui rôdaient dans la gare en meute affamée. Un Bachkire aux pieds nus tirait une carriole pleine d'enfants nus, qui se serraient les uns contre les autres et se cachaient sous des débris de planches. Autour de Tiourlema remplie de gens fatigués, s'était formé un grand troupeau de chariots et de fumée de feux de camp : des fuyards étaient arrivés jusqu'au chemin de fer, y avaient dressé un campement et attendaient une occasion d'être acceptés dans un train. Tous avaient le même but : aller à l'ouest, vers la capitale.

Non, Deïev n'avait aucune chance de trouver de la viande à la gare, ici tout avait déjà été mangé : chats, chiens, *sousliks*[2], sauterelles de la steppe. Par contre, il venait d'avoir une idée pour le lait…

Il arpenta le quai de bois, mais n'y trouva pas ce qu'il cherchait. Il parcourut du regard tous les bancs sur la place de la gare, sans succès. Ce n'est que dans la maisonnette servant de salle d'attente qu'il la trouva : une paysanne, ronde et molle comme une meule de foin, avec un visage encore jeune et

1. Les Maris sont les habitants de la région autonome des Maris, aujourd'hui Mari-El, entre le Tatarstan et la Tchouvachie, sur la Volga. On les appelait autrefois les Tchérémisses.

2. Les *sousliks*, aussi appelés spermophiles (qui aiment les graines), sont des écureuils des steppes. Cf. *Les Enfants de la Volga*, le précédent ouvrage de Gouzel Iakhina.

lisse ; elle était précédée de deux seins puissants, avait une besace dans le dos et, dans les bras, un bébé emmitouflé. Elle était assise, maussade, dans la foule, berçait son enfant silencieux d'un geste monotone, comme si elle écrasait des grains ; elle ne regardait pas autour d'elle, ne cherchait personne du regard – elle voyageait visiblement sans son mari.

Deïev fronça les sourcils d'un air sévère, écarta les épaules. Il s'approcha de la femme, la surplombant de toute sa stature :

– Où vas-tu, citoyenne ?

– À Moscou, répondit-elle, saisie d'effroi.

Ses yeux passèrent sur la vareuse d'uniforme de Deïev, son pantalon bouffant et ses bottes militaires, et s'arrondirent de frayeur. Ses lèvres tremblèrent, elle ne pouvait plus rien dire et pâlit, comme si on enlevait toutes les couleurs de son visage.

– Suis-moi ! Deïev fit un signe de tête et, sans se retourner, se dirigea vers la sortie.

La paysanne le suivit en trottinant.

– Citoyen contrôleur… Dans sa voix tremblante, on entendait déjà des larmes. Citoyen chef de gare… Citoyen tchékiste…

Ils passèrent le quai, firent crisser le gravier entre les nombreux rails d'acier, et ce n'est qu'à l'arrière de la gare, près d'un wagon isolé, que Deïev se retourna vers la femme. Celle-ci, blême, les joues et les cils tressautants, le regardait, docile et suppliante comme une vache à l'abattoir.

– Montre tes nénés, lui ordonna Deïev avec sévérité.

– Mmm ? ne put-elle que mugir de peur et d'incompréhension.

– Alors ?

Les yeux lui sortant des orbites, au point qu'ils semblaient prêts à tomber, la paysanne prit son nourrisson dans un seul bras, tandis que son autre main ouvrait sa veste de fourrure, se glissait dans l'échancrure de sa robe et en sortait un sein – rond et dodu comme un pain, couvert de taches de son, avec des veines bleues apparentes. Un téton rouge de la taille d'une prune était tourné vers Deïev, au bout duquel apparut immédiatement une goutte blanche. De l'index, Deïev attrapa la goutte et la porta à la bouche – un goût sucré et gras se répandit sur sa langue.

– Le deuxième, ordonna-t-il.

La paysanne sortit son deuxième sein.

Il goûta à nouveau et fit un hochement de tête satisfait : le lait convenait.

– Je te prends jusqu'à Arzamas, expliqua-t-il à la femme sur le chemin de la guirlande. En échange, tu vas nourrir mon bébé. Tu donneras d'abord le sein à mon bébé, qui devra manger tout son soûl, à en régurgiter, à en avoir les yeux qui tombent de sommeil, puis tu t'occuperas du tien. Si je vois ne serait-ce qu'une fois que tu n'as pas donné tout ce qu'il voulait à mon bébé, ou que tu as commencé par le tien, je te fais descendre du train. Compris ?

La paysanne trottait derrière lui, hochant la tête avec reconnaissance, un peu haletante – à cause de leur allure rapide, ou peut-être de cette chance inattendue.

– Mais si le bébé ne le prend pas ? s'inquiéta-t-elle soudain, en montant dans le wagon d'état-major.

– Ne prend pas qui ? ne comprit pas Deïev.

– Mon sein, s'il ne le prend pas ?

– Dans ce cas, je ne te prends pas non plus !

Mais Petit Coucou prit le sein. Retrouvant enfin du lait maternel, il s'accrocha au sein de la paysanne qu'il arrivait à peine à faire entrer dans sa bouche et se mit à téter avec rage. Il déglutissait hâtivement, bruyamment, en gémissant ; le lait faisait des bulles et coulait sur le menton du nourrisson. Parfois, il s'étouffait, grondait avec dépit, puis s'accrochait encore plus fort à la source de nourriture au-dessus de lui.

Délicatement, sans gêner Petit Coucou dans sa tétée, la paysanne sortit son deuxième sein, et y mit son bébé. Elle était assise, ses gros bras écartés comme deux ailes, chacun abritant un bébé. Ses énormes seins brillaient dans la pénombre du wagon, son visage était radieux et majestueux.

Deïev était debout à côté d'elle, incapable de détourner le regard de la femme, sentant l'odeur aigre de pain qui montait de son corps. Il avait failli lui faire des reproches pour avoir commencé trop tôt à nourrir son propre enfant, mais sa chair était si énorme et nourrissait si généreusement les bébés qu'il se retint.

La commissaire était également là, et regardait. C'était à la fois gênant et émouvant : Deïev avait honte (de lui ? de la paysanne impudique ?), mais il aurait voulu prolonger cette minute, comme si elle les unissait, lui et Blanche, dans la participation à quelque chose d'important et de sacré.

Fatima, elle, ne regardait pas. Dès qu'elle avait compris que Deïev avait trouvé une nourrice, elle s'était reculée au fond du wagon et figée, avec un visage indifférent, attendant que son Iskander ait mangé. Puis elle avait repris à la paysanne le bébé alourdi, endormi, et l'avait gardé dans ses bras jusqu'au soir…

Elle ne chanta pas sa berceuse cette nuit-là. Deïev, qui avait pris l'habitude de s'endormir au son de sa voix tendre, se tourna et se retourna longtemps sur son canapé, ne parvenant pas à trouver le calme. Pourtant, la locomotive était réparée, prête à repartir dès le matin, les enfants nourris, la réserve de charbon faite. Et il ne parvenait pas à s'endormir. Dès qu'il fermait les paupières, il voyait une énorme femme devant lui : nue, constituée entièrement de plis dodus et de collines puissantes, débordante de lait bien gras.

Après s'être débattu sur sa couche une heure ou deux, épuisé par ces visions obstinées, Deïev alluma sa lampe à pétrole et partit chercher Fatima pour lui demander de chanter. Il se glissa dans le wagon où tous dormaient, arriva à sa couchette cachée derrière un rideau, gratta discrètement le bois raboté. Ne recevant pas de réponse, il écarta le rideau.

Fatima dormait, enveloppant Petit Coucou de son corps. Sa robe était déboutonnée, et le nourrisson tétait son sein vide de lait comme une sucette. À chaque mouvement de ses minuscules mâchoires, la peau se tendait et se ridait. Fatigué de téter, Petit Coucou cracha le téton, gris et sans forme, ressemblant à une boulette de laine, et plongea dans le sommeil.

Deïev fit retomber le rideau. S'efforçant de marcher sans bruit, il regagna son compartiment.

Non, impossible de s'endormir après un pareil tableau !

Il s'agitait sur les ressorts du canapé, se redressait, décidant de se promener le long du convoi (il pleuvait), se recouchant et s'obligeant à rester couché, immobile, puis se redressant la minute d'après. Deïev avait l'impression que l'occupante du compartiment voisin ne dormait pas non plus. Il lui semblait entendre des bruits légers, apercevoir des rais de lumière sous la porte. Il s'imaginait que la commissaire écrivait dans son bloc-notes. Ou qu'elle s'était allongée pour réfléchir, desserrant sa ceinture et appuyant la tête contre le mur. Or, le mur était fin, presque en contreplaqué ; ce qui voulait dire que son corps et celui de la commissaire étaient allongés, si proches, comme Deïev n'avait jamais été proche d'une femme… Il n'en pouvait plus. Il se leva, frappa discrètement : tu ne dors pas ?

– Vous savez bien que c'est ouvert, répondit une voix éveillée.

Il ouvrit la porte en accordéon. Le compartiment de la commissaire était plongé dans une obscurité profonde. On n'entendait que la respiration de Blanche, qui montait du canapé. Deïev se figea sur le seuil, n'osant pas entrer et ne comprenant pas ce qu'il fallait faire.

– Vous avez eu envie de discuter ?

Deïev hocha la tête affirmativement. Il comprit un peu tard que son geste n'était pas visible dans la nuit ; mais comme il était resté silencieux tout ce temps, il aurait été stupide de répondre à ce moment ; il se contenta de toussoter, un toussotement sérieux et important.

– Eh bien, parlez, exigea-t-elle avec sévérité.

Deïev était décontenancé. De quoi lui parler, à cette orgueilleuse ? Du fait qu'ils avaient beau avoir des provisions depuis Sviajsk, elles restaient insuffisantes ? Que les grabataires s'affaiblissaient d'heure en heure ? Que même Deïev, avec son esprit inventif et son goût du risque, ne parvenait pas à imaginer où trouver de la viande pour les malades ?

Des gouttes se mirent à tomber rapidement sur le toit métallique du wagon et les vitres – il pleuvait plus fort.

– Bon, vous n'avez qu'à me parler de vous. Blanche bougea, elle se redressait visiblement sur les coudes.

Que lui raconter ? Qu'il n'en pouvait plus – que sa raison et son corps ne trouvaient plus le repos depuis tant de jours ? Que quelque chose de grand, de fort le submergeait, l'empêchait de regarder tranquillement Blanche, Fatima, la nourrice ? Qu'il ne pouvait plus dormir, seulement sommeiller, et que ses pensées en devenaient plus aiguës, et son caractère plus mauvais ?

– Très bien. La commissaire remua encore un peu, choisissant visiblement une pose plus confortable. Puisque vous ne savez pas de quoi parler, dites-moi, Deïev, ce que vous ferez quand le communisme arrivera ?

En voilà une question ! Elle allait immédiatement au sujet le plus sacré. Il aurait pu inventer quelque chose de joli et s'en sortir en mentant. Mais il ne voulut pas s'en donner la peine. Deïev s'assit sur son canapé, poussa un gros soupir, et répondit honnêtement dans la nuit :

– Je me marierai.

– Et c'est tout ?

– Mais je ne me marierai pas tout simplement, se vexa Deïev. J'épouserai une Perse. Je la ramènerai de Perse, je lui enlèverai son voile, et je lui dirai : maintenant, tu es libre ! Oublie ton passé féodal.

– Pourquoi aller aussi loin ? Il y a des filles voilées par millions, dans le Turkestan soviétique, si vous avez absolument besoin d'une femme orientale.

L'ouverture de la porte était large, et Deïev entendait nettement chaque mot de Blanche, comme s'ils étaient dans le même compartiment, et non dans deux pièces voisines. Il entendait aussi le froissement de ses habits, le moindre grincement du canapé. Et aussi son sourire, quand elle prononça les derniers mots.

– Mais elles sont déjà libres ! Elles n'ont pas besoin de moi. Quand le communisme arrivera, elles auront déjà oublié ce voile moyenâgeux !

– Donc, vous avez absolument besoin d'être un héros, libérateur et sauveur ? Vous pensez que sinon, personne ne vous aimera ?

Ah, cette vipère aspic ! Il lui révélait les tréfonds de son âme, et elle y déversait sa bile !

– Les femmes ne vous aiment pas, hein, Deïev ? Vous les aimez, et elles pas.

Il aurait voulu protester – pas à haute voix, mais au moins dans ses pensées –, mais c'était impossible. Il n'avait jamais eu de femme dans sa vie. Ni mère, ni sœurs, ni tantes. Encore moins d'amoureuse. À une époque, il y avait eu les femmes des réparateurs du dépôt de locomotives. L'été, après avoir apporté leur repas aux maris, elles se baignaient dans le bassin, et le petit Deïev se cachait et observait leurs corps arrondis derrière les buissons de roseaux. Puis il y avait eu une prostituée de la rue Mokraïa à Kazan, chez qui il allait, jeune homme : gentille, vieille, couverte de verrues, elle l'appelait tendrement « mon trognon » à cause de sa petite taille et de sa laideur. Puis, ça avait été la guerre. Voilà toutes ses femmes.

– Et toi, hein ? s'énerva Deïev. Dis-moi, Blanche, est-ce que tu as aimé un homme, ne serait-ce qu'une fois ? Pour de vrai, à en avoir mal au ventre… Il aurait voulu courir à elle, allumer la lampe et la mettre devant le visage hautain de la commissaire, la regarder dans les yeux. Ne serait-ce qu'un tout petit peu, ne serait-ce que quelques jours, est-ce que tu as aimé ?

Il n'espérait pas de réponse, il se disait qu'elle allait éclater de rire ou se moquer de lui. Et soudain :

– Oui, dit-elle (tranquillement, sérieusement, et à sa voix on sentait qu'elle ne mentait pas). Pendant de longues années. Très fort.

– Et alors ? Deïev était décontenancé par cet aveu inattendu.

– Il m'a trompée.

– Il t'a laissée tomber ?

Il fut soudain submergé par l'indignation : il ne pouvait pas, c'était impossible d'imaginer une femme si orgueilleuse quittée par un homme. Elle seule pouvait se moquer, se jouer, quitter. Se plaindre à la hiérarchie, laver les sols à demi nue. Elle seule avait le droit de tout.

– C'était un portrait. Il était au mur de la boulangerie du monastère. Les enfants de l'orphelinat venaient y travailler. Et je regardais ce portrait chaque jour.

Blanche parlait par phrases courtes, se taisait longuement entre les phrases, et chaque pause menaçait de se transformer en silence. Mais non, les mots de la commissaire coulaient dans l'obscurité, par à-coups, comme l'eau sort d'une source souterraine.

– Un garçon aux yeux bleus, avec de merveilleux cheveux dorés. Je ne savais pas qui c'était. Toute mon enfance, je l'ai contemplé, et j'ai rêvé que quand je serais grande, je le trouverais.

Deïev ne comprenait pas ce que c'était, d'aimer une toile couverte de peinture. Mais l'indignation qui l'avait submergé fit place au soulagement : il y avait quelque chose de juste dans cette histoire. La commissaire ne pouvait aimer un homme ordinaire, seulement un être inatteignable.

– Tu l'as trouvé ?

– Je n'ai pas eu le temps. Il a été fusillé avec ses parents. J'étais encore à l'orphelinat.

Elle fit une pause si longue que Deïev était sur le point de lui demander ce qui s'était passé ensuite, mais Blanche poussa un gros soupir et termina son récit :

– C'était un portrait du tsarévitch.

– Pfiouuu… Il siffla avec dépit. Tu es monarchiste ?

– Deïev, vous êtes un imbécile. J'étais déjà au Parti depuis un an quand j'ai compris qui j'aimais. J'ai vu une photo dans un journal. Je suis allée à la boulangerie avec ce journal, j'ai comparé : oui, c'était lui, le grand-duc Alexeï Nikolaïevitch Romanov.

– Et qu'est-ce que tu as fait avec ce portrait ? Deïev, sous le coup de l'émotion, sauta sur son canapé. J'aurais pris des ciseaux et réduit ces yeux et ces boucles en charpie. Ou je les aurais brûlés dans le poêle, avec leur cadre, sans un regret !

– J'ai écrit une lettre à la Tchéka : « Dans la boulangerie du monastère de la Conception, trois ans après la Grande Révolution, se trouve toujours le portrait de l'héritier du trône… »

– Et alors ? Il était pris d'une envie lancinante de se lever et de venir s'asseoir près d'elle, mais il avait peur de couper court à la discussion.

– C'est tout, dit-elle brutalement.

Et elle se tut.

Deïev n'osait pas se montrer insistant. Il se tut aussi. Il aurait sans doute dû se lever, refermer la porte en accordéon, séparant à nouveau l'espace en deux, mais il ne le fit pas. Au contraire, il se coucha silencieusement, espérant que la femme resterait couchée de son côté, et que le lien qui s'était formé entre eux ne serait pas brisé. Il tourna son visage vers la paroi qui les séparait, et regarda obstinément l'obscurité, s'imaginant que, de l'autre côté, le visage endormi de Blanche était tourné vers lui.

Il écoutait la respiration de la femme devenir de plus en plus régulière, profonde. Il entendait le bruissement de la pluie sur les fenêtres. Dans ce bruissement, il voulait reconnaître les strophes de la berceuse de Fatima, mais il ne la connaissait pas encore par cœur, et ne pouvait en réciter que des bribes :

... Je pourrais picorer les étoiles
et avaler le soleil,
Pour que le matin de ton départ n'arrive pas...

Il passa en revue dans son esprit les traits du visage de Blanche, et découvrit soudain qu'il les connaissait tous. Il se souvenait de ses mains, de ses cheveux, de sa façon de secouer la tête pour enlever une mèche de son front. Il pouvait voir tous les boutons de sa chemise, tous, et le raccommodage sur ses bas. Que dire ! Tout ce qu'il y avait sous sa chemise et ses bas, qui lui était apparu l'autre nuit, dans le wagon encore vide, éclairé de la lumière dorée de la lampe à huile, il le voyait encore.

... Il n'y a pas de place pour eux
ni dans mon cœur ni dans ma tête,
Tu emplis tout l'espace
Comme les fonds marins sont remplis d'eau...

Il tenta de se représenter Blanche petite fille, mais en fut incapable. Par contre, il se souvenait de lui petit garçon. Deïev n'aimait pas son enfance. Il ne l'aimait pas, parce que ces souvenirs le ramenaient toujours à ses sentiments d'alors, de tristesse et d'impuissance : l'effroi à l'arrivée de l'hiver, la faim omniprésente, la solitude de l'orphelin – toutes ces choses qu'il aurait été heureux d'oublier, mais ne pouvait pas. Elles lui revenaient à présent. Et l'entraînaient dans ces années où, pas rassasié par un repas trop maigre, il suçait, avant de s'endormir, des boulons volés dans l'atelier.

... Je suis un oiseau noyé dans la mer,
Je suis un poisson rampant sur le sable.
Voilà ce que je suis sans toi, mon fils aimé...

Les mères ne savent pas aimer. Leurs seins s'emplissent de lait, leurs yeux sont prêts à verser des larmes quand elles voient leur enfant souffrir. Mais on ne peut pas appeler « amour » ces liquides laiteux ou lacrymaux... Les brebis, les chamelles, et même les dégoûtantes chauves-souris savent nourrir leur descendance, leur apprendre à se défendre et les protéger des prédateurs, souvent mieux que les mères humaines.

Les mères humaines sont les seules, dans la nature, à introduire des aiguilles à tricoter dans leur utérus, à boire des mixtures empoisonnées pour tuer le fruit de leurs entrailles. Elles tentent de protéger leurs enfants de la variole en leur faisant respirer les croûtes écrasées de malades de la variole, et les envoient ainsi au cimetière. Elles soignent la fièvre et le choléra avec des formules magiques et des saignées, tuant parfois les petits. Elles coupent le bout de la langue des enfants bègues, les rendant muets. Pendant les années de famine, elles ont nourri leurs enfants de bouillie de sable et d'argile, pour les rassasier, mais leur ont donné le typhus. Et on appellerait cela l'amour ?

L'amour, c'est autre chose. L'amour, c'est le savoir et la volonté. Peu de gens sont dotés de ces deux qualités, et c'est pourquoi vraiment aimer les enfants est rare. Blanche faisait partie de ces rares personnes. Elle savait quand et contre quoi vacciner un enfant, comment le nourrir et le soigner, quoi lui apprendre et dans quelle mesure, comment distinguer un enfant moralement défectueux d'un enfant à l'éducation négligée, et un enfant à l'éducation négligée d'un enfant pratiquement sain.

La camarade Blanche avait une telle volonté qu'elle aurait suffi amplement à deux hommes : elle n'était touchée ni par les larmes des tout-petits, ni par les caprices des enfants, ni par les mensonges ou les tours des adolescents.

L'amour de Blanche n'était pas limité à un seul rejeton, mais s'appliquait à des centaines et des milliers d'enfants soviétiques que les temps difficiles avaient laissés sans toit et sans la protection de leurs parents. D'ailleurs, Blanche n'avait pas d'enfant à elle : son organisme était conçu de telle sorte que la semence masculine n'y apportait aucun changement – tous ses rapports avec eux n'avaient eu aucune conséquence désagréable. Blanche estimait particulièrement cette singularité physique.

Sa plus grande qualité morale était, selon elle, sa capacité à tourner la page, à passer d'une étape de sa vie à une autre sans ressentir de doutes ou de douleur.

Blanche n'avait pas remarqué la révolution : cette année-là, ayant terminé l'école du foyer de filles du monastère de la Conception à Moscou, elle était devenue adulte et, sentant en elle un désir d'éduquer les enfants, était restée travailler au foyer. Elle avait déjà appris beaucoup de choses auprès des sœurs et pouvait travailler aussi bien que les nurses, mais elle aurait dû prendre le voile, ce que la jeune Blanche ne voulait pas : sa nature énergique était rebutée par la monotonie de la vie au monastère, et l'uniformité impersonnelle des robes des sœurs la dégoûtait.

Sa propre révolution eut lieu deux ans plus tard. En 1919, trois cavaliers entrèrent dans la cour entourée de murs rouge et blanc. Ils se tenaient droit sur leur selle, austères, les corps comme couverts d'une peau noire, et Blanche ne comprit pas immédiatement que les trois cavaliers étaient des femmes. Mais elle sentit que c'était le moment où se tournait une page de sa vie. Les religieuses, pâles d'angoisse, coururent hors de la cour, se signant et cachant leur bouche avec le coin de leur guimpe. Blanche, elle, enleva son fichu de sa tête, le mit à sa ceinture et, tête nue, vint à la rencontre des visiteuses pour s'occuper des chevaux. Elle ne remit plus jamais son fichu sur la tête : le soir même, elle fut engagée comme nurse dans le foyer pour enfants que le Narkompros venait de créer dans le monastère et s'habilla en civil. Les religieuses et les novices subirent la densification des logements : on les expulsa de leur bâtiment dans ceux des domestiques, avec l'autorisation de travailler avec les enfants. Blanche, en sa qualité de collaboratrice d'une institution soviétique, put rester dans sa cellule. Elle n'allait pas rendre visite aux sœurs dans l'arrière-cour. Et n'allait pas non plus voir ses élèves : elles étaient désormais sous l'aile de l'État qui les surveillait et les nourrissait, et n'avaient plus besoin de l'amour de Blanche.

Par contre, les autres enfants de Moscou en avaient un besoin criant. Chaque matin, des dizaines d'orphelins arrivaient à l'accueil. Il fallait tous les examiner au centre médical, tous les laver dans les bains, les nourrir, leur raser la tête, les badigeonner au liquide de Fleming, laver les habits et les désinfecter à la vapeur. Puis, entretien avec la commission et premier tri : les malades à l'infirmerie, les enfants déficients en maison de rééducation ou de correction. Les autres passaient par un deuxième tri : certains étaient renvoyés chez eux (les Moscovites étaient escortés jusqu'à leurs parents, les autres se voyaient acheter un billet de train ou partaient avec un voyageur), d'autres dans des foyers et des communes d'enfants.

Quel espace s'ouvrait pour l'amour ! Des enfants couverts de poux et de gale, les yeux louchant à cause du haschich, les bouches édentées, toussant et puant, étaient amenés dans les locaux du centre d'accueil – entre les mains fermes de Blanche – pour en ressortir transformés : purifiés. Elle lavait avec rage, avec passion les têtes durcies par la saleté. Elle les rasait jusqu'à ce que leur crâne brille. Elle passait trois fois leurs habits à la vapeur, sans économiser le bois (quand l'économe tenta de l'accuser de gaspillage, elle lui prit sa veste et la lança dans un tas d'habits grouillants de vermine devant le bac de désinfection, puis lui demanda : « Combien de fois je dois la passer à la vapeur ? » ; il ne vint plus jamais se plaindre). Et si l'un des garçons, fâché d'être traité aussi rudement, se permettait un juron à son adresse, Blanche lui en envoyait dix : elle avait immédiatement appris l'argot des vagabonds et le lexique révolutionnaire, et maniait ces nouvelles langues avec autant d'énergie que l'éponge ou le rasoir. Personne, parmi les nouveaux employés, ne pouvait croire qu'elle avait été élevée dans un monastère.

Trois mois plus tard, elle devint cheffe du centre d'accueil – à cette époque, les enfants appelaient déjà familièrement le monastère de la Conception le « Stèreconce » et Blanche portait une longue blouse de toile avec une ceinture à la taille et une casquette en cuir, achetée au marché de la Soukharevka, de laquelle elle avait soigneusement enlevé la cocarde. Cette casquette, noire, avec une calotte haute, faisant penser de loin à un chapeau de pope, apparaissait dans tout Moscou. Vers les bacs à ordures près du grand magasin « Muir & Mirrielees », où les enfants des rues s'agitaient comme des abeilles dans une ruche. Entre les colonnes vétustes des Portes Rouges : le bâtiment était creux, et de nombreux sans-abri y trouvaient refuge. À la gare de Kazan, où un wagon-accueil toujours rempli d'enfants était garé sur une voie en cul-de-sac. Dans l'immeuble du Narkompros à Tchistye Proudy, où on avait récemment ouvert un bureau d'adresses pour réunir les enfants fugueurs et leurs parents. Au dortoir de la rue Ermolaïevskaïa. Dans la maison de correction de la Chabolovka, à la fabrique d'objets en laiton. Dans la maison d'arrêt de la Iakimanka. Dans le camp de concentration de Vladykino – non loin de la prison des Boutyrki, sur la rive de la Likhoborka. Dans la célèbre maison de Kyrla-Myrla de la ruelle Starokoniouchennaïa (selon les documents : foyer de l'enfance et école Karl-Marx), où existait une unité d'éducation artistique pour les enfants doués...

Elle commença à fréquenter des hommes. Ces fréquentations étaient terriblement uniformes et ne faisaient qu'irriter Blanche. S'il n'avait tenu qu'à elle, elle aurait raccourci ces rendez-vous aux trente-quarante dernières minutes, les plus importantes, celles pour lesquelles on subissait plusieurs heures fastidieuses : des promenades, des séances de cinéma, des excursions en barque, et ainsi de suite. Mais les hommes prenaient peur si elle se montrait aussi directe, et elle devait patienter. Elle ne fréquentait jamais le même homme plus de deux ou trois fois.

Un an et demi plus tard, en tant que travailleuse sociale expérimentée et idéologiquement sûre, elle fut invitée à la commission pour l'amélioration de la vie des enfants du Comité central. Blanche accepta : l'amour pour les enfants qui emplissait son cœur était si grand qu'elle se sentait à l'étroit dans les murs du monastère de la Conception. Même Moscou n'y suffisait plus. L'amour de Blanche allait atteindre des enfants dans les villes et les villages les plus éloignés de la République soviétique.

Une nouvelle page se tournait, toujours aussi facilement : par un matin de février 1921, la commissaire à l'enfance Blanche s'assit dans le wagon d'un convoi spécial et arriva à la gare de Saratov, d'où elle partirait pour une expédition de plusieurs mois à travers les institutions pour enfants du Sud soviétique et du Caucase. Ses anciennes collègues du Stèreconce apprirent son transfert par la nouvelle direction. Sa mission dura presque une année, avec un court retour à Moscou pour un rapport. Ni pendant ce retour ni plus tard, Blanche ne se rendit au monastère de la Conception – elle n'avait aucune raison d'y aller.

Ses routes et trajets étaient désormais déterminés non par ses intérêts personnels, mais exclusivement par ceux de l'État : elle mettait ses pas dans les pas du pouvoir soviétique. Quand les braises de la guerre civile s'éteignaient sur l'une ou l'autre terre, que les drapeaux rouges s'élevaient définitivement, irrévocablement sur les mairies des villes et les petites isbas des soviets de village, Blanche faisait son apparition. Coiffée de son éternelle casquette en cuir, bardée de ceintures et de ceinturons, dans lesquels, au lieu d'étuis de revolvers, étaient pendus un carnet et une demi-douzaine de crayons taillés, elle marchait d'un pas vif sur les sables blancs d'Astrakhan, sur la steppe jaune de Kalmoukie, sur la terre grasse de Stavropol. Son manteau s'ouvrait comme une cape, elle tenait une canne – sans canne, les longs trajets étaient impensables. Parfois, elle allait sur un âne, un chameau, plus rarement en automobile. Dans les contreforts du Caucase, elle monta à cheval – il n'y avait pas d'autre moyen de franchir les pentes et les cols. Elle inspectait les orphelinats de Vladikavkaz et de Tiflis, de Kislovodsk et de Soukhoumi. Contrôlant les conditions de vie des enfants, elle se rendait dans les *aouls* et les *kichlaks* isolés. À la fin de 1921, elle avait parcouru et décrit toutes les régions du Sud et les confins de la Russie rouge – de la Caspienne jusqu'à la mer Noire (elle n'avait seulement pas pu explorer la République soviétique perse, qui avait sombré dans les discordes politiques, et était tombée).

Blanche revenait au convoi qui l'attendait sur la voie ferrée – à Batoumi, ou à Derbent, ou à Maïkop, ou à Bakou – comme à la maison. Les compartiments de train étaient devenus son foyer : compartiments confortables de première classe, avec un capitonnage de soie sur de larges canapés, compartiments-cages des wagons communs, séparés à la va-vite par des parois de planche, avec des châlits en bois pour toute couchette. Elle ne remarquait pas les épreuves, sa mission était pure et passionnée, n'acceptait pas l'idée même du repos ou du confort physique.

Sa vie de voyages simplifiait, et parfois même abolissait les conventions : des hommes apparaissaient brièvement dans le compartiment de Blanche (les arrêts étaient souvent courts) et en disparaissaient sans laisser de traces. Des rencontres réduites à une heure, une demi-heure, un quart d'heure, des sentiments condensés à l'extrême, et pour cela particulièrement vifs, petits bonheurs pas indispensables de l'existence nomade. Elle s'efforçait de choisir des hommes plus âgés – d'au moins trente, voire quarante ans. Eux n'attendraient pas de suite ou ne lui proposeraient pas le mariage juste après leur rencontre. Elle aurait pu tout à fait se passer d'hommes ; les besoins de son organisme étaient modestes. Mais ces courts moments physiques et primitifs ne faisaient que souligner la signification supérieure du reste de son existence.

Les enfants ! Qui mangeaient le contenu de dépotoirs, dormaient dans le creux d'un arbre ou dans des tonneaux de harengs, qui vivaient en troupeaux dans des gares abandonnées, chassant les *sousliks* et les chiens : ils étaient des centaines et des centaines. Tous avaient besoin de sa protection, elle leur était nécessaire, plus que leurs propres mères, qui les avaient fait naître puis abandonnés à leur destin. Enfin, Blanche avait pu saisir l'échelle à laquelle mesurer l'amour qui emplissait son âme : elle était capable à elle seule de remplacer des milliers de mères, peut-être des dizaines de milliers. Elle était prête à ouvrir les bras – de l'embouchure de la Volga jusqu'au Dniepr – pour rassembler tous les enfants des rues et les enfants abandonnés, les laver, les nourrir, les protéger du mauvais temps. Les protéger aussi de la cupidité et des vices des adultes : les dirigeants des foyers et des institutions éducatives des confins de l'immense pays volaient souvent les enfants, les battaient, les poussaient à la prostitution.

Blanche regrettait de n'avoir pas de revolver à son ceinturon au lieu des cinq crayons usés : certains travailleurs sociaux auraient mérité, non des sermons, mais une balle dans le ventre. Cette rage était présente depuis longtemps dans son âme, mais Blanche ne la remarqua que vers la moitié de son expédition. C'était à Piatigorsk. Elle entra dans le foyer local, comme à son habitude, sans prévenir la direction, commença sa tournée des lieux et trouva les enfants à la cuisine, rampant sur le sol et mangeant la soupe à mains nues dans une marmite commune. Le directeur avait vendu tous les meubles et la vaisselle de l'institution. Elle s'assit immédiatement – en l'absence de chaise, sur le rebord de la fenêtre – pour rédiger un rapport à la Tchéka. Le directeur, effrayé, suant à grosses gouttes, tournicotait autour d'elle, lui parlant, puis il se tut et déposa soigneusement deux billets de dix roubles sur le rebord. Il n'eut pas le temps de retirer sa main : Blanche prit le crayon avec lequel elle écrivait son rapport et l'enfonça dans la paluche. Le blessé cria comme un cochon, son sang jaillit sur la fenêtre, mais c'était encore trop peu, impardonnablement peu pour avoir volé les enfants.

Depuis cette époque, elle n'avait pas caché sa rage, au contraire, elle la laissait s'exprimer : sa langue était devenue plus acérée, sa voix plus forte et tonnante, son poing pouvait s'abattre sur la table, son crayon s'enfoncer douloureusement sous les côtes de son interlocuteur. Cette rage justifiée était devenue pour Blanche une deuxième aile sous laquelle abriter les enfants, à l'égal de l'amour.

Elle s'était fait tirer dessus à deux reprises : dans les montagnes du Lori et dans un bosquet de lauriers roses près d'Adler ; les deux fois, on l'avait manquée. Deux fois, on avait lancé des pierres dans son compartiment, brisant les vitres. Une fois, on avait tenté de l'enlever. On l'avait souvent menacée, impossible de compter combien de fois. Blanche n'était pas effrayée : l'amour vrai ne connaît pas la peur. Elle écrivait sans relâche dans son carnet, puis télégraphiait et téléphonait pendant des heures, faisant son rapport, jurant à s'en casser la voix et exigeant de l'argent, de la nourriture, des manuels scolaires, des professionnels, l'ouverture de nouvelles institutions, l'agrandissement de celles qui existaient. Et elle allait plus loin, plus loin, toujours plus loin... Chaque jour, un nouveau front. Chaque jour, un nouveau combat. Elle se battait pour tous les orphelins et les enfants abandonnés des steppes, des montagnes et des rivages, persuadée de pouvoir les sauver et y travaillant de toutes ses forces. C'était la vie. C'était le bonheur.

☆

En décembre 1921, à peine rentrée de sa mission à Moscou et ayant fait son rapport au Comité central, Blanche reçut un nouvel ordre : elle devait se rendre sur les bords de la Volga. L'expédition avait pour but de « rendre compte du degré de famine dans la région et des mesures possibles pour sauver les enfants ». Le tableau de ce qui se passait dans la République soviétique apparaissait déjà en lisant les rapports locaux, mais on peinait à croire les chiffres : « 25 millions de personnes sont touchées par la famine, parmi lesquelles un tiers sont des enfants. » Le foyer principal de cette épidémie de famine avait été identifié sur les rives de la Volga.

Blanche connaissait personnellement la faim. En 1918, il y avait eu des difficultés d'approvisionnement à Moscou, et pendant des semaines les sœurs de la Conception avaient cuit de la bouillie d'arroche : au début avec des pommes de terre et de l'avoine, puis, quand les réserves s'étaient taries, avec de l'oseille et des balles de millet. À la même époque, les marchés de la capitale avaient été envahis de spéculateurs de tous types et calibres, chargés de sacs poussiéreux qui contenaient de la nourriture. Les Moscovites, maussades, les joues creuses, déambulaient dans ces marchés et y échangeaient des objets autrefois chers – montres, or, vaisselle – contre quelques kilos de farine ou un seau de carottes venues de Riazan ou de Vladimir. Avec ces vendeurs et leurs sacs, arriva tout un peuple : miséreux, mendiants, voleurs. Ils ne mendiaient pas de l'argent, mais du pain. Et ils ne volaient pas de l'argent, mais du pain. La nourriture était devenue plus chère que l'argent, la nourriture était devenue de l'argent.

Les ventres criaient également famine dans le Caucase. Lors d'un voyage récent, Blanche avait vu une famille dîner d'herbes. Des galettes dans lesquelles il n'y avait pas une once de farine, que du foin et des fanes hachées avec des légumes. Des enfants aux os friables, aux jambes chancelantes. Des fermes et des villages abandonnés par leurs habitants, partis chercher un sort meilleur. Partout, la vie était rationnée, maigre, affamée.

Et sur les bords de la Volga ?

Il avait été décidé que Blanche voyagerait sur le chemin de fer Moscou-Kazan jusqu'à Chikhrany, d'où elle ferait plusieurs expéditions dans divers lieux de la Tchouvachie, en passant par sa capitale, Tcheboksary. Puis elle se rendrait à Voljsk, d'où elle étudierait les villages de la République marie. Puis elle irait à Kazan, sillonnerait la Tatarie, et achèverait son voyage en descendant à Simbirsk et Samara (pour avoir un tableau plus complet, il aurait été bon de descendre encore plus loin, jusqu'à Saratov et même Astrakhan, mais ils avaient décidé de remettre cela à l'été, quand la navigation serait ouverte sur la Volga). Une fois tous les trois jours, la commissaire devait envoyer des communications télégraphiques sur le cours de sa mission, et à la fin de chaque semaine, un rapport en ligne directe. L'ordre de mission fut transmis au secrétariat du Comité central, dactylographié en trois exemplaires sur papier épais et pourvu de signatures dont la vue seule devait ouvrir toutes les portes et tous les transports. En dépit de cela, le voyage menaçait de durer un mois et demi : on disait que le chemin de fer vers l'est fonctionnait irrégulièrement, les trains avançaient lentement.

Les rumeurs s'avérèrent très en dessous de la réalité : les trains n'avançaient pas lentement, ils étaient immobilisés. Les locomotives noires gisaient sur les rails comme des animaux mourants ; Blanche vit, par la fenêtre de son compartiment, leurs carcasses d'acier couvertes de neige en passant près de Perovo, Cheremetievo, Podossinki et Ramenski.

Les rares trains encore capables d'avancer se traînaient sur les rails au rythme de chevaux au pas, tirant derrière eux des convois d'une longueur inimaginable – soixante, soixante-dix wagons –, et ces wagons étaient reliés entre eux par des bouts de chaînes, du fil de fer, des cordages de bateau usés, et parfois même par d'improbables chiffons. Les crochets des wagons se heurtaient pendant le trajet, grinçant et faisant des bruits de ferraille au moins aussi assourdissants que le fracas des roues sur les rails : on entendait de loin ces trains lambinant. Blanche vit l'un de ces convois perdre sa queue : l'avant s'éloigna rapidement, tandis que les cinq wagons qui s'étaient détachés continuaient d'avancer tout seuls en brinquebalant sur les rails ; ils avancèrent longtemps, et finirent par disparaître derrière l'horizon.

Mais c'était la tête qui manquait à la plupart des convois. Ils restaient immobilisés sur les rails, privés de locomotive. Plus on s'approchait des gares, plus on voyait de ces trains sans tête sur les voies de garage et adjacentes. En approchant des villes – Voskressensk, Kolomna, Riazan –, ces convois remplissaient toutes les voies secondaires. Sur les murs des wagons, des inscriptions clamaient : « Retarder le ravitaillement, c'est la mort ! », « Laissez passer la nourriture pour les victimes de la famine ! ». Les inscriptions étaient couvertes de givre, cachées par la neige.

Il n'y avait personne pour lire ces appels : les convois semblaient tout à fait vides. Depuis longtemps, la voie ferrée était interdite aux passagers, elle ne faisait que transporter du ravitaillement et des combustibles pour les locomotives. Les audacieux qui osaient tout de même s'asseoir sur les plate-formes de freinage et rouler jusqu'à la prochaine gare récoltaient cinq ans de travail dans les camps – c'est pourquoi il n'y avait plus de passagers clandestins. On ne voyait personne : ni accompagnants, ni porteurs, ni vendeurs de provisions. Sur les rares quais, il n'y avait que des gardes, glacés à force de rester immobiles, silhouettes blanches de neige aux baïonnettes dressées. La machinerie fonctionnait, semblait-il, sans l'aide de l'homme : l'acier, le bronze, l'étain, le cuivre, les pignons et les plaques, les ressorts et les pistons, tout battait et grondait avec lassitude, grinçait et cliquetait de lui-même ; le mécanisme enclenché depuis longtemps tournait par inertie, à peine, prêt à s'arrêter.

Ils mirent une semaine pour rejoindre Riazan. Encore une jusqu'à Rouzaïevka. Ni l'ordre de mission menaçant ni les appels téléphoniques au centre n'y pouvaient rien : le convoi restait des jours entiers sur des voies de garage, attendant sa locomotive. Aucune n'était valide. Quant aux invalides, il n'y avait personne pour les réparer (certains réparateurs étaient partis comme soldats, d'autres vers le sud, à la recherche de nourriture). Et lorsqu'il y avait des réparateurs, il n'y avait pas de métal pour les réparations (ni de four de forge ni d'outils). Et si la locomotive était réparée, il n'y avait pas de mécanicien pour la conduire (les uns étaient morts pendant la guerre civile, d'autres avaient abandonné le travail ou avaient disparu). Et s'il y avait un mécanicien, il n'y avait pas de combustible (on le réquisitionnait dans la population, on imposait des livraisons de bois, mais on n'en récoltait jamais assez). Et s'il y avait du combustible, il n'y avait personne pour nettoyer la neige sur les rails (les travailleurs affamés n'avaient pas la force d'agiter leurs pelles dans le froid, et n'avaient souvent pas d'habits d'hiver)...

– J'exige une locomotive en état de fonctionner ! ordonna Blanche, à son habitude, au chef d'une énième gare entre Rybni et Torbeïevo. Si vous ne m'en fournissez pas, je vous fais arrêter !

– D'accord, répondit-il docilement. Dès que nous avons une locomotive à bois en état, je te la donne. Dès qu'elle sort le nez du dépôt, tu pourras la prendre. Donc, tu pars demain, et le convoi de maïs américain pour Kazan ira sur une voie de garage, il n'a qu'à attendre. Hein, commissaire ?

– C'est bon, cédait Blanche. Laisse d'abord partir le maïs.

Le maïs partait. Mais une centaine de wagons poudrés de neige restaient à la gare : wagon de farine d'avoine et de sarrasin, d'huile de tournesol et de lin, de pain… Ainsi voyageait-elle.

En trois semaines, elle arriva à Chikhrany. De là, le convoi partait vers l'est, et le wagon de la commissaire à l'enfance restait au dépôt : après l'expédition en Tchouvachie, elle comptait l'atteler à des convois passant par là, pour rejoindre la prochaine destination.

À la gare, Blanche passa à la direction pour annoncer à Moscou qu'elle était arrivée. Le téléphone était pris : un jeune homme à l'air épuisé énonçait – à Tcheboksary, ou dans un autre centre – des chiffres interminables. Il ânonnait d'une voix fluette, suivant avec des doigts de myope sur une feuille froissée, et répétant patiemment la même chose plusieurs fois – la ligne devait être mauvaise, et on lui demandait constamment de répéter. Blanche ne comprit pas immédiatement de quoi il parlait.

– … Cent huit. Oui, oui, dans le district Tarkhanovski, cent huit. Non, cent sept, c'est à Mouratovski. Donc, à Tarkhanovski, cent huit morts. Je répète : cent huit morts… Après. District Khormalinski. Neuf cent quarante personnes subissent la famine. Pas cent, neuf cent quarante. Neuf, quatre, zéro, neuf cent quarante… Corps gonflés : deux cent quatre-vingt-dix. Pas cent, deux cent quatre-vingt-dix. Je répète par syllabes : deux-cent-qua-tre-vingt-dix ! Ce sont les corps gonflés, oui, exact… Morts : soixante pile. Oui, six fois dix morts – cadavres… Après. District Chemourchinski. Subissent la famine : mille trente. Pas juste trente, mille trente… Corps gonflés… Vous m'entendez ? Très bien. On continue. Corps gonflés…

Après le district Chemourchinski, il y eut Kochelevski. Puis Chamkinski, Iadrinski et Tchebaïevski, Oubeïevski et Boldaïevski, Toïssinski et Toraïevski… Blanche ne put attendre que le jeune homme ait fini de dicter – elle griffonna quelques lignes sur un papier de son carnet et ordonna à la téléphoniste d'envoyer une dépêche au Comité central.

Sur le perron de la petite gare, la secrétaire du département à l'enfance local, Iachkina, et un soldat d'escorte de l'Armée rouge dont Blanche ne sut jamais le nom, l'attendaient déjà. À côté, le traîneau qui allait les conduire : ils avaient décidé à l'avance de se rendre immédiatement au fin fond de la campagne – visiter les villages et les hameaux – sans perdre de temps à inspecter Chikhrany, où la proximité de la voie ferrée garantissait une certaine prospérité. Ils montèrent dans le traîneau et démarrèrent.

Iachkina, une femme au visage blême, presque bleuté, aux yeux ternes, tout emmitouflée dans des foulards et des châles, avait constamment froid, en dépit de son épais manteau et de ses bottes de feutre d'excellente qualité. Fixant le sol, elle parlait peu, toujours à contrecœur, soit qu'elle ait été d'une nature dépressive, soit à cause d'une faiblesse générale qui transparaissait dans tous ses gestes et ses intonations. Le soldat et le cocher ne parlaient pas du tout russe. Le voyage serait semblait-il silencieux. Et c'était pour le mieux, décida Blanche, son regard serait d'autant plus attentif et objectif.

Le voyage dura plusieurs heures, à travers des champs blancs monotones bordés de forêts. Ils ne rencontrèrent pas un seul animal, pas un seul oiseau, même pas de traces : la neige dure, lisse, n'avait été foulée ni par un loup ni par un renard. En haut, le ciel était cotonneux, semé de nuages tout aussi cotonneux.

Ils atteignirent le premier village vers midi. Blanche le comprit en voyant, de chaque côté de la route, d'immenses tas de neige, hauts comme deux hommes, sous lesquels étaient cachées les maisons. On ne voyait pas dépasser de toits, de fondations ou de murs, la neige recouvrait tout. Seules, des fenêtres guignaient dehors sous leur corniche de glace, comme des yeux cachés sous un foulard. Tout était aussi silencieux qu'au milieu des champs. Et il n'y avait pas plus d'odeurs que dans les champs : ni de fumée, ni de fumier, ni de repas, ni de rien d'humain.

Iachkina proposa d'aller au soviet du village, mais Blanche, qui avait l'habitude d'inspecter sans les autorités, sauta du traîneau et entra dans la première cour devant elle. Dès qu'elle eut ouvert le portail givré, elle se retrouva dans un tas de neige, et la neige rentra dans ses bottes, tout cela en pure perte : il n'y avait personne dans l'isba. Ni dans la suivante. Ni dans celle d'après.

– Mais où est-ce que vous m'avez emmenée ? s'énerva-t-elle. C'est peut-être un village abandonné ?

Sans lever les yeux, Iachkina fit non de la tête. Puis elle indiqua un portail à demi détruit de l'autre côté de la rue, où menaient des pas.

Dans cette cour, on sentait bien la présence de gens : un nuage clair tremblotait au-dessus de la cheminée du poêle, fumée ou simplement chaleur ; le toit était nettoyé de sa neige, mais bizarrement – par endroits, tout en bas. En s'approchant, Blanche comprit : ils n'avaient pas tant nettoyé le toit que pris la paille.

La paille, Blanche la trouva à l'intérieur de l'isba : elle était posée, finement hachée, sur la table. À côté, il y avait un moulin manuel : deux meules de pierre posées l'une sur l'autre. On comprenait que la paille hachée était transformée en farine. Il y avait aussi une marmite pleine de liquide, d'où dépassaient des branches et des ronces. La marmite était tiède. Se pouvait-il qu'on ait cuit ces branches et ces ronces ?

Blanche parcourut la pièce du regard. Des rondins gris isolés avec de l'étoupe. Des meubles en bois non raboté. De petites fenêtres couvertes d'une telle couche de givre qu'elles laissaient à peine passer la lumière. Dans un angle, un immense poêle clair. Au-dessus du poêle, plusieurs paires d'yeux épiaient Blanche, avec indifférence, mais sans ciller.

Des enfants. Quatre ou cinq. Blanche n'arrivait pas à bien les compter. Ni à comprendre leur âge : trois-quatre ans, ou huit-dix ans ? Sans le moindre chiffon d'habit, ils étaient couchés sur la soupente en tas serré de bras et de jambes, de ventres enflés aux nombrils saillants, de bouches entrouvertes et de cheveux emmêlés. Iachkina, qui était entrée après Blanche, posa une question en tchouvache. Les visages sales tressautèrent en chœur, les yeux se tournèrent tous vers elle, mais les lèvres n'esquissèrent aucune réponse.

– Où sont vos parents ? Blanche s'approcha du poêle et tendit la main vers la boule humaine, très lentement, les doigts écartés, pour ne pas les effrayer. Et où sont vos habits ? Vous avez faim ?

Les têtes hirsutes se balancèrent sur les longs cous, suivant la progression de la main. Un bras jaillit de la boule, minuscule, jaune pâle, ressemblant à une patte de poule, agrippa la main tendue au poignet, tira. Et soudain, une bouche s'ouvrit largement, entoura de ses lèvres le pouce de Blanche et commença à le sucer comme une sucette.

Les autres bouches s'ouvrirent immédiatement pour sucer les autres doigts. De petites langues sèches et rêches, des dents minuscules s'affairaient sur chacun des doigts de Blanche. Cinq têtes, heurtant leurs crânes osseux, suçaient sa main, les yeux fermés, les narines tendues. Leurs respirations accélérées et sifflantes étaient tout ce qu'on entendait dans la maison.

Blanche parvint à ne pas crier. Toujours aussi lentement, elle retira sa main ; les enfants ouvrirent docilement leurs mâchoires, la libérèrent. Ils firent des bruits de lèvres, des filets de bave coulaient de leurs bouches, suspendus en l'air, puis se détachaient.

– Il faut les nourrir. Blanche essuya ses doigts mouillés sur son manteau. Et les habiller. Il le faut absolument.

– Oui, oui, approuva Iachkina de la tête, les yeux tournés vers le sol. Nous le dirons au soviet du village.

Dans les autres isbas, ils ne rencontrèrent que des traces humaines. Dans l'une, un tas d'os de vache brûlés sur une table, bien rongés. Dans une autre, trois têtes de chiens dans une marmite remplie d'eau, visiblement destinées à faire de la viande en gelée.

– Mais les gens, où ont-ils disparu ? continuait à s'interroger Blanche.

– Nous allons le demander au soviet du village, répondait Iachkina en haussant les épaules.

Pendant tout le trajet, elle allait conserver sur son visage une expression si molle et impassible que Blanche aurait parfois envie de lui envoyer une gifle retentissante. Mais cela n'aurait sans doute pas aidé : Iachkina était visiblement d'une nature obtuse, et elle aurait probablement supporté les coups de sa supérieure avec la même soumission indifférente.

Blanche continua obstinément d'avancer jusqu'à une longue bâtisse sans palissade et sans jardin, avec un haut perron et de grandes fenêtres. La neige avait été abondamment piétinée devant la porte, on avait fait tomber la glace du toit, autant de signes de vie. Effectivement, Blanche remarqua des gens par les fenêtres à moitié couvertes de givre. Beaucoup de gens : toute une classe d'enfants assis à leurs tables d'écoliers, faisant docilement courir leurs plumes sur leurs cahiers, tandis que l'instituteur, au tableau noir, expliquait quelque chose en agitant sa baguette. Ce tableau paisible était si étrange au milieu de ce village à moitié mort et disparaissant sous la neige que Blanche ne pouvait en détacher les yeux, et approcha son visage de la vitre pour passer quelques minutes à observer la scène agréable et familière.

Mais pourquoi faisait-il si sombre dans l'école ? La vaste pièce n'était éclairée que par un flambeau, et dans la pénombre, on voyait à peine les visages. Comment les enfants pouvaient-ils écrire sans lumière ? Pourquoi ne trempaient-ils pas leur plume dans l'encrier ? Pourquoi l'instituteur n'était-il pas face à sa classe, comme il le devait, mais assis sur une chaise, le crâne appuyé contre le mur ? Pourquoi avait-il les yeux fermés ? Pourquoi tapotait-il, avec sa baguette, sur un tableau noir où il n'y avait rien d'écrit ?

Blanche entra dans la classe. Tous les visages se tournèrent vers elle – des visages inhabituellement larges, avec des paupières bouffies et des joues enflées, derrière lesquelles on voyait à peine les yeux, et des visages étroits, n'ayant que la peau sur les pommettes, aux orbites démesurées. Tous les regards étaient las, endormis, comme stupides. Les élèves étaient vêtus de manteaux de mouton et de fourrure, certains avaient des bonnets. L'instituteur était dans un manteau ridicule, couleur canari, un manteau de dame probablement.

– Vous êtes venus, murmura-t-il en russe, et son visage déformé, enflé, s'illumina de joie. Je l'avais dit aux enfants, je leur avais promis, et vous êtes venus. Quelle joie…

– Bonjour, dit Blanche. Je viens de Moscou, de la commission à l'enfance.

– Vous pouvez l'ouvrir aujourd'hui déjà ? S'appuyant sur sa baguette, l'instituteur se leva de sa chaise et, marchant lourdement, s'approcha de Blanche (ses bottes de feutre étaient coupées en haut, pour pouvoir y mettre ses jambes enflées). Maintenant, vous pouvez ? Nous faisons la classe tous les jours, jusqu'à la nuit, vous avez bien vu. Et nous n'avons plus la force d'attendre…

– Ouvrir quoi ? Où ?

– La cantine. Vous êtes bien venue ouvrir la cantine ? La cantine de l'école ? L'instituteur essaya de boutonner son antique manteau mis sur plusieurs vestes et chandails, mais ses doigts ne lui obéissaient pas.

– Non, dit Blanche en hochant la tête. Je viens pour une inspection.

– Ne plaisantez pas là-dessus ! Sous le coup de l'émotion, l'instituteur rassembla quelques forces, et ses doigts parvinrent à fermer les derniers boutons sous sa gorge. On m'a dit au KONO[1], de manière tout à fait officielle, que les premières cantines étaient toujours ouvertes dans les écoles, à condition que celles-ci fonctionnent. Sinon, pourquoi serions-nous restés ici tout l'automne et tout l'hiver ?

– Désolée, dit Blanche, il n'y aura pas de cantine pour le moment. Rentrez chez vous.

L'instituteur la regarda longuement, hochant sa tête boursouflée et se voûtant un peu plus à chaque instant, comme s'il rapetissait sous les yeux de Blanche. Son manteau prenait plus de plis, se tassait en accordéon jaune.

– Et vous, les enfants, rentrez chez vous ! dit Blanche aux écoliers.

Ils restèrent à leur place, ne comprenant sans doute pas le russe ; leur haleine formait de petits nuages devant leur bouche. Certains étaient déjà endormis ; les visages, reflétant un hébétement complet, penchaient sur les poitrines, les yeux étaient fermés.

– Dites-leur de rentrer à la maison ! dit Blanche en faisant face à l'instituteur.

Mais ce dernier retournait déjà à sa chaise, comme une vieille poule sur son perchoir. Son manteau boutonné écrasait son cou gonflé, et il déboutonna à nouveau le col. Puis, soudain, d'un geste brusque, il envoya sa baguette en arrière et en haut, sans regarder, mais atteignant avec précision le centre du tableau noir : le claquement sonore de la baguette fit lever la tête aux écoliers endormis, qui écarquillèrent leurs yeux vides.

– Sortez. L'instituteur s'appuya contre le mur et ferma les paupières. Ne gênez pas le cours.

---

1. Ministère régional de l'Éducation.

Blanche jeta un regard aux tables : au lieu de cahiers, les écoliers avaient des fragments de journaux devant eux. Certains ne tenaient pas une plume, mais un bout de bois à la main. Il n'y avait aucun encrier, sur aucune table. Blanche hocha la tête comme pour s'excuser et sortit, fermant précautionneusement la porte.

– Très bien, dit-elle à Iachkina qui l'attendait dehors. Allons au soviet du village.

Elles trouvèrent facilement la bâtisse du soviet : elle était sur une petite butte, sur la rue principale du village, et la neige, autour, avait été piétinée par de nombreux pieds, des sabots de cheval et les skis de traîneaux. L'isba était harmonieuse, une haute palissade l'entourait, surmontée par un porche. On voyait de nombreux bâtiments annexes dans la cour. De l'extérieur, on distinguait les ailes d'un moulin familial, énormes, qui surplombaient la cour comme une croix noire. Les fenêtres du soviet n'étaient pas éclairées, mais il y avait du mouvement dans la pénombre, de la vie ; là, un rideau bougeait, là, une ombre passait devant la fenêtre. On économisait sans doute le pétrole ou les bougies, en ne les allumant pas avant la nuit.

À l'intérieur, la maison exhalait une forte odeur humaine : ça sentait la sueur, les haleines de nombreuses bouches, les cheveux pas lavés. On n'entendait aucune voix, mais au frémissement de l'air, aux faibles vagues de chaleur qui montaient de tous côtés, Blanche comprenait qu'il y avait des gens. Parfois, des sons de présence humaine montaient dans l'obscurité : un soupir, un ronflement, une toux rauque, profonde, qui semblait venir du ventre. Les yeux de Blanche s'habituèrent bientôt aux ténèbres régnant entre les murs, elle commença à distinguer ce qui se passait, vit enfin les habitants du village. Comme ils étaient nombreux, dans cette pièce !

Pour une raison inconnue, ils étaient tous regroupés en grappes, de cinq, huit, parfois une douzaine de corps : personne n'était assis ou couché seul, ils étaient toujours plusieurs. Les femmes étaient assises sur des bancs, aussi serrées qu'un chapelet, s'étreignant, tenant sur leurs genoux des nourrissons immobiles. Les hommes se regroupaient au sol, sous les fenêtres, devant la table, dans le coin d'agitation politique. Leurs corps, horriblement gonflés ou osseux, étaient couchés pêle-mêle, comme des bûches. Les vieillards entouraient le poêle, collaient leur joue, leurs épaules et leur dos sur le flanc blanchi à la chaux, y déployaient leurs barbes blanches, y étendaient leurs mains ridées. On ne voyait plus un pouce ni un demi-pouce du poêle, entièrement recouvert par la chair vieillissante. Tous se taisaient. Tous respiraient, ne gaspillant pas leurs forces en discussions oiseuses ou mouvements inutiles, ne pensant qu'à chauffer l'isba. Parfois, l'un d'eux se séparait de son groupe et, bougeant mollement, se traînait à un seau d'eau ; il buvait puis retournait se coller aux autres.

Pourquoi étaient-ils tous ici, au soviet ? C'était quoi, une réunion ?

La réponse fut donnée par le président du soviet de village, qu'elle découvrit un peu plus tard : un homme entra, traînant les pieds, la démarche pesante, le corps enflé. Il sortit une lampe à huile d'une malle fermée à clé, l'alluma. D'une cave fermée avec un cadenas, il remonta deux bûches et les jeta dans le poêle. Si on ne cachait pas le pétrole et les bûches, expliqua-t-il, tout le monde les emporterait immédiatement à la maison, malgré la faiblesse générale. Il commença par se réjouir de ces visiteurs de la capitale, les regarda avec espoir, mais, apprenant que ce n'était qu'une inspection, il perdit immédiatement toute joie et toute animation.

Oui, expliqua-t-il : nous vivons ensemble, tout le village, depuis plusieurs mois. Oui, beaucoup n'ont plus de bois, ni la force d'en chercher, et tout le monde se réfugie au soviet, dans la chaleur. Car beaucoup de gens n'ont pas d'habits d'hiver, et ne sortent pas quand il fait froid. Nous n'avons plus de nourriture depuis longtemps, aucune. Nous avons abattu le bétail et la volaille l'automne passé déjà, et aussi attrapé tous les chiens et les chats, les souris et les lézards. Ce que nous mangeons ? Toutes sortes de saletés : de l'herbe trouvée sous la neige, des branches écrasées et bouillies. Des branches de pin, des pommes de pin, de la mousse. Des glands écrasés, bouillis dans sept eaux. Les plus fous mangent même des cailloux, font des soupes de sable. Ils ont essayé de moudre du bois, mais n'ont pas pu le manger. Un homme, c'est vrai, a moulu et mangé un pétrin en bois de chêne – il sentait le pain. Nous attendons le printemps, nous attendons la chaleur et l'herbe fraîche. Et plus encore que le printemps, nous attendons le ravitaillement du centre. Nous n'espérons pas de la farine, mais peut-être des pois, ou des tourteaux de tournesol. Vous ne savez pas s'il y aura du ravitaillement cette année ?

Blanche se souvint des centaines de wagons avec des provisions coincés sur la voie ferrée, attendant les locomotives. Elle hocha la tête : je ne sais pas.

Oui, approuva le président, compréhensif. Nous n'avons pas besoin de tant que ça : juste de quoi nourrir les enfants. Ceux qui sont encore dans leur berceau meurent vite, ils n'ont pas le temps de souffrir. Mais ceux qui marchent déjà, c'est plus dur pour eux. Ils se rongent les doigts, jusqu'à l'os. Ils rongent tout ce qu'ils trouvent : ceintures, cordes, vieilles chaussures de tille, et s'étouffent avec. Ils ont toutes sortes de maladies : typhus, scorbut, des vers dans la bouche. Certains ont des ulcères sur tout le corps, qui ne guérissent pas. Nous avons une infirmerie au village, mais elle ne sert à rien : les enfants affamés ne guérissent pas. Et les adultes non plus. Peut-être qu'on devrait fermer cette infirmerie jusqu'à l'été, pour ne pas gaspiller les bûches ?

Blanche hocha de nouveau la tête : je ne sais pas.

Et moi, je ne sais pas non plus, approuva le président. Les bûches, en ce moment, valent leur pesant d'or. Hormis le soviet et l'infirmerie, nous chauffons encore une étable en périphérie : on y garde les fous. Avec la famine, les gens perdent vite la tête. Le matin, Untel était encore raisonnable, et le soir, hop : un vrai imbécile. Il hurle, se jette sur ses voisins, veut manger ses enfants. On enferme les fous, pour qu'ils ne contaminent pas les autres. Peut-être qu'on doit arrêter de leur donner des bûches ? Les économiser pour l'infirmerie ?

Merci pour cette discussion, dit Blanche, se levant et invitant d'un signe de tête Iachkina, ramollie par la chaleur, à la suivre. Nous devons partir, nous voulons arriver avant la nuit au village voisin.

Oui, approuva de la tête le président du soviet. Partez tout de suite, c'est dangereux de voyager la nuit. Peut-être que vous prendriez notre prisonnier avec vous ? Vous allez de toute façon à Tsivilsk, vous pourriez le remettre à la police. Nous n'avons nulle part où le garder : à l'infirmerie ou au soviet, nous avons peur, c'est tout de même un criminel, et lui a peur d'aller à l'étable avec les fous. Nous ne le conduirons pas nous-mêmes – organiser un chariot pour une personne, c'est trop. Et vous êtes les seuls visiteurs de ce mois.

Non, dit Blanche, s'asseyant déjà dans le traîneau. Nous ne prendrons pas votre criminel.

Oh, il n'est pas méchant, insista le président, au contraire, il a du cœur. Comme il ne pouvait pas nourrir ses deux petites filles, il les a étouffées avec une couette, pour qu'elles ne souffrent pas. Et avant, il leur avait creusé une tombe, et fabriqué un cercueil de ses mains, un pour deux. Il les a enterrées, et il est venu directement du cimetière se rendre à nous. Voilà quel genre d'homme c'est !

Partons vite, commanda Blanche au cocher. Partons ! Allez !

Et ils partirent, sur les rues plongées dans le crépuscule bleuté, passant les maisons noires qui les regardaient, maussades, sous leur couverture de neige. La lumière trouble et rousse du soviet, sur la butte, avec la croix du moulin, fut encore visible longtemps, même une fois hors du village.

Quand ils passèrent les dernières maisons, ils entendirent un cri s'élever d'une bâtisse sombre : deux voix hurlaient, d'un ton bas et effrayant, presque à l'unisson. L'étable avec les fous, comprit Blanche. Bientôt, une troisième voix se joignit aux autres : la personne ne hurlait pas, mais sanglotait et répétait la même phrase sur tous les tons.

« Qu'est-ce qu'il crie ? », demanda Blanche à Iachkina. Celle-ci répondit d'un ton endormi : « Sonnez le tocsin. »

Ils quittèrent le village. Une neige noire s'étendait de tous les côtés, jusqu'à l'horizon. La lune faisait un trou blanc dans le ciel. Deux bandes claires – une route de traîneau peu empruntée – menaient au village voisin.

– Sonnez le tocsin ! hurlait la voix. Sonnez ! Sonnez ! Sonnez !

Blanche aurait voulu se coucher au fond du traîneau, se glisser sous le tapis en mouton, se cacher dans le foin, fermer les yeux et se boucher les oreilles – mais elle se contint, ne sursauta même pas.

– Le tocsiiiiin ! retentissait la voix sur les champs vides.

En une semaine, elles inspectèrent encore plusieurs villages. Si Blanche n'avait pas noté scrupuleusement dans son carnet où elles étaient allées et ce qu'elles avaient vu, elle aurait pu jurer qu'elles n'en avaient vu que trois ou quatre. En réalité, elle avait inspecté onze villages. Onze villages aux noms tchouvaches compliqués, parfaitement identiques à première vue, et également après un examen soigné.

Partout, c'étaient les mêmes tableaux : des maisons vides, des gens réunis dans une isba. Une maigreur monstrueuse, ou des corps monstrueusement enflés, des regards soumis et indifférents. Dans des marmites refroidies, des pierres, de la terre et de l'herbe pourrie. Pas de cultures d'automne dans les champs, pas d'animaux dans les étables, pas de provisions dans les granges. Des hôpitaux où l'on ne soignait pas. Des écoles où l'on n'enseignait pas...

À la fin de la semaine, Blanche avait perdu toute faculté de réagir : elle n'était plus frappée par les vivants déformés par la faim et les maladies, ni par les morts gelés dans le froid. Elle apprit alors la cause de la mollesse étrange de sa compagne de voyage. Quand elles approchèrent de Tsivilsk, elle remarqua que Iachkina grommelait rythmiquement des mots incompréhensibles.

– Vous priez ? dit-elle d'un ton menaçant, en la regardant droit dans les yeux.

– Oui, répondit l'autre tranquillement, et pour la première fois depuis le début du voyage, elle ne détourna pas le regard. Pour le repos de mon fils et ma fille. Aujourd'hui, c'est le neuvième jour après leur mort[1]...

Dans la bourgade provinciale de Tsivilsk, Blanche avait un jour de repos. Elle allait pouvoir se laver, dormir tout son soûl, faire son rapport à Moscou, avant de continuer la route en direction de Tcheboksary. On lui donna la meilleure chambre du meilleur hôtel de la ville, vaste, avec sa propre cheminée (même si on ne pouvait pas l'allumer) et un plafond peint de nuages et d'anges. Mais Blanche ne put pas entrer dans le bain avec de l'eau chaude que lui avait soigneusement préparé la femme de chambre, ni se précipiter dans le lit aux draps frais. Dès qu'elle fut entrée dans la chambre, sans même enlever son manteau, elle s'assit à la table, et resta toute la nuit dans cette position. Elle n'alluma pas la lampe, ne toucha pas au repas disposé sur la table et couvert d'une serviette. Elle devait écrire son rapport, ni trop bref ni trop long, exposer les faits sans émotions superflues, faire des propositions constructives. Mais elle ne trouvait pas les mots.

---

1. Dans la tradition orthodoxe, le neuvième jour et le quarantième jour après la mort sont des jalons importants. Le neuvième jour, il est de coutume de réciter des prières pour le salut de l'âme du défunt.

Pour la première fois de sa vie, Blanche était impuissante : les coups de téléphone, les rapports, les télégrammes les plus audacieux ne pouvaient avoir aucune utilité. Ils ne permettraient pas de nourrir et de réchauffer tous les enfants qu'elle avait vus. Même avec l'élan le plus fougueux du cœur, elle ne pourrait pas dégager les rails de la neige, nettoyer la route pour les convois de nourriture. Ou réanimer les locomotives sur les cimetières de trains. Ou ressusciter les mécaniciens morts pendant la guerre civile.

Là-bas, dans les villages traversés, Blanche avait pour la première fois vu la mort de près. Là-bas, dans les écoles, hôpitaux, soviets de villages remplis de mourants, la vie faisait semblant d'exister. Mais les signes se révélaient des leurres : depuis longtemps, la mort était tapie sous le masque de vie. Et Blanche était seule face à cette mort, ne sachant que faire et comment vivre. À l'aube, après avoir froissé et taché une demi-douzaine de feuilles, elle se rendit à la poste, espérant mettre de l'ordre dans ses idées en chemin, et trouver les mots nécessaires.

La poste locale, une petite maison de plain-pied à l'angle de la place principale, toute hérissée de poteaux et entortillée de câbles, était déjà ouverte. Blanche s'installa sur l'unique table et, sous le regard compatissant de l'employée de poste, passa encore une demi-heure à écrire et biffer, écrire et biffer. Chaque fois, en relisant une nouvelle variante de son message, elle enlevait sans pitié tout signe de sensiblerie superflue : « effrayant », « atroce » ou « catastrophique », « agonisent » ou « tombent comme des mouches ». Or, dans chacun des textes suivants, ces mots avaient la désagréable faculté de réapparaître, comme si ce n'était pas Blanche qui avait noté sur la feuille, mais quelqu'un d'autre, d'obstiné et d'intraitable. Enfin, elle parvint tant bien que mal à produire une dépêche et la tendit à la postière.

Mais elles n'eurent pas le temps d'envoyer le message : la porte s'ouvrit bruyamment sur une tête de cheval dont l'haleine formait de petits nuages, aux cils et à la crinière couverts de givre, suivie par un corps de cheval tapant des sabots, poudré de neige, les flancs gonflés. Un paysan en bonnet de fourrure à poils longs était perché dessus, le nez et les joues rouge vif à cause du gel, des glaçons recouvrant entièrement sa barbe.

– Quoi ?! s'exclama la postière.

Le paysan avait déjà sauté à terre, sorti sa main de son manchon de fourrure, et ses doigts osseux brandirent un revolver qu'il pointa sur la femme au visage blanc d'indignation.

– Je dois envoyer un rapport à Tcheboksary, dit-il d'une voix à peine audible, rauque de refroidissement.

– Attends ton tour, dit la postière en indiquant Blanche du menton.

– C'est plus important. Le paysan arma le revolver et fut pris d'une quinte de toux ; il pressa contre sa bouche sa main tenant le revolver.

La postière battit des cils, s'assit docilement devant le télégraphe, toucha du doigt la bobine avec le ruban de papier, se préparant à travailler.

– Je devais l'envoyer hier, mais je n'ai pas pu.

Le paysan, après avoir toussé, s'accouda au comptoir de la poste, enleva négligemment les glaçons de sa barbe ; ils tombèrent au sol, où ils se mirent à fondre. Il sortit de sa poche une feuille pliée plusieurs fois et la déplia.

– Essaie de faire vite. Ils n'aiment pas trop attendre, là-bas.

Il commença, d'un murmure tendu et sifflant.

– Rapport à la Tchéka de Tcheboksary. Je vous communique que depuis une semaine, neuf personnes sont mortes au village d'Abeïevo dans le district de Tsivilsk, dont cinq se sont empoisonnées en mangeant de la charogne enterrée : ils ont creusé la terre gelée pour en sortir des carcasses de vaches aspergées de phénol et les ont consommées. Les neuf corps ont été mis avec les autres, dans la grange. Je demande des soldats pour creuser une fosse commune. Les habitants refusent de creuser, par manque de forces. Un bébé est mort-né. Si on le compte, il n'y a pas neuf, mais dix morts. Je demande des instructions pour la suite : faut-il compter les mort-nés au nombre des décès ? Et où classer les nouveau-nés qui ont vécu plusieurs jours ou heures ? On s'embrouille. Il n'y a rien d'autre à signaler. Le président du soviet Abdoulov.

Les touches du télégraphe crépitaient. Le cheval dansait d'un sabot sur l'autre et respirait bruyamment, puis il se mit à lécher le comptoir laqué – il devait avoir soif.

– C'est tout ? demanda la postière, ayant tapé les derniers mots.

– Oui.

Abdoulov enleva son bonnet (découvrant un crâne chauve et bosselé), le serra contre sa poitrine et secoua la tête, pour remercier ou pour s'incliner légèrement devant les femmes. Puis il remit le chapeau, ouvrit la porte et grimpa en selle. Le cheval hochait la tête avec impatience, il voulait sortir.

– Mais vous avez votre propre télégraphe à Abeïevo, dit la postière dans le dos d'Abdoulov.

– Il a été volé hier, répondit l'autre d'une voix rauque, à la porte, sans se retourner. Je viendrai envoyer mes rapports de chez vous.

La porte claqua. Sur le sol, il restait des traces mouillées, de bottes de feutre et de sabots.

Le vent se mit à hurler dehors : une tempête de neige.

– Mais pourquoi a-t-il fait entrer le cheval ? demanda Blanche.

– S'il le laissait dehors, il se le ferait voler tout de suite, répondit la postière en haussant les épaules. Bon, donnez-moi votre dépêche.

– Non, je vais vous la dicter.

Blanche plia la réponse ébauchée et la rangea dans sa poche. Elle dicta rapidement, sans hésiter une fois.

– Au président de la commission à l'enfance, en mains propres. Secret. Urgent. Du fait de la situation catastrophique – je souligne, catastrophique – en Tchouvachie, je demande votre autorisation pour changer les buts de l'expédition. Nommément : autorisation d'interrompre le trajet préétabli et d'utiliser mon ordre de mission pour prendre des mesures ici. Je propose de réunir un convoi pour évacuer de Tchouvachie à Moscou un maximum d'enfants en danger. Après quoi je planifie d'utiliser ce convoi sur une base régulière pour emmener des enfants tchouvaches à Moscou, Petrograd et dans des provinces approvisionnées, jusqu'au moment où la famine sera vaincue. J'attends votre approbation. La commissaire à l'enfance Blanche.

L'approbation fut envoyée. Pendant une année, Blanche vécut dans des trains reliant la Tchouvachie à Moscou. Elle contribua à ouvrir quatre nouveaux foyers d'enfants dans des villes de Tchouvachie, une quinzaine de centres alimentaires, ainsi qu'une cantine mobile pour ravitailler les villages et les hameaux lointains, fit évacuer presque six mille enfants souffrant de la famine.

Cette année-là, Blanche n'alla pas dans les villages maris, ni tatares, ni bachkires. Elle n'atteignit ni la province de Samara, ni celle de Simbirsk, ni celle de Saratov ou d'Astrakhan.

Mais l'année suivante, en 1923, elle s'y rendit. Elle continuait à vivre dans des trains, de plus en plus longs et de plus en plus peuplés. Elle n'envoyait plus les enfants à la capitale ou à Petrograd, déjà submergées de réfugiés, mais dans des régions plus chaudes et sans famine. Le convoi d'enfants de Kazan était le seizième en dix mois. Et le premier à aller au Turkestan.

☆

De la viande, de la viande, de la viande… Deïev y pensait jour et nuit. Il était prêt à en acheter quelques kilos en échange des croix d'argent qu'il conservait depuis Kazan, mais il n'y avait jamais de marchés près des gares. Il était prêt à prendre un spéculateur dans le convoi contre n'importe quelle carcasse préparée – de chien, de renard, de blaireau –, mais il ne croisa aucun spéculateur.

Agiter son ordre de mission et exproprier un paysan de sa jument affamée ? Il n'en trouverait nulle part. Une foule de chariots avançait le long du chemin de fer, mais ils étaient tous tirés par des hommes, et non par du bétail.

Agiter son revolver et voler un animal ? Il ne le pourrait pas. Et, encore une fois : à qui ?

Il n'y avait pas de viande dans le pays, ni dans les kolkhozes, ni chez les fermiers indépendants, ni même chez les koulaks âpres au gain. Les steppes kalmoukes, autrefois chargées de troupeaux de moutons, s'étaient vidées, ainsi que les pâturages de vaches autour de la Volga, les collines de Tatarie et de Bachkirie, jadis noires de bêtes.

Au début de la guerre civile, les chevaux, les bœufs, les ânes et les chameaux de trait avaient été réquisitionnés pour les besoins du front, puis mangés après la guerre. Le décret du Conseil des commissaires du peuple sur l'obligation de livrer le bétail pour ravitailler en viande avait été exécuté à la lettre : les quotas de viande étaient sévères, et sévèrement appliqués par l'armée de réquisition, de plus en plus nombreuse. Il y avait des ordres et des quotas à fournir pour tout : moutons, porcs, chevaux, bœufs, chèvres, et dans les régions à gibier, ours et cerfs, parfois même lièvres, pour les propriétaires de lévriers (cependant, cette dernière initiative échoua et conduisit non pas à l'exécution du plan d'approvisionnement, mais à l'élimination des chiens en question).

Quand la réquisition fut remplacée par l'impôt sur la production, la vie devint impossible : la famine commença. Les paysans détruisaient les centres de collecte de bétail et les centres de stockage. Ils tombaient malades du choléra et du typhus, enflaient. Ils incendiaient les maisons des communistes, les soviets de village, participaient aux émeutes de la faim. Ils se livraient à des rituels de magie pour avoir une meilleure récolte et pour ressusciter l'héritier du trône. On pouvait tuer pour le vol d'un morceau de lard gras ou d'un tas de viscères – les lynchages étaient rapides et cruels. Les gens buvaient de la vodka artisanale : il leur semblait moins dur de mourir en état d'ivresse. Les plus doux et timides mouraient, les plus énergiques et désespérés tuaient leur dernière bête, quittaient leur ferme et partaient vagabonder dans le pays. Le journal *Izvestia* publia un article intitulé : « Les *sousliks*, un aliment succulent ».

Deïev aurait bien voulu des *sousliks*, mais il n'y en avait pas. Il n'y avait de viande nulle part : l'État l'avait réquisitionnée avant tout le reste, pour ses qualités nutritionnelles, en même temps que le blé. Et Deïev était bien placé pour connaître la sévérité de l'armée de réquisition en cas de quantité insuffisante de viande : on pardonnait un manque de miel ou de pommes de terre, mais de viande, jamais.

Deïev était bien placé pour savoir combien il était difficile de garder le bétail réquisitionné : les vaches n'étaient pas du grain, elles ne restaient pas silencieusement au sol, mais essayaient de s'échapper vers leur maîtresse qui sanglotait en dehors de l'étable collective. C'est pour cela qu'il fallait souvent garder des deux côtés : dehors, pour chasser les gens, et dedans, pour retenir les animaux.

Deïev était bien placé pour savoir comme il était difficile de déplacer le bétail réquisitionné : le fourrage à trouver, un abri à procurer ; ne pas les presser en cas de froid ou sous un soleil de plomb. Les porcs affamés tentaient de manger les oreilles ou les queues des moutons et des chèvres, qui mettaient toujours bas au plus mauvais moment.

Deïev était bien placé pour le savoir !

Deïev était bien…

Deïev était…

Les roues tournaient sur les rails, le convoi s'enfuyait à travers les forêts de la Volga. Une idée tournait dans la tête de Deïev, une idée éperdue, folle, même. Il semblait qu'il n'avait plus que des idées folles, depuis quelque temps. Il semblait que seules les idées folles avaient de la valeur, à présent.

Deïev savait où trouver de la viande. Mais il savait aussi qu'il était impossible de s'en emparer.

Deïev était bien placé pour le savoir !

Deïev était bien…

Deïev était…

À l'arrivée à Ourmary, il sortit du wagon, monta sur la plateforme du tender où il fit crisser le charbon en marchant jusqu'à la locomotive, entra dans la cabine du mécanicien. Son visage était si blême, ses mâchoires si serrées, que le mécanicien ne lui posa pas de question. Il se poussa, lui faisant de la place à la fenêtre.

Avant d'arriver à la gare, Deïev ordonna d'arrêter le convoi – le mécanicien freina.

Deïev sauta à terre et changea l'aiguillage à la main, permettant au convoi de partir sur une voie à peine visible, qui s'éloignait de la principale en direction de la forêt.

Après les provisions qu'il avait obtenues à Sviajsk, l'autorité du chef de convoi avait augmenté ; ses ordres étaient exécutés rapidement, sans récriminations. Mais une telle licence avec le règlement était grave, peut-être même relevait de la compétence d'un tribunal. « Je ne quitterai pas mon itinéraire », s'obstina le mécanicien.

Deïev ne protesta pas ; il monta dans la cabine, actionna le renversement de marche, ouvrit le régulateur, et la guirlande s'avança en douceur sur la voie divergente, comme sur du beurre. Puis il remit l'aiguillage dans sa position précédente et emmena le convoi dans la forêt. Le mécanicien se contentait de hocher la tête d'un air désolé et de se signer – se cachant du chef en se tournant vers le feu brûlant dans la chaudière…

– Boug, tu as déjà accouché quelqu'un ? demanda Deïev un peu plus tard, à l'infirmerie.

– C'est arrivé, répondit l'infirmier en levant un sourcil étonné.

Il y avait de quoi s'étonner. Le chef de convoi, à peine avait-il commencé cette conversation, se mit à arpenter le wagon. Sans regarder son interlocuteur, il avançait à grands pas dans le couloir – aller-retour, aller-retour – rapidement, sans s'arrêter.

La guirlande, elle, était immobilisée quelque part au fond d'un bois, entourée d'énormes pins tchouvaches. Les arbres étaient infiniment proches des wagons, touchaient les fenêtres avec leurs branches. Le vent souffla – les lourdes aiguilles des branches grincèrent sur les vitres, des pommes de pin tombèrent sur les toits.

– Montre-moi tes instruments.

Deïev, continuant à déambuler entre les couchettes, frottait énergiquement ses joues de ses doigts écartés ; il semblait qu'une agitation irrépressible s'était emparée de tous ses membres, et il cédait à ce sentiment, incapable de lutter contre lui ou même de le contenir.

Boug sortit avec précaution sa valise en contreplaqué et le sac offert par les tchékistes rangés sous la table d'opération. Deïev s'en saisit et renversa le contenu sur la table (l'infirmier n'eut pas le temps de pousser une exclamation). Il fouilla dans le tas en faisant tinter les spatules, ciseaux, scies, poires en métal, et en sortit un étui de bois long d'une main et demie, qui faisait penser à un L.

– Voilà, ce truc fera l'affaire.

– Ce n'est pas pour les accouchements, dit Boug. C'est un cathéter.

– Cathéteur, carreleur, on s'en fiche !

Ayant mis l'objet dans la poche de son pantalon, Deïev fit un signe de tête impérieux à l'infirmier : suis-moi.

Boug voulut enfiler sa blouse blanche, mais Deïev la lui arracha et la lança au loin ; il le tira par le coude, soupirant avec irritation : allez, bouge-toi !

– Et la désinfection ? Un scalpel ? L'infirmier résistait, essayait de mettre quelque chose dans sa valise vide. Et un forceps serait utile, si la naissance est difficile…

– Écoute, Boug ! Deïev s'arrêta un instant, et leva ses yeux sur l'infirmier. Ils étaient brillants comme s'il avait de la fièvre. Tu m'as demandé de la viande pour les grabataires ? Eh bien, aide-moi, et ne pose pas de questions !

☆

C'était impossible, de ne pas poser de questions.

– On va faire quoi, fiston ? ne se retint plus Boug, quand ils eurent déjà longuement marché sur les traverses couvertes d'aiguilles de pin.

Deïev avançait en premier, balançant les bras, les poings fermés ; le grand corps de l'infirmier le suivait de près, il soufflait dans son dos.

Autour d'eux, la forêt ne finissait pas, devenait au contraire de plus en plus épaisse et sombre. Les pins, près des rails, tendaient leurs branches écartées en direction des humains. Les arbres arrachés hérissaient leurs racines vers le ciel, et chacune était plus haute qu'un homme (il y en avait beaucoup – on voyait que, dans ces régions, les locaux ne récoltaient pas le bois mort).

– Se taire, expliqua Deïev en continuant d'avancer. Se taire, quoi qu'il arrive. Et prendre une mine menaçante. Il faut avoir une mine à faire tourner le lait dans les cruches.

L'infirmier continuait de haleter sans comprendre, et Deïev ajouta, pour plus de clarté :

– Souviens-toi de comment tu m'as regardé le matin où tu as découvert les grabataires dans l'infirmerie. Tu y es ? Eh bien, fais la même tête !

– À qui ? continua d'interroger Boug, regardant la forêt déserte – seule, une nuée de corbeaux croassait d'une voix rauque au-dessus des arbres.

– À tout le monde ! dit sèchement Deïev.

Il n'était pas fâché contre son compagnon, mais contre ces lieux de perdition, qu'il avait déjà vus et qu'il aurait voulu ne jamais revoir. Il était fâché contre les corbeaux, comprenant bien ce qui les faisait crier. Il était fâché contre lui-même, qui entraînait avec lui un camarade confiant comme un chat aveugle dans un puits. Mais même si Deïev l'avait voulu, il n'aurait pas pu lui donner de détails sur ce qu'ils allaient entreprendre, il se le représentait trop vaguement lui-même. Il ne savait qu'une chose : ils avançaient, dans ce qui semblait être une forêt sèche par une journée radieuse, mais qui s'avérait un marais fangeux dans une nuit profonde. Un pas dans la mauvaise direction, et ils périraient. Mais cette fois-ci, Deïev n'avait pas pu y aller seul. Ils devaient être deux.

– Voilà. Il sortit l'étui médical et le mit dans la poche du pantalon de l'infirmier (le tissu se gonfla, révélant un objet anguleux, dont la forme faisait penser à un revolver). Dès que tu le peux, écarte ta veste, pour qu'on voie le carreleur. Tu peux le toucher négligemment avec ta main, comme si tu en avais l'habitude. Mais ne le touche pas trop souvent, qu'ils ne pensent pas que tu les menaces.

– On va faire quoi, dévaliser des gens ? L'infirmier tâtait l'objet inhabituel sur sa cuisse, s'habituant à sa présence.

Il parlait d'une voix égale, comme s'il discutait du temps. Aha, il avait eu peur en voyant les grabataires dans le wagon, mais il ne craignait pas d'aller faire un braquage ? Deïev se sentit reconnaissant de le trouver si calme et résolu à n'importe quelle action. Il était tout de même heureux d'avoir un militaire comme assistant.

– Impossible de dévaliser l'endroit où nous allons, soupira-t-il. Des villages entiers ont essayé, et pas avec des carreleurs, comme nous, mais avec des fourches et des fusils.

– Et alors ?

– Rien !

Bientôt, les rails butèrent sur une palissade faite de hauts troncs rabotés. Leurs sommets étaient taillés en pointes aiguës, comme des crayons, et très rapprochés – il n'y avait pas un espace entre eux de toute la palissade. Sauf au-dessus des traverses de chemin de fer, surmontées par un portail à double vantail, où une petite fente aurait permis à un chat de se glisser, mais en aucun cas à un humain.

À côté du portail, il y avait un mirador. Soit par jeu, soit sérieusement, on avait cloué à ses poutres deux crânes de vache – jaunes, fendus, mais portant toujours leurs cornes –, et les crânes regardaient attentivement, du trou noir de leurs orbites, les deux hommes venus du bois. Du mirador, le canon d'un fusil les observait aussi.

Deïev leva immédiatement les mains. L'infirmier l'imita.

– Nous venons voir le chef du centre de stockage ! cria Deïev au garde invisible caché derrière la barrière de la plateforme d'observation, dont ne dépassaient qu'un casque de l'Armée rouge et un canon de fusil.

Le canon eut un sursaut impatient, ordonnant aux intrus de repartir dans les fourrés.

– Je suis avec un convoi d'enfants souffrant de la famine, évacués vers Samarcan…

Poum ! Une petite fontaine d'aiguilles de pin gicla juste à leurs pieds : la balle était venue se ficher à un pas de leurs bottes.

– Neuf mars ! dit Deïev en levant la voix. Dites ces deux mots à votre chef : neuf mars !

Le fusil ne bougeait pas, pointant toujours sa baïonnette sur les visiteurs.

– Tu es nouveau, c'est ça ?! cria Deïev de toutes ses forces, agitant avec indignation ses mains levées. Ici, même les corbeaux savent ce que c'est, le neuf mars !

Le fusil recula sous le toit. Il devait se passer quelque chose là-bas, à l'intérieur du mirador, ou de la forteresse, mais de l'extérieur on ne pouvait rien voir ni entendre.

Deïev resta debout une minute, une autre – le fusil continuait à s'agiter sur le mirador, mais ne visait plus les visiteurs –, et s'assit sur les rails. C'était inconfortable, sur l'acier froid, mais il ordonna à Boug de faire de même : que le garde voie que les arrivants se sentaient à l'aise, et n'étaient pas intimidés.

– Que s'est-il passé, le neuf mars ? demanda l'infirmier à voix basse, en s'asseyant à son tour.

Deïev jeta un regard à son compagnon : tu ne peux donc pas te contenir, grand-père ? On t'a dit de te taire !

Ils attendirent longtemps, leurs fesses souffrant du froid. Désireux de calmer ses nerfs à vif, Deïev agita imperceptiblement ses genoux, d'abord le droit, puis le gauche ; le garde ne pouvait pas le voir. Il était encore temps de partir : se lever tranquillement et repartir vers les pins, se mettre sous la protection des troncs solides. Il expliquerait à Boug que l'entreprise avait échoué. Il ordonnerait au mécanicien de taire l'incident. Il ramènerait le convoi sur l'itinéraire, et au soir, ils arriveraient à Chikhrany. Personne ne comprendrait. Personne ne saurait rien…

Le vantail du portail grinça et s'entrouvrit, les invitant à entrer. Il n'était plus possible de tempérer. Soit ils entraient derrière la palissade, sous les canons des fusils et le croassement de ces maudits corbeaux. Soit ils s'enfuyaient dans les bois.

Ils se levèrent – l'infirmier, très vite, avec soulagement, et Deïev sans se presser, ralentissant ses mouvements autant qu'il le pouvait, dissimulant, par la même occasion, le tremblement qui agitait tout son corps. Ils se donnèrent de grosses tapes sur les fesses, pour en enlever les aiguilles de pin, ou pour stimuler la circulation sanguine après le froid. Puis ils pénétrèrent à l'intérieur, sous le regard appuyé des crânes.

☆

Tous avaient le visage caché sous des foulards. On ne voyait que les yeux. Le haut des visages était dissimulé sous une casquette à large visière bien enfoncée, et on aurait eu de la peine à distinguer la couleur des yeux ou des cheveux. Même les habits de ces hommes étaient sans signes particuliers : vestes, blousons, pantalons, bottes, tout était couvert de la même couche de poussière blanche et se ressemblait.

Ces gens – ils étaient nombreux, des douzaines et des douzaines – travaillaient sans arrêt : ils portaient de lourds sacs, pliés sous leur poids ; conduisaient des chariots tirés par des chevaux, où s'entassaient les mêmes sacs. L'espace, à l'intérieur de la forteresse, faisait penser à une gigantesque fourmilière. La poussière venait de ces sacs : chaque mouvement provoquait des nuages blanchâtres, comme si les sacs étaient vivants et respiraient.

Cette poussière recouvrait tout : les granges énormes, qui se succédaient en rangées et formaient une sorte de village, la palissade aux nombreux miradors, et la surface du sol dans son intégralité. Même l'air semblait plus épais, chatouillait les narines, et donnait un arrière-goût léger au palais.

Deïev avait très envie de tousser, mais il ne pouvait pas montrer de signes de faiblesse, même de façon aussi dérisoire. Il lança un regard à Boug – de la retenue, grand-père ! – voyant que celui-ci grimaçait déjà et bougeait le nez, sur le point d'éternuer.

Trois locaux aux visages dissimulés, fusil à l'épaule, les guidaient dans la place. Ils observaient de sous leurs casquettes comme par des meurtrières : on ne comprenait ni l'expression de leur regard ni même sa direction. Les autres travailleurs, interrompant un instant leur labeur, épiaient à leur tour les visiteurs comme à travers des meurtrières. Ces regards explicites, mais pourtant invisibles, rendaient mal à l'aise : Deïev et Boug, avec leur visage à découvert, se sentaient nus au milieu de gens habillés.

Les locaux n'étaient pas causants, que ce soit par nature ou à cause des foulards masquant leurs bouches. Pas une seule fois, Deïev ne vit des gens s'interpeller ou rapprocher leurs têtes pour échanger quelques mots. Ils travaillaient avec zèle, sans avoir besoin d'instructions : chacun savait ce qu'il avait à faire. Et même ceux qui, épuisés, s'accroupissaient pour fumer une cigarette, se reposaient en silence, ne le faisaient pas en groupe, mais chacun de son côté ; ils tiraient sur leur cigarette roulée à petites bouffées, relevant brièvement un coin de leur foulard, et toujours à côté d'un seau d'eau, où finissait le mégot.

On n'entendait aucune voix humaine. Seuls s'élevaient les bruits de pas, le cliquetis des attelages, le grincement des roues, le gémissement des marches en bois par lesquelles on acheminait les éternels sacs dans les hangars. Est-ce qu'on n'engageait ici que des taiseux, des solitaires ? Ou avait-on tranché la langue de tous les travailleurs ?

Parfois, des juments s'ébrouaient. Les corbeaux croassaient souvent, ils étaient des nuées. Maigres, les plumes hérissées, ils sautillaient sur les toits, atterrissaient sur les sièges des chariots et les harnais des chevaux, fourrant partout leurs becs éhontés dans l'espoir de rafler quelque chose. Un épouvantail était dressé sur le faîte de chaque grange, mais les oiseaux ne craignaient rien : ils se posaient sur les mannequins, sur leurs bras écartés, et tapaient méchamment du bec sur leurs têtes, des pots fendus (Deïev remarqua que l'un des épouvantails était vêtu d'une soutane, un autre, d'un frac tout déchiré).

Plus ils avançaient, plus les corbeaux étaient nombreux, et leurs cris bruyants. Et l'air était de plus en plus épais : les objets apparaissaient à travers une brume blanchâtre, les contours perdaient leur netteté.

Deïev passa sa langue sur ses lèvres : il eut l'impression d'avoir léché de la farine. Il jeta un œil à Boug : les joues hâlées de l'infirmier avaient déjà pris une teinte blême. Ses yeux étaient ronds d'interrogation ; il cachait son regard sous ses sourcils épais, se forçant à prendre une mine sévère, mais on voyait de loin qu'il se retrouvait pour la première fois dans un centre de stockage. Tais-toi, grand-père. Et fronce les sourcils, aie l'air fâché – tu n'es pas à une partie de campagne ! Il n'y a jamais de visiteurs dans un centre de stockage – ce n'est pas un endroit hospitalier, et on n'y aime pas les regards étrangers. Chaque nouveau venu, pour les maîtres des lieux, est comme une épine dans le pied. Ainsi, les sentinelles sur les miradors s'étaient soudain figées – leurs visages avaient beau être cachés, on comprenait qu'elles fixaient les intrus d'un regard lourd, serrant leurs fusils. Ainsi, des fourches étaient posées contre les murs des granges – une, deux, trois –, alors qu'il n'y avait pas de paille. Et les hommes qui escortaient Deïev et l'infirmier avaient, en plus de leur fusil à l'épaule, des couteaux de chasse dans leurs bottes…

Ils débouchèrent sur une vaste place déserte, qui butait sur la palissade – ils avaient visiblement traversé toute la forteresse, se retrouvaient du côté opposé. On pouvait sans doute qualifier ce lieu de place principale : de là, les rangées de granges essaimaient dans toutes les directions ; on y trouvait les bureaux de direction et deux isbas d'habitation, reconnaissables à leurs fenêtres vitrées et aux drapeaux rouges sur les toits. De la fenêtre ouverte d'un grenier dépassait une gueule noire. Non, pas une gueule : une mitrailleuse.

Au centre de la place s'élevaient trois immenses montagnes, qui faisaient penser de loin à du sable ou du gravier fin, mais Deïev savait que c'était du grain de premier choix. Une montagne de blé, l'autre de seigle, la troisième d'avoine. Chacune était aussi grande qu'une grange. Des ruisseaux de grains coulaient lentement sur les pentes, exhalant une poussière farineuse, et les montagnes étaient entourées de nuages de farine semblables à des halos blancs et troubles. Plus on s'éloignait des montagnes, plus les halos étaient pâles, mais on comprenait que c'était la source de la poussière blanche.

Boug ne put retenir une exclamation. Deïev fusilla son camarade du regard : tu veux me faire faux bond, grand-père ?! Tu n'es pas au bout de tes surprises.

À l'extrémité de la place, des rails brillaient. Ils traversaient toute la forteresse depuis l'entrée, se séparant en plusieurs voies, puis se réunissant en une ligne qui sortait par un large portail. Celui-ci s'ouvrait régulièrement, laissant entrer un chariot chargé à la fois puis se refermant, et les autres attendaient dehors. Deïev eut l'impression que de nombreux chariots se pressaient à l'extérieur ; il crut entendre des voix, mais il ne parvint pas à distinguer ce qui se passait : le portail était fermé rapidement, emprisonnant presque l'arrière des chariots qui pénétraient à l'intérieur.

Chaque fois qu'un chariot entrait, il était pris d'assaut par les locaux (que Deïev avait appelé, en son for intérieur, à sa précédente visite déjà, les « farineux »), qui sautaient habilement, comme des singes, à l'intérieur, mettaient les sacs sur une immense balance et, écrivant quelque chose dans un carnet à leur ceinture, vidaient le contenu à la base de l'une des trois montagnes ; l'un versait, l'autre remuait – avec la main, presque avec le nez – pour vérifier la qualité des grains. Des panaches de poussière s'élevaient du grain déversé, comme de la vapeur d'eau bouillante. Après avoir été vidé, le chariot quittait la forteresse par le même portail, faisant place au suivant.

Les montagnes augmentaient rapidement. De l'autre côté, une douzaine de travailleurs versaient les grains dans de nouveaux sacs et, passant à travers la brume farineuse, les portaient dans les granges.

Les corbeaux, grisés par l'abondance de nourriture, tournoyaient autour de la place et hurlaient sans arrêt, mais n'osaient pas descendre plus bas pour picorer ne serait-ce qu'un grain. La nuée était énorme, on avait l'impression que c'était le ciel tout entier qui dansait la farandole au-dessus des montagnes de céréales, glapissant d'une voix rauque. Le vent levé par les ailes des corbeaux déchirait les nuages de poussière flottant au-dessus de la terre, les chassait le long des allées, vers les murs des granges. De temps en temps, un local levait son fusil – un coup de feu retentissait, et un corps d'oiseau noir tombait sur la pente d'une montagne, la mouillant de son sang, répandant ses plumes. Sans enlever ses bottes, le tireur montait sur le tas de grain, prenait le corbeau, le secouait pour enlever les grains collés à lui. Personne ne retirait le sang et les plumes. Les oiseaux, gémissant, s'éloignaient, vite remplacés par une nouvelle nuée venue de la forêt.

Deïev avait beau surveiller son compagnon du regard, rien n'y fit : l'infirmier ralentit le pas et s'immobilisa, fasciné par la vue de cette abondance de grains. Il était en bas de la montagne jaune, gênant le passage des farineux avec leurs sacs, et contemplait silencieusement les ruisseaux de blé qui serpentaient sur les pentes. Ses yeux vitreux ne changeaient pas d'expression, mais son visage semblait s'assécher ; son front était parcouru de rides, ses lèvres se pinçaient sous ses moustaches, son menton saillait.

Deïev se retenait de tirer son compagnon par la manche pour interrompre sa fascination inopportune, mais les trois hommes d'escorte avaient aussi ralenti le pas et s'étaient arrêtés. Il semblait qu'ils étaient chargés de conduire les intrus ici.

– D'où connaissez-vous le neuf mars ? dit une voix basse dans leur dos.

Ils se retournèrent. L'homme derrière eux, dans les mêmes habits blanchâtres que les autres, avec le même foulard que les autres, les regardait fixement. Rien ne l'aurait distingué des autres, sans la réaction de son entourage : les gardes d'escorte gonflèrent la poitrine à sa vue, levèrent le menton, tandis que les simples travailleurs se penchaient et couraient plus vite.

Boug tressaillit, revenant à lui, mais son regard était encore flou. Deïev, lui, semblait n'attendre que cette question.

– Cette année-là, j'étais dans l'armée de ravitaillement, camarade chef du centre ! exposa-t-il d'une voix nette. Le détachement de ravitaillement numéro cent dix-neuf de Kazan. Nous avons été envoyés en Tchouvachie pour augmenter le taux de récolte. Sans ciller, Deïev fixait la fente entre le foulard et la casquette de son interlocuteur, mais il ne put distinguer ses yeux à l'ombre de la visière, et avait l'impression de s'adresser à un épouvantail inanimé. Le neuf mars, nous étions cantonnés près d'ici. Notre détachement a été envoyé à la rescousse quand tout a commencé.

Sans hocher la tête, sans exprimer le moindre intérêt, l'homme se mit à déambuler lentement autour des montagnes exhalant la poussière : il inspectait les lieux, tournant sa tête cachée sous le foulard tantôt vers le chariot en train d'être déchargé, tantôt vers la balance, tantôt vers les travailleurs agités par son apparition.

Deïev se mit à le suivre – pas à sa hauteur, mais pas trop en arrière, sans se presser, mais sans timidité superflue, comme s'il avait été invité à une promenade. Du coin de l'œil, il surveillait les hommes d'escorte, qui s'étaient rassemblés un peu plus loin, attentifs.

– Maintenant, je suis affecté aux convois, continua-t-il dans le dos de son interlocuteur. Je conduis à Samarcande un train d'enfants victimes de la famine. Nous avons tout un wagon de grabataires.

Les hommes du chariot faisaient preuve de tant de zèle depuis l'arrivée de leur chef, que leur travail en pâtit un peu : une portion de seigle fut déversée sur une montagne sans être inspectée. Le chef du centre s'accroupit devant elle, la remua d'une main, vérifiant les grains.

Il y avait quelque chose d'étrange dans sa façon de bouger la main droite. S'approchant de lui, et regardant par-dessus son épaule, Deïev en comprit la cause : la main du chef de stockage était en fer.

Les doigts métalliques étaient habilement forgés : chacun, séparé des autres, se pliait en arc, le tout formant une sorte de gant, et chacun était terminé par un ongle en fer. Un tel appareil pouvait faire office de main et d'outil, de fourche ou de crochet. Le seul défaut était la taille : la poigne de fer était un peu plus grande qu'une vraie.

– Pourquoi êtes-vous venus ? demanda Poigne de Fer, passant ses doigts forgés dans le seigle.

La minute décisive était arrivée.

Deïev aspira à pleins poumons, puis expira, comme s'il plongeait dans l'eau.

– Prendre les excédents, camarade chef de stockage.

Les gros grains gris ruisselèrent entre les doigts-crochets. Le grain était réellement de première qualité : généralement, de telles graines n'étaient pas moulues, mais mises de côté comme semences.

– Quels excédents ? répondit Poigne de Fer après un silence.

Mais au ton de sa voix, on comprenait qu'il avait tout compris.

– Les excédents de viande, camarade chef de stockage. Deïev s'efforçait de parler avec allant et de conserver une expression simple et ouverte, comme s'il ne demandait qu'une broutille, mais il savait qu'une telle broutille pouvait facilement leur valoir, à lui et à Boug, d'être enterrés dans la forêt de pins, sous une souche, fin de l'histoire. Nous n'avons pas besoin d'excédents céréaliers, seulement de viande. Et seulement sur une nuit – cette nuit.

– Il n'y a pas d'excédents dans notre centre. Poigne de Fer agita sa paume, en faisant tomber les grains.

– Il y en a partout, dit Deïev en souriant.

Il tenta de sourire amicalement, familièrement, mais ne réussit qu'une grimace forcée. Comprenant un peu tard que sa grimace pouvait être prise pour une moquerie, il ne parvint pas à rassembler ses lèvres – elles semblaient tirées par des fils aux commissures de la bouche. Il continua de sourire comme un demeuré, fixant Poigne de Fer, qui se releva et s'approcha tout près de lui.

À ce moment, Deïev put voir les yeux du chef : des yeux bridés d'Asiatique, avec des paupières épaisses, et des pommettes rondes qui dépassaient du foulard serré.

– Au revoir, dit la voix sous le foulard.

Poigne de Fer se détourna et marcha en direction de la maison de commandement.

– Camarade chef de stockage ! Deïev se précipita à sa suite. Je ne le veux pas pour moi, mais pour les enfants grabataires !

Il trottait derrière le chef, jetant des regards aux hommes d'escorte, qui s'étaient tendus, mais n'avaient pas encore décidé ce qu'il fallait faire. Il jeta aussi des regards aux farineux, dont certains avaient interrompu leur travail pour observer ce qui se passait, appuyés contre les manches des pelles enfoncées dans les grains.

– Leurs bouches sont blessées par les ersatz, leurs dents sont branlantes ! se hâta d'expliquer Deïev avant que le chef eût disparu dans la bâtisse. Ils ne peuvent rien manger, seulement boire. Il leur faut du bouillon de viande ou de la viande maigre hachée…

Poigne de Fer se tourna et siffla légèrement – les hommes d'escorte se précipitèrent vers Deïev.

Mais Deïev courut à l'entrée du bureau : il dépassa Poigne de Fer et lui cacha l'embrasure de la porte avec son propre corps et ses bras levés – d'un côté, il se rendait, de l'autre il continuait la discussion.

– Sinon, je ne pourrai pas les mener à bon port : ils mourront sans viande ! Du regard, il cherchait les yeux bridés du chef, mais celui-ci se détournait avec irritation, attendant ses aides. Et hormis dans les centres de stockage, il n'y a plus de viande nulle part, vous le savez bien ! Pourquoi collecter cette viande dans toute la région, si les enfants ne peuvent même pas avoir droit aux excédents ! Vous êtes ici sur ordre du Parti, pour sauver le pays de la faim – eh bien, sauvez-les ! Il n'avait pas remarqué qu'il était passé de l'exhortation à l'appel. Pour ces enfants, en ce moment, vous êtes la personne la plus importante, bien plus importante que toutes les infirmières et les docteurs, que les parents et que Dieu lui-même ! Vous seul pouvez les sauver !

Il avait eu tort d'y mêler Dieu, mais sa stupide langue parlait toute seule, sans demander conseil à sa tête.

Toute la place était occupée à observer l'intrus braillard : les porteurs de sacs, les paysannes sur le chariot. Peut-être que c'était pour le mieux, d'avoir autant de témoins de cette conversation ? Peut-être qu'il n'y avait pas que des locaux parmi ces témoins ?

Les hommes d'escorte poussèrent l'insistant Deïev – avec précaution, sans même lui tordre les bras derrière le dos – et le firent avancer plus loin, derrière les granges ; ils avaient visiblement décidé de lui donner une leçon sans témoins, seul à seul. Peu importe s'ils le rouaient de coups, se dit-il. Mais allaient-ils s'en contenter ?

Une porte claqua : Poigne de Fer avait disparu dans l'isba.

– Je comprends bien que vous n'empochez pas les excédents ! Une fenêtre était ouverte, et Deïev espérait encore convaincre le chef à l'intérieur. Vous ne les voyez même pas, camarade chef de stockage ! Vous ne pouvez que deviner qu'il y a des excédents, mais vous ne savez pas qui en hérite !

De tous côtés, Deïev était entouré d'épaules, poitrines et mentons durs, qui le poussaient hors de la place. Il ne voyait déjà plus le bureau, ni les montagnes de grains, ni les autres gens. Il tenta d'échapper à ses assaillants, mais il se débattait comme dans un piège, poussé toujours plus à l'arrière des granges. Un coup sous les côtes le laissa sans souffle, l'obligea à se plier en deux. Deïev attendait déjà le deuxième coup, sur le dos ou la nuque, quand une voix familière dit, à côté de lui :

– Non ! Il ne faut frapper personne.

Les assaillants desserrèrent leur étau et se retournèrent : ils firent face au deuxième visiteur, un grand type aux cheveux gris, avec un cou de taureau et l'air menaçant d'un taureau.

Écartant les pans de sa veste et posant la main sur l'objet pesant qui bombait sa poche, il regardait les hommes en bougeant ses moustaches blanches, comme une bête avant un combat.

Deïev avait encore quelques secondes, le temps que les locaux reprennent leurs esprits.

– Et que le toit de la grange n° 7 est troué, vous ne le savez pas non plus ? hurla-t-il à pleine gorge, manquant de casser sa voix et s'adressant toujours à la fenêtre ouverte. Qu'à cause de ça, un tiers des réserves céréalières a pourri, et qu'il a fallu modifier les inventaires pour faire coïncider les chiffres, vous ne le savez pas ? Que vous continuez – en plein octobre – à conserver les grains à ciel ouvert, exposés à la pluie et au vent, vous n'en avez pas entendu parler ? Deïev remarqua que les paysannes, sur le chariot, se signaient, effrayées, et que les farineux échangeaient des regards, et il se mit à beugler encore plus fort. Que dans le silo en sous-sol les rats ont bouffé les grains et…

La fenêtre de la maison tinta – s'ouvrit toute grande.

– Écoutez, monsieur je-sais-tout… dit un homme en chemise de corps, en se penchant par la fenêtre.

Il n'avait plus de casquette ni de foulard sur la tête : Deïev reconnut Poigne de Fer à sa voix. Ses rares cheveux bleu-gris étaient hérissés, après avoir été pliés sous la casquette ; sur son visage bronzé par le soleil, une bande de farine blanche dessinait des lunettes ; ses sourcils et ses cils étaient également blancs. Une serviette humide pendait à son cou.

Les hommes d'escorte, à la vue de leur chef, se redressèrent. Deïev, frottant son ventre douloureux, se traîna vers la fenêtre.

– Vous voulez m'avoir à la peur ? demanda Poigne de Fer à voix basse.

Il ne fallait plus ni tergiverser ni jouer les audacieux.

– Comment le pourrais-je, camarade chef de stockage ? En criant tout ça, je suis moi-même mort de trouille, à m'en détacher la mâchoire, avoua Deïev à voix tout aussi basse. Mes mains tremblent de peur, et tout tremble à l'intérieur de moi, comme si j'avais la fièvre. Vous pouvez nous écraser comme des poux, nous n'aurions même pas le temps de dire ouf. Quand j'ai crié tout ça, je ne voulais qu'une chose : que vous m'entendiez.

Quel soulagement c'était, d'observer le visage de son interlocuteur pendant la discussion ! Même si ce visage était plus qu'étrange : sous ses yeux bridés, il avait un nez en patate et des lèvres charnues, et en bas de sa face arrondie, une barbe châtain s'effilochait, comme si le haut de sa tête avait été trouvé dans les steppes kirghizes, et le bas, en amont de la Volga. Ses sourcils blancs de farine rendaient le tout encore plus absurde, et en même temps effrayant.

Désireux de voir ce visiteur tenace, Poigne de Fer se pencha vers Deïev, posa ses doigts métalliques sur sa nuque et l'attira à lui. Les crochets froids attrapèrent le cou de Deïev, prêts à se refermer sur lui et à l'étrangler.

Les yeux bridés s'approchèrent tellement qu'ils se confondirent : un immense œil étroit fixait sur Deïev sa prunelle noire sous des cils blancs. Sans ciller, sans même respirer, Deïev le fixa à son tour : comme s'il lui exposait son âme, jusqu'au dernier recoin. Il ne cachait aucun secret à l'œil. Mais il savait aussi tout sur cet œil, mieux que quiconque au centre de stockage.

Les doigts métalliques glissèrent le long de sa gorge et le lâchèrent. L'œil se dédoubla, se retransforma en deux yeux humains ordinaires, rouges de poussière. De sa main valide, Poigne de Fer frotta ses paupières, essuyant son masque de farine. Et ce mouvement lent trahissait que l'homme était excessivement fatigué. Il fallait parler : dans cette courte minute avant le repos, quand le foulard était enlevé et la fenêtre encore ouverte, il fallait parler directement, de toute son âme, comme ça lui venait.

– Nous sommes venus vous voir par détresse et désespoir, dit Deïev à voix basse.

Abaissant les cils, l'homme essuya avec sa serviette les traces blanches sur son visage. Il ne chassait pas le visiteur. Donc, il l'écoutait.

– Et aussi parce que vous êtes un être humain. Un être humain ne peut pas envoyer cinq cents enfants à la mort. Or, si on ne leur donne pas de viande, c'est comme si on les tuait.

Il aurait voulu poser sa main sur le rebord, pour éviter qu'un coup de vent ne ferme la fenêtre. Mais il ne pouvait pas : il aurait gâché le moment.

– Parfois, même un homme bien doit tuer, pendant la guerre, ou quand les koulaks ont pris d'assaut le centre de stockage, continua Deïev. Vous êtes plus âgé, vous le savez mieux que moi.

Moi aussi, j'ai tué, pendant la guerre civile, et pas seulement. Mais on ne tue pas les enfants. C'est contre la vie.

Et soudain, il n'eut plus de mots. Il lui avait semblé qu'il en avait tant sur le cœur qu'il aurait pu parler pendant des heures. Mais il s'avéra qu'il en avait très peu. L'homme écoutait, essuyant son front et ses joues avec la serviette, et Deïev n'avait plus rien à dire : toute son agitation et sa peur avaient tenu en quelques phrases courtes.

– Peut-être que c'est pour ça que nous devons les sauver, ajouta-t-il enfin. Pour remplacer ceux que nous avons tués...

Et il se tut.

L'homme essuya le blanc de ses sourcils, attrapa les grumeaux sur ses cils et au coin de ses yeux. Du bout de la serviette, il nettoya ses oreilles et ses narines. Il plaqua ses cheveux dressés. Au-dessus de la place, les corbeaux hurlaient comme s'ils pleuraient.

– Qu'est-ce que vous voulez, concrètement ? demanda finalement Poigne de Fer.

– Une nuit dans l'étable commune ! s'écria Deïev. Pas à l'extérieur, pas dans la maison des gardes, mais dans l'étable elle-même. Les mots lui étaient immédiatement revenus, et s'envolaient ardemment de sa bouche. Là, ça dépendra de la chance. Tous les excédents de cette nuit seront pour nous. À l'aube, nous partirons, par l'arrière, par le rail, comme nous sommes venus. Nous ne le raconterons à personne, jamais. Parole de soldat du front.

Poigne de Fer lança un regard fatigué au visiteur. Deïev lut dans ce regard qu'il acceptait.

– Et encore ! Maintenant que la réponse essentielle était reçue, Deïev pouvait ne pas faire de manières : il agrippa le rebord de la fenêtre comme s'il voulait l'arracher de l'isba, et s'exclama, se hâtant de formuler toutes ses demandes. Nous avons besoin d'une garde cette nuit. Ne vous vexez pas, camarade chef de stockage, mais les locaux ne nous aiment pas, je le sens. Faites-nous envoyer trois hommes forts de l'armée de ravitaillement. D'où viennent les soldats en ce moment ?

Le chef de stockage, évitant de regarder son solliciteur, tentait de fermer la fenêtre, mais les doigts de Deïev le gênaient.

– Il y en a de Petrograd ? Deïev ne retirait pas ses doigts pincés dans l'encadrement. Il avait mal, mais il supportait, ne grimaçait même pas.

Il semblait avoir deviné, pour Saint-Pétersbourg. En fait, il n'y avait rien à deviner : le prolétariat pétersbourgeois sillonnait désormais toute la Russie, arrachant avec ses poings calleux leurs provisions aux paysans déraisonnables.

– Donc, de Petrograd ! ânonna Deïev à la fenêtre refermée. Ils ne se laisseront pas impressionner !

Et il n'enleva ses mains qu'après ces mots.

La fenêtre claqua immédiatement. À l'intérieur, on tira le rideau.

Deïev s'éloigna de la fenêtre et s'assit sur le banc devant l'isba du chef. Il décida d'attendre ici le soir : près du commandement, visible depuis la place, il se sentait plus en sécurité.

L'infirmier s'assit à côté de lui. Deïev aurait voulu le complimenter ou lui dire quelques mots d'approbation – tu es un bon camarade, grand-père ! –, mais il se contenta de le regarder avec reconnaissance.

Les farineux étaient depuis longtemps retournés à leur travail : la réception des grains avançait à son rythme, les chariots n'arrêtaient pas d'entrer et sortir, les montagnes céréalières exhalaient leur farine.

Les soldats d'escorte, qui avaient attendu tout ce temps un peu à l'écart, dansèrent encore d'un pied sur l'autre, puis disparurent dans l'isba voisine, d'où ils les surveillèrent derrière les rideaux des fenêtres.

– Ils vont nous assassiner cette nuit, fiston, soupira Boug, s'installant plus confortablement sur le banc et cachant son carreleur qui dépassait de sa poche.

Deïev se souvint des yeux bridés, rouges d'insomnie et de poussière.

– Non, dit-il en secouant la tête avec obstination. Ils ne nous assassineront pas.

Il leva ses mains vers son visage – elles tremblaient toujours.

☆

– D'où tu savais, pour la grange n° 7 dont le toit fuyait ?

Cette question, l'infirmier la posa au soir, quand le ciel se remplit d'obscurité, et que dans la forêt, les premiers animaux nocturnes crièrent.

La nuit tombait. Ils étaient toujours assis sur le banc, devant le bureau, toujours sains et saufs.

La réception des céréales était terminée. Les farineux avaient disparu quelque part, les nuées de corbeaux s'étaient envolées dans les bois ; tout était inhabituellement silencieux. Les montagnes de grains brillaient sur la place crépusculaire comme si elles avaient été en sucre ; pourtant, elles ne dégageaient pas de la lumière, mais de la farine.

Ce n'était pas le moment de discuter – en plein cœur de la forteresse, à côté du chef à la poigne de fer, à proximité des soldats d'escorte qui les épiaient. Mais il n'avait plus le courage de se taire, observant la plus petite ombre et attendant partout des pièges.

– Dans n'importe quel centre de stockage, il y a un toit qui fuit, répondit Deïev. Peut-être qu'ici ce n'est pas dans la septième grange, mais dans la cinquième ou la deuxième. En tout cas, il y en a forcément. Et les rats aussi, qui ont mangé la moitié du grain, il y en a forcément.

– Et en quoi les gardes pétersbourgeois sont mieux que les bandits locaux ? insista Boug.

– Parce qu'ils ne sont pas encore au courant des habitudes. À ton avis, où est-ce que les excédents de la nuit disparaissent ? Dans quelle poche, sous quelle veste insondable ? À qui allons-nous siffler un profit sous le nez, cette nuit ?

Boug se tut un moment, haletant dans la pénombre. Puis il reposa la question la plus importante :

– Mais que s'est-il passé, en fin de compte, ce fameux neuf mars ?

Quel bavard tu fais, grand-père, aurait voulu le gronder Deïev. On risque d'être écrasés comme des moustiques, et toi, tu te poses des questions, tu veux savoir !

Mais il ne dit rien. Il aurait pu répondre ainsi à l'infirmier dans le convoi, mais pas à un compagnon de combat. Il ne pouvait pas non plus lui mentir.

– Le village est venu ici, répondit-il après une minute. Ils voulaient récupérer leur récolte, ils disaient que l'armée de réquisition avait tout pris, qu'il n'y avait plus de semences.

Deïev revit la foule, une centaine de personnes, pas moins. Qui hurlaient, juraient, pleuraient, criaient des prières. Qui agitaient des fourches, parfois des icônes. Les plus fous brandissaient des nourrissons. « Camarades ! les implora le chef du parti. Bonnes gens ! Rentrez chez vous ! » Peine perdue ! Ils ont détruit le portail, arraché les cadenas des granges…

– Et il y a eu une grande fusillade ? continuait à s'intéresser Boug.

Tu as vraiment besoin de savoir, grand-père ?! De savoir que ça n'a pas été une fusillade, mais bien pire ? Quand d'un côté il y avait des fusils et des mitrailleuses, et de l'autre, des râteaux, des faux et des pieux…

– Pas une fusillade, expliqua Deïev à contrecœur. Un incendie.

– Mais les grains ne brûlent pas ?

Ils brûlent très bien, si on les arrose d'essence. Ils brûlent et noircissent les cieux de leur suie ! Et les sacs brûlent, et les granges, et les montagnes céréalières…

– Les villageois sont arrivés jusqu'aux rails, dut-il continuer. Il y avait une citerne avec du pétrole. Quand ils ont compris qu'on ne leur donnerait pas les grains, ils ont versé du pétrole dans des seaux. Ils les ont jetés sur les granges, encore et encore ! Et puis… mille six cents tonnes, plus d'un million de kilos de grains céréaliers ont disparu dans la nuit.

– Mon Dieu, soupira Boug. Mille six cents tonnes…

Deïev s'énerva d'une telle sensibilité. Il aurait voulu ne pas l'épargner – lui raconter tout ce qui s'était passé, de but en blanc. Que les grains et les granges n'avaient pas été les seuls à brûler, en ce neuf mars. Les chevaux aussi, dans leur écurie, et le bétail dans l'étable commune, et les farineux qui étaient restés dans les granges. Et les émeutiers aussi : mais eux, au moins, n'avaient pas brûlé vif. On les avait abattus, grand-père : tout le village, jusqu'au dernier. Ils gisaient entre les granges en feu, avec les épouvantails tombés au sol, immobiles, et brûlaient. Ça puait comme dans ton enfer : le grain brûlé et la chair brûlée. Mais le plus étonnant, grand-père : les isbas ont brûlé jusqu'au dernier rondin, tandis que la palissade et les miradors sont restés intacts, à peine noircis par la suie. Qu'est-ce que ça veut dire ?! Le lendemain, le centre de stockage avait repris son travail. Pendant toute la journée, les chariots entraient avec le grain, et ressortaient avec des cadavres. Ce jour-là, les corbeaux ont cessé d'avoir peur, ils se jetaient sur les chariots et déchiraient la chair brûlée...

Mais Boug ne posait plus de questions : il restait assis, sa tête grise entre ses mains, et n'arrêtait pas de murmurer « mille six cents tonnes... un million de kilos... ».

Deïev en eut assez d'écouter cette litanie.

– Heureusement qu'il n'y avait que mille six cents tonnes ce jour-là, dit-il sèchement. Sais-tu combien de tonnes tiennent dans ce centre ?

L'infirmier le regarda – dans la pénombre, on ne voyait que ses sourcils blancs froncés et ses moustaches blanches, qui pendaient tristement.

Deïev attendit un moment, pour renforcer l'impression qu'il allait donner, puis prononça :

– Seize mille tonnes, seize millions de kilos.

Boug se tut.

☆

Les Pétersbourgeois arrivèrent à la nuit – larges d'épaules, moustachus. Ils avaient tous des visages ouverts et bronzés. Deux portaient des fusils, le troisième avait un mauser dépassant crânement de son ceinturon. Trois preux chevaliers.

Ils les emmenèrent loin, sur l'arrière de la forteresse, où se trouvait l'étable commune, petite, pour deux cents bêtes. Visiblement, elle avait été construite à tout hasard : pour avoir de quoi accueillir le bétail sur le lieu de stockage, pour une nuit ou pour l'envoyer en même temps que le blé à Moscou ou Petrograd, c'était commode.

Des farineux gardaient l'étable – plusieurs paysans aux visages couverts étaient installés sur un châlit à l'entrée. Ils laissèrent passer les visiteurs, mais ne les saluèrent pas et ne leur proposèrent pas de s'asseoir. Au lieu de ça, dans la nuit, à la lumière des lampes à pétrole, ils se mirent à nettoyer leurs armes. Deïev compta quatre fusils à canon scié, trois revolvers et un pistolet de dame. Les couteaux de chasse dans les bottes et les haches ne comptaient pas.

– Prêtez-moi une lampe à pétrole, camarades, demanda Deïev.

Les farineux ne répondirent pas, mais ne protestèrent pas, et Deïev s'approcha lentement du châlit, prit – lentement – l'une des lampes à huile. Il avait la main sur sa poche avec le revolver. Il ne le sortait pas, ne regardait pas les gardes dans les yeux ; il effleurait juste des doigts l'arme contre sa cuisse. Il remarqua que l'infirmier touchait à son tour légèrement son carreleur. Et les Pétersbourgeois : mais eux le faisaient sans délicatesse, ouvertement, souriant avec insolence. L'insolence, c'était bien : ça voulait dire qu'ils n'étaient pas de mèche avec les locaux.

Avec sa lampe, Deïev partit explorer l'étable. L'espace, long et obscur, était divisé par un passage étroit, allant de l'entrée à la sortie, tout au fond. Chaque moitié était constituée de plusieurs enclos, où l'on entendait le piétinement et la respiration endormie des pensionnaires. Par chance pour Deïev, ils étaient nombreux, cette nuit-là. Vaches, brebis, chèvres, puis à nouveau vaches – toutes maigres, osseuses, mais vivantes. Certaines bêtes étaient gravides. C'est d'elles que Deïev avait besoin. C'était le fameux excédent pour lequel les gens venaient travailler au centre de stockage. Un veau nouveau-né, qui n'apparaissait pas dans les inventaires, quarante-cinq kilos de poids brut, une viande succulente, des viscères, des os pour de la gelée et une peau à vendre. Ou un agneau, plus léger, mais qui avait de la laine pour tout un bonnet. Voire même un chevreau : un repas rassasiant pour toute la famille, et un manteau pour le cadet. Voire une dizaine d'œufs, si l'armée de ravitaillement n'avait pas raflé du bétail, mais de la volaille.

On ne prenait pas n'importe qui, pas d'inconnus, pour travailler ici : seulement des connaissances, seulement des gens sûrs. Il y avait peu de nouvelles places de travail : personne ne quittait volontairement son poste. Il est vrai qu'en général les travailleurs des centres de stockage mouraient, d'une balle perdue ou d'un coup de serpe maladroit dans le ventre – c'était un travail fructueux, mais dangereux, comme à l'armée. On voyait que les gardes farineux se connaissaient aussi – qu'ils étaient soit frères, soit beaux-frères, soit cousins, ou d'anciens camarades du front ; c'est pourquoi ils n'avaient pas besoin de discuter : ils se comprenaient à demi-mot.

Deïev fouilla l'étable comme un chien de chasse à la recherche d'un gibier abattu : il entrait dans les enclos et passait entre les échines osseuses et les museaux cornus, tenant sa lampe très bas. Il cherchait un ventre bien lourd. L'infirmier, qui avait vite compris, l'aidait : il caressait les colonnes vertébrales, tranquillisant les bêtes à moitié endormies, tout en cherchant à tâtons une croupe arrondie. Il claquait de la langue et des lèvres tel un palefrenier expérimenté.

En des temps mieux nourris, un troupeau de vaches aurait pu se fâcher contre ces étrangers, les heurter ou les piétiner. Mais avec la famine, les animaux affaiblis se montraient plus soumis. Seuls les porcs étaient surexcités par la faim, c'est pourquoi on les mettait séparément. Il n'y en avait pas dans l'étable.

Ils les passèrent tous en revue, et trouvèrent trois vaches gestantes et une brebis pleine.

– Si je croyais en Dieu, je prierais pour que l'une des vaches vêle cette nuit, dit Deïev.

Cela pouvait tout à fait arriver : les vaches étaient très alourdies, leurs pis gonflés tombaient presque jusqu'à terre. Boug examina chacune sous sa queue, passa ses doigts sur les pis.

– Celle-ci, dit-il d'une voix assurée en montrant l'une d'elles.

La vache tenait à peine le poids de son petit sur ses pattes maigres, et regardait à terre avec accablement. Elle détournait son mufle et fuyait les autres comme une toquée. Le grand-père avait sans doute raison : il fallait miser sur elle.

Au fond de l'étable, Deïev avait repéré une pièce séparée par une paroi, où ils conduisirent la bête sous les regards appuyés des gardes farineux. (De telles alcôves étaient installées dans tous les centres de stockage, pour isoler les bêtes capables de produire des excédents. Ce n'était pas par considération pour les animaux, mais dans l'espoir que l'excédent soit produit le plus vite possible : pendant un long déplacement, ou dans la foule de l'enclos, il était plus difficile de s'isoler pour mettre bas, et les bêtes vêlaient mieux si elles étaient seules.)

Ils transformèrent le coin isolé en salle de mise bas. Ils se placèrent juste à côté, sur une planche, le dos contre le mur de l'étable. Les Pétersbourgeois s'installèrent à proximité.

Et ils attendirent.

La nuit était plutôt froide, mais cent cinquante respirations d'animaux procuraient une certaine chaleur. Le fumier également, qui était répandu sur plusieurs couches : les couches inférieures, durcies, protégeaient du froid montant de la terre, et les molles laissaient s'échapper de la vapeur, réchauffant l'étable.

Le bétail soupirait, piétinait, écrasant les bouses sous ses sabots. Les Pétersbourgeois parlaient à voix basse, riaient. Quelque part au loin, vers l'entrée, cliquetaient les armes de la garde farineuse.

Le temps passait.

Deïev avait baissé la lampe, économisant le pétrole. La langue de la flamme, grande comme un ongle d'enfant, diluait à peine la pénombre. Dans cette obscurité, on distinguait vaguement le profil moustachu du grand-père et les poutres saillantes. Un morceau de ciel apparaissait dans la petite fenêtre d'observation à moitié fermée par un volet ; sa couleur changea peu à peu, de gris à bleu nuit, puis d'un noir d'encre.

C'était le moment pour les conversations sérieuses, ou les discussions à cœur ouvert. Mais l'infirmier, jusqu'alors bavard, se taisait. Il avait été trop sonné par le chiffre de mille six cents tonnes.

– Dis, grand-père, murmura Deïev, incapable de se taire plus longtemps. Tu étais pour qui pendant la guerre, pour les rouges, ou les autres ?

Boug ne répondit pas, respirant plus bruyamment.

– Je vois...

– Tu ne vois rien du tout ! dit finalement l'infirmier. J'étais pour les rouges, pour les rouges !... Mais pas tout de suite.

– Un transfuge, donc. Un caméléon politique.

– Je ne fais pas de politique. Je soigne les gens.

– Et ça t'est égal, qui tu soignes ?

Ils ne pouvaient pas parler à voix haute, et chuchotaient, leur voix devenant rauque ou sifflante quand ils s'énervaient.

– Parfaitement égal. Pour être franc, je préfère soigner les animaux. À l'Académie militaire, j'ai un poste qui m'attend depuis des années, médecin des chevaux, à la cavalerie. Et moi, vieil imbécile, je continue à soigner les hommes, les hommes...

– Pourquoi, tu préfères les chevaux aux hommes ?

– Cent fois ! Si un vétérinaire guérit une jument, elle va continuer à vivre, à réjouir son maître, et elle ne repartira pas dès le lendemain sous les balles. L'homme, si ! Pourquoi est-ce que je le répare et je le recouds, s'il ne fait que reprendre le combat ? La fois suivante, je le retrouve mort. Pourquoi est-ce que je lui ampute une jambe – sans morphine – si le lendemain, une bombe tombe sur le convoi et le déchire en morceaux ?! Et j'ai vu ça toute ma vie. Ça veut dire que mes soins n'ont servi à rien, et que moi, je n'ai servi à rien…

– Et le cheval de cavalerie, il ne meurt pas d'une balle, peut-être ?

– Si. Mais pas par sa propre volonté ou bêtise, et on compatit plus facilement.

La vache portante donna un coup de sabot à terre, et ils se turent un instant. Mais il n'était pas possible d'abandonner ce thème important, et bientôt, Deïev continua d'une voix éraillée :

– Tu as sauvé des gens toute ta vie, et tu te plains !

Sa phrase resta longtemps sans réponse, et Deïev pensait déjà que Boug s'était endormi au milieu de la discussion. Il allait le secouer, quand l'infirmier parla :

– Tu sais pourquoi je me suis inscrit pour le convoi ? J'étais fatigué de la guerre. Et de la mort. Je me disais qu'il y aurait des enfants, de la joie, de la vie. Pas de blessures par balles, d'éclats de bombes, de chair déchirée. Je me disais que cette fois-ci, je servirais vraiment à quelque chose. Et au lieu de ça je trouve…

– Oh, tu veux de la joie ! railla Deïev. Tu es d'un naturel nerveux, camarade Boug, impressionnable comme une demoiselle. La joie viendra avec le communisme.

– Je ne vivrai pas assez vieux. Mais j'ai très envie – même pas forcément de joie, mais au moins de bonté.

– Ouvre un peu mieux tes yeux ! Il y en a partout, de la bonté. Les enfants sont venus à la gare avec des bottes, pas pieds nus, c'était de la bonté. Ils ont des chemises, c'est aussi de la bonté. Ils vont au Turkestan – ils sont évacués, on ne les laisse pas mourir à Kazan – encore de la bonté ! Les sacs de ration spéciale, les poules dans des paniers, le pommier sur le toit – bonté, bonté ! Ça ne te suffit pas ?

– Elle n'est pas normale, ta bonté, fiston. Elle est toute tordue.

– C'est toi qui as le cerveau tout tordu ! Sous le coup de l'indignation, Deïev passa du murmure au chuintement. Être bon, ce n'est pas verser des larmes sur les pauvres grabataires !

C'est les mettre dans le wagon, tout nus, sans nourriture, et partir pour le Turkestan ! Être bon, c'est obtenir du lait en chemin, de la viande. Les convoyer jusqu'à Samarcande, tous, tu entends, tous !

– Tu veux dire que toi et moi, en ce moment, nous sommes bons ? demanda Boug après une longue pause.

Ce n'était pas juste une question, il y avait des sous-entendus. Mais Deïev n'allait pas se laisser arrêter par de la mauvaise foi.

– Oui, je veux dire ça !

– Et l'homme à la main de fer qui nous a laissés venir ici pour prendre des excédents, il est aussi bon ?

La question avait à nouveau l'air d'une moquerie. Mais Deïev répondit sérieusement :

– Il est bon !

– Et le neuf mars, qu'est-ce qu'il a fait ici, cet homme bon ? Quand il en a parlé avec toi, son dos s'est raidi, il a failli en déchirer sa chemise. Il ne pensait pas au grain qui avait brûlé, mais à autre chose – une chose sur laquelle je ne veux rien savoir.

Mais pourquoi ne veux-tu pas, grand-père, aurait voulu dire Deïev. Beaucoup savent, et vivent quand même. Le chef du centre de stockage, ici, est un chef ordinaire, pas plus méchant que les autres. Tu n'as pas vu les autres ! Et le neuf mars, ce n'était pas l'apocalypse, mais la répression d'une émeute antisoviétique. À cette époque, il y en a eu des émeutes, dans toute la Russie…

– Je ne te demande pas non plus ce qui est arrivé aux gens qui sont venus ici, ce neuf mars, avec des fourches, continuait à ânonner l'infirmier dans le silence, se heurtant aux preux chevaliers pétersbourgeois de l'armée de ravitaillement avec leurs fusils et leurs mitrailleuses, et je ne veux pas le savoir non plus.

Mais tu devrais me demander, grand-père ! Et je te répondrais que ce n'étaient pas juste des villageois, mais des villageoises. Grand-père, c'était une émeute de femmes. Les hommes, il n'y en avait plus aucun dans les villages depuis deux ans – les uns avaient été emportés par les blancs, les autres, par les rouges, d'autres pris en otage par la Tchéka. Et le neuf mars, c'est une centaine de bonnes femmes qui sont venues au centre de stockage. Des jeunes filles, des vieilles, des femmes enceintes, toutes ensemble. Les idiotes ! Les pauvres idiotes ! Elles avaient des enfants à la maison, des bébés, et elles sont venues ici. Donc, elles avaient mérité le châtiment reçu, par la faute de leur immense bêtise.

– Et ce que toi, fiston, dans ta bonté, tu as fait ici ce jour-là, je ne te le demande pas non plus, continuait Boug obstinément. Ce matin, quand tu marchais dans la forêt, tu tremblais de tout ton corps, comme pris de fièvre. Et quand tu m'as parlé de ce jour, ton visage est devenu noir.

Mais pose-moi la question, grand-père ! Pourquoi as-tu peur de tout, vermine ! Tu es un militaire. Pose-moi la question, et je répondrai. Je répondrai que j'ai tiré sur elles. Oui, j'ai tiré, comme mes camarades. Tiré sur des femmes. Ce jour-là, elles étaient devenues folles, pas juste comme folles, mais réellement folles, pour de vrai. J'ai vu leurs yeux et je sais de quoi je parle. Elles n'étaient plus humaines, elles étaient un troupeau de bêtes. Elles nous auraient déchiquetés. Au début, on ne pouvait pas tirer sur elles, aucun de nous, mais elles nous ont attaqués. Et elles ont commencé à nous massacrer – avec leurs faux, leurs serpes. As-tu déjà vu une femme couper la tête d'un homme avec une faux ? Au début, on s'est défendus avec nos crosses de fusil, puis avec nos baïonnettes. Je voulais m'enfuir dans la forêt. Beaucoup le voulaient. Mais la palissade était haute, impossible de passer par-dessus, et il y avait foule devant le portail. Bref, on était coincés à l'intérieur de cette palissade comme dans une marmite, à nous battre avec des femmes.

Après, elles ont trouvé la citerne avec le pétrole. Elles nous ont aspergés de pétrole, par seaux entiers. Les granges brûlaient déjà. Et alors, les baïonnettes n'ont plus suffi : il fallait tirer avant qu'elles arrivent à nous avec ce pétrole, ou brûler. On s'est tous mis à tirer. Moi avec. Et il y en avait, des femmes ! Je voulais que ça s'arrête le plus vite possible, alors j'ai beaucoup tiré.

Le lendemain, on nous a envoyés au village, rassembler les enfants et les répartir dans les orphelinats. On les a tous pris, tous placés. Et aucun n'est mort, même les nourrissons sont restés en vie.

J'ai tout fait, j'ai obéi à tous les ordres. Et après j'ai mis mon paquetage sur les épaules, et sans rien dire à personne, je suis parti à Kazan. J'ai marché une semaine, par les bois, sur la neige. Je suis arrivé à ma chambre au foyer, je me suis couché, et je suis resté une semaine dans cette position. Je n'allais même pas aux toilettes. On m'a apporté un seau, pour que je ne me fasse pas dessus. Mais j'avais peur de ce seau, je l'ai jeté par la fenêtre. Au huitième jour, je suis allé voir Tchaïanov, et je lui ai demandé de me muter aux transports…

– Ce genre de bonté, c'est bien ce que j'appelle bonté tordue, conclut l'infirmier. Je ne veux pas d'elle. Je veux une vraie bonté, une bonté sans mélange.

Moi aussi, grand-père ! C'est vrai, ce serait bien, de rencontrer une bonté sans mélange ! De tous les côtés, pas salie par les péchés du passé. Si un tel homme se trouvait, ne serait-ce qu'un sur terre, qui n'aurait jamais fait une seule mauvaise action. Et cet homme irait de par le monde, ne faisant que le bien, et les autres le regarderaient et se réchaufferaient à sa bonté. Mais de telles gens n'existent pas. Et cette bonté sans mélange n'existe pas. Même si nous rêvons d'elle. Que nous vivons avec ce rêve.

La bonté, autour de nous, est autre : tordue et sale comme nos bottes maculées de fumier. Et elle est le fait de mains sales, de ceux qui ont tué et volé. Selon toi, grand-père, ils sont tous mauvais. Mais moi je dis qu'ils sont bons. Parce qu'ils rêvent de cette bonté sans mélange qu'on ne voit nulle part. Sinon nous n'aurions ni convoi, ni infirmerie, ni cette nuit dans l'étable. Tu vois, grand-père : on s'est disputés avec toi, on a failli se battre, mais on est d'accord sur une chose…

Boug soufflait du nez, attendant patiemment la réponse.

☆

Au petit matin, Deïev n'en pouvait plus. Le morceau de ciel, dans la fenêtre, s'éclairait peu à peu : de noir d'encre, il était devenu gris-bleu, puis gris, puis s'était teinté de roux et de jaune. La vache ne vêlait toujours pas.

Toute la nuit, elle avait souffert, soupirant bruyamment, tapant des sabots, piétinant le fumier. Mais elle ne vêlait pas. Deïev brûlait d'aller la voir. L'attente le torturait, étouffant tous les autres sentiments et pensées, et il se levait presque à chaque minute pour regarder dans l'alcôve. Il n'avait jamais assisté à l'arrivée d'un « excédent », au vêlage d'une vache ou à l'agnelage d'une brebis. Il avait observé des animaux nouveau-nés, mais quand ils étaient déjà sortis du sein maternel, qu'ils étaient devenus la propriété des chefs de l'armée de ravitaillement. C'est pourquoi il craignait de manquer le moment où son aide serait nécessaire. Et il craignait encore plus que la mise bas n'ait pas lieu ce matin.

D'abord il crut entendre de nouvelles intonations dans les soupirs de la vache : le travail avait-il commencé ? Puis il voulut éclairer sous sa queue, vérifier si la gueule du veau ne dépassait pas déjà. Puis il se persuada qu'il fallait l'abreuver : la pauvre bête avait passé toute la nuit à attendre, sans dormir, peut-être que quelques gorgées la soulageraient et accéléreraient le cours des choses.

– Reste assis, fiston, lui ordonna Boug. Ne dérange pas la nature.

Et si elle n'avait pas un veau dans son ventre, mais deux ? Ce ventre était si gros. Ce qui expliquerait ses souffrances, les petits veaux bougeant à l'intérieur d'elle, se gênant mutuellement. Deux veaux, dont chacun ferait dans les quarante-cinq kilos, quelle aubaine !... Mais si le veau était mal formé, un veau à deux têtes ? Cela arrive, Deïev ne l'avait jamais vu, mais on lui avait raconté. Si ça arrivait, elle ne pourrait pas faire naître ce monstre toute seule, seulement avec de l'aide... Et s'il sortait avec la queue devant ? Ou qu'il était emmêlé dans le cordon ombilical, et ne pouvait pas sortir de la mère ? Il faut aller la palper, grand-père...

– Reste assis, énergumène !

Mais tu es infirmier, ou quoi ?! Qui voulait devenir vétérinaire, en pleurait presque ?! Allez, fais quelque chose ! C'est dans ton domaine ! Et si tu ne sais pas, je m'en occuperai moi...

– Oooo !

Le gémissement était monté des tréfonds de la vache. Le fumier mou eut un bruit sourd : le lourd corps de l'animal s'était couché au sol, tapant des sabots sur la boue.

– Maintenant, ordonna l'infirmier.

Deïev rallongea la mèche de la lampe à huile, et la flamme s'éleva, léchant les flancs de verre de la lampe, exhalant un nuage de suie. Les ombres des hommes et de la vache se mirent à danser sur les murs de rondins. Deïev apporta hâtivement la source de lumière dans la fameuse alcôve, où la vache gravide était couchée sur le flanc, les yeux écarquillés, la queue tendue levée vers le plafond.

La tête de la vache ne cessait, alternativement, de se poser dans la boue avec un bruit de ventouse, pour ensuite se relever et se tendre vers on ne savait quoi. Deïev avait l'impression que c'était vers eux, vers les gens. Il suspendit la lampe à la porte au battant penché, et se figea un instant, ne sachant que faire, puis il comprit : il fallait imiter le grand-père.

L'infirmier avait déjà remonté ses manches, s'était mis à genoux devant le corps de l'animal étendu au sol, à l'endroit où tressautait la queue pliée en arc, et il enfonça ses mains jointes sous cette queue. Il les enfonça loin – presque jusqu'aux coudes. Quand il les ressortit, elles n'étaient plus vides : dans chacune, il y avait quelque chose de sombre et de droit, qui disparaissait dans le corps de la vache. Les pattes du veau. Osseuses, couvertes de poils, terminées par de petits sabots jaunes et aigus, elles venaient lentement, alors que Boug tirait de toutes ses forces, s'appuyant sur les genoux.

– Viens m'aider, bon sang ! cria-t-il avec peine.

Deïev comprit qu'il était toujours figé sur place, fixant le grand-père et la vache arqués devant lui. Il se précipita vers eux, dans la bouse, attrapa aussi les pattes chaudes et glissantes, se mit à les tirer – elles cédèrent un peu, puis encore un peu, sortant d'un pouce du derrière gonflé de la vache. Au-dessus d'elles apparut encore quelque chose, de semblable à un soulier plat avec des yeux : le mufle du veau. Ses yeux, énormes, des yeux parfaitement humains, regardaient Deïev sans ciller.

Et Deïev regardait le veau, qui se libérait, centimètre par centimètre, de l'utérus maternel. D'abord les oreilles triangulaires, puis le cou, la poitrine. Un liquide épais et visqueux couvrait tout son corps qui, sous la faible lueur de la lampe à pétrole, brillait comme s'il était en verre. Ce liquide coulait également des larges narines du veau ; Deïev fut soudain inquiet, se disant que la bête ne pouvait pas respirer, mais il ne pouvait pas essuyer son mufle, il continuait de le tirer par les pattes.

L'infirmier ahanait sous l'effort, bruyamment, couvrant presque la respiration de la vache. Celle-ci, la tête rejetée en arrière, roulait des yeux, son bassin bosselé devenait de plus en plus large, s'écartait de plus en plus : le gros veau semblait près de déchirer sa mère. Mais quand il fut parvenu à sortir son garrot peluché – hop ! –, il jaillit presque en une seconde. Deïev n'eut pas le temps de dire « ouf » ; il fut heurté à la poitrine et projeté à terre, tenant entre ses bras un corps brûlant, visqueux, poilu, incroyablement lourd : le veau était sur les genoux de Deïev, ses pattes avant et arrière écartées au sol, son mufle contre l'épaule de Deïev. Énorme, bien nourri – dans les cinquante kilos, pas moins !

– Pose-le, ordonna Boug. Pose-le, il est trop lourd.

Deïev secoua obstinément la tête – pas question ! – puis se pencha, posa ses lèvres sur le crâne mouillé : excédent, mon cher excédent !

Mais son visage était déjà poussé par un autre mufle : la vache s'était remise sur ses pattes et voulait lécher son bébé. Deïev la laissa faire. Il ne lâcha pas le veau, mais permit à sa mère de passer sa langue râpeuse sur la peau du nouveau-né. Elle le lécha furieusement, toucha parfois les mains et le cou de Deïev du coin de la langue (c'était comme si on l'avait frotté avec une râpe), lava le mufle, les flancs, l'entrejambe de son bébé, puis à nouveau le mufle ; et bientôt, Deïev sentit le souffle accéléré du veau contre sa joue : il prenait sa respiration. Au début, il garda la gueule ouverte (de sa langue pendante, des gouttes de salive tombaient sur Deïev), puis il la ferma et respira bruyamment par les narines.

Boug écarta légèrement les pattes arrière du nouveau-né, puis caressa la nuque de la vache :

– C'est un fils, félicitations !

La vache poussa doucement son fils sur son flanc avec son museau – il faut te lever ! – et celui-ci s'agita, bougea ses sabots recroquevillés sur le fumier, secoua sa tête au grand front, comme s'il comprenait et voulait exécuter immédiatement l'ordre maternel.

Deïev aussi devait se mettre sur ses jambes, et partir avec Boug du centre de stockage : pendant qu'ils étaient occupés au vêlage, l'aube avait pu se lever. Il voulut regarder par la petite fenêtre et, à la couleur du ciel, comprendre l'heure, mais son regard se heurta à de nombreux autres : les hommes qui avaient dormi dans l'étable étaient depuis longtemps rassemblés devant la paroi de l'alcôve, observant ce qui se passait.

Les farineux jetaient des coups d'œil maussades au veau dans les bras de Deïev et à Deïev lui-même. Les Pétersbourgeois, eux, surveillaient joyeusement les gardes.

– Merci pour la lampe, camarades, dit Deïev, serrant le veau contre lui.

Les camarades ne répondirent pas. Ils avaient leur fusil à canon scié à l'épaule, et les mains posées sur les poignées des revolvers à leurs ceinturons.

À l'extérieur, il faisait vraiment jour : d'étroites bandes de lumière perçaient l'espace sombre de l'étable. Bientôt, les autres farineux allaient se réveiller et arriver de tous les côtés ; les visiteurs avaient intérêt à sortir du village avant cette heure. Leur temps était écoulé depuis longtemps.

Sans lâcher le veau nouveau-né, Deïev se leva tant bien que mal – il n'y serait jamais parvenu tout seul, avec une bête aussi lourde dans les bras, mais Boug l'aida, le soutint. Il aurait voulu prendre le veau (l'immense infirmier était plus à même de porter cette charge imposante), mais Deïev n'accepta pas. Il le mit sur ses épaules, avec l'assistance de Boug, encore une fois, de telle manière que les pattes avant de la bête pendaient sur une épaule, et les pattes arrière sur l'autre. Il serra bien fort ces pattes, et avança.

Les Pétersbourgeois lui ouvrirent la porte de l'alcôve. Ces gaillards n'intimidaient personne, ne jouaient pas avec leurs armes, mais les tenaient simplement, ouvertement, à la main, sans faire de manières. Leurs sourires découvraient des dents blanches, qui brillaient dans la lueur pâle de l'aube, et dans ces sourires, Deïev lisait qu'ils étaient prêts à se battre, et même désireux de le faire : il n'y avait pas assez d'action dans leur armée de ravitaillement. Quand Deïev avança d'un pas lourd devant eux, l'un d'eux lui envoya un clin d'œil hardi : n'aie pas peur, compagnon ! Deïev aurait voulu lui répondre d'un clin d'œil, mais son visage grimaçait sous l'effort, il ne put envoyer de signal amical.

Il avait de la peine à marcher, ses bottes glissaient sur le fumier. Le veau s'agitait beaucoup, pressentant la séparation d'avec sa mère ; ses muscles étaient encore faibles, il ne coordonnait pas bien ses mouvements, et Deïev avait l'impression d'avoir de la gelée sur les épaules. Une gelée presque aussi lourde que lui.

Il allait vers la sortie de l'étable, lentement, pas après pas. L'infirmier marchait à côté de lui, mais à reculons : il regardait tous ceux qui avançaient derrière eux, tenant son carreleur sur sa cuisse. Les Pétersbourgeois progressaient aussi à reculons, brandissant leurs deux fusils et le mauser. Les farineux fermaient la procession ; impossible de savoir s'ils les menaçaient vraiment, ou s'ils ne faisaient que les intimider, pour se venger par ces minutes désagréables de l'excédent qui leur passait sous le nez. Ils ne rattrapaient pas les visiteurs, ne les encerclaient pas, alors qu'ils auraient pu le faire. Et ils n'exprimaient aucune exigence. Se pouvait-il qu'ils s'en sortent ? Se pouvait-il qu'on les laisse partir avec la viande ?

Quand ils franchirent le seuil de l'étable, la vache-mère se mit à mugir de toutes ses forces, douloureusement, pleurant son fils volé. La paroi de l'alcôve trembla sous les coups : la vache, voulant rattraper les ravisseurs, tapait sa poitrine contre le bois. L'un des farineux cracha à terre avec dépit et resta dans l'étable pour calmer l'animal : un adversaire de moins.

Ils s'éloignèrent de l'étable. Arrivèrent aux rails. Suivant les rails, ils avancèrent vers les dernières bâtisses du village farineux, en direction du portail par lequel ils avaient pénétré dans la forteresse.

Deïev écoutait leurs pas crisser dans le silence matinal et se demandait si on allait leur ouvrir le portail. Et si on l'ouvrait – leurs poursuivants n'allaient-ils pas les rattraper plus loin, dans le bois épais de pins ? C'était sûrement la meilleure façon de se débarrasser des visiteurs impudents. La plus discrète et la plus silencieuse.

Rester avec le veau à l'intérieur du village farineux, sous la protection des Pétersbourgeois, et envoyer l'infirmier au convoi ? Mais quels renforts pourrait-il ramener : les nurses et Memelia ? Non, il ne fallait pas séparer leur groupe, déjà assez petit comme ça.

Ne pas aller vers le portail, mais au bureau de direction, pour demander sa protection à Poigne de Fer ? Il ne serait pas ravi de voir l'excédent exhibé devant toute la place au début de la journée de travail. Et qui savait quelle était son humeur, ce matin.

Demander aux Pétersbourgeois de rameuter des camarades de l'armée de ravitaillement ? Ils n'iraient pas chercher de l'aide, ils ne voudraient pas reconnaître leur faiblesse.

D'une manière ou d'une autre, ils ne pouvaient suivre qu'une route : le long des rails, par la forêt. Et s'ils tombaient sur des farineux dans cette forêt, Deïev ne savait qu'une chose : il ne leur donnerait pas le veau. Il avait six balles dans son revolver. Cela ne suffirait pas pour tous, mais au moins pour les premiers qui tendraient leur main avide vers la viande.

Le portail fut ouvert rapidement, sans la moindre question. La sentinelle avait dû être prévenue (par Poigne de Fer, ou par la garde farineuse ?).

Deïev et Boug quittèrent la forteresse. Les Pétersbourgeois les suivirent. Les farineux aussi. Deïev et Boug avancèrent entre les rails. Les Pétersbourgeois les suivirent. Les farineux aussi.

Dès que le mirador avec ses crânes de vache disparut derrière les arbres, Boug dit avec les lèvres : « Ça va commencer. »

On entendit cliqueter des fusils – les Pétersbourgeois se préparaient à l'affrontement.

Deïev, toujours marchant, plongea la main dans sa poche et en sortit son revolver. Il tenait les pattes du veau contre sa poitrine, non pas entre ses doigts, mais avec la main serrant l'arme. Il décida de tirer dans le ventre des assaillants, à bout portant. Il ne voyait pas ce qui se passait derrière son dos, mais continuait à avancer sur les traverses. Il savait que s'il s'arrêtait ou s'il ralentissait ne serait-ce qu'un peu, interrompant la marche de leur étrange colonne, ce serait le signal du début de la bagarre.

Mais la colonne s'arrêta d'elle-même : quelque chose poussa l'infirmier et les défenseurs pétersbourgeois à ralentir le pas et à s'arrêter. On n'entendait pas les pas des poursuivants : les farineux s'étaient également arrêtés. La main crispée sur son revolver, Deïev se retourna lentement, le veau sur les épaules, et comprit la raison de leur immobilité : un homme, venant du centre de stockage, marchait sur les rails dans leur direction. L'une de ses mains était un peu plus basse que l'autre : Poigne de Fer. C'est lui que les autres attendaient, se tenant toujours mutuellement en joue, prêts à appuyer sur la détente à n'importe quel moment.

Voulait-il s'assurer que les visiteurs avaient quitté la forteresse ? Ou ne voulait-il plus leur accorder l'excédent ? Peut-être que les farineux avaient conduit les visiteurs dans la forêt sur son ordre, et qu'il allait ordonner aux Pétersbourgeois non de les défendre, mais de les attaquer ?

Boug regarda Deïev avec mélancolie : le voilà, ton homme plein de bonté !

– Je vois que la nuit a été fructueuse, dit Poigne de Fer en s'approchant.

Il n'accorda aucune attention aux canons des fusils, comme s'ils n'existaient pas. Il fit descendre de ses épaules un sac lourd qu'il jeta aux pieds des visiteurs.

– Nous vous avons préparé ça, à tout hasard. Prenez-le.

Deïev fit oui du menton. Boug souleva le cadeau sans l'ouvrir et sans regarder à l'intérieur, le mit sur ses épaules.

– Ensuite, continua Poigne de Fer, comme s'ils ne discutaient pas sous la mire de plusieurs fusils, mais dans un bureau tranquille. Vous ne pourrez pas faire avancer le convoi en arrière sur les rails principaux. Passez à travers le centre de stockage, nous ouvrirons les portails.

Deïev hocha une nouvelle fois la tête. Il n'aurait pas osé compter sur une telle générosité – il craignait d'avoir à suer en tirant la guirlande de l'embranchement aux rails principaux, ou courir à Ourmary pour y prendre une locomotive de manœuvre et ramener les wagons un par un sur la voie.

– C'est tout, dit Poigne de Fer. Portez-vous bien.

Comprenant que les choses étaient définitivement réglées, les farineux baissèrent leurs armes, les remirent sur le dos. Les Pétersbourgeois firent de même.

Deïev fit oui de la tête, une troisième fois.

☆

Puis ils coururent sur les rails – Deïev avec le veau sur les épaules et Boug avec son sac. Ils avaient peine à croire qu'ils s'en allaient sains et saufs et avec la viande. Ils avaient peine à croire qu'il ne leur restait plus qu'à traverser cette maudite forteresse de part en part pour s'en éloigner à pleine vapeur et ne plus jamais revenir.

La locomotive grondait déjà au milieu du bois, exhalant fumée et étincelles – la veille, le mécanicien avait reçu l'ordre de la chauffer à l'aube. Et le mécanicien, obéissant, était à sa cabine, attendant le chef du convoi.

Ils jetèrent leurs fardeaux sur la plateforme du tender, montèrent à côté, sur les tas de charbon.

– En avant ! cria Deïev. File en avant comme une flèche, file comme un diable !

Avant que Poigne de Fer change d'avis. Avant que les farineux, vexés, inventent un tour à leur façon. Fonçons !

Et la guirlande s'élança. Écartant les branches des pins avec sa poitrine de fer, la locomotive passait sur les rails avec fracas. Deïev et Boug étaient debout sur le tender, l'un tenant son revolver, l'autre, les poings levés, prêts à défendre le convoi et leur butin. Une grêle de pommes de pin arrachées par la cheminée de la locomotive leur tomba dessus.

En cas d'attaque, Deïev avait décidé d'avancer coûte que coûte, en culbutant le portail et en emboutissant la palissade. C'était un jeu d'enfant, pour un convoi lancé à toute vitesse. C'est pourquoi il valait mieux ne pas ralentir, mais filer à toute vapeur, prévenant de leur arrivée avec la sirène.

– Ou-ou-ou ! hurla la guirlande, roulant vers la palissade.

Personne n'avait l'intention d'attaquer. Le portail fut ouvert à l'avance, et le convoi jaillit à l'intérieur, cachant le mirador, sa sentinelle et le portail garni de crânes sous un nuage de vapeur. Il fonça à travers le village farineux, déchirant la brume blanche.

Les granges, l'étable commune, les chariots blancs avec les chevaux blancs, les silhouettes blanches d'humains, tout cela défilait à toute vitesse, comme un rêve, comme des visions nocturnes. Et la place principale avec ses montagnes de grains à l'haleine de farine, et tout cet air trouble et lourd, et les corbeaux pleurant au ciel, tout cela n'était qu'une vision, une illusion…

Ils émergèrent du deuxième portail, aux vantaux grands ouverts, respirèrent la fraîcheur résineuse du matin : la vision avait disparu.

La guirlande s'élançait dans la forêt. La verdure des arbres scintillait, éblouissait. Le ciel brillait d'un bleu cobalt. Des oiseaux pépiaient. Deïev et l'infirmier se regardaient, la respiration haletante. Ils ne pouvaient rien dire, ils n'avaient pas besoin de parler.

Le visage de Boug était blanc, couvert de farine ! Et ses habits aussi. Et par-dessus la farine, il y avait encore de la bouse de vache, une grosse couche sur tout le corps. Et par-dessus la merde, du charbon noir. Est-ce que tu t'es vu, grand-père ! En fait d'infirmier, on dirait un égoutier doublé d'un mineur !

Le rire monta soudain. Au début, Deïev s'étouffa, tentant de le retenir, puis il se laissa aller à son hilarité. Et Boug, en le regardant, rit à son tour, d'un rire profond et retentissant, de basse.

Le carreleur a bien fonctionné, grand-père ! Tu as effrayé tout un centre de stockage avec ton carreleur dans la poche ! Et tu voulais encore mettre ta blouse blanche, tu te souviens ? Tu en aurais une dégaine maintenant, avec ta blouse blanche !

Ils riaient, se regardant dans les yeux. Le vent leur chatouillait le gosier. Ils avaient mal au ventre et aux joues à force de rire.

Et moi, grand-père ! Regarde-moi ! On peut m'enlever le fumier par couches tant je suis sale. Nous sommes deux égoutiers, nous nous valons. Non, pas des égoutiers : deux diables, voilà ce que nous sommes. Deux diables sortis d'une marmite de merde !

Ayant fini de rire, Boug essuya de ses doigts noirs les larmes qui lui montaient aux yeux. Deïev, lui, continuait de s'esclaffer, plissant les paupières, agitant la tête, incapable de se retenir.

Et comment le mécanicien nous a-t-il acceptés ? Il aurait pu nous chasser du convoi, deux épouvantails. Et nous donner des coups de tisonnier sur l'échine, pour que nous arrêtions d'effrayer la population. On ne peut pas nous montrer aux enfants – ils risquent de faire pipi aux culottes d'effroi. Ni aux nurses – elles en sauteraient des wagons et s'enfuiraient dans la forêt, et nous passerions la journée à les chercher.

Quelle histoire !

Le rire secouait Deïev comme des sanglots.

Et pourquoi ne ris-tu plus, grand-père ? Regarde autour de toi, comme les choses sont drôles. Les branches qui balancent au vent – c'est drôle ! La vapeur qui sort de la cheminée – c'est drôle ! Les roues qui tournent, tournent, tournent, c'est drôle, drôle !

– Du calme, ordonna Boug, enserrant Deïev dans ses grands bras puissants et le tirant à lui.

Oh, mais mon nez t'arrive à peine aux aisselles, grand-père ! Et tu sens la vache, celle qui a mis bas aujourd'hui. Et tu es fort, je ne peux pas m'échapper, ni bouger. Est-ce que ce n'est pas drôle, tout ça…

Quand son rire se calma, Deïev leva sur Boug son visage mouillé et lui dit :

– Je n'ai pas tiré sur les femmes enceintes – ce jour-là, le neuf mars.

– Je te crois, fiston, lui répondit le grand-père, et il desserra son étreinte.

Quelque chose de doux poussa Deïev à la cuisse – le mufle du veau. Laissé à lui-même, il s'était déjà mis debout sur ses pattes. Il n'avait pas encore vraiment appris à marcher, ni même à plier les genoux, et chancelait sur ses pattes tremblantes comme sur des échasses, les écartant pour tenir sur le charbon. Il s'empressait de venir vers Deïev, pour mettre son museau confiant contre l'odeur qu'il connaissait depuis sa naissance. Deïev s'agenouilla devant la bête et embrassa son front taché de charbon. Puis il introduisit le canon de son revolver dans l'oreille chaude du veau, appuya sur la détente.

☆

À Ourmary, pendant qu'ils faisaient le plein d'eau et de sable, ils se lavèrent.

Fatima versa de l'eau dans leurs mains en coupelle, et ils se lavèrent le visage et le cou, s'ébrouant de plaisir. Puis elle leur versa l'eau sur la tête, et ils s'ébrouèrent, de froid, cette fois-ci. Puis elle leur enleva tous leurs habits, sauf les vêtements de corps, partit à l'arrière de la gare avec les habits et les chaussures, pour les laver dans un ruisseau.

Deïev était content d'être lavé par Fatima. Et aussi que Blanche regarde la scène depuis le train. Il n'avait plus honte de montrer son torse ni ses jambes nues à des femmes : ces bêtises appartenaient au passé. Et pourquoi se gêner devant des camarades de combat !

Mais l'infirmier, contre toute attente, se gênait. Fatima s'approcha de lui avec un seau plein d'eau, un sourire sur son visage rond, et il rougit si fort que la couleur transparut même à travers la couche de saleté sur ses joues et son front. Quand elle leur demanda d'enlever leur vareuse et leur pantalon pour les laver, il regarda ailleurs, essayant de se dérober. Deïev ne se serait jamais attendu à une telle pudeur chez le grand-père.

Dans le sac offert par Poigne de Fer, ils trouvèrent des corbeaux abattus – frais, sans odeur faisandée. Au début, Deïev décida que les corbeaux avaient été tués la veille, mais en palpant leurs carcasses molles, tièdes et pas encore rigidifiées, il comprit qu'ils dataient du jour même. Cela signifiait qu'on les avait abattus au matin, pour le convoi de Deïev.

Les corbeaux furent destinés au menu principal. Le veau était réservé aux rations spéciales. Ils le dépecèrent sur la plateforme du tender, pendant que le train avançait, quand ils se furent éloignés de la gare et des regards curieux. Deïev se demanda si le marmiton saurait dépouiller la carcasse, mais il s'avéra qu'il savait, et mieux que les autres : la saigner, l'éviscérer, l'écorcher. Le sang serait servi à boire aux malades, on ferait du bouillon avec les os et les sabots.

Ils firent immédiatement bouillir la viande. Il n'y avait pas de passoire pour la viande cuite à la cuisine, et Memelia fit bouillir, dans la même marmite, une hache, et écrasa la viande avec le manche jusqu'à la transformer en purée. Deïev apporta lui-même la purée dans l'infirmerie, mais ne resta pas pour nourrir les grabataires : terrassé par la fatigue, il ne tenait plus debout. Boug, dans une blouse blanche cachant son corps vêtu de son seul caleçon, s'y mit tout seul. Deïev partit dormir dans son compartiment.

Il erra dans le convoi, pieds nus, en caleçons longs ; les taches de sang du veau avaient séché sur sa poitrine. Les enfants, en le voyant passer, se taisaient et le regardaient avec des yeux ronds d'admiration : la nouvelle de la viande, de la soupe aux oiseaux qui les attendait au soir, s'était déjà répandue dans tous les wagons. Les nurses le regardaient aussi avec enthousiasme. La paysanne, attendant qu'il l'ait dépassée, murmura longtemps, avec passion, quelque chose dans son dos chétif – peut-être une formule de protection, peut-être une prière.

Arrivé à son compartiment, Deïev se coucha sur le canapé et comprit qu'il ne pouvait pas dormir – il avait froid, sans habits – mais qu'il n'avait pas la force de se lever pour aller chercher une couverture. Il restait couché, pelotonné, enserrant son corps entre ses bras, quand quelqu'un entra et étendit quelque chose de chaud sur lui.

Il entrouvrit les yeux – c'était la commissaire Blanche, qui le couvrait avec sa veste. Il sourit, tant cette attention lui était agréable, mais ne put pas garder les yeux ouverts. Il ferma les paupières et sombra dans la somnolence.

– Vous avez dévalisé un kolkhoze, demanda ou affirma Blanche.

– Non, ce sont des excédents, dit-il d'une voix faible qui venait de loin, du monde des songes.

– De tels excédents, ça n'existe pas.

– Et comment que ça existe, dit-il ou pensa-t-il.

La veste l'étreignait, plus confortable que toutes les couettes de plume. Ou était-ce la commissaire qui l'étreignait ? Qui l'étreignait entre ses longs bras tièdes et le berçait tendrement, au rythme des roues qui chantaient leur berceuse. Ou était-ce Fatima qui le berçait sur sa poitrine douillette ? Qui le berçait et chantait d'une voix caressante…

– Deïev, je vous avais sous-estimé, dit la voix de Blanche.

Mais il n'eut pas le temps de comprendre ce qu'elle disait – il dormait.

Il roulait quelque part, à travers des forêts de pin et des collines jaunes, le long de rivières translucides et de champs kolkhoziens, sur des rails d'acier blanc et sur des ponts de fonte noire, roulait rapidement, balançant, tanguant, chaloupant avec force, et la terre tremblait sous ses mouvements vifs, et les roues tournoyaient, mesurant la route parcourue : toc-toc… toc-toc…

Ou c'était le cœur de Deïev qui battait, mesurant le temps qu'il lui restait ? Toc-toc… toc-toc…

Ou frappait-on à la porte, longtemps, sans renoncer ? Toc-toc… toc-toc…

Et c'était vrai : on frappait à la porte.

Comprenant avec peine où il était, où se trouvait cette fameuse porte, Deïev s'assit, les yeux fermés, chercha longuement ses chaussures à tâtons. Ne les trouvant pas, il se leva et se dirigea vers la porte. Il l'ouvrit, tenta de distinguer son visiteur à travers ses paupières collées.

Dans l'embrasure se tenait quelqu'un de grand et de puissant, en blanc.

L'homme-montagne. L'infirmier. Le grand-père.

Il regarda bizarrement Deïev et dit :

– Senia est mort.

3. TREIZE

Sergatch-Arzamas-Bouzoulouk

Tournant sa tête dans tous les sens, le Pou guigna dans le wagon. Sa silhouette se dressa sur fond de ciel crépusculaire et occupa bientôt toute la fenêtre. Il colla son museau à la vitre, agitant ses moustaches articulées, reniflant.

Senia, qui s'était couché les yeux tournés vers la fenêtre, le vit tout de suite. Il l'attendait. Il l'attendait depuis Kazan, l'attendait à chaque arrêt nocturne, mais le Pou n'avait rattrapé le convoi qu'à cet instant. Il avançait lentement sur les rails – ses griffes en forme de serpe glissaient sur l'acier – il avait appris à se déplacer à côté de la voie, s'accrochant aux traverses.

Et il était là.

Il poursuivait Senia depuis longtemps déjà. Il était arrivé de la taïga, où les Tchérémisses habitent les tanières d'ours et font de la magie dans les ravins. Il avait traîné son ventre important à travers tout le village, laissant les traces de ses six griffes sur la route argileuse, et dans l'une des maisons, il avait senti l'odeur de chair humaine vivante : Senia.

Senia était alors couché sur le poêle, où il attendait le printemps. Il n'y avait déjà plus personne dans l'isba : ni sa mère, ni son père, ni ses grands frères, qui avaient tous disparu depuis de nombreux jours. Les voisins avaient tous disparu, et le bétail, et la volaille. Seul, Senia était resté sur son poêle. Il y serait bien resté encore – il n'avait pas la force de bouger –, mais il aperçut la grosse carcasse bosselée, grise, grande comme une vache, et il prit peur. Il descendit tant bien que mal dans l'interstice entre le poêle et le mur, replia ses jambes, qui lui obéissaient mal depuis l'hiver, sur son ventre, se figea. Il resta couché là toute la nuit, tandis que le Pou trottait autour de la maison, incapable de le trouver. Pars, lui disait-il dans sa tête. Pars. Le Pou ne l'avait pas écouté.

Au matin, la porte s'était ouverte, mais ce n'était pas le Pou, c'étaient des soldats de l'Armée rouge. Ils faisaient le tour des maisons et, Senia ignorait pourquoi, ils appliquaient un mouchoir sur leur nez. Ils entrèrent aussi chez Senia. « Douce mère, il est vivant ! », dit un homme en extrayant Senia de derrière le poêle. On le mit sur un chariot, mais il ne pouvait déjà plus s'asseoir : il resta couché, partit quelque part avec les soldats. À l'orée du hameau, il se souleva et regarda son village natal. Derrière une haie lointaine, il vit une ombre qui se cachait : le Pou attendait que les cavaliers se soient éloignés, pour partir ensuite sur leurs traces. Senia aurait voulu en parler aux soldats, mais il était si fatigué, il s'était endormi.

Depuis ce jour, le Pou était à sa poursuite. Il rampait. Chaque fois, il semblait près de rattraper Senia, mais chaque fois, Senia réussissait à lui échapper. Il ne savait plus du tout marcher, ses jambes lui étaient devenues comme étrangères, mais il se faisait transporter de lieu en lieu, ce qui le sauvait. L'hôpital d'un village, puis d'un bourg, puis d'une ville, un orphelinat, à nouveau un hôpital de village, puis, vers la fin, un centre d'évacuation, à Kazan, la capitale. Chaque fois qu'il arrivait dans une nouvelle institution, Senia vivait deux jours tranquillement, puis commençait à attendre – le Pou surgissait toujours.

Le pire fut à l'hôpital de province : il était situé dans une petite isba au plafond bas, et la nuit, le Pou montait sur le toit. Il avait presque réussi à ronger un trou. Le meilleur endroit fut le centre d'évacuation : Senia avait été installé presque tout en haut de l'immense palais, et le Pou avait usé ses griffes en essayant de monter sur les murs de pierre et les colonnes lisses. Quand on l'amena au convoi, qui partait pour un long voyage, Senia comprit qu'il n'arriverait plus à s'échapper. Le convoi avançait très lentement sur les rails, deux-trois heures par jour, et restait immobilisé le reste du temps. Le Pou, lui, ne cessait d'avancer. Et voilà : il était arrivé.

Senia savait que le wagon était fait en fer et en verre épais. Il savait aussi que le Pou pouvait ronger le fer, casser le verre, l'écrasant en petits morceaux. Il ne promenait pas par hasard sa tête bosselée sur l'encadrement : il cherchait une fente ou une fissure où mettre son mufle. N'en trouvant pas, il commença à taper sur la vitre avec son gros front.

Pam ! Pam !

On n'entendait pas les coups, mais le châlit tremblait sous Senia, et les instruments de médecine tressautaient sur la table.

Pam ! Pam !

Les autres enfants dormaient – ils dormaient toujours quand Senia avait besoin d'aide. Quant aux adultes, ils étaient toujours loin. Senia n'avait personne pour le défendre sur cette terre, il était seul, tout seul.

Pam ! Pam !

Sur la vitre, un réseau blanc de fissures apparut et se déploya en étoile. Pam ! La fenêtre vola en éclats qui tombèrent au sol ; la vitre n'était déjà plus une vitre, mais un mufle brun qui ressemblait à une immense pomme de terre. La peau, sur la pomme de terre, était toute ridée, ses moustaches pleines de piquants. Les pattes de devant – des crochets avec des serpes – s'introduisirent dans l'infirmerie et s'accrochèrent au mur, tirant à leur suite le thorax, puis sa grosse panse côtelée.

Senia se serra sur son châlit, dans l'angle, contre le mur. Il avait encore le temps de ramper plus loin, de se cacher, mais depuis quelques jours il n'avait vraiment plus de force, il avait même cessé de se retourner sur son lit. Et il se tassa simplement sous sa couverture de sac, ne désirant qu'une chose : disparaître tout à fait, immédiatement. Parce que, cette fois-ci, il ne pourrait pas s'échapper.

Le mufle se rapprochait toujours plus, tournant vers Senia les billes affreuses de ses yeux indifférents et aveugles, déjà il avait sorti de sous son ventre sa trompe qui suçait le sang, l'avait dépliée – mais il ne pouvait pas atteindre Senia : son énorme panse était restée coincée dans l'ouverture de la fenêtre. Le Pou ne savait ni crier, ni rugir, ni faire le moindre bruit, il se contentait de se tordre lourdement, en silence, de se dandiner… Il n'avait aucune chance de passer par la fenêtre étroite. Il allait devoir trouver une autre entrée. Tapant des griffes avec colère sur les murs peints, y laissant des entailles, le Pou rangea sa trompe sous sa tête et ressortit par la fenêtre…

Peut-être que Senia parviendrait tout de même à lui échapper ? Il fallait descendre du châlit, déplacer son corps indocile dans le wagon voisin. Peut-être qu'il y avait quelqu'un, là-bas ? Quelqu'un qui l'aiderait ?

Senia recula du mur. Lentement, pouce par pouce, il se pelotonna sur lui-même : il valait mieux tomber en boule que dans le désordre. Il fit un crochet avec sa colonne vertébrale, tira ses genoux rigides vers sa poitrine. Sa tête était lourde, son cou se fatiguait tout de suite de la déplacer sur le châlit, mais il fallait, il fallait !…

Il frotta son oreille sur le bois rugueux, traînant sa tête trop lourde, puis passa par-dessus bord – ses yeux fixèrent les planches ébréchées du sol – et tomba avec un bruit mat.

Allez, rampe ! Il était étendu, le visage contre le sol, sur ses coudes, mains, genoux ramassés en boule. Rampe, je te dis ! Son front semblait intact, mais son nez devait être cassé – quelque chose de liquide lui coulait des narines, faisant des bulles. Du sang ?

Mais rampe, pauvre bûche !

Et Senia rampa, s'appuyant sur les planches sales avec ses pommettes, ses épaules, ses côtes, tous ses os saillants, s'enfonçant des échardes dans ces os, laissant derrière lui une trace de sang à demi effacée.

Le sang, c'était très mauvais. Le Pou le retrouverait à l'odeur.

Il arrivait déjà. Il avait compris où était la porte et avait donné de grands coups dessus, faisant trembler tout le wagon. Et quand la porte sortit de ses gonds et tomba, il s'introduisit dans l'embrasure vide, comme un poing puissant, ses pattes bruissèrent dans le couloir. Les planches de l'autel se brisèrent dans un craquement et tombèrent au sol. Le rideau cachant le lit de l'infirmier fut arraché et vola à travers l'infirmerie. Faisant tinter ses serpes, le Pou avança vers Senia.

Mais Senia était déjà devant une autre porte. Il avait appuyé sa tête sur elle, grattait la fente de la porte, tentant de l'ouvrir. Elle était fermée. Il fallait appuyer sur la poignée. La poignée était en haut, très haut.

Senia se détacha du sol, de toutes ses forces, il en avait la nuque brûlante, s'accrocha à quelque chose – un châlit ? le chambranle ? – et tira, tira vers le haut, se déchirant le dos et le cou. Le wagon brinquebalait comme s'il roulait. Ou était-ce Senia qui chancelait ? Oui, il chancelait, mais il était debout. Debout ! Il était debout sur ses jambes pour la première fois depuis de longs mois.

Il s'abattit sur la poignée de cuivre et la poussa de tout son poids – la porte s'ouvrit. Senia fut projeté sur la plateforme du wagon, mais réussit à se retenir sur ses jambes tremblantes et à claquer la porte derrière lui. Paf ! La gueule brune vint s'écraser contre la vitre, de l'autre côté. Pam ! Pam ! Elle tapait furieusement dessus, ne sachant comment ouvrir.

Il ne faut pas rester ici, avance ! Je ne peux pas marcher. Mais avance ! Pam ! Pam ! Et Senia marcha, sur des jambes de bois, ses pieds se soulevant à peine du sol, son corps tanguant dangereusement, mais il marcha. Il marchait ! Il pouvait se tenir au mur pour s'aider. Il pouvait, avec ses mains, tirer ses jambes gelées, les aider. Il pouvait ! Il pouvait marcher.

Il se traîna sur la plateforme ouverte au-dessus de l'attelage. Pénétra dans le wagon suivant et avança entre les filles endormies, jusqu'au bout du couloir (ici non plus, il n'y avait pas le moindre adulte !). Il fermait soigneusement toutes les portes derrière lui : le Pou ne savait pas utiliser les poignées et devrait enfoncer chaque porte, perdant du temps. Senia aurait le temps de se cacher. Il ne saignait plus du nez. Et ses genoux étaient déjà moins rigides…

Séparé de la bête par un wagon entier, Senia s'autorisa une petite pause – il s'arrêta dans le tambour et s'appuya contre le mur quelques instants, reprenant son souffle. Il regarda ses jambes, à peine visibles dans la pénombre bleue du soir : pendant six mois, elles n'avaient rien fait, et voici qu'elles s'étaient remises à fonctionner. Se pouvait-il qu'il parvienne à s'échapper ? Se pouvait-il qu'il réussisse à se cacher ?

L'air silencieux et froid pénétrait dans sa bouche par petites bouffées, et il n'entendait aucun son, comme s'il n'y avait pas de Pou géant en train de marcher dans le convoi, chassant sa proie et trouant le train de part en part.

Retenant sa respiration, Senia regarda par la porte vitrée – à peine, d'un œil. Le Pou était déjà dans le wagon des filles. Les moustaches tremblantes d'excitation, il avançait entre les couchettes des filles endormies, approchant son mufle d'un visage, puis d'un autre. Il reniflait, choisissant par qui commencer.

Se pouvait-il qu'il ne pense plus à Senia ? Se pouvait-il qu'il soit sauvé ?

C'était pourtant étrange, très étrange : le Pou n'avait jamais remarqué les autres enfants, même s'il en avait croisé des centaines sur son chemin. Combien de fois, dans les hôpitaux et les orphelinats, il était passé au milieu d'eux avec indifférence, cherchant son unique proie, Senia. Et soudain, il les remarquait.

Senia, tu es sauvé, sauvé ! Mais pars donc ! Pendant qu'il ne pense plus à toi – pour un instant ou pour toujours – enfuis-toi ! Pendant que tes jambes te portent, pendant que ton corps t'obéit !

Le Pou s'était arrêté : il avait fait son choix. Il enfonça ses crochets dans un châlit au premier étage, et s'approcha tout entier, surplombant une fillette endormie, comme un immense nuage ridé. Il sortit des profondeurs de son corps sa trompe enroulée, la déroula, faisant tomber une goutte de salive sur les cheveux châtains éparpillés sur la couchette. Il allait l'enfoncer dans le doux visage.

Ne regarde pas ! Enfuis-toi ! Du wagon, du convoi, des rails ! Maintenant, en cet instant !

Senia tira sur la poignée docile, ouvrit tout grand la porte du wagon des filles.

Le Pou se retourna au son, mais les billes sombres de ses yeux étaient aveugles, il ne voyait pas Senia, et ne désirait pas le voir. Tout près, à sa portée, il y avait une autre proie. Les piquants clairsemés étaient dressés sur son corps de pomme de terre, ses minuscules ailes hérissées, il savourait à l'avance.

Va-t'en, tête de bois ! Va-t'en, imbécile ! Tu peux encore partir. Tu es toujours parvenu à lui échapper, et tu le peux encore aujourd'hui !

Laisse la fille, sale bête, dit Senia. Les larmes coulaient sur son visage. Quelque chose tremblait et tressautait dans son ventre, comme un hochet contre ses côtes, sa poitrine tremblait aussi, ses jambes. Laisse la fille.

Le Pou secoua la tête, ne voulant pas être dérangé.

Senia rassembla dans son poing un peu de sang séché de ses narines gonflées, et tendit sa main ouverte : ce n'est pas ça que tu voulais ?

Imbécile ! Imbécile !

Le Pou tressaillit devant l'odeur de sang frais. Il hésita encore un instant, bougeant le museau, puis arracha ses griffes-serpes de la couchette et, crissant sur le sol, se précipita vers Senia. Sa panse grasse traîna sur les planches et manqua d'arracher sur son passage les châlits solidement arrimés.

Senia poussa la porte et s'enfuit. Il ne pouvait pas passer par les wagons, révélant d'autres enfants au monstre. S'il montait sur le toit ?

Il s'agrippa avec les mains à des bosses et à des saillies, se hissa. Il rampa sur la pente de fer, poussant avec les coudes, arriva en haut. Ses jambes pendaient en arrière comme des bûches : elles avaient appris à marcher, mais ne savaient pas encore ramper et se hisser. Enfin, il fut sur le toit.

Sans appui, il ne pouvait pas se mettre debout : il commença à ramper, ondulant sa colonne vertébrale, tirant derrière lui ses jambes raides.

Rampe maintenant, imbécile ! Tords-toi comme un serpent, danse comme un ver de terre. Pars ! Tu n'iras pas loin, c'est bientôt le bout du wagon. Imbécile ! Imbécile !

Derrière lui, il entendait déjà grincer les serpes du Pou. Celui-ci avait de la peine à avancer sur la surface lisse : il était contraint d'enfoncer l'un après l'autre ses crochets dans le fer, gauche-droite, gauche-droite, et de progresser ainsi, par à-coups, comme s'il ramait sur le toit. Sa panse à la peau épaisse heurtait les tuyaux, et on distinguait de grosses lentes qui roulaient à l'intérieur de l'animal.

Devant Senia, il n'y avait plus que le vide : c'était la fin du wagon. Il ne pourrait jamais sauter jusqu'au prochain. C'était la fin.

Et tout finit en Senia : la peur, les larmes. Il ne restait plus que le silence nocturne autour de lui, le battement de son cœur dans ce silence : la-fin ! La-fin ! Il se retourna sur le dos, appuyant ses talons contre une lucarne, et attendit que le museau obtus et moustachu apparaisse au-dessus de lui.

Alors, où es-tu ?

Le Pou apparut sur fond de ciel gris et descendit sur Senia comme un nuage. Mais Senia n'attendit pas que le monstre enfonce ses griffes dans son corps. Il attrapa dans ses mains la tête rugueuse de l'animal et, de toutes ses forces, poussa sur ses jambes de bois. Ils glissèrent tous deux du toit et tombèrent dans le vide. Senia savait que le choc de la chute, au sol, ferait exploser l'énorme carcasse en milliers de morceaux. Et, tandis qu'il tombait, serrant fermement le Pou contre lui, il se dit : je n'ai pas peur de toi.

☆

Ils enterrèrent Senia pendant la nuit, dans un bois de pins à l'arrière d'une gare, pour que les autres enfants ne le voient pas.

Deïev portait le corps du garçon, l'infirmier, une pelle. Senia était bien plus léger que le veau, sans compter qu'il était plus facile de porter un corps immobile qu'un vivant. Deïev n'était pas fatigué. C'est pourquoi il creusa lui-même la tombe.

– Ça suffit, dit Boug, quand la fosse fut plus profonde que la baignoire dans le wagon d'état-major.

Mais Deïev creusait encore, comme s'ils enterraient un géant avec une panse énorme, et non un garçonnet maigrichon. Il n'était toujours pas fatigué, malgré ses efforts. Dommage.

– On n'aurait pas pu le sauver, fiston, dit Boug, ôtant la chemise du garçon.

– Non, protesta Deïev. Ne prends pas sa chemise. Qu'il la garde sur lui.

Il ne pouvait pas enterrer le garçon tout nu, le laisser avoir froid dans la terre. Il l'avait fait, à une époque, avec ses camarades de régiment ; il ne le ferait pas pour Senia.

– Nous avons cinq cents enfants dans le convoi. L'infirmier était à genoux devant Senia gisant à terre, et on avait l'impression qu'il n'avait devant lui qu'une chemise, tant le petit corps du garçon était plat. Ils en ont plus besoin.

Sans l'écouter, Deïev lâcha sa pelle tachée d'argile, sortit de la fosse et prit Senia dans ses bras. Il redescendit dans la fosse, le posa sur le sol de terre. Le petit corps, dans sa chemise blanche, disparaissait presque entièrement dans l'obscurité brune. Deïev saisit sa pelle et commença à combler la fosse.

Boug, toujours à genoux, l'aidait : il poussait la terre avec les mains.

Ils fermèrent la tombe, tassèrent la terre avec les mains. Ils laissaient derrière eux un endroit plat : aucune butte, aucune bosse ne s'élevait sur la tombe, tant le garçon était petit. Bientôt, il serait impossible de la détecter : la neige la recouvrirait en hiver, l'herbe pousserait dessus en été. Senia serait caché de tous, bien à l'abri. C'est bien, se répétait Deïev. C'est bien.

Mais qui voulait-il tromper avec ce « bien » ? Lui-même ?

– Va dormir, ordonna Boug quand ils furent arrivés au convoi. Ça fait deux nuits qu'on tourne comme des toupies.

Pas deux et pas trois : Deïev avait déjà perdu le compte des nuits blanches. Mais il n'alla pas dormir. Il monta sur le toit du wagon et y resta longtemps assis, le dos appuyé contre la cheminée du chauffage. Senia était la première personne que Deïev enterrait après la guerre. Le premier mort qu'il avait enterré habillé. Et le premier enfant à quitter le convoi.

Et s'il y en avait un deuxième, un troisième ? Si l'infirmier avait raison, qu'ils devenaient les fossoyeurs de ces enfants ? Si Blanche avait raison, que l'infirmerie serait vide à leur arrivée à Samarcande ?

Pourtant, il avait trouvé la nourriture, les médicaments. Et même de la viande, à laquelle les enfants, en ville, ne pouvaient que rêver. Il avait fait ce que d'autres ne pouvaient pas faire, s'était mis en quatre et en mille, et cela n'avait pas aidé.

Il continuerait à tout faire : à trouver de la nourriture, du charbon, du savon. Mais que se passerait-il, si les provisions n'aidaient pas ? Que la viande fraîche et les médicaments de pharmacie ne sauvaient pas ? Si Deïev était impuissant face à ce qui s'était passé avec les enfants avant, ces dernières années ?

Le meilleur ravitailleur ne pouvait pas fournir aux enfants du convoi un nouveau passé. Ni leur rendre leurs parents. Ni leur offrir de nouveaux souvenirs ou une nouvelle santé. Tout ce que pouvait faire Deïev à présent, c'était récolter les fruits de la famine, de la destruction et de la guerre.

Oui, amener les enfants vers la chaleur et le soleil. Oui, les nourrir, les soigner et les protéger. Faire l'impossible pour les sauver, mais en acceptant que le passé avait toujours le dernier mot. Et qu'à chaque instant, ce passé pouvait emporter n'importe quel enfant.

Que pouvait-il opposer à ça ? Comment se racheter ? Par des nuits sans sommeil ? Avec des croix d'argent dans un mouchoir fripé ?

À présent, il n'avait pas d'êtres plus chers au monde que ces enfants. Ça pouvait paraître sentimental, mais c'était la vérité.

Deïev n'avait jamais eu de proches, pas même un chien ou un cheval. Et soudain, il en avait cinq cents. Cinq cents enfants lui étaient tombés dessus d'un coup – et même s'ils n'avaient pas de lien de sang, c'étaient bien ses enfants ! Galeux, drogués, les dents pourries par le scorbut, mais des enfants ! Ils dépendaient de lui, c'est lui qui leur permettait d'être en sécurité et nourris. En une semaine, ils étaient devenus, non comme ses fils et ses filles, parce qu'il était encore jeune, mais comme ses frères et sœurs cadets. Comment appeler ça, si ce n'est des liens familiaux ? S'il était prêt à tout pour eux ? Comme pour lui. Plus que pour lui.

Ils formeraient une famille pour un temps réduit, seulement jusqu'à Samarcande. Quand ils seraient arrivés, les enfants oublieraient son nom le deuxième jour, et bientôt il n'aurait plus leurs noms en mémoire. Mais tant qu'il les menait dans le convoi, il était pour eux celui qui décidait et dont tout dépendait, et ils étaient pour lui les êtres les plus proches qu'il avait au monde.

Ce n'était pas de la charité aveugle, comme le lui avait reproché Blanche. Ni à cause de sa culpabilité pour les femmes tuées au centre de stockage, comme l'avait décidé Boug. C'était un sentiment de fraternité humaine, qui était plus fort que la pitié et que la culpabilité…

D'autres enfants allaient mourir. Deïev le comprenait à présent, frissonnant contre le métal glacé de la lucarne et fixant la nuit silencieuse. Il allait se battre pour eux, et ils allaient mourir. Un, deux, cinq – combien d'entre eux allaient quitter le convoi comme Senia l'avait quitté ?…

Il resta sur son toit jusqu'à l'aube. Il n'avait aucune envie de dormir : des pensées n'arrêtaient pas de tourner lourdement dans sa tête. Quand on apporta la locomotive, qui avait passé la nuit au dépôt, il se rendit dans la cabine du mécanicien, arracha la pelle au chauffeur : je m'occuperai de jeter le charbon. Il décida de fatiguer ses bras et ses épaules avec le travail, pour se fouetter le sang et contenir ses pensées.

Il jetait habilement le charbon : par petites portions au cœur de la chaudière, par jets minuscules tout au fond, sans étouffer les flammes, mais répartissant le combustible. Il travaillait régulièrement, comme un chauffeur de locomotive expérimenté. Comme un diable devant la marmite de l'enfer.

– Ralentis, camarade chef de convoi, lui demanda le mécanicien.

Les flammes remplissaient toute la chaudière, hautes et larges, sortant presque par la porte, bourdonnant. Des étincelles de feu se répandaient sur la feuille de métal sous ses pieds. Mais Deïev ne pouvait pas s'arrêter, ses mains enfonçaient toutes seules le bout de la pelle dans le tas noir et envoyaient le charbon dans la chaudière. Enfonçaient et envoyaient, comme si elles continuaient à creuser la tombe de Senia.

– Ralentis, on ne prépare pas une bania ! Et on avance déjà à toute vitesse, on touche à peine les rails.

Sur les côtés, les sapins faisaient des taches claires, comme des touches de peinture, sur la noirceur des champs. Ses mains n'arrêtaient pas d'enfoncer et d'envoyer. D'enfoncer et d'envoyer. D'enfoncer et…

– Mais tu es devenu fou, ou quoi ! Ça suffit !

Soudain, il eut l'impression de recevoir un coup froid et mouillé sur la tête : l'assistant du mécanicien lui avait renversé un demi-seau d'eau sur le crâne. Deïev se figea devant la chaudière tressautante, tandis que le chauffeur lui enlevait prestement la pelle des mains et fermait la porte de la chaudière d'un coup de pied : il y en a assez pour le moment.

Haletant – comment s'était-il essoufflé ? –, Deïev s'approcha de la fenêtre ouverte et y passa sa tête mouillée. Il n'eut pas le temps de sécher : il poussa un cri, parlant avec peine contre le vent qui s'engouffrait dans sa bouche :

– Un homme sur les rails ! Stooop !

La locomotive grinça et hurla, exhalant sa vapeur et des gerbes d'étincelles, ralentit longuement et s'arrêta finalement juste devant un tas de chiffons à peine visible entre les rails.

C'était vrai, quelqu'un était couché là, épouvantail ou homme, vivant ou mort.

Deïev sauta à terre le premier et courut voir la chose.

Un garçon de sept ou dix ans, maigre et hirsute comme un chat de gouttière ; ses pieds nus étaient posés de chaque côté de la traverse, ses bras pendaient le long du corps, sa frimousse au grand nez fixait le ciel. Des nuages flottaient dans ses yeux immobiles. Était-il vivant ?

– Que fais-tu ici, frère ? Deïev se pencha vers le garçon.

Celui-ci battit des cils et tourna les yeux vers Deïev. Vivant !

Le visage de l'enfant inconnu était affligé, avec des poches pendantes sous les yeux, des rides de vieillard autour de la bouche. Son regard était étrangement insistant : fixant l'adulte, le gamin le dévisageait attentivement, sans ciller. Il dévorait Deïev du regard, ne s'intéressant aucunement au mécano et au chauffeur qui les avaient rejoints.

– Saboteur ! se plaignaient-ils. Comment pourrons-nous reprendre de la vitesse sur la montée ?! Tu n'aurais pas pu arrêter le train en descente, traître !

Le garçon ne réagit pas non plus au son, comme s'il n'y avait pas ces voix rauques d'adultes en train de le gronder.

– Allez, lève-toi, commanda Deïev.

L'enfant était toujours couché, immobile, regardant de tous ses yeux, et seul le vent ébouriffait ses cheveux gris sur son front et les loques sur son corps osseux.

– Il est peut-être sourd ? Le mécanicien se rapprocha et claqua des doigts, sans résultat.

– Tu m'entends ? Tu peux bouger les bras, les jambes ? Deïev s'assit à côté de lui ; le gamin le regardait comme s'il s'apprêtait à répondre, mais il ne répondait rien, et ses lèvres ne tremblaient même pas. Hé, on doit te faire rouler comme une bûche hors des rails ?

– Je vais le pousser avec la pelle, dit le chauffeur, s'apprêtant à aller chercher l'outil.

– Non, l'arrêta Deïev. Je m'en occupe.

D'une main, il prit l'enfant sous la nuque, de l'autre, sous les genoux, pour le mettre sur le bas-côté. Mais il ne le déposa pas : il continua à le porter, les bras légèrement tendus, comme s'il avait oublié pourquoi il l'avait soulevé. Comme s'il était à nouveau en train de porter Senia Le Tchouvache.

– Et s'il était contagieux ? s'inquiéta le mécanicien. Mais regardez-le ! À défaut d'infection, il est sûrement couvert de vermine.

Les cheveux du garçon n'étaient pas seulement emmêlés, mais carrément feutrés. Son visage brun était couvert de croûtes.

– Quelle importance, nous avons déjà un régiment de poux dans le convoi. Deïev sortit des rails.

La boue grise faisait un bruit de ventouse sous les chaussures : on n'aurait pas voulu cracher dans une telle boue, sans parler d'y déposer un enfant. Il décida de l'emporter un peu plus loin, sur une terre plus sèche.

Le gamin continuait de le fixer, comme s'il exigeait ou implorait quelque chose.

– Pourquoi es-tu ici ? D'où viens-tu ? ne put s'empêcher de demander Deïev. Tu as un père, une mère ?

Un père et une mère, vraiment ! Il était vêtu de haillons. Ses pieds, à force de vagabonder, avaient acquis une semelle de cals. Il avait sans doute oublié quand il avait dormi sous un toit pour la dernière fois. Et quand il avait mangé pour la dernière fois.

– Où est-ce que vous le portez ? dit la voix de Blanche, tout près.

Deïev regarda derrière lui : il était juste devant le wagon d'état-major, à côté du marchepied, son fardeau dans les bras. Le mécanicien était retourné à sa cabine, jouant des manettes. La locomotive soufflait déjà, prête à partir.

Deïev ne portait l'enfant nulle part ! Il cherchait juste un endroit sec pour l'installer. Il n'allait pas l'abandonner ici, dans une flaque d'eau. Ni là, dans la boue argileuse. Ni là-bas non plus…

– Deïev, c'est interdit ! criait Blanche de la plateforme, penchée vers lui, tandis qu'il continuait à errer le long de la guirlande, enfonçant les pieds dans la boue molle et cherchant un endroit. Lâchez ce gamin et montez dans le train !

Elle était loin – il ne l'entendait pas.

Les attelages entre les wagons cliquetèrent, se tendirent. Les roues se mirent à tourner sur les rails, le convoi démarra dans un frottement de métal et de bois.

Deïev n'avait pas déniché d'îlot sec où il aurait pu déposer l'enfant trouvé sans mauvaise conscience. C'est pourquoi il monta sur le marchepied d'un wagon arrivé à sa hauteur avec le garçon dans les bras.

– Faites immédiatement descendre ce morveux ! Blanche arriva en courant du wagon, échevelée, haletant de sa course dans le train, ou d'indignation. Sautez immédiatement sur le bas-côté et posez-le par terre !

La terre s'éloignait, constellée de flaques et de feuilles pourrissantes. Les bouleaux blancs et les tilleuls noirs s'éloignèrent aussi, d'abord lentement, puis de plus en plus vite.

– Nous avions un accord, Deïev ! Vous commandez le convoi, et moi, les enfants ! Et j'ai fermé le train aux nouveaux passagers jusqu'à Samarcande !

– Il remplace Senia, expliqua Deïev.

Il le dit d'abord, et ne comprit qu'après le sens de ce qu'il venait de prononcer.

– On ne peut pas remplacer !

– Si. Je peux.

Blanche était devant l'entrée du wagon – haute, les épaules larges – et bouchait le passage. Regardant la commissaire d'en bas, Deïev fit un pas, comme s'il ne voyait pas l'obstacle. Il la heurta avec l'enfant, trouva la poignée à tâtons. Blanche ne reculait pas ; il ne reculait pas non plus. Ils restaient à se pousser – des coudes, de la poitrine, des genoux –, manquant d'écraser l'enfant silencieux et s'efforçant de faire en sorte que les autres ne remarquent pas la scène.

Deïev réussit finalement à glisser sa chaussure dans l'embrasure de la porte, puis un genou, puis à se faufiler dans le wagon.

– Mais comprenez, enfin ! se rendit Blanche, hors d'haleine. Les gens meurent à jamais, pour toujours, et on ne peut pas les remplacer !

Deïev ne l'écoutait pas et marchait dans les couloirs en direction du wagon d'état-major.

– Vous êtes une femmelette, Deïev, dit-elle en le rejoignant dans son compartiment. Pire qu'une bonne femme ! Dès que vous voyez un enfant abandonné, vous le prenez dans vos bras !

Elle ne voulait pas qu'on entende leur dispute, et ferma bien la porte, mais sa voix était si forte que la porte n'y changeait sans doute rien.

– Vous récoltez les enfants comme les chiens récoltent les chardons sur leur poil ! Vous ne pouvez pas faire un pas sans en ramasser un ! Vous n'avez ni volonté ni jugeote, juste de la pitié mal placée !

Deïev déposa l'enfant sur son canapé : voilà, il avait trouvé un endroit sec. Le garçon, dès qu'il se sentit sur la terre ferme, roula sur le sol et se cacha sous le divan.

Deïev s'assit sur le canapé, s'appuya sur le dossier et regarda Blanche. C'était la première fois qu'il la voyait furieuse : pas sarcastique, pas accusatrice, mais vraiment énervée. Elle était étonnamment belle en cet instant. Plus surprenant encore : la commissaire était furieuse, et Deïev, d'un calme olympien.

– Nous résoudrons cette question collectivement, dit-elle avant de sortir.

☆

– Non ! s'exclama Boug dès qu'il eut aperçu le gamin.

Deïev l'avait sorti tant bien que mal de sous le canapé pour le montrer à l'infirmier, mais celui-ci ne put pas l'examiner correctement : le gamin se débattait comme un petit animal dans les bras de Deïev, désespérément, mais sans un bruit. Il ne répondait pas aux questions, ne regardait pas les adultes, pressé de se réfugier sous le canapé, où il se cacha finalement, échappant à Deïev.

– Celui-ci, c'est un vrai vagabond. Je ne le prendrai pas sans quarantaine. Il pourrait refiler le typhus à tout le convoi. Ou la scarlatine. Ou la diphtérie. Ou quelque chose de pire.

Blanche était à la porte, muette, mais approuvant l'infirmier de toute sa contenance. Elle n'intervenait pas dans la conversation, se réservant pour plus tard.

– Tu l'auras, ta quarantaine, dit Deïev. Il restera ici, chez moi.

– Et tu seras le premier à tomber malade !

– Et alors ? Tu me soigneras.

– Nous sommes collectivement contre le nouveau ! conclut la commissaire, qui n'avait pas pu s'empêcher d'intervenir.

– Collectivement, ce sera après Samarcande. Deïev s'assit sur le canapé et croisa les jambes (autrefois, il n'avait pas cette habitude, mais il avait vu Blanche le faire, et ça lui avait plu). En attendant, je décide seul, en tant que chef de convoi, de garder cet enfant.

– Et quand cinq cents enfants, à cause d'un seul, tomberont malades et n'arriveront jamais à destination, vous en prendrez aussi la responsabilité seul ?

– Oui, dit Deïev en se tournant vers la fenêtre.

Si la commissaire envoyait un rapport sur l'incident, Deïev aurait des ennuis : c'était une chose, de prendre une nourrice adulte pour un bout de chemin, et une tout autre, d'embarquer un jeune vagabond, qui avait son passé dans les poubelles inscrit sur son visage comme sur une pancarte dans une manifestation. Son seul espoir était que Blanche n'ait pas envie de perdre une source de ravitaillement en Deïev, et ferme les yeux sur l'enfant.

– N'importe quoi ! La commissaire baissa la voix, et prit son ton de procureur. Ce n'est pas une question de responsabilité, mais, au contraire, d'irresponsabilité criante.

Deïev regarda les arbres défiler par la fenêtre, se demandant s'ils pouvaient le débarquer. Ils pouvaient : à Arzamas, à Samara, et même à Orenbourg. Quand on approcherait de la steppe du Turkestan, ce ne serait plus possible : les trajets seraient longs, les télégraphes, rares. Mais il y avait encore un sacré bout à faire, avant le Turkestan.

– Pourquoi tu le veux, fiston ? demanda Boug à voix basse, en s'asseyant à côté de lui. Le garçon est semble-t-il sourd-muet. Et complètement sauvage.

– Il n'est pas sauvage, intervint Blanche. Il est déficient, intellectuellement et moralement. Autrement dit, c'est un attardé.

☆

– C'est vrai, que tu es attardé ? lui demanda Deïev, quand il resta seul dans le compartiment avec l'enfant. Allez, viens ici !

L'enfant ne répondait pas, et Deïev dut fouiller dans l'obscurité sous le canapé pour en extirper le gamin par la jambe. Quand il n'y avait personne d'autre, le gamin était calme, il se laissa docilement tirer au milieu du compartiment et examiner sous toutes les coutures.

Il avait un gros front, des pommettes larges, comme un Tatare, et une peau foncée de Tatare. Il était aussi très laid : des narines larges et des lèvres épaisses, retroussées ; une bouche souffrante, grimaçante ; ses rides, autour de la bouche, sur le front, sous les yeux, étaient remplies de saleté, et son visage ressemblait à celui d'un vieillard. Il avait tant de chiffons et de haillons sur son corps maigre, tenus par des ficelles, qu'on ne comprenait pas parfois où se terminaient les habits, et où l'on apercevait un bout de genou ou d'épaule brun de poussière.

– Comment t'appelles-tu ? Parle ! D'où viens-tu ? Pourquoi étais-tu allongé sur les rails ? Qui tu attendais ? Parle ! Parle !

Le gamin continuait de fixer Deïev, sans obstination ni impudence, mais avec un air de compréhension grave et triste, et se taisait.

– Allez, ouvre la bouche !

Sans attendre sa réaction, Deïev attrapa le menton du gamin et, de ses doigts, ouvrit légèrement sa mâchoire inférieure : entre ses dents, il vit briller, rose et humide, une langue parfaitement intacte.

Le gamin le laissait faire, sans le mordre, même s'il en aurait eu l'occasion. Et il continuait à fixer Deïev, comme si son regard était collé à lui.

À tout hasard, Deïev sortit un crayon et l'agita devant le visiteur assis par terre : s'il savait écrire et allait communiquer ainsi ? Mais l'enfant ne regarda même pas l'objet, peut-être qu'il ne comprenait pas ce que c'était.

– Bon, se résigna Deïev. Reste ici, pour le moment. On te lavera à la gare.

Or, le gamin refusait justement de rester sans bouger : dès que Deïev sortait du compartiment, il le suivait. Il marchait sur ses jambes, mais avait des allures d'animal : au lieu d'avancer au milieu du couloir, il se serrait contre les parois, rebondissant un peu sur ses genoux souples et rentrant la tête entre les épaules, comme s'il s'attendait à chaque instant à être attaqué ; il ne marchait pas régulièrement, mais par à-coups, d'une porte à l'autre, d'une fenêtre à l'autre, puis se figeait, faisant une pause après chaque bond.

– Hé, rentre dans le compartiment ! dit Deïev en se tournant vers son suiveur.

Celui-ci le regarda les yeux écarquillés, se serrant contre la bannière fraîchement lavée (« Mort à la bourgeoisie et à ses larbins ! »), sans partir.

– Je t'ai dit d'y aller ! Deïev ouvrit la porte du compartiment et montra du doigt la direction au gamin.

En vain.

Prenant l'obstiné aux épaules, Deïev l'envoya à l'intérieur, ferma la porte – elle se mit immédiatement à trembler sous les poussées et les coups : l'enfant enfermé voulait sortir.

Maintenant la porte fermée avec son épaule, Deïev attendit que le gamin se calme. Il attendit une minute, une autre – le garçon frappait toujours contre le bois. Attirés par le bruit, d'autres enfants s'approchèrent, et Fatima vint aux nouvelles – ils n'avaient rien trouvé d'autre, pour se distraire ? –, ce qui empêchait tout à fait Deïev de céder. Il devait vaincre l'énervé.

Celui-ci s'était-il calmé ? Les coups cessèrent, la porte ne tremblait plus... Mais une minute plus tard, la porte d'à côté s'ouvrit : ayant découvert la porte en accordéon, le gamin était sorti dans le couloir par le compartiment de la commissaire. Il passa devant les autres comme s'il ne les voyait pas, et s'approcha de Deïev, s'assit au sol à côté de ses chaussures.

– Vous appelez ça une quarantaine ? fit remarquer Blanche, sortie à son tour.

Sans lui répondre, Deïev prit le gamin au col et l'emporta dans le poulailler : là-bas, les portes fermaient à clé, elles étaient solides.

– La preuve de sa totale déficience, conclut la commissaire.

– Ou de son attachement ? répliqua Fatima.

Elle ne contredisait pas la cheffe, réfléchissait simplement à voix haute.

☆

Le poulailler n'aida pas : le garçon se débattit comme un fou dans sa prison ; les poules caquetaient désespérément et, à demi mortes de peur, couraient dans tous les sens à travers la pièce exiguë, perdant des plumes. Il fallut libérer le prisonnier.

Il n'y avait pas d'autre endroit dans la guirlande où enfermer l'obstiné.

À Choumerlia, on lava le gamin : dehors, sous l'eau froide de la prise d'eau. Fatima frotta sa tête avec un chiffon, le rasa, et l'aspergea généreusement de liquide de Fleming. Tout ce temps, Deïev était présent, pour que le sauvage ne s'échappe pas. Les haillons de l'enfant trouvé furent rincés, passés à la chaleur au-dessus d'un poêle en fer pour les débarrasser des poux, puis rendus à leur propriétaire – il n'y avait pas de chemise blanche pour le nouveau passager.

Pendant la douche, Boug examina attentivement le corps osseux du nouveau et ne trouva aucun signe dangereux. Furoncles, ulcères, malnutrition – un organisme normal pour son âge, sans les rougeurs du typhus ou la peau bleutée du choléra.

Bien sûr, un examen médical ne pouvait remplacer une quarantaine en bonne et due forme. Mais il pouvait un peu rassurer l'infirmier et la commissaire.

Ils ne parvinrent pas à découvrir le nom du taiseux, et décidèrent de le rebaptiser. Regardant sur une carte, Deïev découvrit, non loin du lieu où ils l'avaient trouvé, le village de Zagreïevo ; l'enfant venait peut-être de là. Ils décidèrent donc de l'appeler Zagreïka.

Cela dit, il ne répondait pas non plus à ce nouveau nom, malgré tous les efforts que firent Fatima et Boug pour le lui apprendre. De manière générale, il ne réagissait qu'à Deïev. Il ne regardait personne d'autre que Deïev. Quand il rencontrait d'autres gens – adultes, enfants –, Zagreïka ne changeait pas d'expression, et semblait regarder à travers ses compagnons ou à côté d'eux. Il n'écoutait pas les conversations, ne remarquait pas les questions, ne voyait pas les mains tendues vers lui. Si on s'approchait sans le toucher, il se raidissait simplement, attendant que cette attention superflue diminue. Si on le touchait, il s'écartait. Si on tentait de le retenir, il s'échappait. Pas une fois, il ne mordit ni ne griffa qui que ce soit, il ne grondait pas et ne montrait pas les dents. Il agissait comme si les autres gens n'existaient pas pour lui.

Deïev, lui, existait. D'où venait cet étrange attachement ? Pourquoi avait-il choisi non la commissaire autoritaire, non la douce Fatima, mais le chef du convoi ?

– Il vous regarde comme un sauvage regarde son dieu, fit remarquer Blanche.

– Comme un homme en train de se noyer regarde la terre au loin, corrigea Fatima.

C'est ainsi que Deïev hérita d'une ombre. Zagreïka suivait son maître partout, il s'était attaché à lui à demeure, impossible de le décoller. Il ne l'embêtait pas, ne le gênait pas, il courait juste à côté de lui comme un chiot dévoué. À l'intérieur, il se posait au sol à proximité de lui ; s'il y avait un châlit, il se cachait dessous. Dehors, il se traînait derrière lui – dans la boue, les flaques, le gravier – sans se préoccuper d'être pieds nus.

À Kamenichtchi, après avoir houspillé les autorités locales, Deïev parvint à arracher quelques seaux de bouillie d'épeautre au centre alimentaire. Zagreïka le suivit sur les rails, sous la pluie et le vent – plusieurs allers-retours – jusqu'à ce que la bouillie attendue soit distribuée dans la guirlande. Le gamin était assez indifférent à la nourriture, il n'essaya même pas de lécher les seaux vidés quand on les ramena à la cantine. Mais dès que Deïev disparut dans le centre d'alimentation, il faillit casser la porte qu'on lui avait fermée au nez.

À Kemary, Deïev s'absenta pendant une heure : il voulait faire un crochet auprès de ruches qu'il connaissait depuis longtemps, espérant trouver du miel pour Abeille. Son entreprise ne réussit pas : dans la clairière en question, il ne trouva ni ruches ni même la maison de l'apiculteur. Zagreïka l'accompagnait. Pieds nus, il avançait rapidement sur les racines, les aiguilles et les pommes de pin, sans jamais se laisser distancer.

À Chtchedrovka, Deïev essaya de faire laver le linge au point de désinfection, mais échoua également. Toujours accompagné de sa fidèle ombre.

Partout, à n'importe quel moment, en se retournant, Deïev rencontrait le regard attentif et dévoué du garçon : *je suis là.*

Ce n'était pas un regard idiot. Pas un regard d'attardé.

Un garçon avec de tels yeux, à l'école, devrait être au tableau noir en train de résoudre un exercice. Réciter des poèmes. Apprendre des langues étrangères. Ou être l'apprenti favori dans un atelier de réparation.

Mais à part ce regard, destiné à Deïev seul, le gamin semblait n'exercer son esprit à rien. Solitaire, muet, il vivait comme un petit animal : dormait sur le sol, refusant les lits ; mangeait dans sa main, dans laquelle il versait la nourriture de la tasse ; se mouvait avec la prudence d'un animal, tournant la truffe et les oreilles de tous les côtés pour attraper les sons et les odeurs.

Bientôt, les passagers du convoi s'habituèrent à voir la silhouette voûtée dans le dos ou aux pieds du chef. Même Deïev s'était habitué : le gamin le suivait, d'accord ; il avait déjà cessé de remarquer son incessante présence. Il n'y avait qu'un inconvénient, que Deïev avait noté dès le premier soir.

Ils dormirent à Sergatch. Toute la journée s'était passée en soins pour Zagreïka, et toute la journée, Deïev avait senti la colère de la commissaire. Blanche ne courut pas au télégraphe dénoncer ce qui se passait, n'argumenta plus – elle s'était résignée à la présence du gamin ? – mais, derrière la porte en accordéon, le froid était perceptible. Deïev ne se préoccupait pas de la femme énervée. Mais de son camarade de combat, si. Avec ce camarade de combat, il allait encore voyager des jours et des jours, et se battre des jours et des jours. Le soir venu, Deïev décida d'aller trouver Blanche, pour faire la paix.

Tu avais raison, avait-il décidé de lui dire. Parfaitement raison. D'avoir peur des maladies dans le train, de veiller avec soin sur les rations de nourriture, c'est très juste. Mais j'ai raison aussi. Si nous n'avons pas pu sauver un enfant, pourquoi ne pas en sauver un autre à sa place ? Car il y a bien cinq cents places dans notre guirlande, pourquoi en laisser une vide ? Est-ce que ce ne serait pas un crime, d'aller jusqu'au Turkestan avec une couchette vide ? Nous avons raison tous les deux, commissaire. Ça arrive. Nous avons le même but, nous travaillons à la même chose, même si nous la voyons différemment. Alors, ne te fâche pas.

Deïev avait tout décidé, tout prévu. Et quand les voix enfantines se turent dans le couloir, que la nuit, par la fenêtre, devint noire, que le silence se fit profond et prolongé, il se leva d'un air décidé et ouvrit la porte en accordéon.

Deux pommes d'or brillaient dans l'obscurité. Des gouttes d'or translucides coulaient sur elles, puis tombaient avec un bruit sonore, et de fins doigts d'or entouraient et lavaient ces pommes.

Ayant posé un seau d'eau sur la table et se penchant audessus, une femme se lavait, prenant de l'eau dans sa main pour la passer sur son corps. Ses boucles tombaient sur son front et ses joues, on ne voyait pas son visage. On ne voyait rien du tout – ni son cou ni ses épaules –, à part ces fruits gonflés et brillants.

Tout était silencieux : seules, les gouttes d'eau bruissaient en tombant dans le seau, contre le fer-blanc.

La mèche de la lampe à pétrole grésillait…

– Qu'est-ce que vous restez à regarder, dit une voix familière dans l'obscurité.

Il entra dans cette obscurité et prit les pommes d'or dans ses mains. Elles étaient lourdes, chaudes. Et autour des pommes, c'était aussi chaud. Et autour de lui, Deïev, tout était soudain chaud et d'une pesanteur agréable. Et l'entourait, l'entraînait quelque part, lui faisant fermer les yeux et ouvrir la bouche pour ne pas s'étouffer.

Deïev plongea dans ces ténèbres.

La lumière falote de la lampe tremblota, près de s'éteindre – le pétrole se terminait. Dans cette faible brillance, le flanc arrondi du seau se détachait à peine, sur la table. On distinguait quelques gouttes d'eau sur la surface laquée. On voyait à peine luire une tête rasée, tout près.

– Le gamin est ici, dit à nouveau l'obscurité.

Deïev, par un effort de sa volonté, s'arracha d'une sorte de sommeil profond, leva les yeux vers la lumière, et vit un regard attentif posé sur lui : Zagreïka, assis par terre, fixait son maître avec dévouement.

– Tire-toi, s'énerva Deïev.

S'emmêlant dans le tissu de ses chaussettes russes, il posa ses pieds nus sur le sol – quand avait-il enlevé ses chaussures ? –, attrapa le gamin par la peau du cou et l'envoya dans le couloir. Mais pendant qu'il était en train de fermer à clé, Zagreïka était déjà de retour, par la porte en accordéon.

Deïev l'expulsa à nouveau dans le couloir, verrouillant également sa porte. Le petit donna de grands coups sur le battant, exigeant qu'on le laisse entrer. Il faisait du bruit, et Deïev céda rapidement, pour ne pas réveiller tout le wagon.

– Reste ici, imbécile ! tenta-t-il de le convaincre, indiquant du doigt l'espace sous sa couchette, mais Zagreïka le regarda avec tendresse, se pelotonnant aux pieds de son maître. Au moins une demi-heure ! Au moins un quart d'heure, s'il te plaît !

Il y eut un coup sonore : la commissaire venait de lancer les chaussures de Deïev dans son compartiment. La porte en accordéon se referma avec fracas.

– Tu es un salaud, frère, soupira Deïev, maussade.

Comprenant que son maître ne partirait plus, Zagreïka bâilla et alla se coucher sous le canapé.

☆

Le lendemain, ils ne firent pas allusion à ce qui s'était passé, comme s'il n'y avait pas eu cette nuit noire et le corps doré qui brillait dans l'ombre.

La commissaire avait une expression sévère et professionnelle. Dès tôt le matin, avant même le petit-déjeuner et le départ, elle décida de fouiller les wagons de passagers. Ayant inspecté les coins sous les couchettes et derrière les radiateurs, elle découvrit un fatras d'objets venus d'on ne savait où, entrés en contrebande à bord du convoi depuis la semaine précédente. Ses trouvailles étaient tout à fait inoffensives : des cartes à jouer, des illustrations pornographiques, des interprétations des rêves imprimées sur papier bon marché – pas de haschich, de vodka artisanale, ni de poing américain ou de lame de rasoir. Tous les objets furent rendus à leurs propriétaires.

Deïev l'aidait : il farfouillait avec elle entre les lattes et dans les recoins. Parfois, il dévisageait brièvement la commissaire, mais ne décelait pas un signe de ce qui s'était passé la veille sur son visage calme. Et même quand il découvrit, dans une fente sous le plafond, un tas de cartes obscènes – dentelles, genoux avec des fossettes, fesses et bustes plantureux –, il ne lut pas, dans le regard de la commissaire, la moindre trace des souvenirs de la veille.

Il y pensait, lui – il y pensa toute la journée. Sa tête était comme fendue en deux. Une moitié s'inquiétait de l'absence de savon et d'hygiène dans le train, avait peur de manquer de combustible, répartissait les portions de nourriture sur la semaine à venir, pensait à Senia. La deuxième plongeait dans l'obscurité chaude et lourde qui, la veille, avait enveloppé son corps.

Le soir – et même pas le soir, mais la nuit, ayant attendu un noir d'encre – il ouvrit la porte en accordéon, espérant une répétition et un prolongement de la scène. Mais elle n'eut pas lieu : il n'y eut pas, dans le compartiment de la commissaire, de lueurs dorées et de bruit de gouttes d'eau, rien que l'obscurité et un silence insensible – elle dormait.

Il aurait dû s'approcher, s'asseoir à côté d'elle. Écarter la couverture – sa veste qui lui couvrait le corps. Écarter tout ce qui pouvait empêcher l'or de briller, et d'émettre de la chaleur. Il aurait dû… mais il ne pouvait pas !

Ne se décidant ni à entrer chez Blanche ni à fermer la porte en accordéon, Deïev déambula longuement dans le compartiment exigu, enlevant sa vareuse puis la remettant, la reboutonnant jusqu'au cou. Sous le canapé, Zagreïka ne dormait pas et se tenait prêt à suivre son maître.

Finalement, Deïev s'allongea. Il ne pouvait pas dormir, et restait couché les yeux ouverts, écoutant la respiration du garçon sous le canapé et les rares mouvements du corps féminin derrière le mur. Il flottait sur des vagues de sommeil, passant d'une pensée à l'autre. Quand il en avait assez de se souvenir du corps osseux de Senia, ou de Zozoulia étendue, nue, sur ce même canapé, il se remémorait le corps féminin brillant de lumière. Quand il en avait assez de compter les maigres seaux de charbon qui restaient ou les tas de bûches pour chauffer les wagons, il comptait les gouttes tombant bruyamment dans le seau… Il partageait la nuit avec Blanche. Et peut-être qu'ils partageaient la nuit à trois : l'homme, la femme et le garçon sous le canapé.

☆

À Arzamas, la nourrice descendit du convoi. Avant de partir, elle nourrit Petit Coucou tout son soûl, tira le lait qui restait dans ses deux seins – et remplit une tasse et demie avec ces restes ! –, puis partit sur les rails, vers la bâtisse sombre de la gare, chercher un train pour Moscou. Fatima resta dans le convoi avec le bébé. Ou plutôt, c'était Deïev qui restait avec le bébé : c'était à lui de trouver de quoi le nourrir.

À partir de là, la guirlande ferait un virage vers le sud, passant par Loukoïanov et Saransk pour rejoindre Samara, puis

Orenbourg. Et si, auparavant, elle avançait avec la foule des voyageurs – à Moscou, à Moscou ! –, désormais, elle se dirigeait à rebours du mouvement général. Tressautant dans le wagon d'état-major à travers les champs et les sous-bois, Deïev ne voyait plus maintenant les nuques des gens errant le long des rails, mais leurs visages.

Des Tatares roux de soleil et de poussière, leurs calottes brodées en lambeaux, des couvertures usées par-dessus leurs habits. Des Mordves à large face. Des Kirghizes pieds nus, portant leur barda sur le dos. Des Oudmourtes basanés. Des Tziganes perdus dans cette foule – mais ceux-là marchaient plus énergiquement et avaient le regard plus vif, ils avaient l'habitude de la vie nomade. Des Allemands blonds des steppes autour de Saratov.

Certains traînaient encore des affaires, sur des carrioles couvertes de peaux de vache tannées – pour protéger du soleil et de la pluie – qui arboraient, à l'avant, leurs cornes placées en hauteur, donnant l'impression que d'étranges animaux se mouvaient avec la foule. D'autres s'étaient déjà débarrassés de leurs affaires, et avançaient avec un bagage léger, s'appuyant sur une canne, un bâton, des béquilles. Il n'y avait pas d'enfants. Les gens avançaient le long de la voie ferrée, suivant les trains d'un regard anxieux, espérant un miracle : et si on nous laissait monter jusqu'à la prochaine gare ?

Personne ne s'intéressait à la guirlande : elle n'allait pas en direction de la capitale. Et cela voulait dire qu'il ne trouverait pas une autre nourrice. Deïev aurait pris n'importe laquelle – une Kirghize, une Kalmouke, ou une paysanne mordve aux yeux bleus –, mais la foule humaine se mouvait vers le nord, inexorablement, comme une plante se tourne vers le soleil. Qu'espéraient y trouver ces paysans et paysannes couverts de poussière, amaigris, miséreux, ayant perdu leurs enfants en chemin ? Deïev avait vu cette Moscou et il savait qu'ils n'y trouveraient rien, ne feraient qu'y perdre leurs forces. Moscou, en ces jours, était mauvaise, affamée. Elle écrasait les gens comme une meule. Ceux qui y entraient pauvres, en sortaient miséreux. Ceux qui y entraient miséreux, en partaient les pieds devant.

Mais ils marchaient, marchaient. La moitié de la Russie se dirigeait vers Moscou, comme si on leur avait promis quelque chose. Et plus le convoi avançait vers le sud, plus la foule était nombreuse le long des rails.

À chaque gare – à Chatki, Loukoïanov, Krasny Ouzel –, Deïev avait inspecté les marchés et les étals. Il cherchait une chèvre. On le regardait comme un demeuré : il n'y avait plus de chèvres, toutes avaient été mangées. Et même si quelqu'un en avait une, personne ne serait assez idiot pour la vendre ! Mais pas pour des roubles, insistait Deïev, contre une croix d'argent, ou même deux. Les autres haussaient les épaules : ce n'était pas une croix d'argent qui pourrait les rassasier.

À Saransk, il remarqua un grand-père qui vendait de la viande de chien. Il vendait les carcasses pour trois roubles, les têtes pour deux. L'une et l'autre étaient petites, pour une portion. Ce n'était pas du chien mais du chiot.

– La chienne est vivante ? demanda-t-il au vendeur.

Elle l'était. Il l'acheta pour deux croix d'argent.

Il l'amena au convoi : maigre, sans dents, mais avec de longs tétons à peau épaisse. La chienne était sage et soumise, on sentait qu'elle avait été sévèrement battue. Elle accepta d'être étendue sur un chiffon posé sur le sol, et qu'on lui mette le bébé contre le ventre.

Au début, celui-ci fit des caprices, n'acceptant pas l'odeur de la chienne. Puis il eut faim, et se mit à boire le lait de la chienne, volontiers. Il vidait successivement tous ses tétons en un repas. Il s'était vite fait à l'odeur. Il tirait sa nouvelle nourrice par le poil, l'entourait de ses jambes, et en réponse elle lui léchait sa tête chauve où battait doucement la peau de la fontanelle, qui ne s'était pas encore refermée.

Il fallut réserver une ration pour la chienne. Elle n'était pas difficile : elle mangeait avec avidité les soupes, les *kissels* de fruits, léchait le son bouilli. Comme elle ne pouvait pas mâcher, on lui écrasait la nourriture solide, qu'on diluait dans de l'eau.

Fatima avait donné un drôle de nom à la nouvelle nourrice : Louve du Capitole. Pour sa part, Deïev n'était pas d'accord avec ce surnom. Pourquoi louve, quand c'était une chienne, pitoyable et bonne ? Et pourquoi un nom si bizarre, quand elle venait d'ici, de Saransk ? Mais il ne corrigeait pas Fatima.

Les surnoms étaient plus importants que les noms.

Qu'est-ce que les noms inscrits dans les documents, d'une écriture unie, par la directrice Shapiro, pouvaient dire sur un garçon ou une fille ? Kolia, Petia, Douniacha, Makhmout ou Zifa, quelques lettres d'encre sur un bout de papier.

Et que disaient les surnoms et les sobriquets sur une personne ? Beaucoup. Ils racontaient les parents, la terre natale. Les maladies subies, les rêves les plus intimes. Les livres qu'on avait lus, les films qu'on avait vus. Ce qu'on avait mangé, où on avait erré. Parfois, ils racontaient toute une vie.

Dans le convoi, les noms officiels servaient à l'inventaire des enfants, comme les numéros sur les couchettes sont utiles pour placer les passagers. Les surnoms servaient pour communiquer.

Au début, Deïev n'avait pas l'intention de les retenir. L'enfant était là – habillé tant bien que mal, plus ou moins bien nourri –, c'était suffisant. Le travail de Deïev était de conduire l'enfant au Turkestan. Quant à son nom, celui sur le papier ou celui qu'on lui donnait dans le train, c'était l'affaire des nurses ou de ses camarades de wagon.

Mais les choses se passèrent autrement. Après avoir couru toute la journée dans la guirlande, il découvrait, le soir venu, qu'il avait appris une dizaine de surnoms de plus : son oreille les retenait toute seule. Arrivé à Arzamas, il connaissait la moitié des passagers, et une semaine plus tard, presque tous.

Certains sobriquets parlaient d'eux-mêmes. Si le garçon était surnommé Vovka Simbir, il n'y avait pas de mystère. Sauf sur la façon dont il était arrivé à Kazan, à deux cents kilomètres de son Simbirsk natal. Mais il y avait des enfants venus de plus loin. Comme Jora Jigouli, une grande asperge avec des marques de variole sur tout le corps. Le turbulent Glouton Kaliazine, la peau presque noire d'avoir été longtemps exposée au soleil, les dents noires de scorbut. Il y avait Trifaille d'Akhtouba et Ioulik Orenbourg. Toute la région de la Volga se retrouvait dans ces sobriquets, des chefs-lieux de province aux petits bourgs : Dioma Kostroma, Ouglitch Ne Tire Pas, Ioudouchka Choupachkar.

La géographie de leurs origines se devinait aussi dans les sobriquets quand elle n'était pas nommée directement. Nika L'Allemand venait, bien sûr, des colonies allemandes de Saratov (il ne pouvait pas l'expliquer, parlant mal le russe, mais les mots

Saratow et *Wolga* étaient les mêmes dans toutes les langues). Kaziouk Ibrahim arrivait forcément de Kazan (« kaziouk » était le surnom ironique des habitants de Kazan). Votiak Sans Yeux venait du bassin de la Kama (sa vue était parfaitement bonne, mais pour amuser la galerie il roulait des yeux et relevait les paupières de telle façon qu'on ne voyait plus que le blanc, ce qui lui avait valu son surnom de Sans Yeux). Bachkourt Gali, de la région des Bachkires.

Certains sobriquets rappelaient des maladies passées. Deïev ne pouvait pas comprendre pourquoi ils voulaient se souvenir de maux graves, parfois mortels – d'autant plus en les inscrivant dans leur nom. Kharitocha Le Phtisique, Ioussia Trachome, Liocha Trois Typhus : qui voudrait s'appeler comme ça ? Eux en étaient heureux. Ils se présentaient eux-mêmes : « je suis Venia Grippe », « Sonia Scorbut », « Grichka Tétanos ». Et plus le nom était dégoûtant, plus le gamin y tenait. Chancre, Gocha Gonorrhée, Ossia Syphilis, Tolia Herpès : au début, Deïev était choqué par ces noms. Puis il s'habitua.

« Tu sais au moins ce que c'est, le mamo ? », demanda-t-il un jour à un gamin chétif, aux yeux bridés, qu'on appelait Genghis Mamo. « Bien sûr ! », s'exclama celui-ci. Il se frappa sur sa poitrine bosselée comme une râpe : « Je sais, et j'en suis fier ! » « Mamo », ça voulait dire anthrax. On l'appelait aussi le « feu sacré », parce qu'il fauchait rapidement les gens et le bétail, comme un incendie. Il était peu probable que le petit Genghis ait subi cet incendie et en soit sorti vivant. Même si Deïev ne l'aurait pas juré : ces enfants semblaient réellement incombustibles.

Qui donc ces sobriquets effrayants étaient-ils censés intimider ? Les autres enfants ? Les autres maladies ? La mort ?

Certains enfants n'avaient pas peur d'invoquer la mort dans leur surnom. Pas les plus grands, pas les plus vifs et remuants, plutôt les gamins ordinaires et calmes, ceux qui étaient dans les derniers rangs pour recevoir leur pitance. Fadia Meurs Demain. Markel Trois Cercueils. Kika Macchabée. Un gamin maigre et riquiqui, au dos et à l'échine tordus par la faim, s'appelait Faucheuse.

Non, Deïev préférait les noms positifs, cultivés. Quand un enfant s'appelait Buster Keaton, on comprenait qu'il aimait le cinéma. On le regardait en souriant, ce nom faisait chaud au cœur et on le répétait aussi souvent que possible. Mitia Mayne Reid et Dima Dickens étaient de toute évidence des enfants savants. Tout comme Ouate Watson, Aramis des Poubelles et Pinkerton. Les enfants voulaient ressembler à des héros de livres et de films : intelligents et chanceux. Deïev respectait ça.

C'est vrai qu'il avait affaire à des sobriquets plus bizarres, qui avaient des échos supérieurs, livresques, mais qu'on ne comprenait pas. Kolia Kamember, ça venait d'un roman français ? Et Sioma Batterflaï ? Fedia Freud ? Nonka Bovari, d'où elle avait tiré ça ? Djioulieta Blanmanger ? Celle-là, on n'y comprenait vraiment rien – un prénom si long, tzigane ou moldave sans doute, suivi d'un nom imprononçable... Guiougo Sans Sourcils, qu'est-ce que ça voulait dire ? « Guiougo », ça ressemblait plus à une quinte de toux qu'à un nom... Profiterole et Paganel, qu'est-ce que c'était que cette paire d'amoureux ?

Il valait mieux avoir un nom court et viril, comme les garçons plus âgés : Smith Wesson ou Carabine Efremitch. Au moins, ils ne cachaient pas leur personnalité, et disaient de but en blanc : on ne se laissera pas faire. Deïev n'approuvait pas l'agressivité, mais se positionner honnêtement lui semblait mieux que de faire le malin.

Il n'approuvait pas non plus les allusions au vagabondage : si les enfants en avaient fini avec les errances, pourquoi porter ce passé avec eux, dans leur nouvelle vie ? D'accord, à une époque, ce garçon avait commis des larcins dans la rue, dévalisant les passants, dérobant les manteaux de fourrure aux femmes, les montres à leurs cavaliers. Mais pourquoi continuer à l'appeler Roma Racaille, l'empêchant par là d'oublier ? Ou un autre, qui poussait des chariots à bagages à la gare, empochant au passage la monnaie. Pourquoi le rappeler à chaque instant, en l'appelant Boria Brouette ? Thomas Barboteur, Oreste Les Mains Lestes, Sazon Coupe-Jarret – ils étaient nombreux à porter des allusions à leurs anciennes activités, comme un témoignage de leur biographie professionnelle.

Mais plus que tout, les sobriquets prisés dans le convoi rappelaient des parties ou des activités honteuses. Deïev avait vingt ans et des poussières : il était au monde depuis déjà trois, voire quatre fois plus longtemps que ses passagers. Mais il découvrit qu'il connaissait beaucoup moins bien qu'eux les mots décrivant l'univers du vice. Tout ce qui se rapportait à des détails obscènes ou triviaux – concernant les hommes ou les femmes – était reflété dans les sobriquets expressifs qui, au début, faisaient rougir le commandant. Par la suite, il s'habitua, d'autant plus que Blanche prononçait ces noms d'une voix aussi retentissante que les autres. Les nurses, elles, ne s'y faisaient pas, tentaient de contourner le problème en les appelant tous « garçon » ou de ne dire que le prénom, sans son attribut. Mais les enfants se rebellaient contre ces compromis : si on s'appelait Gricha Giberne, on ne pouvait pas être juste Gricha. Ou Frossia Flageolet. Ou Croupion. Ou Braquemart.

Quel bonheur pouvait-on trouver à se nommer Bite Sale ? Ou à s'autoproclamer Nazar Onaniste ? Mais il devait bien y avoir une raison. Rendus chétifs par la malnutrition chronique, les jambes tordues, les bras maigres, avec des aisselles et des parties intimes glabres, ces garçons voulaient devenir des hommes, au moins par leur nom. Foka Frétillante (bien plus tard, pendant une baignade, Deïev put voir la frétillante de ce Foka : une petite virgule pâlichonne, pareille à une chenille accrochée à un chou). Kolia Goupillon (le minuscule goupillon était circoncis selon la coutume musulmane, et Deïev soupçonnait que Kolia était tatare ou bachkire, même s'il ne parlait que russe et affirmait qu'il se souvenait de ses parents, qui lui avaient parlé russe en le laissant à l'orphelinat). Jora Pornographe. Le petit Phallus, aux yeux verts et aux taches de rousseur…

Les filles n'étaient pas en reste : Josette Zézette, Nina Nympho, Maria Couche-toi là. On aurait pu ouvrir un bordel avec ces noms ! (Josette pelait par pans entiers de peau, Nina faisait pipi au lit, et Maria ne pensait qu'à manger.) Les nurses proposèrent aux filles d'inventer de nouveaux surnoms – beaux, amples, tirés de livres ou de chansons. Elles refusèrent tout de go : elles étaient attachées à leurs vieux sobriquets et à la féminité qu'ils contenaient plus qu'à la beauté.

Plusieurs sobriquets semblaient innocents, et même drôles : Pet de Mouton, Egor Argilovore. Plus tard, Deïev comprit que derrière cette drôlerie, se cachaient des histoires de vie loin d'être amusantes.

Pet de Mouton était né au mauvais moment, pendant la première année de famine, et sa mère, par pitié, le baignait dans le fumier de mouton pour qu'il meure plus vite. Il n'en avait pas eu le temps : elle était morte la première, il avait été emmené à l'orphelinat. Son seul souvenir de la maison natale était le suivant : sa mère récoltait, dans l'étable du kolkhoze, les crottes de mouton odorantes, et il rampait à côté, sur le sol. Quand il eut un peu grandi, il comprit pourquoi elle les récoltait (les autres enfants le lui avaient expliqué), mais il n'en voulait pas à sa mère, au contraire, il n'acceptait d'être appelé que Pet de Mouton, et parlait à tous et volontiers de ses premiers souvenirs dans l'étable.

Egor Argilovore entendait parler depuis tout petit de la Montagne argileuse d'où, pendant les années de famine, les gens prenaient l'argile pour la manger à la place du pain. Quand la faim arriva, et que le grand-père et la grand-mère n'eurent plus la force de se lever, il partit à sa recherche. Il trouva la montagne, remplit tout un seau d'argile et le traîna à la maison. Ils se mirent à en manger tous les trois, l'argile était désagréable, ne comblait pas la faim. Le grand-père et la grand-mère moururent. Ainsi, Egor avait tué toute sa famille. Ses sœurs avaient beau lui dire que ce n'était pas lui qui avait tué les vieux, mais la famine, le gamin insistait : je les ai tués…

De ces histoires, on comptait cinq wagons pleins. Et même six, en ajoutant l'infirmerie. S'il avait pu décider, Deïev aurait supprimé, à l'embarquement des passagers, tous les vieux sobriquets, pour que les enfants les abandonnent comme ils avaient abandonné, à la gare de Kazan, les habits et les bottes prêtés. Mais il ne pouvait pas décider.

La langue du convoi était bariolée et fantaisiste. Cinq cents bouches lui donnaient une telle variété qu'on aurait pu écrire un dictionnaire. Des paroles russes, tatares, bachkires, tchouvaches, maries, oudmourtes, sibériennes et ukrainiennes, mélangées à l'argot des rues et des décharges, des gargotes interlopes et des communautés ecclésiastiques. Une joyeuse pagaille, où Deïev était loin de tout saisir. Les enfants n'étaient pas gênés par ce mélange : ils se comprenaient facilement, adoptant au quart de tour les mots du voisin et lui offrant les siens.

Le même concept pouvait être décrit par cinq, dix mots. Là où Deïev se serait contenté d'un seul, les gamins pouvaient en sortir douze ou deux douzaines.

Par exemple, si une personne mentait, Deïev aurait dit : elle ment. Ou elle nous trompe. Les enfants, eux, disposaient de tout un éventail de verbes et de phrases : *assommer, balader, promener, baratiner, embrouiller, enfumer, farcir le mou, battre des bancs* et *bourrer la caisse, mitonner, chiquer, badigeonner la femme au puits, endormir, empiler, jouer de la grosse caisse, posticher, plancher, mener en bateau, broder, enturer, canarder*... Et ils pouvaient en sortir encore au moins autant.

En cas de malchance, Deïev aurait dit simplement : on n'a pas eu de chance. Ou : ça n'a pas marché. Mais les enfants ? Leurs plans auraient *capoté*. Ils auraient *cassé la baraque*. Seraient *repartis avec la queue sous le bras*. Se seraient retrouvés *en pleine détosse, débine*, ou dans la *panade*. Auraient été *cuits*, ou *bonnards*. Auraient eu *la guigne, la poisse, la scoumoune*. Auraient *pris un bouchon*. L'auraient *eu dans le baigneur*. Seraient *restés en plan, en rade*. Auraient *fait chou blanc, long feu*...

Pourquoi utiliser cent mots, quand un suffit ? Pourquoi compliquer la langue et faire des arabesques avec les mots ?

Les enfants savaient en dessiner, des arabesques ! Habitués à une vie libre, ils usaient de la même liberté avec la langue. Ils déformaient la grammaire sans la moindre pitié, inventant les constructions les plus bizarres. Une menace, par exemple, pouvait être proférée ainsi : « Ah ben moi j'vais lui apprendre dans sa tête à brûler les patates en bûches ! » Ou ainsi : « Juré craché par le menu j'la lui arrache la citrouille ! »

En outre, les enfants inventaient des mots en fusionnant ceux déjà connus ou en les fabriquant entièrement. Là, Deïev était tout à fait perdu. Sur chaque gare, il y avait forcément un local à eau : une maisonnette avec une fenêtre et deux robinets au mur, où l'on pouvait remplir d'eau bouillante des théières et des seaux. Et le terme existait depuis longtemps – local à eau –, et tout le monde le connaissait. À quoi bon, dans ce cas, se disputer pendant une bonne heure, jusqu'aux coups de poing, pour trouver une nouvelle dénomination ? Les enfants avaient le choix entre quatre versions – *ébouillanteuse, chauffière, robinettière* et *bouilleuse* – et optèrent pour la quatrième. Bientôt, Deïev se rendit compte qu'il utilisait lui-même ce mot, si bien trouvé, pour désigner le local à eau. Le vocabulaire des passagers était contagieux.

Les chemises dont ils étaient vêtus n'étaient pas appelées chemises, mais *blanchettes* et *sacs de patates.* Les tasses d'étain de la cuisine, des *bâfreuses.* Les nurses, *nonnettes.* Les wagons, *lagons.* Pour le wagon-cuisine, objet de sentiments tendres et passionnés, ils avaient inventé beaucoup de noms : *paradiso, cuistière* et même *cantine-à-tantine.*

Il est vrai que les enfants simplifiaient et raccourcissaient parfois les mots : au lieu de « bonjour ! », ils disaient « 'jour ! », au lieu de « n'importe quoi », « n'quoi », mais c'était très rare.

Le seul domaine où l'on n'était pas autorisé à inventer des mots, c'était la nourriture. Là, pas question de prendre des libertés ! Et ils en savaient des choses, sur la cuisine simple et complexe, des villes et des champs, des cantines et des restaurants. Ils en savaient non seulement plus que Deïev, mais plus que tous les adultes du convoi réunis. Ils savaient tout sur tout : que la soupe de perche goujonnière ou de sandre est servie avec des pâtés *rastegaï*, et la soupe de poisson royale, avec de la vodka. Comment prononcer les mots français « consommé » et « glacé ». Que le bortsch est meilleur avec des croûtons *à la diable*, et le turbot, avec des champignons. Que le maïs américain peut provoquer des diarrhées aussi bien que les pois. Que si on rongeait des os brûlés, il fallait le faire petit à petit, sans se presser ; et que les tiges de la berce peuvent être mangées en grande quantité, mais sans la peau. Que si on commandait une poularde, il fallait qu'elle vienne de Rostov, et une truite, de Gatchina, avec une sauce *au blé*... Deïev n'avait même jamais entendu ces mots ! Mais les enfants les avaient entendus, et ils étaient capables de les dire. Ils n'avaient sans doute jamais goûté ces mets, mais ils pouvaient les décrire par le menu. Comment différencier le caviar de saumon du Kamtchatka du caviar norvégien. Comment bouillir avec du charbon un corbeau un peu faisandé, pour qu'il ne pue pas. Et qu'il existait un *pudding Nesselrode*, et en quoi il se distinguait du *parfait* ou de la *bouchée.*

Certains s'étaient même inventé des sobriquets d'après leurs plats ou boissons préférés : Amine Tartine, Crapiau aux Raisins, Abraou Diourso, Zinka Porto, Nougatine Dents Gâtées.

Ils passaient tellement de temps à se vanter des délicatesses qu'ils avaient mangées, pas de fanes et d'herbes, mais de viande et de blé, que Deïev n'avait aucun doute : ils mentaient. Puis il découvrit qu'ils ne mentaient pas, mais donnaient des noms « rassasiants » à leur ersatz de nourriture. Gelée pour des viscères de poisson. Raisin sec pour les écailles. Chevreaux pour des squelettes de poisson. Cochons de lait pour des *sousliks* grillés au feu de bois. Croûtons pour des coquillages. Gâteaux pour des fanes. Les mots désignant la nourriture étaient sacrés et ne pouvaient pas être changés, mais l'objet qu'ils désignaient avait parfaitement le droit de changer. Ces « chevreaux » et ces « cochons de lait », avec des gâteaux, les enfants en avaient mangé des kilos, et il en restait encore…

N'ayant aucune possession, même pas des habits ou des chaussures, privés de parents et de maison, et souvent même de souvenirs d'enfance, les enfants n'étaient maîtres que d'une chose : la langue. C'était leur richesse, leur patrie et leur mémoire. Ils l'inventaient. Ils y mettaient tout ce qu'ils avaient trouvé en chemin. Dans les mots rares, ils conservaient le souvenir de rencontres avec des inconnus venus de loin. Et ils ne laissaient pas les adultes entrer sur ce territoire.

On ne pouvait pas perdre sa langue pendant les errances. Les voyous plus âgés ne pouvaient pas vous l'enlever, ni les voleurs nocturnes. La langue ne s'usait pas comme des chaussures, ne perdait pas ses couleurs comme les habits de corps, et devenait chaque jour plus riche et plus expressive. Elle se soumettait et obéissait à son maître. Et surtout, elle ne trahissait pas, et restait toujours avec vous.

☆

Les enfants aimaient les rimes – non, pas celles des poètes, mais celles qu'ils inventaient eux-mêmes. Les plus entreprenants composaient des strophes. Les plus timides répétaient ce qu'inventaient les autres. Chaque situation, l'événement le plus élémentaire, comme une bousculade dans la queue de distribution du repas ou le compte des poux sur sa chemise, pouvaient être immédiatement transformés en consonances sonores.

C'était une chose de menacer de taper le nez. Une tout autre, de proférer cette menace en vers : « J'vais t'écraser l'groin/T'en as bien besoin. » C'était une chose de ne pas croire quelqu'un et de le lui dire. Une tout autre, de prononcer avec mépris, plissant les yeux : « Ton clapet pue les cabinets. » Une chose de demander aux camarades de se taire. Une autre, de rugir : « Oh les grelus, arrêtez l'raffut ! »

Sur n'importe quelle remarque des adultes, les enfants improvisaient des vers – les rimes sortaient des bouches enfantines comme des crachats, sans trêve.

Si Deïev les saluait – « Bonjour les enfants ! » – ça fusait : « File-moi du nanan ! », « Un cigare géant ! ». Qu'une nurse annonce : « La gare d'Oujovka », elle entendait toutes sortes de propositions culinaires, allant du tapioca à l'avocat, en passant par le caca.

Le rythme martelé renforçait le sens simple des mots : les phrases rimées ressemblaient à des formules magiques. Ceux qui savaient rimer jouissaient d'un respect général.

Griga Une Oreille était, sans nul doute, poète. Un jour, rougissant et baissant la voix, les nurses répétèrent à Deïev les rimes de Griga (avec leur simplicité conjuguée à leur obscénité, elles se gravaient toutes seules dans la mémoire). Les poèmes étaient tous exclusivement dédiés à la commissaire.

Il y en avait de très simples :

Commissaire
Pète en l'air

Et des plus complexes :

Cette gonz est peut-être bien roulée,
Mais, j'vous l'dis, – vraiment trop tarée.

Deïev commença par éclater de rire, puis prit une mine grave, hocha la tête d'un air désapprobateur.

« Et sur moi, ils inventent quoi ? », demanda-t-il. Il s'avéra qu'ils n'inventaient rien. Le chef du convoi n'avait droit qu'à quelques sobriquets rimés, monotones et la plupart du temps scabreux : Deïev-Bite-de-tes-rêves, Deïev-trou-d'Ève, Deïev-la-crève... Ces sobriquets avaient du succès : dans son dos, le nom du commandant n'était jamais prononcé sans un attribut.

Les enfants faisaient rimer le monde et l'ordonnaient dans des strophes rythmiques comme si c'était un moyen de le réparer. C'est pourquoi l'idée de leur lire Lermontov avant de dormir fut un succès inattendu. La bibliothécaire commença par les ballades les plus simples, à la portée des jeunes esprits : il était question de bateau volant, d'une sirène, de deux vieux géants. Mais il s'avéra que les sujets n'étaient pas le plus important : les enfants n'écoutaient pas une histoire, mais la musique de la poésie. Ne comprenant pas la moitié des mots – que voulaient dire les combats de l'esprit, les prophètes inconnus, les vagues d'azur et autres grottes de corail ? –, ils ne tentaient pas de suivre l'intrigue, mais se délectaient du rythme et des rimes. Peut-être même qu'ils se formaient auprès de ce collègue en poésie ?

☆

Les enfants ne faisaient pas rimer seulement les mots, mais aussi les événements de leur vie. Nulle part, Deïev n'avait vu autant de coutumes et de rituels que dans la guirlande. Des hochements de tête particuliers, des clins d'œil, des gestes et des claquements de langue, des petites danses, des formules, des mots ou expressions répétés – tout cela constituait une langue, une communication parallèle à la parole, et compréhensible uniquement pour les enfants. Ainsi que pour la commissaire Blanche.

– Pourquoi crachent-ils tout le temps par terre depuis le marchepied des wagons ? demanda Deïev. En se penchant autant que possible pendant que le train file. Ils vont finir par tomber du convoi.

– Ils expulsent le malheur avec leurs crachats, expliqua Blanche. Et si le malheur-crachat retombe non sur le sol, mais sur la paroi du wagon, quel intérêt ?

– Et les petits, pourquoi on les roule sur le sol comme un rouleau à pâte ? Les sols n'ont pas été lavés depuis Kazan, et ils sont froids. Mais chaque fois qu'on entre dans le wagon, on trouve obligatoirement un enfant roulant un petit sur le sol, et les autres qui regardent.

– Ce sont les petits qui le demandent : ça fait tomber les maladies.

– Et pourquoi boivent-ils dans les tasses les uns des autres ? Ils mangent d'abord chacun leur ration, puis ils mettent de l'eau dans les tasses vides et boivent dedans l'un après l'autre.

– Ils ne prennent pas la tasse de n'importe qui, seulement des plus chanceux, pour récupérer un peu de leur chance...

Avant de se coucher, les enfants badigeonnaient leurs talons avec de la terre (pas avec n'importe laquelle, seulement s'ils en avaient trouvé de la noire, de la grasse). En se saluant le matin, ils se touchaient d'abord avec le poing (une fois à hauteur des yeux, puis à hauteur de poitrine, puis à hauteur de la taille), et après avec la main ouverte (deux fois en tapant dans la main, une fois en la serrant). Ils mettaient leurs rognures d'ongles dans les fissures de leur châlit. Avant de manger, beaucoup se signaient ou passaient leurs paumes sur leurs joues selon la coutume musulmane ; certains faisaient les deux. Tous les morceaux de métal trouvés (boulons, débris d'outils, bouts de fil de fer) étaient pendus aux murs ou près des têtes de lit. Ils avaient volé l'aiguille de la couturière et la surveillaient à tour de rôle dans un coin caché – sur la troisième couchette, tout en haut – jusqu'au moment où, lors d'une fouille de routine, la commissaire trouva l'aiguille et la rendit à sa propriétaire.

Petit à petit, Deïev comprenait le monde varié, mais somme toute assez élémentaire, des rituels enfantins. Il était constitué de deux concepts essentiels, deux piliers, sur lesquels reposait tout le système.

Le premier pilier était la chance – ou la veine, le bol, la baraka. Les autres composantes d'une existence – la santé, l'amitié, l'absence de famine ou le plaisir, le bonheur en général – étaient considérées comme secondaires. C'était justement pour attirer la chance (ou chasser la malchance) que les enfants exécutaient toutes sortes d'acrobaties, s'entouraient de métal (l'acier était le plus coté, venaient ensuite le bronze, le fer-blanc et le fer), sacrifiaient de la nourriture, inventaient des sobriquets. Ils couraient après la veine, en rêvaient, s'en vantaient. Les chanceux étaient les plus populaires, les malchanceux, des parias.

Le deuxième pilier s'appelait *nous*. Privés de famille, et de toute autre société organisée autour de règles – école, commune –, les enfants s'étaient inventés eux-mêmes des règles et devenaient entre eux, ensemble, une famille. Des formules fixes, des gestes, des rituels renforçaient ce groupe divers et hétéroclite, leur offrait la possibilité de se sentir unis.

Quand on faisait une promesse sérieuse, il fallait mettre un morceau de nourriture dans son coude plié (mieux valait un bout de pain, mais en l'absence de pain, on pouvait mettre une pincée de bouillie ou quelques gouttes de *kissel*), et le manger en regardant son camarade dans les yeux.

Quand on se partageait de la nourriture, pour que le partage soit égal et juste, on touchait tour à tour tous les participants avec ces mots : « La prochaine part ne sera pas pour un flicard, ne sera pas pour un bourgeois, mais pour toi. »

Avant de commencer à jouer aux cartes – pour empêcher la triche –, tous se tenaient par la main droite et criaient en chœur : « Qui truque, qui triche, gare à ses miches ! »

Ils juraient de dire la vérité en tirant la langue, laissant leur interlocuteur la palper attentivement, et même la tirer. Il y avait toute une cérémonie au moment de prêter des objets de valeur – cartes postales pornographiques ou morceau de crayon – tant le risque semblait grand. Le propriétaire – devant des témoins, aussi nombreux que possible – tendait l'objet sur sa paume ouverte, en disant : « Tu en es responsable. » Celui qui le recevait – avant même d'avoir touché l'objet, mais confirmant son intention sincère d'utiliser puis de rendre – prononçait la phrase-réponse : « Oui, c'est moi – quand je veux, comme je veux, où je veux. » Le propriétaire confirmait ce qui était dit avec encore une formule : « C'est pas ton frère ni ton voisin, c'est toi qui en répondras. – Cochon qui s'en dédit ! », confirmait l'emprunteur. Les témoins hochaient la tête avec gravité, puis l'objet était prêté…

Et même les enfants qui venaient d'être évacués et n'avaient passé que peu de temps en compagnie de leurs camarades vagabonds confirmés, apprenaient et adoptaient immédiatement ces règles, comme s'ils les absorbaient. Les formules et les mots magiques, les cérémonies et les rituels étaient plus contagieux que le typhus, se répandaient plus vite que le choléra.

De cette façon, en murmurant des formules et en crachant le malheur, les enfants tentaient d'avoir prise sur le monde, ou au moins d'adoucir son hostilité.

☆

Pour les enfants, Blanche n'était ni dans leur camp ni dans l'autre. Les autres, c'étaient les adultes (ou des *astèques,* comme les garçons les appelaient avec mépris) : Deïev, les nurses, et même le jeune cuistot idiot, qui n'était pas beaucoup plus âgé qu'eux. La commissaire, elle, était dans les limbes entre le monde des adultes et le monde des enfants.

Elle comprenait la langue du convoi. Elle connaissait les *cadors* et les *pelures,* et la *nuit des esclaves.* Il n'y avait pas besoin de lui expliquer l'importance des coutumes du train ou le fait qu'on ne pouvait pas briser un serment fait à un autre garçon. On pouvait échanger des blagues salaces avec elle, et même lui demander conseil.

Le compartiment de la commissaire accueillait régulièrement la visite d'un passager avec des questions ou des propositions. Ils venaient à n'importe quel moment, parfois tard le soir, ou dans le matin endormi, avant l'aube – on comprenait qu'ils avaient accouru immédiatement, dès qu'une idée dérangeante était apparue dans leur tête. Blanche ne repoussait jamais un visiteur : elle le laissait entrer, même si elle s'était déjà endormie ou n'était pas encore tout à fait réveillée.

Deïev essayait de ne pas manquer ces visites : il ouvrait la porte en accordéon et écoutait les soucis des enfants, leurs peurs, leurs plaintes et leurs inventions. Il se demandait constamment comment lui, Deïev, aurait répondu à telle ou telle question. Et chaque fois il était confus, ne savait pas que répondre : sa réaction aurait été chaque fois de jurer.

La fille enceinte, Tproussia, voulait savoir si on pouvait serrer son ventre de plus en plus gros avec un tissu, pour retarder le moment de l'accouchement et arriver tranquillement à Samarcande.

Gabbas des Guenilles, un gamin bachkire qui n'avait presque plus de dents, expliquait, sans se vanter, qu'il pouvait voler tout ce qu'il fallait au marché – de l'argent, de la nourriture. Il proposait ses services, ayant à cœur d'être utile au convoi.

Les frères jumeaux Feu et Flamme demandaient de signaler où il fallait bifurquer vers la Perse. Leurs parents y étaient partis un an plus tôt, laissant leurs fils à la maison, sur le poêle refroidi, avec un quignon de pain de glands entamé pour deux. Depuis, les garçons rêvaient d'aller dans ce lointain pays et de retrouver leur père et leur mère.

Une nuit, elle reçut la visite de Karlionok, un minuscule garçonnet aux bras et aux jambes courtes, avec une grosse tête, qui faisait vraiment penser à un nain. Il lui demanda de lui montrer Jupiter parmi les étoiles : ses parents s'étaient joints à d'autres adultes, de tout le village, et étaient partis à la ville, d'où il y avait des trains pour Jupiter. On avait laissé les enfants dans les isbas : ils n'étaient pas autorisés sur Jupiter…

Blanche connaissait la réponse à toutes les questions : sur Jupiter, la Perse, la venue du tsar de Chine et la résurrection du tsarévitch, les coqs d'Hérode qui annonçaient une mort et le Diable lui-même.

Un jour, elle vit arriver Petka Pompadour, un garçon maussade aux jambes gonflées et à la tête pleine de furoncles. Encore sur le seuil, il annonça :

– Je veux me marier.

Deïev en eut le souffle coupé : quel culot il avait, d'annoncer son rêve à voix haute, sans se gêner !

– Quand ? demanda tranquillement Blanche.

– Aujourd'hui.

– Avec qui ?

– Je ne sais pas encore. Tu m'autorises ?

– J'autorise, dit Blanche en haussant les épaules.

Le gamin fit un signe de tête et s'éloigna, traînant ses pieds gonflés, se dandinant légèrement.

– Dis aux nurses qu'elles fassent pas d'histoires, lança-t-il depuis le couloir. Sinon elles vont encore caqueter…

– Hé, Pompadour, pourquoi tu veux te marier ? ne put s'empêcher de demander Deïev, sortant de son compartiment.

Le gamin se retourna et le regarda d'un œil sévère, condamnant cette question bête et mal placée.

– À quoi bon vivre en vieux garçon ? dit-il en repartant.

Comme ils l'apprirent plus tard, il allait au wagon des filles. Deïev et Blanche entendirent la suite de l'histoire de la bouche des nurses. Petka était entré dans le wagon, avait déambulé sans se presser dans toute sa longueur : il marchait sans dire un mot, dévisageant les filles à les faire rougir.

Il examina toutes les fiancées potentielles – toutes les cent passagères, y compris les gamines de quatre et cinq ans – et revint à la couchette de Zozoulia.

– Tu veux bien te marier avec moi ? demanda-t-il sans fioritures ni préambule.

– Mais je suis une fille de rue… dit-elle en baissant les yeux.

– Le passé est mort et enterré, répliqua-t-il.

Elle fit oui de la tête. Pompadour s'assit à côté d'elle sur la couchette et prit sa fiancée par la main. Ainsi le mariage fut-il conclu.

La nurse accourut immédiatement dans le compartiment de Blanche pour lui rapporter le « mariage ». La commissaire lui ordonna de ne pas « caqueter ». Et d'observer.

Les jeunes restèrent ensemble toute la journée, se tenant par la main. Le soir venu, ils se mirent à discuter – à voix basse, dans un chuchotement que les autres ne pouvaient pas distinguer. Ils firent probablement connaissance à ce moment. Ils dînèrent côte à côte : ils durent se lâcher la main pour prendre la tasse avec le brouet, mais après chaque gorgée, ils levaient les yeux l'un vers l'autre et échangeaient un regard. Petka ne termina pas sa portion : il but le bouillon, mais le meilleur, le fond de céréales et de restes de pommes de terre – il le donna à sa « femme », qui offrit son fond de tasse à son « mari ».

Pompadour alla dormir dans son wagon, mais au matin, il était à nouveau dans le wagon des filles. Zozoulia l'attendait déjà, elle s'était levée et lavée avant les autres… Le « couple » passa ainsi ses journées sur la couchette de Zozoulia, ne se séparant que pour la nuit ; leur vie commune était calme, ils regardaient par la fenêtre, discutaient à voix basse, se couchaient côte à côte. Ils se tenaient invariablement par la main. Pour le reste, ce « mariage » était parfaitement chaste, au soulagement des nurses et de la commissaire.

L'épidémie de mariages se répandit dans le convoi comme le choléra. Guelask Tête Brûlée « convola » avec Vera Glacée, même si elle était d'une demi-tête plus petite et plus jeune de quelques années. La couchette de Vera était tout en haut, et les « jeunes mariés » durent vivre la plupart du temps couchés : on ne pouvait ni s'asseoir ni regarder par la fenêtre sur les couchettes du haut. Les autres enfants laissaient parfois Guelask et Vera s'asseoir sur les couchettes du bas – « faire des visites ». Moustapha Bibine choisit Salikha La Borgne, en dépit de son œil gauche presque aveugle. Le petit Sarrasin, taiseux et bègue, se mit en ménage avec la bavarde Mouche Luxembourg.

Mitka Brosse « épousa » Iassia Fillette, mais ne s'avéra pas un bon mari, il ne venait pas souvent la voir. Iassia l'attendait jour après jour, refusant d'aller le chercher elle-même, par orgueil.

Khamit Ferme Ton Clapet fit une demande à la belle Manana Apache, mais celle-ci refusa, et même deux fois, sous les yeux de tout le wagon. Khamit, dépité, se tourna vers une autre fille, aussi populaire, avec le sobriquet sévère de Tassia Pas Une Salope, mais leur union ne dura pas et ils se séparèrent quelques jours plus tard.

Klioka passa des heures à errer dans le wagon des filles, n'osant pas faire de choix. Il fut choisi : une fillette silencieuse, aux mains criblées de piqûres de morphine, Emilia Galotti, sans prononcer le moindre mot et sans même regarder son « fiancé », lui prit la main quand il passait devant elle et le fit asseoir sur sa couchette, mettant fin à cette recherche douloureuse. Klioka accepta docilement, soulagé.

Djamal La Maigre choisit elle aussi son « mari ». À peine avait-elle aperçu sur le seuil un énième candidat qu'elle sauta de sa couchette et courut vers lui, demandant d'une voix rendue rauque par la fumée : « Choisis-moi. – D'accord », répondit sérieusement Pip d'Acier. Il la choisit.

Issia Mal Embouché « épousa » Niouta Dieu Me Pardonne. Chamil Ablias convola avec Alka Contribution. Boulat Batkak, avec Elka Planche à Pain.

Les couples se formaient à toute vitesse, avant qu'on ait pu s'en apercevoir. Les filles se mirent à noircir leurs sourcils au charbon, les garçons, à mieux s'épouiller.

Hadji Mourat et Nastia Procureure. Tchatcha Tsinandali et Sima Trois Vodkas. Kostia L'Anarchiste et Dilar de Bougoulma…

Après ses débuts foudroyants, l'épidémie de mariage connut bientôt un déclin, et se termina rapidement. Plusieurs couples restèrent fidèles et conservèrent leur envie de rester ensemble. D'autres abandonnèrent la « vie de famille ». Mais tous appréciaient le statut de « mariés ».

Les garçons, qui n'aimaient pas l'expression *ma femme*, préféraient dire *la mienne*, avec une expression particulière. Dans les wagons de garçons, on pouvait entendre sur tous les tons : « Ne le dis surtout pas à *la mienne* – elle me tuerait ! » ; « Elle est devenue folle, hier, *la mienne*... » ; « Je vais aller lui remonter les bretelles, à *la mienne*... ».

Dans le wagon des filles, on entendait le mot *mari* (toujours *mari*, et pas autrement, prononcé d'une voix forte et fière). « Je vais demander à mon mari », « Mon mari ne sera pas d'accord », « Oh, mon mari n'aimera pas ça... ».

Les mauvaises langues démarraient généralement très vite, mais sur ce point, les garçons se montrèrent délicats. Il n'y eut pas une seule blague sur les « mariés » dans le convoi. Les « célibataires », avec respect et une pointe d'envie, leur reconnaissaient le droit d'être ensemble.

☆

Fatima appelait tous les garçons Iskander, du bébé du wagon d'état-major aux adolescents des wagons de passagers. Pas dans son for intérieur, à voix basse ou à l'écart, mais à haute et intelligible voix. Elle les prenait aussi tous dans ses bras et les embrassait.

Peu importe qui passait par là – une grande asperge venue demander conseil à Blanche, un bébé de trois ans qui suivait les grands –, tous ralentissaient toujours le pas en arrivant vers Fatima. Elle cessait alors son travail et caressait la tête rasée du visiteur, ou ses joues, et le plus souvent le serrait contre sa poitrine et embrassait le sommet piquant de sa tête : « Mon Iskander, Iskander... »

Et le gamin rétif se figeait, enveloppé par le corps féminin doux et impérieux. Aucun garçon ne se débattait jamais, n'exigeait jamais de l'appeler par son sobriquet : ils étaient d'accord d'être des Iskander en échange d'une brève caresse et d'un baiser. Certains entraient dans le wagon d'état-major sans raison, parfois même plusieurs fois par jour, pour recevoir leur portion de tendresse.

– Il ne faut pas les prendre dans tes bras, se fâchait Deïev.
– Et pourquoi pas ? protestait-elle en souriant.
– Et pas les embrasser non plus !
– Pour quelle raison ?
Elle souriait toujours.
– Tu n'en auras pas assez pour tout le monde.
– Qu'en savez-vous ?
Elle ne souriait plus : elle riait déjà ouvertement.
Deïev ne pouvait rien lui répondre. Il avait honte de s'avouer qu'il aurait voulu parfois s'approcher comme les garçons, cacher son visage contre sa tendre poitrine.
– C'est ton fils qui s'appelait Iskander ? se décida-t-il un jour à lui demander.
Après un silence, elle hocha la tête et prononça cette étrange phrase :
– Il ne fallait pas appeler l'enfant du nom d'un grand conquérant.
Va comprendre ce qu'elle voulait dire !
Deïev la comprenait rarement. Elle répondait pourtant – aux questions, à première vue, et pas dans une langue étrangère, à première vue. Mais il ne comprenait rien.
– Pourquoi t'es-tu inscrite pour ce convoi, Fatima ?
Elle haussa les épaules, et serra contre elle une tête d'enfant, il y en avait toujours une à proximité, à portée de main.
– Ils sont si nombreux, soupira-t-elle et sourit-elle d'un air d'excuse. Ils sont si merveilleusement nombreux…
Il y avait exactement cinq cents enfants à bord de la guirlande. Et qu'est-ce que ça avait de merveilleux ?!
Fatima était sans doute le seul adulte à apprécier vraiment la vie dans la guirlande. Les autres – Deïev, Blanche, les nurses – travaillaient ardemment, désirant sincèrement arriver aussi vite que possible à Samarcande. Fatima, elle, n'était pas pressée. Elle adorait la soupe diluée de fanes et de son du convoi. La sarabande de tracas pour les petits. Les nuits sur la couchette dure, cachée par un rideau de calicot fripé. Bercer sans arrêt Petit Coucou. Laver le linge, ranger, nettoyer… Deïev ne pouvait pas comprendre : après l'université de Zurich, la lessive. Une façon de parler qui semblait sortir d'un livre, et sa passion pour un bébé abandonné.
– Ça te plaît ici, Fatima ?

Et elle répondait à nouveau comme dans un livre de poésie :

– Je voudrais voyager sans fin dans ce train.

– Comment ça, sans fin ?! s'indignait immédiatement Deïev. Où est-ce que je trouverais toute cette nourriture ?...

À côté d'elle, il avait l'impression d'être un petit garçon. Et ce n'était pas seulement à cause de ses réponses étranges ou des signes de son âge, qu'on apercevait mieux avec ce long trajet : des rides au coin des yeux, des mèches blanches dans ses tresses. Elle possédait une force à la fois puissante et douce, qui conquérait aussi bien les adolescents rebelles que ce benêt de Memelia, et même le vieil infirmier.

Celui-ci avait pris l'habitude d'entrer dans le wagon d'état-major – pas la journée, mais le soir, quand les compartiments se préparaient déjà à la nuit. Il venait emprunter un rasoir à Deïev, ou un crayon à Blanche, ou continuer une discussion commencée le matin, et terminée aussi le matin. Il ne se pressait pas de rentrer à l'infirmerie. Qu'attendait-il ? Au début, Deïev ne comprenait pas, puis il devina : Boug attendait la berceuse. Le vieil homme aux cheveux gris – aux mains tavelées, aux poils blancs sortant de ses grandes oreilles – attendait une berceuse.

Et Deïev se mit à lui proposer du thé : il le faisait attendre dans son compartiment, lui versait une tasse d'eau chaude avec une poignée d'herbes hachées. Il s'asseyait à côté de lui.

Ils restaient assis en silence, serrant dans leurs mains les tasses brûlantes, échangeant à peine deux phrases. Ils savaient tous deux qu'il ne fallait pas parler de l'infirmerie, en cet instant, et ils n'en parlaient pas : ils gardaient précieusement ces quelques minutes d'attente du bonheur qui ne manquerait pas. Ils savaient que leur discussion autour d'un thé n'était pas faite de thé, ni de discussion, mais d'attente ; toutefois, ils étaient gênés de le reconnaître. Quand toutes les lumières s'éteignaient dans le wagon, et que l'obscurité s'emplissait de la douce voix féminine, leur gêne disparaissait.

Je me poserais comme de la poussière sur tes bottes
De la pluie sur tes épaules, du vent sur ton visage.
Qu'il est difficile de desserrer les bras et de te laisser partir.
Mais je ne veux pas alourdir ton chemin.
Pars seul, pars librement, Iskander.

Deïev regrettait un peu les soirées où il était seul pour écouter la berceuse – alors, il avait l'impression que Fatima ne la chantait que pour lui. Mais il luttait contre lui-même, s'interdisait d'être égoïste : la chanson était si belle qu'elle ne pouvait appartenir à une seule personne, même en imagination.

Cette chanson effaçait tout. Le fait que les cinq cents enfants avaient été abandonnés par leurs mères, jetés dans la neige, déposés sur les marches des centres d'accueil, oubliés dans les gares. Le fait que le convoi allait devoir affronter la steppe de la Faim et le désert. Que les réserves de nourriture étaient maigres, que le tender n'avait plus de charbon. Que, dans le wagon-infirmerie, dormaient des enfants qu'on ne pouvait sans doute plus aider… La chanson effaçait tout cela, pour au moins quelques minutes.

Ne te souviens pas de moi.
Que ta mémoire ne t'attache pas à la maison comme un poids.
Oublie-moi pour longtemps,
Pour ne te rappeler qu'au bout de ta route.

Le grand-père était assis, le dos appuyé sur le dossier du canapé, les yeux fermés. Il était si énorme qu'il semblait occuper tout le compartiment, et Deïev se rencognait à l'extrémité du canapé, craignant de heurter involontairement son invité. Ils serraient tous deux leur tasse pleine du thé qu'ils n'avaient pas bu, l'eau refroidissait, mais la chaleur entrait dans leurs mains et y restait.

Et je me souviendrai pour deux,
Je vais pleurer pour sept.
Je t'attendrai pour toutes les mères du monde.
Dors, mon garçon, c'est notre dernière nuit.
Dors, et sois un homme à ton réveil.

Les dix jours de trajet d'Arzamas à Bouzoulouk se changèrent, pour Deïev, en une seule journée qui se répéta dix fois : il ne cessa de courir de la première à la dernière heure, comme pris dans un cercle vicieux qu'il ne pouvait ni briser ni déchirer.

Le matin, il se levait, non pas à son réveil, mais ayant attendu que l'air nocturne ait pris une teinte grise (il ne dormait semblait-il plus du tout, mais cela ne posait pas de problème : il avait l'habitude). Doucement, pour ne pas réveiller Blanche, il fermait la porte en accordéon qu'il laissait ouverte la nuit. Chaque fois, il était tenté de passer la tête dans l'embrasure pour regarder la femme endormie, mais il ne se le permettait pas. Le matin n'était pas fait pour les caprices.

L'instant d'après, un Zagreïka ensommeillé sortait de sous le canapé.

– Salut, frère, disait Deïev, regardant ses yeux tout embrumés.

Zagreïka battait des paupières, ses yeux devenaient plus vifs. Le gamin bâillait, étirait ses bras et ses jambes encore mous, reprenant rapidement sa concentration animale.

– On y va ? demandait Deïev.

Il ne s'attendait pas à une réponse, mais ces phrases courtes donnaient l'impression d'une conversation. Il était habitué à s'adresser au gamin : une fois, deux fois, dix fois, comme s'ils discutaient.

Celui-ci – Deïev le voyait clairement dans son regard enfantin, qui ne cillait pas – comprenait ses paroles, et les désirait, et s'en réjouissait, même s'il était incapable d'exprimer sa joie. Son visage inexpressif, qui à cause de cela paraissait un peu obtus, restait toujours morne.

Ils sortaient du compartiment. Avançant discrètement, ils traversaient le wagon encore endormi, se glissaient par la porte et, s'accrochant aux barres qui tenaient les lanternes, montaient sur le toit. Ils s'installaient entre les lucarnes et les cheminées, le visage tourné vers l'est, et attendaient.

La couleur du ciel leur indiquait s'ils allaient voir le soleil se lever. Si une brume mouillée était suspendue au-dessus de leur tête, ils regardaient simplement les nuées se remplir de lumière, semblant devenir plus légères. Par les matins clairs, ils contemplaient le soleil lui-même – pourpre, rouge, jaune – se lever au-dessus de l'horizon ou de nuages flamboyants, lançant des étincelles et des scintillements à travers le ciel.

Deïev offrait son visage aux rayons roses, alors que Zagreïka fixait son maître.

– Regarde plutôt le soleil, idiot, soupirait Deïev, faisant le vœu que ce tableau réjouissant ne soit pas le seul événement positif de la journée.

Lorsque l'astre était entièrement sorti de l'horizon, Deïev et son ombre descendaient dans le wagon d'état-major et déambulaient dans le convoi sans plus craindre de réveiller les passagers – ils annonçaient le début de la journée. Sous les protestations des gamins et les voix sévères des nurses, la guirlande se réveillait. Deïev, tout en avançant, recevait le rapport des nurses sur la façon dont s'était passée la nuit. Zagreïka suivait ; les enfants ne le touchaient pas, s'écartaient même légèrement à son passage.

Ils finissaient par l'infirmerie. Pendant le voyage, Deïev y était déjà passé une centaine de fois, mais chaque fois il s'étonnait du silence qui y régnait. À l'extérieur, même dans une petite gare au milieu de la steppe déserte, le silence était toujours empli de bruits : le bruissement des herbes, les battements d'ailes des oiseaux, les soupirs du vent. Le silence de l'infirmerie était complet ; seuls, les mouvements du grand infirmier l'emplissaient. Les grabataires n'émettaient aucun son : ils ne parlaient pas, ne bougeaient pas, et semblaient déjà ne plus respirer.

Ils disparaissaient peu à peu. Non, leurs corps étaient toujours étendus sur les couchettes, emmitouflés dans les sacs à bagages, mais les signes de vie se retiraient lentement de ces corps. Les yeux s'enfonçaient dans leurs orbites, laissant des trous noirs sur la tête ; la peau devenait plus fine, presque transparente, ne cachant plus le réseau de veines. Les petits mouvements, que Deïev voyait encore au début du trajet, disparaissaient aussi : les tremblements de paupières, les grimaces mécontentes, les oscillations pour trouver une pose plus confortable. Rire de Cafard ne riait plus. Balancier ne se balançait plus sur le lit, repoussant son sac-couverture. Enroué n'ânonnait plus des prières d'une voix enrhumée. Soupirette ne soupirait plus dans son sommeil. Lessia Demi-Mort ne répétait plus plaintivement qu'il était « à demi mort ».

Au visage de l'infirmier, Deïev savait déjà s'il s'était passé quelque chose pendant la nuit – si quelqu'un, à l'infirmerie, était allongé avec la couverture sur la tête. Étonnamment, cela avait rarement lieu la nuit. D'habitude, dans les hôpitaux, de nombreuses personnes meurent la nuit, mais les organismes des grabataires ne distinguaient déjà plus le jour de la nuit. S'il y avait tout de même ce genre de nouvelles, on laissait le corps sur la couchette jusqu'au soir : le matin, ils n'avaient pas le temps de l'enterrer.

Ils commençaient par nourrir les enfants. (Memelia se réveillait tôt et, à l'aube, avait déjà fait un repas chaud ; sur ordre de Deïev, il apportait d'abord le petit-déjeuner à l'infirmerie, ensuite seulement dans les autres wagons.) Deïev travaillait avec Boug ; Zagreïka se couchait sous un châlit et attendait, en chiot fidèle.

Deïev ne savait pas lui-même pourquoi il nourrissait chaque matin les grabataires de *kissel* de fruits ou d'œufs battus ; peut-être qu'il se tranquillisait à la vue de la nourriture disparaissant dans les organismes enfantins.

En les nourrissant, ils discutaient de ce qui manquait à l'infirmerie. Boug avait depuis longtemps cessé d'exiger, Deïev de se fâcher : ils discutaient calmement, comme s'ils bavardaient sur des sujets futiles.

– Il faudrait du miel, disait Boug, versant goutte après goutte le repas liquide de la tasse dans la bouche ouverte d'Abeille ou de Long Nez. Le miel, c'est souverain, pour les escarres.

Ou :

– Il faudrait du savon. Il n'y a rien de mieux contre le pourrissement des blessures.

Ou :

– Il faudrait des oreillers plus mous, en plumes, pour les mettre sous les dos ou sous les fessiers. Sinon leur colonne vertébrale leur perce la peau, toutes les couchettes sont tachées de sang.

Deïev acquiesçait : d'accord, du miel. Du savon. Des oreillers, on essaiera aussi d'en trouver.

L'entente qui régnait entre eux soulageait aussi. Comme si on pouvait acheter du miel ou du savon pour trois kopecks au prochain marché. Comme si le miel ou le savon pouvaient aider.

Quand les enfants étaient nourris et que le soleil était déjà haut, ils sortaient tout le monde à la « promenade ». C'était une nouveauté de l'infirmier. Il avait essayé d'expliquer l'idée, s'était répandu en longues phrases sur la stagnation dans les poumons, la circulation de l'oxygène dans le sang et la possibilité d'une pneumonie, mais Deïev avait rejeté d'un geste ces paroles inutiles : s'il fallait, il le ferait.

L'opération n'était pas simple. Il fallait emmailloter et emmitoufler chaque enfant – avec précaution, pour ne pas frotter les ulcères – dans les rares habits chauds présents dans le convoi : la vareuse de la commissaire, les manteaux des nurses, la veste du cuistot. Ils leur mettaient des chapeaux et bérets sur la tête, appartenant eux aussi aux nurses. Chaque gamin était encore emballé dans un sac-couverture, puis porté à l'extérieur.

Chacun devait rester à l'air libre au moins un quart d'heure. Au début, ils avaient décidé de sortir les malades en les portant comme des bébés, mais cela prenait trop de temps. Ils voulurent les allonger sur les marchepieds des wagons, mais les grilles de métal étaient froides, et laissaient passer le vent. Ils cherchèrent longtemps comment installer les enfants, puis eurent finalement l'idée de mettre les cocons d'enfants sur les flancs de la locomotive. Un endroit parfait pour les bains de soleil !

À cette heure, la locomotive chauffait déjà et se préparait au départ. Les enfants étaient disposés, cocons immobiles, sur l'immense machine ahanante et bruyante, emmitouflés dans leurs sacs avec des inscriptions officielles à l'encre violette. La machine tressautait légèrement du battement de sa vie mécanique, et ce frémissement se transmettait aux cocons : il fallait vérifier qu'ils ne tombaient pas par terre.

Le mécanicien n'approuvait pas ces promenades sur locomotive, mais ne se plaignait pas au chef de convoi ; Deïev avait remarqué qu'il se détournait à la vue des grabataires.

Pendant le trajet – ils ne faisaient parfois que deux heures de route, mais parfois le combustible leur permettait d'avancer toute une demi-journée –, Deïev pensait à ce qu'il allait devoir trouver. La chasse au savon, aux provisions, au charbon pour chauffer la locomotive n'apportait jamais les fruits espérés, mais Deïev se souvenait de la règle n° 1 des chasseurs : ouvre grand les yeux et les oreilles, toujours.

Regarde par la fenêtre chaque buisson et chaque pierre sur la route, et mieux encore, assieds-toi sur le toit et surveille les environs d'en haut, pour ne rien manquer. Dans chaque vagabond croisé, dans chaque oiseau qui vole, vois une proie.

Écoute ce que disent les réfugiés dans les gares, les gardes, les enfants des rues couchés au pied des murs du bâtiment. Entends ce qui te sera utile. Le succès n'est jamais là où tu l'attends.

À Rouzaïevka – une gare de transit avec un dépôt et un atelier de réparation –, Deïev espérait trouver beaucoup et chercha tout à la fois : de la nourriture, du bois ou une lavandière qui aurait accepté de laver le linge du convoi pendant la nuit. Il ne trouva rien. Mais, tandis qu'il ratissait le territoire, il remarqua une citerne vide derrière les voies de garage, sale, tachée d'huile ; on transportait généralement l'huile de foie de morue dans de telles citernes. En effet, il s'avéra que la citerne avait contenu de la graisse de baleine, et ils ne savaient pas quoi faire de la citerne vide, ils attendaient des ordres. « Permets-moi de gratter les restes au fond », demanda Deïev au chef de gare. Celui-ci eut un petit rire, et lui permit : « Gratte, si tu peux trouver ne serait-ce qu'une goutte. » Il avait tort d'en rire : Deïev et Boug passèrent toute la soirée dans le bac froid, étouffant dans la puanteur de poisson et essuyant les parois avec du duvet de quenouille ; ils en sortirent avec un seau de boules imbibées de graisse, pour les escarres…

À Syzran, Deïev courut dans la ville en exigeant l'impossible : des oreillers de plume. Il passa au comité municipal à l'approvisionnement, au conseil municipal, à la police. Tout le monde le regarda comme s'il était fou, ils faillirent taper du doigt sur la tempe. « Et je dois les trouver où, à votre avis, ces oreillers ? s'énervait Deïev. Dans la steppe ? » À la police, il aperçut par hasard des fabricants de vodka de contrebande pris sur le fait. Il quémanda une partie des preuves matérielles : trois dames-jeannes de vodka trouble : pas de l'alcool pur, mais ce serait tout de même utile pour désinfecter, à l'infirmerie.

À Samara, il fit preuve de culot : il n'alla pas au ravitaillement, mais à l'usine de savon pour demander des réserves. Le directeur refusa : c'était une marchandise d'importance médicale, l'inventaire était sévère, impossible d'en donner à droite à gauche. Sortant bredouille, Deïev remarqua dans la cour un chariot de la station de désinfection, qui était venu prendre de l'eau savonneuse, dans laquelle on lavait le linge particulièrement sale. Il acheta le conducteur : pour une bouteille de la vodka destinée aux réserves de l'infirmerie, le conducteur accepta de prendre cinq cents chemises et de les désinfecter sous le manteau : pendant la nuit, quand les chefs dormaient et que les ouvriers n'avaient rien contre descendre un petit verre à l'œil. Tout se passa dans l'obscurité : les chemises sortirent de la guirlande au coucher du soleil, et y revinrent au matin, mouillées, mal essorées, mais sentant honnêtement le savon et d'autres chimies dégoûtantes.

À Kinel, il remarqua un convoi d'agitateurs politiques qui suivait la voie ferrée : un chameau tirait une grosse carriole peinte de couleurs vives, avec des slogans, d'où dépassaient quelques visages jeunes et joyeux. « Vous avez des livres pour enfants ? », cria Deïev depuis le marchepied du train. « Seulement des chansons ! », répondirent-ils en riant. Ils se mirent d'accord. Pendant que la guirlande faisait le plein d'eau et de sable, la brigade d'agit-prop passait dans les wagons : dans chacun, elle entonnait, accompagnée par un accordéon et des cuillères, une chanson joyeuse dont les paroles étaient faites de mots inventés – un pot-pourri fourre-tout, qui inquiéta vaguement Deïev, mais provoqua l'enthousiasme des enfants. Arrivés à l'infirmerie, les agitateurs perdirent tout leur allant et pensèrent arrêter le concert, mais l'infirmier leur demanda de chanter aussi pour les grabataires. Ils chantèrent. « Kram-bam-bouli ! Iouchki-viouchki ! Vereviani, vereviou !... Sinterietor ! Izvinotor ! Baïbaïouta et tata ! », entendit-on dans l'ancienne église. Les enfants étaient allongés, immobiles, sur leurs couchettes. Peut-être qu'ils écoutaient...

Deïev était même devenu, non pas un chasseur, mais un chien de chasse, qui sentait le gibier à un kilomètre et courait vers lui à travers les bois et les marais. Deïev s'était transformé en prédateur : il attrapait tout ce qui pouvait servir à nourrir, réchauffer ou réjouir les enfants, et l'apportait à la guirlande. Il savait que, derrière cette interminable chasse – à renifler, suivre, poursuivre et quémander – se cachait la peur : à la fin du jour, venait invariablement le soir. Et cela voulait dire qu'il devait aller voir les grabataires.

Le soir tombait, s'épaississait et devenait nuit. La guirlande se dissolvait presque dans cette obscurité, les lampes à pétrole éclairaient les fenêtres, dessinant des carrés jaunes au-dessus de la terre. À cette heure bleutée, engourdie, où les enfants plus âgés étaient déjà étendus sur leurs couchettes, écoutant les poèmes de Lermontov, tandis que Fatima chantait pour les plus petits, Boug venait dans le wagon d'état-major, écouter la berceuse. Ils repartaient ensemble pour l'infirmerie.

Boug allait directement aux couchettes où s'étaient passées les nouvelles du jour. Il mettait la lampe à pétrole vers l'oreiller, découvrait la tête du gisant. Deïev regardait le visage figé, reconnaissant chaque fois avec peine son propriétaire : les petits nez aigus et les yeux de verre transformaient les enfants en poupées qui rappelaient mal ce qu'ils avaient été. Pour une raison inconnue, Boug ne leur fermait pas les paupières, par contre il dessinait un sourire avec leurs lèvres, avant que leurs muscles ne soient figés. Tous les morts souriaient.

Deïev faisait oui de la tête. L'infirmier enroulait le corps dans le sac, le soulevait – il était léger comme celui d'un bébé – et le transmettait au chef ; il prenait la lampe et marchait devant, éclairant le chemin. À la sortie, il attrapait la pelle, qui était désormais toujours posée dans un coin de l'infirmerie. Deïev portait l'enfant ; il portait toujours lui-même l'enfant, il ne pouvait pas autrement.

Ils descendaient le marchepied du wagon, silencieusement, à la hâte, se retournaient pour observer le train paisible, puis s'éloignaient d'un pas vif. Pendant la journée, Deïev avait repéré un endroit un peu à l'écart des voies ferrées, derrière des hangars ou vers des buissons. Ils s'y rendaient. Une ombre muette les suivait : Zagreïka.

Deïev creusait lui-même la tombe. Il ne devait pas travailler longtemps : les corps étaient minuscules, ils n'avaient pas besoin de fosse profonde. Pendant que le commandant enlevait la terre, Boug libérait l'enfant de sa couverture : on les enterrait dans leur chemise, mais on récupérait les sacs. Deïev posait le corps léger comme l'air sur le fond de la fosse. L'enfant regardait le ciel de ses yeux brillants et immobiles, et souriait. Ils comblaient la fosse comme la première fois : Deïev poussait la terre avec sa pelle, Boug l'aidait de ses mains. Ils ne laissaient pas de tertre sur la tombe : les enfants disparaissaient dans la terre comme s'ils n'avaient jamais existé.

Ils rentraient au convoi et se séparaient. L'infirmier regagnait l'infirmerie, Deïev montait sur le toit du wagon d'état-major. Il y passait sa nuit. Ou plutôt, leur nuit, avec Zagreïka.

C'était peut-être un secret honteux, qui trahissait sa faiblesse d'esprit, ou peut-être que non : Deïev ne savait pas comment le qualifier. Et il ne perdait pas de temps à y penser ; il prenait simplement l'enfant dans ses bras et s'asseyait sur la lucarne, appuyant son dos contre la cheminée du chauffage. Il restait assis à regarder le ciel jusqu'aux étoiles du matin. Dans ses bras dormait un enfant – tiède, vivant. Il dormait d'un sommeil troublé : ses épaules tressautaient, sa tête bougeait d'un côté à l'autre, il enfouissait son visage contre Deïev et respirait nerveusement… Les épaules et le dos du commandant se fatiguaient, mais c'était une fatigue agréable, qui étouffait son chagrin et sa peur du lendemain. Deïev ne pensait pas aux enfants gisant dans la terre derrière les gares. Il tenait un enfant vivant dans les bras – Senia ? Abeille ? Fer à Repasser ? – et savait que cet enfant ne mourrait pas.

Au petit matin, ses membres étaient engourdis, et Zagreïka endormi commençait à trembler de froid. Avec regret, Deïev laissait le garçon se réveiller et se lever. Il se levait à son tour, boitillant sur ses jambes prises de crampes comme sur des béquilles, sentant des fourmis picoter partout dans ses muscles. Il descendait tant bien que mal du toit et regagnait le wagon d'état-major – pas pour dormir, mais pour réchauffer son corps tremblant désespérément. Dans son compartiment, il ouvrait la porte en accordéon – une douce tiédeur arrivait du côté de la commissaire. Il tombait sur le matelas à ressorts et y restait couché, attendant que l'air nocturne ait pris une teinte grise…

En dix jours, ils enterrèrent treize enfants. Senia Le Tchouvache. Acrobate. Long Nez. Moisissure. Poupée. Fer à Repasser. Front Devant. Entrailles. Moineau. Rire de Cafard. Balancier. Soupirette. Craie. Treize enfants : le nombre maudit. C'est alors que la roue avait tourné : pendant de nombreux jours, le commandant s'était démené dedans dans une course insensée, puis il était tombé de la roue, qui avait roulé sur lui, l'écrasant.

C'était arrivé à Bouzoulouk. Cette nuit-là, ils en avaient enterré trois. Deïev avait alors passé toute la nuit sur le toit, sans descendre dans le compartiment. Et il n'avait pas pris Zagreïka dans ses bras – il n'en avait pas la force. Il restait immobile, fixant le ciel.

Une lune rousse avançait dans la nuit. Tout était silencieux, comme sous l'eau. Ou comme dans l'infirmerie. Ou comme dans un cimetière. Pas un jappement de chien, pas un cri d'oiseau dans la steppe. Où étaient-ils tous, dans ce maudit Bouzoulouk, avaient-ils tous crevé ?!

Un battement régulier retentissait dans le silence. Deïev écouta attentivement, et comprit qu'il était lui-même en train de taper du poing sur le fer-blanc du toit du wagon. Et dans sa tête, il y avait le battement d'une pensée, une unique pensée : partir… partir… Chauffer la locomotive dès la première heure, pour partir à toute vapeur : se laisser bercer par le mouvement du train, remplir ses oreilles du grondement des roues, remplir ses yeux de la steppe défilant par la fenêtre, se noyer dans les démarches habituelles… Ne pas penser, ne pas se souvenir, mais continuer la route. Rouler vers le Turkestan, vers la chaleur et l'abondance. La vie. Le Tur-kes-tan. Tur-kes-tan. Tur… kes… tan…

L'aube n'était pas encore levée, mais il n'y tenait plus : dès que la lune pâlit et que l'extrémité du ciel nocturne eut pris une teinte claire, il courut réveiller le mécanicien. Il n'avait pas la patience de descendre du toit selon son habitude, se tenant aux barres et aux lanternes, et il sauta à terre, manquant de se briser le menton sur les genoux, mais ne sentant pas la douleur.

– Chauffe la machine ! dit-il en secouant le mécanicien endormi. On part à l'aube. Allez !

– J'ai pas de combustible, protesta l'autre d'une voix endormie. Ils n'ont pas encore livré le charbon.

Deïev courut au tender : il était vraiment vide. Ils avaient promis de livrer le charbon la veille. Ou au moins du bois de chauffe. Donc, ils n'avaient rien livré. Salaud de chef de gare !

– Où est le charbon ?! hurla Deïev en courant vers la maisonnette en bois de la gare.

Il courait, trébuchant sur les corps des réfugiés qui campaient autour des bâtiments de la gare. Les gens se réveillaient, remplissant le silence de soupirs et de gémissements endormis.

Dans l'obscurité, il trouva difficilement la porte et se mit à la couvrir de coups de poing, de pied : où est mon charbon ?!

Seules les fenêtres noires regardaient Deïev : il n'y avait personne dans le bureau. Les réfugiés, réveillés, le regardèrent à leur tour, presque invisibles dans la pénombre du petit matin. La lune, dans le ciel, était déjà transparente, prête à disparaître. Le soleil allait bientôt se lever.

Il revint au convoi, tapa du poing sur la porte du wagon-cuisine. Quand la porte s'entrouvrit, laissant apparaître un Memelia effrayé, hirsute au réveil, et tenant à tout hasard une hache à la main, il lui prit la hache. Il alla au seul arbre du coin, un grand peuplier noir, sous la ramure duquel étaient disposés deux bancs, et abattit sa hache sur le tronc.

Il n'y avait pas de charbon – on chaufferait au bois. Ils n'avaient pas livré de bois – Deïev le prendrait lui-même. Maintenant.

Tchac ! Tchac ! Le bruit sourd des coups de hache fit écho contre les murs de rondins de la gare.

Les réfugiés qui dormaient sur les bancs, effrayés, s'enfuirent comme des cafards. Et tous ceux qui étaient couchés à même le sol, à proximité, s'enfuirent également : le peuplier était énorme, sa ramure aussi ; s'il tombait, il écraserait tout autour.

Tchac ! Tchac !

Le tronc était mou, comme fait d'argile. La hache y pénétrait à coups rapprochés, profonds. Les copeaux volaient sous la lame.

Partir ! Partir !

– Camarade chef de convoi ! Le mécanicien, effrayé, apparut sur les rails, tenant maladroitement son pantalon (dans la pénombre, il n'avait pas réussi à fermer sa ceinture, il avait mis le pantalon tant bien que mal, mais pas sa veste, il accourait en chemise de corps). On nous a promis du charbon au matin, ils vont peut-être l'apporter…

Les nurses, un manteau passé sur leur chemise de nuit, s'approchèrent à leur tour.

– Arrêtez immédiatement ce saccage ! s'éleva la voix de Blanche, tout près.

Partir ! Partir !

Les chiens se réveillèrent – d'abord les plus proches, puis les autres – et se mirent à aboyer désespérément, s'excitant mutuellement.

Le garde de nuit de la gare – un vieillard en uniforme – piétinait sur le quai, hébété, secouant ses boucles grises.

Tchac ! Tchac !

Le ciel rougissait déjà à l'horizon, s'emplissait de lumière du matin. Le soleil se levait.

– Prenez-lui sa hache !

– Pour qu'il me coupe en deux avec elle ? Non merci !

– Allez chercher le chef de gare ! Ce fou va tout couper en petits morceaux.

– Seigneur Dieu !...

Partir ! Partir !

Deïev avait chaud – à cause du soleil, ou de l'effort. Passant la hache d'une main à l'autre, il enleva sa veste et travailla en chemise, faisant une deuxième entaille profonde de l'autre côté du tronc.

Tchac ! Tchac !

– Arrête, imbécile ! dit une voix derrière lui.

Le chef de gare arrivait en courant de la ville, accompagné de deux bonnes âmes qui étaient venues lui dire ce qui se passait.

Mais Deïev n'écoutait pas. Il appuya son dos contre le tronc entaillé, les jambes solidement calées au sol. Travaillant des muscles, il poussa avec les épaules. Le peuplier grinça et tomba, presque sur le chef de gare.

L'arbre tomba juste où il fallait : entre la gare et les isbas-hangars, sans toucher les palissades et les bancs. Des nuages de poussière et de déchets s'élevèrent de chaque côté, retombant sur l'assistance qui s'était écartée.

– Ah ! ne put que crier le chef de gare.

Deïev était déjà en train de séparer les branches du tronc : tchac ! Tchac !

Partir ! Partir ! Les branches s'abattaient en tintant, l'une après l'autre.

– Prépare-toi ! ordonna Deïev au mécanicien. Et chauffe la loco. Je débite encore des bûches.

Celui-ci, le mollasson, hésitait, n'osant pas s'emparer du bois devant les autres.

– Qu'est-ce que tu fais, monstre ?! Le chef de gare écarta la foule. Tu crois que parce que tu escortes des enfants de la famine, tu peux tout te permettre ?

Mais il ne put s'approcher plus près de Deïev – la hache fendait l'air comme une faux habile pendant le fauchage.

– Je n'ai pas le temps de te parler, lui lança Deïev entre deux coups. Tu ne peux pas m'aider, au moins ne me gêne pas.

– Ah, mais j'ai fait trimer toute la ville pour tes enfants ! La moitié de la Tchéka n'a pas dormi cette nuit pour te trouver du combustible !

Deïev, la hache dans une main, attrapa de l'autre les branches tombées à terre et les fourra entre les bras du mécanicien abasourdi.

– On t'a dit de te préparer, ne lanterne pas !

Le mécano fit la grimace, n'osant ni désobéir au commandant ni emporter le bois au convoi.

– Le voilà, ton combustible, triple andouille !

Le commandant indiqua de la paume les maisons de la ville, entre lesquelles apparut un chariot lourdement chargé.

Il transportait une immense botte – pas de foin, mais de bâtons et de planches hérissés de tous côtés, manquant de tomber à chaque cahot. La jument avançait lentement, écrasée sous le poids du chargement, le cocher marchant à côté d'elle, la tenant par la bride.

– S'il n'y avait pas les enfants, je ne t'aurais pas donné un copeau ! Je t'aurais fourré au trou, saboteur !

Les bâtons et les planches venaient de meubles hâtivement brisés pour mieux tenir dans le chariot. Des meubles de prix. Des pieds de table courbés brillaient dans la lumière du matin, les verres brisés des buffets tintaient. Il y avait beaucoup de meubles – ce n'était pas un propriétaire qui avait été dékoulakisé pendant la nuit, ni deux, mais toute une série.

Il devait dire quelque chose au chef de gare pour ses efforts – s'excuser pour le peuplier perdu, ou le remercier. Ou au moins le regarder dans les yeux. Mais Deïev ne pouvait plus s'arrêter, il continuait ses coups de hache, envoyant partout des copeaux : tchac ! tchac !

– Merci, camarade, dit Blanche au chef de gare, lui serrant la main d'une poigne solide de commissaire. Nous allons décharger le chariot.

– Et avec ça, on fait quoi ? demanda timidement le mécanicien en indiquant les branches.

Le chef de gare fit un geste amer de la main : prends-les aussi, que faire…

Les nurses transportèrent les débris de meubles par-dessus les rails. Par groupes de deux ou trois, attrapant maladroitement les portes sculptées de placards ou les tables coupées en deux, elles trottaient sur les traverses, trébuchant régulièrement, laissant tomber leur fardeau. Elles étaient soudain devenues très semblables les unes aux autres : des vieilles femmes maigres, glacées par le vent, comme si elles étaient toutes sœurs.

Partir ! Partir !

Le chef de gare portait, seul, le bois coupé par Deïev à la guirlande, ses veines gonflant sous l'effort, jurant sans arrêt jusqu'au tender.

La locomotive chauffée soufflait de la vapeur et crachotait des étincelles.

Mais Deïev continuait de donner des coups de hache…

Quand soudain – il n'eut plus rien à couper ! Il regarda autour de lui, perdu : c'était vrai, il y avait un arbre, et il n'y avait plus rien. Et il n'y avait plus personne non plus, à part des réfugiées courbées sur le sol, qui ramassaient les copeaux de bois, jetant des coups d'œil apeurés vers Deïev.

Sa hache sur l'épaule, il courut à la guirlande.

Comment ça, il n'y avait plus rien à couper ?! Là, un tas de débris de meubles, il pouvait les couper jusqu'à la nuit ! Deïev, soulagé, monta sur la plateforme du tender, prit son élan et enfonça la lame dans le bois : tchac !

– Ça suffit, de vous tuer au travail !

Blanche était derrière lui.

Il n'avait pas le temps de se retourner : il devait travailler. Deïev travailla. Il ne sentait plus ni son dos ni ses bras, ses reins pliaient d'eux-mêmes, ses épaules se gonflaient toutes seules, comme c'était bien ! Son corps était mouillé comme s'il s'était baigné dans la sueur. Et son visage était mouillé aussi, ça lui coulait dans les yeux et l'aveuglait.

– Donne la hache, fiston, lui ordonna la voix de l'infirmier.

Des clous ! Si j'en coupe plus, on partira plus vite !

– Deïev, vous saignez ! Vous vous êtes fendu le front avec la hache.

C'était vrai, il ne voyait plus rien. Il toucha sa paupière avec sa main pour enlever cette obscurité malvenue, et quelque chose de mouillé et de rouge lui resta sur les doigts. Et tandis que Deïev restait, étonné, à contempler ses doigts, quelqu'un lui prit la hache avec précaution.

– Je vais te le bander, fiston.

Les immenses mains du grand-père l'entouraient de tous les côtés. Deïev se débattait comme une mouche prisonnière dans un poing, bougeait de tout le corps, en vain : on entoura sa tête d'un bandage bien serré, un tour, deux tours, trois tours... Enfin, les mains puissantes le lâchèrent.

– Tu es content, maintenant ? cria Deïev au visage sévère du grand-père. Tu as tout fait comme il fallait ? Ta conscience est pure ?

Il arracha le bandage de sa tête – comment avait-il fait pour être déjà rouge de sang ? –, le jeta aux pieds de l'infirmier et partit en écrasant des débris de meubles...

Soudain, il se retrouva dans le wagon d'état-major, dans son compartiment. Il était assis sur son canapé, voûté, les paumes serrées entre ses genoux.

Blanche était assise à côté de lui, lui mouillait le front avec un chiffon. Le chiffon était tout rougi.

– Ne vous accusez pas, Deïev, dit-elle. C'était inévitable. Dès l'instant où vous avez promis de prendre les grabataires dans le convoi, il était évident qu'ils n'arriveraient pas à destination. Je le savais, et la directrice du centre d'accueil aussi. Elle n'a pas dit un mot, la vieille rosse, même si elle comprenait tout. Elle était contente de se débarrasser des enfants.

Oh, tu ferais mieux de te taire ! Il s'écarta, se détourna, mais le compartiment était exigu, il ne pouvait fuir nulle part. Et où qu'il regarde, il rencontrait les yeux de Blanche. Il était à nouveau prisonnier ! D'abord de Boug, qui le persécutait avec ses bandages. Puis de la commissaire, qui le persécutait à son tour...

– Vous savez combien de grabataires j'ai tués ? Tout un convoi. Un convoi entier, Deïev. Deux cents enfants. J'étais encore bête et inexpérimentée. J'ai refusé tout le monde – les enfants sains, les malades, les femmes avec des bébés – pour ne prendre que des grabataires. Je me suis dit que j'aurais le temps de les emmener, le plus vite possible, d'Astrakhan à Moscou... Sur deux cents, il n'y en avait que vingt à l'arrivée. Pourquoi ne peux-tu pas tenir ton affreuse langue ?!

– Mais il ne faut pas s'en souvenir, Deïev. Et il ne faut pas se brûler avec les pensées. Il ne faut ni se souvenir ni penser, il faut laisser tout derrière et continuer le chemin : c'est la seule solution. Sinon, vous allez devenir fou.

S'il pouvait se boucher les oreilles, mais ses mains étaient serrées entre ses genoux, il ne pouvait pas les sortir. S'il pouvait fermer les yeux, mais ses paupières ne lui obéissaient pas.

– Je vais vous aider, dit Blanche d'une voix rassurante.

Elle se leva, ferma le compartiment à clé. Et aussi la porte de son compartiment à elle, et rabattit la porte en accordéon. Et baissa les rideaux de velours, tout fut plongé dans la pénombre.

Il y eut un tintement de ceinture, des froissements de tissu. Et Blanche s'assit à côté de Deïev, et elle n'avait plus d'habits.

Elle prit sa paume – d'abord tira longuement sa main serrée entre les genoux, puis desserra les doigts serrés en un poing – et la posa sur son sein. **Puis** elle prit sa seconde paume et la posa sur l'autre sein.

– Allons, dit-elle.

Les doigts de Deïev étaient noirs, maculés de sang. Il ne fallait pas tacher ce corps de femme si propre. Il tenta de retirer ses paumes, mais Blanche les tenait solidement.

– Allons, Deïev, répéta-t-elle, serrant plus fort ses mains. Vous croyez que je ne suis pas au courant de la porte ouverte pendant la nuit ? Que je ne vois pas comme vous me regardez ?

La douce peau féminine avait peu à peu la chair de poule. Comme Zozoulia, quand elle était aussi sur ce canapé.

Mais Blanche était déjà en train de détacher la ceinture de Deïev – d'une main habile, en un instant. Elle déboutonna sa vareuse, la lui retira par la tête – les bras de Deïev s'agitèrent mollement en l'air, comme des bras de poupée. Elle lui enleva ses chaussures, et le tissu autour de ses pieds. Elle l'allongea sur le canapé – les ressorts s'appuyèrent contre le dos de Deïev, lui trouant les côtes –, se coucha à côté de lui. Son corps était sur lui. Son visage était sur son visage. Ses lèvres étaient sur ses lèvres : Blanche embrassa Deïev, longuement et passionnément. Comme le gros Chauve à la Tchéka de Sviajsk.

– Je vais vous aider, murmura-t-elle. Aider.

Quelque chose se retourna en lui – ou était-ce le monde qui se renversait ? Ou se retournait-il sur l'étroit canapé ? – et tomba lourdement.

– Voilà, c'est bien, disaient les lèvres féminines à son oreille. C'est bien, vous êtes un bon garçon.

Il respirait contre ces lèvres.

Et quelqu'un d'autre respirait à côté, tout près. Une troisième personne.

Blanche tenait le visage de Deïev entre ses mains, ne le laissant pas se tourner pour voir.

– Tant pis, pour le gamin, dit-elle. Qu'il regarde s'il veut.

Quel gamin ? Qui respire dans l'obscurité, sous la table ? Senia Le Tchouvache ? Deïev tendit la main vers la fenêtre, tira sur le rideau :

– Senia !

Non, ce n'était pas Senia : un autre visage.

Senia n'est pas là.

Sur le canapé, il y a un corps pâle de femme. Ses clavicules sont comme des aiguilles à tricoter. Ses côtes, comme une planche à laver.

Senia n'est pas.

Deïev se leva et, remettant sa vareuse tout en marchant, sortit du compartiment.

Il marchait quelque part, ses pieds nus frappant le sol froid et métallique, ne comprenant pas comment il s'était retrouvé sur le toit du wagon. Il se glissa entre la lucarne et la cheminée, se coucha.

Et déjà, la locomotive émettait son bruit de basse, les roues tournaient : la guirlande quittait Bouzoulouk. Il aurait dû en être heureux – ils étaient partis, enfin partis ! – mais il ne ressentait rien. Sa poitrine lui faisait mal comme s'il s'était ouvert les côtes avec la hache, et non le front. Sa gorge lui faisait mal, et ses yeux. Il avait affreusement envie de pleurer, mais ne pouvait pas, ses yeux étaient secs. Il aurait voulu respirer, mais la douleur l'en empêchait. Il posa son front contre le toit glissant, maculant le fer-blanc de son sang, faisant sortir cette douleur par son nez et sa bouche, en gémissant. Et quand l'air fut sorti de ses poumons, il ne put pas inspirer, resta couché sans air.

Quelque chose de chaud et d'humide toucha ses pieds, chatouilla tendrement la plante et les talons. Surpris, Deïev eut un hoquet et se retourna : c'était le fidèle Zagreïka qui s'était approché prudemment, et léchait les pieds nus de son maître.

4. SEUL

Les gens, hé, les gens ! Où êtes-vous ? Je suis là.

Je me traîne, je clopine, je cours sur la terre. J'ai des bras et des jambes, une bouche. Des doigts pour saisir. Des dents pour mordre. Des yeux, un nez, du sang sous la peau, j'ai tout. Comme vous. Mais vous n'êtes pas là. Je suis là, et vous avez disparu. Je tourne la tête de tous les côtés : où sont les gens, où, où ? Ils ont disparu depuis longtemps.

La terre est toujours là. Le ciel est toujours là. La terre est noire, rouge, rousse, friable. Le ciel est gris, bleu, avec des touches vertes et jaunes. Entre le ciel et la terre, il y a tout. Il y a beaucoup de choses. Il y a moi. Moi, je ne disparaîtrai pas.

Avant, il y avait une isba. Avec un poêle rugueux et brûlant, à s'en faire mal. La résine coulait des murs en rondins, on pouvait l'attraper avec un doigt et la sucer. Les fenêtres étaient de petits trous. La porte, un grand trou. Sous les planches du sol, ça sentait la terre. Des fourmis couraient sur le sol. Ma sœur à côté d'elles. Les fourmis étaient meilleures que la résine.

Les corps des fourmis brillaient comme des baies. Il n'y avait pas beaucoup de baies, mais beaucoup de fourmis. Quand j'en trouvais, je les mangeais. En hiver, il n'y avait ni baies ni fourmis. Rien que la neige et ma sœur, qui criait, criait, criait…

Avant, j'avais une mère. Elle chantait cette berceuse : « Dormez vite, mourez vite. » Je n'ai pas obéi. Je ne suis pas obéissant. Je ne suis pas beau, elle me l'a dit. Je suis maladroit. Je ne disparaîtrai pas.

Ma sœur non plus n'obéissait pas. Son ventre était rond comme une courge, et ses jambes tordues comme des branches. Ses cheveux, un nid de corbeaux. Elle ne savait pas marcher, elle rampait. Moi, je sais marcher. Je suis habile. Je sais tout : grignoter, sucer, ronger. Parce que j'ai des dents. Et ma sœur n'en avait pas : elles ne poussaient pas.

Ma mère en avait, elles avaient poussé il y a longtemps. Elles tombaient déjà. Ma mère était vieille. Ses cheveux blancs lui faisaient comme du givre au milieu des autres. Il y en avait de plus en plus, de givre – moi, j'aurais déjà été glacé, mais elle pas. Elle sortait dans les tempêtes de neige sans manteau, n'avait pas froid. Elle lavait le linge dans la rivière, n'avait pas froid. Elle était forte. Je ne devais pas la quitter.

Ma sœur était faible. Et les fourmis étaient faibles, on les attrapait facilement. L'herbe était faible, on l'arrachait facilement. Les arbres étaient très forts. Les cailloux dans la steppe étaient forts. Le feu, quand il était petit dans le poêle, était faible. Mais quand il était bien nourri de bois, il était fort. La neige dans la main était faible et fondait vite, mais si elle tombait en tempête, elle pouvait tuer. Et la fièvre pouvait tuer, on ne pouvait pas la vaincre.

Une fois, je l'ai vaincue. Ma mère m'a dit que j'avais eu la fièvre deux semaines, et après j'étais resté encore deux semaines couché, je ne pouvais même pas ouvrir les yeux. Après, j'ai dû réapprendre à marcher. Donc, je suis à la fois faible et fort. Comme la neige ou le feu. C'est bien.

J'aime la neige, il y a beaucoup de lumière dedans. Et le feu, parce qu'il est vivant. Les gens sont souvent morts, mais le feu est toujours vivant.

J'aime aussi la glace qui fond, je la regarde au printemps. Et comment l'araignée fait sa toile, ça, c'est en été. On ne peut pas manger les araignées, seulement les regarder. Mais on peut manger leurs toiles. Et sucer la glace. Ma mère me l'avait interdit, mais je la suçais. Je ne suis pas obéissant. Tout ce qui est fort n'obéit pas : le vent, l'orage, la pluie. Je regarde ce qui est fort, je l'écoute, sa force entre en moi.

Ne les écoute pas, m'avait dit ma mère. Les autres gens. Ils disent des saletés sur toi, tant pis pour eux. Mais je ne les écoutais pas. J'écoutais les feuilles des arbres, les oiseaux. Et la boue sous les roues. Ou les mitrailleuses.

Quand ma sœur n'était pas encore née, on entendait beaucoup tirer. Quand elle est née, ça s'est arrêté. Dommage. Les mitrailleuses ont un bruit régulier, grondant, beau à entendre. Celui du fusil est court, claquant, aussi beau. Le plus beau, c'est le bruit du canon ; et on peut aussi regarder l'explosion. Les explosions c'est des fleurs, plus belles que celles des champs, mais elles se fanent très vite.

Ma pleureuse de sœur est née, et la famine est arrivée. Elle aurait mieux fait de ne pas naître. Ma mère disait la même chose. Si ma sœur était morte, est-ce que les mitrailleuses seraient revenues ? Est-ce que la famine aurait disparu ? Je ne sais pas.

Il y a beaucoup de choses que je ne sais pas. Est-ce que j'ai eu un père et où est-il parti ? Pourquoi est-ce que les fourmis sont bonnes, et pas les poux ? Où est-ce que les vaches et les chèvres ont disparu ? Quel est le goût du beurre ? Pourquoi est-ce que l'eau de bouleau ne coule qu'au printemps, et qu'en été son tronc est sec, on ne peut pas le mâcher ? Qu'est-ce que le « kolkhoze » et le « *prodnalog*[1] », que tous craignent plus que la mort ?

Et le plus important : où les gens ont-ils tous disparu ? Je serais heureux d'apercevoir n'importe qui : le chef du soviet boiteux, notre vieille voisine, et même ma sœur. Mais ils ont disparu. Je regarde à droite. Je regarde à gauche. Il n'y a personne.

Autrefois, il y avait beaucoup de gens, dans ce village où était l'isba avec ma mère et ma sœur. Les gens marchaient, mangeaient, labouraient, semaient, allaient sur des chevaux, dormaient dans des lits, mouraient, enterraient. Ils étaient bruyants et sentaient la sueur. Ma mère sentait la sueur, et ma sœur. Moi pas – je pouvais me cacher et les chiens ne me reniflaient pas. Maintenant, l'odeur humaine a disparu du monde, je suis le dernier sur terre et je ne sens pas.

Je ne parle pas non plus, à personne. Je ne laboure pas, je ne sème pas : il n'y a rien, la réquisition a tout pris (je ne sais

1. Impôt sur la production (paysanne) : un impôt écrasant destiné à convaincre les paysans de rejoindre le kolkhoze.

pas ce que c'est, la « réquisition », mais elle a tout pris). Je ne vais pas à cheval, parce qu'il n'y a presque plus de chevaux dans le monde. Je ne dors pas dans un lit, mais où je peux. Je ne meurs pas. Je n'enterre personne. Je ne suis pas comme les autres gens. Je suis une créature.

La vieille voisine m'appelait créature du diable. Ses rides lui faisaient un filet de pêcheur sur le visage. Ma mère avait des rides comme des ficelles, sur les joues et le front. J'ai aussi des rides, mais seulement sur les mains. Et ma sœur aussi. Et les saules au bord des chemins aussi, très profondes. Et les rondins de l'isba. Et même la terre, quand il ne pleuvait pas l'été, avait d'énormes rides, plus grandes que moi.

Il était ainsi, cet été-là : sec, ridé. Comme la vieille voisine.

Les champs étaient nus. Il n'y avait rien à manger. Rien le matin. Rien la journée. Rien le soir. Rien la nuit. Ma sœur aussi était nue : elle ne voulait déjà plus marcher à quatre pattes et tentait de se mettre sur ses jambes, mais elle n'avait pas de robe. Le chameau du voisin, à cause de la chaleur, avait perdu tous ses poils. Les champs n'avaient rien perdu : quand la neige avait fondu, ils étaient nus, et ils étaient restés nus. Tout le printemps, l'été, l'automne, ils n'avaient pas porté de blé ni même d'herbe. Nous mangions de la poussière, de l'argile, des fourmis. Les voisins ont mangé le chameau pelé : d'abord sa viande, puis sa peau avec les rares poils. Ma mère leur avait demandé un sabot pour la *chourpa*[1], mais ils ne le lui avaient pas donné. Ils étaient avares.

Allah vous punira, avait promis ma mère. Et il les avait punis : leur vieille était devenue folle. Elle se jetait sur les gens et les mordait, comme un chien, elle voulait arracher un morceau de chair. Elle m'a aussi poursuivi, mais je me suis enfui. Elle est restée comme ça une semaine, le chef du soviet a fini par l'abattre. J'étais dans la forêt, je n'ai pas entendu le coup de feu. Dommage. J'aime beaucoup les coups de feu.

Un autre voisin attendait que sa famille meure : sa femme et leur nouveau-né. Il voulait partir seul en Perse, sans eux, pour voyager plus facilement. Il avait déjà préparé son chariot, ferré le cheval. Il venait nous voir pour se plaindre à ma mère,

1. Mot tatare, de l'arabe « soupe ».

parce qu'ils ne mouraient pas. Puis ils sont enfin morts. Mais le cheval est mort le même jour, et le voisin n'est allé nulle part.

Un troisième voisin marchait dans le village avec un chat mort et criait dans chaque cour qu'il mangeait de la charogne, tant il était devenu pauvre. Bientôt, le chat pourrit et tomba en morceaux, il ne pouvait plus le porter avec lui. Et on trouva chez ce voisin un quart de vache muré dans la cour, aussi pourrie, il ne restait plus que du liquide sur les os, on ne pouvait pas la cuire.

Va à Tachkent chercher du pain, m'ordonna ma mère. Elle ne se levait déjà plus du lit depuis plusieurs jours. Ma sœur non plus. Je ne savais pas où était Tachkent, je n'y suis pas allé. Je ne connaissais que la Volga, mais il n'y avait pas de Tachkent, là-bas.

Alors vous irez à l'orphelinat, dit ma mère. Elle se leva, attacha ma sœur sur son dos et nous sommes partis pour la ville.

Nous avons marché, marché, encore et encore. Nous avons vu un homme avec une barbe rousse et tout plein d'enfants – pas les siens, ceux des autres, de tout petits enfants. Donnez-moi aussi les vôtres, a dit l'homme, je les emmènerai à la gare et je les mettrai dans un train pour Moscou. Ça coûte cinq roubles.

Va-t'en, maudit Juif, a répondu ma mère. Tu mens. Tu vas abandonner les enfants dans la rue, et disparaître avec l'argent.

Je ne suis pas juif, mais évacuateur, a répondu l'homme. J'ai un papier avec un tampon. Mais ma mère ne l'a pas cru et n'a pas regardé le papier, elle a continué à nous conduire. Moi non plus je n'ai pas cru. Et elle ne savait pas lire. Et moi non plus. Et on n'avait pas cinq roubles.

On a encore marché. On a vu un village vide, il n'y avait que des chariots dans la rue, sans chevaux, sans cocher, il n'y avait personne. Dans certaines maisons, les portes étaient ouvertes, et les fenêtres, et même les portails, et il n'y avait personne. Un renard a surgi par un portail et s'est enfui. On a dormi dans le village vide, au matin on est repartis.

On a encore marché, longtemps. On a vu des champs, avec des os de chameaux dessus. Ma mère n'avait pas la force de s'en approcher chaque fois, alors je courais vérifier s'il n'y avait pas de chair sur les os. Il n'y en avait pas. Je voulais faire comprendre à ma mère que j'étais rapide, pour qu'elle ne me donne pas à la ville – ma sœur, si, elle ne servait à rien, mais moi elle pouvait me garder.

Vers des fourrés, on a vu une meute de chiens, qui ont trotté après nous. Ma mère a marché plus vite, eux aussi. Ma mère a marché encore plus vite, eux aussi. Elle a dit que c'étaient des loups. J'ai regardé, ils avaient des queues pas recourbées, mais raides : c'étaient bien des loups.

Et nous n'avions ni fourche ni fusil. Il n'y avait ni arbre où se percher ni maison où nous réfugier. Rien que la steppe et le chemin. Tout était désert, il n'y avait personne. Personne à appeler à l'aide.

Les loups ont d'abord couru derrière nous, puis à notre hauteur, puis ils nous ont encerclés. Et on ne pouvait plus avancer ni reculer, de tous les côtés, les gueules jaunes montraient leurs dents. Il y en avait beaucoup.

Alors ma mère a détaché ma sœur de son dos et l'a assise sur le chemin. Les loups se sont approchés d'elle. Ma mère m'a pris par la main et s'est mise à courir – elle n'avait encore jamais couru aussi vite. J'ai couru aussi, et je n'avais encore jamais couru aussi vite. J'ai voulu me retourner pour voir ma sœur – il n'y avait que les animaux qui grondaient, se battaient, mais pas de sœur.

Elle avait disparu. Elle avait rampé plus loin ?

Nous avons couru longtemps, après nous n'avions plus de forces. Nous sommes tombés à terre. Au loin, on apercevait des maisons avec des toits de fer : la ville.

On a repris notre souffle. J'ai voulu me relever, mais je ne pouvais pas : mes genoux tremblaient, ne se tendaient pas. Alors ma mère m'a mis sur son dos comme elle l'avait fait avec ma sœur, et m'a porté. J'avais honte, mais je ne pouvais rien faire, je laissais ma mère me porter.

On est entrés dans la ville. Elle était aussi vide, sans personne. Des chevaux tiraient des charrettes, ces drôles de trams brinquebalaient sur des rails, mais il n'y avait personne. Des palanches avec des seaux se pressaient le long des maisons, des valises, des manteaux et des casquettes. Mais les gens n'étaient pas là. Ils avaient disparu.

Ne m'abandonne pas ici, ai-je dit à ma mère, il n'y a pas de gens. Comment je vais m'en sortir tout seul ? Tout seul, justement, tu survivras, m'a-t-elle répondu.

Nous avons marché dans la ville. Il y avait une bousculade de robes, vestes et vestons. Des chariots grinçaient. Des balais s'affairaient dans les rues, soulevant la poussière. Des tonneaux sur des roues hurlaient : qui veut de l'eau ? Qui veut de l'eau ? Une meule de rémouleur tournait en sifflant : j'aiguise les couteaux ! Effrayant.

Nous sommes arrivés devant une grande maison de pierre, nous avons frappé, la porte s'est ouverte. Ma mère m'a enlevé de son dos et m'a tendu à cette maison.

On ne prend pas les idiots, a dit la porte. Il a le regard trouble, il bave. Ce n'est pas un idiot, a protesté ma mère. C'est après le typhus. Et il sait marcher. Là, c'est qu'il est très fatigué, ses jambes ne le portent pas, d'habitude il court tout seul. Mais la porte s'était déjà refermée en claquant.

Alors ma mère m'a posé sur le sol et m'a dit sévèrement : reste couché ici. Et elle est partie.

Mais je ne suis pas obéissant. Je suis resté un moment couché et je me suis levé. Mes genoux ne tremblaient plus. Et je suis reparti à la maison.

La porte avait tort de me traiter d'idiot : j'ai trouvé mon chemin tout seul. Si je vois quelque chose une fois, je ne l'oublie plus. Et comme nous avions marché deux jours avec ma mère dans une direction, je suis reparti dans le sens opposé, sur les mêmes sentiers et routes, sans me tromper une seule fois. J'ai même passé la nuit dans la même maison, dans le village vide.

Je n'ai pas rencontré de loups sur mon chemin, je n'ai pas entendu leurs hurlements. Je n'ai rien trouvé sur la route où ma mère avait posé ma sœur. La nuit, allongé sur la paille étrangère d'une grange étrangère, j'ai eu peur. Dès qu'une branche bruissait, je tremblais. Dès qu'une sauterelle stridulait, je tremblais. Quand je plissais les yeux, je croyais voir une gueule rousse qui montrait les dents. Le chef des loups. Et je ne pouvais appeler personne à l'aide : il n'y avait plus de gens à des kilomètres et des kilomètres à la ronde.

Alors je me suis imaginé que le fusil du chef, celui avec lequel il avait abattu la vieille devenue folle, tirait dans cette énorme gueule. Elle volait en éclats.

Mais derrière elle, j'en ai soudain vu une deuxième, puis une autre, puis une autre. Une meute énorme, innombrable. Un fusil n'y suffirait pas. Alors j'ai appelé dans ma mémoire le fusil-mitrailleur que j'avais vu chez un soldat – il y avait longtemps, quand c'était encore la guerre. Et je leur ai tiré dans la gueule avec cette mitrailleuse. Paf ! Les poils volaient. Paf ! Il ne restait plus que des petits débris.

Mais l'armée rousse était grande. Partout, il y avait des renards qui marchaient dans le village abandonné. Ils avaient le poil rouge hérissé, les yeux blancs comme les grabataires avant de mourir. Contre eux, il me fallait une mitrailleuse, et une grande. Je l'ai fait apparaître : la bande avec les balles tressautait, crachant ses balles de fer. Et les poils des renards volaient !

Et derrière tout ce poil de renards volant, une forêt jaune se dressait, s'approchait, les arbres agitaient leurs branches échevelées. Non, ce n'était pas une forêt, mais la barbe rousse du Juif. Énorme, plus haute que des maisons. Les poils flottaient comme un incendie, des poux trottaient dessus, faisant cliqueter leurs pinces. Tram aux murs de fer, aux portes de fer, où es-tu ? Ah, me voici ! Avec mes antennes d'acier, je tranche les mèches rousses, tchac ! Avec mes roues d'acier, j'écrase la vermine, plaf ! Avec mes rails, je fauche comme avec des serpes, zip ! zip ! La meule envoie une gerbe d'étincelles, des centaines de couteaux s'élancent et coupent la barbe, la réduisent en poussière. Victoire ! Hourra !...

Telle avait été cette nuit. Ma première bataille : le roux, le chevelu et le poilu, contre le fer. Le fer avait gagné. J'étais très fatigué. Mais vivant. Au matin, je me suis levé et j'ai continué ma route.

Je suis arrivé à notre village. Il n'y avait personne nulle part : ni dans la rue ni dans le soviet du village. La mosquée était vide. L'école était vide. Toutes les cours étaient vides. Et même au hangar, où il y avait toujours un soldat avec un fusil pour monter la garde, il n'y avait que le fusil près de la porte.

J'ai trouvé notre isba. Je suis entré. À l'intérieur tout était vide, il ne restait plus rien. Ma mère était couchée sur la table, juste au milieu de la pièce. Je craignais qu'elle commence à me gronder parce que je ne lui avais pas obéi, je me suis couché tout doucement à côté d'elle, elle ne m'a pas remarqué.

Nous sommes restés longtemps couchés. J'avais faim, j'ai mangé des fourmis : elles sortaient entre les planches du sol, couraient sur la table, sur les bras et la poitrine de ma mère, sur son visage. Les fourmis ont meilleur goût que les toiles d'araignée.

Au soir, j'avais froid. Je me suis serré contre les jambes de ma mère, mais elles ne me réchauffaient pas. J'ai pensé la couvrir avec le manteau en mouton, mais je me suis souvenu qu'au printemps, on l'avait échangé contre un demi-seau de pommes de terre. Je me suis glissé sous la jupe de ma mère, j'ai étreint ses genoux, froids et durs comme de la pierre. Je lui ai fermé les yeux pour qu'ils ne souffrent pas du froid.

Le corps maternel répandait un tel froid, comme si nous étions sous terre, que j'en tremblais. Je me suis souvenu alors que notre poêle rugueux pouvait devenir brûlant si on y jetait du bois, lançant des étincelles à l'intérieur, faisant ronfler la cheminée – et je me suis bientôt senti mieux, le froid avait passé, et mon cou s'est même mis à suer. La sueur tombait de ma nuque sur les genoux de ma mère, poc ! poc !

La jupe maternelle semblait être non en tissu, mais en givre, glacée au toucher. Son saroual aussi, et les tissus enroulés autour de ses pieds. Alors, j'ai compris que le givre dans ses cheveux était en train de se répandre dans tout son corps, se communiquant aux choses et transformant tout autour d'elle en glace. Et moi aussi, il me transformerait en glace. Pas question ! Est-ce que je n'avais pas vaincu la fièvre du typhus ? Est-ce que je n'avais pas passé deux semaines, dans cette isba, à chasser le feu dans mes veines ? Où es-tu donc, chaleur brûlante que j'ai vaincue ? Me voici ! Le feu arriva, et dans la pièce, à la place de la vapeur blanche et glacée, une lumière tremblotait, glissant comme des larmes sur les vitres. Et je ne tremblais plus de froid, mais de fièvre mauvaise.

Et par les fentes du sol, l'hiver se glissait dans l'isba, même si ce n'était pas encore son heure. Les fourmis avaient été balayées dans les coins comme des grains noirs. Et des grains blancs apparaissaient de sous les planches, se répandaient en jets, remplissaient la pièce. Devant les murs, les tas de neige étaient de plus en plus hauts. Le vent faisait tournoyer la neige autour des pieds de la table, le tourbillon glacé montait de plus en plus haut, prêt à sauter sur moi et ma mère.

Mais que pouvait l'hiver contre l'été caniculaire de la Volga ! Je me souvins des champs desséchés, craquelés, et la chaleur se mit à descendre du plafond, comme une marmite brûlante, sur la neige. Le vent blanc grésillait, fondait. La tempête se réfugia sur le sol, se changea en petite pluie. Les tas de neige disparurent dans un bruit d'eau – ils bouillaient comme une *chourpa* de chameau...

Telle avait été ma deuxième bataille : le froid contre le chaud. Cette nuit-là, je tremblais de froid, je suais, tremblais à nouveau de froid puis suais, un nombre incalculable de fois. J'étais si fatigué que je me sentais plus mort que vif. Je compris que ces batailles, même si elles étaient dangereuses, pouvaient seules me protéger. Étant donné qu'il n'y avait plus personne par ici. Et je recommençais à me battre chaque nuit. Parce que je voulais vivre.

J'ai cherché encore longtemps des gens. Le matin, je quittais ma mère – doucement, pour qu'elle ne se réveille pas et ne me gronde pas. J'errais dans le village et dans les environs, des jours entiers. Je trouvais des morts : le long des routes, au cimetière, dans des fosses communes, pas enterrés : ils étaient étendus comme des bûches, les bras et les jambes écartés. Mais il n'y avait pas de vivants. Le soir, je n'arrêtais pas de demander à ma mère : où sont-ils tous passés ? Elle était devenue silencieuse, elle ne me répondait pas. Et un jour, elle a disparu à son tour. Et dans l'isba nue, il n'est resté que la table vide.

Ils ont tous disparu.

Mais moi, je ne disparaîtrai pas.

J'ai réfléchi, réfléchi, et j'ai quitté ce village où tout disparaissait.

Et maintenant, je parcours le monde, seul. Je marche, j'arpente, je trottine. Parfois, je cours, seul aussi. Parfois je nage, s'il y a une rivière. Je rampe aussi et je grimpe sur les arbres, vers les poires et les pommes. Je sais tout faire. Je suis habile. Je regarde, je scrute, je surveille. J'attrape, j'arrache, je saisis – je suis leste. Je touche avec la langue, je suce. Je crie et je glapis, j'éructe. J'inspire et j'expire. Tout seul.

Je ronge tout : les têtes de brochet, les glands, les tiges de berce. La betterave sauvage, les œufs d'hirondelle vides. Les escargots avec leur coquille, les écrevisses vivantes. Parce que j'ai des dents. Les coquilles d'œufs, les sabots et les pommes de pin. Parce que mes dents sont solides. Je ronge mes ongles et je les enterre. Je ronge la peau autour de mes ongles et je l'avale. Je ne mange pas les poux, ils ne sont pas bons. Je n'avale pas non plus le sang de mes blessures, je le lèche. Je lèche aussi la résine des pins et des sapins, la rosée sucrée des trèfles. Les cailloux des rivières s'ils sont beaux, j'aime ce qui est beau. Je suce des bâtons après les avoir enfoncés dans la fourmilière, j'avale la reine des fourmis.

Je sens les maladies de loin. Pas quand le vent apporte les odeurs, beaucoup plus tôt. Dès que je les sens, je m'enfuis. Je fuis les villages de choléra. Je fuis la morve chevaline. Je fuis la tuberculose, la fièvre ardente, la tristesse glaçante. Je ne fuis pas le typhus, il ne m'attaque pas.

Je mâchonne du chanvre sauvage si la gorge me pique. Je mâchonne de l'ail des ours si j'ai mal aux gencives. Je ne mâche rien si j'ai mal au ventre, j'attends quelques jours, et il guérit tout seul.

Je sais manger un corbeau mort. Ou un poisson pourri. Je sais manger un serpent, un frelon, des rayons de miel. La chair sous la peau d'un animal, la mousse, les cheveux aussi, des queues de lézard. Des os, du foin frais, de la paille sèche. Je sais tout faire. Je suis habile.

Je sais passer la nuit dans la neige, sur un tas d'aiguilles de pin. Et sur un arbre, en m'attachant au tronc. Ou dans un trou dans le sable. Ou tapi sur une falaise.

Je sais exister. Je ne disparaîtrai pas.

À l'intérieur de moi vit la guerre. Elle se déroule chaque nuit. Tout ce que je vois, entends, respire et avale, fait la guerre à ce que je vois, entends, respire et avale. Les souvenirs avec les souvenirs. Les pensées avec les pensées. Le roux et le pelucheux, avec le fer. Le froid avec le chaud. Le rapide avec le lent. Le petit avec le grand. Le dur et l'aigu, avec le mou et le rond. L'odeur des fleurs avec l'odeur de pourriture.

Le jour me donne de la nourriture, la nuit, la guerre. La nourriture est maigre, la guerre est riche. La nourriture me nourrit, la guerre me défend.

La guerre est plus forte que tout au monde. Et plus sévère que tout. Et plus sage, parce que, avec elle, je reste toujours vivant. Et sans elle, je serais mort depuis longtemps, de peur dans le village vide ou de froid aux pieds de ma mère.

Tout ce que je fais, je le fais pour la guerre. Je récolte les odeurs et les goûts, les couleurs, des images, des mouvements et des lumières, des bruits, pour avoir de quoi la nourrir, la nuit venue. Je regarde le coucher du soleil, retenant pour elle les couleurs ardentes et les nuages suspendus. Pour elle je renifle les feuilles d'automne pourrissantes, j'écoute leur bruit mou, je touche leur chair décomposée. Je retiens le craquement des branches sous mes pieds. Le poids de la boue dans ma main. Le soleil tremblant sur une toile d'araignée. Le bruissement des laîches sous le vent. Et la charogne d'âne que je mange. La fleur de nénuphar qui s'ouvre sur un marais. La mort d'une vipère. Mes pieds qui ont failli geler pendant une tempête de neige, qui sont d'abord devenus gourds, puis j'ai grimacé sous l'onglée et ils se sont réchauffés. Je garde tout en mémoire. En réserve.

C'est une réserve pour la nuit : le murmure des ruisseaux pour se battre contre le cri de ma sœur affamée. Le bruissement des roseaux contre l'enchevêtrement de bras et de jambes dans une fosse commune non refermée. La steppe en fleur, contre la solitude de la table vide au centre de la pièce. Un cerf qui broute, contre la carcasse d'une vache emmurée. La rapidité des hirondelles, contre les grabataires qui rampent comme des escargots dans les rues. L'abondante fourrure de l'écureuil, contre le corps nu de ma sœur, hérissé de peur, sur la route.

Et je suis toujours vivant : je gagne la guerre.

Elle me prend toutes mes forces, me vide de mes sucs. Je peux à peine bouger après. Mais je suis toujours vivant. Parfois seulement, je suis écrasé par la tristesse. Et je voudrais hurler : les gens, oh, les gens ! Où êtes-vous ? Je suis ici, ici. Je suis resté tout seul. Je suis fatigué de me battre, je n'en peux plus… Cette tristesse n'a ni goût, ni couleur, ni odeur. Et on ne peut lui opposer aucun souvenir.

☆

J'ai eu l'idée de tuer ma tristesse avec une locomotive : me coucher entre les rails et attendre que l'énorme machine passe au-dessus de moi. J'ai vu faire des garçons, il y a longtemps. Après, ils hurlaient et riaient comme des fous. Et si ça m'aidait aussi ?

Je me suis installé sur les planches de bois entre les rails, j'ai attendu. Des nuages effilochés passaient dans le ciel, j'attendais. Une petite pluie m'a mouillé, le vent m'a séché. J'attendais. Les martinets avaient d'abord volé haut, puis juste au-dessus de mon visage, et après la pluie ils étaient remontés vers les nuages. J'attendais, patient.

Et soudain, les planches de bois ont tremblé sous mon corps, l'acier a vrombi – d'abord très doucement, puis de plus en plus fort. La machine à vapeur arrivait ! Et je ne parvenais même pas à retenir les sons, à les mettre en réserve dans ma mémoire, tant j'étais impatient.

Les traverses tressautaient, me jetant presque en l'air. Les rails tressautaient, faisant tinter leurs boulons de fer. Quelque chose se rapprochait, cliquetant et tintant, s'ébrouant et tapant des roues. Ça haletait, pffff... pffffffff... Et je haletais aussi, comme si je courais et suais. J'écarquillais les yeux, je ne voulais pas les fermer, pour vider toute ma tristesse dans la montagne de fer, sous ses roues, pour ne rien laisser sur mon cœur. Je l'attendais, cette machine de malheur, je l'attendais... iiih... iiih... les bruits d'acier submergeaient mes oreilles... et son ombre tombait sur moi... ah, maintenant !

Ce n'était pas la locomotive qui me cachait le ciel. Un visage.

Un visage humain.

Un visage d'homme, maussade.

– Que fais-tu ici, frère ?

Je n'en revenais pas : un homme ?!

– Allez, lève-toi, m'ordonna-t-il, comme s'il ne se passait rien de spécial.

Comme si c'était une chose ordinaire, de rencontrer quelqu'un. Comme s'il y avait des gens partout de par le monde, comme autrefois.

J'avais peur de bouger, de l'effrayer. De le voir disparaître à son tour, comme les autres.

– Tu m'entends ? Il avait l'air fâché.

Comment ne pas t'entendre, l'homme ?! Alors que je t'ai attendu de longs mois, peut-être des années. J'étais si triste. Je gémissais. Je me suis couché sur les rails pour être soulagé.

Et tu es apparu. Tu es en tous points comme moi : une tête, des cheveux, une peau sans fourrure, et du sang sous ta peau. Tu parles, tu marches, tu te mets en colère comme moi. Tu sens fort. Je n'ai pas eu le temps de te dévisager vraiment, mais je t'aime déjà.

– Tu peux bouger les bras, les jambes ?

Je peux. Je peux non seulement bouger – je peux me démener pour toi. Je vais trimer pour toi comme un chameau. Je ferai tout – mais ne disparais pas. Reste avec moi, l'homme !

– Hé, on doit te faire rouler comme une bûche hors des rails ?

Fais ce que tu veux de moi : roule-moi par terre, dans la boue, donne-moi des coups de pied comme au dernier chien, et je te regarderai avec amour et j'embrasserai tes semelles. Mais ne disparais pas.

Et il m'a pris dans ses bras, m'a serré contre lui. Comme ma mère quand elle était encore tiède. Je renifle son odeur forte – de sueur, de charbon, de fer – et je me dis : comme tu m'as bien nommé – frère, frère !

– Pourquoi es-tu ici ? D'où viens-tu ? Tu as un père, une mère ?

Parle-moi, frère, parle ! J'ai oublié comment parler, ou je n'ai jamais su. Mais toi – parle. Tes paroles – n'importe lesquelles – me réjouissent, comme si ce n'étaient pas des mots qui sortaient de ta bouche, mais des rayons de soleil.

Et l'homme m'a porté, le long de la locomotive haletante, le long des wagons de fer, d'une main si douce, qu'une boule chaude s'est formée dans mes entrailles, me montant à la gorge. Je fonds de douceur. Et une phrase tourne en rond dans ma tête : frère, je suis à toi ! À jamais. Même si tu devais me jeter sous ces roues brillantes, sur ces rails brillants, je suis à toi. Même si tu disparaissais dans un instant et ne réapparaissais plus jamais, je suis à toi.

Il ne m'a pas jeté, il n'a pas disparu : il m'a emporté à l'intérieur, mis sur un lit qui était tout plein de son odeur. Mais je suis descendu du lit, pour me cacher dessous.

Là est ma place : à tes pieds. Sous tes pieds. Je serai toujours ici. Et aucune force ne pourra m'en arracher : je mordrais. Parce que j'ai des dents. Des dents solides. Parce que je suis à toi pour toujours.

Mon frère m'attrape, et je me soumets.

– C'est vrai, que tu es attardé ? me demande-t-il.

Appelle-moi comme tu veux. Attardé, si tu veux. Ou même créature du diable, comme la vieille voisine. Ou idiot, comme la porte à l'orphelinat. Mais mon frère ne m'appelle ni imbécile ni idiot. Il m'appelle frère.

– Reste ici pour le moment, frère, m'ordonne-t-il.

Pardon, frère, je ne peux pas. Je suis ton chiot fidèle. Ton fidèle serviteur. Ton ombre, indissociable de toi, et tu ne m'arracheras pas à toi. Je ne sais pas rester sans toi. Désormais, j'irai toujours avec toi, et je briserai tout mur qui se dresserait entre nous, ou je le rongerai. Parce que j'ai des dents.

Parce que je suis tien à jamais.

Il a compris.

Et nous sommes restés toujours ensemble. Je vais où il va. Où il va je vais.

Les mains de mon frère sont chaudes et calleuses. Sa voix est plus forte que le fracas des roues. Il est haut comme une meule de foin. Il marche si lourdement qu'on l'entend deux wagons plus loin. Mon frère prend de la place, il tient à peine dans le train. Et il est plus fort que tous : que ma mère, que le chef boiteux, que le Juif à la barbe rousse. Je ne peux pas quitter mon frère.

Parfois notre locomotive avance en crachotant, parfois elle est à l'arrêt. Nous allons où elle nous mène. Où elle veut ! Avec mon frère, tout est bien. Avancer, c'est bien. Être arrêté, c'est bien. Faire des allers-retours sur les voies des gares, c'est bien. Quand, dans la nuit, je sors de ma cachette et je me couche secrètement le visage contre les chaussures de mon frère, c'est bien. Quand, toujours secrètement, pendant son sommeil, je renifle son odeur d'homme, remontant de ses doigts de pied, pouce par pouce, respiration après respiration, jusqu'à ses mains, c'est bien. Quand mon frère ne tient pas en place et déambule dans les wagons vides, et que je le suis, c'est bien. Quand, à l'aube, il rôde sur les toits des wagons, c'est toujours bien. Tout est bien, ça ne pourrait être mieux.

Le plus grand bonheur, c'est quand mon frère me glisse sa tasse de soupe avec les restes sous le canapé, et je mange ce qu'il a laissé : je mange les restes avec l'odeur de mon frère, et j'avale cette odeur avec la nourriture. Je suis près d'en gémir, ma poitrine éclate. Mais je ne gémis pas, je ne veux pas le déranger pour rien. J'attends patiemment.

Mon frère, lui, n'a pas de patience, il n'en a pas besoin. Il commande les locomotives, à quoi lui servirait la patience ?

Il aboie « donne-moi ce que tu as dans tes réserves, rat de ravitaillement, avant que j'envoie une plainte contre toi à la Tchéka ! », et tout s'illumine sous sa colère. Je ne connais pas ces mots, et je ne sais pas pourquoi mon frère les crie aux étagères vides des magasins. Mais la lumière m'éblouit. Sa fureur éclaire.

Chez ma mère, toutes les émotions – amour, colère, peur – venaient de sa grande fatigue, étaient enveloppées dans cette fatigue, comme dans le feutre ou l'étoupe. On ne comprenait pas bien où était l'une et où était l'autre. Avec mon frère, c'est différent. Il ne se fâche pas : il rugit et il tonne de fureur. Il n'est pas triste, il hurle. Il peut sangloter, ou tout hacher menu avec sa hache. Et s'il éclate de rire, c'est de tout son cœur, de toutes ses dents. Chez mon frère, les sentiments sont un incendie. Il fait plus chaud dans sa poitrine que dans la chaudière du train.

Il arrive qu'il s'assoie le matin sur le toit du wagon et fixe le soleil levant. Et il y a une telle agitation à l'intérieur de lui, une telle anxiété sans fin, que le monde autour de nous semble s'emplir de sang et trembler. Pas à cause de l'aube : à cause des émotions de mon frère. Je plisse les yeux face à ce rouge, mais pendant une demi-journée encore, j'ai les paupières brûlantes.

Ou il entre dans la chambre voisine. Il y va parfois la nuit, rarement. Dans cette chambre voisine, le cœur de mon frère bat plus vite et plus fort. Et dans son cœur, la joie brille comme de l'or. Et autour de cette joie, il y a comme un grand halo, comme autour des cierges dans les églises russes. Comme si on avait déversé dans le wagon une résine de pin transparente avec du miel, et trempé le soleil dans cette résine mielleuse. Je pourrais passer une éternité à regarder cette lumière et les reflets dorés.

Mais plus souvent que les nuits dorées, il y a les nuits de charbon. C'est quand mon frère enterre les enfants morts. Je ne sais pas où il les prend. Ils apparaissent comme ça. Mon frère les porte à l'écart du train et les enfouit dans la terre. Et il ploie sous un tel chagrin, une telle culpabilité, comme s'il avait tué lui-même ces enfants. Autour de nous, la nuit s'emplit d'un noir charbonneux. Et après ces nuits, mon frère a encore longtemps un visage charbonneux, incroyablement sombre.

Je regarde tous ces sentiments de près, je regarde pendant des jours entiers, parfois je m'y réchauffe, parfois je m'y brûle. Frère, mon frère, homme de feu.

Va-t'en, la guerre, je n'ai plus besoin de toi. J'ai trouvé un autre défenseur, plus fort et meilleur, pars, disparais. Les gens ont tous disparu, disparais avec eux.

Mais elle ne veut pas.

Je ne vais plus accumuler les bruits et les odeurs. Je ne laisserai plus les batailles se dérouler dans ma tête, je suis fatigué des batailles. Je ne vais plus fermer les yeux : je resterai toute la nuit, les yeux grands ouverts. Pars.

Non, elle ne veut pas.

Elle ne veut pas pendant un jour, pendant deux jours. Elle ne veut pas pendant une semaine. Dès que je ferme les yeux, le dur se bat contre le liquide ; les discours tonitruants de mon frère, contre le murmure de ma mère ; les fourmis noires de mon isba contre les chemises blanches qui voyagent sur les couchettes du train. Ils se battent si fort que tout tremble et tinte sous mon crâne. Je suis à demi mort, je n'en peux plus. Je veux la paix, la paix ! Arrête ! Disparais ! Je serais déjà mort de fatigue, si je n'avais pas mon frère.

Mon frère me prend dans ses bras et me berce comme un bébé. Ma mère ne me berçait pas : elle n'avait pas la force. Personne ne poussait mon berceau. Mon frère, lui, me berce. Il monte sur le toit du wagon, s'assied dessus et tend les bras. Je me couche dans ces bras, pour ne plus bouger, écouter la nuit silencieuse. Et pour chasser la guerre loin de moi. Arrête, disparais !

Le cou de mon frère, dans l'ouverture de la chemise, est blanc. L'ombre nocturne qui passe sur lui, noire. Et si je plisse les paupières, elle est rouge comme un morceau de viande sur l'étal d'un marché : viande de chien, de chameau. « Viande humaine ! », murmurent les lèvres du Juif près de mon oreille. Et ces lèvres sont aussi rouges. Et sur ces lèvres, il y a des boutons de fièvre, de gros grains tout blancs. Ils ressemblent à des pois ou à des haricots, comme j'en ai mangé un jour : un soldat nous en avait donné dans une boîte en fer-blanc. Au début, il est resté longtemps dans l'isba avec ma mère, et on m'a chassé dehors. Puis il m'a donné cette boîte en fer-blanc et il est parti. J'avais sorti ces haricots rouges avec mes doigts, je les avais mis dans ma bouche, et ma mère m'avait regardé en pleurant. Le soldat avait une coiffe de feutre, avec une étoile dessus, aussi rouge. Depuis, je n'aime pas leurs étoiles. Elles étaient bientôt apparues dans tout le village – au soviet, sur les isbas, sur des affiches. Que la neige les recouvre ! Elle avait bien recouvert les morts, un jour – il y en avait beaucoup, cet hiver-là, on les mettait dans un hangar, près des provisions, pour les enterrer après tous ensemble, mais le toit du hangar s'était effondré sous la neige. Les morts étaient restés ainsi, couverts de neige, jusqu'au printemps. Ils étaient aussi blancs que la neige, mais si un doigt se cassait, il était rouge sur la cassure. Comme une fraise. « Mange une fraise ! », riait la vieille voisine, tirant sa langue rougie, où la bave faisait des bulles. Une bave blanche, épaisse – de la crème ? Je n'ai jamais mangé de crème, j'en ai entendu parler, mais je n'en ai jamais vu ni goûté. Ou du sucre ? Ou du sel ? De la farine ? Tout est blanc, comment les distinguer l'un de l'autre ? « Êtes-vous vraiment incapables de distinguer le bon du mauvais ?! », hurlait le chef du soviet. « Êtes-vous devenus aveugles ? Il faut donner aujourd'hui sa vache au kolkhoze, pour recevoir demain en échange le bonheur de toute l'humanité ! Vous ne pouvez pas comprendre ça ? » Sa gueule était cramoisie de colère. Elle était hérissée de poils – gris. Les herbes se hérissent aussi sur la neige au printemps, et nous les récoltons. Ma mère me dit de les porter à la maison pour les bouillir, mais je les mange crues, sans problème. Et je mange aussi la neige, sans problème. Le blanc, c'est toujours bon. L'écorce et l'eau de bouleau, c'est bon. Les cocons d'abeille, c'est bon. Le rouge, c'est aussi bon – les viscères, les baies, les pommes –, mais c'est rare. Les os sont plus nombreux : dans la grange de notre voisin, des os blancs de chameau, bouillis de nombreuses fois. Il faut les calciner sur le feu, et les ronger jusqu'au dernier morceau, mais mon frère ne sait pas faire. Moi, je sais. Mais il ne me les donne pas. Il me donne de la soupe, du pain séché, du bouillon de poisson. Rouge, blanc, je mange tout. Parce que j'ai des dents. Parce qu'elles sont solides. Et aussi blanches. Comme les chemises de notre train, qui vivent sur les couchettes. Les hommes de notre village avaient les mêmes chemises, quand on les a enfermés dans le hangar, et qu'on les a gardés dedans. C'était avant les morts, l'année d'avant. On les a gardés longtemps. Ils s'appelaient « les otages ». On les avait ôtés de leurs maisons pour les mettre ici, je ne sais pas pourquoi. Et je ne sais pas ce qu'on en a fait, mais on ne les a plus vus dans le village. À partir de là, il n'y a plus eu d'hommes dans le village. Des vieux, si, mais plus de jeunes. C'étaient les femmes qui labouraient. Pas avec des chevaux, il n'y avait plus de chevaux. L'une tirait la herse, l'autre guidait. Après le labour, ma mère avait le visage rouge de soleil. Et c'est alors que ses cheveux ont commencé à blanchir. C'est là, au labour, que ma sœur est née – violette, comme ébouillantée. « Ne regarde pas », m'a dit ma mère. Mais j'ai regardé. J'ai vu qu'à l'intérieur de ma mère, tout était violet aussi. Elle a sorti un sein de sa robe, avec un téton cramoisi, a appuyé sur ce téton, du blanc en a jailli ! Mais ce lait n'a suffi que pour un jour, après il s'est tari. « Va mendier chez les voisins, au moins de la poussière de farine », m'avait ordonné ma mère. « Dis-leur que la famine a tari mes seins, je ne peux pas nourrir le bébé. » Personne ne m'a rien donné. La femme du chef du soviet m'a dit : « Au lieu de mendier, tu ferais mieux de mourir, ça soulagerait ta mère. » Mais je n'ai pas obéi. Je ne disparaîtrai pas. « Va dans le village russe, demande-leur », a ordonné ma mère. Je suis parti. Les Russes étaient dans un champ avec des icônes rouges, marmottant : « Nous n'avons pas besoin du soleil nouveau, il brûle trop fort, rendez-nous le soleil ancien… » Ils étaient trop occupés pour m'écouter. Je suis rentré. Sur le champ, de petites pousses tuées par la chaleur séchaient en fils blancs. Les fils blancs de l'avoine. Les fils blancs du millet. Les fils blancs du blé. Le vent sec et chaud de la steppe faisait trembler ces fils, les emportait. Il ramenait des fils rouges : le drapeau de guerre s'était déchiré et s'envolait au vent. « Ne déshonorons pas notre étendard révolutionnaire ! », avait grondé un commandant en veste de cuir. Mais un peu tard : tout s'était effiloché, il ne restait plus que le bâton. Il aurait fallu l'enfoncer comme un pieu dans la vieille voisine, entre ses côtes ! Pour qu'elle ne montre pas partout sa langue de feu, et ne répande pas sa bave venimeuse sur les semis. C'est sa langue rouge qui empêchait les récoltes.

C'est elle qui faisait souffler les vents brûlants. C'est à cause d'elle que le soleil était blanc la journée, rouge le soir, annonçant le gel depuis des semaines. Et le gel serait tel que les isbas crépiteraient de froid, et dans la forêt les arbres tomberaient, fendus en deux. Et moi et ma mère, nous n'avions qu'un manteau pour deux, et nous l'avons échangé, au printemps, contre un demi-seau de patates. Comment puis-je aller chercher du bois, vieille sorcière ?! Je l'ai attrapée par ses nattes blanches, et j'ai mis son visage rouge dans la neige. « Tiens-la jusqu'à ce qu'elle gèle », m'a dit le président du soviet. « On la dépècera en deux parts, quand elle sera congelée... »

La guerre continue ainsi dans ma tête – toute la nuit. Ne me lâche pas, frère !...

Le train roule sur les rails. Il roule, roule... La steppe est de plus en plus sèche, jaune, prête à se transformer en désert. Les nuits sont de plus en plus froides. Au début, nous roulions régulièrement, de nombreuses heures, mais désormais nous n'avançons plus que par à-coups : tantôt on démarre, tantôt on reste arrêtés plusieurs jours, puis on repart à toute vitesse, puis on est à nouveau immobilisés. Le visage de mon frère est sombre. Il me dit les mêmes mots tendres qu'avant : « Bonjour, frère ! », « Je crois qu'il est l'heure de manger, frère », « Regarde quelle lune il y a ce soir ! ». Mais ils résonnent différemment, avec une sorte d'angoisse. Parce que le train sent la maladie.

Je connais l'odeur de la maladie, et je la fuis toujours. Mais pourrais-je fuir mon frère ? Je suis resté.

Ses pommettes sont devenues plus saillantes : il n'a plus de joues sur les côtés du visage, mais des trous. Et ses rides font des fils en travers du front, comme chez ma mère. Et il a du givre sur les tempes, comme ma mère, à peine visible, mais j'ai les yeux vifs, je vois tout. Et j'ai eu peur : tu es malade ? Ne tombe pas malade, mon frère ! Je t'interdis de te fatiguer et de t'affaiblir, de regarder le vide sans ciller, de rester allongé sur ta couchette sans bouger. Car si tu es malade aujourd'hui, demain tu seras couché sur une table au milieu de la pièce, et tu ne me parleras plus, tu deviendras froid et dur.

J'ai du chagrin. Je ne savais pas ce que c'était : je sais. Quand j'ai quitté ma sœur, je ne savais pas. Quand j'ai quitté ma mère, je ne savais pas. Mais je ne veux pas quitter mon frère, et j'ai du chagrin. Un chagrin si violent que ma langue est amère et rugueuse, j'ai envie de cracher. Ma langue est devenue une baguette de pain d'armoise, où l'on a mélangé une poignée de farine à une grande brassée d'herbe. J'ai craché cette baguette dégoûtante par terre, et ma sœur – hop ! – l'a attrapée. J'ai crié : « Donne-la-moi ! » Elle l'avait déjà fourrée dans sa bouche et la mâchait avec ses gencives sans dents. Elle mâchait et s'enfuyait à quatre pattes, nue – je n'arrivais pas à la rattraper. « Ah, mais je t'ai rattrapé ! », me dit mon frère derrière moi, haletant. Il me prend, et me met sur la couchette, et m'attache dessus. Dans ma bouche et dans ma gorge, c'est comme si on me coupait au couteau : ça veut dire que ma sœur mastique sans cesse ma langue volée, comme une gomme à mâcher. « Tu es très malade », me dit la voisine, qui tient dans ses bras un bébé nouveau-né en train de pleurnicher. « Tu n'en as plus pour longtemps. Permets-nous de nous coucher à côté de toi, pour nous infecter. Mon mari veut que je meure avec le bébé, il attend de partir tout seul pour la Perse, et nous n'arrivons pas à mourir. En échange, je te donnerai un morceau d'argile, c'est meilleur que le pain. » Elle ment ! Je l'ai goûtée, cette argile, elle est dégoûtante, et le ventre se remplit de vent, pire qu'après l'herbe. La tourbe aussi, c'est dégoûtant. Et la chaux et la craie. « Dégoûtant ? dit en riant le président du soviet. Moi, il y a quelques jours, j'ai fait griller une sandale de tille. Pas une à moi, bien sûr, j'en ai trouvé une vieille sur la route et je l'ai fait griller. J'ai passé toute la nuit à la mâcher, je ne pouvais pas l'avaler. Ça, oui, c'est dégoûtant ! – Tu te moques, salaud ? » Le commissaire en veste de cuir sort son revolver de son étui. « Mais le quota de réquisition n'est réalisé que d'un tiers ! Où est le blé ? – Et où sont les communistes qu'on nous a promis, pour le travail idéologique ? », répond le président du soviet. « J'exige de nouveaux communistes ! Les vieux, il n'y en a plus : les uns ont été fusillés par la Tchéka, les autres, noyés sous la glace par les kolkhoziens ! » Moi, j'ai déjà mal à la poitrine, comme si on la déchirait, et mes bras et mes jambes sont pris de convulsions. Peut-être que c'est moi qu'on fusille ? Oui, c'est ça. « Je vais prendre le sang de ta blessure, et cuire un pain de sang, me dit ma mère. Au moins, tu serviras à quelque chose. – Donne ce pain à mon frère », ai-je voulu lui demander, mais je n'ai pas pu : ma langue était chez ma sœur. Mon sang coule jusqu'à la dernière goutte dans la bassine, et avec lui, toute ma chaleur. J'ai froid. Je suis couché sur une table au milieu d'une pièce vide et le froid me glace. Des fourmis marchent sur mon visage. « Donnez-lui plus d'eau, avec du sel et du sucre ! », commande le dieu russe sur l'icône. Ma mère prend la bassine et me nourrit de mon sang, pendant que le dieu regarde. Je bois. Il est sucré et salé en même temps. Je ne peux pas me réchauffer, j'ai froid. Ma mère avait fermé la cheminée, pour que la fumée reste dans l'isba, et nous avions eu plus chaud. Mais l'air était âcre, bientôt nous ne pourrions plus respirer. Dans le village russe, des familles entières étaient mortes ainsi : elles récoltaient de l'argile pour la manger, et quand elles comprenaient qu'elle n'était pas bonne, elles l'utilisaient pour boucher les fentes dans l'isba, puis fermaient la cheminée. On les trouvait au matin, et toute la famille était portée les pieds en avant, au hangar. Et je suis aussi allongé sur la table, les pieds en avant. Je voudrais me retourner, mais des cordes m'enserrent, je ne peux pas. Pourtant, ce ne sont pas des cordes, mais des nattes de cheveux blancs. « Les miennes, les miennes », murmure la vieille voisine dans mon oreille. « Seigneur, prends pitié de nouuuuuuuus ! – Vous êtes venus ici pour prier ou pour vous égosiller ? », se fâche le dieu russe. « Parlez moins fort ! Il y a des mourants, ici. » Qui est mourant ? Serait-ce mon frère ? Mon frère, mon frère ! Sous le coup d'une anxiété dévorante, le sang que je venais de boire a bouilli à gros bouillons et s'est répandu dans mon corps, le remplissant de chaleur. Mes habits étaient déjà mouillés de sueur, je sentais de l'eau bouillante dans la tête, et j'étais presque aveuglé par cette chaleur. Mais je me souvenais de mon frère. J'ai rassemblé mes forces – et j'ai déchiré les cordes qui m'emprisonnaient comme une toile d'araignée. Mon frère ! Je viens à toi !

Où es-tu donc ? Ah, le voilà : sur la rivière gelée, en chemise de corps, et les kolkhoziens le poussent avec des pieux dans l'eau, sous la glace. Hop, je saute du wagon ! Plouf, dans l'eau ! J'ai saisi mon frère par les cheveux et je l'ai tiré sur la neige. L'eau glacée et la neige m'ont refroidi, ma tête ne bouillonne plus. Et j'ai sauvé mon frère…

Peut-être que j'ai réellement été malade. Ou peut-être que la guerre m'a frappé à l'intérieur comme une maladie. J'ai encore longtemps été faible. Je m'effondrais sous la couchette, et je ne courais même pas derrière mon frère, tant j'étais épuisé. Quand j'ai pu de nouveau, mon frère marchait lentement – il devait avoir pitié de moi. Ou était-il aussi affaibli ? Son visage était devenu tout à fait noir. Et maigre. Il n'y avait pas de nourriture.

Je continuais à recevoir la tasse de soupe. Mais elle était de plus en plus claire. Quand nous sommes arrivés aux sables jaunes, ce n'était plus que de l'eau. J'aurais été prêt à la donner à mon frère, mais il se fâchait, je n'osais pas.

Nous n'aurions pas dû nous enfoncer dans les sables, mais repartir dans l'autre sens, vers la steppe et les forêts. Là-bas, je ne nous aurais pas laissés avoir faim ! J'en aurais trouvé bien assez pour deux, et avec des réserves : des *sousliks*, des sauterelles, des roseaux à massette, de l'oseille. Là-bas, le visage de mon frère se serait arrondi, et son front aurait perdu ses rides. Mais comment lui dire ? Il continuait d'avancer, d'avancer. Et nous avions déjà passé cette mer d'Aral sur laquelle ma mère me racontait des fables. Et le fleuve Syr, après lequel commencent les Sables Rouges, désert des déserts. Ne va pas là, mon frère ! Là-bas, la terre est morte, les vents sont morts, seules des broussailles roulent sur les dunes. Même les lézards ne vivent pas là-bas, personne n'y vit. Mais mon frère continuait d'aller par là, toujours plus loin. Si ç'avait été un autre, je me serais enfui depuis longtemps, aucune locomotive de fonte n'aurait pu me retenir. Mais comment quitter mon frère ? Nous avions désormais le même destin, jusqu'au bout.

Nous avancions comme des escargots sur ces rails : ils étaient couverts de sable. Mon frère enlevait ce sable avec les mains, mais le vent le remettait sur les rails. Bientôt, mon frère fut lui aussi lent comme un escargot, avançant à peine sur ses jambes. Et un jour, il s'éloigna de la locomotive. Le convoi était arrêté en plein désert, et mon frère s'en éloignait, dans les dunes. Le chameau, quand il va mourir, s'éloigne dans les sables. Et mon frère s'éloignait aussi, et ses traces étaient effacées par le vent. Je le suivais.

« Ne me suis pas ! », s'est-il écrié, et il m'a lancé du sable. Le sable ne fait pas mal. Il criait d'une voix rauque, presque inaudible, et je ne l'entendais pas. J'ai continué à le suivre. « Retourne vers les autres ! » J'ai continué à marcher. Nous avons marché tous les deux. Longtemps… Nos ombres sont devenues longues comme des arbres. Et le sable, gluant comme un marécage.

… Nous tombons sur ce sable, face contre terre. Les grains de sable bougent, me chatouillent le front, entrent dans mon nez. Parce qu'ils sont vivants. Parce que ce ne sont pas des grains de sable. Des fourmis ? Des gens minuscules. Et pourquoi est-ce qu'ils nous grimpent dessus ? Ils ont faim : ils veulent nous manger. Ils ont de toutes petites dents, ils ne font pas mal en mordant. Mais ils sont innombrables, et mordent, mordent, mordent… Mes doigts et ceux de mon frère disparaissent, puis nos joues, nos mentons, comme s'ils se dissolvaient dans l'air. Ne touchez pas à mon frère ! Bouffez-moi, mais laissez-le tranquille ! Je vais le défendre ! J'enlève les gens minuscules de mon frère, je les écrase – mais comment échapper au sable, dans le désert ? Il est partout. « De la viande ! », hurlent les mini-gens. « Du pain ! À bas le *prodnajim*[1] ! » Et chez mon frère, les trous dans son corps laissent déjà voir les os blancs. Et ce n'est pas mon frère, mais un quartier de bœuf : il sautille sur les dunes sur son unique patte, en se grignotant lui-même. « Parce que j'ai la syphilis ! », mugit-il. Et la chair se détache. Ma mère aussi avait la syphilis. Elle ne connaissait pas ce mot, mais quand des ulcères sont apparus sur son corps, elle est allée à l'hôpital, et on lui a dit. Le docteur a appelé ça « un cadeau de la faim ». Il expliquait que dans les années de disette, les maladies honteuses apparaissaient encore plus souvent que la phtisie ou le choléra. Il devait plaisanter. La faim ne fait pas de cadeaux, elle ne sait que vous prendre ce que vous aviez. Mon frère, si tu as attrapé la syphilis, je vais te soigner : avec de l'ail, de la laîche, de la bardane bouillie. Je sais comment on fait, j'ai regardé chez ma mère. « Ne regarde pas ! crie le docteur. C'est honteux ! » Je le regarde, et sous sa blouse blanche, il a une jupe de femme ; il doit avoir faim depuis longtemps, et ses jambes ont gonflé, il ne peut plus mettre son pantalon. Le docteur marche à quatre pattes, ramasse toutes sortes de cochonneries et les avale. « Je n'arrive pas à m'arrêter », pleure-t-il. Une bardane dépasse de sa bouche, il sent l'étable de chameau. « Tu dois manger l'herbe lentement, lui dis-je, ou tu auras des vers dans le ventre. Tu es docteur,

1. Pression sur la production (obligation de produire plus, pour les paysans).

tu devrais le savoir. – J'en ai déjà », pleure le docteur. Il ouvre sa blouse, et à la place du ventre, il a une boule de vers. Qui bougent. La femme du président du soviet avait raconté que dans le village russe, une fois, on n'avait pas pu enterrer un mort : ils voulaient porter le cercueil au cimetière, mais il avait gonflé, avait fait sauter le couvercle ! Ils ont regardé, et il n'y avait que des vers dans le cercueil. Ils avaient mangé le défunt sans rien en laisser, et étaient devenus si nombreux qu'ils ne tenaient plus dans le cercueil. « Docteur, tu devrais bander ton ventre, et la faim se calmera. Ou sucer des cailloux. Chez nous, au village, tout le monde fait ça. » Il a hoché la tête d'un air joyeux, a pris les pans de sa blouse et a commencé à les serrer sur sa taille – de plus en plus serré – et il s'est cassé en deux. Les vers ont jailli de lui – plaf ! – de tous les côtés. Ils étaient roux, poilus, dentus. Et très gros, chacun d'eux était plus gros que moi. Ils rôdaient autour de moi, reniflant dans le sable. Ils cherchaient quelqu'un ? Mon frère. « Partez ! je leur crie. Vous n'aurez pas de chair humaine ! – De la viande ! », hurle le sable. « Du paiiiin ! » Reste avec moi, mon frère ! Cache-toi derrière moi. Je vais te défendre. Je vais te soigner. Je vais te nourrir. Je vais t'aimer, mon frère ! Plus fort que toutes les mères, que les femmes et les enfants ! Et nous vivrons tous les deux longtemps, longtemps. Nous vivrons où tu veux : dans ta locomotive de fonte, ou si tu veux dans notre village, il n'y a plus personne là-bas, le village sera tout entier pour nous deux. Et tout le reste du monde n'est plus que pour nous deux ! Le soir, je te ferai le dîner. La nuit, je te couvrirai avec ta vareuse, je veillerai sur ton sommeil de sous la couchette. Au petit matin, je réchaufferai tes chaussures avec mon visage, pour que tu n'aies pas froid aux pieds. Et du matin au soir, je courrai après toi, et je sentirai ton odeur. Je serai avec toi ! Et il est soudain si doux, ce mot court : serai ! Je n'avais jamais eu de pensée sur ce qui m'attendait dans un instant, dans une heure, dans un jour. Et soudain : j'ai pensé à ce qui viendrait, dans des mois et des années. Je serai, serai ! Autrefois, je pensais « Je ne disparaîtrai pas », et maintenant : « je serai » !

J'ouvre les yeux. Le ciel est rouge feu, le sable est rouge feu – c'est le lever du soleil. Le désert est rugueux, mais le ciel est lisse. Les rayons du soleil, dans le ciel, dessinent des rails dans toutes les directions. Et il n'y a rien d'autre au monde. Le calme et la clarté de ce vide sont tels que ma tête est comme en verre. Il n'y a plus de guerre dans le monde. À l'intérieur de moi – il n'y a plus de guerre. Elle s'est terminée. Elle ne s'est pas calmée, ni cachée : elle s'est terminée. À jamais. Je le comprends clairement.

J'entends, je vois, je sens. Tout est clair.

Je serai avec toi, je t'aime, mon frère !

Je me retourne vers lui, il s'est aussi réveillé, il me regarde. Il met ses mains calleuses sur mon cou et serre. Qu'est-ce que tu fais, tu veux me tuer, mon frère ? Tu m'étrangles ? Je ne peux pas respirer, lâche-moi ! Il sort son revolver. Tic, tic ! Le barillet est vide. Il prend l'arme par le canon, lève le bras. Mais je t'aime, frè...

5. SOUSTRACTIONS ET ADDITIONS

Orenbourg-Aralsk

À l'approche d'Orenbourg, la terre devint presque nue, tout comme les gens qui erraient dessus.

La steppe brune s'étalait à perte de vue des deux côtés des rails, parfois ébouriffée de stipes, parfois hérissée de buissons. De rares arbres solitaires s'élevaient çà et là. Encore plus rares étaient les lacs salés, taches grises semées de cailloux, qui étincelaient brièvement à leur passage.

Sur cette terre sèche, craquelée, sur les pierres salées, se traînaient les voyageurs, rares eux aussi. La foule des réfugiés et la variété des visages, qui transparaissait même sous la couche de poussière, étaient restées loin derrière. À présent, les vagabonds avaient tous les pommettes larges, les yeux asiatiques des habitants des steppes. Et tous étaient dévêtus : robes et longues tuniques flottaient sur leurs épaules osseuses, mais étaient si déchiquetées qu'elles couvraient mal le corps. De loin, on avait l'impression qu'ils avaient des chaussures, mais ils n'étaient chaussés que de saleté. Certains s'emmitouflaient dans des tapis et des couvertures. Un jour, un homme habillé d'un tonneau passa devant eux ; ou plutôt, un tonneau passa le long du convoi, porté par des jambes humaines, et surmonté d'une tête humaine en bonnet de fourrure.

Deïev avait déjà remarqué des habitants des steppes à Samara : des femmes maigres, aux cheveux noirs, avec des enfants aux cheveux noirs attachés dans leur dos, fouillaient les poubelles et étaient couchées sur les trottoirs. Les chefs de gare se plaignaient : « La horde[1] a envahi la ville. » Les gens de la « horde » étaient discrets et peu loquaces, il n'y avait pas beaucoup d'hommes parmi eux. Ils avaient été répartis dans deux centres d'accueil ouverts à la hâte – d'anciennes églises –, mais les réfugiés ne voulaient pas rester à ne rien faire et, dès le lever du soleil, ils s'égaillaient dans le quartier à la recherche de butin. Ils rôdaient également près de la guirlande ; Deïev les chassait. À présent, le convoi était entré dans leur steppe natale.

Deïev n'aimait pas la steppe : elle n'avait ni beauté, ni générosité, ni aucune autre utilité pour les gens. Et il ne comprenait pas comment on pouvait vivre au milieu des sables et des stipes, sous le vent sec et brûlant, dans la monotonie du désert. Le seul avantage, c'était le ciel, si haut. Mais un ciel ne suffit pas pour vivre.

Il n'était pas venu souvent dans ces parages : près de l'Oural, de nombreuses voies ferrées, détruites par la guerre, n'avaient pas encore pu être réparées. Et les coupables, des bandes de toutes sortes, selon la rumeur, se cachaient encore dans les montagnes et les contreforts, voire plus loin, dans les sables de la Caspienne : il était facile de disparaître dans ces régions inhabitées. C'est pourquoi les trains jusqu'à Orenbourg étaient rares, et ne s'aventuraient que très rarement au-delà.

On disait que la famine, ici, avait été encore plus ravageuse que sur la Volga. Deïev ne croyait pas ces rumeurs. Oui, on voyait les silhouettes noires de maisons abandonnées, aux vitres cassées, le long des routes. Oui, on apercevait les squelettes blancs de chevaux et de chameaux. Mais qui ne les avait vus, les maisons désertées et les os exposés ?

Ces steppes nues étaient des frontières. Ici, sur ces espaces jaunes et caillouteux, où rien n'arrêtait les vents, commençait la terre kirghize. Sa capitale, Orenbourg, était à la pointe nord d'un territoire immense, comme désirant se mettre le plus près possible des forêts vertes et des eaux de la Volga, et le plus loin possible des déserts à saxaouls.

---

1. Sous-entendu : les Mongols, et plus généralement les peuples d'Asie centrale (la horde de Genghis Khan a envahi la Russie au XIIIe siècle).

Deïev savait que les noms des gares et des stations intermédiaires – les habituelles Octobre, Grandes Sources et Ville Rouge – allaient bientôt se transformer en noms turcs incompréhensibles. Les gares seraient rares et petites, les villes, incroyablement poussiéreuses. Il deviendrait tout à fait difficile de trouver de la nourriture, et presque impossible de se procurer du combustible (déjà rarissime).

Après de nombreux jours de train, les steppes allaient se dénuder et se transformer en désert, et une tache bleue apparaîtrait à l'horizon qui, plus loin, se changerait en mer d'Aral : la guirlande serait arrivée au Turkestan tant convoité. Mais il faudrait encore de nombreux jours de voyage, traverser le désert et les montagnes proches, pour que le convoi se retrouve sur la terre toujours fertile du blé et du merveilleux raisin.

De nombreux jours, c'était combien ? Deïev n'avait pas de nombreux jours à sa disposition. Il avait déjà perdu treize grabataires. Depuis, une dizaine d'enfants enflés avaient dégonflé, comme si on les avait percés avec une aiguille, et avaient cessé de se lever, on les avait mis dans l'infirmerie.

Les autres enfants étaient en principe heureux d'avoir un toit sur leur tête et une nourriture régulière, mais les semaines passées à être ballottés sur les rails les avaient épuisés : les voix des petits passagers devenaient plus fortes et plus mauvaises, il y avait plus souvent des disputes et des bagarres, il y eut même une vraie rixe, avec des nez cassés et des cheveux arrachés, et Blanche faillit débarquer les fautifs à la gare la plus proche. Les seringues de l'infirmier avaient disparu de sa valise, et on ne put les trouver, même quand la commissaire fit une fouille serrée. Une nuit, quelqu'un fit ses besoins dans la chaussure d'une des nurses. Presque chaque nuit, on écrivait, avec un bout de brique, un sobriquet scabreux sur la porte de Deïev ; après de longues recherches, ils finirent par trouver le bout de brique, mais ne surent jamais qui était l'auteur des inscriptions.

Les nurses étaient également fatiguées. En les regardant, Deïev remarquait que leurs yeux s'étaient enfoncés, leurs joues creusées, leurs rides accentuées. Il n'avait pas entendu une plainte pendant le voyage, mais leurs visages fripés et leurs regards mélancoliques parlaient d'eux-mêmes. La route ne réussissait qu'à Fatima : la nourriture rare avait redessiné ses formes rondes, devenues plus nettes, et ses yeux étaient plus larges et plus sombres, de fines rides soulignaient doucement ses pommettes, son cou était plus fin. Elle semblait rajeunir sous les tracas et les nuits d'insomnie.

Blanche restait inchangée. Elle n'était entamée ni par les longues étapes (quand Deïev brûlait de bondir dans la cabine et de secouer le mécanicien, pour qu'il aille plus vite), ni par les longs arbitrages avec les gamins qui ne supportaient plus l'ennui (Deïev se serait contenté de régaler les fauteurs de troubles de quelques coups bien sentis), ni par les couchettes de l'infirmerie, qui se vidaient chaque jour. Blanche s'endormait vite le soir et dormait profondément et tranquillement la nuit. Chaque matin, elle peignait ses cheveux alourdis par le manque de lavage. Elle mangeait toute sa ration, mâchant longuement et consciencieusement. Elle nettoyait même chaque jour ses bottes, ses grandes bottes d'infanterie au bout carré, qui dépassaient de beaucoup sa pointure.

– Pourquoi avez-vous cessé de manger ? demanda-t-elle sévèrement à Deïev. Vous avez déjà tellement maigri que vous ressemblez à un épouvantail.

Comment expliquer à cette femme de fer que son organisme n'avait plus besoin de nourriture ? Il ne dormait déjà plus depuis longtemps, et maintenant ne mangeait plus, c'était très bien ainsi.

– Si vous vous obstinez, j'ordonnerai à l'infirmier de vous nourrir de force, comme un grabataire. Tant que vous commandez le convoi, votre devoir est de manger et de ne pas tomber malade.

Deïev tapait des dents sur sa tasse, faisant semblant de manger ; il mettait secrètement la soupe sous le canapé, pour Zagreïka.

– Et pourquoi avez-vous cessé de vous raser ? Je vous ordonne de vous reprendre en main et de corriger votre apparence.

Deïev se serait volontiers rasé, mais il n'y parvenait plus : ses mains tremblaient. Ce tremblement était sporadique, mais avait déjà valu à Deïev de se blesser avec la lame. Il craignait de se trancher la gorge involontairement, et avait mis la lame de côté. Il n'osait pas l'avouer.

Il n'avait pas besoin d'avouer. Blanche regarda attentivement ses joues creuses avec des coupures çà et là, et sa barbe naissante, et lui ordonna de sortir la lame.

– Je vais vous aider, dit-elle non comme une commissaire, mais comme une autre femme, avec un cœur.

Deïev fit non de la tête, mais elle avait déjà attrapé son sac et sorti la lame.

– Asseyez-vous !

Elle le força à s'asseoir sur le pouf, prit son menton, tourna son visage à la lumière, et commença à le gratter avec la lame fine : sans savon, rapidement.

– On n'a pas le droit de se laisser aller, dit-elle sévèrement, plantant ses yeux dans les siens comme s'il était un adolescent désobéissant. Si vous vous apitoyez sur vous-même, vous allez entraîner tout le monde dans votre chute. Après Samarcande, vous pourrez vous vautrer dans la soûlerie ou la débauche, tant que vous voulez. Mais avant que nous soyons arrivés, pas question !

Les doigts de la commissaire étaient fermes, frais, et la lame aiguisée, aussi fine qu'un cheveu : il n'osait ni soupirer ni se débattre.

– Vous pensiez que le plus difficile était de trouver assez à manger et des kilos de charbon ?

La lame courait sur ses joues en gestes amples, bruissant bruyamment, comme si elle ne coupait pas des poils, mais une herbe épaisse.

– Eh bien non ! Garder la tête froide quand les pertes commencent, c'est ça qui est dur. Ne pas faire dans son froc, ne pas pleurnicher, et veiller à ce que les autres tiennent aussi. Voilà où elle s'exprime, votre fameuse miséricorde ! La bonté exige du courage. Elle doit avoir du culot et les dents pointues, sinon ce n'est pas de la bonté, mais de l'apitoiement. Recueillir un garçon sans abri sur les rails, c'est de l'apitoiement. Ne pas dormir et ne pas manger, se tourmenter, c'est de l'auto-apitoiement. Et aussi de pleurer sur chaque enfant perdu. Sourire au lieu de pleurer et conduire les autres enfants à bon port, c'est ça, la bonté.

Il aurait voulu protester, mais aurait risqué de perdre la moitié d'une oreille.

– Vous avez sorti cinq cents enfants des régions de la Volga, avec des grabataires. Si vous arrivez avec les deux tiers à Samarcande, vous serez un héros. Et ce sera de la vraie bonté, qui ira jusqu'au bout. Deux tiers, c'est plus que la moitié. Deux tiers, c'est beaucoup.

« Comment ça, deux tiers ?! aurait-il voulu lui crier. Elle est bancale, ta bonté, elle est complètement tordue ! Je les mènerai tous à Samarcande ! Tous ceux qui restent. »

– Et une perte d'un tiers du convoi, c'est un prix raisonnable. Le prix que paient tous ceux qui évacuent des enfants.

Le prix ?!

– Et vous le paierez comme les autres. Il nous reste encore plus de la moitié du chemin à faire, et pas à travers les forêts et les villes du pays, mais dans des steppes et des déserts étrangers. Vous ne pourrez pas tous les sauver. Mais deux tiers, c'est possible.

Il eut soudain terriblement envie de sortir du compartiment, de trouver Fatima et de se jeter à ses pieds, de l'entourer de ses bras, de cacher son visage dans son corps féminin... Peine perdue ! Sa tête était prisonnière des doigts de fer de la commissaire, des mouvements de la lame d'acier.

– Neuf millions d'enfants souffrent de la famine dans la Volga. Si nous en sauvons six millions, est-ce peu ?

Et les autres trois millions ?

– Si nous sauvons six millions d'enfants, dans vingt ans, ils en feront naître encore plus. C'est ainsi que les pays survivent, Deïev. Et que le monde survit. Comprenez bien ça, comprenez-le vraiment et avouez que j'ai raison. Et arrêtez de vous tourmenter.

Ayant fini le rasage, Blanche souffla sur la lame pour enlever les poils, et la replia dans le manche.

Incapable d'en écouter plus, Deïev ferma les yeux. À cet instant, sa tête partit en arrière et sur le côté, manquant de lui tordre le cou, sous la gifle retentissante de la commissaire.

– Je vais vous raser tous les matins, dit Blanche, comme si de rien n'était. S'il le faut, je vous frapperai les joues pour vous faire reprendre vos esprits. Là, je peux vous aider. Pour le reste, vous devez vous en sortir seul.

☆

À Orenbourg, on les mit sur une voie de garage, et la locomotive fut envoyée au dépôt pour révision : le pont sur la rivière

Dongouz, à vingt kilomètres de la ville, avait été dynamité, et la guirlande allait devoir patienter jusqu'à ce qu'il soit réparé. Les dégâts n'étaient pas très importants, les rails avaient été simplement tordus, mais Deïev attendait depuis deux jours qu'on mette de nouveaux rails, et il ne se passait rien : la ville était occupée à poursuivre les auteurs du sabotage, la bande de Iablotchnik.

Les « Iablotchniki », comme on les avait surnommés, étaient, dans les rapports de la Tchéka locale, une écharde plus douloureuse que les révoltes du blé ou les exécutions pour fabrication illégale de vodka. En 1923, la région d'Orenbourg avait été nettoyée de ses bandes armées cosaques, des paysans émeutiers et autre racaille, comme les admirateurs du général Doutov qui avait régné sur la région quelques années plus tôt. Le général lui-même s'était enfui en Chine et s'y était caché pour mettre au point des plans audacieux, mais n'avait pu tenir sa promesse de « revenir mourir sur la terre russe » : il avait été abattu par un tchékiste d'une balle en pleine face, au cœur même de son état-major chinois bien gardé. Cependant, les restes de son ancienne armée continuaient de parcourir les espaces désertiques du sud de l'Oural à la Caspienne, de la Caspienne à la mer d'Aral, disparaissant parfois pendant des mois, au cours desquels ils se rendaient sans doute dans les montagnes du Tian Shan, pour réapparaître ensuite. On disait que les Iablotchniki étaient ravitaillés par Bouré Bek en personne, mais nul ne le savait vraiment ; les bandits étaient insaisissables, que ce soit parce qu'une bonne étoile leur permettait toujours d'échapper aux poursuites et aux battues, ou parce que la population locale déraisonnable continuait de les aider à se cacher.

Les rares actions des Iablotchniki étaient audacieuses et absurdes, ou plutôt, elles n'avaient qu'un unique sens : endommager. Par exemple, ils venaient de mettre le feu à un wagon de poisson salé qui faisait route de la mer d'Aral en direction de la Russie centrale. Ils ne l'avaient pas incendié dans le désert, ni pendant le long trajet entre deux petites gares, où seuls les aigles royaux dans le ciel et les renards des steppes auraient vu le feu, mais à quelques kilomètres d'Orenbourg, d'où l'on n'était plus si loin des collines de la Volga. Et pour que les mécaniciens ne puissent pas conduire le wagon en feu jusqu'en ville, où il aurait été possible d'éteindre l'incendie, les bandits avaient endommagé le pont, déformant un seul rail avec un seul bâton de dynamite et laissant le wagon et sa locomotive fumer devant le pont. Ils n'avaient pas tué les mécaniciens : ils s'étaient contentés de les ligoter solidement et de bâillonner leurs bouches en les bourrant de poisson fumé. Ils avaient fait feu sur leurs deux mains, pour les empêcher de conduire des trains à l'avenir. Puis s'étaient enfuis dans la steppe.

Cet arrêt forcé tourmentait Deïev plus qu'un mal de dents. Il rôdait dans la ville, s'épuisait à chercher sans fin les choses les plus diverses : n'importe quelle provision, n'importe quel combustible, des médicaments, des bougies et du savon. En vain : les magasins de la ville étaient aussi vides et poussiéreux que ses rues.

En revanche, il tomba soudain sur des oreillers pour les grabataires. Ou plutôt, il récolta le matériel : il obtint, à la Tchéka locale, de recevoir des oriflammes d'épais velours ayant appartenu autrefois aux cosaques, et la nurse-couturière en fit de petits coussins. On les remplit de bourre de roseaux et on les plaça sous les os saillants de la colonne vertébrale et du siège des grabataires, pour qu'ils souffrent moins sur les châlits durs. Les franges et les fils dorés des oriflammes furent mis de côté dans les réserves de Memelia : ils pourraient toujours servir.

Il eut aussi un autre succès à Orenbourg : les bains publics. Deïev en cherchait dans chaque ville et dans chaque institution, et n'espérait déjà plus en trouver ; il posa tout de même la question. Et soudain : « On va vous organiser ça. » Les banias de l'armée et celles de la ville étaient froides, mais la bania de la prison était justement chaude : on la chauffait une fois par mois, et, à la grande joie de Deïev, c'était justement ce jour-ci. Ils se contentèrent des restes de chaleur, après le bain des prisonniers. Il n'y avait pas de savon, mais les autorités pénitentiaires leur offrirent généreusement un tonneau de lessive de cendre, que les enfants répartissaient sur leur corps avec des poignées d'herbes sèches ramassées en chemin, puis rinçaient. On lava d'abord les tout-petits, qui purent bénéficier d'eau encore chaude, puis les grands, qui se baignèrent à l'eau tiède. Pour aller à la bania et retour, on leur prêta une centaine de chaussures à semelles en bois des prisonniers, et Deïev et les nurses passèrent toute la nuit entre la gare et la prison, accompagnant à l'aller et au retour, cinq fois, les enfants pour les laver.

Au troisième jour d'immobilité forcée sur la voie de garage, Deïev était prêt à s'occuper lui-même de ce maudit pont pour mettre fin à cette attente prolongée et continuer le voyage. Il n'en eut pas besoin : le pont fut réparé. Le détachement de la police, avec un groupe de volontaires, était rentré de son expédition dans la steppe sans avoir trouvé les Iablotchniki ; la vie de la ville avait repris son cours habituel, le travail de la gare également.

On leur avait promis de laisser repartir la guirlande avant midi. Dans le dépôt, la locomotive était déjà chauffée, on attendait de la mettre en tête du convoi, quand le département des transports annonça l'arrivée d'une inspection. C'était bon signe : on inspectait les convois juste avant leur départ. Blanche et Memelia se hâtèrent au centre de ravitaillement pour y prendre de l'ail des ours et de la rhubarbe (il n'y avait pas de provisions, mais une abondance d'herbes récoltées dans la steppe, et on leur avait promis de partager cette moisson avec les enfants). Deïev resta au train, attendant l'inspecteur.

Celui-ci était un Bachkire maigre aux pommettes aiguës, qui parlait un russe parfait, dans lequel on entendait l'intonation chantante des habitants de la Volga. Tout son visage était constellé d'étranges cicatrices courtes, comme si on lui avait déchiré la figure avec des ongles, mais pas jusqu'au bout. Deïev avait déjà entendu parler de ces marques – que laissait sur le visage de ses victimes un ataman de Sibérie, qui torturait personnellement les gens – mais, à l'époque, il n'y avait pas cru. À tort, visiblement.

En général, les inspecteurs commençaient par la tête du convoi. Le Déchiré, non : il monta en queue, et se retrouva immédiatement dans l'infirmerie, dans le silence d'hôpital et les couchettes des grabataires. Les autres contrôleurs s'efforçaient la plupart du temps de quitter ce wagon aussi vite que possible, comprenant du premier coup d'œil qu'il n'y avait rien à vérifier au milieu de murs vides et de couchettes vides ; chez beaucoup, le regard devenait vitreux, et ils se détournaient des grabataires. Pas le Déchiré : il marcha lentement entre les couchettes, parcourant du regard chaque recoin et chaque enfant. Deïev, qui le suivait, ne voyait pas le visage de l'inspecteur, et ne s'aperçut qu'au sortir du wagon à quel point il avait pris une teinte grise et s'était figé en quelques minutes. Sur ce visage gris, les cicatrices faisaient des marques blanches, comme des traits épais de givre sur une vitre.

– Ils meurent ? demanda-t-il, s'arrêtant sur la plateforme du wagon.

Deïev fit oui de la tête.

– Beaucoup ?

Il fit à nouveau oui.

Ils continuèrent. Ils avancèrent encore plus lentement dans les wagons de passagers : le Déchiré était méticuleux à l'extrême. Il inspectait chaque châlit sans se presser : le dessus, où était couché ou serré dans un coin, effrayé, un passager pieds nus, et le dessous. Il montait sur les couchettes du bas pour arriver vers le plafond, manquant de s'y cogner la tête, et regardait les couchettes du haut. Il examina les latrines. Il ouvrit les rideaux cachant les couchettes des nurses et y observa sans embarras les dessous féminins qui séchaient. Il jeta un œil aux casiers à poules. Toucha l'étendard pendu au mur du wagon d'état-major et regarda même derrière lui, se mettant sur la pointe des pieds. Il fit tout cela sans poser la moindre question et sans jeter un regard au chef du convoi.

Le visage mutilé de l'inspecteur devenait plus sévère de wagon en wagon. Deïev devinait la cause de cette soudaine humeur maussade : la guirlande était le premier convoi d'évacuation à destination du Turkestan, et les contrôleurs, habitués à être confrontés à des grains ou des armes, étaient stupéfaits à la vue de centaines d'enfants épuisés. Petites natures.

– Pourquoi n'y a-t-il pas de gardes ? demanda le Déchiré quand ils arrivèrent à la fin des wagons et sautèrent au sol en tête de la formation.

Deïev ne s'était jamais posé cette question, et pas un seul contrôleur n'en avait parlé avec lui.

– Et qu'est-ce qu'il y aurait à prendre dans notre convoi ? dit-il en haussant les épaules. Des poux ?

– Premièrement : les couchettes sont en bois, si on les coupe, elles permettront de faire plus d'une centaine de kilomètres. Deuxièmement : des poules, au moins quinze. Le

Déchiré parlait d'une voix calme et unie, comme s'il comptait les étoiles dans le ciel. Troisièmement : des chemises de toile, peu portées, cinq cents. Après, tu peux compter tout seul.

– Et qui oserait se permettre de prendre leurs couchettes à des enfants victimes de la famine ?

– Demande-le à l'ataman Iablotchnik quand il tirera sur tes mécaniciens, puis les ligotera, tout nus, et les posera devant un soviet de village comme une botte de bois mort. L'homme restait calme et même lent, seule une veine violette, gonflée, battait sous son œil droit. Ou à Bouré Bek, après la mer d'Aral, quand il te jettera avec ta commissaire dans un puits de pierre, puis versera de l'acide chlorhydrique par-dessus.

– Hé, n'essaie pas de me faire peur ! s'énerva Deïev (depuis quelque temps, il s'enflammait immédiatement, au moindre prétexte). Nous sommes déjà assez mal comme ça. Et toi tu nous décris des passions du Christ…

– Ce ne sont pas des passions, mais les rapports de la Tchéka turkmène de la semaine dernière et de la précédente. C'est chez vous, au Nord, que la guerre est terminée. Au Turkestan, on est encore en plein dedans.

– C'est le Parti qui a envoyé ce convoi à Samarcande ! Il en sait plus que toi.

– À Kazan, ils en savent plus, évidemment.

– Et je devrais faire quoi à ton avis, demi-tour, et ramener les enfants sur la Volga ?!

Deïev s'imagina en train d'envoyer des coups de poing au Déchiré – dans son ventre maigre entouré d'une ceinture beige avec une boucle d'uniforme, et celui-ci se plierait en deux, ouvrant des yeux stupéfaits.

– Si ça dépendait de moi, je les renverrais.

– Mais ils y mourraient de faim !

– Ils meurent de toute façon pendant le trajet.

Il ne pouvait rien redire à cela, pas se justifier : l'inspecteur avait lui-même envoyé un coup de poing dans son ventre. Et il continuait avec obstination de répéter ses arguments, il submergeait Deïev de ses reproches avec autant d'énergie qu'un pic-vert tape dans un tronc.

– Pourquoi les conduis-tu ici, pour qu'ils tombent entre les mains des atamans et des basmatchis ? Laisse-les passer l'hiver à l'orphelinat avant de les envoyer au Turkestan sous les balles. Tant que ça canarde, ce n'est pas un endroit pour les enfants.

Mais dans ce cas-là, où était leur place ? Dans la foule des réfugiés et des miséreux qui tentaient de gagner Moscou à pied ? Dans les marchés le long des voies, où on vendait des fanes et des chiots ? Sous terre, derrière la gare de Bouzoulouk ?

– Je ne parle pas pour parler, s'exclama le Déchiré, perdant peu à peu son calme. Tu sais combien d'enfants des rues, dans la région, sont retrouvés avec des balles dans la tête, ou éventrés ? Ils viennent de toute la Russie, attirés par le Turkestan comme des mouches par le miel. Ils rêvent de blé et de ce fabuleux raisin, maudit soit-il ! Résultat : ils tombent – comme des mouches. Parce qu'ils ne savent pas que pour arriver au blé et au raisin, il faut traverser la steppe de la Faim et le désert – mille cinq cents kilomètres ! Les cicatrices, sur le front du Déchiré, bougeaient avec ses muscles, comme douées de vie. Et tu sais que sur beaucoup de corps, on a découpé des morceaux de chair ? La plupart du temps, sur les cuisses et les mollets, plus rarement, les entrailles. Parce que, ici aussi, on a la famine. Voilà où tu as mené les enfants : dans la guerre et la famine !

Deïev comprit qu'il était sur le point de frapper son interlocuteur – pas dans le ventre ou la poitrine, mais droit sur ses lèvres qui n'arrêtaient pas de bouger.

– Tu veux inspecter le wagon-cuisine ? demanda-t-il en se détournant. Ou est-ce qu'on se dit au revoir ?

Le Déchiré opina du menton : je veux l'inspecter.

Deïev fit bouger la clé dans le cadenas sur la porte du wagon-cuisine, et l'ouvrit avec force, la faisant presque sortir de ses gonds ; la porte s'écarta en sifflant, découvrant l'espace intérieur.

Or, celui-ci n'était pas occupé par des poêles et marmites, ni par des sacs de provisions. Des jambes maigres, des ventres gonflés, parcourus de traînées de saleté, à peine couverts par des haillons, voilà ce qui s'y trouvait. Le wagon était rempli à ras bord d'enfants inconnus.

Deux, voire trois dizaines de gamins chétifs s'entassaient partout dans la cuisine, coincés entre les seaux et les caisses. Aveuglés par la lumière soudaine, ils se figèrent dans la position qu'ils occupaient l'instant d'avant : l'un avait enfoncé sa paluche dans un sac de grains, un autre buvait de l'eau dans une tasse, un troisième avait la frimousse tachée de son, et la bouche pleine du même son. Le tuyau du poêle, qui dépassait habituellement de la lucarne, gisait au sol ; on devinait que les gamins avaient pris ce chemin pour pénétrer dans le wagon. Ça sentait fort les corps non lavés et l'ersatz de cigarette.

– Qu'est-ce que ces gamins font ici ? dit l'inspecteur quand il eut retrouvé l'usage de la parole.

– Bien l'bonjour à tous ! répondit une voix rauque du fond de la cuisine.

Il y avait des gamins de huit ou dix ans. D'autres n'avaient pas plus de trois-quatre ans. L'un d'eux, pour faire le malin, avait mis une gamelle retournée sur sa tête, comme un casque. Un autre mâchait une botte d'herbes que Memelia utilisait pour faire du *kissel* ; des herbes dépassaient de sa bouche.

Tous regardaient Deïev, attendant sa réaction. Le Déchiré également.

Une main sale laissait s'échapper des grains d'avoine, qui bruissaient en tombant sur le sol de planches.

Quand le dernier grain fut tombé, le silence se fit.

Il fallait dire quelque chose, immédiatement.

– Ce sont des enfants du convoi, affirma Deïev. De mon contingent.

– La bonne blague ! protesta le Déchiré. Fais-les descendre, on les enverra avec le premier train à Bouzoulouk, au foyer d'enfants.

Deïev avait vu ce foyer quelques jours auparavant : une cahute au toit troué et aux encadrements de fenêtres arrachés pour en faire du petit bois. Autour d'elle, des nuées d'enfants des rues, se tenant par la main, chantaient *L'Internationale,* dans l'espoir qu'on leur ouvre. En pure perte : il n'y avait pas de places à l'intérieur.

– Je te dis que ce sont mes enfants, répéta-t-il avec insistance. Ils aident à la cuisine pendant que le cuisinier est au centre de ravitaillement.

– Comment ça, « tes » enfants ?! s'entêtait l'inspecteur. Tes enfants, ils sont propres et blancs, tous, alors que ceux-ci sont en haillons et puent.

– On n'avait pas de chemises pour tous.

La gamelle-casque tomba de la tête du petit malin, tinta contre le sol en bois.

– Il y a cinq cents enfants dans mon convoi, y compris ceux-ci, s'obstina Deïev. Tu peux vérifier les listes et les compter un à un.

Si ce casse-pieds le faisait vraiment, il était fichu. Il y avait trois fois plus de gamins des rues que de grabataires morts.

– Tu viens de me dire qu'il en était mort !

– Un enfant est mort : Senia Le Tchouvache, de l'infirmerie.

– Mais tu viens de me dire qu'il en était mort beaucoup !

– Un enfant, une vie de perdue, ça te semble peu ?

– Ne me fais pas passer pour un idiot ! s'énerva pour de bon le Déchiré. Tu crois que je ne sais pas faire la différence entre un vagabond et un évacué ?

– Tu l'as finie, ton inspection ? Deïev regarda sévèrement les enfants et referma la porte de la cuisine, les cachant à la colère de l'inspecteur.

Derrière la porte, on n'entendait pas un soupir ni le moindre mouvement, comme si la cuisine était vide.

– Tu vas te faire renvoyer de ce train, pour des initiatives aussi arbitraires, bougonna le Déchiré avant de se détourner et de marcher vers la gare d'un pas rapide.

Ils le renverraient du train, et le feraient peut-être comparaître en justice. Décision arbitraire sur les rails : utilisation irrégulière de biens de l'État, c'est-à-dire du convoi, sans autorisation préalable de la hiérarchie. Répartition négligente, voire dilapidation du fonds de ravitaillement (même si ce fonds était invisible, c'est-à-dire parfaitement inexistant)... D'accord, qu'ils le fassent, mais plus tard, après Samarcande. Maintenant, il fallait à tout prix quitter la ville pour l'immense steppe d'Orenbourg, où ils ne seraient jamais rattrapés par les moindres décrets ou dépêches télégraphiques. Maintenant, il fallait mener les enfants à bon port.

– Laisse partir le convoi ! s'écria Deïev en courant derrière le Déchiré. Tu peux en envoyer cent, de plaintes contre moi, mais laisse-nous partir !

L'inspecteur trottait vite, comme un cafard : pliant ses jambes maigres et avançant à petites enjambées entre les traverses. Son sac avec des feuilles et des tampons tressautait sur son flanc, battant ses cuisses. Ah, si Deïev pouvait le retourner, en sortir la feuille de route et y apposer le tampon nécessaire !

– Tu crois être le seul à avoir des enfants qui meurent ? cria Deïev au dos chétif de l'inspecteur, courant derrière lui sur les rails sans parvenir à le rattraper (il courait vite, ce parasite !). Être dans la seule région où on les vend, les achète et les abandonne dans les gares ? J'ai voyagé dans le pays, de l'Oural à Petrograd, et c'est partout la même chose ! Les enfants n'ont plus leur place nulle part !

Ils traversèrent les rails, dépassèrent rapidement le bâtiment de la gare et se retrouvèrent dans le bourg bâti autour – de petites maisons espacées, en pierre, s'étendant le long de la voie ferrée.

– Parce que partout, c'est la guerre ! Deïev avait rattrapé son interlocuteur véloce, et courait à côté de lui, haletant, s'efforçant de le regarder dans ses yeux bachkires légèrement bridés, mais l'inspecteur se détournait volontairement et se glissait entre les bâtisses, leste comme un animal qui s'enfuit dans sa tanière.

– Partout, les gens s'entretuent, encore plus que pendant la guerre civile ! Les soldats du ravitaillement des villes tuent les paysans ! Les paysans tuent les communistes ! Les communistes tuent les koulaks ! Les koulaks tuent les tchékistes ! Les tchékistes tuent les bandits blancs ! Et les bandits tuent tous les gens qui leur tombent sous la main. Parce qu'ils ont tous la guerre dans leurs cœurs ! Elle n'est pas au Turkestan, ni à Orenbourg, mais dans les cœurs.

Ils passèrent devant les flancs de brique des hangars, des dépôts, des administrations…

– Et qu'est-ce qu'on doit faire maintenant tous les deux, se taper dessus, et les enfants mourront entre-temps ?

Fatigué de zigzaguer, Deïev accéléra sa course et coupa la route du Déchiré. Celui-ci heurta la poitrine de Deïev avec sa poitrine – Deïev aperçut un instant son visage rouge, aux cicatrices très blanches – mais il le contourna immédiatement et continua sa route. L'enfant de crottin !

– Et toi ? hurla Deïev de toutes ses forces.

Il comprit soudain que sa main serrait son revolver, non dans sa poche, mais à bout de bras, l'agitant dans sa course ; il s'obligea à ranger son arme, et à fermer sa main en poing, pour ne plus être tenté.

– Mais regarde-toi ! Tu crois avoir pris une mine austère, une voix tranquille, et qu'on ne verra rien ? Tu ne peux rien cacher. Tu es toujours en guerre, rien à faire. La guerre est à l'intérieur de toi. Et comment peux-tu rester inspecteur au lieu de te faire tchékiste, un revolver dans une main, et une mitrailleuse dans l'autre ? Les eaux calmes dans ton genre font les tchékistes les plus désespérés… Mais contre qui te bats-tu ? Contre des enfants. Ce n'est pas à moi que tu mets des bâtons dans les roues, mais aux enfants.

La poursuite s'interrompit brusquement : le Déchiré se glissa à l'intérieur d'une maison à l'enseigne de travers. Le verrou fut poussé à la hâte.

– Arrête ta guerre !

Deïev, entraîné par son élan, vint s'écraser contre la porte fermée.

– Et crois – non pas moi, mais ceux qui ont décidé d'envoyer les enfants au Turkestan ! Si on les a mis dans un train d'évacuation pour les envoyer à des milliers de kilomètres, ça veut dire qu'il n'y avait pas d'autre moyen de les sauver.

La porte restait close, et Deïev se mit à l'enfoncer, donnant des coups d'épaule entre ses paroles.

– Ça veut dire que je n'ai pas le choix… je dois… les emmener… à travers tous tes bandits et tes basmatchis… à Samarcande !

Les planches tremblaient et tressautaient sur leurs gonds.

– Ça veut dire que toi non plus, tu n'as pas le choix… Tu dois m'aider, pas me combattre… Crois-moi et aide-moi !… Laisse partir le convoi !…

La porte s'ouvrit – le verrou avait cédé.

– … l'ataman t'a déchiré le visage, pas le cœur ! conclut Deïev, déjà à l'intérieur.

Haletant, il se retrouva dans une pièce exiguë, séparée en deux par un rideau aux ridicules imprimés floraux. Les tables et chaises de bureau étaient entassées près de l'entrée, couvertes de dossiers et de liasses de papier, et dans l'autre partie, habitée, se trouvait le flanc clair d'un poêle, du linge séchait sur des fils, sous le plafond bas – de petits habits d'enfants. Ça sentait la soupe aux choux.

Le Déchiré tira hâtivement le rideau, mais Deïev eut le temps d'apercevoir, sur un tabouret, une bassine avec du linge à laver, ainsi que deux grandes valises transformées en berceaux. Et deux petits garçons presque du même âge, qui l'instant d'avant rampaient sur un manteau de mouton posé au sol, et qui s'étaient figés, regardant le visiteur de leurs yeux remplis de larmes, prêts à éclater en sanglots.

Deïev découvrit qu'il tenait à nouveau son revolver au poing, sans savoir quand il l'avait sorti – décidément ! Il enfonça l'arme dans sa poche.

– Maman, dit l'un des petits, tendant les bras vers l'inspecteur.

Celui-ci avait réussi à fermer le rideau, cachant à l'intrus son logis et ses habitants, mais le petit continuait à l'appeler.

– Maman, répéta-t-il, opiniâtre, en rampant sous le rideau vers les bottes poussiéreuses de l'inspecteur.

Le Déchiré prit l'enfant dans ses bras, et celui-ci se blottit, confiant, contre le tissu noir de la tunique, l'entourant d'un geste familier de ses petites jambes, juste au-dessus de la ceinture beige avec l'insigne d'uniforme.

– Fais descendre les vagabonds, dit le Déchiré d'un ton las, calmant sa respiration accélérée par la récente course. Tu ne les conduiras pas à destination, tu les perdras en route.

– Ce sont des enfants du convoi, répondit Deïev, tout aussi las, reprenant également sa respiration. Mes enfants.

Un deuxième garçonnet sortit de derrière le rideau, légèrement plus âgé, et se serra contre le Déchiré, entourant sa jambe maigre de ses bras.

– Je les conduirai jusqu'à Samarcande, dit Deïev. Pas deux tiers, pas trois quarts, mais tous les enfants.

Quelque part au loin, une locomotive n'arrêtait pas de rugir. Celle de Deïev ?

Sans lâcher le petit, le Déchiré trouva son sac à tâtons sur sa cuisse, en sortit le papier nécessaire et y appliqua un tampon.

Deïev s'empara de la feuille de route. En sortant, il heurta maladroitement le verrou brisé, regarda le maître de maison d'un air d'excuse, mais celui-ci se contenta de lui dire d'un geste : allez, va-t'en !

– Hé ! lui cria-t-il par la fenêtre ouverte.

Deïev se retourna.

Le Déchiré se tenait dans l'encadrement de la fenêtre comme dans un cadre de tableau, serrant l'enfant contre lui.

– Juste après Orenbourg, à la gare de Dongouz, il y a des troupes de barrage, dit-il à voix basse. Elles fouillent tous les trains. Les enfants des rues trouvés dedans sont débarqués et renvoyés à Bouzoulouk.

– Des troupes de barrage ? s'exclama Deïev, incrédule. Contre des enfants ?

– Ils cherchent des bandits. Mais ils prennent aussi les enfants, pour qu'ils n'errent pas dans le Turkestan et ne crèvent pas en route. Sur ordre du commandant du front du Turkestan.

Deux visages regardaient par la fenêtre : l'un, brun, aux pommettes larges, couvert de rides et de cicatrices ; l'autre, doux, enfantin.

Ce n'est qu'à cet instant que Deïev remarqua que les cheveux de l'enfant étaient entièrement dorés, et ses yeux d'un bleu très clair.

Il hocha la tête avec reconnaissance et courut à la guirlande.

☆

Deïev répartit les petits vagabonds sur les couchettes du haut du wagon des filles. Il aurait été plus facile de les cacher à l'infirmerie, avec ses nombreuses couchettes vides, mais comment obtenir l'accord de l'infirmier ! Avec les nurses, et avec les fillettes, c'était faisable. Il jeta des regards sévères, gronda : je ne veux pas un bruit ! Et toutes se turent.

Aux passagers clandestins, il dit : si vous voulez rester dans le convoi et aller jusqu'au Turkestan, vous devez vous tenir tranquilles. Rester couchés sous le plafond, retenant vos bras et vos jambes, et aussi vos nez et vos langues, et ne pas faire plus de bruit qu'un escargot ! Interdiction de tousser, éternuer, chercher des poux. Respirer – à peine. Si l'on trouve un seul d'entre vous, vous serez tous débarqués. Allez, chacun à sa place ! Les gamins grimpèrent sur les couchettes et y disparurent, comme s'il n'y avait personne. Seule flottait une légère puanteur de tabac bon marché.

Deïev avait rangé la cuisine comme il l'avait pu. Il avait remis les grains éparpillés dans les sacs, entassé la vaisselle répandue au sol sur les étagères, rassemblé l'herbe dispersée en bottes. C'est ainsi que, à leur retour, le cuisinier et la commissaire le trouvèrent en train de ramper sur le sol de la cuisine, explorant les coins.

– J'ai fait un contrôle, expliqua-t-il en se remettant debout, époussetant la poussière sur ses genoux. Un contrôle supplémentaire.

Blanche le regarda bizarrement, mais ne dit rien. Ils revenaient avec une bonne prise : deux énormes brassées d'ail des ours séché, qu'ils avaient peiné à ramener au convoi. L'ail sauvage sentait si fort qu'ils avaient tous deux laissé couler quelques larmes en les portant.

Deïev ordonna de distribuer immédiatement l'ail aux enfants, en leur disant de le mâcher consciencieusement, aussi longtemps que possible. Bientôt, la guirlande se remplit d'une odeur d'ail âcre et piquante, les nurses avaient les yeux qui pleuraient à leur tour. Deïev porta lui-même la ration dans le wagon des filles. Le convoi quitta Orenbourg, puant l'ail à un kilomètre à la ronde et emportant, en contrebande, deux douzaines de gamins dans un wagon, cachés sur les couchettes du haut, au-dessus des têtes des filles déconcertées…

Ils mirent une heure à atteindre la gare de Dongouz, et toute cette heure, Deïev la passa dans son compartiment, à écouter les bruits de l'autre côté de la porte en accordéon. Comment arrêter la commissaire, s'il lui venait l'idée de sortir de chez elle pour se promener dans le convoi ? Il ne trouvait rien. Il aurait pu lui poser une question (laquelle ?) ou lui raconter quelque chose (quoi ?), mais sa tête ne parvenait pas à inventer. Il ne savait pas jouer la comédie.

Dès qu'il entendit un grincement dans le compartiment de la commissaire, Deïev ouvrit brusquement la porte en accordéon ; mais Blanche n'avait fait que s'installer sur son canapé, feuilletant un livre, le tome de Lermontov emprunté au wagon de passagers. Le commandant baissa les yeux, gêné, et referma la porte. Quand, une minute plus tard, un nouveau grincement s'éleva, il ouvrit tout aussi brusquement la séparation.

– Mais qu'est-ce que vous avez, à la fin ? ne put s'empêcher de dire la commissaire.

– Rase-moi.

Il n'avait pas trouvé autre chose à dire.

Par la fenêtre, il voyait défiler l'interminable terre grise, à peine couverte d'herbes sèches – pas le moindre sentier, ni la moindre maisonnette, ni aucun autre signe de l'approche d'une gare.

– Je t'ai déjà rasé ce matin.

– Rase-moi encore une fois.

Elle posa son livre, se leva et entra dans le compartiment de Deïev. Elle le regarda attentivement, avec sévérité, comme si elle dévisageait un polisson.

– Que s'est-il passé, Deïev ?

Voilà pour ta maladresse, imbécile ! Il avait voulu distraire son attention, et n'avait fait que la réveiller.

– Dites-moi immédiatement ce qui s'est passé !

Elle le fixait, le fouillant du regard.

Il fallait répondre. Ou poser une question. Ou prendre un air innocent. Il fallait faire quelque chose, vite, n'importe quoi !

Par la fenêtre, la steppe ondulait toujours.

– Si vous ne me dites rien, je vais voir par moi-m…

Deïev prit entre ses mains le visage sévère de la commissaire, penché sur lui d'un air menaçant, et l'embrassa sur les lèvres.

Le baiser dura longtemps, longtemps. N'en finissait pas.

La steppe jaune, par la fenêtre, n'en finissait pas, s'étendait jusqu'à l'horizon. Et les fils électriques le long des rails, contre le ciel bleu. Et les rails s'allongeaient à l'infini, et la guirlande sur eux, suivie des nuages blancs de la locomotive. Le temps s'étendait et n'en finissait pas, les secondes, les minutes…

Quand, soudain, une sirène de locomotive retentit. La gare !

Des aiguilles penchées apparurent à la fenêtre : les lames de baïonnettes. Des bottes piétinèrent dans le wagon d'état-major. Où est le commandant du convoi ? Je suis ici, ici… Le baiser était terminé.

La troupe de barrage était constituée d'une dizaine de soldats. Chacun d'eux avait une baïonnette et une cartouchière à la taille. Le commandant, harnaché d'un ceinturon, ne portait pas moins de deux revolvers. Il regarda Deïev comme si c'était un criminel. N'y a-t-il pas, dit-il, de passagers illicites à bord ? Deïev se contenta de hocher la tête : ne perds pas de temps, va vérifier toi-même !

Ils parcoururent tout le convoi, de la tête à la queue : pendant qu'une moitié de la troupe examinait un wagon de l'intérieur, l'autre s'agitait à l'extérieur, rampant sur les rails, palpant la panse du wagon, grimpant sur les toits, fourrant le nez dans les tuyaux et les lucarnes.

Depuis quelques années, les soldats des troupes de barrage avaient souvent travaillé sur le front du ravitaillement, confisquant aux particuliers le poisson et le sel sur les bateaux, expropriant le grain dans les trains, aidant l'État à stocker des céréales, et Deïev les avait amplement fréquentés. Ils travaillaient dans des styles différents : les uns, la rage au cœur, comme s'ils ne dévalisaient pas des populations civiles, mais des bandits ; les autres avec force plaisanteries, joyeusement, et comme appelant les voyageurs dépossédés à se joindre à leur bonne humeur.

Ceux qui étaient montés à bord de la guirlande étaient sévères, à l'image de leur commandant. Et aussi tatillons que l'inspecteur d'Orenbourg : ils ne se contentaient pas d'examiner un wagon, ils le reniflaient, le goûtaient presque, fouillant toutes les fentes et tous les recoins. Ils ne manquaient pas d'inspecter les couchettes du troisième étage, dans tous les wagons de passagers.

– Vous cherchez des gens ou des poux ? ne put s'empêcher de faire remarquer Deïev, quand l'un des soldats fouilla avec sa baïonnette le chiffon servant à laver les latrines en train de sécher.

Ils ne se donnèrent même pas la peine de répondre.

C'est fichu, se disait-il, maussade. Ils allaient trouver les clandestins. Les trouver et les faire descendre, pour les renvoyer en arrière – mais les gamins s'enfuiraient dans la steppe, n'attendant pas d'être convoyés à Bouzoulouk. L'inspecteur avait raison : Deïev n'allait pas les faire parvenir à bon port, mais les perdre en chemin. Il ne finirait même pas la route avec ses enfants, ceux du convoi : on l'attraperait par les cheveux comme un vilain perturbateur, et on l'escorterait à Orenbourg. Blanche continuerait avec le convoi, tandis que Deïev partirait dans la prison où il avait lavé les enfants la veille, à attendre sagement le verdict de Kazan. Il n'avait pas réussi à s'enfuir dans la steppe : la guirlande avait été attrapée à la dernière minute.

Ils avaient examiné tous les wagons de garçons, l'un après l'autre. Les gamins fixaient les soldats et leurs baïonnettes avec curiosité, mais sans confusion : ils en avaient vu d'autres. Les contrôleurs, eux, se frottaient les yeux de plus en plus souvent à mesure qu'ils avançaient : l'odeur de l'ail montait de tous les recoins du train.

Ils arrivèrent au wagon des filles.

À peine entré, Deïev comprit que les filles étaient de son côté. Parce qu'elles n'étaient pas sur leurs couchettes, jetant des coups d'œil en haut, vers la « contrebande », risquant de trahir son secret, mais s'étaient assises de la façon la plus ingénieuse : par deux sur chaque couchette du haut, justement sur celles où se dissimulaient les passagers clandestins. Elles les cachaient, laissant pendre leurs jambes, leurs chemises étendues sur la couchette. Si on regardait d'en dessous, on ne devinerait jamais que quelqu'un était encore allongé derrière elles.

Mais les soldats ne regardaient pas d'en dessous : ils montaient avec leurs bottes sur les couchettes du bas, s'élevant près du plafond, et scrutaient les couchettes du haut, y fourrant presque le nez.

Ils passèrent une section.

Puis une deuxième.

Ils arrivèrent à la troisième.

– Pourquoi est-ce que ça sent le tabac dans le wagon des filles ? dit le commandant en reniflant.

Il avait senti, le misérable ! Même sous la puanteur de l'ail. Blanche dilata ses narines, cherchant l'odeur, mais à son visage perplexe, on comprenait qu'elle ne la sentait pas. Deïev ne la sentait pas non plus, sous l'ail des ours.

– Ce sont les nurses, elles ne peuvent pas s'en empêcher, expliqua-t-il en examinant le sol.

Les nurses – l'ancienne couturière et la paysanne bachkire – le fixèrent en écarquillant les yeux, leur visage ridé s'allongeant, mais parvinrent à se contenir. Blanche écarquillait aussi les yeux.

Mais Deïev s'en moquait. Il savait que dans cette section, juste au-dessus de la tête de cette fouine de commandant, un petit clandestin était couché, essayant de se confondre avec la couchette. Et Nastia Procureure et Djamal La Maigre avaient beau battre des cils, assises sur cette même couchette, elles avaient beau balancer leurs pieds nus sous le nez des soldats, le passager clandestin allait être trouvé. Deïev regardait Nastia et Djamal avec mélancolie – c'est fichu, les filles ! – et elles lui rendaient son regard.

Et soudain – personne n'eut le temps de comprendre ce qui se passait – Nastia Procureure grimaça et se mit à gémir. Elle gémissait plaintivement, à travers tout le wagon, d'une voix si haute qu'elle vous perçait les oreilles. Ses lèvres frémirent et se tordirent sur son visage ; son petit cou, dans l'ouverture de la chemise, était pris de tremblements, et ses menottes – aux doigts rugueux, aux ongles rongés jusqu'au sang – se joignirent et se serrèrent contre le creux entre ses clavicules. L'air apeuré, et même saisi d'effroi, elle fixait les soldats avec leurs baïonnettes et gémissait. Dans ses yeux, des larmes – grosses comme des pois – perlaient, mais ne coulaient pas.

Deïev était ébahi. Il n'avait jamais vu Nastia Procureure non seulement pleurer, mais montrer le moindre signe de timidité. Son sobriquet lui venait de son caractère hardi de garçon : elle jurait comme un charretier, se bagarrait. Sur sa poitrine, à l'endroit où elle tordait à présent les mains, elle portait un tatouage ; non pas une image avec un sens caché, mais trois mots bien sentis : « Mort aux procureurs ».

Et Djamal La Maigre gémit à son tour. Elle fixa les visiteurs armés comme s'ils étaient des démons. Elle avait remonté ses jambes maigres, entourant ses genoux de ses bras, et poussait de gros sanglots qui l'empêchaient de respirer et rendaient ses gémissements hachés pareils à des stridences de télégramme.

Mais Deïev n'avait pas oublié qu'au moment d'embarquer sur la guirlande, on avait trouvé sur Djamal, non pas une lame artisanale, comme chez beaucoup de garçons, mais deux. Et que son histoire préférée sur elle-même était comment, avec une horde de garçons plus âgés, ils dévalisaient les femmes seules dans les ruelles nocturnes.

Zoïka Le Serpent, sur la couchette voisine, avait aussi commencé à pleurnicher : chez elle, les larmes ne se contentaient pas de perler sur les cils, mais ruisselaient sur son visage rouge de désarroi. Et Mouche Luxembourg laissait couler ses larmes, moins abondamment, il est vrai. Sonia Scorbut et Maria Couche-toi là piaillaient, expulsant des bulles de morve par les narines. Tassia Pas Une Salope bramait d'une voix de basse. Tproussia, la fille enceinte, pleurait à chaudes larmes, figée comme la dernière des idiotes dans le couloir, et le bloquant avec son ventre imposant.

D'ailleurs, elles avaient déjà toutes fondu en larmes : cent bouches tremblaient et hurlaient à fendre l'âme, et cent paires d'yeux laissaient couler des larmes sur les chemises. Le wagon sanglotait comme un immense chœur pris de folie.

Les soldats de la troupe de barrage prirent peur, reculèrent dans le passage. La nurse couturière se signa avec effroi, sans se préoccuper de la hiérarchie : Seigneur, protège-moi ! La nurse paysanne était blanche d'incrédulité : des larmes d'ail ? Même Blanche promenait un regard interloqué, ne comprenant pas.

Seul Deïev était calme.

– C'est parce qu'il ne faut pas agiter des baïonnettes et des revolvers devant les enfants, dit-il d'un ton posé, regardant le commandant.

Celui-ci avait compris, et fit un signe à ses soldats : allons-y vite ! Ceux-ci, la mine mauvaise et coupable, marchèrent rapidement dans le passage, au milieu des gémissements et des larmes, jetant à peine un œil aux couchettes et trébuchant sur les bouts de tapis cloués au sol. Blanche marchait à leurs côtés, dévisageant avec stupéfaction ses pensionnaires sanglotantes, et lançant des coups d'œil soupçonneux vers les nurses.

Deïev fut le dernier à quitter le wagon. Il aurait voulu se tourner vers les filles, leur sourire, leur adresser au moins un regard de reconnaissance, mais il ne pouvait pas, la fouille n'était pas terminée. Il ferma la porte du wagon derrière lui, et caressa furtivement la vitre derrière laquelle les pleureuses continuaient à beugler.

Dès que le dernier soldat eut sauté à terre du wagon-infirmerie, Deïev fit signe au mécano dans sa cabine : on repart ! La locomotive grondait déjà, tirant sur les chaînes. Les roues tournaient en grinçant sur les rails. La maisonnette de la gare bougea, disparut lentement sur le côté, les baïonnettes de la troupe de barrage défilèrent en désordre. Allaient-ils vraiment réussir à partir ? À s'enfoncer dans la vaste steppe d'Orenbourg, où ni les contrôleurs à baïonnettes, ni les dépêches avec des ordres ne pourraient plus les atteindre ?

Mais non ! Les soldats de la troupe de barrage n'avaient pas encore atteint la gare que Blanche courait dans le wagon des filles. Et quand Deïev, avec un peu de retard, la rejoignit en toute hâte, elle fouillait déjà les sections, sautant sur les couchettes du bas et examinant celles du haut.

Les filles geignaient encore un peu, se calmant après les sanglots collectifs, mais savaient que la commissaire ne se laisserait pas prendre par d'aussi grosses ficelles. Elles s'écartaient donc docilement, descendaient des couchettes, révélant au regard de la commissaire les passagers clandestins désemparés.

Un clandestin. Deux. Trois…

– Deïev, arrêtez le train !

– Hors de question.

Blanche ne se demanda pas plus d'un instant où courir : hors de la guirlande, vers Dongouz qui était encore proche, et où l'attendaient un télégraphe en état de marche et les soldats de la troupe de barrage, ou en tête de convoi, à la locomotive, pour ordonner personnellement d'arrêter le train.

Deïev y réfléchit également une seconde. Il décida que si la commissaire descendait du train, il ne l'attendrait pas. Il se mettrait dans le dos du mécano, avec des jurons, avec son revolver s'il le fallait, et l'obligerait à chauffer au maximum. Pour s'enfuir, filer à tout prix – et venez nous chercher dans la steppe, après ça !

La commissaire le comprit, ou le lut dans les yeux de Deïev, et ne courut pas en arrière, vers la gare, mais à travers les wagons, pour rejoindre la locomotive.

Deïev courut à sa suite.

Ils cavalèrent dans les couloirs, heurtant les garçons sur leur chemin et, sembla-t-il, même des nurses. Criant des excuses qu'on n'entendait sans doute pas dans l'agitation. Trébuchant, évitant les couchettes qui bougeaient avec le train et menaçaient de les frapper. Les portes claquaient derrière eux comme des ailes d'oiseaux.

Un wagon de passagers. Deux. Trois…

Dans le wagon d'état-major, Deïev tendit ses muscles, accéléra sa course déjà rapide, lança ses mains en avant et agrippa le corps de la commissaire qui s'enfuyait vers l'avant.

Le corps résista et se débattit dans ses bras, tentant de lui échapper, mais Deïev le serra contre lui et l'entraîna dans son compartiment. L'opération dura longtemps : Blanche s'accrochait à l'encadrement de la porte, à la porte elle-même qui pivotait dans tous les sens, et il tirait la commissaire de toutes ses forces, l'arrachant par à-coups à la droite, puis à la gauche de l'encadrement. Il réussit finalement, s'écroula sur sa couchette, déposant Blanche à côté de lui.

Il ne desserra pas son étreinte, ses mains entourant solidement la ceinture de la commissaire. Hop ! Il entoura non seulement sa ceinture, mais aussi ses coudes, pour qu'elle ne puisse plus s'agripper à ce qu'elle trouvait à sa portée. Ils restèrent ainsi couchés quelques secondes, collés l'un à l'autre, répétant les courbes du corps de l'autre : son dos à elle contre sa poitrine à lui. Le visage de Deïev était plongé dans l'épaisse chevelure de la commissaire. Elle resta un moment immobile, puis se remit à se débattre… Et encore… Et encore. C'était comme un immense cœur sauvage qui battait dans les bras de Deïev.

Les muscles de Deïev lui faisaient mal, tressautaient comme après un travail épuisant. Même Blanche était visiblement aussi fatiguée, elle se débattait déjà moins, puis encore moins, et moins… Puis elle ne bougea plus du tout. Elle restait allongée, attendant.

Deïev était aussi allongé, attendant. Le temps jouait en sa faveur : à chaque tour de roue, à chaque cahot du wagon, ils s'éloignaient un peu plus des baïonnettes de la troupe de barrage. À chaque soupir. À chaque mouvement de son corps à lui ou de son corps à elle.

Blanche le comprenait également. Savait-elle que la prochaine gare était à des dizaines de kilomètres ? Que la steppe morose, au-dehors, s'étendait déjà de tous les côtés, qu'aucun signe de vie humaine ne l'interrompait plus ?

Le wagon tressautait sur les rails, la porte cliqueta : elle s'était refermée. Dans le miroir, on apercevait un morceau de ciel bleu.

Très lentement, Deïev relâcha son étreinte, libérant sa prisonnière de ses bras.

– Ne vous faites pas d'illusions, je vais envoyer un rapport sur ce qui s'est passé, dit Blanche. À la prochaine gare.

Il retourna la femme vers lui et, pour la première fois, la prit dans ses bras, vraiment.

Tout se fondit en un éclair éblouissant.

Yeux, sourcils, lèvres.

La lueur de sa peau blanche, tout près. La lueur du ciel bleu, loin en haut.

Des rayons de soleil sur sa chevelure, dont chaque boucle éclatait en milliers d'étincelles.

Le balancement des rideaux de velours. Le balancement des parois. Le balancement du wagon, du train, du monde. Comment ne pas tomber ! Non, il ne tomberait pas, s'il se tenait bien – à ce qui était près de lui.

Son cou, ses épaules, ses mains.

Le wagon s'était-il arrêté ? Ou était-ce le temps qui s'était arrêté ? Ne t'arrête pas, je t'en prie.

Et le balancement reprenait.

J'entends les roues, j'entends les rails. J'entends battre ton cœur.

Mais qu'est-ce que c'était ? Une gare ?

Je ne sais pas. Je ne veux pas savoir.

Joue, tempe, oreille.

Comment, mais vous n'avez jamais embrassé, Deïev ?

Dans le miroir de la porte, flottent des nuages d'un blanc aveuglant.

Les fleurs peintes au plafond : il s'était toujours dit qu'elles étaient dégoûtantes. Mais à présent, non. Elles étaient belles ! Comment avait-il fait pour ne pas le voir plus tôt ?

Et que le ciel, dans le miroir, était plus éclatant, à en faire mal aux yeux. Et que dans le bruit des roues, on pouvait entendre ce qu'on voulait. Les roues pouvaient refuser : « Ja-mais !... ja-mais ! » Mais elles pouvaient aussi promettre : « Tou-jours !... Tou-jours ! »

Qu'est-ce qui m'arrive, Blanche ? Quelles sont ces idées folles dans ma tête, et dans ma bouche ?

Mais peut-être ne sont-elles pas folles ? Peut-être que nous pouvons vraiment faire de ce monde ce que nous voulons ? Le comprendre comme nous le voulons ?

Oui, des enfants sont morts, dans le convoi. Je ne les ai pas sauvés, je n'ai pas pu. Je peux me dire que d'autres vont encore mourir, plus souvent, en plus grand nombre. Mais je peux aussi penser qu'ils ne vont plus mourir, qu'il ne reste que les plus résistants. Je peux, n'est-ce pas ? Hein ?

Oui, je n'arrive pas à être un homme bien – j'ai beau essayer, rien ne marche. Je donne tout, je me tue à la tâche, je m'obstine, et j'y parviens, je mène à bien. Mais quand je regarde en arrière, je suis pris d'effroi : qu'est-ce que j'ai fait… Je peux décider que je suis mauvais, que mon âme est aveugle et que j'aurais mieux fait de ne jamais venir au monde. Mais je peux aussi penser que j'ai déjà fait toutes les erreurs, et que maintenant, je parviendrai enfin à faire le bien. Je peux bien le penser ? Je peux ! Je peux !

Quels sont ces cris, là-bas, au loin, dehors ?

C'est ma joie qui crie. Je ne savais pas que j'avais autant de joie en moi.

Il me semble que nous sommes arrêtés, Deïev.

Mais non, nous roulons, nous roulons !

Non, nous sommes arrêtés.

Tu as raison. Mais pourquoi ?

Par la fenêtre, on ne voyait que la steppe à la ronde. Des chardons roulent sous le vent.

Sous la fenêtre, la silhouette d'un gamin en chemise blanche avançait, chancelante.

Il était pieds nus, sans rien d'autre que sa chemise – qui lui avait permis de quitter le wagon ?!

La silhouette tomba à genoux – tissu blanc sur le sol – enfonça ses mains dans la terre et fut prise de tremblements. Elle pleurait ?

Non loin, une autre silhouette tomba à son tour.

Et encore une.

Les nurses coururent vers elles, criant à tue-tête.

Qu'est-ce qui se passe, Blanche ?

C'est le malheur.

☆

– C'est le choléra, dit l'infirmier.

Cinq garçons, effondrés à quatre pattes devant les wagons, vomissaient au sol. Quelques autres étaient assis plus loin, les fesses nues.

– Je pourrai le dire définitivement dans quelques heures. Mais à voir, c'est bien ça : le choléra.

Les adultes venaient de sortir des wagons, se regroupant devant celui d'état-major, habillés à la va-vite, leurs vestes posées sur les épaules. Tous – les nurses, Memelia, et même Blanche – regardaient fixement Boug.

– Où sommes-nous ? demanda Deïev au mécanicien. Encore loin d'Iletsk ?

Celui-ci avait arrêté le train un instant plus tôt pour ôter le sable des rails à la montée, mais il n'avait pas eu le temps de repartir : il avait vu les gamins jaillir des wagons, les chemises relevées.

– Ça fait longtemps qu'on a passé Iletsk, répondit-il en haussant les épaules. Au moins vingt kilomètres. On y a fait le plein d'eau et de charbon. Tu dormais, ou quoi, camarade commandant ?

Pour toute réponse, Deïev aplatit ses cheveux avec sa paume, et boutonna sa chemise jusqu'au cou, jusqu'au dernier bouton.

Donc, le bourg était loin derrière eux. Si on y envoyait un messager, à pied, il lui faudrait un jour pour y arriver. Et à quoi bon ? Il ne pourrait pas porter l'infirmerie sur ses épaules, ni ramener une douzaine de médecins au train.

Devant eux, il n'y avait plus de gare, rien que des petits arrêts : Tchachkan, Jinichka, Aldjan. Rien que le nom faisait crisser le sable sous les dents. Et ils pourraient s'estimer heureux s'ils étaient habités.

Autour d'eux, c'était la steppe : des collines blanchies par le sel, des herbes blanchies par le soleil.

– De quels médicaments avons-nous besoin ? demanda-t-il à Boug.

– On ne guérit pas le choléra avec des pilules, mais à force de soins. Il faut donner beaucoup à boire, laver tout, c'est le seul remède. Faire boire les malades, leur donner du thé fort, avec du citron et du sucre, et de l'eau salée. Laver les wagons au savon, à les faire grincer, puis désinfecter avec du sulfate de cuivre et du vinaigre.

– Et si on n'a rien pour les soigner ? Et rien pour laver ?

– Sans soins, un malade sur deux meurt. Et si les organismes sont affaiblis, deux sur trois.

– C'est tout ?

Après avoir scruté l'horizon désert, Deïev leva les yeux vers le ciel, où planait un grand oiseau, aigle royal ou impérial.

– C'est tout.

– Eh bien, qu'est-ce que tu attends ?! s'énerva Deïev. Prends le commandement, infirmier ! Organise quelque chose ! En attendant que le sulfate de cuivre et les citrons te tombent dessus…

Il avait tort de crier sur le grand-père : celui-ci se révéla excellent commandant, calme et raisonnable, pas comme le commandant du convoi.

Ils commencèrent par enlever les grabataires de l'infirmerie, les déplaçant dans le wagon d'état-major où ils prirent de l'espace aux tout-petits, mettant les enfants par deux ou trois sur les couchettes. Les grabataires ne s'aperçurent pas du changement, et les petits l'acceptèrent facilement : les nouveaux étaient calmes, et ne leur disputaient pas le bien le plus précieux du wagon, les caresses et l'attention de Fatima.

Tous ceux qui présentaient des symptômes de la maladie, vomissements, gaz intestinaux et diarrhées, furent envoyés immédiatement à l'infirmerie. On les mettait sur les couchettes du bas : les malades sortaient régulièrement des wagons pour faire leurs besoins, ils ne pouvaient pas monter et descendre sans fin des étages. Dans chacune des couchettes du bas, Memelia, toujours soigneux, fit un trou, sous lequel il mettait du sable et des herbes sèches, pour qu'il soit plus facile de nettoyer ensuite : l'infirmier craignait que les malades n'aient bientôt plus la force de se lever.

Il y avait de plus en plus de malades : on ne cessait de voir sortir, non d'un seul wagon, mais de tous, des « coureurs » qui partaient en flèche. Impossible de repartir : les « coureurs » se succédaient sans arrêt autour du convoi.

Les nurses qui avaient déjà eu le choléra (il y en avait deux) furent envoyées à l'infirmerie pour aider l'infirmier.

Les autres avaient l'interdiction de quitter les wagons ou de laisser sortir les enfants encore sains : l'espace autour du train fut bientôt entièrement souillé, et donc dangereux.

Ils recensèrent toute l'eau du train. Il n'y en avait pas beaucoup : dans chaque wagon, un tonneau de réserves potables, qu'on remplissait régulièrement dans les gares, plus un bac en cuisine pour la préparation de la nourriture. Boug ordonna de bouillir toute l'eau, sans économiser le combustible, puis de ne la distribuer que selon un horaire strict, par demi-tasses.

La majorité des réserves serait affectée à l'hydratation des malades ; ceux-ci devaient boire non des tasses, mais des seaux entiers, mais où prendre ces seaux ?

Il n'y avait pas d'eau pour laver le train. Ni aucun lac salé en vue, d'où ils auraient pu prendre l'eau saumâtre pour le nettoyage. Et, bien sûr, ils n'avaient pas de savon : en une semaine de voyage, Deïev n'avait pas pu obtenir le moindre morceau. Pour la désinfection, ils ne disposaient en tout et pour tout que d'une dame-jeanne de vodka de Syzran, dont il ne restait que la moitié. Boug la réserva au nettoyage du wagon-cuisine, des chaudrons et des louches. Il ne restait presque plus de sel, de sel de cuisine ordinaire, nécessaire à la réhydratation des malades, dans les réserves du convoi. C'est ainsi équipés que Deïev et l'infirmier commencèrent leur lutte contre le choléra : avec quelques tonneaux d'eau pour tout le train, et une dame-jeanne entamée de gnôle.

Comment la maladie avait-elle pénétré dans le convoi ? Comment avait-elle gagné les wagons chauffés ? L'infirmier accusait l'eau potable : ils avaient dû, à une gare, recevoir une eau contaminée, à Orenbourg ou avant, voire après – impossible de le dire, à présent ; l'infection était fourbe, et pouvait apparaître aussi bien après une demi-journée que quelques jours plus tard.

Le choléra hantait la Russie depuis vingt ans sans se laisser éliminer, la famine et la guerre lui étaient venues en aide, transformant les petits foyers de maladie en immenses incendies. Boug l'avait qualifié ainsi : « Le choléra, c'est comme un feu de tourbière : on ne voit pas la moindre étincelle, et la minute d'après, une forêt entière brûle, chauffée sous terre à de nombreux endroits. Et tu peux toujours courir dans tous les sens, en sarabande, pour l'éteindre ! » Ils couraient, et dansaient jusqu'à la nuit en sarabande, au rythme du choléra.

Tous ces malades avaient fait oublier les passagers clandestins. Les petits vagabonds montés à Orenbourg étaient restés jusqu'au soir dans le wagon accueillant les filles, puis Blanche leur avait ordonné de gagner le wagon des garçons plus âgés. Impossible de les débarquer : on ne pouvait pas les chasser dans la steppe.

Ils n'avaient pas la possibilité de laver ces loqueteux. En l'absence de tout, Boug inventa un nouveau moyen de désinfection des habits : les clandestins se déshabillaient complètement et mettaient leurs guenilles en tas devant les roues de la locomotive, et la chaudière envoyait dans ces tas de gros jets de vapeur. Il fallut s'en contenter.

– Maintenant, c'est sûr, tu ne peux plus les débarquer, dit Deïev à Blanche, quand le soleil du soir passa la ligne d'horizon, plongeant la steppe dans le violet et le bleu. Peut-être qu'ils ont été infectés par nos gamins. Nous sommes désormais responsables de la santé des nouveaux, et ne pouvons pas les laisser sans surveillance médicale. Nous les avons contaminés, nous devons les soigner. Ou tu n'es pas d'accord ?

La commissaire se taisait, regardant les « coureurs » filer sur le bas-côté. Les silhouettes claires, aux contours flous à la nuit tombante, faisaient penser à un troupeau d'agneaux blancs qui, pour une raison inconnue, sortaient paître dans la pénombre.

☆

La nuit venue, des cavaliers s'approchèrent du train.

Ils avaient surgi de nulle part, de l'air sec de la steppe, de l'odeur de l'armoise et du millepertuis, et ils se mirent à tournoyer autour du convoi, ombres noires dans la nuit noire, dans le piétinement sourd de sabots sur la terre molle. Trois ? Quatre ?

– Qui va là ? demanda Deïev, pointant son revolver dans la direction du bruit.

Depuis le coucher du soleil, il n'avait cessé, aidé de Blanche, de cueillir de l'herbe pour l'infirmerie : déjà, plusieurs malades n'avaient plus la force de se lever, et il fallait sans cesse changer la litière sur le sol. Ceux qui en avaient encore la force se tordaient autour du train, les chemises relevées. Les cavaliers pouvaient ne pas les remarquer et les piétiner.

– Partez d'ici ! cria-t-il dans l'obscurité. Je vais réveiller les gardes !

Les cavaliers ne répondirent rien et n'interrompirent pas leur marche – ils trottaient sans se presser, s'approchant du convoi et regardant par les fenêtres, puis s'éloignant de quelques pas. Les sabots frappaient le sol avec énergie, les chevaux étaient vifs et bien nourris : pas des chevaux de paysans ou d'habitants des steppes, mais ceux de militaires. Ou de bandits.

– J'ai tout un peloton qui dort dans les wagons !

Dans les wagons de passagers et dans l'infirmerie, les lampes à pétrole étaient allumées. Les visiteurs avaient pu voir sans peine qui peuplait le train : ni un peloton ni un demi-peloton, mais des gamins rendus calmes par la proximité de la maladie, sous la protection d'une douzaine de vieilles femmes.

– Ils ont des revolvers, des baïonnettes et un fusil-mitrailleur Lewis ! Et deux caisses de bâtons de dynamite !

La lumière des wagons tombait sur les « coureurs » qui se tordaient à l'extérieur du train, les fesses nues. Ils n'avaient pas pu s'interrompre, même à l'arrivée de ces visiteurs inattendus, et ils rampaient par terre, se rapprochant des wagons pour se mettre sous leur protection.

Les croupes des chevaux et les profils des cavaliers apparaissaient eux aussi à la lumière des wagons, mais trop brièvement pour qu'on les distingue. Deïev crut voir des barbes, des tuniques, des sabres et des bottes. Des cafetans kirghizes matelassés. Une assemblée hétéroclite d'individus de toutes sortes. Oh, comme l'inspecteur d'Orenbourg avait raison ! Il aurait dû demander une escorte.

– Dites-le à votre ataman !

Les cavaliers galopèrent devant lui, l'un après l'autre, comme s'ils faisaient exprès de passer tout près, l'haleine chaude des chevaux effleurant Deïev.

– S'il montre seulement le bout de son nez, nous l'attraperons et l'enverrons en draisine à Orenbourg, il est attendu, là-bas !

L'un des cavaliers ne put se retenir d'éclater d'un rire de basse, et sous ce rire sonore, la cavalcade cessa de tournoyer et, se regroupant, disparut dans la nuit…

– Il faut partir à l'instant même, proposa Deïev. Chauffer la machine et filer, qu'ils nous cherchent dans la steppe.

– Non, refusa Boug. Si nous enfermons les malades dans l'infirmerie, elle sera bientôt remplie de merde jusqu'aux fenêtres. Avec une telle concentration de bactéries, nous serons tous contaminés, sans exception. C'est pourquoi, tant qu'un malade au moins peut courir dehors, on reste ici.

– Ils ne sont pas stupides, intervint Blanche. Des bandits peut-être, mais pas stupides. Ils ont vu de leurs propres yeux ce qui se passait ici, ils ne reviendront pas.

La commissaire avait raison : le choléra avait interrompu l'avancée du convoi, mais le choléra était leur plus sûr rempart.

Ils ne reviendront pas, se convainquait Deïev alors qu'ils arrachaient des herbes dans la steppe. Des stipes, de l'origan, du millepertuis – les tiges étaient dures comme du fil de fer, ses mains étaient en sang et exhalaient une odeur âcre. Ils portaient des brassées d'herbe à l'infirmerie. Memelia sortait l'herbe souillée, pas dans ses mains, mais au bout d'une longue fourche en bois ; il la portait loin du train, la jetait dans les fourrés.

Ils ne reviendront pas – quand, avec ces mêmes herbes, ils remplissaient les sacs pour couvrir les malades : certains se sentaient de plus en plus mal, frissonnaient.

Ils ne reviendront pas – quand ils apportaient l'eau bouillie à l'infirmerie pour réhydrater les malades : ils la portaient non à travers les wagons, où les enfants ne cessaient de geindre « à boire ! », mais par l'extérieur, fermant le seau fumant avec un couvercle.

Ils ne reviendront pas – quand, à l'aube, il y avait déjà tant de malades du choléra qu'on leur affecta tout un wagon de passagers, envoyant les enfants sains dans les autres.

Ils ne reviendront pas…

Mais les bandits revinrent.

Le soleil jaune venait à peine de se lever sur la steppe rousse qu'un chameau apparut dans la brume matinale, énorme, jaune lui aussi, les lèvres retroussées, un épais poil feutré sur tout le corps, chevauché par un homme vêtu d'une capote militaire, sa *papakha*[1] crânement inclinée sur le côté, tirant une charrette brinquebalante. Le cavalier était seul, il se balançait au rythme familier des pas amples de l'animal, et ne tenait que des rênes entre ses mains. De loin, à sa pose dégagée, on aurait pu le prendre pour un nomade des steppes, mais de près on distinguait ses yeux clairs et ses cheveux châtains : c'était un cosaque.

À la taille, il portait un sabre dans un fourreau. Dans le dos, un pistolet court, visiblement bien plus âgé que son

1. Coiffe caucasienne en laine et en peau de mouton, portée par les cosaques.

propriétaire (ces pétoires étaient nommées, avec mépris, « pistoles » ; on les trouvait en majeure partie au Turkestan, où les pays de l'Entente avaient envoyé leurs pièces d'artilleries vieilles et inutiles).

– L'ataman Iablotchnik vous souhaite une longue vie ! cria-t-il en s'approchant du convoi. Et vous prie de lui accorder une faveur.

– Je souhaite à l'ataman Iablotchnik de crever au plus vite, répondit Deïev, sans élever la voix et sans se préoccuper de savoir si son interlocuteur entendait ses mots. Et je n'ai pas l'intention de lui faire la moindre faveur.

Il se tenait sur la plateforme du wagon (ils étaient sortis avec Boug en apercevant, par la fenêtre, le visiteur matinal), mais il n'avait aucune envie de descendre à terre, encore moins d'entretenir de longues conversations : l'infirmerie était remplie d'enfants affaiblis, tremblant de froid, à qui il fallait donner à boire et qu'ils devaient, en l'absence d'eau, tranquilliser.

– La faveur n'est pas immense, continua le visiteur, approchant le chameau du wagon-infirmerie. Et vous n'aurez pas de peine à nous l'accorder.

L'attelage de l'animal était sophistiqué, oriental, avec des arabesques de métal et des verroteries de couleur.

– L'ataman veut prier avec ses compagnons dans l'église ambulante.

– Et moi je veux que tu ailles au diable ! Deïev regardait la gueule lippue du chameau, comme s'il lui parlait à lui. Ce n'est pas une église, mais une infirmerie. Et, plus précisément, un pavillon de malades du choléra.

– L'ataman est au courant, dit le cavalier en hochant la tête. C'est pour ça qu'il vous envoie un tonneau de chlorure de chaux pour désinfecter tous les wagons et la locomotive.

Deïev n'eut pas le temps de battre des cils : l'infirmier avait sauté à terre, manquant de trébucher sur le marchepied, et trottait lourdement vers la charrette, sur laquelle se trouvait effectivement un tonneau. Il ôta le couvercle du tonneau, et leva vers Deïev un visage étrange, grimaçant sous l'effet de l'odeur âcre et d'une joie aiguë.

– Il vous en enverra encore, dit le cosaque en souriant, sarcastique. Ce que vous voulez, et combien vous voulez.

– Nous sommes d'accord, répondit rapidement Boug, à la place du commandant. Nous voulons du sel et du savon. Beaucoup de savon, beaucoup, autant que vous en avez !

C'était la première fois que Deïev voyait le grand-père aussi précipité.

– Et de l'eau, beaucoup, aussi ! Autant que vous pourrez en amener.

Le cosaque hocha la tête : d'accord.

Deïev avait de la peine à croire ces promesses (il savait bien à quel point trouver du savon était problématique !). Mais le tonneau de chlorure de chaux représentait à lui seul un miracle d'importance, qui leur était presque tombé du ciel, paf ! L'impatient Boug le portait déjà dans l'infirmerie, l'entourant de ses bras et le serrant contre sa poitrine comme un être cher.

– Pourquoi, vous manquez d'églises à Orenbourg ? railla Deïev, mais en vain. On n'en a pas assez construit sous le tsar ?

– Il faudrait encore un tonneau de vinaigre, se souvint Boug en marchant. Deux tonneaux.

Le regard généralement austère de l'infirmier était devenu presque douloureux : le grand-père réfléchissait visiblement à tout ce qu'il pouvait demander à Dame Fortune apparue brusquement, et ce choix le faisait souffrir.

– On en a construit bien assez, mais on les a détruites, ces dernières années. Le cosaque continuait de sourire, s'amusant ouvertement du trouble de l'infirmier. Mais l'ataman avait prié dans une église sur roues de ce genre en 1915, avant de partir pour le front allemand. Alors, pour lui ce n'est pas juste un wagon-église, mais un souvenir.

– Et il n'a pas peur d'attraper le choléra, en souvenir, ton ataman ?

– Il a la Foi, dit le cosaque, soudain sérieux. Alors, il n'a pas peur. Nous avons tous la Foi, et nous n'avons pas peur.

Il regarda Deïev comme s'il le visait avec un fusil.

– Il faudrait aussi du bois ou du charbon, continuait l'infirmier. On va bouillir beaucoup d'eau, et sans combustible…

– Arrête ton marchandage !

Deïev rugit si fort que le chameau, jusqu'alors indifférent, bougea brusquement la tête, faisant tinter son harnais.

– Il y a beaucoup de malades dans l'infirmerie. Si ton ataman y tient tant que ça, il peut venir et murmurer ses prières à côté d'eux, mais doucement, sans les déranger. On ne le chassera pas.

Le cosaque retrouva son sourire sardonique, comme pour dire : bien sûr, je n'attendais pas d'autre réponse. Son visage buriné passait facilement de la sévérité à la raillerie, ou l'inverse. Ah, ce sourire donnait envie de le tirer par la jambe, et de le faire tomber de la bosse du chameau face contre terre, dans la merde cholérique !

– Et vous nous apporterez tout ce que vous avez promis avant, conclut Deïev.

Pan, dans la gueule.

– C'est déjà fait, dit le cosaque, dont le sourire s'élargit encore. Deux sacs de sel. Le reste, après.

L'infirmier s'apprêtait à hisser le tonneau de chaux sur la plateforme du wagon, aux pieds de Deïev, mais, entendant le mot sel, il se retourna vers le visiteur. Celui-ci arborait un sourire approbateur, se retenant de rire à gorge déployée : allez, le grand-père !

Boug se précipita à nouveau vers la charrette. Il y trouva, en effet, deux petits sacs bien remplis. Il ouvrit les sacs, prit dans chacun une pincée et la mit sur la langue : du sel !

Le cosaque leva les sourcils et fronça le nez, mais parvint à se retenir de rire.

– Et si je n'avais pas donné mon accord ? demanda Deïev avec haine.

– Tu l'as donné !

– Vous auriez pris l'infirmerie d'assaut, et chassé les enfants ?

Le sourire du visiteur se transforma immédiatement en rictus. Sans se presser, sans plus regarder ses interlocuteurs, le cosaque enleva sans un mot les brancards des rênes et les posa au sol, puis il fit faire demi-tour à son chameau et s'éloigna dessus. Le pas de la bête était souple, et bientôt l'on n'entendit plus ni le bruit des sabots ni le tintement du harnais, on ne voyait plus qu'un nuage de poussière jaune. La charrette était restée à côté du grand-père.

– Je les ai combattus, ces cosaques, dit Deïev. Et maintenant, ils m'ont acheté. Pour du savon.

En plus des sacs de sel, il y avait encore un ballot fait d'une vieille couverture militaire dans la charrette. Boug y plongea la main, et en sortit une poignée de quelque chose de petit et de coloré : des bonbons dans du papier. Il y en avait au moins une vingtaine de kilos.

– Des bonbons, dit l'infirmier, n'en croyant pas ses yeux.

– Je déteste les sucreries, dit Deïev en crachant par terre. Ça me donne la nausée.

Les cosaques de Iablotchnik n'étaient pas très nombreux, deux douzaines à peine. Au début, Deïev se dit que ce n'était qu'une partie de l'escouade, mais il comprit plus tard qu'ils arrivaient au grand complet, ces foudres de guerre. Des barbes qui leur mangeaient le visage, l'air sombre – il était difficile de déterminer leur âge. Mais, parmi les barbes épaisses, il y en avait des grises, et d'autres, jeunes et abondantes. Les têtes étaient coiffées de *papakhas* pelées, de chapkas de feutre, de turbans kirghizes. Sur les épaules, ils avaient des manteaux, tuniques cosaques et cafetans kirghizes déchirés. Un beau ramassis de truands.

Ils étaient tous à cheval. On les sentait à l'aise sur leur selle : ils ne dépassaient pas de leurs étriers comme des débutants, et semblaient avoir passé toute leur vie sur les croupes de leurs chevaux, qu'ils entouraient de leurs jambes, leurs bras, de tout leur corps souple, répondant à chaque pas de l'animal, tout en le guidant. Ils avaient visiblement appris à monter avant de savoir marcher : c'étaient tous des cosaques. Plus précisément, des cosaques de l'Armée blanche. Et encore plus précisément : des bandits.

Debout sur la plateforme du wagon, Deïev observait l'arrivée de la bande. Par habitude, il comptait les armes de l'adversaire, les fusils dans le dos, les poignards et les sabres, les revolvers dans les étuis. Mais il y avait une telle abondance d'armes, que les compter n'avait aucun sens. Dans le chariot fermé par des peaux, tiré par le chameau d'alors, pouvait se cacher n'importe quoi : un obusier, ou même un mortier.

Deïev aurait eu intérêt à ne pas accueillir les visiteurs, et à ne pas se trouver à l'infirmerie au moment de la prière :

depuis quelque temps, il se mettait trop facilement en colère. Mais comment faire ? « Si je commence à hurler et à agiter mon revolver, attrape-moi à bras-le-corps, et sors-moi dans la steppe », avait-il instruit l'infirmier. « Et prends-moi mon arme. Si je résiste, frappe-moi, je t'y autorise. » L'autre avait promis.

De loin encore, en apercevant le wagon-église, les cavaliers s'étaient signés. Quand ils furent plus près et mirent pied à terre, ils se signèrent à nouveau, abondamment, en s'inclinant vers le sol. (Deïev, devant la porte du wagon, se sentit mal, comme si ces révérences étaient des coups qu'ils lui portaient.) Ils n'attachèrent pas leurs chevaux, ne les entravèrent pas, mais laissèrent pendre les rênes sur leur encolure, et les chevaux s'éloignèrent docilement pour brouter.

Lequel était l'ataman Iablotchnik ? Deïev pensa d'abord que c'était cet homme puissant, de haute taille, vêtu d'une tunique caucasienne et de bottes, mais celui-ci s'avéra être le prêtre : il sortit une soutane poussiéreuse d'un sac attaché à sa selle, l'enfila par-dessus sa tunique. Il extirpa encore deux croix, une qu'il mit à son cou, l'autre qu'il prit dans sa main, et un baluchon dont le contenu tintait, sans doute de la vaisselle d'église.

Autour, les autres s'agitaient : ils s'essuyaient la poussière du visage avec la manche, époussetaient leur pantalon. Ils enlevaient leur chapeau, lissant leurs cheveux avec les doigts.

S'apprêtaient-ils vraiment à tous entrer pour faire leurs salamalecs religieux ?

– Du vinaigre, annoncèrent-ils brièvement, en posant à terre quelques dames-jeannes imposantes, en verre épais, dans lesquelles on conservait traditionnellement de la vodka.

À l'intérieur, un liquide transparent s'agitait, ce pouvait être du vinaigre. Ou simplement de l'eau.

Deïev ne voulut pas courir vers ce cadeau et y fourrer un nez impatient, comme l'infirmier au matin.

– Et le savon ? demanda-t-il d'un ton sévère.

– Après, répondirent-ils, tout aussi sévèrement.

Ils se dirigèrent vers l'église. Le pope marchait le premier, suivi par les autres. Ils montèrent sur le marchepied du wagon, le pas léger, comme de jeunes hommes, et s'arrêtèrent un instant devant l'entrée, faisant un large signe de croix sur leur poitrine, puis ils s'engouffrèrent à l'intérieur. Ils ne remarquaient pas Deïev en passant devant lui, le heurtant avec leurs épaules et leurs coudes sans lui accorder un regard. Comme s'ils étaient chez eux, les impudents. Un seul regarda Deïev, et lui demanda : « Il y a des enfants cosaques dans le convoi ? – Tu n'as qu'à chercher ! », répondit sèchement le commandant.

Ils avaient des visages durs comme des semelles, marqués par le soleil brûlant de la steppe et le soleil mortel du désert. Des moustaches et des sourcils alourdis de poussière. Des yeux lumineux d'attente.

Une minute plus tard, ils étaient déjà tous à l'intérieur, il n'y avait plus personne devant le train. On n'entendait plus que le chariot grincer au vent et, sur le bas-côté, haleter deux « coureurs » qui avaient encore la force de sauter sur leurs jambes après une nuit d'insomnie. Deïev avait manqué l'ataman, ou n'était-il pas parmi les arrivants ?

Il entra dans l'infirmerie, ou plutôt, se glissa dans la porte qui s'ouvrait à peine, tant les dos puissants des hommes la poussaient de l'intérieur.

L'espace de l'ancienne église, pourvu de nombreuses couchettes sur trois étages, semblait incapable de contenir une telle foule, et pourtant, ils étaient entrés : les hommes étaient répartis entre les châlits et dans le passage étroit, ne laissant pas un pouce de libre. Tous avançaient le cou en direction de l'ancien autel qui, à Kazan, avait été à moitié détruit par les menuisiers, mais dont une partie restait intacte, les arabesques et les fresques couvrant le mur arrière du wagon. Le rideau, qui cachait habituellement les restes de l'autel et la couchette de l'infirmier, avait été tiré : un dieu maigre, aux grands yeux doux, contemplait l'assemblée, levant ses doigts, la Vierge et son enfant avaient également le regard tourné vers eux (on avait pu arracher le revêtement des icônes, mais pas effacer les fresques ; il avait fallu se contenter de les gratter un peu avec des couteaux, et de les laisser, égratignées).

À côté des icônes, le pope faisait tinter ses accessoires ; devant lui, une cape de feutre dessinait une tache claire sur des épaules larges. Au-dessus de ces épaules, s'élevait une grosse tête à boucles blanches, avec le vide tout autour d'elle : les cosaques se pressaient derrière, n'osant pas s'approcher trop de la cape. L'ataman ?

Deïev en était sûr : cette cape et cette chevelure n'étaient pas passées devant lui. Et pourtant, il était là, Iablotchnik, au premier rang. Le prêtre de la troupe distribuait déjà des cierges pour la prière, agitait déjà d'un geste familier son encensoir dans toutes les directions, remplissant le wagon d'une odeur doucereuse. Les cosaques se passaient les cierges et l'un d'eux, par erreur ou volontairement, en tendit un à Deïev.

– Garde-le pour toi.

Manquant de heurter de l'épaule celui qui lui tendait la bougie, Deïev pénétra dans la foule et se fraya un passage au fond du wagon : c'était bien joli, les prières, mais le choléra était toujours dans l'infirmerie, et Deïev avait bien l'intention de faire à présent ce qu'il avait fait pendant toute la nuit, soigner les malades. Tout comme l'infirmier, la commissaire, et les nurses – ils n'avaient pas de temps de s'incliner, ni de prier pour leurs péchés.

Marmottant et chantonnant, le prêtre piétina longtemps devant l'autel, agitant son goupillon par-dessus les têtes : il éclaboussait généreusement, s'efforçant d'atteindre les recoins les plus reculés de la pièce. Quelques gouttes tombèrent sur le visage de Deïev, qui dut s'essuyer le front avec la manche. Et dut essuyer les visages des enfants, et les couchettes à côté de lui. Quand cette comédie serait terminée, il faudrait tout laver à la chaux.

Ils allumèrent les cierges. L'odeur de cire fondue se mêla à celle, sucrée, de l'encens. À l'arôme de l'herbe répandue sous les couchettes. À l'effluve des corps masculins, des haleines masculines. L'air était étouffant, les yeux piquaient. Mais il faisait chaud.

La chaleur, c'était une bonne nouvelle. Les malades avaient besoin de chaleur. Le choléra vide l'organisme de toutes ses forces, et refroidit les membres au point que les malades ont toujours terriblement froid. Peut-être que la chaleur des cierges et la respiration de toutes ces bouches les réchaufferaient ?

– Couvre-moi, lui demanda, sur une couchette, un sac bourré d'herbes.

Sous le sac, il y avait un petit corps, à peine visible, qui tremblait de froid : Genghis Mamo.

– Couvre-moi, Deïev, couvre-moi !

Deïev s'assit à côté de lui, ses genoux heurtant des jambes. Il réarrangea le sac sur le garçon, le bordant. C'est mieux, comme ça ? Il aurait bien donné sa veste à Genghis, mais elle couvrait depuis longtemps l'une des fillettes.

Quelque chose de gros, en feutre, se déposa sur le sac. Un châle ? Un *bachlyk*, une capote de soldat usée : l'un des cosaques l'avait enlevée, et offerte à l'enfant qui claquait des dents. Une autre fois, Deïev aurait jeté l'offrande à la figure de l'homme, mais là, il la prit. Il serra les dents, mais accepta. Il enveloppa Genghis dans le feutre doux – c'est mieux, ainsi ? – et leva les yeux pour trouver le propriétaire de l'habit. Mais il y avait beaucoup d'hommes autour de lui, tous regardaient fixement l'autel, où le pope se répandait en prières, et allez comprendre qui était le donateur.

Béni soit le royau-au-au-aume ! s'écria le pope d'une voix forte.

Les bouches des cosaques s'ouvrirent soudain, toutes ensemble, comme s'il n'y en avait qu'une, et une musique s'éleva : *A-a-a-me-e-en !*

Le prêtre reprit son marmottement, et les cosaques répondirent à nouveau en chantant : *Seigneur, prends pi-i-i-itié-é-é !* Les basses n'avaient pas fini la phrase que les voix aiguës la reprenaient, psalmodiant les notes : *Seigneur, prends pi-i-i-itié-é-é !*

Deïev sursauta, regarda autour de lui. Mais la foule était si dense qu'on pouvait à peine bouger, et les responsables principaux, le pope noir et l'ataman blanc, étaient loin devant, à peine visibles. De tous les côtés, il y avait des bouches ouvertes, des voix fortes, qui chantèrent une troisième fois : *Seigneur, prends pi-i-i-i-i-i-itié-é-é-é-é-é !*

– Qu'est-ce que c'est que cette prière ? demanda Deïev à la foule.

Les cosaques ne l'entendirent pas – ou ne voulaient-ils pas l'entendre ? Seule Blanche répondit (elle était sur la couchette voisine, faisait boire Nonka Bovari dans une tasse).

– Ce n'est pas une prière, mais une célébration entière, répondit-elle tranquillement. La divine liturgie.

Le chant s'interrompit brusquement, laissant flotter dans l'air une dernière note sonore. Le pope, qui avait mis sa chape d'or, embrassa l'évangile posé sur la chaire (qui était juste avant une table d'opération, et encore avant : une bête table de cantine), et recommença à réciter les mots d'église obscurs, tantôt levant la voix d'un ton menaçant, tantôt la baissant.

– Elle en a pour longtemps, cette liturgie ?

– Elle ne fait que commencer.

Le pope récitait et récitait. Et, dans les intervalles, les cosaques chantaient et chantaient.

Béniiiiis le Seigneur, ô mon â-â-â-â-me.

Du fond de mon êêêêêêêtre, son Saint Noooooom.

Les voix étaient si fortes qu'on avait l'impression que le wagon allait exploser et se répandre en morceaux dans la steppe.

Ce chant puissant faisait trembler les flammes des cierges dans les poings des cosaques et danser les ombres sur les murs. Le ciel, dehors, était gris, et les lueurs des cierges dans le wagon n'en semblaient que plus vives : elles illuminaient les visages maussades, les restes de fresques dorées, électrisant l'air épais. Sur certaines poitrines, sous les tuniques tatares, brillaient des croix de Saint-Georges ornées de rubans colorés.

Je louerai le Seigneur toute ma viiiiie,

Je chanterai mon Dieu tant que je seraiiiii.

Aramis des Poubelles se leva tant bien que mal de sa couchette et, tenant son ventre entre ses mains, enfonça sa tête dans la foule, voulant sortir. Sans interrompre leurs chants, les hommes s'écartèrent immédiatement, comme des soldats à l'exercice, formant un corridor étroit par lequel le garçon put sortir. Et ils continuaient à chanter…

Tournant le visage vers les paroissiens, le pope fit de larges signes de croix, et sur ses manches brodées Deïev remarqua un trou aux bords déchirés. Une balle ?

C'était toujours comme ça, avec ces bandits ! On aurait dit un pope, mais vu de près, c'était un coupe-jarret avec un revolver sous la soutane. On croyait voir des gaillards vigoureux de l'Oural (voyez ces barbes de héros !), mais vu de près, c'étaient des racailles au cœur pourri. On pensait qu'ils avaient demandé l'autorisation de venir prier, et ils organisaient toute une orgie. Impossible de les arrêter à présent, de les chasser. Il fallait prendre son mal en patience.

Deïev avait le visage mouillé – à cause de la chaleur des cierges, ou peut-être de sa colère rentrée. Sa chemise collait sur son dos.

– Il fait froid, murmura, à côté de lui, Hoover Affamé. C'est déjà l'hiver ?

– Mais non, ce n'est pas l'hiver.

Deïev caressa, de ses mains brûlantes, le visage glacé de l'enfant et ses doigts froids, mais il ne pouvait pas partager sa chaleur, la verser de main en main.

Le prêtre n'arrêtait pas de marmotter, les cosaques répondaient régulièrement « *Seigneur, prends pitié !* » Patience, se répétait Deïev. Pense au savon et au vinaigre ! Quand soudain – mais comment ?! – une voix féminine, pure, se mêla au chœur masculin. *Seigneur, prends pitié, Seigneur, prends pitié, Seigneur, prends piiiiiitiéééé !*

Qui ? Où ?

L'une des nurses, la veuve du pope, avait abandonné ses obligations et se tenait au milieu de la foule des célébrants. Quelqu'un lui avait donné un cierge, et elle avait réussi à trouver un foulard à se mettre sur la tête. Deïev ne voyait pas le visage de la traîtresse, seulement sa nuque et ses épaules, mais on devinait, à ses épaules fières, qu'elle avait décidé de rester jusqu'à la fin.

– Interdiction ! Deïev se jeta vers la femme, mais une main lourde se posa sur son épaule. Le grand-père.

– Laisse-la, dit Boug du bout des lèvres. Aide-moi plutôt, fiston.

Se glissant entre les corps transpirants des cosaques, le grand-père entraîna Deïev à sa suite, de section en section, d'un bout de l'infirmerie à l'autre : il était temps de retourner les malades. De nombreux enfants étaient si affaiblis qu'ils ne pouvaient pas se retourner tout seuls ; il fallait les mettre sur le flanc, pour qu'ils ne s'étouffent pas si de l'eau leur remontait à la gorge, et les tourner de temps en temps sur l'autre flanc, pour éviter les escarres.

Bienheureux les pauvres en esprit, car le Royaume des cieux est à eux…

Tous avaient la peau froide, comme s'ils n'étaient pas couchés dans un wagon surchauffé, mais exposés à tous les vents. Chez certains, elle était bleue et ridée, comme le ventre d'un poisson.

Bienheureux les affligés, car ils seront consolés…

Certains, rendus mous par les symptômes, semblaient dormir les yeux ouverts, d'autres ne voulaient plus ouvrir les yeux, tant ils étaient épuisés. Le choléra frappait rapidement : il épuisait le malade en quelques heures, pouvait le terrasser en quelques jours, voire en un seul.

Bienheureux les doux, car ils hériteront la terre...

Deïev cherchait avec effroi des teintes bleutées sur les corps pâles des enfants, mais, dans la pénombre tremblotante des cierges, on ne distinguait pas la couleur de la peau.

Bienheureux les affamés et assoiffés de justice, car ils seront rassasiés...

Certains ouvraient la bouche comme des oisillons : boire ! Blanche et la nurse-couturière ne cessaient d'aller de section en section, approchant une tasse d'eau des lèvres avides, mais la soif du choléra ne s'apaise pas.

Bienheureux les miséricordieux, car ils obtiendront miséricorde...

Les nez étaient aigus comme des crayons.

Bienheureux les cœurs purs, car ils verront Dieu...

Ils respiraient faiblement, à un rythme accéléré.

Bienheureux les artisans de paix, car ils seront appelés fils de Dieu...

Certains marmonnaient quelque chose, mais leurs voix étaient déjà brisées comme celles des vieillards.

Bienheureux les persécutés pour la justice, car le Royaume des cieux est à eux...

Tous avaient la souffrance inscrite sur leur visage.

Bienheureux serez-vous lorsqu'on vous outragera, qu'on vous persécutera et qu'on dira faussement de vous toute sorte de mal...

– Qui chante ? murmura Bouillon d'Onzeures, quand Deïev se pencha sur lui pour remettre sa couverture-sac d'herbes. Des anges ?

– Non, répondit Deïev. Pas des anges. Pas des anges du tout.

Ayant ouvert l'évangile, le prêtre lut dans le livre. Il prononçait les textes d'une voix riche, nette et forte, mais Deïev était incapable d'en pénétrer le sens, la langue de l'Évangile était trop alambiquée. Il ne comprit que quelques mots – sur le châtiment, des bandits sur la croix et sur comment on faisait boire à quelqu'un du vin avec du fiel et du vinaigre. Les cosaques, eux, écoutaient : ils respiraient à peine, semblant comprendre jusqu'au dernier mot. Des larmes brillaient dans les yeux de beaucoup d'entre eux.

Des enfants sont en train de mourir, se dit Deïev. Les voici, tout près, il n'y a qu'à tendre la main. Et ceux-là entendent parler de la mort d'un inconnu, et versent des larmes. Comment comprendre ça ?

Ayant terminé sa lecture, le prêtre commença une prière pour les affligés – dans sa longue liste, Deïev entendit mentionner les enfants malades du convoi. Gaïan Communard fut pris de hoquet juste à ce moment, un hoquet long et douloureux ; et toute la prière fut rythmée par son hoquet et ses pleurs.

Un chant remplaçait l'autre. La liturgie n'en finissait pas.

Memelia entrait et sortait du wagon : il se frayait un passage dans la foule chantante et changeait l'herbe sous les couchettes.

Alléluia ! chantèrent des voix d'hommes, menaçantes.

Alléluia ! répondit la voix flûtée de la veuve du pope.

Deïev avait une envie terrible d'entonner *L'Internationale.* Ou au moins de crier de toutes ses forces, et d'interrompre les chanteurs. Encore une minute de ces chants insupportables, et Deïev allait crier, sans aucun doute… Mais Sonia Scorbut sortit sa main de sous son sac et la tendit – pas vers quelque chose, elle l'agita en l'air, dans un état second – et le cosaque debout à côté d'elle prit cette paume légère, la serra gentiment dans sa grosse paluche, sans même regarder la fillette et sans cesser de prier. Et Deïev, à sa propre surprise, ne cria pas.

Quand les bouches se mirent à psalmodier le « Notre Père », Boug chanta avec eux.

Grand-père, tu es aussi avec eux ? Deïev ne pouvait le croire. Mais je vais te frapper !

L'infirmier était assis sur la couchette où Pet de Mouton tremblait de froid, et maintenait fermement, mais doucement le garçon sur sa couche, bougeant les lèvres au rythme de la prière. Il ne répondit pas au commandant.

Enfin, les chants cessèrent. Levant au-dessus de sa tête un calice gros et lourd, le montrant à tout le monde, le prêtre invita les présents à la communion. La foule se mit en mouvement : les hommes passaient entre les couchettes, formant un lent courant en direction de l'autel et dans le sens inverse. Un par un, commençant par l'ataman en cape blanche, jusqu'au dernier cosaque, ils s'approchaient du calice et en buvaient une gorgée, puis embrassaient la coupe. La nurse-traîtresse fit de même.

– Je vais te débarquer du convoi, pensa Deïev à haute voix. Au premier arrêt.

– Arrêtez de souffrir, c'est presque fini, réagit Blanche, non loin de lui.

– Quoi, tu connais tout ce tintouin ?

– Je vous chanterai plus tard ces psaumes et ces antiennes que je sais par cœur, comme berceuse.

– Mes frères, mes très chers, approchez-vous, dit soudain le pope dans un russe simple et compréhensible.

La liturgie est finie, pensa Deïev. Il avait réussi à patienter. À endurer.

– Nous venons de faire une prière inhabituelle, parce que nous sommes devant témoins, et parce que nous nous disons adieu.

Les cosaques se rapprochèrent, leurs têtes chevelues se touchaient presque, et le prêtre parlait doucement, mais sa voix était si riche et puissante qu'on l'entendait dans tout le wagon.

– Bientôt, nos routes se sépareront, et nous ne nous verrons sans doute plus dans ce monde.

– Maman ! cria Pet de Mouton d'une voix perçante. Maman !

Deïev courut vers Pet, toujours maintenu par Boug, mais dont le corps se déployait sur la couchette, et les mains de l'infirmier n'y suffisaient plus. Se mettant à genoux devant le châlit, Deïev aida le grand-père.

– Vous avez entendu la parole divine, disait le prêtre devant l'autel. Vous avez entendu les souffrances de notre Seigneur mourant sur la croix, quand Ses apôtres s'étaient enfuis, quand les bandits crucifiés à côté de Lui Le maudissaient, et les grands prêtres Le raillaient et L'humiliaient. Pour eux, il était important non seulement de tuer le Christ, mais que cette mort ait lieu aux yeux de tous, et devienne un signe de malédiction, car Dieu n'avait pas voulu conserver la vie de Son Fils et Son Envoyé. La mort du Christ avait été conçue et exécutée non seulement pour le Christ, mais aussi pour les témoins.

Le maigre corps du garçonnet s'arqua, l'eau sortit en jet de sa gorge, ses yeux étaient fermés. Deïev appuya sa poitrine contre les genoux du petit malade, qu'il n'aurait pas pu tenir autrement : Pet remuait ses membres avec une telle force qu'il pouvait presque repousser un adulte.

– Pour qu'Il ne meure pas simplement, continua le pope, mais dans un halo de malédiction et pour que tout le monde se détourne de Lui et L'efface de sa mémoire. Ils y parvinrent.

Au moment de mourir, le Fils de Dieu cria de Ses dernières forces Ses dernières paroles : « Mon Dieu, Mon Dieu, pourquoi m'as-tu abandonné ? » Il n'a pas reçu de réponse. Il était en train de mourir sur la croix et voyait comme toute la cause de Sa vie était détruite, et que le mal triomphait. Les témoins le voyaient aussi.

– Attache-lui les jambes, commanda l'infirmier.

Deïev attrapa la capote de soldat qui réchauffait le gamin – d'où venait-elle ? Était-ce encore un cadeau des cosaques ? – et en entoura les cuisses et les mollets de Pet. Les jambes du gamin étaient dures comme de la pierre. Il n'avait plus de convulsions, ne bougeait plus, restait étendu, inerte. La crise était-elle passée ?

– Regardons autour de nous. Que se passe-t-il sur notre Terre ? Chacun, dans notre cercle, a fait tout son possible pour empêcher le mal de triompher en Russie. Mais le mal ne nous a pas seulement vaincus : il se moque de nous, nous harcèle et nous tourmente. Ici même, dans cette église, nous voyons des enfants souffrir d'une terrible maladie. Nous les regardons, et comprenons que ce n'est pas seulement le Christ qui est crucifié : notre peuple est crucifié. Nos enfants sont crucifiés. Tous ne saignent pas de leurs blessures, mais les cœurs et les âmes saignent. Nous souffrons. Et le mal nous tend du vin mêlé de fiel, pour étancher notre soif. Il nous tend une éponge imbibée de vinaigre. Buvons donc le vin de fiel et buvons le vinaigre. Nous n'en serons pas plus amers. Toute la Russie chrétienne se nourrit aujourd'hui de fiel et de vinaigre.

– Attachons-le à la couchette, dit Boug. La crise pourrait recommencer.

– Que nous reste-t-il, demanda le prêtre de sa voix pénétrante, en ces jours où nos espoirs et nos attentes sont taris, quand la lutte de toute notre vie se révèle vaine ?

Il se répondit à lui-même :

– Il ne reste qu'une chose : être fidèle au Seigneur, à soi-même et les uns aux autres.

Avec les cordes de charroi qui servaient de ceintures de sécurité sur toutes les couchettes de l'infirmerie, Deïev et le grand-père attachèrent Pet sur son châlit de bois. La corde était épaisse, presque plus épaisse que les poignets de Pet.

– Par le passé, nous ne connaissions pas le malheur. Nous allions à l'église pour les fêtes, et les prières elles-mêmes étaient une fête. Aujourd'hui, les temps ont changé. Nous ne pensons pas seulement au Christ crucifié, nous sommes devenus Sa continuation. Sa crucifixion continue en chacun de nous – à présent, Il est avec nous et en nous, à présent nous sommes avec Lui et en Lui. Sa respiration est devenue notre respiration et notre prière.

Et Pet, respirait-il ? Deïev se pencha vers le visage du garçon – il semblait respirer.

– Oui, nous n'avons pas pu, et nous ne pourrons pas arrêter le mal qui se répand sur notre terre. Mais nous pouvons agir à plus petite échelle, en ne permettant pas au mal d'entrer à l'intérieur de nous, de conquérir nos cœurs. Cela n'est pas arrivé au Christ. Que cela ne nous arrive pas non plus.

Deïev comprit qu'il allait sortir son revolver et tirer en l'air, vidant son chargeur dans le plafond, jusqu'à la dernière balle. Serrant ses mains devant lui, doigts croisés, il se leva de la couchette de Pet et se fraya hâtivement un chemin vers la sortie.

– Et les enfants qui sont couchés ici, près de nous, qui souffrent et sont éprouvés, sont les témoins de notre prière. Qu'ils soient aussi les témoins de nos actions à venir, au service du Christ.

Les corps des cosaques s'étaient encore rapprochés, impossible de passer, mais Deïev jouait des épaules et des coudes. Il fallait sortir du wagon ! Le plus vite possible !

– Que ces yeux innocents d'enfants nous accompagnent dans nos errances et luttes à venir. Qu'ils voient ce que signifie vivre en chrétien, mourir en chrétien. Ce que signifie porter la Russie dans son cœur et la servir, même en étant loin d'elle. Alors, notre vie et notre mort ne seront pas vaines.

Deïev était déjà arrivé à la porte, mais quelque chose l'empêcha de sortir, il s'arrêta et écouta jusqu'au bout.

– Dieu vit en nous. La Russie vit en nous.

Arrivé à la fin de son discours, le prêtre leva les mains, les manches de sa soutane noire ondulèrent, et il se mit à ressembler à un grand oiseau noir.

– Et les témoins de ces paroles sont, désormais, avec nous, jusqu'à la fin.

– Vous tenez des cierges, prononça Deïev à sa propre surprise, d'une voix forte, comme s'il répondait au pope à travers toute l'infirmerie. Et vous chantez d'une voix si pénétrée. Mais vous avez tiré dans les mains des mécaniciens !

– Père, donne-nous ta bénédiction ! intervint l'un des cosaques, interrompant les accusations.

Le pope embrassa la croix qu'il tenait dans sa main, puis se tourna vers ses fidèles et la tendit, pour qu'ils puissent à leur tour y poser les lèvres. Les cosaques se pressèrent à nouveau en direction de l'autel, pour embrasser le crucifix.

– Et vous avez brûlé tout un wagon de poissons salés ! Deïev criait désormais à plein gosier. On aurait pu nourrir mille personnes avec ce poisson. Mais vous l'avez brûlé ! Votre Christ, il ne brûlait pas le poisson, il le distribuait à ceux qui avaient faim. Vous avez oublié ?

Écartant la foule, Deïev se précipita à son tour vers l'autel, pour lancer ses reproches en pleine face des chefs, du pope noir et de l'ataman blanc.

Il ne put aller plus loin : des bras puissants le saisirent par-derrière, le soulevant presque du sol. Lâche-moi, grand-père ! Des mains, il palpa sa poche : elle était vide. Tu as déjà pris mon revolver ? Ah, renégat ! Tous, aujourd'hui, sont des renégats ! Tous sont contre moi !

– À Tamar-Outkoul, vous avez brûlé le soviet du village, avec son président dedans ! À Divnopolié, vous avez coupé les oreilles des communistes. Dévots ! hurla Deïev, que l'infirmier entraînait hâtivement hors du wagon.

Déjà, il lui faisait descendre le marchepied. Il l'entraînait à l'écart du train, effrayant les « coureurs » accroupis dans l'herbe.

– Vous croyez que vous vous êtes acheté une prière dans une ancienne église pour quelques kilos de savon et un tonneau de chaux, et que vous pourrez laver vos péchés ? s'énervait Deïev, déjà loin, incapable de se libérer de l'étreinte d'ours du grand-père. Mais je sais bien qu'à Bouranni, vous avez répandu cette même chaux sur le président du kolkhoze – vivant ! – jusqu'à ce qu'il n'en reste plus rien. Et j'ai encore appris beaucoup de choses pendant qu'on réparait, à Orenbourg, le pont que vous aviez fait sauter ! Hypocrites ! Crocodiles ! On ne peut pas laver ça avec des prières ou du savon !

Les cosaques sortaient déjà du wagon, la liturgie finie, et se regroupaient devant l'infirmerie, se préparant à repartir.

– On ne vous a pas assez décosaquisés, fils de chiennes ! Au Kouban, sur le Don, sur le Terek ! À Astrakhan, on a décosaquisé, dans l'Oural, au-delà du Baïkal ! Et vous êtes encore ici, vous traînez encore, vous nuisez encore au peuple soviétique !

Se disant adieu, les cosaques s'embrassèrent sur les lèvres, trois fois chacun. Et la nurse embrassa chacun, sur le front, maternellement. Et chacun l'embrassa, sur la main, avec un respect filial.

– Vous avez raison de vous disperser. Décampez de la Russie ! Pour qu'on ne vous trouve plus dans notre patrie ! On n'a pas besoin de vous ici ! Décampez ! Loin !

Les chevaux vinrent d'eux-mêmes à leurs maîtres, au premier appel. Les cosaques sautèrent en selle et partirent dans la steppe, par groupes de deux et trois – la steppe se hérissa de tourbillons de poussière rousse. Des nuages brunâtres s'élevaient dans toutes les directions, comme si le convoi s'était retrouvé au centre d'un ouragan de poussière, et, de tous côtés, résonnait le trot de chevaux s'éloignant. On distinguait aussi la laine jaune d'un chameau : deux cosaques chevauchaient dessus, ayant laissé le chariot couvert de peaux devant la guirlande.

– Et où sont les choses promises ? hurlait Deïev à leur suite. Où est le bois ? Où est l'eau ? Le savon, pour lequel nous avons supporté tout ce cirque ?

La veuve du pope, le visage figé, s'éloigna du convoi. Elle s'arrêta un peu plus loin, à demi cachée par les nuages de poussière. Debout dans la steppe, elle bénit cette poussière, se tournant vers le nord, l'est, le sud, l'ouest.

Finalement, Boug desserra son étreinte, puis lâcha Deïev. Frottant ses épaules et ses flancs douloureux, celui-ci courut à l'infirmerie. Il n'y restait plus un seul visiteur, il n'y avait que les malades sur leurs couchettes, et une odeur lourde de bougie dans l'air. Beaucoup de malades avaient, par-dessus leur couverture, des manteaux et des tuniques, des foulards cosaques. L'ataman en cape blanche n'était pas sorti devant le wagon, n'avait pas dit adieu à ses hommes, mais avait aussi disparu, aussi mystérieusement qu'il était apparu.

– Le voilà, notre bois.

Blanche indiqua le chariot du menton.

– Et il y a tout un château d'eau au prochain arrêt. Tout le contenu du chariot est offert par les cosaques aux enfants. C'est ce qu'ils ont dit.

– Et le savon ? répliqua Deïev, comprenant tout.

Blanche haussa les épaules : ils n'avaient pas parlé du savon.

Sentant un regard posé sur lui, Deïev se retourna : du mur de l'infirmerie, le Christ égratigné et la Vierge à moitié effacée le fixaient attentivement. Deïev s'approcha de l'autel et, avec haine, tira le rideau.

Ils trouvèrent toutes sortes de choses dans le chariot – certaines utiles, d'autres absolument ridicules.

Il y avait des tapis, de soie, précieux : ils furent immédiatement envoyés dans le wagon d'état-major, pour couvrir le sol froid, pour que les petits puissent ramper dessus.

Il y avait de la vaisselle : un samovar d'argent, des assiettes de faïence avec le tampon de l'usine impériale, des verres à champagne dans une boîte en bois laqué. Ne sachant pas que faire de ce bric-à-brac, ils le mirent dans les réserves de Memelia (peut-être qu'ils pourraient l'échanger ?).

Il y avait une horloge murale, qui fonctionnait (ils n'osèrent pas la mettre dans les wagons de passagers, elle sonnait trop fort et aurait réveillé les enfants la nuit ; elle rejoignit également les réserves de Memelia). Des figurines pour décorer un arbre de Noël : des ballerines et des anges en coton de toutes sortes (ils coupèrent les ailes des anges, et distribuèrent ces jouets purifiés de toute religion aux petits). Ils trouvèrent même un tableau encadré, un paysage forestier sans rien de remarquable. Le nom du peintre, apposé au coin du tableau, était tout à fait paysan – Ivan Chichkine – et Deïev fit accrocher la toile dans le wagon des filles. Elle n'avait rien de remarquable, mais c'était toujours une décoration.

Il y avait aussi des livres dans le chariot, en russe, mais aux titres étrangers, difficiles à déchiffrer : *Les Enfants du capitaine Grant*, *Vingt mille lieues sous les mers*, *Le Comte de Monte-Cristo*. La bibliothécaire s'en empara immédiatement, comme un affamé prend un morceau de viande, s'étouffant d'émotion. Elle dit qu'à présent elle lirait nuit et jour aux enfants, et que la route serait plus courte. Deïev se contenta de soupirer : si seulement les livres pouvaient rapprocher le Turkestan !

Les peaux de mouton et de chèvre recouvrant le chariot allèrent à l'infirmerie : les malades du choléra avaient tout le temps froid, et la dizaine de couvertures de fourrure venait à point nommé. Mais ils ne trouvèrent ni nourriture ni savon. Le vinaigre, dans les dames-jeannes, était bien du vinaigre.

Il était évident que les cadeaux provenaient des possessions personnelles de l'ataman : les cosaques de la steppe ne mangeaient pas dans la faïence, mais plutôt directement dans la marmite ; ils ne devaient pas avoir besoin d'horloge pour savoir l'heure, qu'ils lisaient à la position du soleil ; et ils ne décoraient sans doute pas de sapin à Noël. Le fait que le chef de la bande avait offert des objets personnels, chers à son cœur, ne pouvait signifier qu'une chose : il commençait une nouvelle vie. En Russie ou dans un autre pays.

Deïev débita les deux chariots en petit bois, cassant les parois, le fond et les roues avec un plaisir certain. Il les aurait débités encore plus finement, mais il était temps de repartir : il n'y avait plus d'eau dans le train, et il ne restait que deux heures de trajet jusqu'au prochain arrêt et le château d'eau promis.

Ils démarrèrent après midi. Ils décidèrent de chauffer la chaudière à bloc, d'arriver à toute vitesse et de faire un long arrêt : passer une nuit, voire plusieurs, à l'arrêt. De nouveaux « coureurs » étaient apparus dans le convoi, et la guirlande avait intérêt à rester arrêtée.

Ils avaient eu le temps de nettoyer tous les wagons à la chaux en frottant si fort que les sols et les murs étaient devenus blancs, et l'air si âcre, à l'intérieur, que les yeux pleuraient : nombre de passagers avaient les yeux rouges, le nez gonflé et bouché. Il fallut chasser les passagers sur les toits, et laisser les portes des wagons grandes ouvertes pour les aérer. Quant aux malades, on les déplaça provisoirement dans le tender, les allongeant sur le bois et les couvrant avec les peaux. La guirlande avança ainsi dans la steppe, nue à l'intérieur, et couverte de gamins sur ses toits. Heureusement, il faisait déjà chaud : les nuits, dans la steppe, étaient froides, mais les journées restaient estivales.

Les enfants, qui avaient été longtemps privés de l'air du dehors, menèrent un tapage du diable. Ils chantaient des chansons à pleine voix, plus obscènes les unes que les autres, hurlaient à chaque aigle aperçu dans le ciel et à chaque gerboise filant dans la steppe.

– C'est la belle vie, compagnons, compagnons ! criait sans arrêt Iochka Tchéka. La belle vie !

– On viiiit ! hurlait-on du toit suivant. Tant qu'on vit, on mourra paaaaaas !

– Blonde ou brune, j'y r'gard'rai pas, pourvu qu'elle m'verse d'la vodka, chantait à tue-tête Lavrouchka Fausse Couche, tentant de couvrir les autres voix.

– On n'est pas des voleurs ou des tueurs, on est juste des mal-fai-teurs ! entonnait Kocheliaï.

Bodia Démon tapait avec un bout de fer sur la cheminée, inventant des rythmes sauvages, sur lesquels il dansait.

Falstaff avait enlevé sa chemise et l'agitait comme un drapeau, exposant au vent son corps osseux, déformé par le rachitisme. D'autres suivirent son exemple : Lèche-dos, Harco, Belette, Fomka Polonaise, tous poussaient des cris en faisant tournoyer leur chemise au-dessus de leur tête. En regardant les garçons nus, les filles se tordaient de rire, laissant échapper leur joie.

Laissez-les faire les fous, ordonna Blanche. L'essentiel, c'est qu'ils ne tombent pas des toits. Pour le reste, laissez-les faire.

La scène avait quelque chose de cruel, mais de juste en même temps : les uns hurlaient des chansons et riaient à en avoir le hoquet, ivres de soleil, de vent et de la vitesse du train, tandis que les autres étaient couchés en bas, dans le tender, respirant à peine. Assis près des malades, Deïev écoutait l'incroyable cacophonie d'en haut, qui lui réchauffait le cœur. Il ne parvenait pas à sourire, mais il aurait voulu que ces minutes durent plus longtemps.

Même le mécano, qui n'exprimait pas facilement ses émotions, se laissa gagner par la bonne humeur : il lançait de longs coups de sifflet, portant la joie des passagers du toit à son paroxysme.

Occupés à soigner les malades, Deïev et Blanche en avaient presque oublié les passagers clandestins d'Orenbourg. Ils s'en souvinrent : leurs haillons faisaient des taches noires entre les chemises blanches du convoi, leurs visages étaient bruns de saleté, et leurs mèches hirsutes se dressaient sur leur tête. Les petits vagabonds étaient comme des lettres noires imprimées sur du blanc. Comme des taches d'encre sur un papier vierge.

– On les lavera à la gare, et on les rasera, dit Deïev à la commissaire.

La veille, deux nouveaux s'étaient transformés en « coureurs » et avaient dû s'aliter, atteints par le choléra. En soi, c'était bien sûr mauvais. Mais aussi bien : Blanche n'oserait décidément plus les débarquer du train, ni même faire un rapport. Elle était certes pleine de venin, mais on ne pouvait pas lui reprocher de ne pas prendre ses responsabilités.

La guirlande filait à travers la steppe, ses portes ouvertes tapant au vent, ses toits tanguant, couverts d'enfants. Le battement des roues devint un martèlement rapide, et un vent chaud frappait les visages, obligeant à fermer les lèvres. Bientôt, les enfants se calmèrent – ils avaient suffisamment fait les fous, chanté, dansé. L'enthousiasme tapageur des premières minutes se changea en béatitude silencieuse : submergés par la fraîcheur répandue sur la steppe et ses couleurs vives, les enfants se turent, se contentant de fixer les espaces infinis déployés autour d'eux.

Si on regardait en bas, on voyait les touffes bleu clair des chardons, dans l'herbe jaune, apparaître et disparaître comme des petits animaux vifs. Plus haut, l'horizon immobile, sans bornes, restait le même après une minute ou après une heure, comme si le train n'avançait pas à toute vapeur, mais s'était immobilisé au milieu d'un monde qui n'était constitué que de deux éléments : une terre rousse infinie, sous un infini ciel bleu…

Ils arrivèrent rapidement à la petite gare. C'était dommage de sentir les roues ralentir progressivement, d'apercevoir la terre sous le train, d'entendre les enfants crier sur les toits, annonçant l'arrivée du convoi, et de voir surgir, sur l'horizon, de petites bâtisses couvertes d'argile, deux basses, l'une plus élevée : le château d'eau.

Mais ils n'allèrent pas au bout, s'arrêtèrent plus tôt. Deïev sauta à terre, contourna la locomotive et comprit pourquoi : les rails étaient recouverts d'étranges objets allongés. Des bûches ? Il s'approcha. Non, ce n'étaient pas des bûches, mais des poissons salés.

Une montagne de poissons salés déversés sur les rails. Sandres, aspes, brèmes, gardons – jaune-vert, argentés, dorés. Des milliers de carcasses, plusieurs milliers : on n'avait pas vidé le contenu de deux sacs sur la voie ferrée, ni même de deux chariots. C'était tout un wagon. Une odeur de poisson séché et de sel épaississait l'air.

Les cosaques, dit Blanche, accourue derrière lui.

Comment avaient-ils réussi à dérober le poisson du wagon en feu ? Où conservaient-ils une telle masse de nourriture ? Comment l'avaient-ils apportée à la gare ? Pourquoi, au lieu de la leur donner normalement, la jeter théâtralement sur les rails ?

Deïev farfouillait autour, à la recherche d'une réponse. Mais l'herbe de la steppe était dure, automnale : si des sabots de chevaux ou les roues d'une charrette l'avaient foulée récemment, ils n'avaient pas laissé de traces. Et s'ils en avaient laissé ? Il n'allait tout de même pas se lancer à la poursuite de ces donateurs étranges ?

Il courut à la gare. Elle était vide. Les bâtisses étaient abandonnées, désertes.

– Ils les ont jetés comme un os à un chien, gronda Deïev, revenant bredouille vers la montagne de poissons.

Les adultes s'étaient groupés autour d'elle, et se tenaient immobiles, n'osant toucher cette abondance dispersée sur les rails.

– Pas à un chien, mais à toi, fiston, rigola Boug. Il ajouta ensuite, plus sérieusement : Mon Dieu, quels gens bien !

☆

La guirlande tomba encore deux fois sur des surprises laissées par l'ataman Iablotchnik.

À la petite garde de Jouldouz, également abandonnée, le convoi trouva sur les rails un tas de caisses volumineuses exhalant des arômes de muguet, lavande, jasmin et mandarine – Deïev faillit s'étrangler en ouvrant les colis. Et en crut à peine ses yeux. Des pains de savon de cinq kilos, d'une douce couleur verte, avec le tampon d'une savonnerie en langue étrangère. « Savons français, parfumés », déchiffra la commissaire. Deïev ne la crut pas, mais les tampons sur les caisses ne permettaient pas de douter : le savon venait bien de Marseille.

À l'entrée de Jaman-Sou, un cadeau d'un autre type les attendait. Une table élégante, sur un pied, posée juste entre les deux rails, surmontée d'une nappe en dentelles. Une petite caisse de bois foncé était posée dessus, avec ce message épinglé : « À remettre personnellement à l'infirmier, qui a fait preuve de bon sens. » Boug ouvrit la boîte : du cognac, dans une bouteille de cristal épais, également étranger. « Jette-la, grand-père », grimaça Deïev avec dégoût. « Mon bon sens s'y refuse », sourit l'infirmier, emportant le cadeau à l'infirmerie.

Après Aktioubinsk, les surprises cessèrent : l'ataman Iablotchnik était mort.

Deïev l'apprit plus tard, en lisant les journaux. Plusieurs publications en avaient parlé, avec des titres tape-à-l'œil, se délectant de détails et divergeant dans leur récit, mais avec toujours le même fond. C'était une histoire étrange, presque improbable, que beaucoup considérèrent comme une fable ou une invention de journaleux. Mais Deïev était persuadé de sa véracité.

L'épisode eut lieu deux semaines environ après la liturgie dans le wagon des cholériques. Dans l'une des églises d'Orenbourg, on ouvrit un musée de la propagande antireligieuse, avec des slogans cloués par-dessus les décorations dorées, et des silhouettes de popes en contreplaqué sur les côtés. Les icônes, arrachées aux murs, furent pendues têtes en bas, et la châsse contenant les reliques, ouverte, fut exposée aux regards devant l'autel. L'inauguration se déroula joyeusement, avec des chants komsomols et en brûlant les livres d'Église.

Le lendemain, un homme en cape blanche entra dans le musée. Tirant à bout portant, il tua sa gardienne et, sans accorder la moindre attention aux visiteurs affolés, s'avança vers l'autel. Il sortit de sous sa veste une icône de la Vierge de Kazan, la posa sur le lutrin, se mit à genoux et commença à prier. Mais avant, il enleva sa cape : dessous, il était couvert de bâtons de dynamite, du cou aux genoux.

Un policier, accouru au bruit, ne se décida pas à tirer sur cette bombe vivante : il appela des soldats de l'Armée rouge, qui restèrent également, indécis, aux portes du nouveau musée. Ils commencèrent à chasser les curieux, mais la foule ne fit que grandir. Ils entourèrent le bâtiment. Ils tentèrent de dialoguer avec le terroriste, mais celui-ci ne voulut pas interrompre sa prière.

Un prêtre sortit de la foule et entra dans l'église, le cordon militaire le laissa passer. Contrairement à ce qu'on avait cru, le prêtre n'essaya pas de faire entendre raison au bandit, mais se mit à prier avec lui.

Pendant ce temps, on fit appeler le meilleur tireur de la garnison, lui ordonnant d'atteindre l'homme-bombe à la tête, sans toucher la dynamite. Pendant que le tireur piétinait à la porte de l'église, cherchant à viser l'homme, la longue prière prit fin, et une déflagration retentit : le terroriste s'était fait exploser. L'explosion fit voler la petite église en éclats, ainsi que le tireur d'élite et le cordon de soldats, plus quelques curieux des premiers rangs de la foule…

On ne put jamais identifier le terroriste : on ne retrouva pas un seul morceau de son corps. En interrogeant les témoins, les tchékistes parvinrent à la conclusion que c'était le célèbre ataman Iablotchnik.

Beaucoup refusèrent d'y croire : il n'était pas assez bête pour finir comme ça, il avait dû sans doute partir depuis longtemps pour la Perse, ou se placer sous l'aile bienveillante d'un émir de Boukhara.

Mais pour Deïev, c'était bien lui.

☆

Le château d'eau était plein : il y en avait assez pour laver les wagons, remplir les réserves d'eau potable et laver les vagabonds embarqués par Deïev. Ils nettoyèrent la saleté des gamins des rues à quatre mains : deux nurses plaçaient l'enfant sale entre elles et le frottaient impitoyablement avec des bottes d'herbe. L'une allait du haut de la tête vers le bas, l'autre des talons vers le haut, jusqu'à ce que leurs mains se rencontrent quelque part vers le nombril, et que toutes les couches de mois de saleté et la peau brunie tombent, dénudant un corps rose. Puis ils rasèrent les enfants. N'ayant plus de liquide de Fleming, ils les rinçaient avec une décoction de millepertuis que Memelia avait préparée sur la demande de l'infirmier.

Ils désinfectèrent les habits des nouveaux à la vapeur de la locomotive.

Après un jour passé dans la guirlande, les nouveaux n'étaient déjà plus des nouveaux pour les enfants du convoi. Ils avaient échangé leurs sobriquets respectifs, quelques coups, des blagues et leurs phrases préférées, bref, avaient fait connaissance. Les enfants s'habituaient incroyablement vite les uns aux autres : privés de l'amour de leurs parents, ils étaient toujours disposés à s'attacher et à défendre des enfants abandonnés comme eux.

Mais Deïev comprenait aussi beaucoup mieux les enfants : à leur sobriquet, il pouvait définir leur ancienne spécialisation de vagabond, à quelques mots, leur destin. Il s'en étonnait lui-même, mais il savait que ce n'était pas si compliqué, en fin de compte.

Larik Charrue Complète et Lessia Aquige les Brêmes. N'importe qui pouvait comprendre que ces garçons étaient des joueurs professionnels, qui gagnaient leur vie aux cartes, et pouvaient en fabriquer à partir de tout. (C'est ce qui se passa. Quelques jours plus tard, presque toute la guirlande, sous les instructions de Larik et Lessia, fabriquait des cartes : tous ayant la tête rasée, ils remplaçaient les cheveux par des sourcils et les rassemblaient en minuscules pinceaux ; avec des restes de brique et de la salive, ils faisaient de la peinture rouge, avec du charbon, de la noire, peignaient des trèfles et carreaux sur des bouts de papier, et le tour était joué !) Tous deux étaient très petits, presque transparents à force d'être sous-alimentés, et c'était d'autant plus rageant de perdre face à de tels gringalets. Mais tout le monde perdait : les enfants, les nurses, et même le mécano qui décida un jour d'affronter les gamins, puis passa toute la nuit à jurer, empêchant son assistant de dormir.

Lézard, bien sûr, devait son surnom à sa peau ridée, d'un gris maladif, racornie par endroits, comme si c'était vraiment la peau d'un varan ou d'un serpent du désert turkmène. L'infirmier savait le nom de la maladie dont souffrait le garçon, mais Deïev ne l'avait pas retenu.

Perruche La Carruche. Celui-ci était déjà allé en prison. Comment un enfant qui arrivait à peine à la taille de Deïev avait pu s'y retrouver, personne ne le savait. Mais on comprenait qu'il était fier de cette particularité, puisqu'il l'utilisait dans son surnom.

Andrioucha Pochard n'avait rien contre tâter du vin, de la vodka ou de la gnôle. Malouf L'Esbrouffe aimait crâner. Petia La Dèche était visiblement un garçon emporté, incapable de s'arrêter, et qui jouait jusqu'à ce qu'il soit dans la dèche. Armand Tire-au-flanc était un artiste, qui parvenait à échapper à toutes les corvées.

Les nouveaux étaient des vagabonds expérimentés, qui savaient se procurer leur pitance – presque tous avaient un « métier ». Deïev avait compris depuis longtemps que la « profession » choisie par l'enfant n'était pas un reflet de son habileté ou de ses compétences, mais un miroir de son caractère : les sobriquets « de travail » ne parlaient pas seulement du curriculum de leur propriétaire, mais aussi de leur âme enfantine.

Pour un *marathon* – une course ininterrompue d'un arrêt de tram à l'autre, à la recherche de pièces oubliées par les passagers –, il fallait de la patience, de l'obstination et la capacité de se contenter de peu. Et aussi de la persévérance (pour passer des heures à fouiller dans les détritus et la poussière). Ainsi que de la bonhomie (pour ne pas en vouloir au monde entier et ne pas passer à une activité plus rentable). Il était clair que Tolia Marathon possédait toutes ces qualités.

Pour *camoufler*, au contraire, il fallait du culot, et une grande confiance en soi. Comment, autrement, chaparder une pomme ou un demi-gâteau à une vendeuse au marché, pas à la dérobée, mais ouvertement, prenant l'objet sur l'étal et partant en courant, sous les cris furieux de la foule ? De l'allant et de la combativité, une rapidité de l'œil et de la pensée, des bras et des jambes, voilà ce qu'il fallait. Et Kosska La Camoufle en avait à revendre.

Les *fossoyeurs* devaient faire preuve d'un calme et d'une indifférence immuables, pour passer des nombreuses heures et journées sur les cimetières, récoltant les offrandes que les familles avaient laissées sur les tombes des morts : fleurs, couronnes, sucreries. Pour manger du pain cuit pour un mort et déposé sur sa tombe, il fallait être philosophe. C'était le cas d'Ilya Fossoyeur, qui n'exprimait jamais la moindre peur ni la moindre émotion.

Ne réussissaient à *grignoter* – mendier les restes de nourriture dans les cantines – que les enfants qui savaient plaire aux gens. Qui approchaient facilement les inconnus, provoquant tout de suite la sympathie : sourire ici, gémir là, mentionner Dieu ou l'avènement du communisme, pour gagner un os ou une écuelle à lécher. Les *grignoteurs* devaient connaître les faiblesses des gens, être physionomistes, fins psychologues. Leur esprit était souple, leur visage mobile, leur voix plus riche que celle d'un acteur. Avec ceux-là, il fallait rester attentif : ils vous inspiraient confiance, et on risquait d'être plumé en deux temps trois mouvements. Il y avait un tel spécialiste dans le convoi, Lucas Grignoteur.

Les plus désintéressés, parmi les mendiants, étaient les *musiciens à la cuillère*. Personne ne choisissait cette orientation par besoin, seulement par vocation : il fallait aimer sincèrement la musique, pour passer des journées assis, à jouer des rythmes sur des cuillères qu'on avait fabriquées, s'accompagnant de la voix. Sans une bonne oreille et une âme musicienne, on n'arrivait à rien. Mitia Les Cuillères le disait lui-même : les chansons ne se chantent pas avec les lèvres, mais avec le cœur. C'étaient des sensibles, ces musiciens à la cuillère…

Les vagabonds recueillis par Deïev venaient de diverses régions, dessinant une géographie bigarrée et pas toujours claire. Par exemple, Cul de Maïkop, hardi et à la voix forte, vêtu d'une marinière qui lui tombait jusqu'aux genoux : pourquoi était-il venu si loin au nord, à Orenbourg, au lieu de rejoindre le Turkestan depuis sa ville, par des chemins plus courts, par les rives de la Caspienne riche en poissons ? « J'avais la tête à me promener », expliqua Cul quand Deïev lui posa la question. Ce qui n'élucidait pas grand-chose.

Ou Wrangel d'Odesta, en caraco de fourrure et pantalon bouffant de cosaque usé jusqu'à la corde. Il aurait dû rester chez lui, à manger des huîtres, du mulet et de la viande de dauphin : la mer était généreuse, on y trouvait assez de nourriture, même si ce n'était plus la même abondance que par le passé. Mais non, il avait traîné sa carcasse presque jusqu'à l'Oural.

Les choses étaient plus claires pour les gamins qui venaient du Nord famélique. Silva Pskovien et Rodia d'Arkhangelsk devaient forcément se retrouver à Orenbourg, sur la route du Turkestan. « Vous avez mis combien de temps pour arriver ici ? », leur demanda Deïev. « La moitié de notre vie », répondirent-ils d'une voix moqueuse. Mais ils disaient peut-être la vérité.

Avec les Sibériens, c'était de nouveau un mystère. « Sourgout, c'est à l'autre bout du monde ! », s'étonnait Deïev, interrogeant un gamin joufflu surnommé Sourgoutichko. « Comment as-tu pu faire tout ce chemin, en traversant la taïga et les monts Oural ? – J'ai des jambes », répondit le gamin avec sérieux. « Et on ne vit pas au bout, mais au centre du monde, en Sibérie ! » Deïev n'interrogea pas son copain et compagnon de route, Amba de Tioumen : il devait également « avoir des jambes », puisqu'il était arrivé dans le convoi.

À côté des marcheurs de Sibérie, d'autres régions semblaient moins exotiques : Deïev ne s'étonnait plus de la présence de Gnôle de Rjev, Kondrachka Le Tverien, Tchatcha Tsinandali. Sans parler même des enfants de la Kalmoukie ou de la Caspienne voisines.

– Ce n'est pas un train, mais une arche de Noé, remarqua Fatima, comme toujours sibylline, en aidant à laver un petit vagabond.

Deïev prit un air indifférent, sans approuver ni critiquer. Il avait appris à comprendre les gamins des rues, mais ne déchiffrait toujours pas cette étrange femme.

☆

Deïev se battait contre la Mort.

Il l'avait compris au cours d'une de ces nuits affreusement longues, quand il était assis, les yeux ouverts, sur le toit du wagon d'état-major, contemplant la steppe. Contre sa poitrine, montait la respiration de Zagreïka endormi, des « coureurs » froissaient les herbes le long du convoi. Son dos et ses épaules étaient endoloris après son labeur récent : le sol kirghize était dur comme un sabot de cheval, et creuser une tombe pour les morts devenait une épreuve lancinante. Il ne sentait pas la fatigue depuis des semaines, mais ses doigts avaient commencé à trembler, de plus en plus souvent : ses mains étaient en ce moment prises de tremblements, comme celles d'un vieillard, alors qu'il reposait calmement, tenant l'enfant endormi. La lune, du ciel, envoyait une lumière puissante de projecteur, transformant la terre en surface scintillante, où les ombres faisaient des trous noirs. Et dans cette lumière blanche, presque aussi forte qu'une lumière diurne, Deïev comprit : c'était bien un combat.

La Mort s'était installée clandestinement dans le convoi depuis longtemps. Elle avait attendu un peu, endormant la vigilance du commandant, puis avait commencé à emporter les enfants. D'abord en prenant la forme de l'épuisement dû à la malnutrition, décimant les grabataires. Puis elle s'était transformée en choléra et avait emporté les malades. Ils avaient enterré quatre enfants, cette nuit. Plus que la veille. Et la veille, il y en avait plus que le jour d'avant. Que viendrait-il ensuite ?

– Où es-tu ? demanda-t-il à voix haute, posant Zagreïka, immobile, sur le toit, et se levant.

Elle ne répondit pas. Elle se cachait.

Par une nuit aussi lumineuse, elle ne lui échapperait pas.

– Où es-tu ? Montre-toi !

Il sauta de toit en toit, regardant dans les tuyaux de chauffage et soulevant les lucarnes. À tout hasard, il sortit son revolver.

– Reste près de moi, frère, ordonna-t-il à Zagreïka, qui rampait à ses côtés, se frottant les yeux. Tu te cacheras derrière mon dos.

Il n'y avait personne dans les lucarnes. Ni derrière les cheminées. Ni ici. Ni là.

Les toits, baignés de lumière lunaire semblable à une peinture blanche, étaient tous également vides. Le fer-blanc résonnait sous le poids de Deïev – ses pas lourds devaient retentir dans les wagons. Deux longues ombres, la sienne et celle de Zagreïka, faisaient des zigzags sous leurs chaussures, tombant dans la steppe.

– Alors ?! Où te caches-tu, chienne ? Ses maudits doigts tremblaient, mais il parvint à armer le revolver. Montre-toi !

Mais qui avait dit qu'elle traînerait dans les hauteurs, près de Deïev en pleine santé ? Sa place était à côté des malades, dans la section du choléra. Elle devait s'y trouver, la salope.

Deïev arriva en bout de convoi, sauta sur la plateforme – se tordant la cheville, mais sans sentir la douleur – et tira à lui de toutes ses forces la porte de l'infirmerie. Une odeur de chaux, de sueur de malades et de souillure de choléra assaillit ses narines.

– Je sais que tu es ici !

Dans le wagon, les rideaux étaient fermés pour la nuit, et il se mit à les ouvrir, courant de section en section. Le tissu ne lui obéissait pas : il se déchirait et tombait à terre. Parfait ! Plus la lumière était vive, plus vite il la trouverait. Les rideaux arrachés collaient à ses chaussures, le faisant trébucher et l'entravant dans sa marche – il les envoya valser du pied, comme une meute de chiots agressifs.

– Tu as choisi ton quota ? Tu veux un tiers des enfants ? Je t'en donnerai, des tiers ! Il piétinait chaque morceau de tissu arraché, l'écrasant avec son talon, pour être sûr qu'il ne se relèverait pas. Prends ça ! Et ça !

Il les enleva et les écrasa tous, et il fit aussi clair qu'en plein jour. Il arracha le dernier rideau, et derrière lui, des gens le regardaient fixement : le Seigneur avec sa mère, et l'infirmier, un peignoir sur son corps nu, les cheveux hérissés.

– Où est-elle ? cria Deïev au visage indifférent de Jésus. Où s'est-elle cachée ?

L'autre se taisait.

– Quel dieu es-tu, si tu ne sais pas une chose aussi simple ?! Deïev passa la main ouverte sur les yeux divins – il s'enfonça quelques échardes, mais ne sentit pas la douleur. Je la trouverai sans toi !

– Donne-moi ton revolver, fiston.

– Laisse tomber, grand-père ! Deïev montra le poing à Boug avec sa main blessée ; et également avec l'autre, qui tenait le revolver. Cette fois-ci, si tu essaies de m'arrêter, tu verras. Et range tes instruments, ils tintent dans ma tête. Et toi aussi, laisse tomber ! dit-il en promenant son poing tantôt vers la droite, tantôt vers la gauche, vers les épaisses ombres nocturnes des recoins de l'infirmerie. Je ne te donnerai plus personne ! Allez, arrête de te cacher. Je te trouverai de toute façon.

Elle n'était pas sur la couchette de Djioulieta Blanmanger. Ni en dessous. Ni sous la couverture de Liocha Trois Typhus. Ni sous le châlit de Nonka Bovari. Les enfants étaient couchés, respirant à peine, la peau bleutée, luisante. Mais la Mort n'était pas à côté d'eux.

– Ne tourmente pas les malades, ils souffrent déjà assez sans toi !

Elle n'était pas chez Hoover Affamé. Ni chez Genghis Mamo. Ni chez Pet de Mouton.

– Ne t'approche pas, grand-père ! Je connais tous tes trucs. Tu veux m'attraper par-derrière comme un ours, et me prendre mon revolver. Mais je suis trop occupé aujourd'hui, je dois la trouver.

Elle n'était pas chez Pinkerton. Ni chez Cosette...

– Il lui faut de l'air frais. Ouvrez, nurse !

– Ne bougez pas, nurse ! Ne touchez pas la porte. Je l'ouvrirai moi-même ! Il faut l'empêcher de s'enfuir.

La porte. La plateforme. Clac ! Encore une porte. Clac !

Il était déjà dans le wagon suivant.

Mais les instruments médicaux continuaient de sonner comme des cloches, dans une oreille, puis dans l'autre : le grand-père, désobéissant, ne les avait pas jetés. Et les mains de Deïev tremblaient, manquèrent lâcher le revolver.

Où est-ce que tu te caches, lâche ? Montre-toi !

Qui crie ? Toi ? Non, une idiote de nurse.

Qui s'enfuit, de blanc vêtu ? Non, pas toi, c'est un enfant.

Qu'est-ce que ce bruit ? Ah, c'est moi, je viens de tirer, dans le plafond.

– Où es-tu, chienne ?!

– Je suis ici, dit une voix tout près.

C'était elle : haute, bien droite. Proche. Elle le regardait. Deïev approcha son visage, mais la lumière de la lune était si éblouissante – ou la fumée de la poudre, si épaisse ? – qu'il ne distingua rien, comme si on lui avait fourré du coton dans les yeux.

– Suivez-moi, dit-elle.

Il enfonça son revolver dans sa poitrine. Le canon rencontra quelque chose de souple, de fort, de tout à fait charnel.

– Pas maintenant. Elle posa ses doigts frais sur son poing qui serrait le revolver, et d'un geste autoritaire, le baissa.

Deïev obéit : maintenant qu'elle était prise, elle pouvait bien commander un peu. Elle l'attrapa au poignet, comme on attrape un enfant capricieux, pour l'entraîner hors du wagon. Il suivit. Ils marchèrent ensemble de wagon en wagon, de plateforme en plateforme, et se retrouvèrent bientôt dans un compartiment très familier. Un grand miroir se déplaça sur le côté, fermant l'espace et le remplissant de lumière lunaire. Un verrou fut poussé.

– Maintenant. Il enfonça à nouveau son revolver dans ses côtes.

– Regardez-moi, Deïev, dit-elle. Vous me reconnaissez ?

Une femme qu'il connaissait était devant lui, une veste posée par-dessus sa chemise de corps. Des cheveux en bataille bouclaient sur sa tête. Une joue était froissée par l'oreiller.

Il hocha la tête : je te reconnais. Je te reconnais, Blanche. Et je reconnais tout : notre wagon d'état-major, le canapé aux fleurs ridicules, la porte en accordéon. Je reconnais tout.

On frappa légèrement à la porte.

– Ça va, commissaire ? demanda la voix de Boug.

– Tout va bien, répondit Blanche d'une voix forte, sans ouvrir le compartiment. Tout le monde peut rentrer se coucher.

Après un léger silence, un bruit de pas indiqua que l'infirmier s'éloignait dans le couloir. On n'entendait pas de voix, mais on comprenait que tous repartaient sans rien dire, se contentant d'échanger des regards.

La honte monta subitement, tout comme la douleur des échardes dans sa main, et de sa cheville foulée. La honte et la douleur, d'une force égale.

Ah, si seulement il s'était retrouvé avec Fatima ! Il aurait pu tomber à genoux, entourer de ses bras le doux corps féminin et y plonger son visage brûlant, y plonger cette honte insupportable – haleter, gémir de confusion, et même pleurer un coup. Mais maintenant ?

Deïev posa son revolver sur la table – le métal tinta contre la surface laquée. Puis il s'assit tout au bord du canapé et, regardant vers le sol, commença à enlever avec les dents les échardes dans sa paume ; des gouttes rouges gonflaient sur ses blessures. Et ses maudits doigts continuaient de trembler !

– Laissez-moi plutôt faire. Blanche s'assit à côté de lui, prit sa main qui tressautait et, elle aussi avec les dents, sortit les échardes de sous la peau.

Elle lécha le sang. Et, après avoir léché, elle embrassa la peau. Longtemps. Et encore.

Non, c'est impossible – il avait déjà assez honte, sa nuque le brûlait !

Il n'y a pas de honte. C'est possible.

Après, plus tard, quand la honte se sera calmée !

Non, maintenant, à tout prix.

Je ne veux pas et je ne vais pas !

Tu vas. Maintenant.

Elle se serra contre lui, autoritaire, et il se soumit – encore une fois, pour la dixième et la centième fois…

– Tu es avec moi par pitié ? lui demanda Deïev, bien plus tard, quand ils étaient étendus côte à côte, fatigués, trouvant avec peine assez de place pour eux deux sur ce canapé.

Il avait encore très légèrement mal à la main, il ne sentait plus son pied foulé : la douleur était partie. Et la honte était partie, étonnamment. Sa poitrine était légère. Et sa tête était légère.

– Par calcul. Blanche se souleva du matelas, et se mit à lisser énergiquement sa chevelure emmêlée avec ses doigts. Il faut que vous meniez le convoi jusqu'au Turkestan. J'aide comme je le peux.

Elle aurait mieux fait de se taire !

– Tu n'as pas honte de l'avouer ? Deïev aurait voulu se vexer, mais il ne sentait aucune vexation. Son cœur était calme et pur, comme le corps après un sauna bien chaud.

– Ce qui est honteux, c'est de réveiller les enfants au milieu de la nuit et de les effrayer avec un revolver.

Elle se mit à ramasser les habits jetés au sol, cherchant les siens.

– Et de perdre la tête à mi-parcours, ça aussi, c'est honteux.

Non, ces paroles sarcastiques ne déstabilisaient plus Deïev : même cette vipère de commissaire ne parvenait pas à troubler la paix qu'il ressentait dans son âme.

– Je ne l'ai pas perdue. Au contraire, je viens juste de tout comprendre.

– Comprendre quoi ?

– Nous allons prendre tous les enfants qui voudront venir dans le convoi, voilà !

Frappé par la simplicité et la justesse de sa pensée, Deïev s'assit, se frotta la tête.

– Et pas seulement ceux qui le demanderont. Tous ceux que nous croiserons sur notre route. Tous. On les prendra tous !

La commissaire, déjà à demi vêtue, se rassit sur le canapé, fixant Deïev :

– Et qu'est-ce que vous en ferez, à Samarcande ? On ne les prendra pas au foyer des enfants évacués.

– On les prendra, dit-il, répondant à son regard direct par un regard direct. Sur le papier, ils seront des enfants victimes de la famine de la Volga. Au pire, on rajoutera quelques noms, personne ne vérifiera.

– Vous voulez dire que vous n'avez pas informé Kazan de la mortalité ?

Deïev fit non de la tête : il n'avait pas informé. C'était une infraction à toutes les instructions, en dépit du bon sens, mais par faiblesse de caractère, ou pour une autre raison, il n'avait pas informé. Il n'était pas capable d'écrire de sa main, dans une dépêche, le mot impersonnel de « pertes », et de mettre en regard le chiffre tout aussi impersonnel des morts ! Il ne le pouvait pas.

– C'est une fraude, Deïev.

Avec son regard sévère, elle ressemblait à nouveau à un procureur.

– Et maintenant, tu es complice de cette fraude.

– Vous ne m'intimiderez pas !

– Je n'y tenais pas. Commissaire, nous sommes arrivés dans une région où tu ne peux rien me dicter. Tu peux te plaindre autant que tu veux : aux *sousliks* dans la steppe de la Faim, aux lézards des sables de l'Aral.

Ils se regardaient sans détourner les yeux et sans ciller, comme s'ils se livraient à un duel de regards. Deïev sentit qu'il était en train de gagner.

– J'attendrai que nous arrivions à Tachkent ou à Samarcande, et j'y trouverai bien un télégraphe.

– D'accord, dit-il sans hésiter. J'aurai le temps de courir installer les enfants dans un foyer, et toi, d'envoyer des plaintes contre moi.

– On ne les acceptera pas, Deïev ! Au ton emporté de Blanche, il comprit qu'il avait gagné. C'est écrit sur les frimousses de vos nouveaux qu'ils sont des vagabonds expérimentés, et pas de la Volga ! Des steppes kalmoukes et kirghizes, de la mer Noire, de la Caspienne, c'est ça qui est écrit ! Et aucun faux papier n'y changera rien. Ils ne sont pas idiots, à Samarcande.

– Ces enfants seront acceptés. C'est certain !

Il prit son visage dans ses mains, et l'embrassa au front :
– L'essentiel, c'est que tu ne m'en empêches pas, Blanche.
Il remarqua soudain que ses doigts avaient cessé de trembler.

Le choléra emporta quarante vies enfantines.

Kaziouk Ibrahim. Padichah. Radichtchev. Rouget. Sonia Scorbut. Moustapha Bibine. Hoover Affamé. Eldar Aux Mains d'Or. Djioulieta Blanmanger. Isrek Ioussoup. Ils restèrent tous à la gare d'Ak-Boulak.

Tilda Lépreuse. Fadia Syzran. Agrape. Kassim du Roulant. Philibert Firs. Nonka Bovari. Magania. Khazik Amen. Ouglitch Ne Tire Pas. Liocha Trois Typhus et Liocha Flaque. Tioupa de Sarapoul. Narghiz d'Agryz. Tous étaient restés à la petite gare de Kouranli.

Fenimore Cooper. Akhma. Khamit Ferme Ton Clapet. Zeinab La Murène. Jek d'Ijevsk. Habiba Boulotte. Givre d'Automne. Pinkerton. Ils étaient restés à la petite gare de Bich-Tamak.

Cosette Coke. Moussa Kriachen. Trotski À l'Œil. Noukhrat La Sourde. Iblis Moi Aussi. Moustique. Kayoum Sans Escrache. Dioma Kostroma. Carafon. Ceux-ci étaient restés à Kok-Bek.

En même temps, Deïev avait pris trois dizaines de va-nu-pieds dans le convoi. Si on ajoutait ceux qu'il avait fait embarquer à Orenbourg : cinq dizaines.

À Jaman-Sou, où ils avaient fait provision d'eau, deux jeunes loqueteux étaient apparus devant la guirlande. On voyait qu'ils avaient déjà bien roulé leur bosse : ils ne mendiaient pas la nourriture, mais, selon l'étiquette des vagabonds, s'assirent à proximité du wagon d'état-major, fixant de leurs yeux affamés, non le mécano ou son aide, mais la commissaire et le commandant du train. Deïev n'eut pas le temps de prononcer « montez ! », qu'ils étaient déjà accroupis sur la plateforme de freinage. Nous avons des malades du choléra, prévint-il. Les gamins sourirent avec condescendance : vous croyez que ça nous fait peur ? Sous leurs chapeaux de fourrure déchirés, ils avaient des cheveux très blonds, et ils parlaient en prononçant les « o » comme les gens du nord de la Russie.

À la gare secondaire de Kara-Tourgaï – abandonnée, comme beaucoup dans la région –, Deïev crut entendre des bruits monter de la maisonnette déserte du maître de poste. Il jeta un œil par les fenêtres cassées, fouilla l'arrière-cour, et finit par découvrir, dans le sous-sol, trois petits animaux sauvages bruns de saleté qui, après vérification, se révélèrent être deux garçons et une fille. Ils ne parlaient pas russe, ne comprenaient pas le kirghize (Deïev passait par la nurse bachkire pour s'adresser à la population locale : sa langue était proche du kirghize et du kazakh). À en juger par leurs immenses yeux noirs et leurs épais sourcils tout aussi noirs, qui se rejoignaient presque au-dessus du nez, ils venaient de quelque part dans le Caucase. Deïev les prit également dans le convoi.

– Non ! tenta de protester l'infirmier. Le choléra ne vous suffit plus ? Vous voulez nous ramener toutes les maladies de la région ?

Deïev ne répondit pas, se contentant d'ordonner à tous les nouveaux de se mettre dans le tender, sur les bûches et le charbon, jusqu'à la fin de la quarantaine médicale.

À Aktioubinsk, ils restèrent pour la nuit, et Deïev eut le temps de courir au foyer d'enfants local : tous les gamins qui erraient dans la rue en espérant y entrer furent ramenés à la guirlande. Il y avait au moins une douzaine de ces errants. La plupart d'entre eux avaient des yeux asiatiques et des visages larges, et Deïev les prit, au début, pour des locaux. Mais tous n'étaient pas kirghizes : parmi eux, il y avait des gamins venus des plaines mongoles, et même d'autres terres lointaines du Nord, dont Deïev n'avait jamais entendu parler. L'inspecteur d'Orenbourg avait raison : toute la Russie se dirigeait désormais vers le Turkestan, terre d'abondance.

À Kandagatch, on tenta de dévaliser Deïev. Au minuscule bazar d'une rangée et demie d'étals, autour desquels se pressaient une quinzaine de gens, des gamins se bousculaient à côté de lui. Ils ne s'approchaient pas, évitaient de croiser son regard, mais tournoyaient à proximité, comme des bébés brochets affamés, n'osant ni attaquer ni s'éloigner de cette proie attirante. Ils visaient le revolver, qu'ils avaient deviné dans sa poche, comprit Deïev. Ils lui sauteraient dessus sur un sifflement de leur chef : deux se pendraient à ses bras, pour que Deïev ne puisse pas saisir son arme, et le troisième attraperait le revolver au même moment, avant de s'enfuir à toutes jambes.

Mais il siffla le premier : allez, venez par là ! Voilà ce que je vais vous dire, bande de sacripants. Vous n'arriverez pas à me ratisser. Par contre, vous pouvez prendre vos cliques et vos claques avec moi jusqu'à Samarcande. J'vous trouverai un coin dans l'convoi. Vous aurez même du rab, si vous ouvrez les écoutilles. Je ne vais ni vous ramasser ni vous avoiner pour rien, et vous aurez toujours la possibilité de mettre les baguettes. Mais si vous levez ne serait-ce que le petit doigt contre moi ou les enfants du convoi, je vous aplatis. À vous de décider.

Deïev n'aurait pas pu dire d'où lui étaient venus tous ces mots, mais la marmaille ouvrit grand la bouche, et vint à lui avec des yeux dévoués : ils avaient tout décidé à la seconde. Et Deïev rentra du marché sans nourriture, mais avec un nouveau contingent.

En approchant d'Emba, ils trouvèrent une horde de garçons qui avaient commencé une bagarre dans la steppe, juste au moment où la guirlande passait par là. Ils se battaient furieusement, se renversant à terre et se mordant au sang – il fallut sauter du train pour les séparer. Les bagarreurs se révélèrent être des filles. Elles purent rejoindre le convoi, à condition de respecter une trêve totale jusqu'à la fin du voyage.

Sur le trajet entre Koulama et Alabaz, ils croisèrent encore une fillette : elle était couchée sous un orme karagatch solitaire, enroulée dans un filet de pêche déchiré, et ne bougeait pas. À côté d'elle, des corbeaux prédateurs sautillaient déjà, attendant leur heure. Deïev chassa les corbeaux et amena sa trouvaille dans le wagon d'état-major. On lui donna à boire, et elle se mit même à parler, mais en vain : la gamine trouvée parlait dans une langue étrange, qui ne ressemblait à aucun des nombreux idiomes du convoi.

– C'est du grec, expliqua Fatima, à la surprise générale.

– Du grec ancien ? demanda bêtement Deïev.

– Pourquoi ancien ? Il est parfaitement actuel.

– Elle vient de Crimée, devina Blanche.

Ils ne réussirent pas à en apprendre plus sur la petite Grecque : ni comment elle s'était retrouvée sous l'orme ni pourquoi elle était vêtue d'un filet de pêche.

Après la gare de Tchelkar, une bonne nouvelle les attendait : le choléra se retirait.

Il n'y avait plus de « coureurs » galopant le long du convoi, les chemises relevées. Les malades ne tremblaient plus de froid dans l'infirmerie, ils étaient couchés, tranquilles, attendant leur guérison. Leurs mains et leurs pieds, naguère ridés par la maladie, avaient retrouvé leur aspect lisse, et les visages froissés par le choléra étaient à nouveau souples. Les lèvres n'étaient plus bleutées, ni la peau sous les yeux, les bouches n'étaient plus desséchées et pouvaient à nouveau parler. Chaque jour, l'infirmier laissait partir de ses wagons de nouveaux enfants guéris, qui rejoignaient les enfants sains. Passant de la maladie à la vie.

La guirlande n'avançait plus par à-coups sur les rails, démarrant brusquement, puis freinant tout aussi brusquement pour laisser sortir les « coureurs ». Elle n'était plus bloquée plusieurs jours dans des gares abandonnées. Il ne fallait plus changer le tapis d'herbe dans les wagons d'infirmerie de nombreuses fois par jour, mais une ou deux fois. Bientôt, il ne resta que peu de malades, qui pouvaient tous être logés à l'infirmerie, comme avant le choléra.

Le wagon libéré devait être lavé et récuré à fond, du plafond aux murs, aux châlits et aux tables, sans compter le sol, puis blanchi à la chaux sur plusieurs couches, avant d'y installer de nouveau des passagers sains. Boug proposa de le faire immédiatement, à la gare de Saksaoulskaïa, où se trouvait un grand château d'eau.

– Attendons encore une demi-journée, répliqua Deïev. Et alors nous pourrons laver tout le convoi, dans ses moindres recoins – à l'eau de mer.

☆

L'Aral était un morceau de ciel répandu sur terre. Ce fut en tout cas l'impression de Deïev, quand la mer apparut à l'horizon. Le bleu du ciel se fondait dans le bleu de l'eau.

Il ne dit rien – ni aux adultes ni aux enfants – et se contenta de regarder ce bleu lointain, laissant à quelqu'un d'autre la possibilité de l'apercevoir en premier, et de hurler avec enthousiasme :

– Hé, la mer ! La mer !

Et ils l'aperçurent, et ils hurlèrent, et ils s'écrièrent – d'abord à côté de lui, puis de plus en plus loin, se passant le message. Les gorges tremblaient de joie, le mot magique était répété sur tous les tons. Ce n'était pas assez de l'entendre, de le murmurer ou de le dire à voix haute, il fallait le chanter, le hurler, l'expulser de soi :

– La mer ! La mer ! La mer !

L'eau lisse s'étalait toujours plus loin sur la steppe rousse, automnale, recouvrant et noyant l'horizon. Le bleu s'avançait, s'approchait toujours plus de la voie ferrée, comme si les rails étaient attirés par la mer. Bientôt, le convoi divisa le monde en deux : d'un côté, c'était encore la terre ferme, tandis que l'autre était sous l'eau.

– La mer ! La mer ! La mer !

La guirlande avançait lentement sur la rive, et des vagues transparentes retombaient lentement presque sous ses roues, sortant des profondeurs marines pour s'évaser sur le sable brun, puis se retirant, laissant derrière elles des grumeaux d'écume.

Les enfants se pressaient aux vitres des wagons, sur les plateformes et les toits, suivant des yeux le mouvement régulier de l'eau, sur des mètres et des mètres, en avant… puis en arrière… en avant… en arrière… et les voix se calmèrent, déjà ils ne criaient plus, mais laissaient s'échapper un soupir venu de leurs entrailles, à l'unisson des vagues :

– La meeeer !

Le mécano n'avait pas d'ordres, mais quand la locomotive ralentit et s'arrêta sur les rails, personne ne s'étonna. Il ne pouvait rien se passer d'autre avec le train et ses habitants que cet arrêt devant la mer.

Deïev comprit qu'à ce moment, tous les passagers du convoi, enfants, nurses, et même le mécanicien que personne ne voyait, ressentaient la même chose. Une émotion qu'on ne pouvait pas exprimer avec des mots, ni d'aucune autre façon. On ne pouvait que se taire face à cette eau lisse à perte de vue, à laquelle on avait rêvé, aspiré pendant des semaines, et qui devenait réalité.

Les enfants contemplaient en silence les eaux éternelles de l'Aral. Minutes denses et douces, qui ne s'oublieraient pas, même par ceux qui étaient petits ou faibles. La mer parlait aux gens, dans un froissement de vagues sur le sable. Elle les appelait.

Deïev savait déjà que tout le monde répondrait à cet appel, il ne restait plus qu'un ou deux instants avant la ruée. Mais personne ne se décidait à sauter le premier sur le rivage, à briser le premier le silence. La solution vint une fois de plus de la locomotive : la sirène hurla, impérative – en avant !

Les enfants sautèrent tous d'un coup, comme si les wagons les avaient recrachés : ils s'élancèrent en désordre sur le sable, jetant leurs chemises blanches en l'air. Ils étaient déjà nus en entrant dans la mer, les bras écartés, poussant des cris perçants, plissant les yeux, oubliant de se gêner devant les nurses. Les chemises ressemblaient à des oiseaux blancs volant vers le convoi ; elles atterrissaient sur les traverses qu'elles recouvraient comme de la neige. Des buissons du rivage, de vrais oiseaux s'envolaient vers le ciel, effrayés par le bruit – leurs cris d'alarme se mêlaient aux cris excités des enfants, augmentant l'ivresse générale.

Les nurses entraient tout habillées dans l'eau : enlevant leurs chaussures, elles avançaient dans les vagues, certaines jusqu'aux genoux, certaines plus profondément, puis s'arrêtaient et restaient à regarder les gamins qui couraient dans tous les sens, et à rire. Leurs jupes trempées se collaient à leurs jambes maigres, l'écume mouillait leurs cheveux, leur donnant un aspect ridicule et invraisemblable, mais pour Deïev, il n'y avait à ce moment rien de plus beau que ces visages fatigués inondés d'eau et de larmes de joie. La couturière hurlait comme un cochon. La veuve du pope leva les bras au ciel, renversa son visage en arrière et resta immobile, pareille à un épouvantail. Les enfants, en jouant comme des fous, avaient fait tomber la bibliothécaire à l'eau, et elle n'arrêtait pas de glapir, se relevant puis retombant sous la poussée des petits passagers. Je les aime tous, comprit Deïev. Et je leur pardonne à tous : à cette traîtresse de veuve du pope, à cette vipère de commissaire, à ce renégat de grand-père.

Les cheveux de la commissaire brillaient loin dans la mer : Blanche nageait vite, à un rythme régulier, faisant avancer son corps avec des mouvements précis des bras, toujours plus loin, vers les profondeurs. Boug, au contraire, restait assis sur le bord, étendant ses jambes devant lui. Les vagues se brisaient contre son immense corps comme contre une montagne. Dans son dos, à la limite des vagues, courait la louve du Capitole, faisant jaillir l'eau autour d'elle et tentant bêtement d'attraper les éclaboussures avec sa gueule édentée. Ses longues mamelles pendaient presque jusqu'au sol, un enthousiasme de chiot brillait dans ses yeux.

Maintenant que toute l'équipe du convoi et tous ses passagers étaient dans la mer, heureux, Deïev pouvait y entrer à son tour. Il fit quelques pas sur le rivage, cherchant un endroit où l'eau ne serait pas bouillonnante de gamins excités et, l'ayant trouvé, enleva ses chaussures et ses habits, puis sauta dans les flots.

L'eau était très froide et très transparente : Deïev vit sur le fond vert, sous son grand corps, un troupeau d'alevins s'enfuir dans tous les sens. Il entra entièrement dans cette eau, qui lava son corps jusqu'au dernier pli, son visage, la racine de ses cheveux. Il ouvrit les lèvres pour faire pénétrer cette fraîcheur à l'intérieur de lui, et le sel de l'Aral entra dans sa bouche. Il plongea plus bas, dans les couches froides proches du fond, se lavant de tout ce qu'il avait vécu les dernières semaines, et ne désirant pas remonter à la surface. Il nagea longtemps, les yeux ouverts, contemplant les algues ondulantes, jusqu'à ce que la mer le pousse et l'éjecte à la surface, heureux et hors d'haleine, loin du rivage.

Sur la rive, Zagreïka courait de long en large, gémissant. Ses yeux ne quittaient pas son maître, son visage habituellement inexpressif avait une grimace de douleur. Ses pieds foulaient l'écume, suivant les vagues qui se retiraient, reculant face à une vague qui avançait.

– Nage jusqu'à moi, frère ! dit Deïev en riant.

Les cris et les rires des enfants se répandaient sur l'eau et au-dessus, étouffant tous les autres bruits. Le soleil de l'après-midi brûlait les yeux, le sel piquait les lèvres. Et tout cela ensemble – les rires, le sel, le soleil aveuglant – se fondait en un sentiment de joie inhabituel, que Deïev n'avait pas éprouvé depuis très longtemps.

Quelque chose entra bruyamment dans l'eau. Deïev se retourna, et découvrit que Zagreïka n'était plus sur le bord, et que l'eau, non loin, était agitée de petites vagues et de bulles : le garçon n'avait pas supporté la séparation et s'était jeté à la mer pour rejoindre son maître. Ne sachant pas nager, il avait coulé au fond.

Deïev se précipita vers l'eau agitée, les mains en avant, plongea et fouilla les profondeurs froides. Il attrapa le corps qui se débattait et le hissa à la surface, le sortit sur la rive. Tombant sur le sable, Zagreïka se mit à geindre et à tousser, expulsant l'eau avalée.

– Une belle baignade, railla Deïev.

Il se coucha sur le sable brûlant en surface, frais dessous, et ferma les paupières.

Bientôt, le garçon retrouva une respiration plus calme, rampa vers son maître et s'installa à ses pieds, enfin tranquillisé.

Quelqu'un d'autre s'approcha d'eux – doucement, d'un pas léger – et se coucha à côté. À travers ses cils mi-clos, Deïev distingua une tête de femme avec deux longues tresses descendant jusqu'aux épaules : Fatima.

– On a tout de même fini par arriver à l'Aral, lui dit Deïev, qui ne l'aurait sans doute dit à personne d'autre. J'ai plusieurs fois douté qu'on y arriverait. Mais nous y sommes.

– Ici, on trouve des flamants roses, répondit-elle, bizarrement, comme toujours.

Deïev ne voyait pas son visage, mais comprit à sa voix qu'elle souriait.

– Ils ont la couleur de l'aube. Pouvez-vous vous l'imaginer ?

Deïev ne savait pas si c'étaient des poissons ou des insectes. Et il était incapable d'imaginer des animaux couleur de l'aube. Il ne savait plus que rester couché, étendu sur le sable brûlant, écoutant la respiration de Zagreïka d'un côté, la voix de Fatima de l'autre. Elle lui disait semble-t-il autre chose, mais Deïev était en train de s'endormir, et le monde entier semblait caché sous un voile, les sons lui parvenaient à peine.

Le vent faisait bruisser les herbes du rivage. Quelque part au loin, les nurses poussaient des cris, tentant d'inciter les baigneurs frigorifiés à sortir de l'eau. Plus loin encore, dans la guirlande, les marmites tintaient : Memelia préparait une soupe de poisson séché.

La guirlande elle-même, immobilisée sur les rails, attendait d'être lavée. Les rails dessinaient des fils argentés au bord de la mer. Devant, sur des kilomètres et des kilomètres, ces fils s'éloignaient de la mer bleue, pénétrant toujours plus loin dans les sables orange du Kyzyl-Koum. C'était là le territoire de la République soviétique qui était le but de leur voyage. En d'autres mots : le Turkestan.

6. À NOUVEAU CINQ CENTS

Kazalinsk-Arys

Le désert s'étendait comme un océan. Pendant des jours et des jours, le convoi traversa cet espace – des jours traînants, incroyablement lents. Matin, midi et soir, un vaste horizon se dessinait devant eux, séparant le ciel et la terre. Le soleil se déplaçait dans le ciel. Des ombres se déplaçaient sur la terre. Rien d'autre ne bougeait, dans ce désert.

La monotonie sans fin de cette terre, qui n'était pas encore du sable, mais s'apprêtait à le devenir, épuisait les yeux : le paysage brun, invariable, était le même que la veille, et sans doute le resterait-il encore longtemps. Oui, il y avait de l'herbe ; à certains endroits, elle entrelaçait la terre comme du fil de fer (et quand il n'y en avait pas : la terre se fendait et se couvrait de fleurs de sel). Il y avait des arbres : les plumeaux des tamaris, des saxaouls tordus. Il y avait même des animaux : pendant les arrêts, les garçons chassaient des lézards, qu'ils mangeaient ; sur les souches sortant de terre, on voyait parfois les ombres rapides de geais et de moineaux ; haut dans le ciel, des oiseaux de proie regardaient la guirlande avancer obstinément sur les rails, avant de s'éloigner, déçus. Mais ces herbes, ces arbres, ces animaux, étaient tout petits, presque invisibles sur la toile immense du paysage, comme des esquisses hâtives au crayon.

La poussière était partout, une éternelle poussière sombre : dans les yeux, les cheveux, sur les dents, dans les plis du corps, entre les doigts de pieds, sur la table et sur les visages des malades couchés à l'infirmerie. À certains moments, ce n'était déjà plus de la poussière, mais du sable – et tant mieux s'il n'entrait que dans les chaussures, mais parfois il recouvrait les rails, et l'on n'avait plus qu'à sortir pour l'enlever avec des balais artisanaux ou avec les mains, pour permettre à la locomotive de continuer. Ils avançaient souvent ainsi : des gens courbés à l'avant, la machine de fer en arrière, centimètre par centimètre, traverse après traverse, pas à pas.

La vie était si rare dans l'immensité de ce monde vide, que la guirlande et ses habitants, en brisant son immobilité, semblaient violer l'éternité.

Il n'y avait que peu de couleurs : la palette du paysage était déterminée par la position des astres et la couverture nuageuse. À l'aube, la terre nocturne, noire, devenait bleutée, avec des reflets roses. La journée, elle était rousse sous le soleil éblouissant ; au soir, elle prenait une teinte bleu foncé. Elle n'en restait pas moins toujours de la terre, brune et poussiéreuse. Deïev rêvait d'une forêt : les cimes dentelées d'arbres, le bruissement de la verdure. Ou d'une rivière sinueuse, à l'écume scintillante. D'un village d'isbas aux fenêtres de bois sculpté, d'un troupeau de vaches, d'un buisson de sorbier !… Mais il ne voyait qu'une immensité brune, parfois très légèrement marquée par le relief d'une colline ou d'une cuvette, mais toujours monotone et toujours continue.

Dès son enfance, il avait eu le sens des distances – il pouvait les déterminer comme s'il les avait mesurées avec un mètre – et il savait toujours combien de kilomètres avaient été parcourus, ou combien il en restait avant la fin du trajet. Mais dans le désert, son instrument de mesure intérieur ne fonctionnait plus : ses yeux parcouraient vainement l'étendue, cherchant et ne trouvant pas de repères ; leur lenteur de tortue lui faisait perdre pied. En principe, le convoi avançait, mais en même temps il était comme englué dans l'espace, incapable d'en venir à bout. Et les gens s'étaient englués dans cette route interminable.

Leur seul salut était les petites gares. Oui, souvent abandonnées. Oui, toutes pareilles : deux maisons d'argile, grises ou blanchies, un château d'eau de brique sombre, à la porte toujours bleue. Mais sur chacune, il y avait un nom en lettres russes. Et le nom était chaque fois nouveau. Donc, la guirlande avançait réellement, se frayant un passage dans le désert, s'accrochant à ces noms comme un voyageur s'enfonçant dans un marais s'accroche à une motte d'herbe. Tchoumych, Kamychly-Bach, Karakouous : on avait l'impression que du sable frottait contre une souche. Baï-Khoja, Tiouratam, Khorkhout : un bruit de serpent à sonnette. Bik-Baouli, Djoussaly, Tchiili : un chant de cigale.

Comme tout cela était étranger.

Ils chauffèrent d'abord la locomotive avec du bois, dont ils avaient fait une réserve abondante à Aralsk. Puis ils se mirent à récolter du saxaoul sur le chemin : cet arbre noueux se révéla dur comme la pierre, résistant aux coups de hache, et ne se brisant que sous une pression intense, raison pour laquelle il ne pouvait être récolté ni par les enfants ni par les femmes, mais seulement par Deïev, l'infirmier, le mécanicien et son assistant. Craignant que le saxaoul ne disparaisse à son tour, Deïev ordonnait de s'arrêter pour le récolter chaque fois qu'il remarquait du bois, ce qui retardait encore le convoi à l'allure d'escargot. En revanche, le tender était désormais plein de souches et de branches.

Ils avaient aussi fait des réserves d'eau supplémentaires. N'osant pas compter entièrement sur les gardiens des gares – d'autant plus que la moitié des gares étaient désertées, et que les châteaux d'eau pouvaient se révéler vides –, Deïev emprunta, à Kazalinsk, une citerne à pétrole sur roues. Ou plutôt, il la loua au chef de gare, contre les verres à champagne et autres vaisselles dorées et ridicules qui prenaient la poussière dans le wagon-cuisine depuis Sviajsk. Il promit de la rendre au retour. Le chef, avide de faïence et de cuillères en argent, versa encore à Deïev quelques poignées de bicarbonate pour enlever la rouille sur les roues qui n'avaient pas tourné depuis cinq ans au moins, et peut-être dix. La citerne puait le pétrole pourri et, bizarrement, la pisse, mais l'eau ne s'en échappait pas : ils l'avaient remplie jusqu'en haut, et attachée en queue de convoi, la fermant hermétiquement : c'était une réserve. La guirlande s'était allongée, et Deïev s'était tranquillisé.

L'eau rouillée et le saxaoul, c'était tout ce dont ils disposaient en abondance. Il n'y avait pas de nourriture. Il était difficile de demander des provisions dans les gares à demi cachées par le sable, où l'on était déjà content de trouver un homme maussade avec deux moutons teigneux dans un enclos et cinq maigres dindes qui vivaient dans sa maison. Ces solitaires se nourrissaient principalement de pain sec, de fromage blanc séché jusqu'à une consistance de pierre et de bâtonnets de mouton séché. Tout était acheté à l'avance, des réserves pour un mois, dans les marchés des villes voisines, et rangé dans un coffre que le propriétaire ne manquait jamais de fermer à clé quand les enfants sortaient du convoi.

Quant aux villes, elles n'en avaient que le nom, c'étaient en fait des gares un peu plus grandes, où se rassemblaient parfois des habitants du désert, déployant leur yourte ou installant des auvents rayés et y passant plusieurs jours à acheter et vendre, le plus souvent à échanger, et plus souvent encore se contentant de regarder la marchandise. Celle-ci consistait généralement en chapeaux de fourrure usés et manteaux kirghizes, vieux attelages, laine de chameau non peignée. Mais il n'y avait pas de nourriture. Tout comme il n'y avait pas d'administration, ni de police, ni de département de la Tchéka, où Deïev aurait pu aller avec son mandat déjà bien usé, et exiger au moins quelque chose. Il n'y avait souvent tout simplement pas de gens pour lire ce mandat.

Les poules de Sviajsk avaient depuis longtemps fini dans la casserole, il ne restait d'elles que les perchoirs dans un recoin du wagon d'état-major. Dans les réserves de la cuisine, le poisson séché offert par les cosaques diminuait peu à peu : au début, la ration quotidienne avait été d'une demi-carcasse par bouche, puis d'un quart, puis encore moins. L'économe Memelia mettait tout dans la soupe : les écailles, les branchies, les queues et les nageoires. Il écrasait le cartilage des poissons et faisait bouillir les entrailles dans plusieurs eaux, pour les ajouter également dans la soupe. L'odeur de cet éternel brouet – de sel, remugle d'eau et graisse de poisson – qu'ils mangeaient depuis deux semaines, donnait la nausée aux nurses. Mais pas à Deïev : il avait cessé depuis longtemps de sentir le goût de la nourriture. Et il se disait : quand il n'y aura plus de poisson, vous commencerez à regretter cette puanteur. Le poisson disparut rapidement.

La guirlande avançait tant bien que mal sur les rails couverts de sable, s'enfonçant toujours plus dans le désert, sans provisions et sans sel. Les tonneaux d'eau potable n'étaient pas vides, mais on ne donnait qu'une demi-tasse, à heures fixes. Tous savaient qu'il n'y avait aucun moyen de trouver de la nourriture. « On aura à manger quand vous verrez les montagnes », avait promis Deïev aux enfants. D'où tenait-il que les montagnes étaient plus généreuses que les sables ? Mais il fallait bien promettre quelque chose.

Les rails étaient comme morts. Aucun train ne passait dessus, seuls quelques rares voyageurs marchaient à côté d'eux, y projetant leur ombre légère. Et malgré la lenteur de la guirlande, malgré ses longs arrêts, attendant que les hommes aient récolté et débité les saxaouls, elle ne fut jamais rattrapée ni croisée par un seul convoi. Des buissons encadraient la voie ferrée – ils avaient été plantés pour la protéger du sable – ; ce n'était pas de l'armoise, ni de l'acacia ou des calligonum, ce n'étaient même pas des plantes, mais des squelettes de plantes, des ronces noires. Les os blancs d'animaux apparaissaient parfois entre les branches desséchées. Et si Deïev n'avait pas su pertinemment que ces rails menaient à Tachkent – à la « ville d'abondance », comme la Russie affamée l'appelait désormais, la « ville divine », la « terre promise », où tentaient de se rendre, en rêve ou dans la réalité, des centaines et des centaines d'errants –, si ces rails ne s'étaient pas étendus jusqu'à la merveilleuse Tachkent, derrière laquelle se cachait, dans les montagnes, l'encore plus merveilleuse Samarcande, Deïev n'aurait pour rien au monde mené le convoi par cette route morte.

Les voyageurs savaient aussi que les rails menaient à Tachkent. Deïev devait en éconduire beaucoup aux gares, tandis qu'ils tentaient, ouvertement ou en douce, de se joindre au convoi. Les plus désespérés essayaient de traverser le désert à pied, marchant sur les traverses, et la guirlande tombait souvent sur de tels fous entre les gares, à demi morts de faim et de soif. Deïev n'embarquait pas les adultes. Mais il prenait tous les enfants. Blanche ne s'y opposait pas : il n'y avait pas de nourriture, les nouveaux n'ôtaient le pain de la bouche de personne.

Voilà où ils étaient, les enfants vagabonds dont parlait l'inspecteur d'Orenbourg ! À Diourmen-Tioubé, à Kara-Ouziak, à Saouran : partout, ils rencontraient des enfants, seuls ou en meute, encore valides, ou déjà couchés par terre. Deïev les prenait tous. Il ne pouvait pas les nourrir, mais il était parfaitement en mesure de leur donner à boire et de les allonger sur une couchette, de les soutenir par une promesse de ne pas les abandonner.

Vers Djalagach, ils virent une famille : père et mère étaient allongés sur le bas-côté, à l'ombre d'une charrette, tandis que des jumeaux d'un ou deux ans rampaient à côté d'eux, sur les rails. Deïev voulut gronder les parents pour leur négligence, mais ne le put pas : ils étaient morts tous les deux. Ils embarquèrent les enfants dans le wagon des tout-petits, et la charrette dans le tender, pour les réserves de bois.

Loin après Kyzyl-Orda, ils rencontrèrent une autre famille, un vieux Sarte[1] assis sur les rails, et ses quatre femmes habillées de noir, les cheveux cachés sous des voiles noirs. Quand il aperçut la locomotive qui s'approchait au loin, le Sarte se leva difficilement – épuisé, il tenait à peine sur ses jambes – et, avec un bâton, chassa ses femmes des rails. Celles-ci lui résistèrent, elles ne voulaient pas se lever, puis elles obéirent tout de même et s'éloignèrent de quelques pas, avant de se figer.

En les observant du toit du wagon d'état-major, Deïev ne put se défendre d'un sentiment de malaise : il y avait quelque chose d'étrange dans la scène, pourtant habituelle dans ces contrées. Pas parce que l'homme battait ses femmes, ni parce qu'elles étaient liées entre elles par une épaisse corde attachée à leur taille –, la sévérité des maris, ici, était bien connue. Mais ces quatre femmes suivaient le train des yeux, la tête levée – ce qui n'était pas commun pour des autochtones. Elles étaient de très petite taille. Puis, ayant aperçu par hasard un pied dépassant d'une robe, Deïev comprit que la femme ne portait pas des souliers de bois ou de cuir, mais des sandales de tille…

Il sauta du toit du wagon, s'approcha de l'étrange famille, sortant son revolver. Le Sarte, effrayé, agita son bâton, tentant d'éloigner les femmes dans le désert, mais celles-ci tombèrent à terre et se mirent à crier, implorant d'une voix haut perchée, en russe. Deïev abattit le Sarte. Les femmes enlevèrent leur voile, et se révélèrent être des fillettes d'une douzaine d'années, aux tresses châtains, aux visages amaigris.

1. Habitants sédentarisés du Turkestan.

Elles venaient toutes de l'Oural, avaient toutes été vendues par leurs parents au marché d'Orsk contre des raisins et des abricots secs. Elles étaient en route pour Boukhara, puis pour un harem de Mechkhed.

Les nouvelles rejoignirent le wagon des filles. Dans la musette du Sarte, ils trouvèrent une galette de pain et un morceau de viande séchée de cheval. La galette fut répartie entre les tout-petits, et la viande – en quantité ridicule, tenant dans la paume d'une main ! – allouée à la louve du Capitole : Deïev craignait qu'à force d'être sous-alimentée, la nourrice ne donne plus de lait.

☆

Les nouveaux passagers du train ne ressemblaient pas à des enfants, mais à des ombres d'enfants. Les longues errances leur avaient pris toutes leurs forces : faibles, résignés, ils se cachaient dans un coin, se couchaient au sol, voire sur la plateforme de freinage, n'osant pas occuper les couchettes. Ils n'élevaient pas la voix, ne mendiaient pas de la nourriture, buvaient ce qu'on leur donnait et quand on le leur donnait – en un mot, ils ne posaient pas de problème. Mis à part le fait qu'ils mouraient parfois.

Deïev ne savait plus combien d'enfants supplémentaires il avait pris dans le convoi et combien il en avait enterré. Chaque jour, il accueillait de nouveaux passagers – parfois un, parfois une troupe. Et chaque jour, de mauvaises nouvelles arrivaient, concernant les anciens de la guirlande ou les nouveaux passagers.

Deïev et Boug creusaient des tombes chaque nuit, heureusement que le sol du désert était meuble : du sable avec des galets. Ils travaillaient vite, on pourrait même dire harmonieusement, ayant pris l'habitude. Parfois ils se taisaient, parfois ils parlaient, beaucoup même, mais jamais de ce qu'ils étaient en train de faire.

C'était surtout l'infirmier qui parlait : il se souvenait de cas compliqués dans son travail, ou de la guerre avec les Turcs (« dans ma jeunesse imberbe »), les Japonais (« là, j'avais déjà les moustaches grisonnantes »), ou de la récente guerre civile. Il parlait surtout des chevaux, de comment soigner la gourme ou la morve, comment aider une jument à mettre bas, et des défauts des races pures, et de sa rencontre, un jour, dans les steppes mongoles, avec un troupeau de petits chevaux au poil long, à qui il avait donné du sel dans la main, et les chevaux n'avaient pas eu peur de le lécher, ce qui avait valu à Boug le surnom de Chaman des Chevaux.

Ces discussions ne témoignaient pas d'un manque de respect envers ce qu'ils étaient en train de faire. Au contraire : si leurs bouches et leurs têtes n'avaient pas été pleines de discussions sur des choses simples et heureuses, ils n'auraient pas pu accomplir leur lourde tâche. Deïev écoutait le grand-père avec reconnaissance : quel bonheur de pouvoir penser, non au petit corps sans vie étendu à deux pas, attendant d'être enterré, mais à d'étonnantes bêtes poilues, de s'imaginer comment leur nez arrondi s'approchait de la main de Boug, attrapant précautionneusement la pincée de sel brillante avec les lèvres... Ces conversations étaient comme un verre de vodka qui soulage la douleur. De la morphine pour l'âme.

Parfois, dans ces minutes à cœur ouvert, Deïev avait envie de parler de Fatima : est-ce vrai que tu en es amoureux, grand-père, est-ce bien ce que je lis dans tes yeux fatigués ? Mais tu as les cheveux gris ! Et elle est deux fois plus jeune que toi ! Il ne posait pas cette question, par égard pour son camarade. Et il comprenait que c'était une jalousie stupide qui le démangeait, le poussait à parler. Et puis, c'était trop intime.

Un jour, il posa une question importante :

– Tu m'en veux de prendre des enfants dans le train ?

Boug resta longtemps sans répondre.

Deïev avait eu tort d'aborder le sujet ! Il était bien plus difficile de manier la pelle dans le silence.

– Je te plains, fiston.

– Que veux-tu dire – je suis malade, pour que tu me plaignes ?

– On ne plaint pas les malades, on les soigne. C'est le premier commandement du médecin. Mais on ne peut rien faire pour toi. Tu es mutilé.

– Mutilé par quoi ? répliqua Deïev, qui n'avait pas compris, ou était vexé. Il en arrêta même de creuser.

– Par la guerre, répondit Boug en haussant les épaules. Par cette époque qui broie les gens. D'où pourrais-je le savoir ? Tu ne me dis rien de toi. Moi, qui suis peu loquace, je t'ai déjà tout raconté pendant ces semaines : mes années de service, mon rêve de devenir vétérinaire pour les chevaux. Parce que nous sommes des hommes, toi et moi, et non deux bûches posées à côté l'une de l'autre. Toi, tu sembles simple comme bonjour, clair comme de l'eau de roche – mais c'est tout le contraire ! Tu n'as pas dit un mot sur toi.

C'était vrai. Combien de fois Deïev avait-il voulu raconter quelque chose sur son passé, il avait même préparé des amorces de discussions : « Te souviens-tu, grand-père, comme l'hiver 1920 a été neigeux ? », ou « Je n'avais jamais vu autant de gens qu'en août 1921. Tu étais à Kazan cet été-là, grand-père ? » Mais chaque fois, ses lèvres étaient comme scellées. Il avait peur de parler de lui.

– Chez un homme bien, l'âme est comme une pomme fraîche, solide et sonore, continua l'infirmier. Chez un salaud, elle est gâtée d'un côté, voire pourrie de l'intérieur. Mais ton âme ressemble moins à une pomme qu'à un chou : de quel côté qu'on l'approche, on tombe sur une feuille, une autre, mais on n'arrive jamais à l'essentiel, au cœur.

Deïev écrasa sa pelle sur la terre molle, qui se répandit en poussière. Quelle mouche l'avait piqué de questionner Boug ! Ils auraient mieux fait de parler, comme par le passé, de dressage des poulains et de soins des sabots. Il aurait voulu jeter la pelle au sol et s'enfuir, s'enfoncer dans l'obscurité et s'y cacher tant qu'il n'aurait pas dit d'autres mots, plus honnêtes et plus douloureux.

– Quand on te regarde, on se dit, voilà un jouvenceau. Qui a été au front, mais un jouvenceau, impulsif, sincère, mal dégrossi. Et pourtant, parfois, tu ressembles à un vieillard. Tu ne connais pas ton visage, quand nous creusons des tombes. J'en ai vu, des enterrements, à l'armée, et je connais le visage des fossoyeurs. Un homme ordinaire – soldat ou civil – a peur de la mort, il la repousse, et cette peur est toujours visible dans ses yeux. Seuls les vieillards, les très vieux, qui sont déjà fatigués de vivre, n'en ont pas peur. Et toi, tu ne la crains pas. Quand tu mets les enfants en terre, c'est comme si tu t'enterrais à leur place.

Le grand-père parlait lentement, exposant soigneusement sa pensée à son interlocuteur.

– D'un autre côté, on a l'impression que tu es bon, meilleur que personne : tu donnes le *kissel* aux grabataires, tu accueilles un attardé mental sous ton châlit, tu fais monter les gamins sans abri dans le convoi pour les sauver de la famine. Tu sembles avoir assez de bonté pour trois. Mais la haine, fiston, ce n'est pas pour trois, mais pour une bonne dizaine que tu en as. Tu portes cette haine en toi, tu essaies de la retenir, mais elle jaillit quand même à l'extérieur. Et sous l'amour, il y a la colère, sous la jeunesse, la vieillesse, sous la force et l'autorité, la faiblesse et une âme déchirée. Des feuilles et des feuilles de chou, un nombre incalculable.

Pendant un instant, Deïev eut l'impression qu'il était nu face à Boug, et qu'il avait affreusement honte.

– Tu veux dire que je suis à double fond ? Que je suis un homme mauvais ?

Il voulut attraper le petit cadavre pour le déposer dans la fosse, mais il le prit si maladroitement qu'il le fit tomber, et il dut s'y prendre à plusieurs fois pour le déposer correctement.

– Je ne sais pas. Tu le sais mieux, toi qui vois à l'intérieur de toi.

– Mais de l'extérieur, on voit quoi ?

– On voit que tu nous aurais chassés, moi et la commissaire, sans hésiter un instant, si nous n'avions pas accepté que tu laisses monter les enfants. Que tu étais prêt à mourir pour la viande, au centre de stockage. Que tu étrangleras tout inspecteur de gare qui empêchera la guirlande de continuer le voyage. Et que derrière tout ça, il n'y a pas le sens du devoir, pas une idéologie ni la charité, mais un grand désespoir et une grande douleur. Ce ne sont pas les enfants que tu sauves, avec ce convoi, mais toi-même. Les enfants, ça va simplement avec. Voilà ce qu'on voit.

Deïev prit sa pelle pour couvrir la tombe. Il ramassait la terre avec rage, comme pendant un incendie : il prenait de grosses mottes de terre et les jetait dans la fosse, puis encore, froissant avec force la terre sèche.

– Et on voit aussi qu'aujourd'hui tu mènes un convoi d'enfants au Turkestan, et demain tu peux fusiller un détachement de cosaques. D'une main, tu sauves des vies, de l'autre, tu assassines.

– Je n'assassine pas, je châtie les ennemis de la révolution ! Tout le monde vit comme ça, c'est l'époque qui le veut.

– Beaucoup, confirma Boug. Mais pas tous. C'est ces « beaucoup » que j'appelle des mutilés. Et que je plains.

– Y compris le camarade Dzerjinski ? ne put se retenir d'ajouter Deïev.

Tout le monde savait que le terrible chef de la Tchéka, le camarade Dzerjinski, était à la tête de la commission à l'enfance et du Comité central qui formait et faisait circuler les convois d'évacuation dans le pays. Dont la guirlande.

– On ne me verra plus dans un train d'enfants, répondit Boug hors de propos, se mettant à genoux pour aider Deïev à rassembler la terre. Jamais. Dès qu'on sera arrivés à Samarcande, je repartirai pour Kazan avec le premier train, à l'académie militaire, m'occuper des chevaux.

☆

La guirlande était devenue un train silencieux. À une époque, Deïev s'était étonné du silence de l'infirmerie ; ce même silence enveloppait désormais tout le convoi. Les seuls bruits s'élevant encore étaient le grondement de la machinerie dans les entrailles de fer, le sifflement de la vapeur, ainsi que le bourdonnement des roues sur les rails et le cliquetis des chaînes quand le train roulait. Mais dès que la locomotive s'immobilisait, toute vie mécanique disparaissait, et la guirlande devenait muette. On n'entendait plus les voix des enfants dans les wagons, ni leurs cris, ni leurs chants, ni leurs gros mots, ni leurs rimes moqueuses. Ni la voix grondeuse des nurses. Ni le tintement des marmites et des louches dans la cuisine. Le soir, Fatima ne chantait plus sa berceuse aux petits. La population du train était devenue maussade, renfermée, économisant ses forces, économisant sa salive, ses sourires et ses regards.

Ils n'avaient rien mangé depuis trois jours.

Les enfants passaient la majeure partie du temps allongés sur leur couchette, regardant le mur ou le plafond : la terre nue et infinie qui apparaissait par la fenêtre ne pouvait que fatiguer et déprimer. Les adultes trouvaient encore la force d'accomplir les tâches essentielles : nettoyer les rails du sable, ramasser des saxaouls, porter des seaux d'eau de la citerne à la locomotive, mais ces forces déclinaient rapidement.

La nurse couturière s'évanouit deux fois. L'ancienne bibliothécaire souffrait de coliques. La veuve du pope se mit à prier souvent, à voix haute, et ni les menaces de Blanche ni les remontrances de Deïev n'y purent rien. La paysanne s'alita : elle s'abattit silencieusement sur sa couchette, et sa respiration était si haletante qu'elle fut rapidement transférée à l'infirmerie pour ne pas effrayer les passagers.

Des gamins tentèrent de se nourrir d'herbe : ils arrachaient des brassées d'herbes sèches qui poussaient le long des rails et les mâchaient, les transformant en bouillie, puis les avalaient. L'infirmier l'avait formellement interdit, mais ils n'en mâchèrent pas moins. Un jour n'était pas passé que trois d'entre eux furent pris de coliques. Boug ne prit pas les enfants dans son infirmerie : il valait mieux qu'ils gémissent au milieu des autres et, par leur aspect pitoyable, découragent le reste des enfants de tenter la même chose.

Griga Une Oreille et cinq de ses camarades quittèrent le convoi, sans rien dire à personne et sans un adieu, la nuit. Ils partirent dans leur chemise d'orphelin, mais sans emporter rien d'autre en souvenir, ni de la cuisine ni de l'infirmerie. Au matin, Deïev et Blanche les cherchèrent dans les environs, mais ne purent pas trouver de traces sur la terre piquetée d'armoise. Vingt-quatre heures plus tard, les fuyards furent retrouvés – sur leurs couchettes, couverts de saleté et de griffures, leurs chemises déchirées. Ils avaient visiblement regagné le convoi la nuit, suivant les traverses, et s'étaient glissés à l'intérieur.

Les filles se mirent à s'assembler par petites grappes : elles se couchaient à trois ou quatre sur un châlit, se pressant les unes contre les autres, pour se réchauffer. Elles ne discutaient pas, somnolaient toute la journée, ne pleuraient pas.

Même les tout-petits ne pleuraient pas. Ils suçaient leurs doigts, voire enfonçaient toute la main dans leur bouche. Ils mâchaient le bas de leur chemise. Ils se pressaient contre Fatima avec une soumission abêtie, certains se réfugiaient contre la fourrure tiède de la louve du Capitole. Celle-ci gisait au sol, aussi inerte qu'une charogne, les yeux fermés. Fatima lui donnait de temps en temps de l'eau, la retournait sur l'autre flanc. Elle lui mettait régulièrement Petit Coucou à téter : quelque chose sortait encore de ses mamelles usées, nourrissant le bébé. Deïev observait ce tableau en entrant ou en sortant du compartiment.

Depuis quelque temps, il sentait que son corps privé de nourriture devenait de plus en plus léger. Étonnamment, il avait de la peine à mouvoir ce corps léger. À le déplacer dans le convoi, pour l'inspection. À l'envoyer récolter du saxaoul, enlever le sable des rails. À le faire monter sur le toit du wagon. Tout était devenu difficile.

Le plus difficile de tout, c'était de penser : le crâne de Deïev n'était déjà plus un crâne, mais un tonneau avec de la colle d'amidon, dans laquelle les pensées se mouvaient maladroitement, se collaient les unes aux autres et ne parvenaient pas à prendre une forme définitive. Le plus simple était de s'en tenir à de vieilles pensées éprouvées et de ne pas en inventer de nouvelles. C'est ce qu'il faisait, économisant ses forces. Mais parfois, cela ne suffisait pas, et il devait bien, serrant son tonneau de colle d'amidon entre les mains, l'agiter pour décoller les peurs, les mirages et les désirs de la réalité.

La pensée principale : nous allons à Samarcande. Samarcande existe.

Une autre pensée importante : nous aurons de la nourriture quand nous verrons les montagnes. Quelqu'un l'avait promis à Deïev, quelqu'un d'intelligent et d'informé. Qui donc ? Peu importait. L'essentiel, c'était de voir les montagnes. D'y arriver coûte que coûte. On ne les apercevait pas, par la fenêtre ? Non, pas encore.

Une nouvelle pensée était apparue, moins lisse et moins agréable que les anciennes : il fallait économiser le bois. Le bois ne devait être utilisé que pour la locomotive. Donc, on arrêtait de chauffer les wagons. Mais il allait faire froid, la nuit ? Nurse, vous voulez être bien au chaud, ou arriver à Samarcande ? J'ordonne d'économiser le bois. La règle du commandant du convoi – règle n°… – j'ai oublié le numéro.

Il avait des spasmes dans l'estomac. Il ne le dit à personne. Quand les spasmes atteignaient ses côtes, il se détournait et attendait. S'il y avait des témoins, il s'efforçait de ne pas se plier en deux et de ne pas serrer les poings. Il n'y arrivait pas toujours.

Le temps n'était plus un flux continu, mais une chaîne disparate d'événements, de discussions, de bribes de pensées. L'instant d'avant, il était assis sur le toit, cherchant les contours des lointains sommets, quand soudain, il était déjà dans l'infirmerie avec Boug, en train d'essuyer les malades avec un linge mouillé, enlevant la poussière brune des visages. Il discutait avec le mécano de la possibilité de faire avancer la guirlande la nuit, et il se retrouvait tout d'un coup dans son compartiment, couché, immobile, fixant le plafond, comme s'il n'avait rien de plus important à faire. Des bribes de vie apparaissaient comme des flashs et disparaissaient tout aussi vite, comme les fenêtres d'un train passant rapidement. Entre elles, il n'y avait que le vide.

Un flash. L'un des nouveaux passagers venait le trouver : je propose de manger la chienne qui vit avec les petits, elle est vieille de toute façon. D'accord, acceptait Deïev après un instant de réflexion, mais on te mangera d'abord toi. Écoute-moi attentivement, M. Je Propose. Si notre louve du Capital se retrouve avec ne serait-ce qu'une égratignure ou une poignée de poils en moins, on ne va pas perdre de temps à chercher les coupables, tu seras éjecté du train, et même… L'activiste s'enfuyait sans écouter la fin du discours traînant du commandant.

Un autre flash. « C'est vrai que les bourgeois chauffent leurs locomotives avec du pain ? » (C'était une question d'Abeille, quand Deïev passait devant elle.) « Je ne l'ai jamais vu, reconnaissait-il. Peut-être que c'est vrai. – Tu les tueras, quand tu les verras faire ça ? – Je les tuerai, promis. » Comme preuve, il sortait son revolver et, ouvrant le barillet, le faisait tourner devant la fillette : regarde, il est plein, sept balles. Il remarquait que l'arme tremblait dans sa main.

Encore un flash. « Deïev, tu as déjà mangé du raisin ? – Jamais eu l'occasion. » (C'était une discussion avec Ioussia Trachome.) « On dit que ce sont des grains miraculeux. On en mange un, et on est repu pour toute la journée. – Si on le dit, c'est que c'est vrai. Donc, on ira en chercher dès qu'on arrivera à Samarcande. Parce qu'on va à Samarcande. Samarcande existe… »

Selon les calculs de Deïev, ils avaient déjà parcouru tant bien que mal huit cents kilomètres depuis l'Aral. Les montagnes devaient apparaître d'un jour à l'autre. Maintenant. Dans une heure. Ou deux. Ou au soir. Mais aucune montagne ne se montrait.

Le désert se moquait d'eux : il ne proposait pas la moindre élévation – même minuscule – qui aurait pu annoncer un contrefort, mais continuait à s'étendre le plus platement du monde, à l'infini, à perte de vue. De petites buttes parsemées de pierraille et hérissées d'armoise se dressaient comme des verrues – c'étaient plus des bosses que des buttes. Des îlots de terre saline étincelaient, pareils à des soucoupes géantes. Autour de ces soucoupes, la terre brune se soulevait un peu, des coups de vent la poussaient, la faisaient voler au ras du sol comme de la neige. Ce n'était pas de la terre, mais du sable.

Ils n'avaient plus vu aucun bâtiment depuis longtemps : la gare d'Arys était restée loin derrière, et ils n'en avaient plus rencontré aucune autre. Des kilomètres et des kilomètres sans gare.

– Camarade commandant du convoi, le bois arrive à sa fin.

– Tant qu'il y en a, chauffez !

Ils ne rencontraient plus de saxaouls.

Un kilomètre, encore un kilomètre…

Ils débitèrent tout ce qu'il y avait dans le train : les perchoirs des anciens poulaillers, les paniers des poules, les caisses et les boîtes qui s'étaient accumulées de ravitaillement en ravitaillement, l'horloge murale offerte par les cosaques, des pipes, tous les livres (la bibliothécaire pleurait, mais elle les donna), le cadre du tableau dans le wagon des filles (Deïev voulait aussi brûler le tableau, mais la bibliothécaire s'obstina cette fois, elle s'accrocha à la toile comme si elle était en or, et Deïev céda, lui laissa la croûte). Tout ce qui pouvait brûler et donner de la chaleur se retrouvait dans la chaudière.

Je vais enlever les portes, se dit Deïev, maussade, prenant la hache. Et les châlits. S'il était resté des poissons salés, il les aurait mis dans la chaudière.

– L'eau de la citerne se termine.

– J'ai dit : chauffez !

Encore un kilomètre. Un demi-kilomètre…

Il n'y avait plus d'eau. Et plus de bois, rien que des braises qui rougissaient dans la chaudière.

Les roues tournaient encore, mues par les dernières poussées du cœur mécanique, mais de plus en plus lentement. La machine de fer respirait elle aussi de plus en plus lentement, de plus en plus faiblement, et se tut bientôt. La guirlande s'immobilisa, laissant sortir un dernier nuage de vapeur de sa cheminée.

Autour d'eux s'étendait toujours le même désert lisse, un océan de brun.

Envoyer quelqu'un en arrière, à Arys ? Ils s'étaient éloignés de quarante kilomètres en une demi-journée, ou peut-être cinquante, sans cesser d'enlever le sable des rails. Et en quoi le chef de gare éteint d'une gare endormie pourrait-il les aider, sans télégraphe et sans le moindre lien avec les grandes villes ? Non, le salut ne viendrait pas de l'arrière, mais de l'avant.

Deïev sauta à terre et commença à marcher entre les rails.

Blanche lui cria quelque chose, mais il ne l'écouta pas : il mettait ses pieds sur les traverses, gauche-droite, gauche-droite, comme lors d'une parade à l'armée.

Qui le suivait de près ? La commissaire ?

Zagreïka.

Ne me suis pas ! Deïev prit du sable dans sa main et le jeta à la face de son poursuivant. Retourne auprès des autres ! Le gamin s'obstinait. Tant pis pour lui, l'imbécile !

Un kilomètre. Encore un kilomètre.

Où vous cachez-vous, maudites montagnes ?!

Les rails s'interrompirent : il n'y en avait plus.

Comment ?

N'en croyant pas ses yeux, Deïev tomba à genoux, rampa à terre, trouvant à tâtons les dernières traverses et le bout des rails, rugueux sous la vieille rouille. Il rampa un peu plus loin, longtemps, cherchant la suite des rails. Il ne trouva rien.

Même le chemin de fer avait pris fin.

Le sable était roux et vivant. Tantôt il se séparait du sol et tourbillonnait au-dessus de lui en tempête, tantôt il devenait le sol. Il disparaissait, si le vent se calmait. Ou s'élevait en couche épaisse, si le vent redoublait.

Le sable jouait avec Deïev : au début, il lui cacha les rails qui menaient aux montagnes, puis ceux avec lesquels Deïev était arrivé dans le désert. Rends-les-moi, exigeait Deïev, avançant péniblement. Rends-les-moi ! Parfois, il donnait un coup de pied dans les tourbillons de sable, mais de tels gestes lui enlevaient beaucoup de force, et il cessa bientôt. Il avait de la peine à plier les genoux en marchant : il errait, un peu voûté, les jambes toujours un peu molles. Ses chaussures s'accrochaient aux racines des buissons, ou peut-être que les racines agrippaient elles-mêmes ses chaussures.

Les rails n'avaient pas pu s'interrompre tel un harnachement de chameau usé, Deïev le savait parfaitement. Il savait que des trains pour Tachkent et des gares plus lointaines, jusqu'à Boukhara, quittaient régulièrement la gare de Kazan et arrivaient à destination. Il savait aussi qu'il escortait un convoi pour Samarcande. Et que Samarcande existait. Donc, il devait trouver, dans les plis du sol et les enchevêtrements d'herbes, des rails d'acier cachés au regard, qui cavalaient sur des traverses de bois.

Mais où étaient-ils donc, ces rails ?

Il marchait depuis plusieurs heures déjà. Il espérait qu'il allait vers le sud : le soleil avait disparu dans la ouate du ciel, il ne pouvait pas s'orienter à partir de son ombre. Il s'efforçait de ne pas s'écarter de sa direction, les montagnes devant apparaître au sud, mais ce maudit sable tournoyait sous ses pieds comme un chien folâtre, le faisant tomber et perdre le sens de l'orientation.

Ici, le sable régnait en maître : à main droite de Deïev s'étendaient les espaces rougeâtres de Kyzyl-Koum, à main gauche, Mouïounkoum, qui devenait plus loin l'immense steppe de la Faim. Quelque part dans la région courait le grand fleuve Syr, et s'élevaient des chaînes montagneuses, découpant le paysage en morceaux et empêchant les déserts de se rejoindre en un unique océan de sable. Oui, les sols étaient hérissés d'herbes, constellés de racines de buissons, ce qui les empêchait de se transformer en dunes et les rabattait, les faisant ressembler à de la terre. Mais il suffisait de passer ne serait-ce que deux heures dans ces lieux, à essuyer sans fin la poussière de son visage et à s'efforcer de ne pas perdre son chemin dans le sable tourbillonnant, pour comprendre qui était le maître ici.

Qu'est-ce que je fais dans ce désert ? Je cherche les rails pour Samarcande.

Pourquoi ? J'y conduis un convoi d'enfants.

Et où est ce convoi ? C'est vrai, où est-il ?…

Rends-moi les rails ! Rends-moi le convoi !

Derrière lui, l'éternel Zagreïka remuait le sable. Le garçon était devenu si maigre après cette dernière semaine de famine que ses pas légers en étaient presque inaudibles, et que sa silhouette se réduisait à une fine ligne. Deïev se souvenait de temps à autre de son compagnon, se retournait. Il le regardait, encourageant, hochait la tête : tiens bon, frère. Il aurait préféré le dire avec des mots, mais il ne parvenait pas à desceller ses lèvres couvertes de poussière.

Si le gamin tombait et ne se relevait plus, il faudrait le porter. Blanche l'aurait abandonné dans le désert, mais Deïev en était incapable. Cela lui prendrait des forces et ralentirait sa marche.

Le sol lui sauta au visage : Deïev se retrouva soudain étendu face contre terre, ayant failli se blesser le nez et le menton. Il écarta ses bras et ses jambes comme pour mieux embrasser le désert. Zagreïka s'agitait à ses pieds, gémissait, il voulait sans doute l'aider.

Lève-toi ! Je ne peux pas, mes bras et mes jambes ne m'obéissent plus.

Lève-toi et marche ! Maintenant ! Je ne peux pas.

Pendant que tu restes affalé panse contre terre, les enfants meurent. Et tu es leur assassin, assassin !

Deïev se leva et continua à marcher péniblement. Il trébuchait et tombait souvent : les buissons lui jouaient des tours, emmêlant ses pieds dans leurs racines, et le désert, jusqu'alors parfaitement plat, s'en donnait à cœur joie, dansant et tressautant sous ses semelles, tantôt enflant, tantôt se creusant en cuvette.

Deïev culbuta dans l'une de ces cuvettes. Elle n'était pas profonde, pas plus qu'un petit ravin dans la forêt de Kazan, mais il tomba longtemps, roulant sur la pente et comptant avec le nez les branches griffues du calligonum. Quand il se retrouva en bas, il ne voulut pas ouvrir les yeux : il resta un instant immobile, rassemblant ses forces. Il lui sembla qu'il avait attendu une minute ou deux, mais quand il ouvrit les yeux, il faisait déjà nuit.

Il avait mal partout. Ses narines exhalaient une vapeur blanche. La lumière lourde, irisée, de la lune tombait sur l'une des pentes de la cuvette, la deuxième était noire, et le corps de Deïev, étendu sur le sol, était comme coupé en deux par cette lumière vive. Un vent soufflait très doucement, le sable serpentait sur les côtés de la cuvette, remontant vers le haut. Quelqu'un de petit et de tiède, sans doute une bête du désert, se pressait contre les jambes de Deïev, l'empêchant de geler tout à fait.

Où suis-je ? Je ne sais pas.

Qu'est-ce que je fais ici ? Je cherche quelque chose. Ou quelqu'un.

Mais qui peux-tu chercher ? Tu n'as personne. Si ! Une femme qui me chante une berceuse. Un homme qui est plus fort et plus sage que quiconque au monde. Et des enfants que j'aime – des frères ? – dont je suis responsable. Je les amène à Samarcande. Dans un convoi, sur des rails. Je cherche ce convoi et ces rails.

Rends-moi les rails ! Rends-moi le convoi !

Deïev donna un coup au sable qui ruisselait vers le haut, et commença à remonter la pente. Il grimpa longtemps : il était régulièrement pris de crampes, son gosier tremblait comme si l'air nocturne qu'il respirait n'était pas de l'air, mais une eau glacée qui pénétrait dans sa gorge et ses poumons. La terre n'était pas froide, mais légèrement gelée ; impossible de dormir dessus, il ne se réveillerait jamais. Les grains de sable, blancs à la lumière de la lune, faisaient penser, au toucher, à de la neige très fine.

Te souviens-tu, grand-père, comme l'hiver 1920 a été neigeux ?

La phrase s'alluma dans sa tête comme une ampoule électrique. Quels étaient ces mots, d'où venaient-ils ? Qui les avait prononcés, quand, et à quel grand-père s'adressaient-ils ? Peu importait. Seule comptait cette ampoule éblouissante dans son cerveau, qui ne lui permettait pas de fermer les yeux et de sombrer dans la nuit. De toute sa volonté, de toutes les forces mentales qui lui restaient, Deïev s'accrochait à cette lumière, grimpant sur la pente glacée et friable, puis sur quelque chose de dur et de tordu, jusqu'à arriver en haut.

Il essaya de continuer à ramper, mais son corps en était incapable. Était-il collé au sol gelé ? Reprenant son souffle, il s'obligea à se mettre à genoux, puis debout. Il avança en titubant.

Droite-gauche… droite-gauche… un kilomètre, un autre. Où sont donc ces maudites montagnes ? Ou les rails ? Ou le convoi ? Qu'est-ce que je cherche, si longtemps, si douloureusement, dans ce rêve interminable ?

La lune barrait le désert de noir et de blanc : des morceaux de terre illuminée, des ombres d'un noir charbonneux. Les tiges d'armoise, dans cette lumière, semblaient couvertes de givre. Le sable scintillait, éblouissant. Ou était-ce de la neige ? Beaucoup de neige, d'un bout à l'autre de l'horizon. Oui, l'hiver 1920 était particulièrement neigeux, c'était bien ça !

Se pouvait-il que les rails que Deïev cherchait étaient cachés sous la neige ? Mais le convoi ? À l'intérieur, il y avait des enfants, vêtus d'une simple chemise, ils allaient mourir de froid ! Et lui, l'imbécile, avait interdit aux nurses de chauffer. Mais il n'y avait rien pour chauffer, pas de bois. Comment ça, pas de bois, mais voici des troncs, il n'y avait qu'à les prendre !

Des troncs d'arbres : une forêt de saxaouls. Elle s'étendait en foule immense et immobile d'avortons bossus ou de danseurs fous figés en une sarabande échevelée. Chaque arbre, pas plus haut qu'un homme, tordait ses branches-bras et ses branches-jambes, le dos affreusement voûté. Les couronnes sans feuilles étaient d'une immobilité granitique, comme soudées dans l'air, et même le vent ne changeait rien à leur paralysie : il soufflait entre les branches sans les faire onduler.

Chancelant, Deïev passa dans cette forêt pétrifiée. S'il se redressait et qu'il levait le menton, il pouvait examiner les arbres d'au-dessus. S'il se courbait, épuisé, ses yeux arrivaient à hauteur des branches entremêlées. Les croisements de noir et de blanc défilaient devant ses yeux, lui donnant le tournis. Rends-moi, demandait Deïev sans s'arrêter, ne sachant plus ce qu'il demandait, et à qui.

Son pied trébucha ou glissa – contre une branche ? Sur la glace ? – et, pour la énième fois, il tomba au sol. Les racines de saxaouls, dures comme la pierre, lui heurtèrent les pommettes, les tempes, la poitrine. Un tissu se déchira – son pantalon ? Ou ses entrailles ?

Lève-toi et marche ! Maintenant ! Jamais.

Assassin, assassin. D'accord.

Ni les injonctions ni les menaces n'aidaient plus : le corps de Deïev était allongé, inerte, entre les arbres, son visage caché dans le sable. Et tout ce qu'il pouvait encore faire, c'était parfois ouvrir les yeux, contemplant les saxaouls hauts de deux mètres devant lui. Ses entrailles glacées durcissaient comme l'eau de novembre.

C'était le matin. Une ombre grise d'oiseau glissa sur les troncs.

C'était le jour. Un lièvre pelé sauta devant Deïev, le regardant de son œil ambré.

Te souviens-tu, grand-père, comme l'hiver 1920 a été neigeux ?

Ou était-ce maintenant, l'année 1920 ? Ce fameux hiver ? Parce que Deïev tremblait de froid. Parce que son corps s'enfonçait dans un tas de neige, parce qu'il ne pouvait plus avancer.

Oui, c'était maintenant. Oui : tout ce qui lui était arrivé, il y avait longtemps, pas longtemps, n'importe quelle année de sa vie, ne disparaissait pas sans laisser de traces, mais se répétait encore et encore, aujourd'hui, demain, et toujours.

En 1920, je venais à peine de rejoindre le département des transports, nous étions plus occupés à garder qu'à transporter. Te souviens-tu, grand-père, comme l'hiver 1920 a été neigeux ? La locomotive était immobilisée, disparaissant sous les tas blancs. Les marchandises étaient toutes précieuses : du blé, des pois. Et tout cela se retrouvait immobilisé, sur des voies de garage, attendant d'être envoyé plus loin. Attendant pendant des mois : il n'y avait rien pour chauffer les locomotives, pas de bois, sans même parler de charbon. Et il n'y avait personne pour nettoyer les rails des congères, j'aurais bien pris une pelle moi-même, mais les tempêtes de neige étaient si fréquentes qu'une pelle n'y aurait pas suffi, il en fallait une centaine pour chaque convoi. Pire encore : il n'y avait pas de mécaniciens, ils avaient été tués pendant la guerre. Les voleurs, par contre, pullulaient.

Chaque nuit, il se trouvait au moins un charognard pour monter sur les rails, un sac vide à l'épaule et un pied-de-biche dans la main, pour arracher les cadenas des wagons. Certains seuls, d'autres en hordes. Nous ne les avertissions même pas : si nous voyions une ombre se glisser entre les wagons, nous tirions. Les citoyens ordinaires, à cette époque, n'avaient pas le droit de s'approcher des trains : ça pouvait leur valoir les camps. Ou une balle de nos fusils.

À Kazan, il ne restait plus rien à manger. Plus rien. On ne voyait personne dans les rues, sauf des cadavres qui dépassaient des tas de neige ; il n'y avait personne pour les enlever non plus. On restait toute la nuit devant un wagon contenant une tonne de sarrasin ou de millet, en pensant : pourquoi ne pas distribuer ce millet dans la ville ? S'il ne pouvait pas être envoyé à destination, pourquoi ne pas l'utiliser pour nourrir ceux qui avaient faim, ici ? Mais un tel ordre ne venait jamais.

J'ai honte de te l'avouer, grand-père : on nous nourrissait de ces wagons. Les gardes avaient droit à une ration tirée du convoi surveillé. Et aussi ceux qui, après, escortaient le convoi, les mécaniciens, les chauffeurs et les ouvriers qui enlevaient la neige des rails. Pour qu'ils ne volent pas.

Mais moi, je n'aurais pas pu charogner, même si on ne m'avait pas nourri. Et je n'ai pas pitié des charognards : ils ont mérité leur balle dans le dos.

Avec l'arrivée de l'été, les choses allèrent un peu mieux – pas du point de vue de la nourriture, mais du temps : la neige avait fondu, le chemin de fer s'était animé, les convois avaient commencé à partir. Je regardais chaque convoi qui quittait les entrepôts et repartait sur les voies principales, prêt à prendre la route, et mon cœur se réchauffait. Ça voulait dire que ce sarrasin et ce millet allaient sauver des gens. Ça voulait dire qu'on ne les avait pas gardés en vain tout l'hiver : la fin du printemps et le début de l'été étaient les époques où la famine était la plus forte, quand toutes les réserves avaient déjà été mangées, et que rien n'avait pu encore être récolté, et cette nourriture allait venir en aide à ceux qui en avaient le plus besoin.

Mais à Kazan aussi, la période de famine la plus difficile commençait. Je suivais du regard ces convois qui partaient dans toutes les directions, comptant les wagons remplis de maïs et de beurre, et je me disais : pourquoi n'en garde-t-on pas un ou deux pour la ville ? Pourquoi ne distribue-t-on pas la nourriture ? Aux grabataires qui gisent sur la place de la gare comme des détritus. Aux petits dans les foyers. Aux gamins des rues, qui sont presque plus nombreux que les habitants. Mais un tel ordre ne venait jamais.

C'est alors qu'il est arrivé, ce fameux train. Il est arrivé le soir, on l'a mis bien au fond du dépôt, le cachant entre des convois vides, promettant de le reprendre au matin. C'était un train d'agit-prop, de cinq wagons en tout. Des wagons à bétail sans fenêtres, avec des murs peints : des bannières, des épis de blé, des rayons de soleil. Et toutes sortes d'inscriptions, partout, à en fatiguer les yeux.

Personne ne savait ce qu'il y avait à l'intérieur. Nous ne savions pas non plus, mais nous devinions que ce n'étaient pas des tracts ni des affiches avec des slogans. Les wagons avançaient trop lourdement sur les rails, comme s'ils étaient pleins à craquer. Et pourquoi aurait-on fait garder du papier ? Il y avait quatre gardes des transports, sous mon commandement. On nous avait recommandé d'être particulièrement attentifs, une mouche ne devait pas pouvoir passer. Et nous étions attentifs : deux gardes d'un côté du train, deux de l'autre, et moi, je patrouillais autour et dans les environs.

On l'a surveillé toute la nuit. Avant le lever du jour, à l'heure la plus sombre et la plus endormie, j'ai eu l'impression d'entendre du bruit dans un wagon. J'ai touché à tâtons les murs, les cadenas : tout était en ordre, à sa place. Et on n'entendait plus rien à l'intérieur. Peut-être que j'avais rêvé ? Je suis monté sur le toit, j'ai inspecté là-haut et je n'ai rien trouvé non plus. Soudain, j'ai compris : si le wagon transportait des agitateurs politiques, il devait y avoir un trou de latrines dans le plancher.

J'ai sauté à terre, je me suis glissé sous le wagon : j'avais raison ! Il y avait un trou ! J'ai passé la main : il n'était pas fermé de l'intérieur. Qui avait dit qu'il devait être fermé ? C'étaient des latrines. Les bourgeois, peut-être, mettaient des couvercles sur leurs toilettes, mais un agitateur soviétique, un homme simple, n'allait pas imaginer de telles délicatesses. Peut-être que ces latrines n'avaient jamais été couvertes, et que j'avais tort de me faire du souci. Et puis, c'était un petit trou, personne ne pouvait passer par là.

J'aurais dû me tranquilliser, repartir – mais j'étais incapable de m'arrêter. J'ai attrapé les bords du trou – le sol était en planches, mal cloué. Les pieds calés au sol, j'ai poussé les planches avec les épaules, les pliant vers le haut, et j'en ai cassé une. Ce n'est pas grave, me suis-je dit, on la remettra au matin, personne ne s'en apercevra.

Mes gardes, alertés, ont accouru. J'en ai renvoyé deux à leurs postes, aux extrémités du convoi (si toute cette histoire était un piège, pour détourner notre attention ?), et j'ai ordonné aux deux autres de rester. Je me suis glissé par l'ouverture, un revolver dans chaque main. Et dans chaque revolver, il y avait sept cartouches, un barillet plein.

Je suis entré prudemment – il faisait sombre à l'intérieur comme dans le ventre d'une baleine. Ça puait la merde. Et aussi quelque chose de sucré et d'étouffant, qui collait dans la bouche. Et c'était aussi silencieux que dans un cimetière. Mais je sentais qu'il y avait quelqu'un à l'intérieur. Je ne les entendais pas, ne les voyais pas, mais je les sentais. Eux m'avaient entendu : casser la planche, entrer par le trou, le pantalon frottant les planches. Moi, je ne les entendais pas. Eux savaient que j'étais seul, dépassant du trou plein de merde comme un navet sortant de terre. Moi, je ne savais rien sur eux. Combien êtes-vous, me dis-je, sales charognards, dans ce wagon ? Un charognard ? Ou cinq ? Et comment avez-vous pu vous glisser dans ce trou étroit, vermines ?

À leur place, je n'aurais pas attendu : j'aurais donné un coup sur la tête de l'intrus, ou je lui aurais planté un couteau avant qu'il ait pu entrer dans le wagon. Mais ces lâches s'étaient cachés dans les coins, ils ne bougeaient plus. Je me suis mis debout sur le sol de planches, me suis redressé. Je respirais à peine, pour ne pas faire de bruit en inspirant, mais mon idiot de cœur battait à tout rompre – on devait l'entendre de l'extérieur. Lentement, j'ai reculé de deux pas, veillant à ne pas faire bruisser mon pantalon ni grincer les planches sous mes chaussures. Je me suis dit : quand ces rats se précipiteront vers la sortie – et ils se précipiteront forcément, ils n'ont pas d'autre moyen de sortir du wagon –, ils recevront une balle de mes revolvers.

Autour de moi, la nuit était d'encre : impossible de dire ce qu'il y avait où, de quel côté. Immobile, j'écoutais le silence. L'odeur était toujours aussi sucrée, à m'étouffer, à me donner la nausée. Mais j'ai tenu bon. J'avais décidé que je ne bougerais plus : si je faisais le moindre bruit, ils se jetteraient sur moi. Là, j'étais à égalité avec les voleurs : je ne savais pas où ils étaient, mais l'obscurité me cachait également à leurs regards. Nous allions voir qui était le plus patient.

Un oiseau s'était posé sur le toit du wagon, il sautillait sur le fer-blanc, donnant des coups de bec. J'avais l'impression qu'il me donnait des coups de bec sur le crâne : toc-toc… toc-toc… J'aurais voulu lui tirer dessus à travers le plafond pour le faire taire. Mais je me suis retenu : le temps jouait en ma faveur, il ferait bientôt jour. L'oiseau tantôt sautillait, tantôt s'interrompait – et ses coups de bec se faisaient plus rapides, puis ralentissaient. De-ci, de-là. De-ci, de-là… Et soudain, ça a été fini. Et ça a été de nouveau le silence. L'oiseau s'était envolé ? Donne tes coups de bec, maudit volatile, je ne supporte plus ce silence ! Allez !

Quand soudain : frrrt ! Quelqu'un se glissa vers le trou.

J'ai tiré à l'oreille, et je l'ai touché : quelqu'un est tombé au sol sans atteindre les latrines.

Et là, c'était parti : ça bruissait de tous les côtés, avec des sauts, des cris, comme si j'avais vraiment dérangé un nid de rats.

J'ai tiré. Tiré.

Eux ne tiraient pas. Ne sautaient pas sur moi avec un couteau, ne me donnaient pas de coups de pieds-de-biche. Ils se contentaient de courir, de s'enfuir. Lâches !

Je tirais toujours.

L'agitation était plus forte vers le trou des latrines. Un corps devait avoir bouché le passage, les voleurs tentaient l'un après l'autre de le dégager, mais tombaient à leur tour sous mes balles, recouvrant le trou et empêchant la fuite.

Je tirais.

Mon barillet était vide dans une main, puis il l'a été dans l'autre : je n'avais plus de cartouches.

Je suis resté immobile. J'attendais.

Tout était à nouveau silencieux autour de moi, même le maudit oiseau ne donnait plus de coups de bec sur mon crâne. L'air ne sentait plus le sucre, mais la poudre.

Mes gardes m'aidaient de l'extérieur, sortant les corps du train.

J'ai rechargé mes barillets dans l'obscurité du wagon, à tâtons, je savais le faire depuis longtemps.

– Commandant, ont-ils crié à l'extérieur.

– Donnez-moi une lampe ! leur ai-je ordonné. Il reste peut-être quelqu'un à l'intérieur.

– Commandant, ont-ils insisté.

Les idiots !

Je suis sorti, et j'ai vu que les corps étaient alignés le long du train, la tête vers le wagon, les jambes vers la gare. Ils n'étaient pas plus de dix. Tous immobiles : pas de blessés.

– Qu'est-ce que vous avez à me regarder, ai-je hurlé. Apportez-moi une lampe !

Ils me l'ont apportée. Ils ne me l'ont pas donnée, mais l'ont posée à côté des morts.

Les morts avaient des gueules couvertes de saleté, comme si on avait baladé leur tête dans l'argile, impossible de voir leurs visages. Mais les gardes continuaient de me fixer comme s'ils attendaient quelque chose. Quels corniauds !

J'ai pris la lampe et je suis retourné dans le wagon. J'ai fouillé dans les coins et les recoins, vérifiant chaque renfoncement, mais il ne restait plus personne, toute la vermine était déjà étendue à l'extérieur, inoffensive. Le wagon, lui, était vraiment plein à craquer de caisses, dont deux avaient été ouvertes par les voleurs. Je n'ai même pas regardé ce qu'il y avait à l'intérieur : mon travail, c'était de garder la marchandise, pas d'y fourrer mon nez. Quand je suis sorti, le jour se levait.

– Prenez un marteau et des clous, ai-je ordonné à mes hommes. Vous ne pouviez pas y penser tout seuls ? Il faut reclouer la planche cassée, sinon on aura l'air de quoi.

Les gardes ont exécuté mon ordre : ils ont apporté l'outil, se sont mis à réparer le trou des latrines. Mais ils continuaient à me regarder comme si j'étais une apparition.

Je me suis assis en face, sur les rails voisins, contrôlant leur travail, regardant comment mes soldats réparaient les dégâts. Je n'ai pas accordé un regard aux corps des charognards allongés devant moi.

Le chef de gare a accouru, il a promis d'apporter bientôt un chariot pour enlever les morts. Il me regardait aussi avec des yeux tout ronds. Ces regards bizarres m'énervaient, mais je n'allais pas leur poser de question.

Bientôt, il a fait vraiment jour. À ce moment, j'ai remarqué que l'un des morts avait le pied nu, il avait dû perdre sa chaussure dans l'agitation. Mais ce pied avait quelque chose d'étrange, d'anormal. Je ne comprenais pas quoi.

Je me suis approché, me suis accroupi devant lui et j'ai commencé à l'examiner. Cinq doigts, un talon, tout était à sa place, comme il le fallait. Le pied était sale et rugueux. Et petit. Voilà ce qu'il avait d'étrange ! Il était trop petit. J'ai approché ma main, et elle semblait géante à côté de ce pied.

Le mollet pâle qui suivait le pied, se cachant sous un pantalon sale, était aussi trop étroit. Et la cuisse, sous le pantalon, était aussi fine qu'un bâton. La veste, au-dessus du pantalon, faisait à peine une bosse au-dessus du sol, tant le petit corps, à l'intérieur, était plat. Et le cou qui sortait de la veste était un cou de poulet, qu'on pouvait entourer d'une main. Et le visage, au-dessus du cou, était très jeune. Enfantin. Ce n'était même pas un adolescent qui gisait au sol : un enfant.

Et les cadavres, à côté, étaient aussi ceux d'enfants. Deux, trois... quatre... neuf. Neuf enfants...

Neuf enfants gisaient devant moi. Au-dessus d'eux, sur le mur du wagon, il y avait un soleil peint d'une couleur vive, et une grosse inscription : « Une éducation gratuite ! » Au-dessus du wagon, le vrai soleil se levait. Je l'ai regardé directement, sans même baisser les paupières, et je me suis étonné de n'avoir pas mal aux yeux.

Et quand j'ai cessé de le regarder, il n'y avait déjà plus d'enfants. On m'a dit qu'on les avait emportés. Comment ça, emportés, s'ils étaient là, à côté de moi, et que je n'ai même pas eu le temps de battre des paupières ? Ça fait longtemps qu'on les a emportés, m'ont-ils répondu. Et le wagon, avec son soleil dessiné dessus, avait aussi disparu. Et tout le convoi d'agit-prop. Il est parti depuis longtemps, m'ont-ils dit. Et qu'est-ce qu'il transportait ? Eh bien, du chocolat, ont-ils répondu. Cinq tonnes. Les morts avaient le visage couvert de chocolat. Et où a-t-on transporté toutes ces tonnes, ai-je demandé, quand les gens ont faim ici ? Pourquoi n'en a-t-on pas distribué ne serait-ce qu'une petite partie ? Et pourquoi l'a-t-on transporté en secret, sous des dessins de carnaval ? Ils ne m'ont rien répondu.

La police, plus tard, a fait son rapport : c'était une bande d'enfants. Ils vivaient dans des datchas de professeurs abandonnées, et leur chef était un vieux mendiant tuberculeux. Il n'avait pas de jambes, que des moignons, et même son chariot, sur lequel il se déplaçait, avait été volé la première année de famine. Les enfants l'avaient ramassé et choisi comme protecteur. Ils le nourrissaient et le fournissaient en tabac et en vodka. Lui leur avait appris à voler et à se faufiler.

Tchaïanov m'a dit plus tard que, cette nuit-là, j'avais abattu de futurs bandits et voleurs. Tu as bien fait, m'a-t-il dit, de les éliminer : ils seraient de toute façon devenus des criminels, et auraient fini en prison et dans les camps, et combien de dommages auraient-ils encore eu le temps de causer à la population. Donc, m'a-t-il dit, tu as bien fait de leur tirer dessus. Très bien fait.

Oui, c'est ce qu'il m'a dit. Bien fait !

Bien fait, grand-père.

Depuis, je ne peux rien manger de sucré. Pas juste du chocolat, mais rien, même le sucre : ça me retourne l'estomac. Je ne mange que du salé.

C'est toi, Fatima ?

Quelqu'un caressait la joue de Deïev à demi endormi, le réchauffait avec une paume douce. Caresse-moi, Fatima ! J'ai hésité si longtemps à te le demander. Finalement, ça s'est fait tout seul. Deïev était étendu dans le bois de saxaouls, le cou tordu, la joue contre le sable. Le vent soulevait les grains chauffés par le soleil et les roulait sur ses pommettes.

Non, ce n'était pas le vent, mais Fatima. Il n'y avait qu'elle pour marcher sans bruit, comme si elle flottait. Et tranquilliser d'une caresse, sans un mot. Elle était arrivée sans bruit, pendant qu'il dormait, et le réconfortait. Deïev n'avait jamais su comprendre ses paroles et ne le saurait sans doute jamais, c'est pourquoi elle se taisait, souriait et le caressait.

Comme je suis fatigué, Fatima. Je ne sais plus pourquoi. Ce que j'ai fait, où j'allais, ce que je voulais : j'ai tout oublié. Comme si on m'avait vidé de tout ce qu'il y avait à l'intérieur de moi. Mais je me souviens de toi. Console-moi.

Il souleva la tête pour se rapprocher du beau visage rond de Fatima. Elle le regardait avec tendresse : repose-toi, puisque tu es fatigué. Et ses yeux étaient si chaleureux qu'ils réchauffèrent

Deïev, rendirent leurs forces à ses membres engourdis. Il se souleva en s'appuyant sur les branches de saxaouls d'une main, de l'autre. Jouant des muscles, il se redressa, vers le soleil qui brillait de mille feux brûlants, vers Fatima qui ne cessait de le regarder. Il se mit debout. Elle leva les sourcils – encore un effort ! – et il bougea ses jambes engourdies comme des béquilles. Encore, encore : il marchait dans le bois.

Il avait l'impression que ses cuisses et ses mollets avaient cent ans, il parvenait tout juste à tendre ses muscles, encore heureux que le torse tienne sur sa colonne. Ses genoux ne pliaient plus. Deïev n'en avançait pas moins, tant bien que mal, aussi raide qu'une bûche, qu'une souche de saxaoul, mais avançait tout de même. Les corps des arbres étaient toujours morts, mais lui avait repris vie.

Deïev se redressa avec effort, regarda le haut des arbres : il y en avait de tous les côtés, à perte de vue. Combien de temps avait-il erré, la veille, pour se retrouver aussi profondément enfoncé dans le bois ? Et combien de temps lui faudrait-il pour en sortir ? Le temps qu'il faudrait ! Avec toi, Fatima, je pourrais marcher cent ans.

Le corps rond et souple de la femme avançait devant lui, se penchait comme un tronc de saxaoul, disparaissait derrière les dos des arbres, puis réapparaissait. Ne te presse pas, lui demanda-t-il. Il attrapa ses longues tresses – dures comme des branches –, comme il avait toujours voulu le faire sans l'oser ; il en avait soudain trouvé le courage. La belle tête de Fatima ne se retourna pas, n'attendit pas Deïev trébuchant, et les tresses s'échappèrent de ses doigts malhabiles.

Tu crois que je ne pourrai pas te rattraper ? Regarde donc ! Il accéléra le pas à son tour, ses pieds avançaient déjà avec plus d'assurance, le menaient vers la femme rapide. Enfin, ils cheminèrent côte à côte, longuement, se taisant, évitant les souches, se souriant de temps en temps.

Notre grand-père est amoureux de toi, Fatima. Tu le savais ? Quand il te parle, il parvient encore à conserver son air sévère. Mais quand tu te détournes et que tu t'éloignes, il te suit du regard et rougit comme un collégien. Même son cou devient rouge, pas cramoisi, mais d'un rouge tendre qu'on distingue à peine sous le hâle. Et si on lui pose une question à ce moment, il tressaille et demande de répéter : il n'entend rien quand il te contemple. J'ai vérifié plusieurs fois…

Le visage de la femme était lisse et calme, on ne savait pas ce qu'elle pensait. Sa peau douce, un peu olivâtre, comme le bois d'un arbre, brillait au soleil. Les troncs des saxaouls brillaient avec elle.

J'ai pitié de lui comme d'un frère, Fatima. Il aime, alors que non seulement ses cheveux – mais même les poils de son nez sont gris ! En soixante-dix ans, ses oreilles sont devenues grandes comme des champignons. Peut-être que j'ai tort d'avoir pitié de lui. Peut-être qu'il est si fort parce que l'amour le soutient. Il ne mange pas, ne dort pas depuis des semaines, et reste toujours aussi solide. C'est la personne la plus solide du convoi…

Deïev marchait bien, mais faisait craquer le bois mort sous ses pieds. Les mouvements rapides, le soleil brûlant, la proximité d'une personne aussi chère le rendirent soudain si audacieux qu'il se mit à parler à cœur ouvert, disant tout, jusqu'au bout.

Sans doute que je suis aussi amoureux de toi. Mais c'est un sentiment pur, on ne peut plus chaste, crois-moi. Je pourrais l'appeler autrement si je connaissais le mot. Je veux me mettre à genoux devant toi et t'enlacer. Je veux cacher mon visage contre toi et te respirer. Et que tu me caresses la tête, comme ce matin. Je n'ai besoin de rien d'autre…

Les couronnes de saxaouls étaient peu abondantes, comme de petits plumets, aussi le bosquet n'offrait-il qu'une ombre pâle, qui tombait sur le visage de Fatima en touches grises, disparaissant aussitôt. Deïev contemplait ce jeu de lumière, ne cessant de la dévisager tout en marchant, car il ne se gênait plus à présent. Ses jambes avançaient toutes seules, sans plus trébucher ni glisser.

Je te regarde et je me sens bien, Fatima. Quand tu caresses la tête d'un enfant, j'ai l'impression que c'est la mienne. Quand tu cajoles Petit Coucou et que tu le presses contre ta poitrine, j'ai l'impression que c'est moi. Tout ce que tu fais et dis semble m'être adressé. Et quand tu penches la tête et que l'on voit tous tes cheveux gris, ils sont si beaux qu'on aurait envie de les toucher du bout des doigts.

Tu es petite. Je ne suis pas grand, mais même pour moi tu es petite. Je pourrais te prendre dans mes bras et te porter. Sans doute que le grand-père rêve à cela aussi, quand il te regarde t'éloigner : près de lui, tu n'es pas plus haute qu'une mésange à côté d'un ours, il pourrait t'emporter sur une épaule…

La foule des saxaouls devenait plus basse, plus parsemée : les arbres rapetissaient et s'éloignaient les uns des autres, de plus en plus. On voyait la lisière.

Tu penses que je suis un coureur de jupons et le dernier des salauds, de coucher avec une femme et de dire des mots doux à une autre ? Non, ce n'est pas du tout ça, Fatima. Je ne suis pas un salaud, mais un imbécile fini. Quand j'étreins Blanche, je pense à elle et à toi. À vous deux en même temps. Et dans l'instant le plus brûlant, je ne peux avoir personne d'autre dans mon cœur : seulement la femme que j'étreins et toi. Vous deux.

La commissaire est un couteau, une lame de rasoir : on risque constamment de se blesser jusqu'au sang. On ne peut pas l'aimer, seulement la désirer.

Mais toi, Fatima, tu es comme l'eau. On peut se plonger en toi. On peut te boire. Tu nous rends plus purs. Et l'on ne peut pas te quitter, parce que tu es partout…

Incapable de se retenir plus longtemps, Deïev s'arrêta et prit Fatima par le poignet, lui embrassa la paume.

Je veux te regarder. Je veux entendre ta voix. Je veux écouter ta chanson. Chante, Fatima ! Chante pour moi seul. Pas pour ton Iskander, ni pour Petit Coucou, ni pour le grand-père : pour moi.

Fatima sourit, acceptant – elle allait chanter. Mais au même instant, Deïev vit qu'il ne tenait pas une main de femme, mais un arbre, vieux et noueux.

Un qu'on pouvait facilement casser en bûches.

Hé ! cria-t-il joyeusement. Par ici ! Venez ! J'ai trouvé assez de saxaouls pour arriver jusqu'à Samarcande ! On remplira le tender en deux heures !

Sans attendre de l'aide, il se mit à casser les branches tout seul, tant qu'il eut des forces. Mais il n'en eut pas longtemps, il fut vite épuisé et recula, n'ayant pas pu venir à bout du tronc. De toute façon, à quoi bon ramasser du bois ? Il avait perdu le convoi. Et les rails. Ce maudit sable avait tout emporté.

Rends-moi les rails ! Rends-moi le convoi !

Le cri gerça ses lèvres, qui saignèrent. Il avait si soif que sa langue n'était déjà plus une langue, mais du papier de verre. Tournant le dos à l'arbre à demi arraché, Deïev reprit son chemin…

Quelqu'un l'avait sorti du bois figé et l'avait conduit à la lisière. Mais qui ? Était-il sorti tout seul ?

☆

Je n'avais jamais vu autant de gens qu'en août 1921. Tu étais à Kazan cet été-là, grand-père ? Tu te souviens, on ne pouvait plus mettre un pied nulle part dans la rue : partout il y avait des réfugiés, des milliers de réfugiés, des charrettes avec des ballots, des enfants… Des régions entières étaient désertées, tout le monde venait à la capitale. Comme si l'on avait moins faim à Kazan. Quels corniauds.

La police avait cessé de poursuivre les enfants des rues et les voleurs, il n'y avait plus de place ni dans les foyers ni dans les prisons. Ni dans les hôpitaux. Je ne parle même pas de trouver où dormir. La nuit, je rentrais au foyer de travailleurs, et toute la rue était blanche, comme couverte de neige, à cause des affiches arrachées. Sous ces affiches, des gens : ils se couvraient de ces affiches-couvertures et dormaient.

Autour des centres alimentaires, nuit et jour, on faisait la queue. Il n'y avait pas de nourriture dans les centres, mais les queues continuaient, au cas où. Les gens dormaient dans ces queues : ils se couchaient les uns derrière les autres, dans le même ordre où ils avaient attendu debout, jusqu'au matin. Heureusement que l'été était chaud.

À cause de cette chaleur, une puanteur infernale régnait dans la ville. Ce n'était pas rien, ces milliers d'arrivants qui vivaient sur les trottoirs. Mais comment les chasser ? Où ? Le typhus fit bientôt son apparition. Impossible d'isoler les malades dans des baraques, ils étaient trop nombreux. Parfois, on les envoyait hors de la ville, on les mettait dans une pinède, sous les arbres.

Sur les colonnes de l'université, un petit malin avait écrit au charbon : « Du pain ! » Les lettres étaient de la taille d'un homme, une par colonne, avec un point d'exclamation sur la dernière. Elles restèrent longtemps là, on n'avait pas de peinture à la chaux, ou pas de gens pour l'appliquer. Chaque matin, je passais devant en sortant du foyer, et je regardais. Pendant tout le mois d'août, l'université avait hurlé : « Du pain ! »

Les gens hurlaient aussi. Ils formaient des foules sous les fenêtres des institutions – le conseil municipal, l'académie militaire, et même les pompiers – et mugissaient en chœur : « Du pain ! » À cette époque, ils formaient facilement des troupeaux. C'était plus facile d'avoir faim ensemble.

Mais la ruche principale se trouvait à la gare. Alors, les premiers convois de nourriture – du Narkomprod[1], de la Croix-Rouge, de Nansen – étaient partis pour la Tatarie, et tous attendaient les *colis*. Ce mot, telle une prière, revenait dans toutes les bouches : des Tatares, des Tchouvaches, des Allemands. En marchant dans la rue, on entendait cent fois ce mot, le même dans toutes les langues : *colis, colis*...

Même les grabataires essayaient d'être à la gare. Ils ne pouvaient plus marcher, mais se retrouvaient tout de même sur la place de la gare. Leurs parents les y amenaient pendant la nuit ?

À l'extrémité de la place étaient entassées les charrettes vides, qui étaient restées, sans chevaux, depuis l'hiver. Les grabataires étaient déposés sur ces charrettes, épaule contre épaule. La journée, ils s'asseyaient et ondulaient comme de l'herbe dans un champ, d'un côté à l'autre. Ils ne savaient déjà plus parler, mais chuchotaient tous le même mot : *colis*...

J'ai réceptionné ces convois, Tchaïanov était alors alité avec le typhus, et pendant tout un mois, j'ai commandé le département des transports à sa place. Tout le mois d'août. Je m'en suis sorti. J'ai presque cessé de dormir, mais je m'en suis sorti. L'essentiel était de ne pas penser aux gens, seulement aux tâches à accomplir. Il fallait répartir les cargaisons dans la région, on les répartissait : toutes les cargaisons, jusqu'à la dernière, étaient envoyées loin de la ville. Il ne fallait pas faire attention à la foule qui se rassemblait toujours quand

1. Commissariat du peuple (ministère) à l'Alimentation, actif entre 1917 et 1924, qui régulait l'approvisionnement alimentaire et forçait les paysans à livrer blé, bétail, etc.

on déchargeait, et commençait à se lamenter. Il y avait des gardes, des baïonnettes, et, le cas échéant, l'ordre de tirer. C'était tout.

Tout, mais pas tout. Je commençai à remarquer que j'avais de mauvaises pensées, qui gênaient mon travail. Je me souvenais du train d'agit-prop, dans lequel on transportait en secret du chocolat. Qui avait été nourri avec ce chocolat ? Où ? Je remarquais que je comptais les réfugiés dans la gare. Je marchais sur le quai, et mes lèvres murmuraient, comptaient toutes seules, elles en avaient compté déjà plus de mille... Bref, mon esprit était en proie à la confusion, je n'avais pas assez de caractère pour un travail aussi important. Je suis une chiffe molle.

Je ne sais d'où, les gens avaient appris que j'étais « le chef de tous les colis ». Pas seulement ceux qui étaient à la gare, mais tous les habitants de Kazan. Ils me regardaient comme un dieu. Si je devais passer au marché, ou au kremlin, ils fixaient sur moi leurs yeux écarquillés, par la peur ou par la prière. Tous me fixaient : les paysans réfugiés, les gamins des rues, les citadins. Un dieu, moi ? Je commençais déjà à avoir des spasmes au ventre, à cause de la sous-alimentation : ma tête était encore claire, mais mon estomac battait comme un cœur.

Et les gens se mirent à me parler : ils m'arrêtaient dans la rue, ou frappaient à la porte de mon bureau, pour discuter. Le plus étonnant, grand-père, est que pas un n'a essayé d'obtenir de la nourriture, pas un ne m'a dit : « Nourris-moi ! » Ils me demandaient conseil.

Les hommes me questionnaient surtout sur ce qu'on pouvait ou ne pouvait pas manger : des copeaux de bois, du papier, les restes de pelleterie. Les femmes voulaient surtout parler des enfants.

L'une d'elles raconta que son fils de un an avait eu tellement faim qu'il s'était rongé deux doigts. Elle voulait savoir : s'il mangeait les autres, survivrait-il ?

Une autre demandait : si on ne peut pas sauver les enfants, comment accélérer leur mort, pour qu'ils ne souffrent pas ?

Une troisième vint exiger une attestation avec tampon officiel, indiquant qu'elle avait le droit de manger son enfant. Parce qu'il est à moi, dit-elle, c'est moi qui l'ai fait.

Je les chassai tous : je ne savais pas quoi répondre. Une fois, j'ai voulu m'enfuir moi, sortir du bureau et partir de la ville, marcher tant que j'en aurais la force. Je ne l'ai pas fait.

Tchaïanov me manquait beaucoup, je lui rendais visite tous les deux jours. Il allait déjà mieux, même s'il était très amaigri et affaibli, il pouvait à peine bouger. Mais quand il me voyait, il souriait toujours. Il me disait : on ressemble tous les deux à une belle paire d'épouvantails, et à nous regarder, on ne pourrait pas deviner lequel a été malade du typhus. Il voulait me remonter le moral.

À la fin août, on attendait un nouveau train de ravitaillement. De la farine, des pois, du sucre et de l'huile, pour un poids total de plus de seize mille kilos. La rumeur se répandit immédiatement : le train avait à peine quitté Moscou que tout Kazan avait déjà l'eau à la bouche. Les enfants des rues chantaient à tue-tête une chanson parlant de pois, et les gens affluaient de plus en plus nombreux à la gare, par villages entiers – la place devant la gare n'était déjà plus une place, mais un immense campement, les cochers arrivaient tout juste à faire passer leur voiture.

Je m'enfermai dans mon bureau comme une souris dans son trou : je ne pouvais plus supporter le regard des gens. Ils me fixaient toujours plus ardemment ! Et leurs regards me brûlaient, j'étais prêt à tomber raide mort. Quand ils comprirent que je ne me montrerais pas, ils se mirent à me fixer par la fenêtre. Je fus obligé de boucher les vitres avec des journaux.

Au matin du jour où le train extraordinaire devait arriver, les gens se massèrent sur le quai dès l'aube, s'assirent. Ils attendaient. Cette fois, me dis-je, s'ils nous demandent à nouveau d'envoyer la cargaison dans la région, nous aurons une émeute. Les gens sont sous-alimentés et faibles, ils ne feront pas de gros dégâts, mais la police leur tirera dessus quand même. Et je n'ai plus la force, moi-même, de soustraire l'huile et le sucre de leurs bouches affamées pour les envoyer je ne sais où.

L'ordre arriva, encore pire : immobiliser le convoi sur les voies de garage et attendre les instructions. Je filai au conseil municipal. Qu'est-ce que c'est que ces instructions, criai-je. Comprenez, votre convoi alimentaire ne tiendra pas une heure au dépôt : ils le prendront d'assaut. Vous voulez provoquer une révolte dans ma gare, vous signez l'arrêt de mort à la fois d'affamés qui sauteront sur le train et de soldats qui le défendront. Les gens meurent assez souvent dans ma gare sans votre aide : on en sort chaque matin un chariot de cadavres.

Ils me répondirent : arrêtez de paniquer. C'est un convoi énorme, la décision de la distribution vient de tout en haut. Et elle n'a pas encore été prise. C'est une question politique. Nous attendons nous-mêmes des instructions. D'ici là, on vous ordonne de garder le convoi, c'est bien pour ça que vous êtes chef du département des transports. Si vous avez besoin de renfort, dites-nous, on vous enverra des soldats de la cavalerie de l'académie militaire, une douzaine par wagon s'il le faut.

Je leur dis : comment ça, des soldats ? La guerre est terminée depuis longtemps. On veut nourrir les gens, pas leur couper la tête. J'ai plus de deux mille enfants dans ma gare, en ne comptant qu'eux.

Justement, répliquèrent-ils. Ta gare est une vraie Babylone, sans la moindre discipline. Puisque tu as laissé faire ça, tu dois te débrouiller. Comme tu veux, mais le train doit être gardé.

Et je dois me débrouiller combien de temps ? Elles viendront quand, vos instructions politiques ?

On ne peut pas savoir. Mais on t'avertira immédiatement.

Et moi, je vous avertis tout de suite. Je ne vais pas mettre le train au dépôt et provoquer des émeutes. S'il n'y a pas d'instructions à l'arrivée du train, je prendrai tout seul la décision : j'ouvrirai les wagons et je distribuerai la nourriture aux gens.

Et demain, tu partiras pour le bagne, crièrent-ils, pour initiative criminelle et sabotage dans le cadre de tes fonctions officielles.

Le convoi arrivera ce soir, répondis-je (je parlais très calmement, ma voix ne tremblait pas, même si tout tressautait à l'intérieur de moi, comme s'il faisait un froid terrible). Pressez un peu ces gens qui sont tout en haut.

Et je sortis.

À six heures du soir, le train sanitaire de ravitaillement arriva à Kazan. Mais pas ces foutues instructions.

Les wagons étaient sur le quai 1 : des wagons de troisième classe, aux toits de fer-blanc, avec des croix rouges sur les côtés – un très long convoi. Le train était surveillé par des soldats avec des baïonnettes. Les soldats étaient entourés par la foule des affamés, en cercle épais. Ils guignaient par les fenêtres des wagons. À l'intérieur, les infirmières en blouse blanche leur jetaient des regards effrayés. Tout le monde attendait.

J'attendais aussi, devant le télégraphe. Mais le conseil municipal n'avait reçu ni sa décision politique, qu'elle soit maudite, ni aucune nouvelle. Rien.

Je jetais des coups d'œil dans la rue. Au début, toutes les cinq minutes, puis chaque minute : les gens s'agitaient. Ils avaient commencé par des cris isolés, puis s'étaient mis à hurler en chœur. Ce hurlement passait en longue houle dans la foule, comme le vent, le long du convoi, dans un sens, puis dans l'autre. Un autre coup d'œil : des bâtons étaient déjà apparus dans les mains, des pavés. Quand la première pierre s'écraserait contre une vitre, ce serait fini, on ne pourrait plus rien faire pour les arrêter.

Et les instructions n'arrivaient toujours pas.

Je sortis alors de mon bureau, et je dis à l'infirmier en chef : nous avons enfin reçu les ordres, la nourriture doit être distribuée dans la gare même, il faut organiser aujourd'hui encore un repas pour la masse des affamés.

On l'annonça à la foule. Les cris cessèrent immédiatement, d'un coup. Les bâtons et les pavés disparurent aussi. Tous ceux qui vivaient dans la gare – ils étaient plusieurs milliers – organisèrent une file d'attente : sans bruits et sans bagarre, ils se mirent l'un derrière l'autre, tenant leurs enfants contre eux, et attendant docilement.

Cette file commençait au premier wagon, où l'on installa une table pour la distribution, s'étendait le long de tout le train, à travers toute la gare, sur l'arrière-cour, puis faisait plusieurs méandres et revenait dans la gare, le long de la place, pour repartir vers les rues de Kazan, vers le kremlin. On n'en voyait pas la fin : de nouvelles personnes ne cessaient de la rejoindre en courant, ayant appris qu'on allait distribuer la nourriture.

Les infirmières couraient sur les rails : elles portaient de l'eau, du bois, de la vaisselle du centre alimentaire local. On prépara une soupe avec les pois du train – enrichie de sel, huile et sucre. L'odeur était si forte que j'en avais la tête qui tournait. Quant aux gens qui faisaient la queue, ils faillirent tremper le quai de salive.

La préparation dura deux heures, deux heures pendant lesquelles la file attendit, immobile. Grand-père, ils ne parlaient même pas entre eux : ils restaient là, attendant docilement qu'on les nourrisse. Certains priaient. Et où avait disparu toute leur colère ? Je ne craignais qu'une chose : que pendant ces deux heures, la rumeur ait le temps d'atteindre le conseil municipal, et que les chefs se précipitent, gênent le repas ; alors, ce serait le début d'un désordre tel que je préférais ne pas y penser… Mais ils ne se précipitèrent pas et ne gênèrent pas.

La soupe était prête. On fait de grosses ou de petites portions, demanda l'infirmier en chef. Il n'y avait pas de différence pour moi, j'allais de toute façon être puni pour mon initiative. De grosses portions, répondis-je. Aussi grosses que possible, à ras bord.

On a nourri les gens, à gamelles pleines. Les enfants qui arrivaient en dessous de la table de distribution avaient une demi-portion, ceux qui l'atteignaient ou la dépassaient, une portion entière. Personne n'avait de cuillère, et ils buvaient la soupe en inclinant la gamelle. Ils léchaient si bien leur gamelle qu'on n'avait pas besoin de la laver.

Pendant qu'on distribuait un bac, un deuxième était en préparation sur la chaudière. On les a cuits l'un après l'autre, jusqu'à la nuit. Quand la nuit est tombée, j'ai ordonné d'allumer les réverbères sur le quai (généralement, on s'en passait, pour économiser le pétrole), et on a continué à les nourrir, jusqu'à l'aube. Au matin, la queue était toujours aussi longue, mais comme il y avait beaucoup d'infirmières dans le convoi, une équipe est allée se coucher, et la deuxième l'a remplacée.

Je n'ai pas dormi cette nuit-là, je n'avais pas sommeil. Et je n'avais même pas envie de cette soupe, grand-père. Je marchais le long de la queue qui attendait la distribution, je regardais les gens. Pour la première fois de ce mois d'août, je les regardais dans les yeux, sans mélancolie ni rage, comme si on m'avait ôté une écharde. J'aurais voulu tous les prendre dans mes bras, jusqu'au dernier, couché sur une charrette. Un vieillard se mit à genoux devant moi, une femme voulut embrasser mes chaussures – je ne me fâchai même pas, peux-tu le croire ? Cette nuit-là, j'étais incapable de me fâcher.

Je pensais que c'était ma dernière nuit en liberté : le lendemain, ils comprendraient tout, et ils m'arrêteraient. Je n'espérais pas finir en prison, les prisons étaient pleines à craquer. Donc, les camps. Et peux-tu me croire, grand-père, je n'avais pas peur. Mon cœur était paisible et heureux, comme si j'attendais le début d'une fête. Seuls mes bras et mes jambes étaient glacés, malgré la chaleur. Mais je n'avais pas peur.

Au matin, les instructions attendues arrivèrent : toute la cargaison du convoi devait rester en ville. Il fallait la répartir dans les centres d'alimentation et nourrir les gens.

Je ris, et jetai le papier dans la corbeille : on s'en était déjà occupé. Je riais, mais des larmes coulaient sur mon visage, comme si j'étais une femme. Heureusement que les vitres du bureau étaient masquées par les journaux, personne ne me voyait.

Bientôt, j'eus la visite des chefs du conseil municipal (on leur avait enfin rapporté ce qui se passait à la gare). Ils crièrent, menacèrent, mais pas trop : en quelque sorte, j'avais exécuté l'ordre d'en haut, même si je l'avais fait un jour avant de le recevoir, et pas dans tous les centres alimentaires, mais dans un seul. J'avais eu de la chance.

Nous avons nourri la ville pendant une semaine sans nous interrompre une minute, jusqu'à épuisement du dernier pois et du dernier sac de sucre. Tous les trains qui arrivaient étaient envoyés au dépôt, et la voie n° 1 n'était plus traversante, elle avait été transformée en cantine. Nous avons distribué quatre-vingt-dix mille portions. La file sur plus d'un kilomètre ne diminua pas jusqu'au bout : quand ils avaient mangé leur gamelle, les gens reprenaient place au bout de la queue pour en recevoir une nouvelle le lendemain. Je ne sais pas quand et comment ils dormaient. Je pense que nous avons nourri entre dix et douze mille personnes.

Pendant cette semaine, cent cinquante personnes sont mortes : leurs estomacs n'avaient plus l'habitude de la nourriture, et ne parvinrent pas à digérer les pois. Peut-être qu'ils auraient réussi si nous avions donné une plus petite portion. Peut-être que non. Nous avons diminué la ration dès le lendemain, mais les gens ont continué à mourir. Les grabataires sont tous morts. Cent cinquante morts face à douze mille nourris, est-ce beaucoup ou peu ? Qu'en penses-tu ?

La gare disparaissait sous le vomi – jusqu'aux fenêtres. Pour la même raison : les ventres ne savaient plus recevoir la nourriture. Quel dommage, cette soupe perdue, mais que faire. Avec cette saleté extraordinaire, le choléra est apparu, s'est répandu dans la ville – on a mis six mois à s'en débarrasser. Combien de gens sont morts dans l'épidémie, je ne sais pas. Mais ils étaient des centaines. C'était aussi ma faute ?

Les rumeurs sur la soupe qu'on distribuait sans fin, nuit et jour, dans la gare, a fait venir encore trois villages à Kazan. Et toute une troupe d'enfants des rues, cinq mille au moins, qui ont encore traîné longtemps en ville après, et se sont retrouvés dans les baraques des malades. Ceux-là, ils ont trouvé un toit. Mais c'était moi qui les avais attirés dans la ville en proie au choléra.

Les mères se sont mises à amener leurs nourrissons à la gare : elles les laissaient la nuit devant les roues ou sur le marchepied du convoi miraculeux, et repartaient en douce. Soixante bébés en une semaine. Le matin, je les amenais à la Maison des nouveau-nés. La directrice me maudissait, mais prenait les enfants ; je lui donnais chaque fois un pot-de-vin : une gamelle de soupe. Soixante bébés qui se sont retrouvés privés du sein maternel, c'est aussi ma faute ?

Je pense beaucoup à ces chiffres, grand-père. Peut-être que je n'aurais pas dû prendre d'initiative, que je n'aurais pas dû les nourrir ? Bon, il y aurait eu des troubles, bon, les affamés auraient été repoussés un peu brutalement par les soldats. On leur aurait tiré dessus, en abattant une ou deux douzaines, pas plus. Mais pas cent cinquante ! Pas cinq mille !

Mais après, je me dis : non, je ne pouvais pas faire autrement. Je ne comprends rien aux chiffres. Je ne sais pas sacrifier une vie pour en sauver cent. En un mot : je suis une chiffe molle.

☆

Cela faisait quatre jours que Deïev marchait dans le désert. Il ne le savait pas : il se contentait de marcher, tomber, se relever et marcher encore, tomber encore.

Il avait vu un moineau jaune sautiller sur une souche, avait tiré dessus, trois balles, mais ne l'avait pas touché.

Il avait vu un lézard, avait tiré sur lui, mais la bête s'était fondue dans le sable.

Il avait vu le *takyr*: une étendue de terre argileuse, sèche et craquelée en petits fragments. Il s'était mis à compter ces fragments, mais s'était emmêlé avant d'arriver à mille, et avait arrêté.

Il avait vu le lit sec d'une rivière, visiblement un affluent asséché du Syr-Daria. Il aurait voulu descendre dans le lit sableux et marcher dessus, mais il avait eu peur de ne pas pouvoir remonter.

Il avait à nouveau vu Fatima.

Sur la pente d'une petite colline, il avait trouvé une croûte de terre salée et l'avait léchée.

Il marchait vers le sud, cherchant les montagnes qu'il n'apercevait toujours pas.

Il avait répondu à l'appel d'une tourterelle, qui avait volé au-dessus de lui et lancé un cri. La tourterelle l'avait trompé, ne l'avait mené nulle part.

Il avait trouvé des traces de pas, s'en était réjoui, mais c'étaient ses propres traces.

Il avait découvert un chameau mort, qui s'était presque transformé en sable, et qu'on ne pouvait pas manger.

Il avait vu deux fois au loin une étendue bleue. Il n'arriva jamais à cette eau, qu'il perdit chaque fois de vue.

La nuit, il avait très froid. Parfois, le grand-père lui rendait visite, et la nuit noire passait plus vite quand ils discutaient.

Au matin, il léchait la rosée : l'humidité se déposait un instant, au lever du soleil, sur les pierres lisses, et Deïev se réveillait avant pour profiter de cette minute délicieuse.

Par un de ces matins, il ouvrit les yeux et aperçut la Mort. Ils s'étaient enfin rencontrés.

Petite, pas plus grande qu'un enfant, elle se serrait contre les jambes de Deïev et le regardait fixement, comme si elle le dévorait des yeux. Ses lèvres étaient retroussées comme celles d'un chameau, ses narines épaisses. Elle avait un grand front, comme les chauves-souris, et était tout aussi ridée qu'elles. La poussière s'était accumulée dans ses rides, et son visage ressemblait à une morille. Quel monstre.

Deïev mit les mains sur le cou maigre de la Mort et commença à l'étrangler. Il n'avait plus de force dans les doigts, mais il savait qu'il ne l'étranglait pas pour son propre compte – il n'avait absolument pas peur – ; il l'étranglait pour tous ceux qu'elle avait déjà emportés, ou qu'elle comptait encore prendre. Cela lui donna des forces.

Pour Senia Le Tchouvache, qui pendant toute sa courte vie avait fui les cauchemars, mais n'avait pas réussi à se mettre à l'abri.

Pour les treize grabataires.

Pour les quarante victimes du choléra.

Pour les neuf enfants qui voulaient connaître le goût du chocolat, et qui en guise de dessert reçurent une balle dans le ventre.

Pour la centaine de femmes qui avaient brûlé au centre de stockage.

Pour les quarante qui avaient péri sous les hélices des bateaux.

Pour les cent cinquante. Soixante. Cinq mille…

Pour les deux cent vingt. Soixante-dix. Huit cents.

Pour les six cents. Pour la douzaine. Encore pour cent.

Pour les quatre cents. Pour les sept cent quatre-vingt-dix.

Pour les mille cinq cents. Pour les neuf cent un.

Pour les dix-sept mille trois cent soixante.

Pour les huit mille. Pour les quinze et dix-sept.

Il serrait les doigts sur son cou.

Pour les mères-coucous qui abandonnaient leurs fils sur les marchepieds des trains en mouvement.

Pour les pères-proxénètes qui vendaient leurs filles pour de lointains harems.

Pour les enfants qui buvaient le lait d'une chienne et mangeaient l'argile, qui s'habillaient de tonneaux et de vieilles affiches, qui appelaient maman un père adoptif. Dont la maison était les grands chemins, les amis : le choléra et le scorbut. Qui étaient les otages d'une époque qui broyait ses enfants, entre famine, destructions et guerre. Pour les trois millions d'enfants que des « sauveurs » comme Blanche étaient prêts à sacrifier.

Et pour les « sauveurs » dont les âmes, à force de prendre de telles décisions, devenaient dures comme de la fonte…

Quand la Mort cessa de se débattre, Deïev sortit son revolver de sa poche, l'introduisit dans sa gueule ouverte, à la langue pendante, et appuya sur la détente. L'arme eut un cliquetis sec : le barillet était vide.

C'était sa faute, il avait tout gaspillé sur des lézards. Alors, il prit le revolver par le canon, le leva et enfonça l'arme comme un couteau dans l'orbite molle du monstre.

Il revint à lui en sentant le goût de l'eau sur ses lèvres. Quelque chose de noir et d'épais était suspendu juste devant ses yeux. Refermant les paupières, il retomba dans son étourdissement – il fuyait le noir. Une autre fois, il se réveilla à nouveau. À nouveau devant *ça*. Un nuage ? Il ferma les yeux, mais ne parvint pas à s'échapper dans l'oubli. Le noir était suspendu devant lui et lui donnait de l'eau. Les dents de Deïev tapaient contre le bord d'un pot d'argile. Ayant tout bu jusqu'à la dernière goutte, il ouvrit les yeux : advienne que pourra. Mais ça s'était déjà éloigné, et Deïev n'entendit qu'un claquement régulier. Des semelles de bois ?

Une femme. En noir. Sur la tête, elle avait aussi un voile de laine noire.

Quand elle revint, il put examiner ses mains qui tendaient le bol de bouillon de viande vers ses lèvres : des mains de vieille femme, avec une peau tavelée et des doigts ridés. Après avoir bu le bouillon, la première nourriture depuis de nombreux jours, il avait terriblement sommeil, et il ne put rien apprendre de plus.

Elle venait deux fois par jour : quand la lumière du soleil atténuait l'obscurité, et quand celle-ci redevenait plus épaisse – le matin et le soir. Bientôt, Deïev put explorer à tâtons l'espace autour de lui : il était couché sur une botte d'herbes sèches, sous une natte de feutre, sur le sol en pierre d'un sous-sol. La lumière venait d'en haut, au bout d'une longue volée de marches en grosses pierres cimentées d'argile. Il semblait que son abri avait un autre habitant : la visiteuse noire, quand elle entrait, s'affairait d'abord à l'autre bout de la pièce, où quelqu'un bougeait et soupirait de temps en temps, avant de venir vers Deïev.

Quand sommeil et veille cessèrent de se confondre dans sa tête, que ses paupières furent moins lourdes de fatigue, Deïev descendit de sa couche et grimpa sur les marches, les comptant d'abord avec ses coudes, puis avec ses côtes et ses genoux. Son visage finit par heurter des planches épaisses, ratatinées par l'âge : une porte. Sous la porte passait un air frais, sentant la fumée et la nourriture.

Il y avait des gens, beaucoup de gens – des chaussures résonnaient sur la terre, des hommes parlaient d'une voix forte, le fer cliquetait. Un cheval hennit, et un second lui répondit, tout près. Plus loin, des moutons bêlèrent, d'une voix de basse bien repue. Un village ? Une ville ?

Deïev gémit, avec un filet de voix, plus faiblement que les moutons. Il voulut pousser la porte avec son front, mais elle était trop lourde. À bout de forces, il comprit qu'il n'était pas en état de refaire le chemin jusqu'à sa litière, se coucha le nez contre la fente au bas de la porte et se dépêcha de respirer les odeurs d'une habitation humaine – riz bouilli, déchets, peau, fumier de cheval, thé, pétrole – avant de replonger dans le sommeil.

Il se réveilla sur sa couche d'herbe habituelle. Les mains de la vieille lui tendaient un bol avec du bouillon. S'appuyant sur les coudes, il s'assit. Il prit le bol et se mit à boire tout seul, aspirant sur le bord, faisant tomber des céréales de ses lèvres qui lui obéissaient encore mal, les attrapant ensuite avec les doigts.

La femme en noir dit quelque chose d'approbateur, d'une voix rendue rauque par l'âge, pareille à un grincement de porte. Deïev ne comprit pas un mot.

Mobilisant son gosier, sa langue, ses lèvres et même ses entrailles, il parvint à prononcer :

– Où suis-je ?

Pour toute réponse, il eut droit à un court grincement incompréhensible.

– Où est mon convoi ?

Un nouveau grincement, plus long.

– Qui est couché là-bas, dans le coin ?

La vieille reprit le bol vide et remonta l'escalier.

– Je dois partir d'ici, c'est urgent ! Les enfants m'attendent – affamés, dans le désert. Je les conduis à Samarcan…

La porte claqua.

La discussion était finie.

– Hé, tu m'entends ? appela-t-il, se tournant vers le coin opposé.

La couche de Deïev était juste en bas de l'escalier. L'autre était installée plus loin, dans l'ombre. Il n'était qu'à quelques pas, mais la lumière du sous-sol était si faible qu'il était plongé dans une profonde obscurité.

La nourriture de la vieille avait donné des forces à Deïev. Il se tourna sur le ventre, partit à quatre pattes dans l'obscurité. Il sentit à tâtons le foin, beaucoup de foin, une botte aussi généreuse que la sienne. Une couverture de feutre. Sous la couverture, il y avait un corps, minuscule et brûlant : consumé par la fièvre.

Qui était cet enfant ? Pourquoi se retrouvait-il au sous-sol avec Deïev ? Et que faisait-il lui-même, Deïev, enfermé ici, dans cette étrange prison de pierre (un mot exotique, *zindan*, surgissait soudain dans sa mémoire) ? Depuis combien de temps était-il dans cet endroit ?

Deïev se souvenait nettement des derniers jours de faim dans le convoi. Ils attendaient tous les montagnes à l'horizon. Ils buvaient de l'eau croupissante des citernes, une demi-tasse par tête, une tasse entière pour la louve du Capital. Il n'y avait plus eu de bois, puis les rails s'étaient interrompus. Et lui, Deïev, désespéré, était parti chercher le chemin de fer, et s'était perdu.

Il se souvenait mal de la suite. La terre rousse, aux craquelures épaisses. Du sel séché sur les buttes. Des rangées de mica sur les pentes sableuses. Des troncs de saxaouls – beaucoup, toute une forêt. Des images surgissaient brièvement, comme sur un écran de cinématographe : il les voyait clairement, mais ne pouvait pas en faire un récit.

Oui, il avait erré longtemps : cherchant, cherchant… Il avait eu froid… Il avait suivi la voix de quelqu'un… De qui ? Il avait visé un oiseau. Il l'avait atteint ? (Il fouilla sa poche : il n'avait plus ni revolver ni mandat, ces salauds avaient tout pris !) La faim l'avait semble-t-il fait délirer, il voyait des gens familiers et discutait avec eux – se souvenant de son passé, réfléchissant. Il avait semble-t-il réchauffé cet idiot de Zagreïka, qui comme à son habitude le suivait, puis avait disparu dans le désert.

Peut-être que c'était Zagreïka, couché là-bas, dans l'obscurité ?

Soulagé, Deïev palpa le petit corps brûlant de fièvre, essayant de comprendre en tâtonnant. Les lèvres – oui, elles étaient retroussées comme celles d'un chameau. Le front et les tempes – oui, ils étaient saillants, avec des bosses. Les oreilles – oui, décollées.

– Frère, Zagreïka, c'est toi ?

Quel bonheur c'était de retrouver le gamin – malade et épuisé, certes, mais vivant. Ce n'était pas la faute de Deïev si ce fou l'avait quitté pour disparaître dans les sables, mais il se sentait coupable. Même s'il n'était pour rien dans l'étrange attachement du gamin bizarre, il se sentait responsable.

Il aurait voulu prendre le gamin vers la fente de la porte pour apercevoir son visage, mais celui-ci gémit de douleur, et Deïev renonça à le déplacer.

– Donnez-moi de l'eau, de l'aspirine, de la glace ! dit-il en grimpant sur l'escalier, frappant à la porte de ses mains affaiblies, ou plutôt grattant à la porte. Le petit a la fièvre !...

Personne ne répondit. Deïev passa la journée ainsi : à descendre dans l'ombre auprès de l'enfant allongé et inconscient, à remonter les escaliers vers la lumière qui passait par la fente de la porte, exigeant – à qui ? – des médicaments pour le malade et la liberté pour lui-même. Le fait de s'occuper d'un autre le stimula mieux qu'une soupe : il ne se recoucha pas.

La porte ne s'ouvrit qu'au soir, laissant passer la vieille. Derrière elle, Deïev eut le temps d'apercevoir une imposante silhouette masculine, un fusil à l'épaule, et il ne tenta même pas de franchir le seuil, se contentant d'expliquer tout par l'ouverture : le désert, le convoi, les enfants... Il n'eut pas le temps d'en dire beaucoup : la porte se referma.

Quand la vieille vit que Deïev parlait, et n'était pas couché comme une pierre, elle eut un nouveau grincement d'approbation dans sa langue. Elle ne comprit sans doute pas son discours passionné. Elle apporta de la nourriture pour l'adulte et une bassine d'eau pour l'enfant. L'eau était d'un noir épais, sans doute une décoction d'herbes.

Avec cette décoction, Deïev humidifiait le corps de l'enfant – il le fit toute la nuit, s'interrompant parfois pour dormir. L'organisme affaibli de Deïev exigeait encore du repos, mais son cerveau ne le laissait plus se relâcher : il le réveillait toutes les heures et l'envoyait chez son voisin, palper le front brûlant, essuyer la sueur sur son corps, l'emmitoufler dans sa couverture – il avait aussi donné son drap de feutre au garçon.

Étonnamment, la vieille se déplaçait sans lampe : elle descendait sans appréhension les marches raides, nourrissait et abreuvait ses patients et prisonniers, s'occupait du petit, alors que le sous-sol était plongé, non dans la pénombre, mais dans la nuit la plus noire. Voyait-elle dans l'obscurité ? Ce n'était pas le cas de Deïev : il ne put pas distinguer le visage de son voisin pendant les quelques jours qu'il passa avec lui.

Il prit une décision : il passerait encore un jour dans le *zindan,* à se nourrir, à prendre des forces, et le lendemain soir, il s'enfuirait. Il se cacherait à l'entrée, attendrait que les verrous s'ouvrent, et dès que la porte s'entrebâillerait, il s'enfuirait. Il essaierait de ne pas renverser la vieille, pour ne pas lui faire de mal. Par contre, il devrait percuter le garde. Il disparaîtrait dans le premier virage, et courrait au hasard.

Pendant son séjour au sous-sol, Deïev avait étudié la vie du dehors à l'oreille : le matin et la journée, il y avait toujours du monde derrière la porte, et il avait peu de chances de s'enfuir à travers la foule. Mais quand la vieille venait le soir, il y avait moins de bruit, on n'entendait plus que les chevaux s'ébrouer. C'est alors qu'il fallait se faire la malle. Commencer par trouver la police. Et s'il n'y en avait pas dans ce village oublié d'Allah, continuer jusqu'à une ville plus importante. Tout de même, Deïev n'était pas dans une quelconque Perse moyenâgeuse, mais au Turkestan soviétique ! Avec l'aide de la police, il organiserait une expédition pour retrouver le convoi, puis viendrait inspecter ce sous-sol, envoyant le gamin, quel qu'il soit, à l'hôpital, et les propriétaires – au tribunal. Voilà.

Les pas, derrière la porte, se rapprochaient.

Deïev était sur la dernière marche, le corps ramassé comme celui d'un boxeur, fixant des yeux la fente sur le sol : elle laissait passer une douce lumière vespérale, le soleil se coucherait bientôt. Les lacets de Deïev étaient solidement noués et rentrés dans ses bottes pour ne pas le déranger pendant sa course. Sa vareuse était boutonnée jusqu'au cou.

De l'autre côté, des pas se rapprochèrent, mais ce n'étaient pas les pas légers de la vieille, pas ses sandales de bois. Plusieurs hommes – plus de deux – s'approchaient du sous-sol, discutant et faisant tinter les clous de leurs chaussures contre les cailloux.

Deïev ne pourrait pas venir à bout de plusieurs hommes. Seul, sans revolver, encore faible et épuisé – non, il n'y parviendrait pas.

Le verrou de fer bougea.

La fente s'élargit, la porte s'entrebâilla. Dans l'ouverture, il aperçut trois silhouettes. Elles semblaient avoir des têtes énormes, mais c'étaient des bonnets en épaisse fourrure de renard. Tous trois avaient des fusils, braqués sur Deïev. Ils parlèrent dans leur langue, faisant signe de leur fusil, lui disant quelque chose.

Ils étaient fâchés de le trouver devant la porte ? Levant les mains en signe de paix, Deïev recula dans l'escalier, mais les hommes haussèrent le ton. Ils voulaient qu'il avance ? Il remonta et franchit le seuil.

Du canon de leur arme, ils indiquèrent la direction, et dirent quelque chose d'une voix autoritaire. Il avança, lentement, regardant son escorte et ce qui l'entourait.

La bâtisse basse, d'un étage, encadrait une cour carrée. Au-dessus de lui, il voyait un autre carré, lumineux : le ciel crépusculaire. Dans un coin, la tour étroite d'une mosquée. Le coin opposé semblait avoir été détruit par une explosion puissante ou un bombardement : tout était en ruine, avec une grande trouée, derrière laquelle la terre nue du désert s'étendait jusqu'à l'horizon.

La maison elle-même, sans fenêtres, avec des voûtes s'ouvrant sur des béances à la place des portes, faite de tuiles rousses et plates dont la moitié était tombée, autrefois couverte de carreaux de faïence et de mosaïques, maintenant tout en poussière et en fissures, n'était plus que ruines. Ce n'était pas une explosion qui avait déformé les travées et détruit les poutres des plafonds, mais le temps. Ce n'était pas une explosion qui avait arraché l'émail turquoise des murs, mais le temps. Le temps avait répandu l'armoise dans la cour pavée, avait rempli les pièces de sable et dénudé la mosquée autrefois richement décorée, ne laissant qu'une charpente inerte. C'était un caravansérail abandonné, et son âge ne se comptait pas en années, mais en siècles.

Le caravansérail était habité. On trouvait des signes de présence humaine, étranges dans ce paysage désertique et à jamais endormi. Plusieurs feux de camp sur des pierres, des hommes assis autour d'eux, fusil à l'épaule. Quelques chariots avec des brancards vides, remplis de malles et de cruches (les chariots coupaient la cour en deux, transformant une moitié en enclos où se trouvaient les chevaux). Deux yourtes bigarrées, posées sous les voûtes du rez-de-chaussée. À l'étage, on voyait des tapis et du linge en train de sécher après avoir été lavés. Non, les gens n'habitaient pas ici, ils se cachaient plutôt. Ce n'était pas une maison, mais un abri. Une halte pour nomades.

Et ces nomades n'étaient pas de paisibles bergers, mais des guerriers. Une cartouchière croisée et des jumelles sur la poitrine. Des poignards à la ceinture. Des armes, partout des armes, sur le sol et contre les murs. On ne voyait presque pas de femmes – soit il n'y en avait pas, soit elles se cachaient. Deïev ne remarqua qu'une fois, au balcon d'étage, une silhouette au visage voilé – peut-être la vieille.

On le conduisait sur le périmètre de la cour. D'innombrables arches défilaient, s'ouvrant sur des trous noirs – les entrées dans les habitations du rez. Une odeur de renfermé s'élevait des trous. Dans l'un, des moutons étaient regroupés, et laissaient échapper des bêlements endormis. Dans l'autre, quelque chose brillait fixement : le corps d'un pendu en manteau de coton. Personne ne prêtait attention au pendu.

Deïev comprit, de loin, où les fusils de l'escorte le menaient. Un côté de la cour était illuminé plus brillamment que les autres : des torches sortant de pots d'argile brûlaient sous les arches. Au-dessus du sol pavé, une estrade était installée, couverte d'une natte à larges bandes. Des hommes étaient assis sur la natte et mangeaient. Ils étaient assis en rangs, les jambes en tailleur, dans des poses confortables, prenant avec les doigts la nourriture posée dans des assiettes plates. Ils étaient treize. Des gens très importants : chacun, dans son maintien, exprimait l'orgueil et la puissance, comme si la scène avait été occupée par treize taureaux de race ou treize tigres.

Et ce n'était pas un simple repas, mais un banquet spécial. Les voix des tigres étaient trop fortes. Ils riaient trop éperdument.

Ils criaient d'un ton trop crâne aux autres guerriers répartis autour des feux – qui répondaient trop ardemment. Il n'y avait pas d'odeurs de vin ou de vodka dans la cour, seulement celles du pétrole brûlant des torches et du mouton bouilli. Les gens étaient ivres, mais pas d'alcool : de leur joie particulière. Plus Deïev s'approchait des hommes, plus il sentait leur excitation. L'air lui-même était bouillonnant d'enthousiasme.

L'un des gardes, en s'inclinant respectueusement, avança jusqu'au centre du *dastarkhān* et murmura quelque chose à l'oreille de l'homme présidant au banquet. Celui-ci fit un geste de la main, et on conduisit Deïev à la lumière, sous les yeux des hommes.

À une époque, des fontaines avaient été creusées dans la cour, mais il n'en restait plus que des vasques peu profondes avec des traces d'émail bleu. L'une d'elles était placée juste en face de l'estrade. Le garde l'indiqua du canon de son fusil. Ne comprenant pas ce qu'on voulait de lui, Deïev resta interdit, et le canon vint le pousser dans le dos. Là-bas ? Il avança.

Il se retrouva au fond de la fontaine asséchée, les pieds recouverts jusqu'à la cheville de sable, de restes pourris et d'arêtes de poisson. D'un côté, les hommes réunis autour du banquet l'observaient avec étonnement. De l'autre, les armes des gardes restaient pointées sur lui.

Deïev se redressa – son visage arriva à la hauteur de la natte rayée. Il ne pouvait pas voir le contenu des assiettes, mais était tout à fait à même d'examiner les hommes réunis : ils n'étaient pas loin, à quelques mètres à peine. Juste un peu trop haut.

Tous avaient des dents solides. Blanches, grises, jaunes – des sourires carnassiers les découvraient de tous les côtés, des moustaches et des barbiches sombres rendaient ces sourires encore plus menaçants. Leurs habits étaient bigarrés, du manteau de laine à la tunique militaire anglaise enfilée par-dessus une chemise de soie aux teintes vives. Tous avaient la tête coiffée, parfois de deux couches : des toques par-dessus des foulards, turbans, fez. Tous étaient grands, imposants, puissants : ils tenaient à peine sur l'estrade et manquaient de se faire tomber les uns les autres. Ils parlaient dans leur langue, riaient et lançaient des regards interrogatifs à leur chef : quel est cet olibrius dans la vasque ?

Leur chef, lui, ne riait pas. Il était de ceux qui ne rient pas souvent. Il avait un regard de plomb et des lèvres pincées, comme soudées ensemble. Sa tunique était la plus modeste, son visage, maigre, sa barbiche, clairsemée, mais ses camarades avaient peur de le regarder dans les yeux ; chaque fois qu'ils se tournaient vers lui, leurs voix fortes s'étouffaient et leurs yeux se baissaient respectueusement vers la natte. Il était le seul à ne pas participer aux réjouissances : il était déjà fatigué de tout, depuis longtemps. Il ne devait pas avoir plus de quarante ans, mais il avait un regard indifférent, comme celui d'un vieux sage, d'un *aqsaqal*.

Deïev avait-il bien entendu ? Les autres l'appelaient Bouré Bek ? Oui, il avait bien entendu.

Bouré Bek prit quelque chose sur l'assiette et le jeta dans la fontaine. Une épaule d'agneau presque entièrement rongée tomba aux pieds de Deïev. « O-o-o-o ! », entonnèrent les hommes. Voilà pourquoi nous avons fait venir ce bouffon ! Ils commencèrent à attraper les côtes et les vertèbres à demi rongées pour les lancer, mais le bek prononça deux mots, et les hommes reposèrent docilement les os.

Il fallait regarder ailleurs, pas à ses pieds, d'où montait l'odeur capiteuse de la nourriture, pas vers le ciel comme les croyants dans les moments de peur, et pas vers le bek moqueur. Il fallait regarder ailleurs, c'était le plus raisonnable, cela lui permettrait de tenir plus longtemps. Mais Deïev regarda le bek bien en face.

Dans les yeux du bek – des yeux décolorés de vieillard, dans un visage encore lisse d'homme dans la force de l'âge –, il n'y avait pas le triomphe que ressentent les gens vils devant l'humiliation des autres, mais de l'indifférence et une tristesse diffuse. Il n'avait pas commencé ce jeu pour son propre plaisir, mais pour celui des autres, et il le mènerait jusqu'à sa fin.

L'homme jeta à nouveau de la nourriture dans la fontaine : cette fois, pas un os, mais de la viande.

Deïev ne vit pas le morceau qui atterrit mollement sur sa jambe et glissa sur sa botte en laissant une trace de graisse, mais sentit son odeur, l'odeur de viande de mouton fraîche, bien cuite avec des herbes.

Un autre morceau atteignit Deïev – à la poitrine.

Encore un autre – au visage.

Plus que tout au monde, Deïev avait envie de ramasser ce rogaton et de le retourner à l'envoyeur. Mais ce serait alors la dernière chose qu'il ferait dans sa vie. Or, il devait encore sauver les enfants.

– Si je te rencontre sur un champ de bataille, je te tuerai, dit Deïev d'une voix nette, essuyant les coulées de graisse sur son visage.

Il ne parlait pas fort, et ses paroles n'étaient sans doute pas audibles sous le brouhaha des autres voix.

Si, elles étaient audibles. Découvrant que le bouffon avait donné de la voix, les basmatchis piaillèrent avec enthousiasme : quelle trouvaille ! Ils croassaient et coassaient sur tous les tons, s'interpellaient, se donnant de grands coups sur l'épaule avec leurs paluches épaisses. Ils faisaient des paris ?

Des spectateurs arrivèrent des feux de camp, pour voir la représentation de près. Ils se massèrent sur le bord de la fontaine, à côté des gardes, commentant dans leur langue.

Deïev leva la main – la leva haut, mais il avait tout de même l'impression d'en appeler aux spectateurs depuis une cave – et, pendant un instant, la rumeur fit place à un silence étonné.

– Mais aujourd'hui je ne suis pas un combattant, continua-t-il dans le silence. Aujourd'hui, j'escorte cinq cents orphelins jusqu'à Sa…

Sans plus écouter, la foule reprit ses conversations.

Le bek n'écoutait pas non plus. Appelant d'un doigt un jeune factotum, il lui ordonna quelque chose, et le jeune hocha la tête avec zèle, à la faire tomber du cou.

L'un des treize, dans un cafetan de laine à la mode perse, coiffé d'un turban à carreaux, lança un cri perçant à la foule, qui répondit par un mugissement amical. Ils s'interpellaient comme des oiseaux dans les airs. Ou comme les cuivres dans un orchestre. Mais que disaient-ils ?

Deïev ne pouvait que continuer à parler dans l'espoir que le rusé bek avait beau prendre un air d'indifférence, il comprenait le russe, au moins un peu. Et qu'il saisirait suffisamment la situation. Deïev se dépêcha de parler avant qu'on amène, sur ordre du chef, un tonneau d'acide chlorhydrique ou d'autre saleté pour calmer le prisonnier trop bavard :

– Ces orphelins sont en train de mourir de faim. La moitié d'entre eux sont musulmans, comme toi. Tu peux relever leur chemise pour voir qu'ils ont été circoncis. Une moitié aussi sont des paysans comme…

À nouveau, un cri joyeux : le bek s'essuyait les mains, graisseuses après la viande, sur une serviette, qui n'était pas du tout une serviette, mais un étendard rouge !

– Une moitié aussi sont des paysans comme tes *dehkans.* Et beaucoup parlent dans une langue qui ressemble à la tienne. Et tous sont nés de femmes…

Froissant la serviette avec mépris, Bouré Bek la lança devant lui. Les autres s'approchèrent de l'étendard, manquant de le déchirer de toutes parts, pour s'essuyer les mains, les plus malins allant jusqu'à s'y moucher, dans l'agitation, les rires et l'allégresse.

– Tous sont nés de femmes comme tes épouses. Et ces enfants ont l'âge…

L'étendard tourmenté vola à la fontaine, rejoignant les morceaux de viande et les os rongés.

Ne pas regarder l'étendard humilié ! Continuer à parler !

– Ces enfants ont l'âge d'être les tiens.

Qu'est-ce que son bourreau voulait de lui ? Quel rôle était réservé à Deïev dans ce théâtre primitif ? Un rôle muet, visiblement.

Les hommes autour de la table parlaient avec animation, excités par la vengeance exercée sur l'étendard. Et l'un des treize, dans un cafetan turc noir, avec un turban jaune, leva les mains et cria quelque chose de guerrier. La foule lui répondit, toujours rugissante.

Fêtaient-ils une victoire au combat ? L'étendard était-il un trophée de ce combat ?

– J'ai beaucoup réfléchi et j'ai tout compris, continua Deïev obstinément depuis sa fosse, comme un fou qui parlait tout seul. Nous avons pris le mauvais embranchement quelque part vers Arys, et perdu notre route. Tu sais sans doute que nous nous sommes trompés, Bouré Bek, tes janissaires ont dû te le dire. Et aussi qu'il n'y a rien à tirer de nous. Tu ne peux rien nous prendre, Bouré Bek. Tu peux seulement nous donner. Donne-nous ! Ces dernières années, tu as pris beaucoup de vies. Maintenant, tu peux offrir la vie. Sauver…

Mais sa voix fut à nouveau couverte par une clameur enthousiaste : sur un geste du bek, le jeune factotum conduisit un grand chien vers la table. Le chien était vêtu de la chemise d'un combattant soviétique, avec des galons rouges à l'encolure et une étoile rouge sur les manches. Sur sa tête, on avait mis une casquette avec la même étoile rouge, serrée par une ficelle pour qu'elle ne tombe pas. Et même le ventre maigre de l'animal était entouré plusieurs fois par une ceinture avec une boucle : il avait tout l'uniforme, il ne lui manquait que le pantalon et les bottes. Le chien regarda la foule hilare, remuant sa queue fournie, se réjouissant de la joie générale.

– Sauver des orphelins est une action agréable à Dieu. En sauver cinq cents, c'est faire plaisir cinq cents fois à Dieu. Quand auras-tu encore une telle occasion, Bouré Bek ?

Gêné par son costume inhabituel, le chien s'assit sur ses pattes de derrière, tentant, de ses pattes avant, d'enlever la casquette de sa tête poilue.

– Hahaha ! hurlèrent de rire les basmatchis.

Le bek envoya un morceau de viande au chien, pas vers sa gueule, mais plus loin, vers le bord de la fontaine. Attrapant l'offrande presque au vol, le chien sentit encore de la viande, aux pieds de Deïev. Il sauta vers lui et commença à manger avidement les morceaux couverts de poussière.

Deïev recula, mais les fusils pointés sur son dos cliquetèrent immédiatement : ne bouge pas ! Les chaussures de Deïev, son pantalon, sa vareuse, son visage, tout était couvert de graisse de mouton, et le chien affamé reniflait déjà ses chaussures, son pantalon, sa vareuse et, se mettant debout sur ses pattes de derrière, posant celles de devant sur les épaules de Deïev, lui lécha les joues de sa langue tiède.

– Ce sera facile de sauver les enfants, j'ai tout prévu. Deïev se détourna de l'haleine brûlante du chien, mais elle était partout. Il faut ordonner à tes gens de déplacer les rails – de faire une boucle pour que le train puisse retourner à l'embranchement.

La salive du chien était déjà partout, entrait par ses narines et ses lèvres, collait ses cils.

– Pour tes janissaires, c'est à peine un jour de travail.

Deïev avait l'impression que seul le chien l'entendait.

Les hommes autour du banquet étaient déjà fatigués – ils ne riaient plus à gorge déployée, mais hoquetaient, poussant leurs mains contre la natte, faisant tomber les assiettes. Les spectateurs étaient aussi tordus dans un rire muet, s'accrochant mutuellement à leurs habits pour ne pas tomber de rire. Les gardes continuaient de viser le prisonnier, mais tenaient avec peine leur arme – canons et ventres tressautaient.

Ayant léché Deïev, le chien vit l'épaule de mouton à ses pieds et voulut l'emporter, mais – un coup de feu ! – il tomba à terre. Il eut une courte convulsion. La casquette claire, trouée par une balle, se remplit de sang.

Bouré Bek reposa son revolver.

De l'autre côté de la cour, les chevaux hennirent et se cabrèrent. Les moutons bêlèrent dans leur enclos.

Les pattes du chien eurent un dernier sursaut, et l'animal se figea sous la chemise militaire.

Les convives, muets, se levèrent et commencèrent à rassembler la nourriture dispersée sur la nappe. Les hommes qui avaient osé s'approcher du banquet des chefs se retirèrent hâtivement vers leurs feux.

Personne ne regardait Deïev. Le spectacle était visiblement terminé. Ou la partie du spectacle où le bouffon avait un rôle.

Une rafale de vent arriva brusquement du désert, chargée de sable, se frotta contre la brèche à l'angle du caravansérail, emplit les pièces vides, mugissant dans chacune – la bâtisse soupira sur plusieurs tons. La mosquée trouée siffla comme une flûte. Les flammes des torches et des feux de camp s'allongèrent en fines flammèches, exhalant une épaisse fumée. L'instant d'après, la rafale s'était calmée.

Deïev comprit soudain que la nuit était tombée : il faisait sombre depuis longtemps, et depuis longtemps, il regardait ce qui l'entourait à la lumière vacillante des flammes d'étoupe et de pétrole.

À présent, à cette heure grave et sombre, la partie principale de la pièce allait commencer. Bouré Bek se leva, observa ses guerriers, exigeant leur attention d'un regard sévère. Les guerriers se turent et tendirent le cou en direction du chef, quelqu'un calma les chevaux effrayés en les caressant… Enfin, satisfait du silence, le bek lança un cri impérieux.

Trois hommes apparurent de derrière la voûte noire près du *dastarkhān* : le jeune factotum, et encore deux, presque des enfants. Chacun portait sur son épaule un grand plateau avec des bords hauts. Sur chacun de ces plateaux, quelque chose s'élevait. Une pastèque ? Une tête humaine.

Trois têtes coiffées de chapkas de feutre pointues avec une étoile rouge sortirent de l'obscurité et atterrirent lentement sur le *dastarkhān*.

Bouré Bek attendit une minute, laissant sa horde observer les têtes, puis il se mit à parler. Sa voix n'était pas forte mais, se reflétant sur les murs, elle se faisait entendre même jusqu'autour des feux plus lointains. Ses yeux étaient toujours froids, mais brillaient à la lumière des torches, et semblaient pleins de passion. Ses gestes étaient retenus, mais son ombre noire les amplifiait. Un foulard de feutre ceignait ses reins – indiquant sans doute un lumbago. Ce détail peu glorieux – marquant son indifférence complète pour l'opinion des autres – donnait plus d'importance à sa personne que tous les cafetans luxueux de ses compagnons de banquet.

Bouré Bek parlait.

Deïev regarda les trois têtes mortes posées sur les plateaux à hauteur de sa tête, très près. Les têtes le regardèrent. Deïev les fixa longuement sans pouvoir détacher les yeux et sans parvenir à comprendre : comment est-ce possible ?

Non, il ne pouvait pas le comprendre. Ni comprendre ce qui était dit dans une langue inconnue, au-dessus de sa tête. Il était incapable de comprendre ces gens.

Ayant terminé son discours, le bek leva un doigt sec vers le ciel et posa une question impérieuse.

– Iiii ! répondirent affirmativement les guerriers en chœur, comme un seul homme.

Encore une question.

– Iiii !

Et encore.

– Iiii !

Puis – le silence.

Deïev leva lentement les yeux vers l'endroit où Bouré Bek se tenait.

Il était parti.

☆

Allaient-ils le tuer ou non ?

Deïev y avait réfléchi toute la nuit, assis sur les marches du sous-sol.

Si le bek l'avait voulu, il aurait pu l'abattre en même temps que le chien. Et il n'aurait pas gaspillé de la nourriture et de l'eau pour le prisonnier. Et la vieille – servante ? nourrice ? mère ? – n'aurait pas été mise à son service. Et les gardes aux portes.

Cela signifiait qu'il avait besoin de Deïev. Mais pour quoi ? Il ne valait rien comme otage – sa vie ne valait pas un kopeck. Toute sa force et son prix – le revolver et son mandat – avaient déjà été pris dans sa poche. Il n'avait aucun pouvoir. Il ne disposait d'aucune connaissance précieuse. Il n'avait pas de protecteurs. Deïev n'était rien, une nullité.

Pourquoi, la veille, le bek n'avait-il pas laissé ses camarades l'humilier ? Il avait lui-même lancé des os à Deïev, mais les autres n'avaient pas pu l'imiter. Il avait tué le chien, avait fait apporter les têtes sur les plateaux, mais ne s'était pas occupé de Deïev. Cela signifiait qu'il avait besoin de lui, même si Deïev ne comprenait pas un traître mot aux langues locales, était encore très affaibli après le désert, marchait difficilement. Besoin au point que la vieille le nourrissait avec un fort bouillon de viande, avec beaucoup de blé.

Non, ils ne le tueraient pas.

Le chien, la veille, se disait sans doute la même chose, pendant qu'il mangeait le mouton à l'odeur capiteuse…

Au matin, les mêmes gardes, en bonnet de renard, firent leur entrée. Ils parlèrent longtemps, s'énervant, faisant des gestes du fusil, jusqu'à ce que Deïev finisse par comprendre : ils lui ordonnaient de sortir, en prenant le gamin. Il trouva à tâtons le petit corps, toujours brûlant, et le porta à l'extérieur.

Oui, c'était Zagreïka. Mais pas le Zagreïka si familier que Deïev connaissait et berçait la nuit : une copie déformée de son corps, au cou gonflé et couvert de taches cramoisies, aux bras et aux jambes incroyablement maigres, le faisant ressembler à un des grabataires. Le pire était le visage. Ce n'était plus un visage, mais un œuf brouillé : le nez, les lèvres, les sourcils, tout était gonflé, violacé, et à la place des yeux, il y avait des croûtes de sang.

Qui t'a fait ça, gamin ?

C'est pour cela que tu luttais, en proie à la fièvre, depuis tant de jours : ton petit organisme ne parvenait pas à vaincre ces mutilations. Tu as besoin, non d'un sous-sol sombre et de la décoction noire de la vieille, mais de l'infirmier Boug, le meilleur et le plus authentique docteur, avec le plus grand cœur au monde.

Deïev portait l'enfant mutilé et sentait la colère le submerger en vagues brûlantes. L'impuissance aussi : il ne pourrait pas connaître le coupable, ni le punir. Il regardait les gardes d'un air maussade : n'est-ce pas votre travail ? Ou celui de vos camarades ? Ceux-ci le regardaient sans tourner la tête vers lui, méfiants, préoccupés par l'aspect de l'enfant, qui semblait sorti d'un champ de bataille.

Ils firent monter Deïev sur un chariot, l'enfant dans ses bras. Il n'eut pas le temps de réagir : on lui mit un sac sur la tête, fermé par une corde pour qu'il ne s'envole pas.

Ils partirent.

Le voyage en chariot, avec les deux prisonniers et deux cavaliers les escortant, dura une demi-journée, ou plus. Deïev entendait le grincement des roues sur le sol et les froissements du désert : le sable glissant contre le sable, contre l'armoise, contre les pierres. Sur ses genoux, il tenait Zagreïka, qui ne bougeait presque pas, tant il était faible, et ne pensait qu'à une chose : je t'en prie, ne meurs pas.

S'ils nous conduisent quelque part, mon garçon – et longtemps, sur un chariot qui roule, avec des chevaux qui avancent –, c'est qu'ils ne nous tueront probablement pas. Peut-être qu'ils nous conduisent à un autre campement, ou dans un village, ou en ville, et même si c'est dans les montagnes, peu importe : ne meurs pas...

Il sentit l'odeur du feu, entendit des voix au loin et comprit : ils étaient arrivés. Ces voix étaient nombreuses, très nombreuses – hautes et perçantes. Des enfants ?

Ses enfants ?

Oubliant les gardes avec leurs fusils, il se mit à arracher le sac de sa tête. Personne ne l'en empêcha, personne ne lui lança des cris furieux. La corde enroulée autour de son cou commença par se serrer, l'étranglant presque, mais il la déchira de tous les côtés comme un moustique pris dans une toile d'araignée, encore et encore, grattant les nœuds avec ses ongles, pour finalement réussir à l'enlever. Il enleva également le sac, et une lumière vive éblouit ses yeux, les voix se firent plus fortes.

Où ? Quoi ?

Il était au milieu du désert.

Loin devant, il y avait une bande sombre : le train. Autour, des fourmis : les passagers.

La guirlande.

Incapable de rester dans le chariot, Deïev sauta et courut vers le train. Il laissait Zagreïka derrière lui, dans le chariot, ainsi que les gardes, et courut, presque plus vite que le chariot. Il y avait encore au moins deux kilomètres à faire jusqu'à la guirlande, mais il voyait déjà clairement, devant elle, des taches claires : les enfants en chemise blanche.

Deïev avançait, décollant à peine ses chaussures du sol et ne pliant pas les genoux – il économisait ses réserves physiques. Il fut pourtant bientôt à bout de forces, mais il ne pouvait plus s'arrêter : son corps courait tout seul, comme un automate.

Il était hors d'haleine. Il trébuchait. Mais ne tombait pas. Il courait, il courut jusqu'au moment où il entendit un hurlement éperdu :

– Deïev ! Deeeeïeeeev ! Ohééééé !

Et tout le blanc courut jusqu'à lui : tous les enfants qui étaient devant les wagons, et plus loin des wagons, et dans les wagons, coururent à lui, d'abord lentement, puis plus vite, s'approchant et l'étourdissant de leur cri :

– Deïev ! Deeeeïeeeev ! Ohééééé !

Et Deïev courut vers eux, jusqu'à ce que le flot blanc qui ruisselait vers lui en criant de joie lui rentre dedans en dizaines de visages, et encore une dizaine, et encore, l'entoure – de ses bras, jambes, corps, chemises – et tournoie autour de lui, bouillonnant et s'élargissant, et criant de plus en plus fort :

– Deeeeïeeeev !

Étourdi par le bruit, il s'enfonça dans ce tourbillon, tandis que de tous côtés on disait, riait, bougeait et appelait :

– Deeeeïeeeev !

Il aperçut, sur les bords, des silhouettes sombres : les nurses. Elles ne s'engouffraient pas dans le flot, incapables de traverser à gué, attendant qu'il se calme, et lui criaient quelque chose, mettant les mains en porte-voix. Elles quoi ? Elles pleuraient ? Une silhouette les dépassait, imposante : le grand-père.

– Deeeeïeeeev !

Il caressa, serra dans ses bras – des bras, visages, épaules, têtes rasées, comme tout était petit ! – et étreignit, et laissa s'échapper, et caressa encore, longtemps, jusqu'à ce qu'ils s'éloignent. Le flot faiblit, commença à s'écarter, criant encore son nom, sifflant, riant, sautillant et agitant les bras. Et alors, les nurses arrivèrent à lui.

– Deïev, cher Deïev, très cher, excellent ami !

Elles appuyèrent de tous côtés leurs joues mouillées, leurs fronts, leurs clavicules maigres contre ses épaules, sa poitrine, son dos.

– Mon Dieu ! Il est vivant, entier !

Elles pleuraient, ne cachant pas leurs larmes et les répandant sur sa vareuse.

– Nous vous attendions, nous savions ! Mon fils, camarade, mon cher enfant !

Deïev caressa et étreignit à nouveau – des bras, visages, têtes – plus aussi petits, mais adultes, aux cheveux souvent gris.

Il serra Fatima dans ses bras.

Et le grand-père. Ou plutôt, le grand-père le prit dans ses bras – dans une étreinte d'ours, le serrant contre lui, le gardant ainsi une demi-minute, même une minute entière. Deïev serait volontiers resté ainsi jusqu'au lendemain, mais il commença à étouffer et se libéra.

– Zagreïka est là-bas, dit-il à l'infirmier.

Il l'amena au chariot, qui était arrivé devant le convoi. Les gardes attendaient à côté.

– Qui lui a fait ça ? Boug examina le petit corps mutilé dans le chariot, les narines blêmes. Les mahométans ?

– Je ne sais pas, dit sincèrement Deïev.

– Quels fous furieux.

Boug souleva le garçon et le porta à l'infirmerie.

☆

Deïev n'étreignit pas Blanche : ils se serrèrent la main. En silence, avec force. Ils se regardèrent aussi dans les yeux. Ils ne se permirent pas d'autres libertés – ni un léger baiser ni un sourire –, même s'ils étaient seuls dans le compartiment. Vraiment seuls : Zagreïka ne se cachait pas sous le canapé comme à son habitude, il était étendu sur une couchette de l'infirmerie.

La commissaire commença immédiatement son rapport au chef du convoi, lui relatant ce qui s'était passé pendant son absence. Mais ce rapport était étrange : très court, sans détails, comme si elle lisait un bref sténogramme. Comme si Deïev savait déjà tout.

– Les enfants et les adultes sont bien nourris. Comme vous avez pu le noter, en pleine forme. Ils ont été nourris deux fois par jour, de riz. Le riz nous a été fourni par les basmatchis, cinq sacs, et encore un chariot de raisin. Ils nous ont aussi apporté de l'eau, à boire et pour la locomotive.

Blanche alignait les mots comme un télégraphe. Deïev avait à peine le temps de faire entrer ces faits dans sa tête.

– Les rails ont été déplacés. Le convoi est tourné dans la direction d'Arys.

Quand en avaient-ils eu le temps ? La veille encore, Deïev faisait face à Bouré Bek, l'implorant de l'aider, et un jour plus tard, tout était fait ? Il ne posa pas sa question : la commissaire se dépêchait de conclure son rapport.

– Tous les morts sont enterrés. Le nombre de grabataires a augmenté, mais l'infirmier en parlera mieux que moi. Il n'y a pas eu d'épidémie dans le train, l'infirmerie fonctionne selon le régime habituel. Il n'y a pas eu d'évasion ni aucun autre événement particulier. Le nombre des enfants ce matin s'élevait à exactement cinq cents. Cinq cent un si l'on ajoute le bébé. Trois cent quatre-vingt-dix-huit d'entre eux sont de Kazan, recensés dans la liste. Les autres sont venus s'ajouter en chemin. Le convoi est prêt au départ.

Elle avait fini de marteler ses syllabes.

Deïev était assis sur son canapé, les coudes sur la table et le front entre ses mains. Il mobilisait toutes les forces de sa tête lourde de fatigue, mais ne parvenait pas à transformer ce qu'il avait entendu en une vision claire.

– Quand les basmatchis ont-ils fait leur apparition ? demanda-t-il finalement.

– Le jour où vous êtes parti chercher de l'aide dans le désert, dit Blanche en haussant les épaules. D'abord, ils nous ont apporté l'eau et la nourriture. Puis ils ont commencé à déplacer les rails. Ça a pris beaucoup de temps, ils n'arrivaient pas à plier les rails pour faire un virage. Deux jours plus tard, ils ont ramené des rails déjà pliés, et ils ont pu faire le demi-tour. Et encore deux jours après, ils vous ont ramené, vous.

Ah, voilà.

Pendant que Deïev errait dans les sables, Bouré Bek abreuvait et nourrissait ses enfants, avec du riz, et même avec ce raisin magique. Les hommes de Bouré Bek avaient creusé plusieurs jours dans le sable, remettant les rails pour que la guirlande puisse revenir au bon embranchement. Puis ils avaient battu les rouges au combat et leur avaient coupé la tête. Puis ils avaient ramené Deïev au convoi, sans la moindre égratignure, dans leur propre chariot.

Oui, exactement.

– Dites-moi, Deïev. Blanche le regardait attentivement, comme si elle s'apprêtait à lui poser une question qui la tourmentait depuis longtemps. Comment avez-vous réussi à convaincre ces sauvages et à tout leur expliquer ? Vous ne parlez pas le kirghize. Et ils ne parlent pas un mot de russe.

– Ce n'est pas moi.

– Arrêtez de plaisanter ! se fâcha Blanche. Ce n'est pas drôle.

C'était vrai : comment Bouré Bek avait-il deviné comment il pouvait aider ?

Mais comment ne pas deviner ? Si une locomotive était immobilisée dans le désert, sans eau et sans charbon, devant des rails interrompus, qu'y avait-il à comprendre ? Et si, sur les couchettes des wagons, se trouvaient des enfants qui devenaient grabataires à force d'avoir faim, qu'y avait-il à comprendre ? Tout était clair comme de l'eau de roche. Il n'y avait pas besoin d'explication.

Il était également clair que c'est à cause des enfants que Bouré Bek avait épargné Deïev, pour qu'il puisse les convoyer plus loin. Les enfants étaient ici la force et la valeur de Deïev, son savoir et sa richesse, ses protecteurs haut placés. Dans le désert du Turkestan, ce n'était pas Deïev qui avait sauvé les enfants, mais les enfants qui avaient sauvé Deïev.

– En conclusion, dit Blanche d'un ton sévère et définitif, à Samarcande, je vais demander que vous vous occupiez d'évacuer les enfants sans être surveillé par la commission à l'enfance. Vous vous en sortirez tout seul, sans commissaire.

– Camarade commandant du convoi, dit quelqu'un en frappant timidement à la porte. Les mahométans nous ont apporté du combustible.

C'était la voix basse, de fumeur, du mécanicien. Il avait l'air effrayé, comme si ce n'étaient pas les basmatchis, auxquels il avait eu le temps de s'habituer, qui avaient apporté du saxaoul, mais un détachement de fantômes.

Deïev suivit le mécano jusqu'à la locomotive. (Les yeux de l'homme étaient vraiment effrayés, sortaient presque de leurs orbites.)

Le tender était rempli de combustible, qui ne montait pas simplement jusqu'en haut des bords, mais faisait une montagne par-dessus. Des morceaux de quelque chose de gris. Pas du saxaoul, pas du charbon. Des habits ? Des tuniques militaires.

Déchirées en petits morceaux, mais encore reconnaissables : les cols avec les galons rouges, les morceaux de manche avec les étoiles, les pattes de poitrine, épaules, bas de tunique, dos. Des tuniques de l'Armée rouge, coupées jusqu'à ce qu'il n'en reste plus qu'une bouillie de laine. Les fournitures d'un bataillon ? De tout un régiment ? Ils les avaient coupés avec leurs sabres, à grands gestes, les ayant préalablement enlevés des cadavres – spécialement pour le convoi, ou plutôt, pour Deïev. Avec autant de chapkas militaires, elles aussi déchirées en deux ou trois.

– Qu'est-ce que je dois faire ? lui demanda le mécanicien.

Il était debout à côté de lui, sa casquette de service à la main.

– Chauffe, ordonna Deïev.

7. TROIS

Samarcande

Montagnes, ô montagnes ! Roches, roches. Elles se dressaient de tous les côtés, gigantesques blocs tordus s'écartant pour laisser passer les voyageurs. Le ciel s'élevait haut par-dessus les montagnes, bleu et lointain, bordé de quelques nuages fins. Roches dures et sombres, ciel limpide, baigné de lumière. Montagnes et ciel, chant éternel.

Le bas des pentes était bordé d'herbes jaunes, d'arbres rouges. En haut, c'était la pierre nue et grise, parfois tapissée de neige. En regardant mieux, on distinguait, dans ce gris, toutes les couleurs de la création, et dans la géométrie austère des pentes, les lignes douces de forêts et de buissons.

À l'aube, les sommets aigus s'embrasaient comme des feux sur l'océan bleu des pierres, pour brûler à nouveau au coucher du soleil. L'océan minéral prenait des reflets dorés dans la lumière chaude du soleil, argentés sous les rayons glacés de la lune. Seules, les crevasses béantes, exhalant un froid immuable, gardaient nuit et jour le même ton violet tirant sur le noir.

Le convoi tressautait comme un grelot sur les flancs des montagnes. Un écho sourd rebondissait d'escarpement en escarpement, menaçant parfois de dépasser le train, puis de revenir contre lui au détour d'un virage. Ils ne virent ni curieux, ni voyageurs, ni même un chien errant sur ce trajet, seulement des pierres et des pierres. Au loin, au-dessus des défilés, des aigles planaient, seuls spectateurs de l'avancée obstinée de la guirlande.

Du toit du wagon d'état-major, Deïev regardait l'océan de pierre au fond duquel le train avançait.

Il restait une centaine de kilomètres avant la fin du voyage. Le jour même, le convoi arriverait à Samarcande.

Ils avaient passé presque vingt-quatre heures à Tachkent. Deïev avait retardé le départ, dans l'espoir de trouver une centaine de chemises blanches. Il ne les avait pas trouvées.

« Comprends-moi, camarade », lui avait dit le chef de la garnison de Tachkent. « Je n'ai pas le droit de dépouiller l'armée. Dans deux semaines, l'hiver arrive. Et mes soldats devront poursuivre Bouré Bek pendant cet hiver, par les montagnes, dans la neige. Tu veux qu'ils le fassent sans linge ? Tes enfants n'ont qu'un jour de voyage avant de rejoindre leur orphelinat et leur bouillie au lait. Ils se débrouilleront bien d'ici là. »

Oui, ils se débrouilleraient. Mais quatre cents trouveraient un toit, pourraient manger cette bouillie au lait, tandis que cent resteraient à la rue. Et dans deux semaines, l'hiver arriverait.

Deïev avait pensé trouver des étoffes et s'était précipité à la fabrique de textile. Mais la fabrique n'avait de textile que le nom, c'était une fabrique de peignage : on enlevait la ouate du coton et on la peignait en fils, qui étaient envoyés par ballots dans la lointaine Iaroslavl.

Il était allé à la police, à la direction des douanes, à la Tchéka, et n'y avait rien trouvé. Dans toute la riche Tachkent, il n'y avait pas cent chemises pour les enfants des rues.

Il restait quatre-vingt-dix kilomètres avant Samarcande…

Après le temps passé dans le convoi, les enfants des rues avaient perdu leur aspect de petits mendiants. Ils avaient été nettoyés, frottés par les nurses jusqu'à révéler une peau rose de cochon, et rasés à en avoir le crâne brillant. Leurs oreilles étaient nettoyées. Leurs ongles coupés. Leurs ulcères traités à l'iode. En un mot, ce n'étaient plus des enfants, mais des poupées de magasin. Sauf qu'ils étaient toujours vêtus de haillons.

Ces guenilles ne s'amendaient ni par le raccommodement ni par le lavage, on ne pouvait les retourner ni les recoudre. Ce n'étaient que des trous, des fils et une saleté indécrottable. À côté des chemises blanches du convoi, elles paraissaient encore plus sales.

S'il n'avait pas triché avec les listes, Deïev n'aurait même pas pensé aux habits. Qui savait dans quelles hardes les enfants avaient été remis dans les centres d'accueil ! Parfois, ils n'en avaient pas du tout. Mais il y avait tricherie, et les guenilles des enfants trouvés en route le rappelaient de manière criante.

Peut-être que Deïev avait tort de se faire du souci ? Et que la directrice de Samarcande serait aussi gentille et confiante que Mme Shapiro, qu'elle accepterait tous les enfants sans remarquer la supercherie ?... Mais si elle était comme Blanche ?

Plus que quatre-vingts kilomètres avant Samarcande...

Tout reconnaître ? Écrire une dépêche de repentir à Kazan, expliquer la centaine d'enfants morts en chemin et la centaine d'enfants trouvés qui les avaient remplacés ? On n'allait pas les laisser à la rue, on leur obtiendrait bien un abri. Peut-être pas dans un foyer d'enfants destiné aux victimes de la famine, avec un ravitaillement spécial, et qui tenait plus du sanatorium. Mais où ? Nulle part. Il n'y avait pas d'autres foyers d'enfants à Samarcande, le pouvoir soviétique ne s'y était pas encore attelé.

Mais même s'il ne trouvait pas de toit pour les enfants, seraient-ils si mal dans ce Turkestan bien nourri ? Des vagabonds aussi expérimentés ? Deïev leur avait fait franchir la steppe de la Faim, les sables de la mort et les montagnes, pour gagner le pays des vignes et des rizières – il avait réussi à arriver avant le froid et la neige. Était-ce si peu ? Trop peu.

Plus que soixante-dix kilomètres avant Samarcande...

Soixante...

Quand il n'en resta pas plus d'une cinquantaine, Deïev fit le tour des wagons et ordonna aux nurses de rassembler tous les habits des enfants – pour lavage et désinfection. « Quel lavage ? », s'étonnèrent-elles. Ils étaient entourés de montagnes. Et il ne restait plus que quelques heures avant d'arriver à destination.

Exécution, ordonna-t-il d'un ton bref. Règle n° 4 : la règle du chef de convoi.

Elles rassemblèrent les chemises et les entassèrent dans le wagon d'état-major. Les chemises étaient posées en gros tas blancs autour de la baignoire, les guenilles des vagabonds en plus petits tas.

Bientôt, la guirlande passa un col et continua d'avancer sur le bord d'une gorge escarpée. Deïev baissa la vitre et se mit à lancer les tas blancs dans le trou.

Le vent et le fracas des roues s'engouffraient par la fenêtre. Les chemises en sortaient.

Les enfants du wagon d'état-major, Fatima, Petit Coucou, et même la louve du Capitole regardaient, fascinés, le chef du convoi lutter contre le vent. Deïev soulevait le linge comme des poids de fonte, bandait tous ses muscles – les tourbillons de vent menaçaient de ramener le tas d'habits dans le wagon. Un tas, deux, dix : il les jeta tous !

Des autres wagons, on regardait aussi par la fenêtre avec fascination. On voyait voler un gigantesque troupeau d'oiseaux blancs qui cachaient les montagnes. Oiseaux ou chemises ? Ils battaient des ailes et caressaient le train, ses fenêtres, les visages des enfants collés aux vitres, puis disparaissaient dans l'abîme, où personne ne les retrouverait jamais.

☆

– Vous irez nus et sans chaussures, dit Deïev aux enfants. Celui que ça gêne trop passera l'hiver dans la rue.

Prévenant toute protestation, il avait ajouté : règle n° 4.

Personne ne pensait à protester : tous comprenaient dans quel but c'était fait. Deïev avait déjà trouvé le foyer d'enfants, avait prévenu de son arrivée avec les enfants évacués. La directrice – qui n'était ni aveuglée par la bonté, comme Mme Shapiro, ni une vipère comme Blanche – aurait voulu l'accueillir à la gare pour l'aider dans ses démarches, mais Deïev avait refusé : ils viendraient tout seuls.

Ici, la terre était sèche, elle n'avait pas encore refroidi après l'été brûlant ; l'air exhalait une tiédeur automnale, le soleil se faisait caressant dans le ciel – en un mot, Samarcande ! – et Deïev espérait que personne ne prendrait froid.

Le 15 novembre 1923, cinq centaines d'enfants sortirent du train sanitaire sur le quai – complètement nus. La plus âgée des filles, Tproussia, treize ans et enceinte, s'emmitouflait dans un châle cosaque. Tous les autres étaient en costume d'Ève et d'Adam.

Les enfants s'assemblèrent sur le quai dans l'ordre dans lequel ils voyageaient : par wagons. Des corps osseux, plats, des bras et des jambes presque tous de la même épaisseur, qu'on pouvait entourer d'une main, des têtes toutes pareillement rasées. On distinguait à peine les garçons des filles – et on ne les distinguait pas du tout de dos. Tous attendaient le signal de départ.

Le chariot loué par Deïev sur la place de la gare s'approcha du train. On y plaça les tout-petits du wagon d'état-major et les grabataires. Le conducteur du chariot regarda l'armée enfantine complètement nue et se signa en silence.

Cette armée était étonnamment docile : pas une rime, pas une blague, ni même un petit rire. Les enfants étaient épuisés par la route et déprimés par la séparation d'avec leurs accompagnants. Ils avaient déjà embrassé les nurses – une, deux, trois fois. Tous les vœux, instructions et promesses avaient été prononcés. Mais, sur le quai, les enfants ne pouvaient détacher leurs yeux des wagons qui avaient été leur maison pendant un mois et demi. Une autre maison les attendait, et le chef du convoi avait promis que tous y trouveraient une place (« un couteau dans le cœur, un clou dans l'œil si je mens ! »), mais ils souffraient étonnamment de quitter la guirlande.

Un ciel inconnu, bleu, brillait au-dessus de leurs têtes, avec son soleil étincelant et étranger, chaud même en novembre. Sous leurs pieds, s'étendait une terre étrangère, qui soulevait des tourbillons de poussière entourant leurs pieds et leurs mollets. Mais elle était incapable d'habiller leurs corps pâles.

Les nurses avaient l'ordre de rester dans le train et de ne pas « faire les fontaines ». Obéissantes, elles étaient restées à l'intérieur, mais elles ne parvenaient pas à maîtriser les larmes qui leur montaient aux yeux : elles s'agitaient près des colonnes d'enfants, reniflaient et ne cessaient de s'essuyer les yeux. Deïev avait menacé de débarquer du train les plus larmoyantes. Il comprenait que cette menace était absurde : le voyage était terminé.

Il avait décidé de conduire tout seul les enfants à travers la ville, sans l'infirmier ni les nurses, ni même la commissaire. Il devait encore affronter une discussion avec la directrice du foyer d'enfants. Une discussion difficile. Ou un combat ? Ou un siège ? Quel que soit le mot, les femmes n'auraient pas pu l'aider, mais auraient été fortement capables de le gêner. Il allait donc s'en sortir seul. Il suffisait qu'une fois encore – la toute dernière et la plus importante –, il ait de la chance.

Le moment était venu : Deïev leva le bras et siffla brièvement, donnant le signal de départ. Il marchait à l'avant. Les enfants le suivaient en troupeaux serrés. La colonne se fermait sur le chariot des grabataires et la vieille chienne aux mamelles tombantes courant derrière. Cinq cents garçons et filles marchaient silencieusement sur le quai. Un millier de pieds nus – cinq cents gauches et cinq cents droits – avançaient silencieusement sur le sol, s'éloignant.

Les nurses firent quelques pas et s'arrêtèrent, comme si on les avait attachées au train avec des harnais invisibles. Leurs mains se tendirent vers les enfants qui s'éloignaient, se tendirent autant que possible, mais ne purent les toucher. Les enfants s'éloignaient des femmes, et les femmes les laissaient partir, comprenant qu'elles ne les reverraient sans doute jamais.

La guirlande était immobile sur le rail – calme, les wagons vides. Ses fenêtres et ses portes restaient ouvertes, désorientées, parcourues par le vent. Le mécanicien, qui voulait donner un dernier signe amical, tira le manche du sifflet. Il n'y eut pas de sirène d'adieu : la locomotive était déjà refroidie, elle ne put que soupirer convulsivement.

La veuve du pope murmura encore longtemps des prières vers la poussière soulevée par les talons des enfants. La paysanne était assise sur le marchepied du wagon comme une poule sur ses œufs – les jambes repliées, l'expression douloureuse. La couturière avait rempli des seaux d'eau pour laver le sol, mais s'était couchée sur son châlit et restait allongée, écoutant le silence.

Dans la cuisine, Memelia gémissait de chagrin. Personne ne l'avait grondé pour ses émotions, et il aurait pu pleurer à loisir. Mais la tristesse l'étreignait de telle façon qu'il ne parvenait pas à pleurer. Le visage contre l'encadrement de la porte, Memelia regardait le nuage de poussière dans lequel avaient disparu les enfants du convoi, et se contentait de gémir.

– Laisse-moi rentrer chez moi, dit l'infirmier à Blanche. Je suis vieux, je ne peux plus voyager avec des enfants.

Il était venu la trouver dès que les wagons et l'infirmerie avaient été vides, puis le quai quelques minutes plus tard. Les nurses n'avaient pas encore séché leurs visages mouillés par les adieux que Boug était à la porte du compartiment de la commissaire.

– Pourquoi n'attendez-vous pas le retour du chef de convoi ?

Blanche était assise sur son canapé et triait toutes sortes de bricoles entassées sur sa table. L'infirmier entra dans la pièce et comprit : c'étaient les objets enlevés aux enfants pendant le voyage, des bouts de fer rouillés, des débris de lames et de verre.

– Il essaiera de me convaincre de rester, et j'accepterai.

Tous savaient déjà que la guirlande ne serait pas démembrée : elle avait reçu le statut de train d'évacuation permanent des chemins de fer de Kazan. Il y aurait d'autres convois d'enfants, beaucoup.

– Et moi, je n'essaierai pas ?

Le regard de Blanche était à la fois absent et tendu, comme si elle pensait à quelque chose d'autre, et participait difficilement à la conversation.

– Même si tu essaies, je refuserai.

Elle hocha brièvement la tête : je comprends.

– Et vous voulez vous enfuir immédiatement à Kazan ? s'intéressa-t-elle, ou affirma-t-elle.

– Je prendrai le train pour Orenbourg ce soir. Après, ceux qui viennent.

– Je ne peux pas vous clouer à l'infirmerie. Même si j'aimerais bien !

D'un geste emporté, Blanche prit deux clous posés sur sa table, les jeta dans un baluchon et, après un petit silence, ajouta, plus calmement :

– Ce sera plus dur pour Deïev, sans vous.

Elle rassembla le reste des bricoles avec le bord d'une main, les poussa contre le mur.

Boug posa son mandat sur la table dégagée : signe.

– Pour les nurses aussi, ce sera dur, ajouta-t-elle d'un air entendu.

Comme si elle n'avait pas remarqué la feuille, elle continua à trier le contenu de son sac. Puis des poches de sa vareuse. Puis de sa sacoche d'officier.

Boug déployait toute sa masse devant elle, regardant silencieusement la table laquée sur laquelle la feuille froissée faisait une tache claire.

– Écoutez, Boug, dit finalement la commissaire, le regardant attentivement pour la première fois depuis le début de leur entretien. Tout le monde peut avoir une minute de faiblesse. Il n'y a pas de honte à ça.

Elle attendit un peu, puis sortit tout de même son crayon de sa poche.

– Si vous changez d'avis, revenez dans le convoi. Elle signa le mandat. À l'aube, il partira pour Boukhara, où il se chargera de raisins et d'abricots secs pour la région de la Volga. Puis il repartira pour Kazan, prendre de nouveaux enfants.

Sans lui répondre, Boug attrapa la feuille sur la table, lui adressa un hochement de tête reconnaissant et sortit.

Ce n'est que dans le couloir qu'il comprit que pendant tout ce temps, Blanche avait fait ses bagages, comme si elle s'apprêtait également à partir.

Dans le couloir, il tomba sur Fatima.

Elle ne le remarqua pas, alors qu'elle l'avait effleuré de l'épaule en passant devant lui. Elle ne remarquait pas non plus que sa coiffure était défaite : une tresse était tombée de la couronne fixée sur sa tête et s'était à moitié dénouée. Son vieux manteau usé sous le bras, Fatima sortit du wagon, le visage calme, impénétrable, sans regarder ni sous ses pieds, ni par la fenêtre, ni nulle part.

– Nurse ! Boug évitait toujours de l'appeler par son prénom, alors qu'il tutoyait depuis longtemps les autres femmes du convoi.

Elle ne l'entendit pas.

Il la rattrapa à la porte. N'osant pas la prendre à l'épaule, il toucha son manteau qui pendait sur son coude, et qui lui resta dans la main. Sans remarquer cette perte, Fatima descendit sur le quai. Ses bottes tapaient régulièrement sur les marches de fer, avec une précision d'automate. Elle s'éloignait.

Savait-elle où elle allait ?

Elle marchait d'un pas ferme. Elle se tenait très droite, le cou bien allongé, comme si elle portait un corset. Et seule sa tresse, échappée de sa coiffure, s'agitait au vent et se dénouait de plus en plus, tandis que son coude était toujours plié, comme s'il tenait un manteau invisible. Elle marcha sur le terrain vague poussiéreux qui commençait après les rails, vers l'arrière de la gare, à travers les buissons et les bosses de terre, passant à côté de chiens allongés dans des fossés, le long des dépôts. Un chien se dressa sur ses pattes et aboya à son passage, mais elle ne se retourna pas.

Boug déposa le manteau dans le wagon d'état-major et se précipita à sa suite. Il avait laissé sa tunique à l'infirmerie et trottait en chemise, une ceinture d'uniforme bouclée sous son ventre. Il rattrapa Fatima, mais n'osa pas la dépasser ni la toucher. Il marcha à côté d'elle, essayant, de sa haute taille, de regarder dans les yeux vitreux de la femme, tout en répétant : nurse, mais que fais-tu, nurse…

Bientôt, ils se retrouvèrent dans de petites ruelles. Sur leur droite et leur gauche, ils étaient enserrés par d'interminables murs d'argile, derrière lesquels on apercevait une couronne d'arbres et on entendait les bruits étouffés de la vie. Boug regarda autour de lui, pour retenir des points d'orientation dans leur trajet confus, mais les ruelles zigzaguaient comme des ivrognes, et leurs ombres n'arrêtaient pas de courir devant eux, pour brusquement disparaître dans leur dos. Il abandonna.

Une énième ruelle déboucha dans une impasse – Fatima fit demi-tour et, avec le même visage indifférent, repartit en sens inverse. Non, elle ne savait pas où elle allait : elle se contentait d'avancer, s'éloignant de la guirlande désertée, qui lui était devenue insupportable.

Les passants les regardaient d'un air fâché. Une vieille, emmitouflée de noir des pieds à la tête, leur lança des injures de sous son voile en crin, menaçant du poing. Boug ne comprit pas immédiatement qu'elle invectivait Fatima, dont la tête n'était pas couverte. Un vieillard maigre se joignit à la vieille, crachotant de rage. Pour la première fois, Boug prit Fatima sous le bras : partons d'ici avant qu'ils commencent à nous battre. Elle retira son bras et continua son chemin.

Boug haletait, ils marchaient trop vite et son cœur se plaignait – quand, tout à coup, les murs des cours devinrent plus rares, disparurent : ils avaient atteint la limite de la ville. Le chemin de pierre se mit brusquement à grimper, puis redescendit, avant de monter encore une fois. La femme continuait de marcher, d'un pas de plus en plus rapide.

– Pourquoi n'as-tu pas gardé Petit Coucou avec toi, nurse ? ne put-il s'empêcher de demander. Le chef du convoi te l'a pourtant proposé. Et aussi de rester à Samarcande avec les enfants. Mais tu n'as pas voulu. Et si tu as pris cette décision, tu n'as pas à te désespérer, maintenant.

Non, il ne disait pas ce qu'il fallait : il ne fallait ni lui faire des reproches ni la prendre en pitié, mais entourer ses épaules, pour qu'elle puisse pleurer tout son chagrin. Mais il ne se décidait pas. Il n'osait pas.

Les pierres crissaient et roulaient sous les pas lourds de l'infirmier, il trébuchait régulièrement, mais la femme ne regardait pas sous ses pieds. Elle n'avait sans doute même pas remarqué qu'elle marchait en direction des montagnes.

Les montagnes apparaissaient déjà entre les collines, à peine couvertes d'herbe jaune, parfois parsemées d'immenses rochers. Un ruisseau bruissait en bas ; près de lui, de l'humidité, les plantes vertes et jaunes étaient plus denses, des buissons poussaient.

– Tu crois que je ne comprends pas pourquoi tu t'enfuis ? dit-il plus lentement, respirant plus difficilement. Pourquoi tu t'es cachée dans le wagon quand les enfants sont partis, et tu ne les as même pas regardés par la fenêtre ? Je comprends tout. Tu as l'impression que tant que tu ne leur as pas dit adieu, ils sont à toi, tu ne les as donnés à personne et ils restent à toi.

Au son plus pressé que firent les talons féminins sur la route, à son pas devenu une course, il comprit qu'il avait vu juste. Il comprit aussi qu'elle l'entendait. Il ne voyait pas le visage de Fatima, mais uniquement sa nuque, avec sa tresse dénouée et son dos droit.

– Attends, ils sont déjà à toi ! s'ingénia-t-il à expliquer à ce dos, s'efforçant de s'exprimer par phrases courtes, parce que le souffle lui manquait. Tu les as nourris, non pas de pain, comme Deïev, mais de caresses. Ils ont été sauvés par toi ! Par ton amour. Par tes baisers. Tes sourires. C'est pour ça – qu'ils restent – à toi… Ses paroles s'interrompaient avec sa respiration. Même s'ils t'oublient… qu'ils m'oublient moi… et Deïev… tout le convoi… et toute leur maudite enfance… ils sont quand même tes enfants, Fatima !… Rien ne peut changer ça.

Il l'avait appelée par son prénom, sans savoir comment.

Il aurait voulu plus que tout au monde s'asseoir sur l'un des rochers qui faisaient des taches noires le long du chemin. Ou y appuyer les mains et rester debout dans cette pose, reprenant son souffle. S'arrêter au moins quelques secondes.

– Et combien en reste-t-il encore, Fatima ! Combien en reste-t-il… à Kazan… en Tatarie… le long de la Volga… dans tout le pays… petits, effrayés, sans mère… Qui va les aider ?… Les prendre dans les bras ?… Les embrasser ?… Les consoler ?… Leur chanter une berceuse ?… Ils ont besoin de toi… de toi !

Ce dernier « de toi » sembla enlever une barre de fer du dos de Fatima : ses épaules se voûtèrent, retrouvant une posture naturelle, et sa tête pencha un peu en avant. La femme avançait encore, toujours rapidement, mais elle n'avait plus des gestes mécaniques de poupée : elle retrouvait une allure vivante, humaine.

– Et comme tu les accueilleras, Fatima ! Imagine-toi ! Tu vas les laver dans la baignoire… leur faire boire de l'eau bouillie… sécher leurs larmes… Le cœur de Boug battait avec fracas contre ses côtes, comme une pierre dans un tonneau. Hein, Fatima ? Ils se cacheront tous sous tes bras… comme des oisillons sous l'aile de leur mère… Et ils saisiront ta jupe, tu ne pourras plus les en détacher !… Et ils seront à toi, ceux-là aussi… Jusqu'à ce que tu aies fini de les nourrir et que tu les laisses partir dans le monde… comme une oiselle…

Les arbres, le long du chemin, agitaient leurs branches droites. Ou était-ce lui qui chancelait ?

– Et tu leur chanteras ta chanson, hein, Fatima ? Dooors, mon garçooooon… dors, et sois un hooooomme à ton réveeeeeil…

Il ne parvenait plus à penser, et il n'avait plus d'air dans la poitrine, mais il ne pouvait pas se taire, il fallait parler pour la distraire, pour l'empêcher de replonger dans la désolation. Ou chanter. Et Boug chantait.

– Le chevaaal est déjà selléééé... la corde est tenduuuue...

Il n'avait pas l'oreille musicale, et il chantait souvent faux, ne se souvenait pas non plus de tout le texte, et il connaissait mal le tatare, mais il chantait strophe après strophe en montant sur la pente.

– Les temps t'aaaaappellent... les peuples t'aaaaattendent...

Le manque d'air déchirait sa poitrine, comme si on lui avait tiré dessus et que l'air sortait en sifflant, en même temps que le chant.

– Tu emplis tout l'espaaaaace... comme les fonds mariiiiiins... sont rempliiiiiis d'eau.

Un faible écho l'accompagnait d'un bêlement malingre et mal rythmé.

– Je suis un poissooooon rampant sur le sable... Un oiseau noyéééée dans la mer...

Boug chanta tout ce qu'il avait retenu de la chanson, puis recommença au début.

– Doooors, mon garçon, c'est notre dernière nuiiiiit... Je t'attendraiiiii... pour toutes les mères du mooooonde.

Le vieil homme aux cheveux gris, ahanant, marchait péniblement sur la route de montagne et chantait. Il comprenait comme ce tableau était ridicule, sa voix cassée désagréable. Mais Fatima l'écoutait, et c'était la seule chose qui importait. Fatima l'écoutait, il le savait, parce que, avec chaque strophe, la silhouette féminine pétrifiée reprenait vie : ses mouvements retrouvaient leur souplesse habituelle, son allure devenait plus douce, plus tranquille.

– C'est ainsi, Fatima. Boug découvrit avec étonnement qu'elle marchait lentement, traînant presque, mais il ne parvenait tout de même pas à la rattraper. Dans ce convoi... tu es toutes les mères du monde... C'est pour ça que c'est difficile.

Le cœur de Boug n'était déjà plus un cœur mais un poing de fonte qui le labourait de l'intérieur. L'infirmier comprit qu'il allait tomber à terre. Et qu'il ne pourrait pas se relever.

– Et maintenant, arrête-toi, ordonna-t-il à la femme devant lui.

Et elle s'arrêta.

Elle resta debout, petite, baissant les épaules et la tête.

Boug la regardait, aspirant l'air par la bouche et appuyant ses mains contre ses côtes pour empêcher son cœur de sortir de sa poitrine. Il la regardait et ne savait pas ce qui allait se passer.

Il s'approcha et la souleva dans ses bras, voulant l'empêcher de s'enfuir dans les montagnes.

Il ne pouvait déjà plus parler, ne pouvait plus chanter, et respirait comme un animal blessé, d'une respiration bruyante et sifflante. Mais il était capable de rester debout et de tenir Fatima dans ses bras. Il resta ainsi une minute, ou dix, ou cent, jusqu'au moment où sa gorge cessa de le brûler, et où ses lèvres purent à nouveau prononcer des mots.

– Pleure, lui demanda-t-il. Pleure, Fatima. Je ne le dirai à personne.

Mais Fatima ne pleurait pas.

– Tout le monde peut avoir une minute de faiblesse. (Cette pensée n'était semblait-il pas de lui, mais de quelqu'un d'autre.) Il n'y a pas de honte à ça.

Elle était couchée dans ses bras, les yeux ouverts, et ne pleurait pas.

Boug fit demi-tour et porta la petite femme en direction de la ville.

☆

Les enfants s'étaient arrêtés dans la cour intérieure d'un gros bâtiment aux murs peints. Ils la remplissaient entièrement : et son centre de terre battue, et son large périmètre pavé. Certains étaient même perchés sur les escaliers de bois disposés aux angles du bâtiment, qui menaient à l'étage. Partout, il y avait des enfants, filles et garçons, de deux à douze ans.

Le chariot avec les grabataires était entré à grand-peine dans la cour, occupant la dernière place devant le portail et fermant l'entrée. La bouche du cheval ne cessait de rencontrer des têtes rasées d'enfants, et il s'ébrouait, mais le cocher ne lui permettait pas de bouger – la bête attendait patiemment.

De la balustrade de bois qui entourait tout l'étage de l'ancienne école coranique, Mme Davydova, la directrice, contemplait l'assemblée. C'était une femme bonne et laide, avec un gros nez, une chevelure clairsemée. Son pince-nez désuet, à la monture en écaille, dépassait d'une poche de poitrine. Tout, du pince-nez à la blouse en toile, et à la robe en toile par-dessus, était vieux et maintes fois rapiécé, donnant une impression douillette. Elle avait peut-être quarante ans, peut-être même soixante : chez de telles femmes, l'âge n'a aucune importance.

Deïev se tenait à côté de la directrice, et regardait avec application dans une autre direction.

Mme Davydova était dévisagée par un millier d'yeux enfantins, bruns, roux, noirs, bleus, couleur de l'herbe – de bas en haut. Et encore par une chienne pelée par l'âge (un garçon la tenait dans ses bras pour empêcher que la foule compacte lui marche sur les pattes).

Une minute plus tôt, quand Deïev avait ouvert le portail et que les enfants nus avaient commencé à ruisseler dans la cour en un flot interminable, la directrice n'avait pu prononcer qu'un mot étonné : « Seigneur ! » Elle s'était d'abord tenue en bas, souriant avec perplexité aux enfants, puis était montée sur l'escalier pour mieux voir le tableau et pour laisser la place aux enfants, puis à l'étage.

– Combien, sur les cinq cents, sont arrivés jusqu'ici ? demanda-t-elle quand le chariot avec les derniers arrivants entra par le portail, et que le flot d'enfants cessa de s'agiter et s'immobilisa, enfermé de tous côtés par les murs.

Deïev prit son souffle et répondit, comme s'il plongeait dans l'eau :

– Tous.

– C'est impossible, répondit Mme Davydova, encore plus perplexe. Sur un trajet de quatre mille kilomètres et en six semaines, c'est impossible.

Elle le regarda fixement, et il dut bien répondre à ce regard. Les yeux de la directrice étaient comme des soucoupes d'eau rondes et claires. Naïfs, en dépit de son visage froissé par les rides et de son corps épais de femme âgée.

– Moi, j'ai réussi. Et maintenant, tu réussiras.

– Vous voulez dire que votre convoi est protégé par un sort ?

Elle continuait de regarder Deïev de toute sa hauteur (elle était grande), mais il avait l'impression de la regarder de haut, tant sa voix à elle semblait perdue, tant la sienne à lui était dure. Pourtant, Deïev savait que la pauvre Mme Davydova n'était pas décontenancée par ses paroles, mais par la vue de cinq cents enfants nus comme des vers.

– J'ai eu de la chance. J'ai rencontré des gens bien sur la route, ils m'ont aidé.

– Fariboles ! Même les responsables d'évacuation les plus expérimentés subissent des pertes, toujours. Combien de voyages avez-vous faits ?

– C'est le premier.

Les soucoupes d'eau devinrent plus sombres : le regard de la directrice se fit sévère.

Elle ne me croit pas, comprit Deïev.

– Je te dis que j'ai eu zéro pertes, affirma-t-il avec obstination, essayant de conserver son ton assuré. J'ai même un surplus : un individu, un nouveau-né trouvé en chemin. Mais nous avons du lait pour lui, ne t'en fais pas, nous l'avons amené avec sa nourrice.

Le visage stupéfait de Mme Davydova se reprit rapidement : elle plissa les lèvres, releva le menton.

Elle ne le croyait pas.

Elle sortit son pince-nez de sa poche, le mit devant ses yeux et étudia un instant la foule enfantine à travers les verres. Puis elle pinça sa jupe – d'un geste incongru, démodé, qu'on ne voyait qu'au cinéma – et descendit les marches.

Deïev céda presque à l'impulsion de la suivre – pour protéger les enfants ! Les cacher à ce regard de verre si perçant ! –, mais il comprit l'absurdité de ce geste et resta sur les marches.

Mme Davydova avançait à travers la foule silencieuse, observant les arrivants. Elle n'avait pas à se frayer un passage : les enfants s'écartaient d'eux-mêmes devant elle. Les grandes mains de la directrice caressaient les têtes et les épaules qui passaient à sa hauteur, tapotaient une joue. Une femme de cœur, se dit lugubrement Deïev, les enfants seront bien avec elle. Ceux qui seront acceptés.

Elle fit un tour de la cour.

– Vous essayez de me tromper, camarade, dit-elle très calmement. Qui m'avez-vous amené ? Ce foyer est destiné aux enfants de la Volga. Or, celui-ci vient du Caucase – elle passa sa paume sur la nuque de Tchatcha Tsinandali aux gros sourcils. Celui-ci, de l'Altaï, dit-elle en souriant à Belette. Ceux-là viennent du Nord… Et ceux-ci sont des locaux ! Vous pensiez que je n'avais jamais vu d'enfants ? J'ai passé ma vie avec des enfants !

– Ce sont des enfants de la Volga, dit Deïev, les lèvres sèches. Exactement cinq cents, comme dans les listes. Alors ne fais pas de démagogie, prends-en livraison.

Le visage de la directrice devint non pas sévère, mais dur. (À ce moment, elle ressemblait à Blanche, comme une sœur aînée.) Elle ne répondit rien, se contentant de lever le menton d'un air irrité, puis se pencha vers Tchatcha, qui était à côté d'elle.

– Comment t'appelles-tu, mon petit ?

Elle s'adressa à l'enfant avec chaleur, mais ses yeux restaient calmes et perçants, comme si elle n'avait pas, une minute plus tôt, battu des cils d'un air stupéfait devant Deïev.

Mais tous ces trucs ne l'aideraient pas : dans le convoi, Deïev avait strictement interdit aux enfants d'ouvrir la bouche avant d'être définitivement reçus dans le foyer d'enfants, et répartis dans les chambres.

Donc, Tchatcha garda le silence, fixant Mme Davydova de ses grands yeux noirs effrayés.

– Et toi ? se tourna-t-elle vers Belette.

Il semblait avoir perdu sa langue.

– Et toi ? Et toi ?...

Tous les becs se fermèrent – tous voulaient un toit.

Désespérant de vaincre le mutisme général, la directrice se dirigea vers le chariot, vers les tout-petits. Elle savait où trouver le maillon faible. Et elle le trouverait, comprit Deïev avec affliction. Les petits étaient une catégorie peu fiable, prête à se vendre pour un mot gentil.

– Et toi, mon lapin, tu me répondras ? Elle sourit à un garçon de deux ans assis sur le bord du chariot, les jambes pendantes, qui mâchouillait patiemment son poing, attendant la fin de l'examen.

C'était un petit Kalmouk, un enfant récupéré en chemin. Ses yeux mongols étaient si étroits qu'ils semblaient deux traits dessinés au charbon, son visage était plat comme une crêpe. Deïev ne savait pas si l'enfant avait parlé avant le convoi – il avait dit ses premiers mots dans la guirlande, en russe.

Il répondit immédiatement au sourire de Mme Davydova. Elle tendit les mains vers lui, il alla à sa rencontre. Elle le prit dans ses bras, et il se serra tout de suite contre elle.

Comme cette femme semblait être faite pour tenir un enfant dans ses bras ! Laide, mal bâtie, n'ayant sans doute jamais connu l'amour d'un homme et le bonheur de la maternité, elle se tenait soudain au-dessus de l'agitation futile et des questions matérielles. Avec un enfant dans ses bras, elle était la maternité incarnée, sage et éternelle.

– Comment t'appelles-tu ? demanda-t-elle, souriant toujours.

Le petit lui sourit en retour, timidement, avec espoir, rongeant toujours ses doigts.

Il va nous trahir, comprit Deïev.

– Ton petit nom ? l'encouragea Mme Davydova.

L'enfant sortit ses doigts de sa bouche et répondit doucement :

– Iskander.

Le remerciant avec un doux hochement de tête et le gardant dans ses bras, la directrice se tourna vers un autre petit, également assis dans le chariot, avec des lèvres épaisses d'habitant du Sud et des yeux de jais.

– Et toi, comment t'appelles-tu ?

– Iskander.

Vers un troisième :

– Ton nom ?

– Iskander.

– Iskander.

– Iskander.

– Iskander…

Quand la directrice, ayant reposé le petit Kalmouk sur le chariot, se tourna vers Deïev, son visage était pâle d'indignation.

– Vous n'avez pas honte ? Vous avez entraîné les enfants dans vos mensonges !

– Je n'ai pas honte, répondit sincèrement Deïev. Je ne les ai pas entraînés.

– Venez par là, camarade, dit-elle en indiquant une porte de la tête, désireuse de continuer la conversation sans témoins.

Derrière la porte, il y avait un dortoir : entre des murs lisses, d'argile, aux rares fenêtres, s'élevait une forêt de lits à trois étages. Les couchettes du bas étaient en bois, celles du haut en tissu, comme des hamacs – il n'y avait pas eu assez de bois pour toutes. On ne voyait pas de poêle, mais la pièce était chaude. Il régnait une odeur de savon et de copeaux de bois frais.

– Des enfants sont morts pendant le trajet, et vous avez pris des vagabonds sur les places libres, annonça Mme Davydova, comme si sa voix le cinglait de toutes ses forces.

– J'en ai pris un, le nouveau-né, s'obstina Deïev. Je te l'ai déjà dit.

– Vous mentez ! Moi, je ne sais pas mentir. Je vais devoir le rapporter à la commission à l'enfance.

– Rapporte ! cingla à son tour Deïev, de toutes ses forces. Et tu vas vérifier comment, ma chère ? Tu vas faire venir leurs parents de la Volga, ils vont quitter leur village pour te rendre visite à Samarcande, pour confirmer l'identité de leurs enfants ?

Mme Davydova était debout, le dos appuyé contre la porte fermée, illuminée par la lumière oblique du soir. Sur son visage rougi par l'agitation, Deïev lisait le dépit et la colère. Et aussi : le doute. Elle comprenait qu'il fallait prendre les enfants, qu'ils ne pouvaient partir nulle part de Samarcande en hiver, et que de se retrouver en hiver dans les montagnes et sans toit sur la tête, c'était la mort assurée. Elle avait peur de quelque chose, s'énervait, menaçait, mais elle savait qu'elle devait les prendre. Elle n'argumentait pas avec Deïev en ce moment, mais avec elle-même.

– Votre supercherie sera forcément découverte, dit-elle d'un air las, n'attaquant plus, mais se défendant. Lors de l'évacuation dans l'autre sens, au printemps.

– Il n'y a pas de supercherie ! Deïev s'approcha si près qu'il pouvait sentir l'odeur de son corps, d'herbe sèche et de ce savon noir qui avait servi à laver les rideaux de la chambre. Et même s'il y en avait une, et que cette supercherie avait permis à cinq cents enfants de passer l'hiver au chaud et bien nourris, est-ce qu'on peut appeler ça d'un mot aussi vilain ?

– C'est bien ça qu'on appelle la démagogie ! Elle parlait sévèrement, mais avec désespoir, se pressant contre la porte comme si celle-ci l'empêchait de tomber. La commission à l'enfance ne croit pas à la démagogie. Et les tribunaux de troïkas non plus.

Elle se tordait devant la porte comme une condamnée devant le mur d'exécution. Il fallait une dernière goutte – une parole juste, un regard suppliant, ou un autre mouvement de l'âme pour qu'elle cède.

– Et même si c'était bien une supercherie, dit doucement Deïev, comme s'il se confiait à son oreille, c'est la mienne, et c'est à moi d'en répondre. Tu n'as trompé personne. Et tu as le droit à l'erreur.

Elle ne disait plus rien, se contentant de petits hochements de tête : non, non !

Deïev résistait à l'envie de prendre la femme par ses épaules maigres et de les secouer de toutes ses forces, pour que cette tête, avec ses hochements, s'écrase contre la porte et cesse de dire non ! Mais il ne devait pas céder à la colère, il devait la convaincre avec douceur, comme un enfant effrayé. Et il se retenait tant qu'il le pouvait.

Il se retint mal.

– Pourquoi t'occupes-tu d'enfants ? Il aurait voulu ajouter « poule mouillée », se refréna à grand-peine. Est-ce qu'on peut prendre la responsabilité d'enfants avec un cœur aussi poltron ? Pour des enfants, il faut un caractère solide, encore plus que pour la guerre. Et tu as peur de te tromper.

– C'est vous, les prolétaires, qui avez le droit de vous tromper, répondit-elle d'un ton soudain cassant. Moi, je ne l'ai pas. Mon origine ne m'y autorise pas.

Ses doutes étaient levés : elle avait tout décidé. Elle ne prendrait pas les pièces rapportées.

Il avait aussi décidé : il ne partirait pas sans avoir son accord.

Il appuya les mains contre la porte – des deux côtés du visage effrayé de la femme – et approcha sa tête de la sienne.

– Ma chère, je t'ai amené des enfants, murmura-t-il d'un ton net, syllabe après syllabe, vers les lèvres tremblantes de la directrice. Pas des chevreaux, ni des agneaux, ni des serpenteaux : des enfants.

Sous le nez de la directrice, il vit de petites moustaches, dont les poils étaient déjà blancs.

– Ce sont les enfants que tu attendais. (Elle avait des veines violettes sous les yeux.) Ils ont faim et ils ont froid. Réchauffe-les, nourris-les. (Sous les verres épais du pince-nez, le blanc de ses yeux semblait jaune.) Accueille-les, je t'en prie, ils sont à toi maintenant.

Il n'avait plus de mots. Il n'existait de toute façon pas de mots pour dire ce qu'il ressentait. Tous les mots n'étaient plus que lie et poussière. Ne sachant pas que faire de plus, comment convaincre et surmonter les résistances de cette femme, Deïev serra la tête de la directrice entre ses mains comme s'il s'apprêtait à l'écraser, et embrassa ses lèvres tremblantes. Elles étaient sèches et molles, avaient un goût de feuilles mortes. Mais il les embrassait comme si elles appartenaient à la femme aimée – non, à toutes les femmes qu'il avait un jour aimées ou désirées. Blanche, Fatima, la nourrice impudique de Tiourlema, la gentille prostituée de la rue Mokraïa à Kazan, les femmes des mécaniciens du dépôt de locomotives qu'il espionnait pendant leur bain.

Puis il éloigna ses lèvres. La lâcha.

Eh bien, voilà.

Quel imbécile je fais.

Il recula d'un pas, de deux. Il devait dire quelque chose à la femme qu'il avait offensée, mais il se contenta de s'asseoir sur un châlit et de cacher son visage entre ses mains. Il aurait dû regretter son vilain geste, mais il ne ressentait aucune honte. Il ne ressentait qu'une immense fatigue, vaste comme l'air, non pas après cette longue journée, mais après le mois et demi de route. Cette fatigue l'écrasait. Assis sur la couchette, Deïev ne pouvait pas bouger.

Mme Davydova était toujours debout devant la porte, essuyant ses lèvres avec le dos de sa main, dessinant de gros plis sur ses joues en la pressant sur sa bouche.

– Pardonne-moi, dit Deïev. Pardonne-moi… Je reprendrai tous ceux que j'ai fait monter en route. Cent trois enfants. Je les reprendrai tous.

Il aurait dû se lever – les enfants l'attendaient dehors, ils avaient froid. Et le chariot avec le cheval l'attendait, et toute sa vie, mais Deïev restait assis, son crâne emprisonné entre ses doigts pliés.

La directrice se tenait devant lui. Elle attrapa son pince-nez qui pendait au bout de sa corde, le mit sur le nez puis l'enleva, le rangea dans sa poche.

– Tu as dit juste. Deïev se décida à lever ses yeux, mais elle regardait ailleurs, par la fenêtre, ou dans le vague. Pour une telle fraude, on peut facilement finir dans un camp. Je n'avais pas le droit de te contraindre. En te trompant, en plus. Pardonne-moi. Mais quand je les ai pris en chemin, j'étais persuadé qu'on les accepterait ici. Des camarades plus intelligents m'ont dit que non. Mais je suis un imbécile, j'ai cru que oui. Tous ceux que j'ai rencontrés pendant ce mois et demi – la grande armée des gens rencontrés –, tous ont dit « oui ». Pas parce que j'étais suffisamment insistant, ou parce que j'ai eu de la chance, mais parce qu'il faut bien rester humains. Même dans cette époque broyeuse d'hommes, on veut rester humains.

Pourquoi lui disait-il ce qu'elle avait déjà rejeté plus tôt ? Mais à présent que sa supercherie était découverte, il avait soudain un besoin impérieux de dire la vérité, non seulement de la dire, mais de révéler ce qu'il avait enfoui à l'intérieur de lui.

– Mes camarades plus intelligents disaient aussi que dans ce train, je ne sauvais pas des enfants, mais moi-même. Eh bien, pourquoi pas ? À mon avis, c'était le meilleur moyen que je pouvais trouver. À mon avis, tous ceux que nous avons rencontrés pendant ce mois et demi ont fait la même chose. Ils se sont sauvés. Mais toi, tu es une brave femme, malgré ton origine, tu n'as pas de vrais péchés sur la conscience, et tu n'as pas besoin de te sauver.

Mme Davydova ne le regarda pas – comme s'il n'était pas dans la pièce.

Quelque part dans la ville, les muezzins se mirent à chanter, annonçant la prière de fin d'après-midi. Leur chant était traînant, triste.

– Allons répartir les enfants. Surmontant sa fatigue, Deïev se leva du châlit. Ils sont pieds nus, ils ont froid.

– Et qu'allez-vous faire avec les vôtres ? demanda Mme Davydova au vide, d'une voix glacée.

– Je repartirai avec eux. Je suis très fort pour obtenir des provisions, je pourrai les nourrir. À Kazan, je connais une directrice d'un centre pour enfants, elle les accueillera.

– Il ne faut pas repartir avec eux. Je les prendrai tous.

Mme Davydova lissa ses cheveux, rectifiant sa coiffure, défroissa sa robe. Elle passa ses paumes sur son visage, effaçant la stupeur des dernières minutes. Une femme forte. Deïev avait eu tort de la traiter mentalement de poule mouillée.

– Si tu les prends aujourd'hui pour changer d'avis demain et les mettre à la porte, ne fais rien, la prévint-il. Je ne te les donnerai pas.

– Jusqu'à l'évacuation dans l'autre sens, leur maison est ici. Elle le regarda sévèrement, comme une institutrice, et sa voix n'était plus gelée, mais tout à fait décidée. Pour les cinq cents. Et aussi pour le nouveau-né en surplus. Nous avons trois cent cinquante couchettes. Sur celles du haut, nous mettrons un enfant, et deux sur celles du bas – il y aura de la place pour tous.

Elle était déjà concentrée, à son affaire, comme pendant son inspection dans la cour. Eh bien, voilà : Deïev était à ramasser à la petite cuillère, tandis que Mme Davydova, pleine d'énergie, donnait des ordres.

Il ne demanda pas pourquoi il y avait un tiers de moins de couchettes à Samarcande que d'enfants au départ de Kazan. Il se contenta de hocher la tête : d'accord.

Ils revinrent vers les enfants.

Les enfants étaient réellement transis de froid. Le soir tombait. Les rayons de soleil obliques ne réchauffaient qu'un bout de la cour, tandis que le reste était couvert d'une ombre bleutée. Se prenant par la main, filles et garçons s'étaient regroupés en grappes compactes, dansant d'un pied sur l'autre – ils attendaient.

– Camarades, leur cria Mme Davydova d'une voix forte, chaleureuse. Bienvenue dans votre nouveau foyer ! Les chambres à coucher sont à l'étage. Je vous invite à monter et à prendre place.

Mais les enfants ne bougeaient pas : ils attendaient l'ordre du chef de convoi.

– Dites-leur, demanda la directrice à voix basse.

De là, de la balustrade, les visages enfantins levés vers lui semblaient plus petits, comme si tous les gamins avaient soudain eu deux ans de moins. Deïev regardait ces visages, comprenant qu'il connaissait chacun d'eux par son nom. Ceux sur la liste de Kazan, et ceux pris en route : tous.

Prof Rouillé. Pip d'Acier. Zozoulia. Griga Une Oreille. Djamal La Maigre. Petka Pompadour. Pet de Mouton. Nivette. Casanova. Josette Zézette. Écaille. Nina Nympho. Fedia Freud. Boulat Batkak. Khazia Terrier. Jojo Vipère. Bortsch Sucré. Guilmoutdine. Makhmout Le Chinois. Iva Kolymba. Les jumeaux Feu et Flamme. Abraou Diourso. Sale César. Boria Bon Bec. Goga Mule. Gülezi. Lord Fauntleroy. Shakirzian. Sadri. Kodia Pionnier. Grinka Ciboule. Hadji Mourat. Sioma Batterflaï. Seïfoulla. Dorofeï Mâche l'Oseille. Michka Morphée. Djamil Mamaï. Toute Tordue. Eugène Onéguine. Iochka Tchéka. Isadora Duncanika. Xana. Trichka Monte-Cristo. Baïram Partage En Frère. Siegfried. Guera Tchaïkovski. Raïssa. Yrkyia. Phileas Fogg.

Vera Glacée. Chakir Tout Chose. Vanetchka. Frossia Flageolet. Procha Famélique. Anvar Carottes Sont Cuites. Bakhmar. Klava Kappel. Gricha Giberne. Mossia Fille de Pope. Vicomte de Bragelonne. Godiche. Stiopa Grouik Grouik. Trichka Bang. Dodik Sans Gnôle. Alka Contribution. Iouldouz. Rahim. Barbouille. Saltanat. Emilia Galotti. Roma Coke. Jassour. Oreille de Hareng. Lézard. Tremblante. Abdragan. Zek Avec Flair. Évidence Grigorevitch. Malouf L'Esbrouffe. Petia La Dèche. Modjid. Mouche Luxembourg. Fathulla. Kadir. Otabek. Macha Morve. Tom Pouce. Doucia Laitage. Gabbas des Guenilles. Genghis Mamo. Goulfia La Chauve. Vania Pickwick. Ioulka Ça Suffit. Sania d'Astrakhan. Rimma Rit Comme Trois. Azat La Guigne. Tima Trois Guitares. Toussia Grande Gueule. Ouate Watson avec la louve du Capitole dans les bras.

Genia Hygiénique. Iourok Le Roc. Zinka Zizinka. Fieffé Filka. Aslan Rongeur d'Os. Pinette. Lola J't'emmerde. Zoïka Le Serpent. Ouste Le Pelé. Petit Pain. Napoléon De Réserve. Banou La Nouille. Gocha Pouilleux et Gocha Lavé. Maksoum Muet. Ziga. Monia Sans Loi. Crapiau aux Raisins. Kharitocha Le Phtisique. Gaïan Communard. Paganel. Artémisette. Kir d'Armavir. Zoulia Zizanie. Machka N'y Touche Pas. Marat Merdeux. Ivanhoé le Tatoué. Tamara. Goultchekhra. Gland Moulu. Lenotchka. Chochotte. Capitaine Nemo. Michka Moriarty. Karlionok. Tania. Varlam Détrousse Quidam. Buster Keaton. Siavka Débardeur. Caramel. Sazon Coupe-Jarret. Ioussia Trachome. Guelask Tête Brûlée. Furoncle. Nastia Procureure. Gordeï Orgelet. Ioussouf Sans Peur. Lavrouchka Fausse Couche. Grichka Convulsion. Roi Arthur.

Sherlock Holmes. Tchatcha Tsinandali. Klioka Les Miracles. Volka Voronège. Kondrachka Le Tverien. Rodia d'Arkhangelsk. Pelajka. Silva Pskovien. Baïonnette. Cul de Maïkop. Athos Mitrailleur. Rostov-sur-le-Sang-Versé. Larik Charrue Complète.

Moukhabbat. Bernique. Nitotchka. Ianis Guetteur. Alicher. Vova V'là les Flics. Gogol-Mogol. Ania Avorte. Sarimsoq. Racho Rachovitch. Farida. Leïla. Angst de Saransk. Azalie et Amélie. Kika Macchabée. Ioudouchka Choupachkar. Apollon Sans Pantalon. Bajanka. Gorboussia. Foka Frétillante. Nougatine Dents Gâtées. Votiak Sans Yeux. Amba de Tioumen. Iouchkov. Sourgoutichko. Tchoura. Chavkat. Enver. Goulchat. Markel Trois Cercueils. Turebek. Bobik Pantouflard. Khamza. Nika L'Allemand. Aïka. Gaïdamak.

Moineau Avide. Elka Planche à Pain. Maria Couche-toi là. Agafon. Platocha de Vologda. Angine. Rigoletto. Lida Prostitue-Toi. Gouldjé. Ossia Syphilis. Modia Prosecteur. Djangatar. Bécasse Les Grands Yeux. Rita du Ruisseau. Ania Partage. Serioja Je Veux. Kolia Kamember. Dovlet. Iagmyz. Thomas Barboteur. Polonaise. Sonia Spasme. Fiévrette. Sonia Soleil. Dounia Donne Du Sucre. Askar Vite Sevré. Croupion. Benia La Salive. Pépie. Wolfgang Boiteux. Tchérémisse. Djouva. Stefan Le Bavarois. Herman Généreux. Lycéen. Venia Grippe. Frol Qui a eu la vérole et Frol Qui n'a pas eu la vérole. Dioma J'aime tout le monde. Chatouilleur. Fenia La Veine. Glouton Kaliazine. Vadia Toujours Faim. Fima Eau de Vaisselle. Goga. Mamelouk. Schnaps Ivanovitch. Zina Mange Pourri. Johnny Le Rouge. Aramis des Poubelles.

Iakoute Bandeur. Ignat Je dors. Iounous. Jacobin. Teigne. Amine Tartine. Dessus Dessous. Karim la Frime. Tioma Samara. Sopho. Jdan Sorti de la tombe. Markecha. Bagdassar. Le Kalmouk. Rokfor. Jora Jigouli. Abel Abcès. Louka Malaria. Rachitique Dyphtérique. Erik Piston. Aza. Roma Racaille. Oreste Les Mains Lestes. Rahat Loukoum. Atrimois Je peux pas. Grachka N'y Voit Rien. Perclus. Ioulik Orenbourg. Askhen. Jora Cahors. Irma. Dard. Egor Argilovore. Ardatovski Petia. Vomiquier. Parfouchka d'Alatyr. Grelotte. Marat de Crimée. Sarrasin. Profiterole. Sacha Klim. Bodia Démon. Issia Mal Embouché. Gueulard. Mariole. Daout des Pigeons. Mézigue. Éclair Ligne de Mire. Carabine Efremitch. Loudik Péteur.

Mic Mac. Jdan Trousse Trains. Chagané. Smith Wesson. Lessia Aquige les Brêmes. Afocha La Gale. La Pansue. Vania Variole. Vagan Et son organe. Grec de Piter. Genia Gercée. Trifaille d'Akhtouba. Kirghize Deux Trognes. Zinka Porto. Bachkourt Gali. Savon. Bouse. Vovka Simbir. Vera Esturgeon. Pania

Tête Dure. Jora Pornographe. Stendhal. Kocheliaï. Pine Sale. Petka P'tit Four. Fadia Meurs Demain. Koltchak. Oulfat d'Oufa. Salikha La Borgne. Firdaus Poil aux Osses. Leliouk L'Épouillée. Sakka Cogneur. Maryam. Guiougo Sans Sourcils. Phallus. Nouillasse. Belette. David Copperfield. Aspi. Lionia Dans les broussailles. Mansour Crevard. Chien De Guet. Flacdal Savates. Dodi Douille. Eva Vaginale. Iassia Fillette. Truffe. Gosier Gueulard. Haris Prie-Dieu. Dima Dickens.

Tymba La Lame. Nassir Crevé. Tarasska. Ersatz. Christia. Marta. Gnôle de Rjev. Zaguit Leptique. Bonia Midi. Haschich. Pince. Huckelberry. Mitia Mayne Reid. Gocha Gonorrhée. Omar Asphalte. Afonia Clairon. Tania Réquisition. Andrioucha Pochard. Arka Langue Pendue. Ben Gunn de Chikhran. Tolia Herpès. Ramsès Deux. Bayezid Le Bulgare. Oudmourte Seul au Monde. Hassan Sonnantes et Trébuchantes. Perruche La Carruche. Jora La Flèche. Gaïdar Balalaïka. Dilar de Bougoulma. Kira Sans Couilles. Dioma Caïd. Zéro. Abou Chineur. Poker. Brandy. Kot Lavrenti. Alfa. Anton Antigel. Tassia Pas Une Salope. Ira Cigarette. Tolia Tourteau. Guek La Torture. Orina. Ia Deux Quilles. Harponneur de Penza. Vikecha. Sania Camphre. Faïa Étron. Pélèque Sautilleur. Ophélie Cabane.

Lèche-dos. Chtchors Grêlé. Chamil Ablias. Fordybatch. Tima Conférence. Chancre. Doura Baboura. Fedia Donne de la Voix. Gafar Voleur de Chevaux. Nazar Onaniste. Wrangel d'Odesta. Borax. Benka Bracelets. Lisa Cuisse. Tolia Marathon. Motia Vide-Greniers. Traviata Avec Tabac. Niouta Dieu Me Pardonne. Manana Apache. Kolia Ça Gratte. Claque Litron. Kostia L'Anarchiste. Bonne Aventure. Ilya Fossoyeur. Venia L'Escarpe. Moukhtar Dégénéré. Kornilov Vingt-Deux. Zossia En Trop. Tproussia. Olia Antonneuse. Boussia Pleine aux As. Teïmour. Boria Bagarre. Bogdan Serre. Nansen. Néné Scandale. Kondrat Filature. Louka Croque. Kolia Goupillon. Bibinour. Klara Tête en l'air. Assia La Bombe. Moussia Arrache ma queue. Valia Carmen. Khalima La Turque. Liova Guide d'Aveugle. Boudionni. Mitia Les Cuillères. Kosska La Camoufle. Sima Trois Vodkas.

Oustia. Baba. Iachka Christ. Ilfat. Slavka L'Ijevskien. Michania Cervelas. Foka Feu aux Trousses. Bogdacha. Vika Bécarre. Bakhyt. Kossia Bénouze. Klim Chatouilleux. Edia

Chapardeuse. Akhatka. Gatsby. Danka Cendres. Armand Tire-au-flanc. Makhmout L'Aiglon. Tioma Calme-Toi. Salim. Kim Les Mains Longues. Kossia Żebrak. Ossia Boulineur. Mordve. Kadir La Canarde.

Sur le chariot, les grabataires et les tout-petits. Abeille. Souslik. Blanc-Papier. Enroué. Lessia Demi-Mort. Charlie Chaplin. Morille. Pissenlit. Précieuse. Chaton. Argile. Petit Coucou Iskander. Tonia. Manoussia. Glania. Markhoum. Baïr. Didim. Fissa. Iangoul. Joussia. Ioudik. Lenka Janissaire. Makarik. Mirocha. Et Zagreïka, qui avait cessé de brûler de fièvre…

– Mais dites-leur donc ! Dites-leur qu'ils peuvent entrer dans la maison.

Deïev comprit qu'il était toujours derrière la balustrade, à côté de la directrice, à regarder les enfants.

Les enfants le regardaient.

Il ne put rien leur dire, se contenta de hocher la tête : allez-y. Et les enfants coururent dans les escaliers, pour rejoindre les dortoirs tièdes qui les attendaient…

Deïev rentra à la gare à la nuit tombée. Il resta longtemps dans le froid, sur un banc du square de la gare, écoutant les aboiements lointains des chiens. Puis il erra sans penser à rien le long des rails, fixant la lune trouble. Il finit par arriver au quai où la guirlande avait été placée pour la nuit.

Il marcha le long du train inhabituellement vide. Le quai était haut, et Deïev pouvait sans peine regarder par les fenêtres des wagons, mais ces fenêtres étaient sombres. Il n'y avait personne dans l'infirmerie (quel dommage, il aurait bien discuté avec le grand-père !). Il n'y avait personne dans les quatre wagons de passagers, seul le cinquième était faiblement éclairé.

Deïev jeta un coup d'œil à l'intérieur. Les nurses étaient assises sur les couchettes des enfants, toutes réunies en un cercle doux et intime. Elles discutaient, visiblement de quelque chose d'agréable : leurs yeux étaient lumineux, leurs visages apaisés, et le cuistot réfugié dans un coin à côté d'elles éclatait parfois de rire puis, gêné, cachait ses lèvres contre son épaule.

Deïev continua. Dans le wagon d'état-major, il n'y avait personne non plus. Il entra dans son compartiment et, sans enlever sa vareuse, s'assit sur le canapé.

La lumière faible de la lune entrait par la fenêtre, on pouvait se passer d'allumer la lampe. Un cornet de tissu était posé sur la table. Deïev écarta les nombreuses couches de chiffons et de serviettes, et découvrit une petite marmite avec une bouillie de riz, encore chaude. Merci, Memelia.

Il y avait même une cuillère dans la marmite. Il la prit et, toujours assis sur le canapé, écouta un chien hurler au loin.

On frappa un léger coup à la porte.

Il ne répondit pas.

La porte s'ouvrit : Fatima.

– Pourquoi ne venez-vous pas chez nous ? demanda-t-elle tendrement. Vous avez regardé par la fenêtre et vous avez disparu comme un fantôme. Nous ne faisons déjà plus les fontaines, nous sommes d'humeur positive, comme vous l'aviez ordonné.

Il ne répondit pas.

– Finissez de manger et rejoignez-nous, demanda-t-elle, insistante.

Deïev, obéissant, prit une cuillère de bouillie et la mit dans sa bouche. Mais il ne parvint pas à l'avaler : il resta avec les grumeaux visqueux de bouillie sur la langue, serrant la cuillère comme un couteau entre ses doigts.

Alors Fatima entra, s'assit sur le canapé et le prit dans ses bras doux. Il enfouit son visage contre elle et se mit à pleurer, ses lèvres tremblantes laissant tomber les grains de bouillie intacts.

La guirlande était depuis longtemps prête au départ – elle attendait l'ordre de partir pour Boukhara. Mais Blanche ne donnait pas le signal : l'infirmier Boug avait disparu.

Il n'était pas parti la veille comme il l'avait dit, il avait laissé toutes ses affaires dans le compartiment : sa valise avec les instruments, sa blouse blanche, son ballot, et même sa tunique. Personne ne savait où il était. Il avait aussi laissé, sur la table d'opération, la bouteille de cognac français – vide. Blanche avait ramassé le bouchon de verre taillé qui avait roulé au sol.

Tout le personnel du train d'évacuation était sur place. Les nurses avaient fait une réserve d'eau bouillie et se tenaient sur les plateformes des wagons, attendant le départ. De la fumée sortait de la cheminée de la cuisine : Memelia préparait le petit-déjeuner. Dans le compartiment d'état-major, Deïev était profondément endormi, le visage appuyé sur Fatima, assise sur le canapé et également endormie. La commissaire l'avait entendue, à travers la porte en accordéon, chanter toute la nuit sa berceuse, elle venait à peine de succomber au sommeil. Seul Boug manquait.

Blanche était appelée par une mission urgente à Chakhrisabz : on y avait découvert un tripot clandestin avec des enfants, elle devait absolument s'en occuper. La guirlande allait continuer ses trajets sans la commissaire. Blanche n'avait plus qu'à donner le signal du départ et quitter le convoi. Mais Boug n'arrivait toujours pas.

Elle était debout devant le train et écoutait les chants matinaux des muezzins sur les minarets : le soleil se levait. Quand ils eurent fini l'appel à la prière, elle s'apprêtait à envoyer les affaires de l'infirmier au chef de gare, mais à cet instant Boug fit son apparition.

Ou plutôt, son corps puissant apparut. Il arriva sur le quai, porté par quatre soldats comme un tronc d'arbre pesant qu'ils n'avaient pas pu mettre sur leurs épaules, et traînaient en le soulevant à peine de terre. Les soldats haletaient, mais portaient leur charge avec précaution, à petits pas réguliers, essayant de ne pas trop le balancer.

– Nurse ! dit le chef des soldats, s'adressant de loin à Blanche. Où trouver le chef de convoi Deïev ?

– Il ne peut pas venir pour le moment.

Blanche s'approcha des porteurs et regarda le visage de l'infirmier : il ronflait légèrement, ses moustaches tressautant dans son sommeil. Sans même avoir besoin de se pencher vers lui, elle sentit une forte odeur de cognac.

– C'est que… c'est pour Deïev, annonça le soldat d'un ton d'excuse.

– Portez-le ici, dit Blanche en montrant le wagon d'état-major.

Elle fit déposer Boug sur son ancien canapé de commissaire. Le corps du vieil homme était si immense qu'il tenait à peine sur la couche. À tout hasard, Blanche ouvrit la porte en accordéon, au cas où l'ivresse lui ferait commettre quelque bêtise – mieux valait pouvoir le surveiller. Ni Deïev ni Fatima ne se réveillèrent.

– C'est vous qui l'avez… fait boire ? demanda-t-elle au chef des soldats, en les raccompagnant sur le quai.

– Il était déjà dans cet état quand il est arrivé chez nous ! répondit l'autre, toujours sur un ton d'excuse, comme si Blanche était la femme de Boug ou une parente. Sauf qu'il pouvait encore marcher et parler. Dès qu'il n'a plus pu bouger les jambes ni la langue, on l'a amené ici.

– Comment saviez-vous où l'amener ?

– Eh bien, dit le soldat en haussant les épaules avec étonnement et sortant de sa poche une feuille froissée, pliée en quatre. Comment aurions-nous pu nous tromper ?

Blanche ouvrit la feuille – c'était le mandat qu'elle avait signé au matin. Sur le dos, de sa large écriture, l'infirmier avait écrit l'indication suivante : « Prière de transporter mon corps ivre mort, et par conséquent incapable de bouger, à la gare ferroviaire, au train sanitaire. Le corps doit être remis au chef de convoi Deïev. »

– Merci, camarades, dit Blanche en serrant la main de chacun.

– Remerciez-le pour nous, s'écria soudain le chef des soldats avec chaleur. Nous n'oublierons jamais cette nuit.

– Il s'est bagarré ?

Les quatre échangèrent un drôle de regard.

– Il a vociféré ?… Alors quoi ?

Le chef des soldats, confus, chercha ses mots, mais ne trouvant rien, il finit par dire simplement :

– Il a embrassé les chevaux. Il a passé la nuit à l'écurie, à leur embrasser le nez et à leur dire des mots si doux, si tendres… Nous, on ne sait pas toujours quoi dire à une fille, et lui, il disait ces choses à des chevaux. Presque tout l'escadron est venu l'écouter. Notre commandant a noté ce qu'il disait dans un cahier. Et le cuisinier en avait les larmes aux yeux. Des mots… Quel poète !

– Il est infirmier, dit sèchement Blanche.

– Et poète, conclut l'autre en souriant. Ça arrive…

Les soldats s'éloignèrent.

Blanche prit son barda qui l'attendait depuis longtemps sur le marchepied du wagon d'état-major, le mit à l'épaule et fit un geste au mécanicien : en avant !

Le convoi mugit d'une voix de basse, annonçant le départ. De la fumée sortit de ses cheminées, les roues se mirent à tourner bruyamment, il démarra. Sans un regard pour le train qui s'éloignait, Blanche marcha vers la place : une voiture à cheval l'attendait devant la gare. Les nurses agitaient les bras et criaient quelque chose des plateformes des wagons – elle ne leur avait pas dit adieu –, mais elle ne se retourna pas.

La guirlande quittait Samarcande en train de s'éveiller.

Trois personnes voyageaient dans le même wagon. Deïev dormait comme un ange, comme il n'avait pas réussi à le faire de tout le voyage. Fatima, qui s'était réveillée, lui caressait les cheveux, et écoutait les ronflements sonores de l'infirmier. L'homme, la femme et le vieillard partageaient un compartiment familial, et chacun savait combien les deux autres lui étaient proches et chers.

Trois personnes s'éloignaient dans des directions différentes : un homme, une femme et un garçon. Deïev dans un train vers l'ouest. Blanche dans une voiture cahotant vers le sud. Zagreïka, aveugle, avançait à tâtons le long des rails, marchant vers le nord – il cherchait son frère. Il savait qu'il ne cesserait jamais de le chercher.

À l'est, un soleil jeune et rouge montait dans le ciel, les éclairant tous.

Commentaires de l'auteure

Pour l'écriture de ce roman, l'auteure s'est basée sur des ouvrages rapportant des souvenirs de fonctionnaires du Parti et de fonctionnaires soviétiques qui travaillaient à résoudre le problème des enfants des rues et à lutter contre la famine dans les années 1920. Ce sont les recueils *Enfants des rues*, sous la direction d'A.D. Kalinina (1926) ; *Un peuple à part. Récits de la vie des enfants des rues* de I. Dobrynina (1928) ; *Récits des enfants sans abri*, sous la direction d'A. Grinberg (1925) ; *Le Livre de la famine*, des médecins L.A. et L.M. Vassilievski (1922) ; *Le Golgotha des enfants*, de L.M. Vassilievski (1924) ; *Groupes d'enfants des rues et leurs chefs* (1926) et *Les Habitants de Bolchevo* (1936) ; ainsi que des articles tirés du journal *Tatarie rouge* (sur l'année 1926). De nombreuses phrases des enfants des rues trouvées dans ces livres sont citées dans le roman telles quelles (« Citoyenne, tu manges d'un air bien important, on dirait Lénine ! », « Ah ben moi j'vais lui apprendre dans sa tête à brûler les patates en bûches ! », « C'est vrai que les bourgeois chauffent leurs locomotives avec du pain ? », « J'vais t'écraser l'groin/T'en as bien besoin », etc.), ainsi que des descriptions de « professions » des petits vagabonds et certaines situations (la confiscation du couteau préféré lors de l'évacuation) et certains héros (le sujet sur Senia Le Tchouvache poursuivi par le Pou).

Les travaux des historiens suivants m'ont également beaucoup aidée pour ce roman : *Les campagnes soviétiques vues par la Tchéka-OGPOu-NKVD, 1918-1939. Documents et matériaux*, sous la direction de A. Berelowitch et V. Danilov (1998-2012) ; la thèse de V.A. Poliakov, *Famine dans la région de la Volga, 1919-1925. Origine, particularités, conséquences* (Volgograd, 2009) ; le recueil de lettres *La Voix du peuple. Lettres et réactions des simples citoyens soviétiques aux événements de 1918-1932* (rédacteur A.K. Sokolov, textes rassemblés par S.V. Jouravlev *et al.*) ; *La Famine en URSS*, recueil de documents d'archives ; *Le Livre de la famine*, recueil de textes de fiction sur ce thème (Samara, 1922). J'ai également utilisé des documents d'archives des archives nationales du Tatarstan (fonds R-1251 « Rapports sur le travail des foyers d'enfants ») et des Archives fédérales de la Fédération de Russie (fonds R-1058).

Le chapitre sur l'expédition de la commissaire à l'enfance Blanche dans la région de la Volga en proie à la famine est basé sur les souvenirs de A.D. Kalinina, *Dix ans de travail dans la lutte contre le phénomène des enfants des rues* (1928).

Deux noms de famille – la directrice du centre d'évacuation de Kazan, Shapiro, et la directrice du foyer d'enfants de Samarcande, Davydova – font référence à la même personne ayant réellement existé, Assia Davydovna Kalinina, dont le nom de jeune fille était Shapiro. Elle était active dans la lutte contre le problème des enfants des rues et la famine ; pendant la famine de 1920-1923, elle a implanté des cantines sociales en Tchouvachie et évacué 5 744 enfants victimes de la famine vers Moscou, héritant du surnom de « mère des enfants tchouvaches ».

Le sujet des bateaux à moteur qui ont haché avec leurs hélices quarante combattants de l'Armée rouge est un événement historique avéré. En août 1918, pendant les combats à Sviajsk contre les troupes du général Kappel, Léon Trotski avait fait fusiller pour l'exemple les soldats du régiment des travailleurs de Petrograd qui avaient tenté de déserter les combats, puis fait jeter leurs corps dans la Volga, et déchiqueter ceux-ci avec des vedettes militaires. On trouve cet épisode dans les mémoires *Les Jours à Sviajsk* de S.I. Goussev (revue *Révolution prolétarienne*, 1924, n° 2 [25]) et *Ma vie*, de Léon Trotski (chap. 33, « Un mois à Sviajsk »). C'est la première histoire d'extermination dans la Russie rouge ; certains historiens la considèrent comme le premier acte de répression politique.

Le court dialogue entre Fatima et Deïev sur la fin du jardin botanique de Kazan correspond à la réalité.

L'idée d'une guerre incessante dans la tête de Zagreïka comme noyau d'un autisme progressif est évoquée dans le livre du médecin Alexeï Melia *Le Monde de l'autisme. Seize super-héros.*

Lexique des noms d'enfants

Seuls deux surnoms d'enfants du convoi sont directement tirés de documents d'archives : Prof Rouillé et Pip d'Acier. Les autres sont inventés sur le modèle de sobriquets réels. L'auteure s'est basée sur différentes sources : les noms des enfants des rues cités dans les documents d'archives et les mémoires sur l'époque, les parlers populaires russes, les langues turcophones – le tatare, l'ouzbek, le kirghize, etc. –, le langage familier et l'argot des prisons. On trouvera ci-dessous quelques explications de sobriquets.

Abdragan : effrayé (en tatare).
Abou Chineur : chineur, revendeur de fausses antiquités.
Abraou Diourso : village du sud de la Russie, où se trouvent de nombreux vignobles, et nom d'un vin pétillant.
Agrape : « attrape » en argot.
Aïka : prénom kirghize.
Akhma : en tatare, interjection correspondant à « ah ».
Alfa : alcool.
Alka Contribution : contribution, dans le sens d'impôt de guerre.
Amba de Tioumen : *Amba* : « c'est la fin, c'est fichu » en russe ; Tioumen : ville de Sibérie occidentale.
Aspi : radin (aspic).
Atrimois Je peux pas : atrimois, voleur.

Barbouille : qui travaille mal.
Ben Gunn de Chikhran : Ben Gunn, personnage de *L'Île au Trésor* de Stevenson ; Chikhran, village de Tchouvachie.
Benka Bracelets : bracelets, menottes en argot.
Bobik Pantouflard : Bobik, petit nom couramment donné à un chien en russe.
Borax : sel de sodium (décapant).
Boudionni : Semion Boudionni, héros de l'Armée rouge (chef de cavalerie) pendant la guerre civile.
Bouillon d'Onzeures : inspiré de l'expression « prendre le bouillon d'onze heures », mourir.
Boulat Batkak : en tatare, *batkak* signifie boue épaisse.
Carafon : petit homme, avorton (argot).
Chagané : prénom arménien (voir le poème de Essenine « Chagané, ma Chagané... »).
Chamil Ablias : *ablias*, chauve en tatare.
Chavkat : prénom arabe.
Chtchors Grêlé : Nikolaï Chtchors était un général de l'Armée rouge, héros de la guerre civile.
Crapiau aux Raisins : Crapiau (régionalisme) : crêpe aux pommes de terre.
Cul de Maïkop : Maïkop, ville du Caucase.
Djioulieta Blanmanger : la Juliette de Shakespeare, et blanc-manger, mot qui existe dans la cuisine russe.
Djouva : prénom kalmouk.
Doura Baboura : *doura*, idiote en russe.
Emilia Galotti : héroïne de la tragédie éponyme de Lessing (1772).
Ersatz : produit de substitution. En français, le mot (allemand) est apparu pendant la Première Guerre mondiale.
Eugène Onéguine : nom d'un célèbre roman de Pouchkine et de son héros dandy.
Flacdal Savates : aller à flacdal, déféquer.
Fordybatch : du verbe russe *fordybatchyt'*, répondre avec insolence.
Frossia Flageolet : flageolet, sexe masculin.
Gaïdamak : révolté, bandit, insurgé (traduit autrefois par haïdamaque en français).
Gogol-Mogol : dessert fait de jaune d'œuf battu avec du sucre.
Goulchat : prénom kazakh.
Gricha Giberne : giberne, fesses en argot.

Grinka Ciboule : ciboule ou cive, autre nom de la ciboulette.

Guiougo Sans Sourcils : Guiougo est la prononciation russe de Hugo, et évoque immédiatement Victor Hugo.

Hadji Mourat : titre d'un roman de Tolstoï, dont le héros cosaque s'appelle Hadji Mourat.

Harco : avare, en argot.

Harponneur de Penza : harponner, attaquer, saisir. Penza, ville du sud de la Russie.

Hoover Affamé : Herbert Hoover, le futur président américain, fut d'abord directeur de l'*American Relief Administration*, qui fut très active dans la lutte contre la famine en Russie dans les années 1920.

Iblis Moi Aussi : en tatare, *iblis* signifie « diable ».

Ilya Fossoyeur : fossoyeur désigne le métier de vagabond qui consiste à voler les fleurs et les vivres sur les tombes (en Russie, il est commun de laisser de la nourriture sur les tombes, pour les morts).

Ioudouchka Choupachkar : Choupachkar est l'ancien nom de Tcheboksary, capitale de la Tchouvachie.

Isadora Duncanika : surnom familier de la danseuse Isadora Duncan, qui était venue en URSS au début des années 1920 (mariée au poète Essenine).

Iskander : nom donné à Alexandre le Grand en Asie centrale (Iskander étant l'équivalent arabe d'Alexandre).

Isrek Ioussoup : en tatare, *isrek* signifie « ivre ».

Iva Kolymba : Iva, diminutif d'Ivetta. Kolymba, déformation de colombe.

Kadir La Canarde : canarder, mentir.

Kamember, Rokfor : orthographes fantaisistes de camembert et roquefort, qui rappellent l'étrangeté de ces mots en russe.

Karlionok : diminutif de *karlik*, le nain (en russe).

Kassim du Roulant : roulant désigne un train en argot.

Kayoum Sans Escrache : escrache, passeport en argot.

Klava Kappel : le général Vladimir Kappel était l'un des chefs de l'Armée blanche.

Kocheliaï : du verbe russe *kocheliat'*, mendier.

Koltchak : général de l'Armée blanche.

Kornilov Vingt-Deux : Kornilov comme le général de l'Armée blanche ; Vingt-Deux comme dans « 22, v'là les flics ! ».

Kossia Bénouze : bénouze, pantalon.

Kossia Żebrak : *żebrak*, « mendiant » en polonais.
Kosska La Camoufle : camoufler, voler ouvertement avant de s'enfuir.
Kot Lavrenti : *kot*, en russe, signifie chat mais aussi proxénète. Lavrenti (Laurent) est le nom qu'on donne à un chat dans le folklore russe.
Larik Charrue Complète : charrue complète, les quatre rois.
Lèche-dos : synonyme de lèche-cul, flatteur, servile.
Lessia Aquige les Brêmes : aquiger les brêmes, battre les cartes en argot.
Lionia Dans les broussailles : dans les broussailles, être ivre en argot.
Lord Fauntleroy : allusion au livre pour enfants de Frances Hodgson Burnett, *Le Petit Lord Fauntleroy*.
Magania : interjection correspondant à peu près à « rien que ça ! ».
Makhmout L'Aiglon : aiglon, apprenti voleur.
Markhoum : Mme Shapiro appelle ainsi, par erreur, la fillette aveugle, croyant que c'est un prénom. En réalité, le mot *markhoum* veut dire en arabe (et en tatare) « celui qu'Allah a épargné » et désigne un mort.
Motia Vide-Greniers : vide-greniers dans le sens de cambriolage, pas de ventes d'objets d'occasion…
Mouche Luxembourg : en l'honneur de la révolutionnaire communiste allemande Rosa Luxemburg, très populaire dans la Russie soviétique.
Moussia Kriachen : *kriachen*, surnom donné à un Tatare chrétien (baptisé).
Moustapha Bibine : bibine est ici à prendre dans le sens de misère (comme : débine).
Nansen : en l'honneur de Fridtjof Nansen, qui s'est beaucoup investi pour aider les victimes de la famine dans la région de la Volga.
Nitotchka : « petit fil » ou « fil fin » en russe.
Nivette : chanvre (argot).
Nonka Bovari : référence à l'Emma Bovary de Flaubert.
Olia Antonneuse : antonneur, voleur d'église.
Ophélie Cabane : aller en cabane, aller en prison. Ophélie : celle de Shakespeare.
Orina : variante (paysanne) d'Irina.
Ossia Boulineur : boulineur, voleur de foire.

Oustia : diminutif d'Oustinia, prénom russe.
Pélèque Sautilleur : pélèque, poisson d'eau douce.
Pépie : maladie de la langue.
Perruche La Carruche : carruche veut dire prison en argot.
Philibert Firs : philibert, escroc en argot.
Pinette : encore une allusion à l'organe sexuel masculin.
Racho Rachovitch : racho, rachitique.
Radichtchev : écrivain, auteur du célèbre *Voyage de Pétersbourg à Moscou* (1790) qui dépeignait sans fard la Russie et ses injustices.
Rire de Cafard : allusion à une expression un peu oubliée en russe. « Rire de cafard » veut dire « c'est peu de chose » ; en français, on parlerait de roupie de sansonnet.
Rostov-sur-le-Sang-Versé : jeu de mots entre Rostov (ville au sud de la Russie) et l'expression « sur-le-sang-versé » qui signifie « où quelqu'un a été tué », utilisée notamment pour la cathédrale Saint-Sauveur-sur-le-Sang-Versé, à Saint-Pétersbourg, construite à l'emplacement où le tsar Alexandre II a été tué par un terroriste en 1881.
Sania Camphre : camphre, alcool en argot.
Sioma Batterflaï : sans doute inspiré de l'opéra de Puccini *Madame Butterfly*.
Tania Réquisition : allusion aux réquisitions du blé ou du bétail des paysans.
Tchatcha Tsinandali : la tchatcha est une grappa géorgienne ; Tsinandali est un village et un vin géorgiens.
Tchérémisse : ancien nom des Maris (peuple finno-ougrien de la Volga).
Tchoura : esclave (mot tchouvache).
Thomas Barboteur : barboteur dans le sens de voleur.
Tolia Marathon : le marathon est un métier de vagabond, il s'agit des gens qui passent d'un arrêt de tram à un autre en quête de pièces tombées par terre.
Tproussia : de « tprou ! », exclamation russe pour guider un cheval.
Turebek : prénom turc.
Venia L'Escarpe : escarpe, voleur qui recourt au meurtre si nécessaire.
Vika Bécarre : bécarre, élégante.

Vova Simbir : de Simbirsk, ancien nom de la ville d'Oulianovsk (ville de la Volga, rebaptisée en 1924 en l'honneur de Vladimir Oulianov, dit Lénine). Détail piquant, Vova est le diminutif familier de Vladimir.

Wrangel d'Odesta : Wrangel, général de l'Armée blanche ; Odesta est une déformation d'Odessa.

Yrkyia : prénom féminin, tatare.

Zaguit Leptique : forme tronquée de « épileptique ».

Remerciements

Le roman *Convoi pour Samarcande* a été sur le métier pendant deux ans et demi. De même que mon personnage Deïev a rencontré toutes sortes de gens sur son chemin et n'a pu arriver à bon port que grâce à eux, j'ai demandé de l'aide à de nombreuses personnes pendant mes trente mois de travail – et toutes ont dit oui. J'exprime ici ma sincère et profonde reconnaissance à tous ceux et toutes celles qui m'ont soutenue pendant l'écriture de ce livre. Notamment :

– ma mère et mon mari, pour les semaines de solitude qu'ils m'ont offertes, et sans lesquelles je n'aurais pas pu travailler sur ce roman ;

– ma chère fille, pour sa patience à toute épreuve ;

– Elena Kostioukovitch, pour sa réelle compréhension, et nos précieuses conversations à l'époque des confinements et des fermetures ;

– Ioulia Dobrovolskaïa, ma camarade qui m'accompagne depuis longtemps, pour nos discussions et messages, pour son soutien pendant les moments difficiles (et ils ont été nombreux) ;

– Elena Daniilovna Choubina, pour son infinie sagesse et sa confiance ;

– Galina Pavlovna Beliaïeva, pour sa rédaction en filigrane et sa délicatesse envers le texte ;

– Tatiana Stoïanova et Veronika Dmitrieva, pour leur énergie et leur aide exhaustive ;

– la résidence d'écrivains *La Villa Marguerite Yourcenar* et sa directrice Marianne Petit, ainsi que tous ses merveilleux collaborateurs. L'auteure a bénéficié d'un séjour à *La Villa départementale Marguerite Yourcenar, Département du Nord* (France), qui lui a été d'un soutien précieux pour l'écriture de ce roman. Un grand merci à Guy Fontaine, ainsi qu'à mon éditrice Fanny Mossière (Noir sur Blanc) et à ma traductrice Maud Mabillard qui m'ont aidée à organiser ce séjour à la Villa ;

– le père Ioann Privalov d'Arkhangelsk, pour nos longues et fertiles discussions sur l'enseignement chrétien, pour ses conseils précieux et son soutien spirituel ;

– Sergueï Dorojkov, pour ses explications sur les locomotives à vapeur ;

– Anvar Khodjaniazov, pour ses renseignements détaillés sur les particularités des paysages des steppes du Kazakhstan et des montagnes de l'Ouzbékistan ;

– Assia Kiramovna Makhnina, pour son autorisation à accéder aux archives des périodiques de la Bibliothèque nationale de la République du Tatarstan ;

– Artiom Silkine et Lioudmila Anatolievna Elisseïeva, pour les inoubliables excursions dans Sviajsk et les discussions sur son histoire ;

– Roussina Chikhatova, pour son aide avec les réseaux sociaux ;

– mes premières lectrices, Viktoria Albertovna Kouprianova, Vera Kostrova, Ivetta Litvinova et Saltanat Ermyrza, pour leurs commentaires importants ;

– mon agente littéraire en Allemagne, Christina Links, le traducteur Helmut Ettinger, la rédactrice Marlies Juhnke et l'éditrice Constanze Neumann (des Éditions Aufbau), pour leur chaleureux soutien de mon nouveau roman encore au stade de son écriture ;

– tous mes chers traducteurs et traductrices, pour le luxe de nos contacts, qui sont devenus particulièrement précieux pendant la pandémie, permettant de franchir les frontières qui se sont soudainement élevées entre nos pays ;

– mes chers lecteurs et lectrices dans le monde entier, pour l'intérêt qu'ils et elles manifestent envers mes livres et leur soutien sincère, sans lequel un auteur ne pourrait pas vivre.

Table

Carte 8

1. Cinq cents. *Kazan* 11
2. À deux. *Sviajsk-Ourmary* 75
3. Treize. *Sergatch-Arzamas-Bouzoulouk* 203
4. Seul 267
5. Soustractions et additions. *Orenbourg-Aralsk* 293
6. À nouveau cinq cents. *Kazalinsk-Arys* 371
7. Trois. *Samarcande* 435

Commentaires de l'auteure 465
Lexique des noms d'enfants 469
Remerciements 475

COMPOSITION ET MISE EN PAGES
NORD COMPO À VILLENEUVE-D'ASCQ

CET OUVRAGE A ÉTÉ ACHEVÉ D'IMPRIMER
SUR ROTO-PAGE
PAR L'IMPRIMERIE FLOCH À MAYENNE
EN JUILLET 2023

N° d'impression : 102811
Dépôt légal : août 2023
Imprimé en France